中国古代小说史叙论

刘勇强 著

北京大学出版社
PEKING UNIVERSITY PRESS

图书在版编目(CIP)数据

中国古代小说史叙论/刘勇强著.—北京：北京大学出版社，2007.10
ISBN 978-7-301-12230-3

Ⅰ.①中… Ⅱ.①刘… Ⅲ.①小说史—中国—古代—高等学校—教材 Ⅳ.①I207.409

中国版本图书馆CIP数据核字(2007)第080719号

书　　名	中国古代小说史叙论 ZHONGGUO GUDAI XIAOSHUOSHI XULUN
著作责任者	刘勇强　著
责任编辑	艾　英
标准书号	ISBN 978-7-301-12230-3
出版发行	北京大学出版社
地　　址	北京市海淀区成府路205号　100871
网　　址	http://www.pup.cn　新浪微博：@北京大学出版社
电子邮箱	编辑部 wsz@pup.cn　　总编室 zpup@pup.cn
电　　话	邮购部 010-62752015　发行部 010-62750672 编辑部 010-62756467
印 刷 者	三河市北燕印装有限公司
经 销 者	新华书店
	965毫米×1300毫米　16开本　39.75印张　705千字 2007年10月第1版　2023年7月第7次印刷
定　　价	99.00元

目录

目录

目录

目录

绪　论　小说史意义上的文体与文本

中国古代小说是在中国文化的土壤中产生的，经历了漫长的演变过程，形成了体多性殊的文体格局，与文学史上的相关文体也有着千丝万缕的联系，这一切决定了对它的描述必须从文本出发，也就是说，小说史不是小说空洞的形成与演变的历史，而是小说的创作史。文体的源流与特点是在创作中实现的，只有深入到题材、叙事、语言、风格等细节上，才能把握小说发展的动态过程，更重要的是，才能把握小说作为一种艺术的内涵与价值。不言而喻，这也是小说史自身的意义所在。

第一节　小说文体的确立与小说史的展开

不明确小说文体的性质，小说史的起点、边界也就无法界定。而中国古代小说的文体是一个很复杂的概念，这既与古代小说体多性殊的特点有关，也与古今中外小说观念的不同有关。从根本上说，小说文体研究的目的是要回答小说是什么，或什么是小说。但这却是一个很难回答的问题，福斯特的《小说面面观》引述了这样一个定义：

> 小说是用一定篇幅的散文写成的一部虚构作品。[①]

他认为这个定义对解释小说而言已经足够了。不过，对中国古代小说来说，问题却不是这么简单的。比如中国古代小说有韵散结合的叙述传统，一些作品如离开了韵文，几不能成篇。所谓"用散文写成"，并不完全符合中国古代小说的实际。另外，"一定篇幅"也很含糊，福斯特说它的长度不应少于五

---

① 福斯特：《小说面面观》，上海外语教学出版社，2000年，第9页。

万字，而任何一部超过五万字的虚构的散文作品，都被他视作小说。这是就西方小说(novel)而言的。中国古代小说因体式不同，从百十字到百万言，篇幅长短千差万别，无法由此对小说加以限定。至于"虚构作品"，更为复杂。虽然这被普遍看作小说的一个基本特点，但什么是虚构？在中国小说史上却也不可一概而论。如果以虚构作为小说的基本特点，有些小说并没有虚构，或者说虚构不是其情节叙述的主导面，如魏晋的志人小说、明清之际的时事小说等，就难免被排除在小说之外。相反，在中国古代的叙事文中，又不只小说才有虚构，一些史传甚至也有虚构的成分。虽然在这一点上它们可能符合上述小说定义，但并不能算作小说。

那么，我们该如何界定中国古代小说并把握其文体特点呢？鉴于中国古代小说文体的特殊性、丰富性及其所经历的漫长发展演变，至少可以从小说的创作与接受、小说史、文化、文学理论四个层面展开。

第一，古代小说的文体是个创作问题，这是由文学作品的本质特性决定的。一种文体如果不经作家的创作，不与特定的文本相结合，就只是一种抽象的、无意义的存在。换言之，我们不能脱离文本讨论文体问题，即无法想象没有《柳毅传》、《任氏传》等作品的传奇小说，没有《错斩崔宁》、《碾玉观音》、《金鳗记》等作品的话本小说，没有《三国演义》、《西游记》、《儒林外史》、《红楼梦》等作品的章回小说。而由于文本本身是千变万化的，小说创作在文体运用中也就很自然地具有随机性和灵活性。这一文体的动态特征，表现在它既有成规、又不拘一格的创作中，是与小说的叙事文学性质、主要是它的题材类型和人物塑造等联系在一起的。比如同样是韵散结合的叙述方式，在历史演义小说中可能较多是用作"有诗为证"，以增加小说的可信度和评论性；在才子佳人小说中，则常用作表现才子佳人的才情，增加小说的情调与品味。而由于小说题材往往不是单一的，如演义与神魔的结合、侠义与公案的汇流，也会在小说文体上留下印迹。比较而言，虽然诗歌也可以从题材上形成传统或加以分类，如边塞诗、山水田园诗等，但那往往只是一种风格和流派，不大可能像小说题材所可能造成的小说文体上的区别那样，影响诗体本身。与此相关，由于叙事文学表现的内容在外在形式上比抒情文学更不易规范，小说文体虽然也可能有某种规定性，但这种规定性与诗、词、曲之类的格律不同，至多只不过是显示为某种叙述的惯例，并不能限定小说家的叙述活动本身。以在小说文体中相对较为规范的话本小说为例，它大致具备入话、头回与正话对应的主从结构。尽管如此，就具体的话本小说而言，入话和头回可有可无，可长可短，可多可少。也就是说，这一主从结构并不是一成不变的，对话本小说的创作也没有形成类似诗、词、曲的格律那样的文体约束。

从小说史的角度说，当一种小说文体初起时，文体特征还不明显，文体要求也不统一，小说家的创作是这一尚待成形的文体的推动力，而不是它的简单的依循者。即使在一种文体成熟后，小说家也会在创作中不断为文体增添新的要素。如话本小说的体制早在明中叶之前已基本定型，但清代小说家对这种小说文体还是作了大量的创新。每个小说家创作理念的不同，必然显示出不同的叙事风格，而这同样会投射到文体上。事实上，创作对于小说文体可能产生的影响是全方位的，有时，某种题材的引入，就会引起小说文体发生或大或小的改变。如《水浒传》和《金瓶梅》都是章回小说，后者是从前者发挥起来的。但世情题材的引入，绝不只是为章回小说开创了一种新的题材类型，这种被鲁迅称之为"世情小说"的题材类型，在文体上也使肇始于讲史、又融汇了宋元说话"小说"的章回小说体制，在发展中具有了新的特点，并获得了新的动力。

与此相关，小说的叙述角度也决定了小说的题材性质，进而也决定了小说文体的性质。从理论上说，一个内涵丰富的题材具有多种可能性，可以成为不同文体的表现对象。比如隋唐系列的小说就演化出历史演义和英雄传奇两个系统十余部作品，或如《隋唐两朝志传》、《唐书志传通俗演义》等，恪守历史格局，敷陈朝代更替，叙述简单，行文拘促；或如《隋史遗文》、《说唐全传》，源自"说话"，专注于秦琼、单雄信、程咬金、罗成等英雄传奇，颇有说书风味；或如《隋炀帝艳史》，标榜"悉遵正史"而兼采传奇，又因突出"艳史"，虽叙帝王家事而迹近"人情小说"[①]；至于《隋唐演义》，作者褚人获在自序中，把作为"总记之大账簿"的史书与作为"杂记之小账簿"的小说并举，在对《隋史遗文》、《隋炀帝艳史》诸书有所取舍的同时，将隋唐题材重新整饬为雅俗共赏的历史演义。

如果我们把接受的因素考虑在内，创作对于文体的影响更大。小说的创作与接受都是在一定的文学惯例(conventions)中展开的。所谓文学惯例包括人物类型、惯用的情节叙述方式、修辞手法与风格等，文体其实也可以说是一种文学惯例。而任何一种文学惯例的形成，都与创作者持续不断的艺术实践有关。同时，它也是作家与读者的一种默契。换言之，如果没有

---

① 李梅吾在校点《隋炀帝艳史》(群益堂，1985 年)的"前言"中称此书是《金瓶梅》之后、《红楼梦》之前所谓"人情小说"中成就最高的一部作品。

读者的参与，文体也是无法真正形成的。对小说文体而言，它与读者关系的密切，还是与小说作为大众文学的品格联系在一起的。

从中国古代小说的实际来看，创作与接受的互动关系，直接影响到了小说的文体。至少在通俗小说家那里，我们可以经常看到小说家对“看官”的重视，其中常用的对话和议论的目的就是要拉近小说与接受者的关系，强化叙述效果。为了吸引读者，通俗小说还十分重视悬念的设置，这同样在文体上有所体现。

第二，文体的差异与变化体现在小说的历史发展中。正如刘廷玑在《在园杂志》中所说：“小说之名虽同，而古今之别，则相去天渊。”小说文体是不断演进的，而非因袭僵化的。一方面，任何一种小说体式的产生都不是一蹴而就的，都有其发展过程。另一方面，小说文体不断相互影响、渗透，也造成小说文体的变动不居。

与文体相关的细节上的发展变化，同样具有小说史的意义，有时可能有更高的小说史意义。如时间、地点、环境、人物设置、对话、叙述角度、讽刺手法等等的运用，从小说的描写来说，都是逐步发展的，这些因素进入小说文本，自然也会对小说文体产生影响。

在讨论小说史时，我们还会发现一个耐人寻味的现象，那就是小说作品的艺术地位与小说文体的创新有时并不完全一致，换句话说，在一些所谓的二、三流小说中，我们经常可以看到甚至比一流小说更高明的叙述方式。如果我们承认二、三流小说中存在着一流的叙事，那么，值得我们思考的问题就是，为什么这种看上去与众不同的叙事没有在小说史上产生可以证实的影响？而我们又该如何从小说文体的发展过程中，辨析文体变化的细枝末节？由于以往小说史研究较多地局限于名著，这方面问题尚未引起足够的重视。而如果我们使小说史的研究深入到细节——全生态的作品创作构成及其文体内部诸要素的演进，我们就有充足的理由认为，要想阐明小说文体变革的前因后果，是不能脱离了小说史的考察的。

第三，小说文体的确立与历史文化对小说的塑造是联系在一起的。一种小说体式的产生及不断发展，与它的文化特性与地位有关；甚至一部作品采用怎样的文体形式，也可能与作者的文化意识有关。

从总体上说，中国古代小说文体的形成与外部的文化环境始终有着密切的关系。众所周知，由于“小说”从一开始就处于受歧视的地位，为了摆脱这一地位，小说也从一开始就自觉地依傍主流文化，这有两个突出的表现。一是向史书靠拢，刘知幾对小说有肯定，就是基于它“自成一家，而能与正史参行"[①]。而"羽翼信史"则成为小说家不懈的追求目标之一。因而不仅史书的品格与笔法影响了小说,史书的文体特点也影响着小说。即以历史演义小说而论,在叙述上约有两类,一类是平铺直叙,基本上按照编年的顺序将采择的事件逐一写去,类似于史书中的"编年体"和"纪事本末体";另一类则是以一个或数个英雄人物为中心,展开事件和场景的描绘,类似于史书中的"纪传体"。[②] 在历史方面,由于中国古代文史同源的传统,文人一向重史,而小说作为叙事文学,也往往被视作"野史",可以"补正史之阙"。正是出于这样的观念,古代小说很重视记事写实的功能与特点的发挥,在客观叙述中力求做到文约事丰、言近旨远。直到清代,吴敬梓书名"外史",蒲松龄自号"异史氏",都反映了这一意识。

小说依傍主流文化的另一个表现是强化劝惩功能。而且随着小说的成熟,在社会舆论与政府法令方面受到的压制加大,对此的强化也更突出。这同样对小说的文体产生了重大的影响。比如在许多话本小说的篇首、篇尾,都有对本篇作品道德劝惩意义的揭示或概括,它们构成了话本小说文体的一部分。一些章回小说,也在叙述层面为劝惩留有专门的篇幅,甚至《金瓶梅》这种小说,也在小说开篇与结尾作了"劝百讽一"式的道德说教。

从小说史的角度看,小说发展的具体的文化背景是变化的、复杂的,对小说文体的影响也是多方面的。比如在中国小说文体的形成过程中,宗教文化就起过重要影响。佛道二教对魏晋南北朝兴起的志怪小说的推动,是小说史上众所周知的事实。而佛教俗讲、转变伎艺与宋元说话艺术之间的关系,也受到越来越多的学者关注。

小说在语体上的文白之别,背后也有各自的文化传统。小说家对文学语言的抉择,面对的不仅是片言只语,而语言的整体意义与效应,也就是一种语境。韩南在《中国白话小说史》中就强调了这一点。他指出,文言、白话、口语的区别在于价值观的不同,而白话小说家使用文言、白话及"中间性语言",在文体风格上也各有不同。[③] 对通俗小说而言,题材的特点往往决定了语体的特点并从而使其成为文体的一个外部表征。比如同属章回小说,历史演义类的作品就适合采用浅近的文言,它可以赋予作品一种历史

---

① 刘知幾:《史通》卷十《杂述》,见浦起龙:《史通通释》,上海古籍出版社,1978年,第273页。

② 参见刘世德:《夜话三国》,书目文献出版社,1995年,第32页。另外,纪德君还细致地考察过《资治通鉴》、《资治通鉴纲目》为演义小说提供了可资效仿的结构体制和叙述方式,参见纪氏《中国历史小说的艺术流变》,中国社会科学出版社,2002年,第100—107页。

③ 〔美〕P. 韩南《中国白话小说史》,浙江古籍出版社,1989年,第12—14页。

感，也与作品主要表现上层社会的政治、军事斗争相吻合。而《金瓶梅》式的以市井社会为描写对象的作品，就更宜于采用俚俗的白话。因此，章回小说的语言面貌并不是单一的。而就白话而言，这本是一种接近原生态的文学语言，富于变化，不易规范，如果再考虑时代风气、小说家的个性、传播与接受方式以及方言等因素，它对小说文体的影响更不可轻视。

除了思想意识的影响，文体研究在文化层面的展开还涉及许多具体的问题。比如在谈到唐代传奇"文备众体"的文体特点时，经常被提到的一个影响因素是当时的"行卷"、"温卷"风气，尽管有的学者对此有异议，但唐代诗文的发展对传奇有所影响还是不争的事实。而宋元以后通俗小说的发展则与商业文化的繁荣有很大的关系，可以说，正是商业文化赋予通俗小说文体以大众文化品格，使之成为大众娱乐的方式。这在文体上也有着具体体现，如话本的体制主从结构、章回小说的分回形式等都与商业化的演出有关。

值得注意的是，中国古代小说的文体还有一个很重要的特点，就是它往往不是纯粹的文学体，尤其是后来的通俗小说，经常会在小说文本中插入一些非文学的文体或叙述，在叙述风格上也不完全统一。比如古代小说中有大量的议论的问题。这种议论有些固然与小说的叙事有关，但也有些游离于作品之外。文言小说的议论经常采用史传的论赞形式，附于篇尾，成为小说文体的一个相对独立的部分，如《聊斋志异》的"异史氏曰"。而通俗小说中的议论则多与叙事相伴而行。特别是在晚明以后，文人独创小说日益普遍，其中自说自话、高谈阔论乃至居高临下的宣讲不时流露出来，其有意为之的文体意识十分明显。

第四，小说文体的确立还与一定的文学理论有关。比如作为小说基本特点的"虚构"问题在中国小说史上是一个很复杂的问题。当我们讨论志怪小说、传奇、话本小说或者历史演义、世情小说、神魔小说时，都会触及到小说创作最基本的"虚构"问题，但"虚构"在不同体式的小说中有着不同的特点，只有对这些不同特点加以综合比较与理论分析，才能得出中国古代小说的准确认识。比如虚构是指故事情节的"真伪"性质，还是指小说家创作活动中想象的运用？这在理论上是应加以区别的。如果是就"真伪"而言，那么，何为真实？何为虚幻？中国古代小说家自有一套理论观念。一般来说，他们谈论的更多的是"虚实"问题，在他们看来，虚不尽伪，实不全真，关键在于是否合乎"理"。"小说野俚诸书，稗官所不载者，虽极幻妄无当，然亦有至理存焉。”[①]只要“事真而理不赝，即事赝而理亦真”[②]，甚至“文不幻不文，幻不极不幻。是知天下极幻之事，乃极真之事；极幻之理，乃极真之理”[③]。这些有关真幻的说法，与古代小说家的创作理念相呼应，远比对人物、事件真伪的认定要复杂。即使早期的志怪小说家，也是将真实放在第一位的，不过，他们所谓的真实，不一定是“事实”的确凿无疑，而是对“事实”、特别是“事实”所包含的“真理”的认可的态度与信念。而如果虚构是就小说家创作活动中的想象而言，那么，从今天的角度看，古代小说一些即使很明显的虚构，作者照样可以言之凿凿，认为自己只是在“志”即“记录”。实际上，虚构不单是一个性质问题，也是一个技巧问题。如何虚构？虚构的程度如何？虚构的目的何在？虚实之间的关系又怎样？如此等等，都是小说家在创作中必须面对的问题，他对这些问题的处理自然也会影响文体。比如在文言小说的创作中，出于重道崇实的文化传统，许多小说家都会摆出“幻设必有所本”[④]的架势，在作品中强调故事的来源，这成为此类小说文体中固定的“帽子”或“尾巴”。

与此相关的另一个问题是，小说与其他文体的区别与关系，也有赖于理论的界定。从历史上看，小说与中国古代文学的发展是相伴而行的，尤其是与戏曲如影随行。而小说“文备众体”的文体特点，也注定了小说文体的研究不能孤立地进行。小说与戏曲、叙事文学与抒情文学、“俗文学”与“雅文学”等等，这些问题都需要更透彻的理论分析。

需要说明的是，上面所说的四个层面并不是孤立的，每一个层面的问题都可能相互关联；而构成其关联的核心在于，无论从哪一个层面展开的文体研究，都应重视文体构成方式形成的动态过程与运用的实践特性。从这一意义上说，文体研究也是小说史研究，而小说史叙述也可以以文体的演进与运用作为一条轴线。

---

① 谢肇淛：《五杂俎》卷十五，辽宁教育出版社，2001年，第二册第323页。

② 无碍居士：《警世通言叙》，见丁锡根编：《中国历代小说序跋集》中册，人民文学出版社，1996年，第776页。

③ 幔亭过客（袁于令）：《西游记题辞》，见刘荫柏编：《西游记研究资料》，上海古籍出版社，1990年，第557页。

④ 胡应麟：《少室山房笔丛》卷三十二，上海书店出版社，2001年，第315页。

第二节　小说在传统文化中的地位及其民族特点

按照中国古代文化典籍的分类，小说属于子部，在子部中还常列入“杂家”，有些则被列入了史部，但是属于杂史、野史之类。这指的还是文言小说，若是通俗白话小说，则极少被正规的书目著录。这很典型地反映了小说这一文体在中国文学与文化中的地位，它基本上被看做严肃的文学、文化活动之外的一种写作。因此，从接受的角度说，小说也往往被当成一种消遣。

有关小说创作与接受的贬低性言论在古代典籍中数不胜数，即使在明清时期，小说早已事实上成为大众最重要的娱乐方式之一和社会文化的一个引人注目的载体，但在正统的观念中，仍然是受歧视、被排斥的。从某种意义上说，一部小说史，也是小说不断争取自己地位的历史。如上所述，这种努力体现在历代小说家坚持不懈地向历史和道德两个方向靠拢。

不过，古代小说、特别是通俗小说毕竟是来自下层社会的文艺形式，除了不可避免地带有主流文化的烙印，也必然深刻地反映着非主流文化的特点，例如，《三国演义》和《水浒传》中的江湖义气就来自民间，是这两部小说的精神命脉。《西游记》中的三教合一固然是唐以来社会思潮大趋势的影响，但也反映了民间的圆融混杂的观念。即使是上面提到的劝惩，也并不局限于正统的伦理道德，而往往与世俗社会的生活观念结合在一起。

事实上，古代小说始终摇摆于雅俗之间。就文体而言，它一直被视为俗文学，但每一部作品的文化特性却不那么简单，例如《三国演义》和《水浒传》较其早期同类作品都有明显的雅化或儒化倾向，而这种雅化或儒化并不是单一的，俗化倾向也同时在发展。至于《红楼梦》，更创造了雅俗交融的典范。

正是由于小说具有兼容雅俗文化的特点，它在社会文化生活中的影响变得越来越突出，特别是在小说创作走向高潮的明清时期，小说已成为精神文化中一个不容忽视的力量，以至有人说：“古有儒、释、道三教，自明以来，又多一教，曰小说。小说演义之书，未尝自以为教也，士大夫、农、工、商贾，无不习闻之，以至儿童、妇女不识字者，亦皆闻而如见之，是其教较之儒、释、道而更广也。”[①]

---

① 钱大昕：《正俗》，见《潜研堂文集》卷十七。

中国古代小说的民族特点就是由它在中国文化中的地位决定的。经过近两千年的发展，中国古代小说逐渐形成了一个体多性殊、具有广泛适应性和灵活性的艺术体系，其间也包含着小说思想内涵与艺术理念的一些具有历史性、普遍性的共同追求。

首先，无论是哪一种体式的中国古代小说，都能直面社会与人生的现实问题，具有很强的针对性。即使是上古神话，也多具有很强的现世色彩；而魏晋南北朝志怪小说，虽以怪异为旨趣，以“辅教”为目的，却在鬼魂精怪的描写中，揭露了社会的不合理、政治的黑暗等，其尖锐性不在同时的志人小说之下；唐代的传奇在现实性方面较志怪小说又有明显的发展；明清时期的《西游记》、《聊斋志异》等，更自觉地通过非现实的形象构成，反映作者对社会人生的感受。宋以后兴起的通俗小说，适应市民社会的需要，更直接地描写了当时的社会生活；明中叶以后，小说家们总结前人的创作经验，主张描写日用起居、人情世态，现实性进一步加强。这当中还有一些作品，与中国历史上朝代更替、战争频仍的时代特点相联系，表现了鲜明的反抗残暴、向往和平以及忠君爱国思想和或隐或显的民族情绪。毋庸讳言，在古代小说中，也有许多回避与粉饰现实的作品，例如宋代传奇在文体上虽有所发展，但津津乐道的隋炀帝、武则天、唐明皇等故事，又缺乏深入的开掘，现实意义就相对贫弱。明清的神怪小说、才子佳人小说，也有不少出于杜撰，思想流于平庸。

中国传统文化对伦理道德的重视，同样构成了古代小说思想观念的一个重要特点。对于这一特点，如果仅仅理解为一种道德的说教，是把问题简单化了。实际上，古代小说中的伦理道德意识，内涵是很复杂的，对作品形象塑造与情节体系的作用也不一样。这里，至少可以从正义感、伦理感和道德感三个层面来理解。

所谓正义感，就是指古代小说中同情弱者、反抗邪恶、主持公道的思想感情。这本来也是中国文化与文学的一个传统。司马迁作《史记》，就不以成败论英雄，他对刘邦有微词，对项羽则较多同情，其间正包含着对王霸者的轻蔑、对失败者的惋惜。小说生于民间，天然具有扶弱抑强的意识。《搜神记》中的名篇“韩凭夫妇”中，被宋康王逼迫双双殉情的韩凭夫妇，虽不能合葬，坟上却长出了根交于下、枝错于上的“相思树”，这是对凶狠、残忍的权势者的抗议，也是弱者的善良愿望。《古今小说》中的《宋四公大闹禁魂张》中，宋四公身为偷儿，因为目睹了张员外欺负一个乞丐，所以百般戏弄于他，同样流露出市民社会的正义感。

所谓伦理感，主要是指对传统的伦理纲常、忠孝节义之类思想的宣扬，其中自有落后保守的一面，末流更训诫连篇，不堪卒读。就小说史而言，以宣传伦理纲常为自觉的目的，是在宋以后，也就是理学兴盛以后。但在涉及具体的历史政治与社会关系时，则不可一概而论，我们应注意作者的观念、作品中的议论与形象的客观意义的不同。在有些作品中，所谓伦理纲常是有特定含义的，如《三国演义》就将正统观念与“拥刘反曹”的政治态度结合在一起，使看似抽象的伦理纲常有了明确的、贴近大众的意义。

所谓道德感，主要是指对见义勇为、舍己为人、守信用、重然诺等一般的道德原则的肯定，这是中国古代小说、特别是通俗小说极力赞颂的。如《水浒传》中的李逵、鲁智深等，都是下层人民道德理想的集中体现。道德感有强烈的时代色彩，如《醒世恒言》中《施润泽滩阙遇友》所赞美的那种拾金不昧的道德，在追金逐利成为一时之尚的明中后期，就有特殊的时代意义。

在肯定与弘扬伦理道德的同时，古代小说相应地对道德败坏的现象与人物作了批判性描写，从而使所谓“敦教化、厚风俗”的儒家思想在小说的艺术世界得到形象的体现。

在艺术理念上，中国古代小说首先重视真实性。从小说的描写看，也有一个发展过程。如果说早期小说的真实性更多的是一种纯客观的真实的话，那么，后期小说的真实性还注意到作者的主观感受。所以曹雪芹一方面坦承了自己的包含着“一把辛酸泪”的真挚感情，另一方面又强调“按迹循踪，不敢稍加穿凿，至失其真”的创作原则，主观感与客观真实的结合，成就了这部小说的艺术力量。

在真实性上，史传文学对小说有重要的影响，因为史传最基本的要求就是真实地反映时代面貌与历史人物，提倡秉笔直书的“实录”精神。尽管史传的真实与小说的真实有所不同，但某些普遍的经验还是有启发意义与借鉴作用的，所以金圣叹说：“稗官固效古史氏法也”。例如在人物刻画上，史笔要求“不虚美，不隐恶”的客观态度，并做到“爱而知其丑，憎而知其善”，写出人物的复杂性格和心理，这对小说就产生过很大的影响。《水浒传》写林冲、武松、李逵等，《西游记》写猪八戒，《红楼梦》写贾宝玉、林黛玉，都采取了“爱而知其丑”的态度，而《三国演义》写曹操，《红楼梦》写王熙凤，则是“憎而知其善”的。正因为小说家善恶必书，这些人物才更显得真实感人。

不但如此，中国古代小说还从其他艺术那里吸取成功的经验，例如它讲究“神似”和“境界”，这可以说是更高程度上的真实。“神似”是从绘画那里来的，“丹青难写是精神”，“神似”就是要写出人物的内在品格与精神底蕴来。如《西游记》中取经四众，形态各异，深刻地体现出不同的精神风貌。实际上，明清小说评点中，常以“神似”品评人物塑造，所谓“追魂摄影”、“骨相俱出”、“遗貌取神”等等，都表明“神似”已成为普遍的、自觉的审美追求。同时，中国古代小说借鉴诗歌的经验，提倡境界或意境，也就是不是一般地向读者、听众叙述故事，而是把读者、听众吸引到一个特殊的艺术场景和氛围中，感受情节的内在意绪。比如《三国演义》写诸葛亮去世的“秋风五丈原”一节，就以感人的笔墨烘托出“出师未捷身先死”的悲剧气氛。《红楼梦》也有许多极富意境、韵味的描写。由于突出了“神似”、“境界”，真实性在这里就不只是纯客观的、浮面的东西，而具有了更深刻的意义。

其次，中国古代小说还很重视情节性。作为小说的一个要素，情节性在古代小说中也是逐渐发展提高的。在魏晋南北朝时期的小说中，或者仅粗陈梗概，如一些志怪；或者只有一些片断细节，如一些志人小说。唐代传奇的情节渐趋曲折、丰满。而宋元说话艺术，由于艺人们竞相招揽听众，更注意以惊心骇目的情节吸引人，“冷淡处提掇得有家数，热闹处敷演得越长久”[①]。随着文人独立创作的普遍化，富于情节性的特点仍被继承下来，不过，一些高明的小说家已不刻意追求外在的“奇”和“巧”，而是按照生活的本来面目编织故事，于平淡中见波澜，如《金瓶梅》、《红楼梦》、《儒林外史》等，写的都是一般的家庭琐事、世态人情，但又能在“庸常”中见“真奇”。[②]

古代小说的情节性与民族的传统思维方式是联系在一起的。一般说来，它的情节具有单向性，无论采用什么写法——所谓“草蛇灰线”、“伏脉千里”、“横云断岭”等——都循序渐进，推因及果，一以贯之，脉络分明。与此相关的是，它的结构多严整统一，有开端、发展、高潮、结局的起承转合，头尾完整，段落分明。其间固然不免有所谓“封闭性”的缺点，但一些优秀的小说家却能在这种封闭性的结构中求得开放的效果，如《金瓶梅》在西门庆死后，又点出一个张二官，使读者能从西门庆一家的故事中跳出来，看到它的普遍意义。从具体描写来看，古代小说不像一些西方小说那样常静止地描写客观景物和人物心理，而是赋予形象极强烈的动作性，不但使读者始终保持盎然的欣赏兴趣，而且使环境描写成为人物的一种活的陪衬，人物心理也呈现出更丰富、更微妙的特征。事实上，人物与情节的关系在小说中并不是二元的，古代小说以人物为情节的中心，人物的性格总是通过他们的行动表现出

---

① 罗烨：《醉翁谈录》卷一《舌耕叙引》，辽宁教育出版社，1998年，第4页。

② 笑花主人：《今古奇观序》，见丁锡根编：《中国历代小说序跋集》中册，人民文学出版社，1996年，第792页。

来的，如关羽的英雄形象就是在屯土山约三事、挂印封金、霸桥挑袍、过五关斩六将、古城会等一系列重大情节冲突中凸显出来的。通过情节写人物，还便于写出人物性格的发展变化。

古代小说对情节的重视，目的在于使读者在“通事”的基础上“悟义”、“兴感”①，把握情节的内涵，起到寓教于乐的作用；而由于突出了情节，即使一个完全没有文化的农夫小贩，也能把小说中生动的故事与人物讲评得头头是道、津津有味，换言之，古代小说因此拥有了广泛的群众基础。

古代小说在叙述语言上，还讲究精炼简洁，不但文言短篇小说力求达到辞约而旨丰，就是《三国演义》、《水浒传》、《红楼梦》、《儒林外史》这样的长篇小说，虽洋洋洒洒数十万、上百万言，作者也往往惜墨如金，以求一字而传神，用最准确、最经济的词句，表现最深刻、最丰富的内容。这当然不只是语言问题，在对生活现象的概括提炼方面，更是如此。小说家总是努力抓住富于特征性的东西，表现社会的内在本质。既善于剪裁，缜密构思，又层层深入，精雕细刻，在芜杂的材料中，抉剔精髓，加以扼要利落的呈现，“有话则长，无话则短”，详略得当，轻重相宜。

古代小说艺术上的特点还与它的体制有关。众所周知，古代小说中文言小说与白话小说各成系统，同时又彼此关联、互相影响。思想、题材、叙事范型以及手法的借鉴自不待言，语言方面也多有交融。文言的凝练精警与白话的生动活泼相互生发，如《红楼梦》、《儒林外史》等虽用白话写成，但由于作者文化修养深厚，叙述语言俗中有雅、淡而有味。《三国演义》、《聊斋志异》等则相反，用的是文言，却绝不晦涩，前者“文不甚深，言不甚俗”，创造了一种适合历史演义的浅近文言，后者则在高雅淳正中充满了生活气息。

与此相关，文白相间、韵散结合，也构成了古代小说的一种文体特色。早在《穆天子传》中，周穆王与西王母相会于瑶池之上，即以二人吟咏的诗歌插入叙述文字中，既传达了两人的心情，婉曲动人，又使行文活泼而有变化。魏晋南北朝小说中，穿插诗歌的亦复不少。唐代是诗歌繁荣的时代，传奇又“文备众体”，用诗更多，其中多为主人公酬唱赠答、抒情叙志之作，也有一些纯系游戏笔墨。而在当时的讲唱文学中，韵文与散文则同具叙事功能，这是一个突破。宋元说话艺术中，说白与念诵各有分工，韵散功能遂有所区别，一般散文叙述故事，韵文则品评人物、描摹环境、渲染情节，起到点明思想内

---

① 修髯子：《三国志通俗演义引》，见丁锡根编：《中国历代小说序跋集》中册，人民文学出版社，1996年，第888页。

涵、调节节奏、烘托气氛的作用。到了后世的文人小说家手中，韵散分工基本上也沿袭说话艺术的传统，在叙事的散文中间，常常加入骈韵文，或议论评介，点明题旨；或写景状物、烘托气氛；或为人物的抒情叙志，或为作者的显扬才学。韵文与散文的配合符合古代读者的欣赏习惯，成功之作如《西游记》、《红楼梦》等，韵散融为一体，不可分割。当然，小说中的韵文也有用得不好的，如词赋绘物状景、描绘人物肖像，颇多雷同；韵文穿插过多，也有破坏情节与人物行动连贯性之弊；更严重的是一些韵文说教意味过浓，往往扭曲了情节的客观意义。

就篇章结构而言，古代小说也千姿百态。在文言小说中，有的只撷取一个细节或生活片断，以简练之笔写出人物性格的某一点，如《世说新语》；有的则表现人物一段完整的经历乃至一生。白话小说无论篇幅长短，大都比较完整，开阖自如，疏密得当。由于白话小说源于说话艺术，而说话通常不是一朝一夕可以讲完的，于是就有了段落的划分问题，逐渐产生了章回结构。一般说来，章回的划分在情节的转换阶段，有一定的悬念；而一个或若干个章回构成一个情节单元，既连接前后文，又相对独立，使情节发展的阶段性和节奏感表现得更鲜明强烈。明清时期，章回体日趋精致化，《红楼梦》就是其中的佼佼者。

古代小说在结构体制上的特点，还有一些是由于创作与接受上的不同造成的。以话本小说为例，说话人作为叙述者与文人的写作就有所不同，他必须始终牢记听众（“看官”），尽量使情节连贯、完整，头绪不纷繁，尽量不使用倒装手法；为了吸引听众，他要添油加醋、铺陈敷演，要故布疑阵、巧使“关子”。而为了显示自己的客观态度，便于与听众交流，说话人还往往采用第三人称的叙述方式，等等。其中不少特点后来也为文人创作所继承，但因为“讲—听”与“写—看”毕竟不同，说话作为一种包含表演的艺术方式不可以一成不变地体现在书面化的读物中，有的只是因袭了一些“套语”而已，而文人为阅读所创作的小说，也自有其优势，不必受限于说话人所必须依循的种种限制。不过，即使是以文字为传播媒介，中国古代的小说家也总是拟想自己在对听众讲故事，这种始终以接受者为中心的创作态度以及由此派生的叙事特点，是应予以积极评价的。

第三节　小说发展的动力与小说史的分期及本书的内容

小说史的分期是一个复杂的问题，同样要考虑小说体多性殊的特点，也就是说，不同类型的小说有自身的发展演变过程；同时，小说史的分期也不是孤立的，它要与文学史其他文体的发展联系起来考察。从根本上说，分期问题牵涉到对中国古代小说文体的认识。

有一种观点认为中国古代小说起源虽早，但成熟却较晚，这与欧洲小说的发展似乎不尽相同，后者在18世纪初还处于萌芽阶段，但迅速地就迈向了创作的高峰。本书并不完全认同中国古代小说到明代中叶才成熟的观点，不过，即使我们以宋元的说话艺术作为中国古代小说发展到高潮的一个标志，那么，至迟从魏晋时期就出现了小说原初形态的作品，却历经了近一千年才步入这一高潮阶段，确实是小说史研究不能回避的一个问题。

不言而喻，小说长期处于被歧视、受压抑的地位，是小说发展不尽人意的一个重要原因。当吴敬梓写出了最富于近代意义的《儒林外史》，他的朋友程晋芳还作诗感叹："吾为斯人悲，竟以稗说传。"[①]而另一个清代小说家文康则说自己是"不幸而无学铸经，无福修史，退而从事于稗史，亦云陋矣"[②]。这样的社会观念，对小说的整体发展当然是不利的。然而，要说明小说发展迟缓，不如探讨小说发展的动力容易；说明了小说发展的动力，实际上也就解释了小说发展早晚、高低态势的原因。

中国古代小说发展的动力当然也是复杂的，甚至每一部小说都有其产生的特殊原因。而在小说史上，一部名著激发的创作热情，有时比任何外在的因素有着更大的力量，如《红楼梦》引起的续书热、《聊斋志异》带动的文言小说复兴。但是，一部小说的出现可能是偶然的，却一定不会是孤立的。例如没有曹雪芹，就不会有《红楼梦》，从这一意义上讲，《红楼梦》的产生是偶然的；不过，《红楼梦》又与清代乾隆时期的社会文化有着密切的联系，或者说，它只可能产生于这一时期，这又有其必然性，这种必然性其实也就是小

---

① 见李汉秋编：《儒林外史研究资料》，上海古籍出版社，1984年，第9页。

② 观鉴我斋：《儿女英雄传序》，见丁锡根编：《中国历代小说序跋集》下册，人民文学出版社，1996年，第1590页。

说发展的动力因素。概而言之，有四点比较重要。

第一，思想文化的发展，是小说创作兴盛的一个重要原因。魏晋南北朝志怪小说、唐代传奇、宋元话本以及明中后期至清中叶白话小说这几个古代小说发展的重要段落，中国思想史也出现了相应的高潮，这种协调不是偶然的。思想观念的更新，促进了小说家思维水平的提高，进而推动了小说创作达到一个新的阶段。例如魏晋南北朝时期，随着佛教的传入，因果报应思想在小说中得到了较多的反映，这除了是一种宗教观念外，同时也是一种思维方式，而注重因果联系的思维方式，有利于小说将纷繁凌乱的现象整饬成前呼后应的情节，从而提高小说结构的严密性。同样，明中叶以后通俗小说的兴盛，与王阳明心学思想的流行也是分不开的，心学对"百姓日用"的关心，是推动通俗小说进行世情开掘的思想动力。

第二，民间与文人的合作，也是小说发展的一个动力。当小说处于"街谈巷议，道听途说"的阶段，民间文化是小说孕育的土壤。汉魏时期的不少志怪小说就带有质野纯朴的意味，而当时小说家的记录整理，使之开始具备了小说原初形态的艺术特点。而唐代传奇更多地带有文人的色彩，在民间兴起的说唱艺术则尚未受到当时文人的普遍关注。宋元说话艺术是中国古代小说的一个重大转折阶段，这一转折的出现，就与民间艺人与文人的精诚合作有密不可分的关系。而明代中叶文人小说家积极参与通俗小说创作，他们与书商结合，使民间与文人的合作呈现出一些新的特点。

第三，小说作为一种语言的艺术，语言的演变及相关文学要素的发展，也是不可忽视的动力之一。很长一段时间，小说采用的语言主要是文言，这使得小说很难摆脱传统文学观念的束缚，更重要的是，很难充分表现原生态的社会生活。而近古白话的逐渐形成，为小说提供了一种富于表现力的语言，也改变了小说文本的面貌。如果说宋元时期的白话作为一种文学语言，还处于尝试阶段，明中叶以后，白话文学语言由于文人小说家的采用，艺术水平有了较大的提高，并开始具有了个性化的特点。

第四，社会经济的发展是小说发展的另一动力。这一点在通俗小说的发展过程中，表现得尤为明显。城市商品经济的繁荣，为小说创造了一大批新的消费群体，而小说作为一种大众娱乐的方式，也随着自身的商品化，在体制与内容上都出现了新的特点。与此相关的另一点是，小说的传播还依托相应的物质、技术条件。印刷术等新技术手段的普及，也为小说传播提供了有利的条件。

将上述几方面联系起来看，我们会发现，尽管它们在小说发展的各个阶段都有不同的表现，但在明中叶前后，却同时达到了新的高度，促使这一时期的小说创作全面繁荣，并成为中国古代小说的一个转折时期。有鉴于此，本书分为上、下两编，粗线条地将小说史分为两个大的段落，上编“从肇始到成熟：两种体式及其演进”，着眼于小说文体的成熟过程。从时间上说，大致是从汉魏到明初。这一时期，中国古代小说包括文言小说和白话小说的不同体式，基本上都已形成。这意味着小说在题材、叙事方式、艺术功能等各个方面，都在长时间的演变中，逐步形成了与其他文体或艺术门类不同的目的与表现特点。下编“文人独立创作普遍化时代的小说世界”突出了小说文体成熟后，以小说家为中心的小说创作特点。从时间上说，则是从明中叶到晚清。这一时期的小说创作以文人小说家为主，这些小说家与此前的小说家有一个比较明显的不同，就是他们越来越多地将小说作为自己表达对社会人生认识的重要工具，也越来越多地将小说创作与自己的生活方式联系在一起，直到职业小说家的大批出现，小说史完成了从古代向近代的漫长演进。

近二十年来，小说史类著作层出不穷，规模也日益扩大，考虑到了作为教材的实际需要，也力图与现有的小说史著有所区别，本书的篇章结构与具体内容有以下几个特点。第一，本书不求全责备，不追求在有限的篇幅里，面面俱到地介绍不可胜数的小说。全书以文体的发展为中心，着重介绍那些在小说史上占有独特位置的作品。第二，为了避免历史叙述与史实及文学性的疏离，本书突出了小说文本的介绍与分析，并不惮其烦地引述了一些小说原文，目的在于使读者对古代小说有一个较为直观的印象。这样做的另一个理由是，本书特别关注中国古代小说史文体及其各种构成要素的形成与发展，因此，在文本的评介中，也希望通过相应的引文及其分析，揭示小说文体演进的内在表现。第三，本书既以叙论为名，在叙述小说史的同时，也适当增加了论的色彩。这不仅表现在绪论、概说和余论中，也散见于各具体章节中。这样做既是为了努力通过理论概括尽可能地弥补上述第一点所造成的历史叙述的有限性，也是为了使上述第二点所提及的文本分析能够在理论的探讨下展开，成为小说史的印证而不流于一般的作品鉴赏。第四，本书对小说创作过程与版本方面的介绍较以往的小说史著为少。这是因为随着近几十年小说史研究的深入，小说文献方面的研究早已形成专门之学，既非一人所能判断，也非一书所能容纳。而诸多小说目录文献著作的出版，使得读者很容易获得有关小说版本等方面的信息。只是为了给读者一个总体的印象，本书后面附录了一个《简目》。这个《简目》虽然基本上囊括了小说史上的重要作品，但仍主要以本书提到了的作品为主，并不代表小说史的全貌。

在上述几个特点中，本书尤其注重小说史叙述的文本策略，这是因为小说史叙述对文本的疏离是一个由来已久的现象，这并不是说小说史叙述中文本的缺失，而是说对文本的观照由于受到某种理论方法的制约，文本自身的特点或者没有得到充分的、深入的揭示，或者竟被遮蔽。例如当我们在对文本进行分析时，如果千篇一律地讨论其中的思想意义、人物描写、语言特点等，它所引导出的最有意义的小说史结论很可能也只是一种简单的高下之分，而由于这一结论缺少更为细致具体的文本阐释作为基础，往往是笼统的或不全面的。更严重的是，文本在小说史中的虚位化，使得小说史成为作品的简单罗列，不管这种罗列的基础是时间性的陈述，还是题材性质的归类，或是两者相兼的，都不足以构成鲜活的小说史。而如上所述，鲜活的小说史应该从细节上展示小说文体成长与小说创作发展的动态过程，这种细节指文本所包含的所有具有历史演变性质的构成要素。换言之，由于任何文本都是由各种形式上和内容上的要素所构成的，这些要素不可能是一蹴而就的，它们的发展过程就构成鲜活的小说史不可或缺的基础。

比如小说的主题研究曾经是、今后也会是小说研究的重要课题，而主题的萌生、因袭、发挥乃至变异，也折射出小说史的发展。在早期小说中，主题可能更多的是一种文本内容的自然呈现或带有全局性的概括，而非小说家的创作初衷，如《搜神记》、《幽明录》之类的“发明神道之不诬”，《世说新语》的分门别类，都不是某一篇作品的创作主题。唐代小说的独立成篇，小说主题的单一性才可能成为小说家的一种更自觉的追求。而明清以后的小说，作品的主题更为明确；对于长篇小说来说，鲜明的主题不仅反映着作者对社会人生的认识，也是作品结构的一个要素。如果落实到某一具体的主题发展，更有可以从小说史角度展开研讨的广阔空间，例如从魏晋南北朝的小说《妒记》到明清之际大量“疗妒”之作，主题一脉相承与文本的千差万别，正是把握小说发展的一条线索。

又如形象构成方式是小说史要面对的一个重要的问题。而众所周知，中国古代小说从形象构成方式上看有写实的与非现实的两大类型，从志怪与志人，到神魔与世情，两者的殊途同归，构成了小说史的基本面貌。本书希望强调的是，这种基本面貌也应落实到具体的文本上去。如《柳毅传》在古代小说中第一次精彩地描写了龙宫、龙王、龙女的形象，而这一想象在后来的《西游记》中得到了又一次精彩的发挥。这两个小说作品在题材、文体、语言等方面都没有什么关系，但在非现实形象的构成方面，却有相通之处，这正是审视小说史需要注意的地方。

再比如小说的地域性的描写，同样也包含着丰富的小说史命题。在早期的小说创作中，地域性基本上还是一种自然的呈现，甚至到唐传奇中，地域性也还不是一个重要的背景要素。但是，宋元的通俗小说不然，它的产生与流行都与特定的地域有关，因此话本小说中“西湖小说”、“东京小说”自成系列。重要的是，地域性不仅成为小说文化底蕴的表现，也被作为小说情节的一种艺术场景。而将地域性作为一种文学要素的自觉运用，在小说史上也就具有了指标性意义。

如此等等，一旦小说史深入到小说文本构成的细节中去，必将呈现出更为真实、可靠的历史发展脉络及前因后果。当然，我们无法在一部小说史中展现小说文体与创作的全部复杂线索，也不可能在一部具体的作品中涉及其形式与内容诸要素各方面的小说史意义。事实上，每一部小说作品都可能在不同方面体现出其最重要的小说史价值，这将是本书始终着力探讨并突出的中心。

最后需要说明的是，由于古代小说版本复杂，今人不同排点本也多有出入，虽欲择善而从，实难一一判断。故书中所引古代小说原文，尽量采用通行本，并加以注明，目的则只是方便读者窥斑见豹而已，非有所偏爱。

上　编

从肇始到成熟：两大系统及其演进

概　说

从汉魏到宋元，中国社会与思想文化都经历了巨大的变化，小说顺应时代的发展，繁衍成一个体多性殊的文类，而在小说由肇始到成熟的发展过程中，小说的创作与接受主体逐渐清晰化；小说的功能也在作为一种精神文化载体的同时，不断强化了娱乐化的作用；文言与白话这两种语体也显示出小说各自独有的艺术魅力。

第一节　体多性殊的古代小说及其相互关系

中国古代小说包括文言小说和白话小说这两大系统，而在这两大系统内，又包括许多具体的体式。我们可以用一个简单的图式来概括中国古代小说：

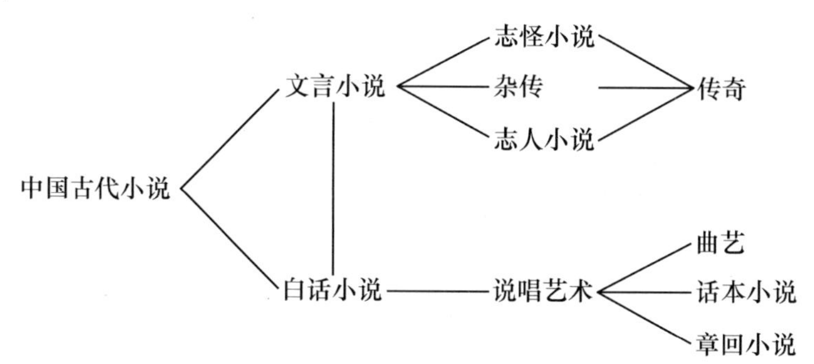

一方面，文言小说和白话小说两大系统二水分流，有着各自的发展轨迹，其中每个系统又包含诸多具体的体式，例如在文言小说中，按今天小说史的习惯划分有志怪小说、志人小说、传奇等类别，其中有的类别下还可以划分若干小的类别，如志人小说中有语林体、轶事体、笑林体等。如果按照

古代典籍的分类，文言小说还有更琐细的划分，如唐代刘知幾《史通·杂述》中将所谓“偏记小说”分为偏纪、小录、逸事、琐言、郡书、家史、别传、杂记、地理、都邑簿十类。而胡应麟的《少室山房笔丛·九流绪论》则将文言小说分作六类：

> 一曰志怪：《搜神》、《述异》、《宣室》、《酉阳》之类是也；
> 一曰传奇：《飞燕》、《太真》、《崔莺》、《霍玉》之类是也；
> 一曰杂录：《世说》、《语林》、《琐言》、《因话》之类是也；
> 一曰丛谈：《容斋》、《梦溪》、《东谷》、《道山》之类是也；
> 一曰辨订：《鼠璞》、《鸡肋》、《资暇》、《辨疑》之类是也；
> 一曰箴规：《家训》、《世范》、《劝善》、《省心》之类是也。[①]

白话小说也是如此，以宋元说话艺术为例，即有所谓“四家”之说；而在“小说”一家下，又可分为“烟粉”、“灵怪”、“传奇”、“公案”等八类。如果从演出形式与体制特点分，则又有平话、诗话、词话等区别。

另一方面，文言小说和白话小说又相互影响，这种影响是在文体、题材、类型等多层面展开的。比较而言，文言小说对白话小说的影响可能更大一些。据罗烨《醉翁谈录》中的记述，《太平广记》、《夷坚志》等文言小说，是说话艺人重要的参考书，而话本小说在创作上有一个普遍的规律，就是往往依据文言小说加以改编创作。但是，宋元传奇小说出现了一些新的变化，也与它们受到了白话小说的影响有关。

如果将古代小说的原初形态定位于汉魏时期的文言小说，至元明之际，则包括白话小说在内的古代小说各种体式都已齐备成熟。这一过程可以分为两个阶段，第一阶段从早期的神话记载到唐代传奇。在魏晋以前，小说化叙事已经出现，但小说本身还没有成为一种独立的文体。汉魏时期，主要是魏晋南北朝时期，中国古代小说的原初形态开始形成并具有了相当的广泛性。它们上承上古神话传说和史传，又博采民间遗闻轶事，初步奠定了古代小说志怪、志人的两种传统。志怪小说和志人小说都以奇人异事为尚，也形成了古代小说的一个基本的审美特性：传奇性。原初形态的小说多为丛杂短制，情节简率，文字质直。描写虽单纯，但常能从生活中提炼细节，突出事件不寻常的意义或人物的个性。唐代传奇则在此基础上有了实质性的飞跃，它富于幻想色彩，开始了有意识的虚构，简单的叙述变成了曲折、丰赡的

---

① 胡应麟：《少室山房笔丛》，上海书店出版社，2001年，第282页。

描写，结构复杂多样，文笔华丽飞扬；作为中国古代小说重要一翼的文言小说，至此已经定型，但其影响与意义则不限于文言小说，它的选材角度、叙事方式、描写手法等，都为后世小说家借鉴。

第二阶段以说话艺术为主体，逐渐形成了白话小说。说话艺术的源头至少可以追溯到唐代寺院里的讲唱及“市人小说”。宋元时期，说话艺术极为兴盛，作为一种表演伎艺，日趋专业化、职业化，其中“小说”和“讲史”是最重要的两类，它们的底本也开始传抄问世。话本小说大量吸收了志怪、传奇的题材，借鉴它们的方法。同时，为了适应新的社会需要，艺人们更注意从现实生活中撷取素材，使说话艺术具有很强的现实性，表现了普通民众、尤其是市民的道德观念与社会愿望，并形成了独特的叙述方式。说话艺术以精彩动人的情节与生动活泼的形象，对后世小说创作产生了巨大的影响。而具有长期说唱历史的三国故事、水浒故事等，经作家整理为《三国演义》、《水浒传》等作品，奠定了明清长篇章回小说形式的基础，成为古代小说走向全面成熟与繁荣的里程碑。

无论是文言小说还是白话小说，它们的产生和发展既离不开主流文化的制约，又与民间叙事有着密不可分的关系。最初的小说，被认为是所谓“街谈巷议”、“道听途说”，这不仅表明了小说内容有别于经典、正统、高雅的性质，客观上也意味着小说是一种民间文化权力的体现，这种民间文化权力必然对主流文化形成补充与挑战。唐代文言小说由于主要出于文人之手，小说文体与主流文化的紧张关系得到了一定程度的缓解。而宋元说话艺术的兴起，又意味着民间叙事展现出了一种强劲的发展势头。它不仅是对“街谈巷议”、“道听途说”传统的回归，更开启了民间叙事因大规模兼容以往几乎所有的叙事文学而获得的巨大的文化力量。因此，从起初的小说内容在民间流行而为文人所记载，小说将在民间的独立生存空间扩展到更广阔的范围，汉魏迄宋元小说史，也可以看作小说逐渐从主流文化羽翼下脱颖而出的过程。

第二节　创作主体与接受者的清晰化

由于小说文体的多样性，它们的文体地位也不尽相同。文言小说的一些体式，早已被纳入了正统的文化体系中；而白话小说，往往又称为通俗小说，却始终是被主流文化排斥的。但是，从宏观的角度审视小说史的变迁，文言小说和白话小说虽然在文体上有较大的差异，产生的时间与演进的过程也有先后和不同，内在机理却是有相通之处的。要把握这种相通之处，除了文体之间的相互影响，还有一个至关紧要的因素值得从小说史的角度去认识，那就是小说创作主体的变化，简单地说，就是小说家身份的逐渐清晰。

魏晋南北朝时期的小说家还不是专门的小说家，其中发挥更大作用的可能还是方士、释徒，至少有相当一批当时最具小说特点的作品是出自这些宗教信仰者之手。以葛洪为例，《晋书》卷七十二本传称其少好学，以儒学知名。性寡欲，无所爱玩，不好荣利，闭门却扫，未尝交游。“于余杭山见何幼道、郭文举，目击而已，各无所言。时或寻书问义，不远数千里崎岖冒涉，期于必得，遂究览典籍，尤好神仙导养之法。从祖玄，吴时学道得仙，号曰‘葛仙公’，以其炼丹秘术授弟子郑隐。洪就隐学，悉得其法焉。”这种性格与追求，都与后世小说家迥异。

而志人小说家，也还缺乏对小说文体的自觉认识，他们大多是处于社会上层的文化精英。如《小说》的作者殷芸在梁朝曾担任许多官职，其中多次出任史官。《隋书·经籍志》著录此《小说》时，注云：“梁武帝敕安右长史殷芸撰”，也就是说，他是以“右长史”的身份撰写《小说》的。所以，清姚振宗《隋书经籍志考证》说：“此殆是梁帝作通史时，凡不经之说为通史所不取者，皆令殷芸别集为小说。是《小说》因通史而作，犹通史之外乘。”

不过，魏晋南北朝时期的小说家前期与后期似乎也略有不同，大体上，小说家中具有诗文作家身份的逐渐增多，如曹丕、陶潜、刘义庆、沈约等著名作家，也开始从事小说创作。同时，如刘义庆既编有《幽冥录》这样的志怪小说集，又编有《世说新语》这样的志人小说集，其用在小说编创上的精力想必不少，换言之，小说开始成为某些小说家最重要的文学活动了。

隋唐以后，科举制的实现，刺激了社会的求学热情，也促进了文化的普及，客观上为小说创作与接受提供了新的文化基础。唐代小说家已经文人化了，这是一个比较大的变化，甚至有一些人世代热衷小说，如《宣室志》的作者张读，其高祖张鷟和祖父张荐都是有名的小说家。因此，唐代小说家的自觉意识已开始显现，这也是唐传奇成熟的重要原因。当然，唐代小说家还不是单纯的小说家，他们的角色意识更多地可能还是诗人、史家或官员。

宋元时期小说家的角色意识大大加强了，在文言小说方面，出现了像洪迈这样几十年坚持从事小说编创的人——他从二十岁起开始编写《夷坚志》，到全书完成，已是八十高龄了——这不只是简单的爱好，而是在传统诗文之外萌生出的对小说文体的执著。

至于宋元时期的通俗小说家又进了一步，在《东京梦华录》的《京瓦伎艺》中曾列出一份珍贵的说话艺人的名单，其中讲史有孙宽、孙十五、曾无党、高恕、李孝详等，小说有李慥、杨中立、张十一、徐明、赵世亨、贾九等，说诨话有张山人，说三分有霍四究，说五代史有尹常卖等。在《武林旧事》中，也有一份《诸色伎艺人》的名单，其中演史类有乔万卷、许贡士、张解元、陈进士、武书生、刘进士、穆书生、戴书生、王贡士、陆进士等二十余人，说经有长啸和尚、彭道（名法和）、陆妙慧（女流）、陆妙静（女流）、达理（和尚）等十几人，小说类有蔡和、李公佐、张小四郎、张训等五十余人。在《梦粱录》中则提到了谭淡子、翁三郎、雍燕、王保义、陈良甫、陈郎妇、枣儿余二郎等艺人的名字。另外，在一些宋元话本中，还提到过编撰小说的“书会才人”以及前辈艺人“京师老郎”。

在这些记载中，所谓“书会才人”、“京师老郎”和说话艺人，他们的身份与关系现在还没有完全搞清楚，有些人可能是一身二任的。但是，不管是哪一种身份，他们在小说创作的专业化、职业化方面，与此前的小说家相比，已大为不同。

值得注意的是，这些说话艺人处于雅俗文学的一个中间环节，其中有一些被称为“尹常卖”、“枣儿余二郎”之类的，很可能与他们原本是小商贩有关。而名称中又有不少“万卷”、“进士”、“书生”、“解元”之类称号，他们当然不是真正的“进士”或“书生”，但却应该是有一定文化修养的艺人。《醉翁谈录》甲集卷一曾有这样的描述：“夫小说者，虽为末学，尤务多闻。非庸常浅识之流，有博览该通之理。……论才词有欧苏黄陈佳句；说古诗是李杜韩柳篇章。”这里表现出来的说话艺人的自负，显示了传统雅文学对新兴俗文学的影响，也显示出他们更为自觉的小说家意识。实际上，我们在话本小说的文本中，可以看到说话人的存在，这比较突出地表现在许多说话艺术套语的频繁使用上，如他们用“看官听说”提示听众，又用“说书的”、“在下”之类组织情节、引导叙述、发表议论。可以说，说话艺人在编创、表演中表现出来的专业意识，是小说艺术品格得以提高的一个条件。

与创作主体的变化一样，小说的接受者也清晰化了。魏晋南北朝小说有的只可能是面向知识阶层的，如《世说新语》等；有的志怪小说可能是面向全社会的，但由于文化普及的程度等原因，它的文本形态也还无法真正深入到民间。无论是面向知识阶层还是面向全社会，实际上都还没有明确的预期读者，这使得这一时期小说创作的针对性还不是很强。当然，也有的神怪小说是面向特定人群的，但这一人群也并非后世一般意义上的小说读者。

如前面提到的葛洪，他在《神仙传》自序中说：

> 予著《内篇》，论神仙之事，凡二十卷。弟子滕升问曰："先生云仙化可得，不死可学，古这得仙者，岂有人乎？"予答曰："秦大夫阮仓所记，有数百人；刘向所撰又七十余人。然神仙幽隐，与世异流，世之所闻者，犹千不得一者也……予今复抄集古之仙者见于仙经、服食方及百家之书、先师之说、耆儒所论，以为十卷，以传知真识远之士。其系俗之徒，思不精微者，亦不强以示之"。

他心目中的"知真识远之士"，其实就是与他的弟子相类的求仙学道之徒。

唐代传奇的读者同样是面对社会上层与知识阶层。"行卷"及"温卷"之说虽有疑义，但这一说法本身还是隐含着传奇写作是面向社会上层这一特点。而唐传奇的"文备众体"，体现作者的"诗笔"、"史才"和"议论"之长，都不是面向一般读者的。

相比之下，宋元时期的小说、特别是说话艺术，其接受者却是非常明确的。《醉翁谈录》在论及"小说"的艺术魅力时说：

> 说国贼怀奸从佞，遣愚夫等辈生嗔。说忠臣负屈衔冤，铁心肠也须下泪。讲鬼怪令羽士心寒胆战；论闺怨遣佳人绿惨红愁。说人头厮挺，令羽士快心；言两阵对圆，使雄夫壮志。谈吕相青云得路，遣才人着意群书；演霜林白日升天，教隐士如初学道。噇发迹话，使寒士发愤；讲负心底，令奸汉包羞。

这里提到了愚夫、羽士、佳人、才人、隐士、寒士、奸汉等，虽然并不完全是预期的读者，但是对接受者的考虑显然已成为创作的一个出发点；而特别值得关注的是所谓"愚夫"，在稍后的小说序跋中，"愚夫愚妇"是了一个常见的词，指的是没有什么文化水平的下层民众。为下层民众写作，则成了小说家的一个明确目标。

总之，从汉魏以来的小说直到元明之际，小说史在文体持续演化的同时，也逐步实现了小说家与接受者的清晰化。从某种意义上说，创作主体与接受者的清晰化，是小说成熟的表现，也是小说继续发展的前提。

第三节　小说的功能

在小说从肇始到成熟的过程中，小说的功能也发生了重大的变化，而功能也是小说文体独立的一个重要指标。

由于中国古代小说文体的多样性，它们的内涵也不尽一致。原初形态的小说创作，艺术功能并不明确，比较明确的只是将小说作为某种思想观念的载体或传播工具。例如一些魏晋南北朝时期的志怪小说把小说用于“发明神道之不诬”。但是，即使是当时的一些宗教色彩最浓厚的作品中，小说的文学性也开始呈现。到了唐代，这一点就表现得更明显了。由于唐代对于道教的尊崇达到了前所未有的高度，唐代小说家也受到道教思想文化的熏陶和浸润，有的本身就是道教徒，如杜光庭等。因此，在唐传奇中，描写神仙怪异之事的层出不穷，也出现了《神仙感遇传》、《墉城集仙录》这样的道教小说专集。但是，在表现道教思想的同时，道教的神仙谱系以及有关灵异的想象，也激发了小说家的艺术思维，对丰富小说的形象构成方式、促进小说文体的独立也有正面的意义。其中有不少作品，在反映与传播道教思想的同时，也展现了一种对人生的思考。

随着小说的进一步发展，小说的道德教化功能也日益突出。如果说在原初形态的小说中，道德的教育意义还是通过题材直接流露出来的，唐宋以后的小说家则开始将其作为小说的基本思想价值，在小说的功能上不断加以强化，并最终形成了中国古代小说的一个重要特点。不过，小说作为道德教化的手段，与一般的道德教化有所不同，实际上，通过道德问题的思考，小说的世俗精神也有所加强，而这对小说的正面意义是不可估量的。

小说的另一个重要功能或者说主要功能是它的娱乐性。对于中国古代小说来说，不同的小说体式适应了不同人群的娱乐需要，既可以是精英阶层的文化消遣，也满足了大众的娱乐需求，而后一点的强化，也是小说从汉魏迄宋元的一个重要变化轨迹。

众所周知，唐代中叶以后，特别是到了宋代，商品经济有了长足的发展。而商品经济的发展从深层次上影响着社会的文化心理，经学、文学、绘画等，都表现出注重自由意志的特点。如在经学领域，对经典进行新的诠释，而不拘泥于重师法和“疏不破注”的学术传统，至宋代义理之学，更取代汉学的章句之学，成为一种思想潮流。至于市井文化的兴起，更是商品经济发展的结果。

商品经济在带给人们丰富的物质享受时，也唤起了人们精神消费的欲望。重要的是，精神消费的群体不再局限于社会上层，普通民众在成为市井文化的消费主体后，促使文学艺术发生了根本的变化。在“勾栏瓦舍”这样的市民娱乐的场所，各种民间表演伎艺大量出现，充分体现了市民对娱乐的追求。如吴自牧《梦粱录》所述：

瓦舍者，谓其来时瓦合，出时瓦解之义，不知始于何时。顷者，京师甚为士庶放荡不羁之所，亦为子弟流连破坏之场。绍兴间杨沂中因驻军多西北人，是以城内外创立瓦舍，招集妓乐以为军卒暇日娱乐之地也。今贵家子弟郎君，因此荡游破坏，尤甚于汴京。杭之瓦舍，城内外不下十七处。

不但京城如此，其他内地城市也是一样。宋庄季裕《鸡肋篇》卷上记四川成都的演出：

成都自上元至四月十八日，游赏几天虚辰……自旦至暮，唯杂戏一色。坐于阅武场，环庭皆府官宅看棚，棚外始作高凳，庶民男左女右，立于其上如山。每诨一笑，须宴中哄堂，众庶皆噱者。

宋费《成都宴游记》也说："成都宴游之盛，甲于西蜀。盖地大物繁，俗好娱乐。"这种"俗好娱乐"甚至成为了一种人生态度。周密《武林旧事序》中就有"朝歌暮嬉，酣玩岁月，意谓人生正复若此"的说法。

在新兴的说话艺术中，娱乐化的性质体现得极为鲜明。《金史》卷一百零四《完颜寓传》载："贾耐儿者，本歧路小说人，俚语诙谐以取衣食。"又卷一百二十九《佞幸传》载："张仲轲，幼名牛儿，市井无赖，说传奇小说，杂以俳优诙谐语为业。"这些都表明艺人说书讲究诙谐逗乐。《醉翁谈录》的《小说开辟》中还明确提到说话艺人要"曰（白）得词，念得诗，说得话，使得砌"。其中"使砌"又称"打砌"、"点砌"，是宋元时"说话"、"做院本"的习惯用语，就是在表演中运用"插科打诨"的方式，制造笑料。所以《宋四公大闹禁魂张》声称自己的作品是"一段有笑声的小说"，《快嘴李翠莲记》也有这样的表白：

出口成章不可轻，开言作对动人情。
虽无子路才能智，单取人前一笑声。

这种追求谐谑的艺术效果，正是娱乐化的集中体现。

当小说被视为一种娱乐化的文体，它就摆脱了外在的思想束缚，也不再简单地依附于史传，而有了独立发展的可能。

第四节 文言与白话

小说由肇始到成熟的发展过程，还反映在文言与白话这两种文学语言的运用及相互关系中。

在原初形态的小说出现之前，文言作为文学语言已经历了漫长的演变，并广泛而成功地运用于各种文体中，在叙事方面也通过史传文学得到了充分地表现。作为一种文学语言，其优势是十分明显的，这就是它所具有的稳定性、一致性。这种优势即使在白话文学语言发达以后也不能代替。不过，除了稳定性、一致性，文言独特的表现力才是它被广泛运用的更重要的原因。例如文言单字使用量大，造成信息密度也很大；文言的句法也使汉字的音韵美发挥到了极致；而意象化也是文言作为文学语言的一个艺术特点。很明显，文言的这些特点特别适合传统抒情文学，也由此形成了含蓄凝练、优雅婉转、意味深长等等风格。而文言小说，特别是传奇小说，也充分地发挥了文言的这些优势。

当然，文言也有自己的局限，如过于追求语言的外在美感，造成了模式化的弊病，而且过于书面化，与现实生活也有所疏离。对于小说来说，这些局限更极大地限制了它的叙事功能。而白话由于接近口语，无论在传播的方式上还是在接受的方式上，都有超越文言的地方。语言学家指出："近代汉语不仅具有多方面的特点，而且比之古代汉语，是更为进步、更为发达的语言。新词、新义的大量出现，双音、多音词语比例大大提高，多种新的句型频繁使用，使汉语反映概念更加精确，表达思想有了更多的形式。"①

实际上，在早期的史传与小说中，口语词汇已时常被作家援引入作品中，如《史记》中刘邦乡亲"夥矣"的名言。在《世说新语》中，也保存了不少当时的口语，一向为研究中古汉语的语言学家所重视，如"阿堵"、"伧父"、"溪狗"、"何物"、"暗当"，等等，都是当时的口语词汇。这些口语主要是以词汇形式进入文言的表达体系中的，口语还不足构成自成体系的白话文学系统。

唐代白话的运用开始增多，在敦煌的俗文学中就有白话的作品。这应该是白话在文学作品中第一次被大规模地运用。与此同时，在唐宋以后的各类文献中，白话的运用也时常可见。禅宗的语录中就有许多白话。如宋代普济著《五灯会元》中有这样的对话：

> 幽州盘山宝积禅师，因于市肆行，见一客人买猪肉，语屠家曰："精底割一斤来！"屠家放下刀，叉手曰："长史！那个不是精底？"师于此有省。②

① 袁宾：《近代汉语概论》，上海教育出版社，1992年，第8页。

② 《五灯会元》卷三，中华书局，1984年，第149页。

池州杉山智坚禅师，初与归宗、南泉行脚时，路逢一虎，各从虎边过了。泉问归宗："适来见虎似个甚么？"宗曰："似个猫儿。"宗却问师，师曰："似个狗子。"又问南泉，泉曰："我见是个大虫。"①

这样的对话，与小说如《水浒传》中的语言颇为相似。另外，宋代理学家的语录也有很多是用白话写成的。

元代白话又有所发展，其中比较突出的是受蒙古口语影响的俚言俗语大量地出现在正式的公文中，在《元典章》中保留了不少这样的公文。而明代初期，白话的使用更为多见。如明初将领蓝玉颇有通略，屡立战功，封为凉国公，1393年以"谋逆"罪被杀，同时被牵连杀戮者一万五千人，明太祖朱元璋敕命翰林官辑录的《逆臣录》，是明初蓝玉党的供状，收录近千人的供词，其中白话成分也很高，姑举一例：

一名邵先，浙江杭州府仁和县人，充金吾前卫右所老军。状招不合要得结交，先同凉国公家火者王德同作买卖，因此熟识，时常跟同前去本家往来。洪武二十六年正月内，为凉国公征进回来，是先亦去火者王德处探望，本人就引先拜见。本官言问："这老儿那里来的？"王德回说："他是金吾前卫右老军，与我结交一处买卖，听得大人来家，着我引来拜见。"本官喜说："这老儿到是个知动静的人，我如今与你芝麻九十石，将去做买卖。明日和你本卫张指挥、侯指挥说，教他来有话商量。"彼时赐酒。饮毕，令火者王德领先前去通济门船上，支与前项芝麻。到家后，有火者王德言说："如今凉国公要谋反，教你将芝麻钱收拾了，且来府里听候着。事成时，也抬举你一步。"是先应允，同王德在于本官家听候谋逆。不期党逆事发，被本管百户孙德奏发，取问罪犯。②

而在私下，人们的交谈自然也多是白话，偶尔也有记录下来的。如朱元璋曾经与刘基的儿子有一段推心置腹的交谈：

你如今回去寻师问友，但是有见识人，师问于他。你学得高了，人皆师问于你，便不做官也高尚了。你每父亲都是志气的人，说的言语都说的是，人都听他。那时与我安了一方，至有今日，我的子孙享无穷天下，你老子的子孙享无穷爵禄。男子汉家学便学似父亲样，做一个人，

① 《五灯会元》卷三，中华书局，1984年，第159页。

② 王天有、张何清点校：《逆臣录》，北京大学出版社，1991年，第77—78页。

休要歪歪搭搭的过了一世。你每趁我在这里，年年来叩头，你每还是挨年这歇来。你每小舍人年纪少，莫要花阶柳市里去。你父亲都是秀才好人家，休要学那等泼皮的顽。①

值得注意的是，白话语言的运用已经有了一定的针对性。还以朱元璋为例，在他主持编撰的法律文书《大诰》中，针对官员、士人及一般民众的条款，基本上是用文言的形式；但专门针对武臣的，就用的是大白话，原因是这些军人，大多数没有什么文化。朱元璋在此书的《序》中苦口婆心地说：

似这等愚下之徒，我这般年纪大了，说得口干了，气不相接，也说他不醒。我将这备细缘故，做成一本书，各官家都与一本。这话直直地说……这文书又不是吏员话，又不是秀才文，怕不省得呵！我这般直直地说着，大的小的都要知道，贤的愚的都要省得。②

《大诰武臣》的具体案例，也用的都是这种有别于"吏员话"、"秀才文"的大白话。实际上，这种有针对性的白话运用并不少见，如明代戚继光的《纪效新书》，针对普通士兵，讲述作战道理，语言也极为通俗，《四库全书总目》就称"其词率如口语，不复润饰"。

以上材料主要是见于社会上层的正式文献中的白话，就社会下层而言，日常的白话语言当更为普遍和丰富。这表明，白话在宋以后持续发展，为白话文学的发展奠定了新的语言基础。它使文学语言从书面化走向语言的原生态，大量利用人们日常生活中的方言、俚语、行业语等等，又按照人物的性格及特定的情境使用语言，使文学作品与现实生活的疏离状况大为改观，增强了读者对艺术世界的认同。

对小说而言，白话文学语言的运用有两个最值得注意的地方。

首先是它的通俗化。小说家们都意识到了通俗化对小说传播的意义，所谓"话须通俗方传远"是他们共同的认识。因此，与传统诗文语言讲究"春秋笔法"、"一字褒贬"、"不著一字，尽得风流"不同，白话小说追求的是鲜明具体、淋漓尽致。它努力消除文学语言与接受者之间的隔膜，使作品中的世界通过叙述者（表演者）与真实的生活世界达到彻底的沟通。

其次是它的个性化。语言的个性化表现为人物语言的个性化和叙述语

① 刘基：《诚意伯文集》卷一《诚意伯次子阁门使刘仲璟遇恩录》。

② 《全明文》第一册，上海古籍出版社，1992年，第730页。

言的个性化两个层面。如果说文言小说可以通过人物“说什么”表现人物的性格，那么，白话小说还可以进一步表现人物“怎么说”。相对而言，人物语言的个性化在白话小说中较早地得到了实现，像《水浒传》等作品的人物性格化已相当成功。但叙述语言的个性化则有一个缓慢的过程，由于说话艺术从创作到演出不是出于一人，因此，不少话本可能体现的是一种共同的语言风格，其中的描述、譬喻、想象都不专属于某一个说话艺人，因而叙述语言有固定化、程式化倾向。当然，这绝不是说，说话的叙述语言就没有个性。因为说话艺术不是单纯的书面创作，它的个性化也就不能只从修辞层面去寻找。作为一门带有很强的表演性的艺术，说书人在叙述时往往配合其他手段，如声音的高低、节奏的徐疾、手势的运用等，这些都是他叙述语言的一部分；而且正是由于文字叙述语言的固定化、程式化的趋向，更迫使说话艺人努力在讲述中形成自己的风格。可惜对于这些，我们现在据流传下来的话本小说是难以悬拟的，而比较单纯的叙述语言的个性化应该是在文人开始投入小说创作以后才形成的。

需要补充说明的是，如文言小说与白话小说文体存在着相互影响一样，文言与白话在小说中也有交融的现象。古代小说叙述中普遍采用的韵散结合方式，就为两种语言的交融提供了一种可能。当然，文言与白话的交融远不只是文体的兼容。实际上，无论是文言还是白话，都不是孤立存在的。大量吸收文言的词汇，丰富了白话的表现力；而文言受白话的影响，也在小说中形成了一种独特的浅近文言。如《三国演义》使用的语言，就具有“文不甚深，言不甚俗”的语感。这可能与这部小说有着在民间长期演说的历史有关，因此，它的主体语言虽然是文言的，但也点缀着许多白话的成分。如：

> 郭嘉曰：“主公正好卖个人情与刘备，退军去复兖州。”（第十一回）
>
> 傕便卖个人情，先遣人赴张济军中许和。（第十三回）
>
> 张飞曰：“哥哥心肠忒好。”（第十三回）
>
> 飞曰：“厮杀汉如何不饮酒？我要你吃一盏。”（第十四回）
>
> 飞大怒曰：“我本不欲打你；你把吕布来唬我，我偏要打你！我打你，便是打吕布！”（第十四回）
>
> 策赶到，大喝曰：“走的不算好汉！”慈心中自忖：“这厮有十二从人，我只一个，便活捉了他，也吃众人夺去。再引一程，教这厮没寻处，方好下手。”（第十五回）
>
> 吕布曰：“我请你两家解斗，须不教你厮杀！”（第十六回）
>
> 孔明曰：“他倒救你，你反攀他！”（第一百回）

重要的是,文言与白话的交融既为这部小说增加了一种与题材相符的历史感,也贴近小说以上层人物为中心的叙述特点,同时,又易为一般读者所理解。这表明小说家们已开始意识到了语言在小说文体中的意义,并作了积极的尝试。

第一章　小说文体的孕育

中国古代小说的产生本身就是一个漫长的过程，而古代小说的一些基本特点，在孕育阶段就已初现端倪了。即使我们不认为早期的一些叙事文学就是小说，为了认识古代小说的特点与发展方向，也应当从小说或叙事文学的萌芽时期开始探寻。

第一节　“小说”观念的起源与小说化叙事的产生

从逻辑上说，一个事物出现以后，才会逐渐形成对这一事物的看法。也就是说，只有小说产生以后，相应的小说观念才有可能形成。但是，中国古代小说的历史却似乎有违这一常情常理。几乎所有的中国小说史著在论及小说的起源时都会引述《庄子》中的一个论断：“饰小说以干县令，其于大达亦远矣。”这里所说的“小说”实际上指的是小的道理，与后世作为小说文体的“小说”完全不同。

另一段被经常引证的话出自桓谭《新论》：

> 小说家合丛残小语，近取譬论，以作短书，治身理家，有可观之辞。

还有一段更著名的话出自班固《汉书·艺文志》：

> 小说家者流，盖出于稗官，街谈巷语，道听涂说者之所造也。孔子曰：“虽小道，必有可观者焉，致远恐泥，是以君子弗为也。”然亦弗灭也。闾里小知者之所及，亦使缀而不忘。如或一言可采，此亦刍荛狂夫之议也。

在《汉书·艺文志》所列小说十五家中，有议论性的，也有记事性的，往往被认为“迂诞依托”、“其语浅薄”。虽然这些作品大多失传，但基本可以肯定，它们与后世的小说也有很大的距离。

尽管如此，这些对所谓“小说”的评论，最终却成了中国古代小说挥之不去的咒语。后世的人们只要提到小说，总会想到上述说法。“稗官”、“街谈巷语”、“小道”、“可观”之类成了小说序跋中使用频率最高的关键词。这种小说观最突出的就是小说之“小”，也就是说，小说从一开始就被定位于一种与经史相对的写作。最宽泛的理解是“六经国史而外，凡著述皆小说也”。从功能上说，小说则可以“为六经国史之辅”①。当然，也有从积极的角度理解的，比如在清代小说《平山冷燕》中，作者天花藏主人开篇的总评论及小说的基本特点时说：

> 小说者，小言也。同一言，何谓小？曰：不文而质也，不深而浅也，故小之。同一立言，何不文之深之，与书史并垂其大，奈何小之？曰：矮人不能窥数仞之墙，聋人不能听希声之乐，凡立言欲家喻而户晓也，使文之深之，则谁知之，而谁听之？故不文而质，不深而浅，盖欲使举世而知风化之美，尽人而识世情之奸耳。因知为此小言者，所以佐大言之不逮也。②

不过，小说观的保守，并不意味着小说创作的保守。实际上，即使小说的起源还有争议，小说化叙事却可能早已出现。这里说的“小说化叙事”还不仅仅是指小说史通常会论及的早期小说，事实上，在更早时产生的一些历史著作中，就具有相当接近后世小说的叙事。如在《左传》中，我们就可以看到情节化极强而与小说叙事相通的描写。“晋公子重耳之亡”就是如此：

> 晋公子重耳之及于难也，晋人伐诸蒲城。蒲城人欲战，重耳不可，曰：“保君父之命而享其生禄，于是乎得人。有人而校，罪莫大焉。吾其奔也。”遂奔狄。从者狐偃、赵衰、颠颉、魏武子、司空季子。狄人伐廧咎如，获其二女叔隗、季隗，纳诸公子。公子取季隗，生伯儵、叔刘，以叔隗妻赵衰，生盾。将适齐，谓季隗曰：“待我二十五年，不来而后嫁。”对曰：“我二十五年矣，又如是而嫁，则就木焉。请待子。”处狄十二年而行。
>
> 过卫，卫文公不礼焉。出于五鹿，乞食于野人，野人与之块。公子怒，欲鞭之。子犯曰：“天赐也。”稽首受而载之。及齐，齐桓公妻之，有

---

① 可一居士：《醒世恒言序》，见丁锡根编：《中国历代小说序跋集》中册，人民文学出版社，1996年，第779页。

② 《平山冷燕》，人民文学出版社，1983年，第1页。

马二十乘。公子安之。从者以为不可。将行,谋于桑下。蚕妾在其上,以告姜氏。姜氏杀之,而谓公子曰:“子有四方之志,其闻之者,吾杀之矣。”公子曰:“无之。”姜曰:“行也!怀与安,实败名。”公子不可。姜与子犯谋,醉而遣之。醒,以戈逐子犯。

及曹,曹共公闻其骈胁,欲观其裸。浴,薄而观之。僖负羁之妻曰:“吾观晋公子之从者,皆足以相国。若以相,夫子必反其国。反其国,必得志于诸侯。得志于诸侯,而诛无礼,曹其首也。子盍蚤自贰焉!”乃馈盘飧、寘璧焉。公子受飧反璧。

及宋,宋襄公赠之以马二十乘。

……

及楚,楚子飨之曰:“公子若反晋国,则何以报不谷?”对曰:“子、女、玉、帛,则君有之;羽、毛、齿、革,则君地生焉。其波及晋国者,君之余也;其何以报君?”曰:“虽然,何以报我?”对曰:“若以君之灵,得反晋国。晋、楚治兵,遇于中原,其辟君三舍。若不获命,其左执鞭、弭,右属櫜、鞬,以与君周旋。”子玉请杀之。楚子曰:“晋公子广而俭,文而有礼。其从者肃而宽,忠而能力。晋侯无亲,外内恶之。吾闻姬姓唐叔之后,其后衰者也,其将由晋公子乎!天将兴之,谁能废之?违天必有大咎。”乃送诸秦。[①]

这一段叙事波澜起伏,张弛有度。其中“礼”与“不礼”交替出现,结构得十分巧妙,如以后世小说相比较,则有详有略,详者如在卫、楚,略者如在宋,只一句话交代,正所谓“有话则长,无话则短”。而在情节的叙述中,也留有恰到好处的悬念,如叙及“姜与子犯谋,醉而遣之。醒,以戈逐子犯”,章回小说的惯例,这里正好可以是分回处,《东周列国志》在叙述这一故事的时候,就将此处作为第三十四、三十五回分回的关节点,所谓“不知(子犯)生死如何,且看下回分解”。至于人物形象的刻画,既有心理的描写,又有个性化的言行,逐步展示出性格的变化,也与小说笔法近似。

类似这样的“小说化叙事”在其他史传作品中也时常可见,如《战国策》中就有很多情节曲折、人物性格鲜明的片断,而且很明显,这些片断不完全或不可能都是实录的,即使我们不把虚构看成小说的专利,这些历史叙事也与后代的小说颇多相近的地方。可见,无论是从选材取舍、虚构想象,还是

---

① 兹据《十三经注疏》本,中华书局,1980 年。

情节结构、叙述角度，或是人物语言、心理描写等各个方面，先秦史传文学作品都有很多与后世小说相近、相通之处。[1]

所以，真正的问题可能还不是小说的起源，而是为什么先秦的历史散文已经有了如此高水平的“小说化叙事”，稍后的小说家却没有直接、全面地接续这一传统？看来，文体的特点至少在“小说”的起源阶段远没有文化的归属来得更重要。就这一点而言，小说是“小道”、是“街谈巷语”，确实在“小说”与经史间划定了一条难以逾越的鸿沟。换言之，小说的起源与其说是一种文体的诞生，不如说是一种观念的诞生。

不过，为什么会出现“小说”与“大达”相对的局面呢？这个问题也许已经超出了小说史的范围，但有一点似乎值得特别注意，在《汉书·艺文志》的表述中，小说处于一个复杂的社会文化系统中，“小说家者流，盖出于稗官”，在自古以来的认识中，“小说家”与“稗官”经常被划上等号，即使不考虑“稗官”本来是个事实上并不存在的官职，从《汉书·艺文志》对其他家的提法中，也可以看出两者是不应简单替换的，如“儒家者流，盖出于司徒之官”、“道家者流，盖出于史官”、“阴阳家者流，盖出于羲和之官”、“法家者流，盖出于理官”、“名家者流，盖出于礼官”，等等。在这些说法中，前后两类是有小大之分的，即“司徒之官”不一定都是“儒家”，“史官”也不一定都是“道家”。同样，“稗官”也不一定都是“小说家”。他们更多地可能只是“小说家”的一个中介。所以鲁迅说：“《汉志》乃云出于稗官，然稗官者，职惟采集而非创作，‘街谈巷语’自生民间，固非一谁某之所造也。”[2]也就是说，“稗官”还面对一个更大的群体，即“街谈巷语，道听涂说者”。我们注意到，在这个主语后还有一个“造”字，这可能才是真正的“小说家”。但“街谈巷语，道听涂说者”及其所“造”同样应该有一个广泛的背景，即“街谈巷语，道听涂说者”的生存空间。这样，小说产生的路径就是：

⟶街谈巷语，道听涂说者⟶稗官⟶小说家⟶

在这个路径的两端，都是更为开放的社会群体。上面提到，《汉书·艺文志》所著录的小说虽然与后世有很大不同，但它所表达的“小说观”却对后世小说有很大影响。而这种影响不仅体现在认为小说有“可观”之处，而且体现

---

① 先秦史籍中的“小说笔法”，除钱锺书《管锥编》论《左传》等处有明确揭示外，今人亦多有展开论述，如孙绿怡《〈左传〉与中国古典小说》（北京大学出版社，1992 年）等，郭丹的《左传国策研究》（人民文学出版社，2004 年）也有专节论《左传》“小说化的叙事写人”。

② 鲁迅：《中国小说史略》，人民文学出版社，1975 年，第 7 页。

在它所描述的小说产生的路径上。我们不妨看一下明代绿天馆主人为《古今小说》写的《序》,其中说:

> 若通俗演义,不知何昉?按南宋供奉局,有说话人,如今说书之流。其文必通俗,其作者莫可考。泥马倦勤,以太上享天下之养。仁寿清暇,喜阅话本,命内珰日进一帙,当意,则以金钱厚酬。于是内珰辈广求先代奇迹及闾里新闻,倩人敷演进御,以怡天颜。[1]

这里所描述的小说产生过程是否符合实际姑且不论,但从路径上看,与《汉书·艺文志》所描述的却是相同的,只不过充当“稗官”的是“内珰”了。而上述路径的意义在于,它表明了中国古代小说始终如一的民间性以及与此相关的非主流性或俗文化性等文化品格。

从中国古代小说的这种文化品格看,它没有接续早期史书中所谓“小说化叙事”其实也就不足为奇了。这里我们还可以举一个例子来说明真正的“小说”与其他叙事的区别。

《论语·卫灵公》曾提到孔子在陈绝粮事:

> 在陈绝粮,从者病,莫能兴。子路愠见曰:“君子亦有穷乎?”子曰:“君子固穷,小人穷斯滥矣。”

这件事在《庄子·让王》中是这样记述的:

> 孔子穷于陈蔡之间,七日不火食,藜羹不糁,颜色甚惫,而弦歌于室。颜回择菜,子路、子贡相与言曰:“夫子再逐于鲁,削迹于卫,伐树于宋,穷于商周,围于陈蔡。杀夫子者无罪,藉夫子者无禁。弦歌鼓琴,未尝绝音,君子之无耻也若此乎?”颜回无以应,入告孔子。孔子推琴,喟然而叹曰:“由与赐,细人也。召而来,吾语之。”子路、子贡入。子路曰:“如此者,可谓穷矣!”孔子曰:“是何言也!君子通于道之谓通,穷于道之谓穷。今丘抱仁义之道以遭乱世之患,其何穷之为!故内省而不穷于道,临难而不失其德。天寒既至,霜雪既降,吾是以知松柏之茂也。陈蔡之隘,于丘其幸乎。”孔子削然反琴而弦歌,子路扢然执干而舞。子贡曰:“吾不知天之高也,地之下也。”古之得道者,穷亦乐,通亦乐,所乐非穷通也。道德于此,则穷通为寒暑风雨之序矣。[2]

---

① 丁锡根编:《中国历代小说序跋集》中册,人民文学出版社,1996年,第773页。

② 《庄子集释》第四册,中华书局,1961年,第981—983页。

而《史记·孔子世家》中，司马迁的叙述就曲折多了：

> 孔子知弟子有愠心，乃召子路而问曰："《诗》云：'匪兕匪虎，率彼旷野。'吾道非耶？吾何为于此？"子路曰："意者吾未仁耶？人之不我信也。意者吾未知耶？人之不我行也。"孔子曰："有是乎！由，譬使仁者而必信，安有伯夷、叔齐？使知者而必行，安有王子比干？"子路出，子贡入见。孔子曰："赐，《诗》云：'匪兕匪虎，率彼旷野'，吾道非耶？吾何为于此？"子贡曰："夫子之道至大也，故天下莫能容夫子。夫子盖少贬焉？"孔子曰："赐，良农能稼而不能为穑，良工能巧而不能为顺。君子能修其道，纲而纪之，统而理之，而不能为容。今尔不修尔道而求为容。赐，而志不远矣！"子贡出，颜回入见。孔子曰："回，《诗》云：'匪兕匪虎，率彼旷野'，吾道非耶？吾何为于此？"颜回曰："夫子之道至大，故天下莫能容。虽然，夫子推而行之，不容何病，不容然后见君子！夫道之不修也，是吾丑也。夫道既已大修而不用，是有国者之丑也。不容何病，不容然后见君子！"孔子欣然而笑曰："有是哉，颜氏之子！使尔多财，吾为尔宰。"于是使子贡至楚。楚昭王兴师迎孔子，然后得免。①

同一故事，在《殷芸小说》中，却是另一番景象：

> 孔子去卫适陈，途中见二女采桑。子曰："南枝窈窕北枝长。"答曰："夫子游陈必绝粮。九曲明珠穿不得，著来问我采桑娘。"夫子至陈，大夫发兵围之，令穿九曲珠，乃释其厄。夫子不能，使回、赐返问之。其家谬言女出外，以一瓜献二子。子贡曰："瓜，子在内也。"女乃出，语曰："用蜜涂珠，丝将系蚁，蚁将系丝；如不肯过，用烟熏之。"孔子依其言，乃能穿之。于是绝粮七日。②

前二者是子书，叙事的目的在说理，所以《论语》、《庄子》分别突出的是"君子固穷"和"道之穷通"的思想。不过，《庄子》在具体细节上有所发挥，如增加了孔子"弦歌于室"等，使得形象更为鲜明。这种细节的生动描写，也是《庄子》被后世视为"小说之祖"的原因之一。而《史记》通过孔子三个弟子的不同态度与认识，更加曲折地展示了孔子的高风亮节，这样的场面恐怕很大程度上得之于作者的虚拟，也就是前面所说的"小说化笔法"，但作者的目的还是为了表现真实的人物品格。不过，比较起来，《殷芸小说》的叙事更加富于

---

① 《史记》，中华书局，1999 年，第 1555 页。

② 《殷芸小说》，上海古籍出版社，1984 年，第 48 页。

戏剧性，孔子与采桑女的对歌，不但为圣人涂抹了一层人情化色彩，使孔子由弟子所不知的"天高地下"的境界降到凡人、甚至不及凡人（采桑女）的水平。而采桑女对答的歌词，则为下面的叙事埋下了伏笔，这种悬念的设置正是后世小说惯用的方法。而作为核心情节的已不是孔子的"训徒"表现，而是一个充满民间智慧的"穿珠"想象。这样的叙事在《殷芸小说》并不是偶然的，书中还有另一段同样带有民间叙事特点的"孔子使子路取水"：

> 孔子尝游于山，使子路取水。逢虎于水所，与共战，揽尾得之，内怀中。取水还，问孔子曰："上士杀虎如之何？"子曰："上士杀虎持虎头。"又问曰："中士杀虎如之何？"子曰："中士杀虎持虎耳。"又问："下士杀虎如之何？"子曰："下士杀虎捉虎尾。"子路出尾弃之，因恚孔子曰："夫子知水所有虎，使我取水，是欲死我。"乃怀石盘，欲中孔子。又问："上士杀人如之何？"子曰："上士杀人使笔端。"又问："中士杀人如之何？"子曰："中士杀人用舌端。"又问："下士杀人如之何？"子曰："下士杀人怀石盘。"子路出而弃之，于是心服。[①]

与"孔子穿珠"一样，这也是完全虚构的描写。这种虚构的目的与子书的意在说理、史书的意在写出真实的人物有所不同，它带有明显的游戏性、娱乐性。因此，它更符合小说的特性。

由此可见，众说纷纭的小说起源问题其实涉及了三个方面的问题，一是小说观念的起源，一是小说化叙事的起源，一是小说的起源。三者有交错，也有重叠。就小说化叙事而言，其产生可能比我们想象得还要早。但相对拘谨的"小说观念"对"小说"的范围与地位作了限定，很可能正是这种限定影响了小说的发展方向。因为在相当长的时间里，"小说"这一概念反映出来的都不是一种单纯的、清晰的文体，同时也是一种文化意识。尽管如此，民间叙事仍然以其突出的特性显示出，真正意义上的小说至迟在汉魏时已经初显端倪。

这里还需补充说明的是，我们在讨论小说的起源时，主要是依据现存的文献，而由于时代久远的原因，一些可能在小说产生中起过某种作用的文献已失传了。例如我们都会注意到《汉书·艺文志》中的"小说家"，实际上，在"小说家"外，可能还有些作品对小说的产生有影响。如《汉书·艺文志》中的"杂占家"，著录了《祯祥变怪》二十一卷、《人鬼精物六畜变怪》二十一卷等

---

① 《殷芸小说》，上海古籍出版社，1984年，第47页。

书，这些书也许与魏晋南北朝小说志怪就有相关的地方。又如《后汉书》的《郭太传》，在叙及郭太奖拔士人故事时说："后之好事，或附益增张，故多华辞不经，又类卜相之书。今录其章章效于事者，著之篇末。"这种"附益增张"、"华辞不经"的"卜相之书"，因文献无从稽考，难以推测，但或许也有某种小说的性质。

第二节　神话传说的小说史意义

神话与中国古代小说究竟有怎样的关系，我们不妨随便翻阅以写实著称的《水浒传》。在这部小说的叙述层面，有大量的韵文套语，其中不乏这样的句子：

> 泰华山头，巨灵神一劈山峰碎。共工奋怒，去盔撞倒了不周山。（第一回）
>
> 初疑炎帝纵神驹，此方刍牧；又猜南方逐朱雀，遍处营巢。（第十回）
>
> 这个是扶持社稷毗沙门托塔李天王，那个是整顿江山掌金阙天蓬大元帅。……一个是巨灵神忿怒，挥大斧劈碎山根；一个如华光藏生嗔，仗金枪搠开地府。（第十三回）
>
> 祝融南来鞭火龙，火旗焰焰烧天红。（第十六回）
>
> 真是神荼郁垒象，却非立地顶天人。（第二十九回）
>
> ……冯夷神生嗔，跨玉狻猊纵横花界。（第三十五回）
>
> 雷公忿怒，倒骑火兽逞神威；电母生嗔，乱掣金蛇施圣力……若非灌口斩蛟龙，疑是泗州降水母。（第五十二回）[①]

在这些韵文中，大量地出现了古代神话，从一个侧面反映出小说家对神话驾轻就熟的运用。当然，这种浅层次上的运用还不足以说明小说与神话深远、复杂的关系，但它至少表明忽视神话，是不利于把握中国古代小说的。事实上，自鲁迅在《中国小说史略》中将神话与传说纳入小说的源头加以考察后，许多小说史论著都采纳了鲁迅的观点。不过，近年来，也有一些学者不认同神话是小说之源的观点，或者只是把神话对小说的影响等同于神话

---

① 此据上海人民出版社1975年版《水浒全传》本引，其他版本文字略有不同。

对文学艺术的一般影响。[①] 造成这种分歧的原因，与以往相关研究大多只是孤立地论述神话本身，而没有更多地考虑神话与小说在叙事文学层面的特殊联系有关。这种特殊联系在神话对小说的影响与小说对神话的发挥两方面，都是不应忽视的。

一、神话传说对小说的实际影响

其实，把神话传说与小说联系起来看并不自今人始。古代文人就常把一些神话内容较多的著作视为小说。比如《山海经》包罗万象，涉及面极广，曾造成过去目录学家分类的困难。清初修《四库全书》，将它改列在子部的小说家类，因为“书中序述山水，多参与神怪……核实定名，实则小说之最古者耳”[②]。持这种观点的并不只清人。明代胡应麟在《少室山房笔丛》中称《山海经》为“古今语怪之祖”，也是将其作为志怪小说来看的。

上一节说过，古代、尤其是早期的小说概念与现代小说概念不尽相同。但胡应麟、纪昀等人所说的“小说”大体上已是属于叙事文学范畴了。也就是说，在他们的小说史观念中，认为记录了大量上古神话的《山海经》，与小说、特别是志怪小说有着渊源关系。问题当然不只是一部书与一种文体的简单关系。从小说史的实际来看，把神话看成小说之源，实际上也有两层意义，神话既影响了小说的产生，又影响了后世小说的创作。而无论哪一种意义上的影响，都是多方面的。

首先，上古神话是最早或较早的富于散文意味的故事系统，这是它能够对小说产生重要影响的基础。所谓散文意味的故事系统，是指上古神话作为语言传述行为被记录、整理成为文字形式，并具有时间、地点、角色等构成要素和有因果联系、循序发展的情节。有人认为，“神话文体是一个无法讨论的问题，所以，小说从文体上与神话有什么传承关系，也是说不清楚的问题”[③]。这固然有一定道理，神话毕竟不是一种单纯的文学创作，所以也就不具有独立的文体性质，或者说，不是一种能与小说平行的体裁；但是，神话一旦被记录下来，这记录的文本就天然地获得了一种文体的特点，神话正可以通过这一文本为中介影响小说。如《山海经·海内经》上关于鲧禹治水的神话：

---

① 王齐洲：《中国古代小说探源》，《文学遗产》1985年第1期。

② 《四库全书总目》卷一百四十二《子部·小说家类》三“山海经”条。

③ 石昌渝：《中国小说源流论》，三联书店，1994年，第55页。

洪水滔天，鲧窃帝之息壤以堙洪水，不待帝命。帝令祝融杀鲧于羽郊。鲧复生禹。帝乃命禹卒布土以定九州。①

在这里，"洪水滔天"是故事的背景，也是故事的起因，它使得鲧冒生命危险盗神土阻挡洪水。这导致了上帝的不满，派祝融杀了鲧。可是鲧又生出了禹，帝于是让禹分布神土，使九州得以安定。虽然故事很简略，但原委清楚，事迹分明，结构要素齐全，平铺直叙中不失情节曲折，片言只语里隐含人物性格。富于献身精神、不屈不挠的鲧与妄自尊大的帝的冲突使这个普通的洪水神话带有鲜明的人文色彩，给人留下了深刻的印象。

类似鲧禹治水这样的神话还有很多，它们从总体上奠定了古代小说思想和艺术的基础。不过，神话的文本毕竟还不是小说。从叙事学的角度看，我国上古神话的故事主要是概述的，而不是描写的，多情节梗概而少具体细节。这可能是因为记录神话的人比今天的读者对神话要熟悉得多，所以，对故事的具体过程以及人物关系就略而不记了。如果把有关记载连缀起来，情节和形象都会丰满些。比如《淮南子·本经训》有一个神话：

逮至尧之时，十日并出，焦禾稼，杀草木，而民无所食。猰貐、凿齿、九婴、大风、封豨、脩蛇皆为民害。尧乃使羿诛凿齿於畴华之野，杀九婴於凶水之上，缴大风於青丘之泽，上射十日而下杀猰貐，断脩蛇於洞庭，禽封豨於桑林。万民皆喜，置尧以为天子。②

可以想见，羿除诸怪的神话，每一次战斗都会是如火如荼的，但《淮南子》只是撮要提及。而在《山海经·海外南经》中，就有这样的描述：

羿与凿齿战于寿华之野，羿射杀之。在昆仑虚东。羿持弓矢，凿齿持盾。一曰戈。③

这就比《淮南子》的记述多出了双方的兵器，令人可以遥想当时的战况。当然，这仍然还是概述。有人因此断定中国上古神话的故事性不强，原因据说是神际关系不明。④ 其实，神话的叙述者可能、而且应当比后世读者知道得更多。恐怕问题还出在表达方面，比如是不是与上古汉语的水平及表现方式（如书写工具）、神话常被巫觋掌握导致的神秘性、没有欧洲那样演唱神话

---

① 袁珂：《山海经校注》，上海古籍出版社，1980年，第472页。

② 《四库全书》本《淮南鸿烈解》卷八。

③ 袁珂：《山海经校注》，上海古籍出版社，1980年，第198页。

④ 谢选骏：《神话与民族精神》（山东文艺出版社，1986年）即持这一观点。

的盲诗人等等有关？这需要进一步的探讨。

中国上古神话的散文文本还有一个缺陷，就是缺少角色的语言和对话。角色的语言往往反映着他的心理与性格，对话也有推进情节、揭示主题的机制。而缺少对话，就使神话局限于叙述者这一个层面上。于是，对神话本义的推究往往就变成了对叙述者本义的推究，造成了神话主题的复杂和矛盾。如《淮南子·天文篇》谓共工与颛顼争为帝，“怒而触不周之山”。对此，至少有两种说法。袁珂在其《中国神话传说》之《开辟篇》第十章是这样叙述这一情节的：

> ……双方的军队打到这根天柱下面来了，打得难解难分，不分胜负。
>
> 共工一时不能取胜，陡然怒气发作，火冒三丈，猛地一头向不周山碰去……刹时间便把这根撑天柱子拦腰碰断，横坍下来。①

但是，钟毓龙《上古神话演义》第五回却说是：

> 共工上了不周山，早被颛顼兵围住。共工氏料想不能脱身……真是后悔无及……又想我现在已经逃到如此荒远之地，颛顼兵竟还不肯舍，真是可恶已极！想到此际，怒气冲天，说道：“罢了罢了！”举头向山峰的石壁撞去，只听得天崩地裂之声，原来共工氏固然脑裂而死，那山峰亦坍了一半……

两书都用了些小说笔法来连缀、敷演上古神话，但出入却很大。共工怒而触山，在前书是愤怒的抗争之举，在后书却是恼羞成怒的绝望之举。所以有这么大的区别，就是因为原文只有“怒而触”三字。试想原文若记述了共工的话语，哪怕只有“罢了”两字，也不会出现上述分歧的。这或者可以看出上古神话叙述者的客观态度。诸神的活动，所作所为，不难取资于传说；所想所言，就“死无对证”了。故只存事迹，不加描写，全然以记录为尚。魏晋小说，以“志(怪)”标榜，虽也属记录，然而多有人物语言与对话，其间虚构性质，一望可知。实际上，神话在文本记录中也有所变化。屈原《天问》中有这样几句：

> 帝降夷羿，革孽夏民。胡射夫河伯，而妻彼雒嫔？

对天帝派去拯救下方人民的羿为何射伤河伯，又占有河伯的妻子雒嫔很不

---

① 《中国神话传说》，民间文艺出版社，1984年，第100页。

理解，原因可能就是当时有关的神话过于简略。三百多年后，王逸注《天问》，却有了生动的故事：

河伯化为白龙，游于水旁，羿见射之，眇其左目。河伯上诉天帝，曰："为我杀羿。"天帝曰："尔何故得见射？"河伯曰："我时化为白龙出游。"天帝曰："使汝深守神灵，羿何从得犯？汝今为虫兽，当为人所射，固其宜也。羿何罪欤？"[①]

其中有了人物的对话，情节的叙述就清晰多了。当然，很难说这还是严格意义上的神话而没有掺杂后世的艺术加工，明代《封神演义》的精彩片断"哪吒闹海"，其结构也不过如此。而这也就是上古神话对小说的另一个影响，即神话风云诡谲的叙事结构在后世的小说创作中也不断以新的形式层现出来。例如神话经常把人与自然的矛盾和社会冲突表述为神怪之间的斗争，这逐步凝结为一种叙事结构，成为后世降妖伏魔题材小说的远祖。如《山海经·大荒北经》有这样一节：

蚩尤作兵伐黄帝，黄帝乃令应龙攻之冀州之野。应龙畜水，蚩尤请风伯雨师，纵大风雨。黄帝乃下天女曰魃，雨止，遂杀蚩尤。[②]

《太平御览》卷七九引《龙鱼河图》对此的记述略有不同：

黄帝摄政前，有蚩尤兄弟八十一人，并兽身人语，铜头铁额，食沙石子，造立兵仗刀？大弩，威振天下，诛杀无道，不仁不慈。万民欲令黄帝行天子事，黄帝仁义，不能禁止蚩尤，遂不敌，乃仰天而叹。天遣玄女下授黄帝兵信神符，制伏蚩尤，以制八方。蚩尤没后，天下复扰乱不宁，黄帝遂画蚩尤形像以威天下。天下咸谓蚩尤不死，八方万邦皆为殄伏。[③]

这一神话的结构是人在天神的帮助下战胜妖怪。后来的许多神魔小说实际上就是如此设计情节的。因此，它很容易使人想到有关小说。例如《西游记》中孙悟空犯上作乱，玉帝在诸神帮助下收伏他，就颇有黄帝、蚩尤之战的意思。孙悟空"兽身人语"自不待言，形象上也曾是"铜头铁额"的，可见连形貌细节也关合着古代神话。至于那呼风唤雨的战斗方式，《西游记》中也有，如"车迟国斗法"一节。而"玄女授天书"的细节，也屡见于后世小说。《水浒

---

① 游国恩主编：《天问纂义》，中华书局，1982年，第213页。

② 袁珂：《山海经校注》，上海古籍出版社，1980年，第430页。

③ 《太平御览》第七册，河北教育出版社，1994，第613页。

传》第四十二回上承宋《宣和遗事》叙宋江为官兵追捕，逃至玄女庙。官兵寻至庙里，为玄女显灵起风沙所吓退。玄女接着便命二仙女引宋江相见，授予三卷天书，并说："传汝三卷天书，汝可替天行道，为主全忠仗义，为臣辅国安民，去邪归正。他日功成果满，作为上卿。"到了第八十八回，宋江征辽遇挫，又梦玄女授以破阵之法，大胜辽军。在冯梦龙增订本《平妖传》和《英烈传》、《女仙外史》、《薛仁贵征东》等小说中，也有类似描写。在这些小说中，玄女是一位执掌劫数、专救英雄于危难之中，并授英雄以兵法天书、指点迷津的神灵。这虽受到了道教刻意渲染的影响，却也有上古神话的远因。[①]

神话宏大的时空观念也具有想象和叙事框架的意义。一方面有天界、人间、幽冥的三界设计，另一方面又有对殊方绝域的幻想，这使得神话和有关小说的叙事空间比一般的写实小说更广大、更灵活。

上古神话千变万化的神怪形象对小说创作也产生了重大的影响。在古希腊神话中，形象主要是人形的。而我国上古神话不但有人形的神怪，而且有大量的人兽同体、半人半兽或多种动物混合的形象。这些神貌各异的形象活动于同一个世界，更增添了神话的情趣。《列子·黄帝》记载：

> 黄帝与炎帝战于阪泉之野，帅熊、罴、狼、豹、貙、虎为前驱，雕、鹖、鹰、鸢为旗帜，此以力使禽兽者也。[②]

熊、罴之类的深层含义也许是被兼并的部族的图腾。但作为一种直呈于读者的形象，却给这场壮烈的战争涂上了一层朴野、神奇的色彩。

事实上，在我国上古神话中，物怪之多远胜于人妖。一部《山海经》，是奇禽异兽、精灵怪物的大本营。就是《楚辞》中一篇短短的《招魂》，也竟显各类怪兽的凶险恐怖。这自然使我们也想到早期小说同样是神出鬼没、妖怪纵横的。魏晋南北朝时的小说通常被分为志怪、志人两类，若以志怪的代表作《搜神记》等与志人的代表作《世说新语》相比，志怪实比志人更生动、更丰满，因而更接近小说，而志怪从形象构成来看，正是思接神话的。

就审美特征而言，神话形象奇谲多变，壮伟瑰丽，极富幻想色彩。这里有人面蛇身、身长千里，昼夜冬夏只在其睁眼闭眼、吹气呼气之间的烛龙；有人头龙身，鼓腹而遨游的雷神；有游于东海，溺而不返，化为精卫鸟而发誓填海的炎帝女；还有形似虎，有翼能飞，专门残害忠良的穷奇……种种设想，光

---

① 胡万川：《玄女、白猿、天书》，台北《中外文艺》第十二卷第六期。

② 杨伯峻：《列子集释》，中华书局，1979 年，第 84 页，

怪陆离、惊心动魄。不但如此,神话的幻想还十分壮伟,令人惊叹不已。河神巨灵,手荡脚踏,劈开华岳,使河水穿行无阻;共工一怒,竟撞折天柱,使天倾西北,地不满东南;而女娲则能在四极废、九州裂,天崩地陷之时,补苍天,正四极;还有羿射落十日,祝融乘龙而飞……这些神怪的非凡本领和才能,实际上是对人的能力的极度夸张,表现了初民的智慧、理想和审美心理。当《西游记》作者以其驰骋万里的想象挥洒笔墨时,当蒲松龄陶醉于花妖狐魅的世界时,我们仍可以依稀感觉到上古神话的风神韵致。神话一方面为后世小说家提供了大量具有可拓性的前形象,另一方面,也是更重要的,它哺育、激发了小说家的想象力。①

至于小说在文化精神上对神话的继承更是不言而喻的事实。上古神话传说作为民族精神的最初展示,它所具有的浪漫情怀、现世精神、悲剧意识、理念倾向等,都可以在后世的小说中听到回响。例如在中国人的心目中,"艰难困苦,玉汝于成",一个英雄豪杰的诞生,总是伴随着痛苦的磨炼。据《史记》等书记载,舜在发迹之前,经历了"涂廪"、"浚井"、"醉杀"三难,这一传说就反映了古人对"天将降大任于斯人"的一种精神认识。与此相似而更加神奇的是后稷的经历。《诗经·大雅·生民》咏叹了这件事:

> 诞寘之隘巷。牛羊腓字之。诞寘之平林,会伐平林。诞寘之寒冰,鸟覆翼之。鸟乃去矣,后稷呱矣。实覃实訏,厥声载路。

据说,有邰氏的女儿姜嫄是好奇地踩了巨人的足迹而怀孕生下后稷的。姜嫄对这个怪胎很反感,便把他抛弃在一条窄巷中,奇怪的是,过路的牛羊都绕道而行,以免踩坏了他;姜嫄又把他抛弃在山林里,却正好遇上一帮人在伐木;她又把他丢在寒冰上,没想到许多鸟儿飞来,用羽毛为他驱寒。后稷经此三难而不死,姜嫄以为神,才收而养之。

像舜和后稷这样历难不死的神话叙事结构,在后世的小说中一再出现。最典型的也许是《三侠五义》中包拯的经历了。他的嫂子为了独占家私,三次陷害他。逢虎得救、毒饼药犬、枯井逃脱,一次次显示了包拯自幼就具有非凡的天性与命运。其中枯井逃脱一劫,与舜的"浚井"之难如出一辙,继承之迹,昭然若揭。其他小说中,如《西游记》中唐僧的"满月抛江"、孙悟空的八卦炉之劫,《封神演义》中周文王囚禁羑里,《说岳全传》中岳飞一出世便随洪波漂流,等等,都表现了同样的神人品质和受难意识。它们不同于一般文

① 参见拙著《幻想的魅力》第二章,上海文艺出版社,1992年。

学作品在情节上的因袭，而体现着民族心理的传承与制约。

二、小说对神话传说的发扬光大

最早的神话往往见诸小说的记录，又经小说的充实、提高、扩展以至改造，获得新的艺术生命，这就是小说对神话的发扬光大。

神话与小说的联姻在魏晋南北朝时的志怪小说中已有生动的表现。实际上，神话与志怪有时并不易区分。这有两种情形，一是神话沦为志怪，一是志怪附会于神话。

先看神话沦为志怪。如《搜神记》卷十四有一段蚕马神话：

> 旧说：太古之时，有大人远征，家无余人，唯有一女。牡马一匹，女亲养之。穷居幽处，思念其父，乃戏马曰："尔能为我迎得父还，吾将嫁汝。"马既承此言，乃绝缰而去。径至父所。父见马惊喜，因取而乘之。马望所自来，悲鸣不已。父曰："此马无事如此，我家得无有故乎?"亟乘以归。为畜生有非常之情，故厚加刍养。马不肯食。每见女出入，辄喜怒奋击。如此非一。父怪之，密以问女，女具以告父："必为是故。"父曰："勿言。恐辱家门。且莫出入。"于是伏弩射杀之。暴皮于庭。父行，女与邻女于皮所戏，以足蹙之曰："汝是畜生，而欲取人为妇耶！招此屠剥，如何自苦!"言未及竟，马皮蹶然而起，卷女以行。邻女忙怕，不敢救之。走告其父。父还求索，已出失之。后经数日，得于大树枝间，女及马皮，尽化为蚕，而绩于树上。其茧纶理厚大，异于常蚕。邻妇取而养之。其收数倍。因名其树曰桑。桑者，丧也。由斯百姓竞种之，今世所养是也。[①]

这是一个推原神话。推原，就是推寻事物的起源。蚕、桑的起源用这段神话来解释，自然是古人天真朴质的幻想。实际上，在《山海经》中已有这一神话的影子。《荀子·蚕赋》中"身女好而头马首"，也暗示了这一神话的古老，只不过到了《搜神记》才完整地记录下来，所以它的结尾称"故今世或谓蚕为女儿者，是古之遗言也"。当然，由于《搜神记》成书稍晚，这一神话也许会有一些变异，并打上时代的烙印。比如父亲向女儿说"勿言，恐辱家门"，就是一个表现。魏晋南北朝时的人，特重家世门第，故有此语。

至于志怪附会于神话的更不计其数。原题班固撰，实是六朝人伪托的《汉武故事》有一条"东方朔偷桃"：

---

① 《搜神记》卷十四，中华书局，1979年，第172—173页。

东郡送一短人，长七寸，衣冠具足。上疑其山精，常令在案上行，召东方朔问。朔至，呼短人曰："巨灵，汝何忽叛来，阿母还未？"短人不对，因指朔谓上曰："王母种桃，三千年一作子，此儿不良，已三过偷之矣，遂失王母意，故被谪来此。"上大惊，始知朔非世中人。①

这是把"现实"与神话混为一谈的显例。篇中提到的巨灵、王母都是神话人物，在这里被作者拉来为现实中的人物作陪衬。

《博物志·杂说下》也有一条附会古神话的志怪小说：

旧说云，天河与海通。近世有人居海渚者，年年八月有浮槎去来不失期。人有奇志，立飞阁于槎上，多赍粮，乘槎而去。十余日中，犹观星月日辰，自后芒芒忽忽，亦不觉昼夜。去十余日，奄至一处，有城郭状，屋舍甚严，遥望宫中多织妇。见一丈夫牵牛渚次饮之，牵牛人乃惊问曰："何由至此！"此人具说来意，并问此是何处。答曰："君还至蜀郡，访严君平则知之。"竟不上岸，因还如期。后至蜀，问君平，曰："某年月日有客星犯牵牛宿。"计年月，正是此人到天河时也。②

这则小说大约也是对天象（流星？）的解释，颇有些神话意味。但与上古神话不同，为取信于人，推出严君平（有的记载还有张骞、东方朔等，如《天中记》卷三引《荆楚岁时记》）。而为了张皇其说，又联系上牛郎织女的神话，仿佛这是牛郎织女神话的衍生。

在小说成为一种自觉的文学创作以后，小说家对神话的吸收和运用，不但没有减少，反而更加积极和普遍了。可以说，不了解中国神话，也就不能完全读懂中国小说，因为即使在写实性的小说中，我们也常常可以看到神话的影子。

前面提到，玄女是一位救助危难、传授战法的女神，《水浒传》描写她授天书给宋江就至少有两方面的意义。首先，天书神话的运用，正是传统的世事皆由天定观念的反映。其次，则是对英雄人物的神化，因为只有应运而生的英雄才有得到天书的可能。得知天机的人为上天选定的应命英雄以及天书传承过程中的神秘性，赋予了宋江特殊的地位。当然，这一描写在艺术上也许不是很成功，以至遭到金圣叹刻薄的讽刺，说"天书定是自家带去"③。

---

① 李剑国：《唐前志怪小说辑释》，上海古籍出版社，1986年，第55页。

② 同上书，第185—186页。

③ 金圣叹评点《水浒传》第四十二回评语。

同样以写实为主体的《红楼梦》，却极为成功地把神话有机地融入艺术整体中，不但丰富了作品的内涵，也使神话获得了新的生命。在这部小说的开篇，作者写道：

> 列位看官：你道此书从何而来？说起根由虽近荒唐，细按则深有趣味。待在下将此来历注明，方使阅者了然不惑。
>
> 原来女娲氏炼石补天之时，于大荒山无稽崖炼成高经十二丈，方经二十四丈顽石三万六千五百零一块。娲皇氏只用了三万六千五百块，只单单剩了一块未用，便弃在此山青埂峰下。谁知此石自经煅炼之后，灵性已通，因见众石俱得补天，独自己无材不堪入选，遂自怨自叹，日夜悲号惭愧。

这里，就把女娲补天的神话纳入了作品的构思。它不仅仅是一部小说原名《石头记》的"题记"，而且表露了作者的思想感情，揭示出主人公贾宝玉精神性格的重要特点。

接着，作者进一步引入他自己编造的灵河畔神话。它表面上写的是所谓"风流孽债"，实际上却赋予了宝黛爱情纯洁、美好的品质，暗示了一种悲剧的关系和结局。

在具体的人物描写中，《红楼梦》也利用了神话。林黛玉的形象就充满了一种仙灵之气，这是有别于宝钗的尘俗之气的。如果说宝钗的形象叠进了杨贵妃等现实佳丽的影子，那么，黛玉身上就化入了历史上的女神形象。黛玉的泪光莹莹，一方面是作者自创的灵河畔神话的延伸和印证，另一方面又化入了其他有关神话。黛玉有诗曰："尺幅鲛绡劳惠赠，为君那得不伤悲？""窗前亦有千竿竹，不识香痕渍也无？"虽是诗中用典，却也揭示了作者有意把两个神话传说所特有的形态化入对黛玉的描写之中：

> 鲛人从水出，寓人家积日，卖绡将去，从主人索一器，泣而成珠满盘，以与主人。

> 尧之二女，舜之二妃，曰湘夫人。舜崩，二妃啼，以涕挥竹，竹尽斑。

以上二条均见《博物志》[1]，如以意格之，则鲛人之所作所为，与黛玉形象殊不相干。娥皇、女英是夫人，以喻少女黛玉，也有不当之嫌。其实，作者仅取

---

① "鲛人"条见《太平御览》卷八百零三，今本无。

他们善哭之泪态来加深对黛玉愁肠婉转、缠绵悱恻的描写。所以，黛玉住潇湘馆，还有潇湘妃子的雅号。

以上讲的是写实小说。从唐代起，先是传奇，后是章回小说中的神魔小说，长于以非现实的形象构成方式反映现实，更使古代神话得到了极大的发挥。唐传奇的《古镜记》、《游仙窟》、《补江总白猿传》、《离魂记》、《柳毅传》等名篇，都可以找到神话的影子。明清小说这方面的代表作就更多，如《西游记》、《封神演义》、《镜花缘》等。单就上古神话的敷演而言，就极受小说家的重视。清初有个叫沈滕友的人，写了一部一百二十回的长篇小说《大禹治水》。这样一个题材能扩展成如此规模的小说，确实是令人感兴趣的。可惜由于作者的顾虑，此书未能刊刻流传。① 不过，类似的作品也有传世的。如明代的《盘古志传》、《有夏志传》就大量取材于上古神话传说。周游的《开辟衍绎通俗志传》（又名《开辟演义》），更以上古神话传说为主体展开情节，几乎把所有重要的神话传说都囊括进去了。当然，作者也对神话进行了大胆的改造，如写盘古开天辟地：

> [盘古]将身一伸，天即渐高，地便坠下，而天地更有相连者，左手执凿，右手持斧。或用斧劈，或以凿开，自是神力。久而天地乃分，二气升降，清者上为天，浊者下为地。自此而混茫开矣。②

在最早的关于盘古开天辟地的神话记载中，这一过程是自然生发的。周游却给了盘古一斧一凿，平添了一种气势，难怪受到神话学家袁珂的激赏，说它“使古老的开天辟地神话忽然焕发了青春”③。

由于周游过于“大胆”，有时也写得有些离谱。如“女娲兴兵诛共工”就是闻所未闻的事。还有“精卫公主访神仙”，说精卫溺海是因为她道遇美男，遂生求婚之想，神仙有意教训她。后来她充满怨气，化成小鸟，誓填东海。在神话的框架下，随意添油加醋，致失本真。此书号称八十回，其实每回都很简略，细节描写极为贫乏，算不上成功之作。

相比之下，《牛郎织女传》要丰满多了。以前有关牛郎织女神话的记载散见诸书，多不过百十字。而明末的这篇小说，却以两万多字的篇幅，完整细腻地敷演了这一著名神话，虽然文笔仍嫌粗疏，但较之《开辟演义》，更具小说特点。清末，又有一本十二回本的《牛郎织女》，广采民间传说，突出描

---

① 徐承烈：《燕居续语》，转引自俞樾：《茶香室三钞》

② 《开辟演义》，齐鲁书社，1988年，第2页。

③ 《中国神话史》，上海文艺出版社，1988年，287页。

写金童(即牛郎)谪贬人间的痛苦经历,曲尽人情,使古老的神话世俗化、现实化,深受欢迎,成为各种地方戏的热门题材。

在改造上古神话方面最成功的作品大约要数清代李汝珍的《镜花缘》了。这是一部内容驳杂的小说,其中最吸引读者的部分是据神话恣意发挥的章节。李汝珍让书中人物周游海外,以虚构的远国遐方映照现实社会的人情世态,很多构想出自《山海经》和其他有关神话。《山海经·海外北经》称:"无肠之国在深目东,其为人长而无肠。"只是记述一个"事实",《镜花缘》中却以此嘲讽腹中空空,"偏装作充足样子"的"脸厚"之人。《山海经·海外南经》提到"长臂国",也只说"捕鱼水中",《镜花缘》却鞭挞那些贪得无厌的人,由于他们到处伸手,"久而久之,徒然把臂弄的多长"。又有"豕喙国"的人嘴巴似猪,因为前生"最好扯谎",才长那么副尊容;"穿胸国"的人,由于居心不良、专干坏事,所以心肺俱烂,只好用"狼心狗肺"去补;"翼民国"一节,作者讽刺那些"爱戴高帽子"的人,"今日也戴,明日也戴,满头尽是高帽子,所以渐渐把头弄长了",竟至身长五尺,头长也是五尺;"毛民国"的人则是"因他生性鄙吝,一毛不拔,死后,冥官投其所好,给他一身长毛";其他如"岐舌国"、"黑齿国"等,也所来有自。作者依据神话名目,抓住一点,生发开去,或巧譬妙喻,或杜撰故事,为神话注入了新意。更有"小人国"、"大人国"、"君子国"、"两面国"等,独出心裁,一空依傍,将形形色色"丑陋的中国人"放逐到海外,使读者在观照社会现实的同时,领略到一种古朴质实的美。

综上可见,神话传说与小说的关系实际上是一种双向交流的关系。神话孕育了小说,小说又推广了神话,你中有我,我中有你,构成了小说史的奇观异景。

第三节　先秦两汉叙事散文对小说的推动作用

与神话传说相比,史传作为中国小说的起源之一较少争议,研究也较为深入。如石昌渝在《中国小说源流论》中即有专节论述史传中的小说文体因素,指出"史传积累了丰富的叙事经验,不论是在处理巨大题材的时空上,还是在叙事结构和方式上,还是语言运用的技巧上,都为小说艺术准备了条件"[①]。

在第一节中,已经谈到了早期史传中的小说化叙事,从史传对中国古代

---

① 石昌渝:《中国小说源流论》,三联书店,1994年,第63页。

小说可能产生的具体影响来看，则主要有以下几个方面的问题最值得关注。

一、真实与虚构

真实与虚构一向被认为是史传与小说最关键的区别。一般来说，史传讲究"实录"，而小说需要虚构。不过，在实际写作中，问题却不这么简单。史传虽然注重客观真实，但虚构在史传中也相当普遍地存在。如《左传》僖公二十四年叙介之推与其母偕逃时的一番对话，宣公二年钽麑因不忍刺杀赵盾而自杀前的心理描写，《国语》中《晋语一》中骊姬半夜对献公哭诉申生之事等，都是历来评论家经常提到的虚构显例。钱锺书在《管锥篇》论及史书中这些"生无旁证，死无对证"的描写时说："史家追叙真人实事，每须遥体人情，悬想事势，设身局中，潜心腔内，忖之度之，以揣以摩，庶几入情合理。盖与小说、院本之臆造人物、虚构境地，不尽同而可相通……《左传》记言而实乃拟言、代言，谓是后世小说、院本中对话、宾白之椎轮草创，未遽过也。"[①]

事实上，在史传中的虚构还不只这些对历史人物心理及特定场合人物语言的揣摩与表现，不少史书中甚至有着与志怪小说同样的怪异描写，如《左传》庄公八年叙彭生显形、宣公十五年结草相报等，皆形同志怪。以致清代冯镇峦在《读〈聊斋〉杂说》中谈到《聊斋志异》与《左传》的关系时说："千古文字之妙，无过《左传》。最喜叙怪异事，予尝以之作小说看。此书予即以当《左传》看。"[②]

实际上，先秦史传散文中的虚构绝不仅仅表现上述细节方面，在对历史事件的整体把握上，一些史书同样有自己的艺术追求。据今人考证，《战国策》中拟托之作多达 98 篇，其中包括苏秦、张仪游说各国这样的长篇说辞[③]，而这也正是此书中小说意味最强的作品。如在《秦策一》中，有一段描写叙苏秦将说楚王，路过洛阳，父母妻嫂态度与其得势前迥然不同，这种世态炎凉穿插在游说前后，赋予了历史叙述以一种世俗品格。

反过来看，中国古代小说也往往以"真实"标榜，史传的"实录"精神对小说也产生过重大影响。即使在明清时期，我们也可以在很多小说序跋中看到小说家们强调创作所具有的与史书同样的真实性原则，尽管这种强调一

---

① 钱锺书：《管锥编》第一册，中华书局，1979 年，第 166 页。

② 朱一玄编：《聊斋志异资料汇编》，南开大学出版社，2002 年，第 479 页。

③ 参见缪文远：《战国策考辨》，中华书局，1984 年。

定程度上是为了抬高小说的地位，但史传文化传统的巨大影响却是不容忽视的。

二、历史中的细节

史传叙述的主要是重大的政治事件，其立场也是基于一种公共的、道德化的立场，而小说更多的是涉及个人的命运，其立场也就较多地体现为一种个人化的、感情色彩相当鲜明的叙述。所以，史传更注重历史事件的基本走向，而小说则应当有更为具体的细节。不过，这也是就一般情形而言，史传既然描写了人物，其中也免不了要有细节描写。如《左传》宣公四年有一段记载：

> 楚人献鼋于郑灵公。公子宋与子家将见。子公之食指动，以示子家，曰："他日我如此，必尝异味。"及入，宰夫将解鼋。相视而笑。公问之，子家以告。及食大夫鼋。召子公而弗与也。子公怒，染指於鼎，尝之而出。公怒，欲杀子公。子公与子家谋先。子家曰："畜老犹惮杀之，而况君乎？"反谮子家。子家惧而从之。夏弑灵公。[①]

这里的"食指动"就是一个微不足道的生活细节。所不同的是，在史书中，这种细节引发出来的却是重大的政治事变，如果没有这种意义，生活细节就不应当出现在宏大的叙事格局中。

但是，并不是所有细节都可能成为历史事件的直接诱因，而历史家在描写人物时，也没有绝对排斥那些对历史人物性格形成或表现有作用的细节。《史记》卷九七《郦生陆贾列传》在叙及刘邦傲慢轻儒的性格时，有这样一段：

> 沛公至高阳传舍，使人召郦生。郦生至，入谒，沛公方倨床使两女子洗足，而见郦生。郦生入，则长揖不拜，曰："足下欲助秦攻诸侯乎？且欲率诸侯破秦也？"沛公骂曰："竖儒！夫天下同苦秦久矣，故诸侯相率而攻秦，何谓助秦攻诸侯乎？"郦生曰："必聚徒合义兵诛无道秦，不宜倨见长者。"于是沛公辍洗，起摄衣，延郦生上坐，谢之。[②]

司马迁同样抓住了刘邦在郦食其来访时，伸着两腿坐在床边，教两个女孩子给他洗脚的细节，表现了他最初对郦食其的无礼。而这种无礼以及后来态度的迅速改变，则既显示了郦食其的不同流俗，也说明了刘邦终究还是有一

---

① 杨伯峻：《春秋左传注》第二册，中华书局，1981年，第677—678页。

② 《史记》，中华书局，1999年，第2080页。

世豪杰的气度。这种对细节的精心选择与描写，对后世的小说家也有影响。如《三国演义》第二十五回有一段描写：

> 一日，关公在府，忽报："内院二夫人哭倒于地，不知为何，请将军速入。"关公乃整衣跪于内门外，问二嫂为何悲泣。甘夫人曰："我夜梦皇叔身陷于土坑之内，觉来与糜夫人论之，想在九泉之下矣！是以相哭。"关公曰："梦寐之事，不可凭信，此是嫂嫂想念之故。请勿忧愁。"正说间，适曹操命使来请关公赴宴。公辞二嫂，往见操。操见公有泪容，问其故。公曰："二嫂思兄痛哭，不由某心不悲。"[①]

关羽一面要安慰刘备夫人，一面又暗自泣下，显示出他对刘备的忠心与忧虑，其中有"泪容"的细节，虽是虚写，但却极有分量。如果说《三国演义》这样的历史小说，细节描写还以粗线条为主，其他类型的小说，如世情小说，细节描写中同样可以看到史书的影响。张竹坡在《金瓶梅读法》中反复强调"《金瓶梅》是一部《史记》"，"若我看此书，纯是一部史公文字"，就包含了这一层意思。

三、结构与模式

由于史书与小说分别采用宏大叙事与个人叙事，在具体的结构方式与叙述角度上也有所不同。但史书也同样对小说创作有所启发和影响。

从大的方面看，史书对历史事件的剪裁与组织主要有两种形式，一是以时间为序的编年体，一是以人物为中心的纪传体，这两种形式为古代小说的结构提供了一种参照。[②] 一般来说，古代小说，特别是章回小说以时间为序的叙述较为普遍，《三国演义》、《西游记》等都是如此。但也有一些作品具有纪传式的特点，如《水浒传》、《儒林外史》等，所以金圣叹在《读第五才子书法》中就说："《水浒传》一个人出来，分明便是一篇列传。"

当然，小说采用与史书相似的编年体和纪传体结构形式，也有自己的特点。毛宗岗《读三国志法》说：

> 《三国》叙事之佳，直与《史记》仿佛，而其叙事之难，则有倍难于《史记》者。《史记》各国分书、各人分载，于是有本纪、世家、列传之别。今《三国》则不然，殆合本纪、世家、列传而总成一篇……

---

① 《三国演义》，人民文学出版社，1972年，第202页。

② 石昌渝：《中国小说源流论》，三联书店，1994年，第68页。

……夫《左传》、《国语》，诚文章之最妙者，然左氏依经而立传，经既逐段各自成文，传亦逐段各自成文，不相联属也。《国语》则离经而自为一书，可以联属矣。究竟周语、鲁语、晋语、郑语、齐语、楚语、吴语、越语，八国分作八篇，亦不相联属也。后人合《左传》、《国语》而为《列国志》，因国事多烦，其段落处，到底不能贯串。今《三国演义》，自首至尾，读之无一处可断，其书又在《列国志》之上。①

从小的方面说，史书在对一些具体情节的叙述上，注重事件演进的逻辑安排，对后世小说也有影响。如在以时间为序的叙述中，史家有时也会运用预叙、插叙、倒叙、补叙等手法。如第一节所引的《左传》"重耳之亡"，在叙及重耳复国后，就用倒叙的手法补叙了寺人披曾受命追杀重耳和重耳流亡时晋侯之守藏者竖头须曾窃藏以逃，以表现重耳最终还是能接纳他们的气度。在史书中，这种倒叙或补叙经常前置一个"初"字。

为了加强事件的感染力，还有些史书使用了一些具有戏剧性的结构方式，进而形成了某种叙述惯例与模式。王靖宇在《中国早期叙事文研究》一书中就指出《左传》有传记性的、游记性的和戏剧性的三种情节类型，它们都对后代的小说叙事产生了重要影响。上文提到《史记》记载舜在发迹之前，经历了"涂廪"、"浚井"、"醉杀"三难；同书叙孔子陈蔡之厄时，三试弟子以及下文还将提到的《战国策》的"冯谖客孟尝君"中冯谖三次弹铗唱歌，都采用了三段式的结构方式；而这种"三复结构"在后世的小说中也是相当普遍的，如《三国演义》中的"陶恭祖三让徐州"、"刘玄德三顾茅庐"、"诸葛亮三气周瑜"，《水浒传》中的"宋公明三打祝家庄"、"三败高太尉"，《西游记》中的"尸魔三戏唐三藏"、"孙行者三调芭蕉扇"等等，都是如此。② 此外，如《左传》对重耳之亡起伏相间的叙述节奏、《战国策》苏秦故事的前抑后扬的对比性写法，等等，对小说的结构也有所影响。

史书还善于描写具有历史转折意义的场面，使之成为展现重大历史事件的焦点，著名的如《史记》中《项羽本纪》的"鸿门宴"，这一场面，将表面礼节下的危急紧张写得极富感染力：

项王即日因留沛公与饮。项王、项伯东向坐，亚父南向坐。亚父者，范增也。沛公北向坐，张良西向侍。范增数目项王，举所佩玉玦以

---

① 朱一玄编：《三国演义资料汇编》，百花文艺出版社，1983年，第308页。

② 参见杜贵晨：《中国古代小说"三复情节"的流变及其美学意义》，见其《传统文化与古典小说》，河北大学出版社，2001年。

示之者三，项王默然不应。范增起，出召项庄，谓曰："君王为人不忍，若入前为寿，寿毕，请以剑舞，因击沛公于坐，杀之。不者，若属皆且为所虏。"庄则入为寿。寿毕，曰："君王与沛公饮，军中无以为乐，请以剑舞。"项王曰："诺。"项庄拔剑起舞，项伯亦拔剑起舞，常以身翼蔽沛公，庄不得击。[①]

席间，范增"数目项王"及"出召项庄"所表现出来的焦急、项王"默然不应"所表现出来的优柔乃至项庄"拔剑起舞，意在沛公"与项伯随即也"拔剑起舞"以保护沛公，人物关系复杂，情节动作性极强，整个场面扣人心弦，使读者有身临其境之感。这样的场面，我们在《三国演义》写关羽单刀赴会等场面中，仍然可以感受到其影响。

四、主观与客观

至于叙述角度，史书为了全面与客观，通常采用的是无处不在、无所不知的第三人称全知叙述，但是，这并不意味着史书完全不带感情色彩。相反，早期史书就体现了相当鲜明的道德判断，只不过这种判断往往以隐曲的方式加以表现，这就是所谓"春秋笔法"。"春秋笔法"就是坚持对历史的客观认识和基本的社会准则，通过简洁而有深意的历史叙述方式和技巧，不动声色而又不留情面地表明对历史事件与人物的道德评判。作为中国历史叙述的传统，"春秋笔法"有着源远流长的发展过程。据传为孔子所撰的《春秋》，从儒家思想出发，以定名分明等级为评论事件的标准，而又欲为尊者讳，因此往往以曲笔表明自己的爱憎，由此就形成了所谓"春秋笔法"、"微言大义"。《左传》中有一段著名的《晋灵公不君》中，叙晋灵公聚敛民财，残害臣民，举国上下为之不安。作为正卿的执政大臣赵盾，多次苦心劝谏，灵公非但不改，反而肆意残害。他先派人刺杀，未遂；又于宴会上伏甲兵袭杀，未果。赵盾被逼无奈，只好出逃。当逃到晋国边境时，听说灵公已被其族弟赵穿带兵杀死，于是返回晋都，继续执政。董狐以"赵盾弑其君"记载此事，并宣示于朝臣，以示笔伐。赵盾辩解，说是赵穿所杀，不是他的罪。董狐却认为赵盾作为执政大臣，逃亡未离国境，原有的君臣之义还在，理应回到朝中，组织人马讨伐乱臣。既然他没有尽到讨伐职责，因此"弑君"之名自然要由他承当。对于董狐的这一写法，孔子曾大加赞扬，称其为"书法不隐"的"古

---

① 《史记》，中华书局，1999年，第221—222页。

之良史”。后世又将直笔记事者皆喻为“董狐笔”，甚至小说家中如干宝作《搜神记》，也被称为“鬼董狐”。

随着时代的发展，春秋笔法的含义逐渐摆脱了以是否符合礼义为标准的局限，从司马迁开始，又赋予了它“不虚美、不隐恶”的实录精神，因而写作客观真实的“信史”，成为历代史家的最高追求。例如唐代史学家刘知幾在《史通》这部系统的史学评论著作中，就认为敢于奋笔直书、彰善贬恶是史学家最高境界，因而他强调实录精神，称赞历史上那些“直书其事”、“务在审实”、“无所阿容”的史家。在这部史论中，他还提出了“爱而知其丑，憎而知其善”的写人原则。仍以重耳为例，在《左传》的记叙中，就表现了他复杂的性格，既有贪图安逸的一面，也有傲慢无礼的一面，还有逐渐成熟的坚定刚毅。后世小说在描写复杂人物性格时，也受到了史书的积极影响。

五、记事与记言

早期史书大体可以分为记事和记言两类，虽然两者不能截然分开，但各有偏重却是客观存在，如《春秋》基本上是记事而无记言，《国语》则以记言为主，略于记事。在言、事相兼的史书中，言、事比例也有所不同，或言多事少，或事多言少。[1] 对小说而言，特别值得关注的是记言，当史书在记述人物语言时，虚拟性必然提高，文学性也随之加强。如《左传》成公二年记齐晋鞌之战：

> 癸酉，师陈于鞌。邴夏御齐侯，逢丑父为右。晋解张御郤克，郑丘缓为右。齐侯曰：“余姑翦灭此而朝食。”不介马而驰之。郤克伤于矢，流血及屦，未绝鼓音，曰：“余病矣！”张侯曰：“自始合，而矢贯余手及肘。余折以御，左轮朱殷。岂敢言病？吾子忍之。”缓曰：“自始合，苟有险，余必下推车，子岂识之？然子病矣。”张侯曰：“师之耳目，在吾旗鼓，进退从之。此车一人殿之，可以集事。若之何其以病败君之大事也？擐甲执兵，固即死也。病未及死，吾子勉之！”左并辔，右援枹而鼓，马逸不能止，师从之。齐师败绩。逐之。三周华不注。[2]

齐侯的轻敌与晋国将领的英勇顽强，都是通过他们的语言表现出来的，特别是在激烈的战争上，人物的对话稍纵即逝，必出于作者想象。而《左传》干净

---

① 参见傅修延：《先秦叙事研究》，东方出版社，1999年，第192—196页。

② 杨伯峻：《春秋左传注》第二册，中华书局，1981年，第791—792页。

利落的语言，不仅再现了战争的紧张场面，也细致地刻画出人物性格的差别。不但如此，在有些史书的篇目中，人物的语言更成了叙事的主体。《战国策》中的名篇《冯谖客孟尝君》就是如此：

齐人有冯谖者，贫乏不能自存，使人属孟尝君，愿寄食门下。孟尝君曰："客何好？"曰："客无好也。"曰："客何能？"曰："客无能也。"孟尝君笑而受之曰："诺。"左右以君贱之也，食以草具。

居有顷，倚柱弹其剑，歌曰："长铗归来乎！食无鱼。"左右以告。孟尝君曰："食之，比门下之客。"居有顷，复弹其铗，歌曰："长铗归来乎！出无车。"左右皆笑之，以告。孟尝君曰："为之驾，比门下之车客。"于是乘其车，揭其剑，过其友曰："孟尝君客我。"后有顷，复弹其剑铗，歌曰："长铗归来乎！无以为家。"左右皆恶之，以为贪而不知足。孟尝君问："冯公有亲乎？"对曰："有老母。"孟尝君使人给其食用，无使乏。于是冯谖不复歌。

后孟尝君出记，问门下诸客："谁习计会，能为文收责于薛者乎？"冯谖署曰："能。"孟尝君怪之，曰："此谁也？"左右曰："乃歌夫长铗归来者也。"孟尝君笑曰："客果有能也，吾负之，未尝见也。"请而见之，谢曰："文倦于事，愦于忧，而性懧愚，沉于国家之事，开罪于先生。先生不羞，乃有意欲为收责于薛乎？"冯谖曰："愿之。"於是约车治装，载券契而行，辞曰："责毕收，以何市而反？"孟尝君曰："视吾家所寡有者。"

驱而之薛，使吏召诸民当偿者，悉来合券。券遍合，起矫命以责赐诸民，因烧其券，民称万岁。

长驱到齐，晨而求见。孟尝君怪其疾也，衣冠而见之，曰："责毕收乎？来何疾也！"曰："收毕矣。""以何市而反？"冯谖曰："君云'视吾家所寡有者'。臣窃计，君宫中积珍宝，狗马实外厩，美人充下陈。君家所寡有者以义耳！窃以为君市义。"孟尝君曰："市义奈何？"曰："今君有区区之薛，不拊爱子其民，因而贾利之。臣窃矫君命，以责赐诸民，因烧其券，民称万岁。乃臣所以为君市义也。"孟尝君不说，曰："诺，先生休矣！"[①]

但正是由于冯谖为孟尝君的"市义"及其他深谋远虑，使孟尝君得狡兔三窟，"为相数十年，无纤介之祸"。而整个复杂情节的展开与人物性格的刻画，完全是靠精彩的人物对话实现的。考虑到汉魏小说中人物语言的疏陋，早期

---

① 《战国策》，上海古籍出版社，1998 年，第 395—398 页。

史书中的这种人物语言对小说家应当有更高的参考价值。

以上是就史书与小说的一般关系而说的，考虑到中国古代小说中历史小说的发达，这一类型的小说与早期史书有着更为直接的联系。而在谈到史书对小说的影响时，还应特别提到的是野史杂传，如《穆天子传》、《晏子春秋》等，都有很强的小说意味。

《穆天子传》是晋武帝咸宁五年(279)在汲郡战国魏王古冢中出土的古书，传本分为六卷，前五卷记载西周穆王驾八骏西游的故事，后一卷载穆王妃妾盛姬之死及其葬事。《隋书·经籍志》以后都将此书著录在史部，但《四库全书总目》认为此书“恍惚无征”，难称信史，遂将其退而隶于子部小说家类。从该书的具体情况来看，所写周穆王、毛伯等，都是历史上实有的人。穆王曾征过位于丰镐之西的犬戎，故西征也不全是子虚乌有的事。而用编年纪月的形式展开描写，也属史家笔法。但书中又融汇了许多神话传说，其中次第叙述穆王驾着八匹骏马拉的车子，西登昆仑，北至旷野，经历名山大川，远涉西方各国，场面壮丽，气势恢弘，充满神奇的色彩。特别是卷三穆王与西王母相会的一段相当精彩：

> 乙丑，天子觞西王母于瑶池之上。西王母为天子谣，曰：“白云在天，山陵自出。道里悠远，山川间之，将子无死，尚能复来。”天子答之曰：“予归东土，和治诸夏。万民平均，吾顾见汝。比及三年，将复而野。”西王母又为天子吟曰：“徂彼西土，爰居其野。虎豹为群，於鹊与处。嘉命不迁，我惟帝女。彼何世民，又将去子。吹笙鼓簧，中心翱翔。世民之子，惟天之望。”西王母还归其□。天子遂驱升于弇山，乃纪其迹于弇山之石，而树之槐，眉曰“西王母之山”。[1]

从相见到话别，委婉详尽，优美动人。其中在散体叙述中，加入诗歌，不仅声情并茂，实际上也开了中国古代小说叙述方式韵散结合的先河。而西王母的形象也颇引人注目。西王母之名又见于《山海经》，其《西山经》曰：“玉山，是西王母所居也。西王母其状如人，豹尾虎齿而善啸，蓬发戴胜，是司天之厉及五残。”这里的西王母既职掌“司天之厉及五残”，应属于凶神之类。而《庄子·大宗师》将西王母写成得道之人：“夫道，有情有信，无为无形。……西王母得之，坐乎少广，莫知其死，莫知其终。”《淮南子·览冥篇》则说“羿请不死之药于西王母，姮娥窃以奔月。”此类记载为后世道教将其增饰为女仙

---

① 熊宪光等点校：《穆天子传》，《古今逸史精编》本，重庆出版社，2000年，第58页。

领袖奠定了基础。《穆天子传》的描写无疑为西王母的人性化、艺术化开辟了一个新的天地。西晋张华《博物志》有这样的描写：

汉武帝好仙道，祭祀名山大泽，以求神仙之道。时西王母遣使乘白鹿告帝当来，乃供帐九华殿以待之。七月七日夜漏七刻，王母乘紫云车而至……有三青鸟，如乌大，使侍母旁。时设九微灯。帝东面西向，王母索七桃，大如弹丸，以五枚与帝，母食二枚。帝食桃辄以核著膝前，母曰："取此核将何为？"帝曰："此桃甘美，欲种之。"母笑曰："此桃三千年一生实。"……时东方朔窃从殿南厢朱鸟牖中窥母，母顾之谓帝曰："此窥牖小儿，尝三来盗吾此桃。"帝乃大怪之，由此世人谓方朔神仙也。①

这一描写显然是承续《穆天子传》而又有所发挥。从此，西王母及其蟠桃宴会的故事（较早的描写见于《汉武帝内传》）成为中国古代文学中的一个经典场景，自成系列。最为精彩的是《西游记》中所写的孙悟空大闹蟠桃会。而西王母故事自《穆天子传》至《西游记》源远流长的演变，也作为一个细节印证了中国古代小说的发展历程。

《晏子春秋》是有关春秋时齐国名臣晏婴言论和轶事的一部专集，其中有不少故事表现了晏子的机智。如此书《内编·杂下》中《晏子使楚楚为小门晏子称使狗国者入狗门》：

晏子使楚，以晏子短，楚人为小门于大门之侧而延晏子。晏子不入，曰："使狗国者，从狗门入；今臣使楚，不当从此门入。"傧者更道从大门入，见楚王。王曰："齐无人耶？"晏子对曰："临淄三百闾，张袂成阴，挥汗成雨，比肩继踵而在，何为无人？"王曰："然则子何为使乎？"晏子对曰："齐命使，各有所主，其贤者使使贤王，不肖者使使不肖王。婴最不肖，故直使楚矣。"②

这一故事显示了晏子不卑不亢的气度和应对自如的口才，极具小说风采。

第四节　寓言与小说的寓意化

在先秦的叙事文学中，还有一类比较特殊的文体即寓言，对小说文体也

① 《四库全书》本《博物志》卷八。

② 廖名春、邹新民校点：《晏子春秋》，辽宁教育出版社，1998年，第69页。

产生过重要的影响。

寓言一词，最早见于《庄子·寓言》篇："寓言十九，藉外论之。"清人王先谦注云："寄寓之言，意在于此，而寄于彼。"也就是通过具有象征意味的比喻或简短故事，寄托、隐喻某种事理。战国中期以来，诸子及策士为了增强宣传观点、游说诸侯的论辩效果，大量地使用寓言。《史记·老庄申韩列传》称《庄子》一书"大抵率寓言"，据统计约有200多则。《韩非子》则收集寓言故事300多则。其余如《孟子》、《墨子》、《列子》、《吕氏春秋》、《晏子春秋》、《战国策》等书中的寓言也不少。

从文体特点上看，《庄子·天下》自称"以卮言为曼衍，以重言为真，以寓言为广"，寓言只是议论说理文的一部分，并非独立的文学体裁。如《应帝王》篇"浑沌凿窍"说明顺应自然；《秋水》篇"望洋兴叹"说明道之精深博大；《逍遥游》用惠子之樗树说明无用之用；《齐物论》则用庄周梦蝶说明真幻无凭，等等。这些寓言都有助于人们理解和接受庄子深奥玄妙、高深莫测的观点。而《韩非子》中的《储说》与《说林》则是中国最早的寓言专集，它们分类编辑，自成体系，显示了寓言的相对独立性。

从创作的角度看，《庄子》多为作者虚构，充满"谬悠之说、荒唐之言、无端崖之辞"(《庄子·天下》)；而《韩非子》则多取材于历史，较少拟人化的动物故事和神话幻想故事。当然，在韩非笔下，为了表现自己的观点，他往往也会对历史人物作一些改造。此外，还有一些寓言可能本自民间流传的故事，如所谓"齐东野人之语"，《孟子》中就有不少这样的寓言。

寓言在艺术上有多方面的可能影响了后世小说创作。首先，寓言是一种富于想象力的写作，刘熙载《艺概·文概》就说《庄子》的想象是"意出尘外，怪生笔端"。在《庄子》中，时空、物我的局限被打破了，奇幻异常的想象恢诡谲怪、变化万千。大则如北溟之鱼，可以化而为鹏，怒而飞，其翼若垂天之云，水击三千里，抟扶摇而上者九万里(《逍遥游》)，任公子垂钓，竟以五十头牛为钓饵，蹲在会稽山上，投竿东海，期年钓得大鱼，白浪如山，海水震荡，千里震惊。浙江以东，苍梧以北之人，都饱食此鱼(《外物》)，宏伟壮观，惊心动魄；小则如杯水芥舟、朝菌蟪蛄(《逍遥游》)、蜗角蛮触(《则阳》)。至于骷髅论道(《至乐》)、罔两问影(《齐物论》)、庄周梦蝶(《养生主》)，无不奇特恣纵，匪夷所思。庄子的这种飞扬生动的想象成为后世很多小说家追摹和攀附的对象，许多小说序跋也将庄子视为小说之祖。

其次，先秦寓言虽然篇幅简短，情节单纯，但也有一些具备一定的故事情节，对小说创作也有所启发。如《战国策》卷二十九苏秦所说"忠信者得罪"的寓言：

> 臣邻家有远为吏者，其妻私人。其夫且归，其私之者忧之。其妻曰："公勿忧也，吾已为药酒以待之矣。"后二日，夫至。妻使妾奉卮酒进之。妾知其药酒也，进之则杀主父，言之则逐主母，乃阳僵弃酒。主父大怒而笞之。故妾一僵而弃酒，上以活主父，下以存主母也。忠至如此然不免于笞，此以忠信得罪者也。①

寓言中所叙述的奸情故事，首尾完备，情节曲折，既有语言描写，也有行动描写，人物心理隐含其中，可以说已基本具备了小说的特征，甚至已略具宋明世情小说格局。事实上，有一些小说直接继承了先秦寓言的情节设计。如《搜神记》卷十六有一篇志怪小说《秦巨伯》：

> 琅琊秦巨伯，年六十，尝夜行，饮酒，道经蓬山庙，忽见其两孙迎之；扶持百余步，便捉伯颈著地，骂："老奴！汝某日捶我，我今当杀汝。"伯思，惟某时信捶此孙。伯乃佯死，乃置伯去。伯归家，欲治两孙，两孙惊惋，叩头言："为子孙宁可有此？恐是鬼魅，乞更试之。"伯意悟。数日，乃诈醉，行此庙间，复见两孙来扶持伯。伯乃急持，鬼动作不得；达家，乃是两人也。伯著火炙之，腹背俱焦坼，出著庭中，夜皆亡去。伯恨不得杀之。后月余，又佯酒醉，夜行，怀刃以去，家不知也，极夜不还，其孙恐又为此鬼所困，乃俱往迎伯，伯竟刺杀之。②

这一遇鬼误杀两孙的故事，即从《吕氏春秋》卷二二《疑似》中黎丘丈人遇鬼杀子故事脱化而来：

> 梁北有黎丘部，有奇鬼焉，喜效人之子侄昆弟之状。邑丈人有之市而醉归者，黎丘之鬼效其子之状，扶而道苦之。丈人归，酒醒而诮其子，曰："吾为汝父也，岂谓不慈哉？我醉，汝道苦我，何故？"其子泣而触地曰："孽矣！无此事也。昔也往责於东邑人可问也。"其父信之，曰："譆！是必夫奇鬼也，我固尝闻之矣。"明日端复饮於市，欲遇而刺杀之。明旦之市而醉，其真子恐其父之不能反也，遂逝迎之。丈人望其真子，拔剑而刺之。③

---

① 《战国策》，上海古籍出版社，1998年，第1049页。

② 汪绍楹校注：《搜神记》，中华书局，1979年，第198页。

③ 《吕氏春秋》，上海古籍出版社，2002年，第1507—1508页。

《吕氏春秋》是用这一寓言说明“疑似之迹，不可不察”的道理，而《搜神记》略义取事，继承和发挥了原作情节的曲折离奇。

再次，寓言的人物多为类型化形象，这对小说同类形象的塑造也有所影响。在先秦寓言中，许多人物并没有真名实姓，而是以“有人”、“某人”、“郑人”、“宋人”、“楚人”等泛称出现的，如《韩非子·外储说左上》“郑人买履”：

> 郑人有且置履者，先自度其足而置之其坐，至之市而忘操之，已得履，乃曰：“吾忘持度。”反归取之，及反，市罢，遂不得履，人曰：“何不试之以足？”曰：“宁信度，无自信也。”①

这里的“郑人”就是一个拘泥的典型。《孟子·公孙丑上》的“揠苗助长”则说的是“宋人”：

> 宋人有闵其苗之不长而揠之者，芒芒然归。谓其人曰：“今日病矣，予助苗长矣。”其子趋而往视之，苗则槁矣。

由于类型化的人物多是反面形象，与此相关的是寓言经常采用讽刺的手法。如《战国策》卷二十四中有一段寓言叙：

> 宋人有学者，三年反而名其母。其母曰：“子学三年，反而名我者，何也？”其子曰：“吾所贤者，无过尧、舜，尧、舜名。吾所大者，无大天地，天地名。今母贤不过尧、舜，母大不过天地，是以名母也。”

作者通过宋人振振有词的语言，极具讽刺意味地暴露了他的浅薄。在后世的小说，特别是文言小说中，我们也可以看到这种被嘲讽的类型化人物，如《聊斋志异》中有一篇《崂山道士》即是如此。

寓言中还有一些讽刺作品，超出了类型化的范围，颇具生活气息。如《孟子·离娄下》中有一段“齐人有一妻一妾”的寓言：

> 齐人有一妻一妾而处室者，其良人出，则必餍酒肉而后反。其妻问其所与饮食者，则尽富贵也。其妻告其妾曰：“良人出，则必餍酒肉而后反；问其与饮食者，尽富贵也，而未尝有显者来。吾将瞷良人之所之也。”蚤起，施从良人之所之遍。国中无与立谈者。卒之东郭墦间之祭者，乞其余；不足，又顾而之他——此其为餍足之道也。其妻归，告其妾曰：“良人者，所仰望而终身也。今若此！”与其妾讪其良人而相泣于中

---

① 《韩非子集解》，中华书局，1998 年，第 279—280 页。

庭。而良人未之知也，施施从外来，骄其妻妾。由君子观之，则人之所以求富贵利达者，其妻妾不羞也而不相泣者，几希矣。①

这一段寓言形象鲜明，讽刺性极强，在后代文学作品中时有改编、发挥。

不过，寓言对小说最重要的影响还是在观念与思维方法上，也就是说，寓言的寓意寄托正好与小说的“必有可观”说相呼应。如谢肇淛在《五杂组》卷十五中说：

小说野俚诸书，稗官所不载者，虽极幻妄无当，然亦有至理存焉。如《水浒传》无论已，《西游记》曼衍虚诞，而其纵横变化，以猿为心之神，以猪为意之驰，其始之放纵，上天下地，莫能禁制，而归于紧箍一咒，能使心猿驯伏，至死靡他，盖亦求放心之喻，非浪作也。华光小说，则皆五行生克之理，火之炽也，亦上天下地莫之扑灭，而真武以水制之，始归正道。其他诸传记之寓言者，亦皆有可采。②

类似这样的说法在小说评论中屡见不鲜。以《西游记》为例，这部被一些评论家视为“游戏之作”的小说，往往也被赋予了深刻的寓意。明代文人吴承恩在他的文言小说集《禹鼎志序》中说：

虽然吾书名为志怪，盖不专明鬼，时纪人间变异，亦微有鉴戒寓焉。③

他的这段话常常被用来引证《西游记》的内容。而现存最早的明万历二十年世德堂刊《西游记》陈元之序也强调了这一点：

于是其言始参差而諔诡可观，谬悠荒唐，无端崖涘，而谭言微中，有作者之心，傲世之意。④

事实上，寓意说还成了小说评论的一种重要的方法或角度。张竹坡在评点《金瓶梅》时就特意写了一篇《〈金瓶梅〉寓意说》，他认为《金瓶梅》一书“大半皆属寓言”。虽然他指出书中的孟玉楼是作者“自喻”等具体观点，失之牵强，却显示了中国古代小说细读与诠释的传统。后来的《红楼梦》评论也有持类似方法的，如张新之评点《红楼梦》，在其《读法》中，屡称《红楼梦》“无巨

① 《孟子》，《十三经注疏》本，中华书局，1980年，第2732页。

② 郭熙途校点：《五杂组》二，辽宁教育出版社，2001年，第323页。

③ 刘荫柏编：《西游记研究资料》，上海古籍出版社，1990年，第70页。

④ 同上书，第555页。

无细，皆有寓意”。当然，他对小说深层含义的揭示也有随意附会的地方，但这种揭示的愿望其实与作者渴望知音的期待是一致的。在《红楼梦》的开篇，曹雪芹满怀惆怅地写了一首诗：

满纸荒唐言，一把辛酸泪。都云作者痴，谁解其中味？

这种感叹正是有所寄寓的表白。

第二章　小说的原初形态

汉魏六朝时期出现了大量的小说作品，尤其是魏晋南北朝时期，更堪称中国古代小说创作的第一个高峰。这一时期的小说，从文体上看，还没有完全成熟，也许可以称之为小说的原初形态。这意味着，就小说本身而言，当时的作品还不具备后世那样自觉的、娱乐化的创作目的，但在形象构成方式、人物形象塑造以及思想内涵、情节类型等方面，都昭示了后世小说发展的方向。

第一节　旧题汉人小说的历史价值

在早期的小说文献中，有一批旧题汉人的作品，这些作品大体上被认为是后人伪托的。但其中有的作品，即使是伪托，产生的时间仍在汉魏六朝，在小说史上依然有不可忽视的价值。

在第一章，我们曾指出过野史杂传对小说的影响，旧题汉人小说大多正在野史杂传与小说之间，以下即分别加以介绍。

一、《燕丹子》

《燕丹子》大约成书于东汉末年，旧题燕太子丹撰，显系假托。西晋张华《博物志》卷八《史补》载"乌头白、马生角"事，与《燕丹子》开篇所述基本相同，可知此书有关内容当在魏晋前已写定。

《燕丹子》以燕太子丹"质于秦"及其逃归、复仇以至失败为中心线索，突出地描写了燕太子丹和荆轲这两个人物形象。作品一开始就描写他仰天长叹，致令"乌头白、马生角"，迫使以此为放归条件的秦王不得不同意他回国。这一离奇的开头，不仅神化了燕太子丹，也赋予了整个情节传奇色彩。对荆轲的描写同样精彩，在荆轲出场前，作者就通过田光之口为他作了铺垫，田光说：

> ……然窃观太子客，无可用者。夏扶，血勇之人，怒而面赤；宋意，脉勇之人，怒而面青；武阳，骨勇之人，怒而面白。光所知荆轲，神勇之人，怒而色不变。为人博闻强记，体烈骨壮，不拘小节，欲立大功。尝家于卫，脱贤大夫之急十有余人，其余庸庸不可称。太子欲图事，非此人莫可。[1]

正是在其他人的衬托下，荆轲的非凡气质显得格外鲜明。而燕太子丹在见到荆轲后，亲自为其驾车，置酒宴请，之后"黄金投蛙"、"杀马进肝"、"玉盘盛手"三个细节，在渲染燕太子丹礼贤下士的同时，进一步为荆轲后面的壮举作了铺垫。接下来的易水悲歌、咸阳道中、秦廷之上，荆轲的英豪大气得到了淋漓尽致地发挥。

在人物言行与心理的表现上，《燕丹子》也有令人称道之处，如田光向燕太子丹推荐荆轲后，小说中有这样一段描写：

> 太子自送，执光手曰："此国事，愿勿泄之！"光笑曰："诺。"遂见荆轲，曰："光不自度不肖，达足下于太子。夫燕太子，真天下之士也，倾心于足下，愿足下勿疑焉。"荆轲曰："有鄙志，常谓心向意投身不顾，情有异一毛不拔。今先生令交于太子，敬诺不违。"田光谓荆轲曰："盖闻士不为人所疑。太子送光之时，言此国事，愿勿泄，此疑光也。是疑而生于世，光所羞也。"向轲吞舌而死。轲遂之燕。[2]

在燕太子丹见到荆轲后，又有一段照应：

> 太子曰："田先生今无恙乎？"轲曰："光临送轲之时，言太子戒以国事，耻以丈夫而不见信，向轲吞舌而死矣。"太子惊愕失色，歔欷饮泪曰："丹所以戒先生，岂疑先生哉。今先生自杀，亦令丹自弃于世矣！"茫然良久。[3]

上面的描写，极富震撼力地展示出历史人物的精神风貌。从总体来看，《燕丹子》篇幅宏大，情节曲折，结构完美，形象生动，虽出于史籍，然兼采传说，

---

① 《燕丹子·西京杂记》，中华书局，1985年，《燕丹子》第8页。

② 同上。

③ 同上书，第10页。

又有所发挥，小说特点十分突出，明代胡应麟在《少室山房笔丛》中称其为“古今小说杂传之祖”，是有一定道理的。

二、《西京杂记》

《西京杂记》，《隋书·经籍志》史部旧事类著录二卷，不著撰人。关于此书的作者，有刘歆、葛洪、吴均、萧贲等多种说法，迄无定论。《三辅黄图》曾引述此书，而《三辅黄图》成书于东汉末曹魏初[1]，则《西京杂记》成书也不应晚于此。《汉书·匡衡传》颜师古注称：“今有《西京杂记》者，其书浅俗，出于里巷，多有妄说。”这一说法与《汉书·艺文志》的小说观吻合，表明《西京杂记》确有小说特点。后来《四库全书》就将其列入小说家杂事类。

《西京杂记》多记西汉宫室建筑、衣饰器物及生活，对当时的历史名人的轶事也有描写，其中颇有对后世影响甚大者。如卷二记王昭君事：

> 元帝后宫既多，不得常见，乃使画工图形，案图召幸之。诸宫人皆赂画工，多者十万，少者亦不减五万，独王嫱不肯，遂不得见。匈奴入朝，求美人为阏氏，于是上案图，以昭君行，及去，召见。貌为后宫第一，善应对，举止闲雅。帝悔之，而名籍已定。帝重信于外国，故不复更人。乃穷案其事，画工皆弃市，籍其家，资皆巨万。画工有杜陵毛延寿，为人形，丑好老少，必得其真。安陵陈敞，新丰刘白、龚宽，并工为牛马飞鸟众势，人形好丑，不逮延寿。下杜阳望亦善画，尤善布色。樊育亦善布色，同日弃市。京师画工，于是差稀。[2]

旧时帝王，宫妃成群，“不得常见”一语，正其写照。对帝王来说，不过是欲壑难填的遗憾。对宫女来说，却是青春虚度、生命浪掷的痛苦。所以，历来关于宫女不幸的传说很多，宫怨诗甚至演变为一类特殊诗歌类型，而本篇则是小说类较早触及这一题材的作品。

昭君出塞事，最早见于《汉书》之《元帝纪》、《匈奴传》。史书中她本是自愿去的，意在“和蕃”，故少悲凉；同时也无“案图召幸”和“画工弃市”之说。这些当是随后民间传说附会的。虽然这篇小说只是粗陈梗概，但却包孕着丰富的内涵。王昭君的特立独行，使她的美丽带有一种凛然高洁的品格。因此，她很快就从“画工弃市”的故事中凸现出来，成为历代文人墨客咏赞的

---

① 参见《三辅黄图校释·前言》，中华书局，2005年。

② 《燕丹子·西京杂记》，中华书局，1985年，《西京杂记》第9页。

对象。王安石《明妃曲》赞叹:“意态由来画不成,当时枉杀毛延寿。”元杂剧《汉宫秋》则是这一题材的集大成者,它不但继承了以前同类作品对王昭君崇高人格的褒扬,更强化了一国之主的汉元帝竟连自己宠爱的妃子也不能保护的情境,从而使这一题材的政治意义和感情色彩发挥到了极致。

同书卷二所载司马相如与卓文君的爱情故事也很出名:

> 司马相如初与卓文君还成都,居贫愁懑,以所着鹔鹴裘就市人阳昌贳酒,与文君为欢。既而文君抱颈而泣曰:“我平生富足,今乃以衣裘贳酒。”遂相与谋,于成都卖酒。相如亲着犊鼻裈涤器,以耻王孙。王孙果以为病,乃厚给文君,文君遂为富人。文君姣好,眉色如望远山,脸际常若芙蓉,肌肤柔滑如脂,十七而寡,为人放诞风流,故悦长卿之才而越礼焉。长卿素有消渴疾,及还成都,悦文君之色,遂以发痼疾。乃作《美人赋》,欲以自刺,而终不能改,卒以此疾至死。文君为诔,传于世。①

本篇堪称后世才子佳人小说、戏曲之先声,在叙述方式上则较特殊。作者略去了《史记・司马相如列传》中详述的二人相悦私奔的具体过程,而采用倒叙手法,从他们回成都写起,先述“贳酒”和“卖酒”,然后才介绍二人一见钟情的原委。这样的叙述突出了他们的真情挚爱,也便于引出相如因色伤身的结果,结构自然紧凑。文笔亦绝佳,如写文君容貌姣好,“眉色如望远山,脸际常若芙蓉,肌肤柔滑如脂”,造语工巧,比拟不俗。其时,小说描写人物外貌如此细致者,尚不多见。

《西京杂记》卷六的“秋胡”故事在民间也广为流传:

> 昔鲁人秋胡,娶妻三月而游宦三年,休,还家,其妇采桑于郊,胡至郊而不识其妻也,见而悦之,乃遗黄金一镒。妻曰:“妾有夫,游宦不返,幽闺独处,三年于兹,未有被辱如今日也。”采不顾。胡惭而退,至家,问家人妻何在,曰:“行采桑于郊,未返。”既还,乃向所挑之妇也。夫妻并惭,妻赴沂水而死。②

这篇小说只有百余字,内涵却很丰富。其中最突出的是秋胡之妻的不幸。他们是如何结合的,作品未写;秋胡游宦不返,她“幽闺独处”,一定有许多苦楚,作品也未细写。作者把笔墨集中在秋胡戏妻的场面上。这当然更突出地显示了她的坚贞自守及其悲剧意味。这一场面很容易让人联想到汉乐府

---

① 《燕丹子・西京杂记》,中华书局,1985年,《西京杂记》第11页。

② 同上书,第43—44页。

《陌上桑》。在《陌上桑》中，调戏者是使君（此处指太守、刺史之类），而被调戏者罗敷却有可以自傲的丈夫，虽然这个“丈夫”很有可能是她情急生智中虚构出来用以嘲讽这个好色的使君的。而对秋胡之妻来说，确有一个在外当官的丈夫足以使她抵御一般的调戏者，这大约也就是三年中“未有被辱如今日也”的原因之一；没想到，调戏者正是她苦苦等待的丈夫，这不仅增加了故事的戏剧性，而且还增加了它的悲剧性。

秋胡戏妻的故事最早见于汉刘向《列女传》中，其叙述更具体丰满，形象也更生动鲜明，对秋胡的道德批判意味尤其突出。秋胡妻的自尽，不只是为了自己的受辱，主要是因为秋胡游宦归来，不奉金遗母，倒赠金“路旁妇人”，而“妾不忍见不孝之人”。只是这种道德的崇高感抵消了复杂的内心冲突，倒不如本篇的“夫妻并惭”耐人寻味。不过，所谓“并惭”，其实各有其“惭”，对秋胡妻来说，是一种所遇非人的屈辱；对秋胡来说，他的惭愧一方面是对他妻子的崇高品节的衬托，另一方面似乎又说明了他还不是一个彻头彻尾的无耻之徒。也许就因为这一点，更为了坚贞善良的秋胡妻有一个好的结果，后人宁肯原谅了他的一时冲动“失礼”。唐代的《秋胡变文》较早将此题材引入说唱文学，元杂剧《秋胡戏妻》则进一步发展了这一题材，在对秋胡施以严厉的指责后，最终宽容了他。当然，秋胡妻也就不必自尽了。这与明代话本小说《金玉奴棒打薄情郎》相似，那篇作品中对谋害妻子的薄情郎，妻子也只是一顿棒打消气了事。

上述诸例表明，《西京杂记》确实带有明显的“里巷”、“浅俗”色彩，显示出小说来自民间这一重要特性，而这也正是《西京杂记》的价值所在。

三、汉武故事系列

宫廷故事是古代小说热衷表现的一个题材，隋炀帝、唐明皇、宋太祖、明武宗等，都是小说家青睐的对象，而汉武帝则是较早自成系列的小说主人公，有关他的作品有《汉武故事》、《汉武内传》及《汉武洞冥记》等。

《汉武故事》也始见于《隋书·经籍志》史部旧事类著录，不著撰人，产生的时代当在汉末建安时期。[1] 此书记叙了武帝一生的遗闻琐事，突出表现了他求仙的经历，其中最精彩的就是他与西王母相会的描写。这种将历史人物与幻想描写相融合的创作方法，对后世小说有很大影响。

《汉武内传》在《隋书·经籍志》中列在史部杂传中，与《汉武故事》及《西

---

① 参见刘文忠：《〈汉武故事〉写作时代新考》，《中华文史论丛》1984年第2期。

京杂记》列在旧事类中微有差别，它的产生也在曹魏时。内容则以西王母会汉武帝为主，但与《汉武故事》同一情节不足四百字的描写相比，《汉武内传》又作了极大的发挥，增加了墉宫女子王子登传王母命，诸侍女奏乐歌唱，上元夫人应命来降，王母、上元与汉武论说服食长生并授以仙书神符等事，人物则多出了董仲君、上元夫人、王子登、董双成、许飞琼等十余人。其中描写侍女奏乐歌唱的场面，文采华美，多排偶句式，显示出小说文体在成长过程中又受到了汉赋的影响。

《汉武洞冥记》，又称《洞冥记》，《隋书·经籍志》同样列在史部杂传类中，题名郭氏。《旧唐书·经籍志》则题郭宪。《郡斋读书志》引郭宪自序："汉武明隽特异之主，东方朔因滑稽浮诞以匡谏，洞心于道教，使冥迹之奥，昭然显著，故曰《洞冥》。"与上述两书不同，《洞冥记》展开了更加宽广的空间想象，书中围绕武帝的求仙，描写了殊方绝域的各种仙丹神药、奇花异木、珍禽异兽等。其中多有想象奇特之处，如卷三记述：

> 天汉二年，帝升苍龙馆，思仙术，召诸方士，言远国遐乡之事。唯朔下席操笔疏曰："臣游北极，至镜火山，日月所不照，有龙衔火，以照山四极。亦有园囿池苑，皆植异草木。有明茎草。如金灯，折为烛，照见鬼物形。仙人宁封，尝以此草然于夜，朝见腹内外有光，亦名'洞腹草'。帝剉此草为苏，以涂明云之观，夜坐此观，即不加烛，亦名'照魅草'。采以籍足，则入水不沉。"①

兹据《太平广记》卷六引，"洞腹草"别本又作"洞冥草"，与书名意味相符。

与《洞冥记》相似，且进一步有所发挥的还有《十洲记》，别名《海内十洲记》等。此书内容也是记汉武帝向东方朔询问八方巨海中祖洲、瀛洲、玄洲等十洲情况，东方朔为之详述海外仙界、各种神灵及奇物异宝，如蓬莱山、昆仑山、紫府宫、天帝君、西王母、东王父、太上真人、金芝玉草、返魂树、反生香、夜光杯、火光兽，等等。如叙祖洲：

> 祖洲，近在东海之中，地方五百里，去西岸七万里。上有不死之草，草形如菰，苗长三四尺，人已死三日者，以草覆之，皆当时活也。服之令人长生。昔秦始皇大苑中，多枉死者横道，有鸟如乌状，衔此草覆死人面，当时起坐而自活也。有司闻奏，始皇遣使者赍草以问北郭鬼谷先生。鬼谷先生云："臣尝闻东海祖洲上有不死之草，生琼田中，或名为养

---

① 《太平广记》第一册，中华书局，1961年，第40页。

神芝，其叶似菰，苗丛生，一株可活一人。”始皇于是慨然言曰：“可采得否？”乃使使者徐福，发童男童女五百人，率摄楼船等入海寻祖洲，遂不返。[1]

《十洲记》旧题东方朔撰，前人已辨实出伪托。托名东方朔撰的还有一部《神异经》，内容也是记述海外奇闻，体例则仿《山海经》，其中《中荒经》叙及西王母会东王公，实为西王母设配偶神之始，后世小说中王母娘与玉皇大帝为一对配偶神，殆即流变。又如《东荒经》称南方有人“恒恭坐而不相犯，相誉而不相毁，见人有患，投救救之，一名敬，一名美，不妄言”。而《西荒经》云，浑沌“人有德行而往抵触之，有凶德则往依凭之”。此类概念化形象在明清小说如《斩鬼传》、《何典》等之中，也可听到回响。

汉武系列小说在小说史上有多重意义：其一，虽然这些作品对汉武帝的描写程度各不相同，有些只不过以其作为一个叙述缘起，但仍可以说它们开辟了小说中帝王形象系列作品创作的先河。突出汉武帝固然有宣教方面的用意，却也显示出初期小说创作关注的一个重点即对帝王及宫廷生活的关注，前述《燕丹子》、《西京杂记》也是如此。其二，这些作品大多宣扬神仙道教，作者也当是神仙方士之流，如郭宪本人即方士，表明小说在孕育阶段，道徒方士实功不可没。其三，这些作品开创了最初的小说叙述模式类型，如有关殊方绝域的记载，即为后世小说展开空间想象提供了一个基础。

关于道教方士在小说孕育阶段的作用，还有一部书值得一提，那就是西汉刘向的《列仙传》。此书收入70位仙人，既有上古神话传说人物，如黄帝、赤松子、彭祖等；更有大量现实生活中的真实人物，如老子、介子推、范蠡等。其中有些传记小说意味甚浓，如《江妃二女传》：

江妃二女者，不知何所人也。出游于江汉之湄，逢郑交甫。见而悦之，不知其神人也。谓其仆曰：“我欲下，请其佩。”仆曰：“此间之人，皆习于辞，不得，恐罹悔焉。”交甫不听，遂下，与之言曰：“二女劳矣。”二女曰：“客子有劳，妾何劳之有！”交甫曰：“橘是柚也，我盛之以笥，令附汉水，将流而下，我遵其傍，采其芝而茹之。以知吾为不逊也，愿请子之佩。”二女曰：“橘是柚也，我盛之以筥，令附汉水，将流而下，我遵其傍，采其芝而茹之。”遂手解佩，与交甫。交甫悦，受而怀之，中当心。趋去数十步，视佩，空怀无佩，顾二女，忽然不见。《诗》曰：“汉有游女，不可

---

① 《海内十洲记》，兹据《四库全书》（子部、小说家类、异闻之属）本。

求思。”此之谓也。[1]

篇中郑交甫不辨人仙，而为仙女所戏弄。因为前面已交待了二女是“神人”，所以郑交甫与仙女搭讪，仙女虚与应付的回答令人忍俊不禁，比起渎神而遭谴的描写（如《神仙传》中《麻姑》篇叙蔡经见麻姑鸟爪，仅心中念及“背大痒时，得此爪以爬背当佳”，就受到神人鞭打。见《太平广记》卷六十），本篇的结尾也不失风趣。同时，人物的语言中穿插着诗歌，也为本篇增添了一种独特的韵味，结尾的“汉有游女，不可求思”，则是作品情节设计的基础，也构成了一种失意、惆怅的情绪。尽管篇幅有限，却意味深长。这篇作品可以说是后世小说叙人仙之恋的滥觞。又如《邗子传》：

邗子者，自言蜀人也。好放犬子，犬走入山穴，邗子随入。十余宿行，度数百里，上出山头。上有台殿官府，青松森然，仙吏侍卫接严。见故妇主洗鱼，与邗子符一函并药，便使还，与成都令桥君。桥君发函，有鱼子也。著池中养之，一年皆为龙。复送符还山上，犬色更赤，有长翰，常随邗子，往来百余年，遂留止山上，时下来护其宗族。蜀人立祠于穴口，常有鼓吹传呼声。西南数千里，共奉祠焉。[2]

魏晋志怪小说颇多写神仙洞窟传说的，如《搜神后记》之《桃花源》、《幽明录》之《刘晨阮肇》等，皆步其后尘。

还有一部书值得一提，那就是韩婴所编的《韩诗外传》，此书引事证诗，而所引之事，虚构特点明显，颇有小说风味。如卷一有一段关于孔子的故事：

孔子南游，适楚，至于阿谷之隧，有处子佩瑱而浣者。孔子曰：“彼妇人其可与言矣乎！”抽觞以授子贡，曰：“善为之辞，以观其语。”子贡曰：“吾，北鄙之人也，将南之楚，逢天之暑，思心潭潭，愿乞一饮，以表我心。”妇人对曰：“阿谷之隧，隐曲之汜，其水载清载浊，流而趋海，欲饮则饮，何问妇人乎？”受子贡觞，迎流而挹之，奂然而弃之，促流而挹之，奂然而溢之，坐、置之沙上，曰：“礼固不亲受。”子贡以告。孔子曰：“丘知之矣。”抽琴去其轸，以授子贡，曰：“善为之辞，以观其语。”子贡曰：“向子之言，穆如清风，不悖我语，和畅我心。于此有琴而无轸，愿借子以调其音。”妇人对曰：“吾，野鄙之人也，僻陋而无心，五音不知，安能调琴。”

---

① 李剑国：《唐前志怪小说辑释》，上海古籍出版社，1986年，第70页。

② 同上书，第79页。

子贡以告。孔子曰:“丘知之矣。”抽絺纮五两,以授子贡,曰:“善为之辞,以观其语。”子贡曰:“吾,北鄙之人也,将南之楚。于此有絺纮五两,吾不敢以当子身,敢置之水浦。”妇人对曰:“客之行,差迟乖人,分其资财,弃之野鄙。吾年甚少,何敢受子,子不早去,今窃有狂夫守之者矣。”诗曰:“南有乔木,不可休思。汉有游女,不可求思。”此之谓也。[①]

这一故事,分为三个段落,在结构上与后世小说常见的一波三折情节模式相似。另外,卷十所叙“东海勇士”菑丘䜣勇杀蛟龙,却为要离当众羞辱,终心悦诚服,故事极富戏剧性。这提示我们,在考察原初形态的小说时,眼光不妨放得更开阔些。

第二节　志怪小说:背景与艺术

志怪小说作为小说的一种类型,在小说史上是一个含义丰富的概念,它既包含了“志”即记录的创作活动,也包含了“怪”的特定内容,并由此与“志人小说”相对。在这个概念中,“怪”是一个核心,它指的是一切奇异之事,如鬼魂、精怪、神灵及其他超乎寻常的事。最为简单的如《搜神记》中有一条称:

桓帝延兵五年,临沈县有牛生鸡,两头四足。

只不过是一个离奇现象的记录而已。而复杂的则可能具有相当曲折的情节,这就是我们下面要讨论的志怪小说。

志怪小说作为一种小说形态,有两个重要的前提。

志怪小说产生的第一个前提是特定的信仰背景。这一背景包含多个方面,首先是民间信仰,这是一种不成体系的有关鬼神精怪的信仰崇拜。从远古以来,有关自然、天帝、精怪、灵魂及各类神灵等的信仰与崇拜,在魏晋时期仍广泛流行,成为志怪小说描写的一个重要内容。如《搜神记》卷五记载的“蒋侯神”:

咸宁中,太常卿韩伯子某、会稽内史王蕴子某、光禄大夫刘耽子某,同游蒋山庙。庙有数妇人像,甚端正。某等醉,各指像以戏,自相配匹。

① 许维遹:《韩诗外传集释》,中华书局,1980年,第2—5页。

即以其夕，三人同梦蒋侯遣传教相闻，曰："家子女并丑陋，而猥垂荣顾。辄刻某日，悉相奉迎。"某等以其梦指适异常，试往相问，而果各得此梦，符协如一。于是大惧。备三牲，诣庙谢罪乞哀。又俱梦蒋侯亲来降己，曰："君等既已顾之，实贪会对。克期垂及，岂容方更中悔。"经少时并亡。①

这里因亵渎神灵而招致报应的描写，就是基于当时人们对蒋侯神的实际信仰。与后世小说如《封神演义》开篇写纣王亵渎女娲神像导致亡国的情节相似，而信仰背景实有不同。又如刘敬叔《异苑》卷五"紫姑神"：

世有紫姑神，古来相传是人妾，为大妇所嫉，每以秽事相次役，正月十五日，感激而死，故世人以其日作其形，夜于厕间或猪栏边迎之，祝曰："子胥不在，曹姑亦归去，小姑可出戏。"捉者觉重，便是神来。奠设酒果，亦觉貌辉辉有色，即跳躞不住。占众事，卜行年蚕桑。又善射钩，好则大儛，恶便仰眠。平昌孟氏恒不信，躬试往捉，便自跃茅屋而去，永失所在也。②

其中也具体描写了信仰的产生、祭祀过程及不信的结果。

东汉至魏晋南北朝时期，也是原始道教从民间兴起，并逐步演变为成熟的、正统的宗教的时期。如上一节所说，小说在孕育时，受神仙方士影响很深。大量神仙传记结为专集，其中就有不少志怪故事。如《神仙传》中的"栾巴"：

栾巴者，蜀郡成都人也。少而好道，不修俗事，时太守躬诣巴，请屈为功曹，待以师友之礼。巴到，太守曰："闻功曹有道，宁可试见一奇乎？"巴曰："唯。"即平坐，却入壁中去，冉冉如云气之状。须臾，失巴所在，壁外人见化成一虎，人并惊。虎径还功曹舍。人往视虎，虎乃巴成也。后举孝廉，除郎中，迁豫章太守。庐山庙有神，能于帐中共外人语，饮酒，空中投杯。人往乞福，能使江湖之中，分风举帆，行各相逢。巴至郡，往庙中，便失神所在。巴曰："庙鬼诈为天官，损百姓日久，罪当治之。以事付功曹，巴自行捕逐。若不时讨，恐其后游行天下，所在血食，枉病良民。"责以重祷，乃下所在，推问山川社稷，求鬼踪迹。此鬼于是走至齐郡，化为书生，善谈五经，太守即以女妻之。巴知其所在，上表请

① 汪绍楹校注：《搜神记》，中华书局，1979年，第59页。

② 《异苑·谈薮》，中华书局1996年，《异苑》第44—45页。

解郡守往捕，其鬼不出。巴谓太守："贤婿非人也，是老鬼诈为庙神。今走至此，故来取之。"太守召之不出。巴曰："出之甚易。"请太守笔砚设案，巴乃作符。符成长啸，空中忽有人将符去，亦不见人形，一坐皆惊。符至，书生向妇涕泣曰："去必死矣。"须臾，书生自赍符来至庭，见巴不敢前。巴叱曰："老鬼何不复尔形。"应声即便为一狸，叩头乞活。巴敕杀之，皆见空中刀下，狸头堕地。太守女已生一儿，复化为狸，亦杀之……①

这篇作品中所写的妖怪的变化多端和栾巴降妖伏怪的情节在后世的小说中也是屡见不鲜的。

与此同时，佛教传入中国，它从形象与观念上都为中国古代小说带来了新的内容。如王琰《冥祥记》中"赵泰"，描写主人公死而复活，追述地狱见闻，其形象与观念即是从佛教而来的：

[赵泰]说初死之时，梦有一人，来近心下。复有二人，乘黄马，从者二人，夹持泰腋，径将东行。不知可几里，至一大城，崔崒高峻，城邑青黑色，遂将泰向城门入。经两重门，有瓦室，可数千间。男女大小，亦数千人。行列而吏著皂衣，有五六人，条疏姓字。云："当以科呈府君。"泰名在三十。须臾，将泰与数千人男女，一时俱进。府君西向坐，阅视名簿讫，复遣泰南入里门。有人著绛衣，坐大屋下，以次呼名。问生时何作罪，行何福善，谛汝等以实言也。此恒遣六部使者在人间，疏记善恶，具有条状，不可得虚。泰答："父兄仕官皆二千石。我少在家，修学而已，无所事也，亦不犯恶。"乃遣泰为水官监作吏，将二千余人，运沙裨岸，昼夜勤苦。后转泰水官都督，知诸狱事。给泰兵马，令案行地狱。所至诸狱，楚毒各殊。或针贯其舌，流血竟体。或被头露发，裸形徒跣，相牵而行。有持大杖，从后催促。铁床铜柱，烧之洞然。驱迫此人，抱卧其上，赴即焦烂，寻复还生。或炎炉巨镬，焚煮罪人，身首碎坠，随沸翻转。有鬼持叉，倚于其侧。有三四百人，立于一面，次当入镬，相抱悲泣。或剑树高广，不知限极，根茎枝叶，皆剑为之。人众相訾，自登自攀，若有欣竞，而身体割截，尺寸离断。泰见祖父母及二弟，在此狱中涕泣。泰出狱门，见有二人，赍文书来，说狱吏。言有三人，其家为于塔寺中悬幡烧香，救解其罪，可出福舍。俄见三人，自狱而出，已有自然衣

① 《太平广记》第一册，中华书局，1961年，第75—76页。

服，完整在身。南诣一门，名开光大舍。有三重门，朱彩照发。见此三人，即入舍中，泰亦随入。前有大殿，珍宝周饰，精光耀目，金玉为床。见一神人，姿容伟异，殊好非常，坐此座上。边有沙门，立倚甚众。见府君来，恭敬作礼。泰问此是何人，府君致敬。吏曰："号名世尊，度人之师。"有顷，令恶道中人皆出听经。时有万九千人，皆出地狱，入百里城。在此到者，奉法众生也。行虽亏殆，尚当得度，故开经法。七日之中，随本所作善恶多少，差次免脱。泰未出之顷，已见十人，升虚而去。出此舍，复见一城，方二百余里，名为受变形城。地狱考治已毕者，当于此城，更受变报。泰入其城，见有土瓦屋数千区，各有房舍，正中有瓦屋高壮，栏槛采饰。有数百局吏，对校文书。云：杀生者当作蜉蝣，朝生暮死；劫盗者当作猪羊，受人屠割；淫逸者作鹤鹜鹰麋，两舌作鸱枭鸺鹠；捍债者为骡驴牛马。泰案行毕，还水官处。主者语泰："卿是谁者子，以何罪过，而来在此。"泰答："祖父兄弟，皆二千石。我举孝廉，公府辟不行。修志念善，不染众恶。"主者曰："卿无罪，故相使为水官都督，不尔，与地狱中人无以异也。"泰问主者曰："人有何行，死得乐报？"主者言："唯奉法弟子，精进持戒，得乐报，无有谪罚也。"泰复问曰："人未事法时，所行罪过，事法之后，得以除否？"答曰："皆除也。"语毕，主者开藤箧，检年纪，尚有余算三十年在，乃遣泰还。临别，主者曰："已见地狱罪报如是，当告世人，皆令作善。善恶随人，其犹影响，可不慎乎？"①

对于这错综复杂的信仰，人们的态度是各不相同的。从志怪小说的创作来说，固然有如《搜神记》作者干宝在其书自序中所表白的那样"发明神道之不诬"，也就是说，不管作者的具体信仰如何，都有自神其教的动机。对此，很多小说史论著都作过深入的探讨。但是，我们也应认识到，当时小说作者与接受者对宗教信仰的态度也并不是单纯迷信的，甚至还可能相反，而这种态度同样对小说的创作与接受有影响。

葛洪在《抱朴子·内篇》卷二《论仙》中曾有这样的感慨："世人既不信，又多疵毁，真人疾之，遂益潜遁。"郭璞在《山海经叙》中也说："世之览《山海经》者，皆以其闳诞迂夸，多奇怪俶傥之言，莫不疑焉。"这种怀疑的态度一方面导致志怪小说家如鲁迅在《中国小说史略》论及志怪特点时所说的"大抵记经像之显效，明应验之实有，以震耸世俗，使生敬信之心"，而且为了这一

① 李剑国：《唐前志怪小说辑释》，上海古籍出版社，1986年，第565—567页。

目的，可能还会在这一点上添油加醋。但另一方面，即使是干宝这样的小说家，也有“幸将来好事之士录其根本，有以游心寓目而无尤焉”的说法，隐约意识到了志怪小说的娱乐性质。这种娱乐性质在创作中的体现比在观念上的意识表现得更鲜明。至少，一些志怪小说作品完全可以从审美的角度加以理解。如《搜神记》卷十九中有一篇“千日酒”：

> 狄希，中山人也，能造千日酒，饮之千日醉。时有州人姓刘，名玄石，好饮酒，往求之。希曰：“我酒发来未定，不敢饮君。”石曰：“纵未熟，且与一杯，得否？”希闻此语，不免饮之。复索，曰：“美哉！可更与之。”希曰：“且归，别日当来。只此一杯，可眠千日也。”石别，似有怍色。至家，醉死。家人不之疑，哭而葬之。经三年，希曰：“玄石必应酒醒，宜往问之。”既往石家，语曰：“石在家否？”家人皆怪之，曰：“玄石亡来，服以阕矣。”希惊曰：“酒之美矣，而致醉眠千日，今合醒矣。”乃命其家人，凿塚破棺看之。塚上汗气彻天，遂命发塚，方见开目张口，引声而言曰：“快哉，醉我也！”因问希曰：“尔作何物也？令我一杯大醉，今日方醒，日高几许？”墓上人皆笑之。被石酒气冲入鼻中，亦各醉卧三月。①

就“死而复生”而言，本篇确属志怪。但这里的“复生”实不同于一般的“复生”，它只不过是以夸张的形式表现了“千日酒”之酒性与刘玄石的豪饮，而整体叙述风格则不无幽默意味，足资娱乐。

志怪小说产生的另一个重要前提是小说的作者。如上所述，志怪小说家有不少是道徒方士，也有一些是佛教信徒。但是由于志怪小说“志”即记录的性质，还有一些作品，而且往往是那些小说意味很明显的作品，具有民间传说的背景。关于这一点，有的在文本上就可以看出，如《搜神记》中的《李寄》叙一小女孩勇斗蛇妖事，篇尾称“其歌谣至今存焉”；同书《韩凭夫妇》篇尾也有类似交代：“又有鸳鸯，雌雄各一，恒栖树上，晨夕不去，交颈悲鸣，音声感人。宋人哀之，遂号其木曰‘相思树’‘相思’之名，起于此也。南人谓此禽即韩凭夫妇之精魂。今睢阳有韩凭城，其歌谣至今犹存。”这里的“其歌谣至今犹存”以及“宋人”、“南人”等，都表明作品所叙故事有广泛的民间基础。即使一些并没有这种说明的文本，其民间传说特点也是十分明显的，如《搜神记》中的《董永》复见于刘向《孝子传》等书，表明其传播之广；同书中的《丁姑》也“有灵响闻于民间”；而《搜神后记》中的《白水素女》属于著名的“田

---

① 汪绍楹校注：《搜神记》，中华书局，1979年，第235页。

螺女传说”[1];《玄中记》中的《姑获鸟》则是一个被民间文学学者概括为天鹅处女型世界性传说的最早记录[2]。

由于这一原因,一方面小说家可能只是一个叙述者或转述者,他们在创作上往往不作过度发挥而有所节制。另一方面,小说也因此体现了下层民众的感情心态,这甚至在那些宗教意味很强的作品中也是如此。如颜之推笃信佛法,他的《冤魂志》宣扬因果报应,不遗余力,但因笔涉现实,多有反映民众心理的描写。如《太乐伎》叙秣陵县令陶继之捕盗,误捕太乐伎,虽知枉滥,却不肯纠正,一并杀之。太乐伎说:“我虽贱隶,少怀慕善,未尝为非,实不作劫。陶令已当具知,枉见杀害。若死无鬼则已,有鬼必自陈述。”后来,他的鬼魂果然来找陶县令索命。这种鬼魂复仇的描写固然符合报应之说,但也带有民众反抗暴政的愿望色彩。

以上所论是志怪小说产生的前提和背景。从志怪小说的文体来看,其独特的艺术特点也值得注意。这首先表现在非现实形象构成艺术手法的运用上,它展示了早期小说家想象力的水平,而这对于小说虚构性的强化是有重要意义的。就总体而言,志怪小说使更早期的叙事文中的非现实形象开始由粗陋到精致,由混乱到有序,由简单到丰富,从而为中国古代文化提供了一个经过初步艺术实践检验的新的表述系统。[3] 与上古神话传说相比,魏晋南北朝时期的志怪小说所涉及的鬼神精怪品类更多,也更接近实际,奇禽异兽不多见了,狐精、蛇怪、树妖等等寻常精怪所在皆是;在描写上,也极尽幻想之能事,如王嘉《拾遗记》中《沐胥国道人》一“有道术人名尸罗”的法术:

> ……善炫惑之术。于其指端出浮图十层,高三尺,及诸天神仙,巧丽特绝。人皆长五六分,列幢盖,鼓舞,绕塔而行,歌唱之音,如真人矣。

---

① 田螺女传说初见于《搜神后记》,后世流传甚多,略叙田螺娘原为仙女,因怜悯青年农民孤单,被天帝派到人间,助其生活。后被发现真身,乃留下螺壳贮米,永吃不尽。

② 这一传说类型主要讲述一个男子见到几只鸟(天鹅、鸭、鸽等)飞到湖中洗浴,遂窃取其中之一的羽衣,迫使她嫁给自己。过了若干年,她找到了羽衣,飞返故乡。

③ 关于志怪小说产生的时间,李学勤《放马滩简中的志怪故事》(《文物》1990年第4期)一文中指出,1986年在甘肃天水放马滩出土的秦简中有一篇被称作《墓主记》的作品,记叙一个名字叫丹的人死而复活的故事,“所记故事颇与《搜神记》等书的一些内容相似,而时代早了500年,有较重要的研究价值”。而伏俊琏在《战国早期的志怪小说》(2005年8月26日《光明日报》)中又提到西晋初年汲冢出土的竹书《古文周书》中有一段复生故事,比《墓主记》还要早。但叙事相近是否即是志怪小说,还有商榷余地。

尸罗喷水为雰雾，暗数里间。俄而复吹为疾风，雰雾皆止。又吹指上浮图，渐入云里。又于左耳出青龙，右耳出白虎。始出之时，才一二寸，稍至八九尺。俄而风至云起，即以一手挥之，即龙虎皆入耳中。又张口向日，则见人乘羽盖，驾螭、鹄，直入于口内。复以手抑胸上，而闻怀袖之中，轰轰雷声。更张口，则向见羽盖、螭、鹄，相随从口中而出。尸罗常坐日中，渐渐觉其形小，或化为老叟，或变为婴儿，倏忽而死，香气盈室，时有清风来吹之，更生如向之形。咒术炫惑，神怪无穷。①

与此相关，尽管志怪小说大多有宗教信仰的背景，又采用了非现实的形象构成方式，但作品的感情色彩更加浓烈，人情味相当突出，从而形成了志怪小说非现实与现实对立统一的审美特点。如祖冲之《述异记》中有这样一个故事：

朱泰家在江陵，宋元徽中，病亡未殡，忽形见，还坐尸侧，慰勉其母。众皆见之，指挥送终之具，务从俭约，谓母曰："家比贫，泰又亡殁。永违侍养，殡殓何可广费？"②

作品反对殡殓浪费，而鬼魂孝子之情尤为感人。又如《幽明录》中《刘隽》条：

元嘉初，散骑常侍刘隽家在丹阳，后尝闲居，而天大骤雨，见门前有三小儿，皆可六七岁，相牵狡狯，而并不沾濡。隽疑非人。俄见共争一匏壶子，隽引弹弹之，正中壶，霍然不见。隽得壶，因挂阁边。明日，有一妇人入门，执壶而泣，隽问之，对曰："此是吾儿物，不知何由在此？"隽具语所以，妇持壶埋儿墓前。间一日，又见向小儿持来门侧，举之，笑语隽曰："阿侬已复得壶矣。"言终而隐。③

三小儿雨中不沾濡，显系鬼魅，但描摹刻画，则全是生活中顽皮儿童的声口举止，活泼可爱。可以说，感情色彩的逐渐浓厚，强化了志怪小说的文学性，也相应地拓宽、加深了小说的题材范围和精神内涵。

从艺术手法上说，志怪小说也有多方面的创造，昭示或奠定了古代小说发展的方向与特点。

---

① 《拾遗记》，中华书局，1981年，第94页。
② 《太平广记》第七册，中华书局，1961年，第2565页。
③ 李剑国：《唐前志怪小说辑释》，上海古籍出版社，1986年，第487页。

一、叙述角度的个人化

这里所说的叙述角度的个人化还不完全等同于后世文人独创型的小说创作，后者是视角、叙述方式、风格、取材等的综合体现。志怪小说的个人化叙述主要是相对于史书的公共化叙述而言的，虽然它可能是记录的、传说的，并不是小说家纯个人化的写作，但这种记录与传说依托的还是个人的表述行为，因而作者往往不太会就故事本身在叙述层面表现个人的看法，却会强调情节得之于某种传闻的事实。有时，为了突出这一点，还可能明确指出传闻的来源。如孔约的《志怪》中有一篇《谢宗》叙谢宗船上遇龟精幻化为女性，往来同宿一年。篇后，作者称谢宗"自说此女子一岁生二男……既为龟，送之于江"。这被作为小说主人公的个人言行，与小说叙述的主体情节联系在一起，显示后者也当出于谢宗"自说"。又如《陆氏异林》中的《钟繇》描写了一段人鬼恋，叙钟繇与一位美女来往，美女被人断定为鬼怪，钟繇虽心怀不忍，还是举刀砍伤了她。篇末有"叔父清河太守说如此"，也明言故事来源。实际上，我们在志怪小说中经常可以看到"视"、"见"、"闻"、"听"之类说法，如前面提到的《朱泰》有"众皆见之"，《刘隽》有"见门前有三小儿"等，这种见闻的坐实，一方面是为了表明记述的真实客观，另一方面也丰富了小说的叙述角度。尽管这种角度的意义可能还没有达到后世小说家有意识地自我限制全知叙述的程度，但其个人化特点，还是为小说的叙述提供了一种与人们自身体验更为切近的题材及叙述方式，而这与史传是迥然不同的。

因此，在志怪小说中，我们看到，作者的目光开始转向日常生活，小说的场景也不同于史书的宏大场面，而更多地被安排在庭院、居室、邻舍等处，在这样的环境下展开的故事也更带有私密性。[①] 如《搜神后记》的《白水素女》叙谢端独自一人居住，"每早至野，还见其户中有饭饮汤火，如有人为者"，他以为是邻居帮忙，前去感谢。邻人却说"卿已自取妇，密著室中炊爨"，后来他"于篱外窃窥其家中"，才发现是一田螺仙女在为他"守舍炊烹"。这一故事就完全是置于私室之中展开的，而一旦泄密，情节也就戛然而止。

由于叙述角度的个人化，很多不足为外人道的个人生活也得到表现，如志怪小说中有不少写及荒野艳遇的故事，其基本形式是：一男子独自行于野外，忽遇人家和佳丽，遂成姻好。及醒，则高堂广厦咸无所睹，而身在冢间。

---

① 参见李修生、赵义山主编：《中国分体文学史・小说卷》，上海古籍出版社，2001年，第10页。

如《搜神记》中的《卢充》、《甄异传》中的《秦树》等，都属于这一类型。与此相关，个人的心理也开始得到了揭示，如《韩凭夫妇》叙韩凭、何氏夫妇相爱至深，而何氏为康王霸占。何氏以诗传情，表达其“愁且思”和“心有死志”，她不动声色地“阴腐其衣”，后在登台时，自投台下，“左右揽之，衣不中手而死”。这一过程，隐含着人物极为痛苦与决绝的心理，极为感人。

二、小说情节结构的复杂化

虽然志怪小说的叙述通常还比较简单，甚至只是“粗陈梗概”，但内在的复杂结构也开始形成。如《幽明录》中的《新鬼》叙述一新死鬼先后三次前往人家觅食的经历，前两次均失败，第三次终于如愿以偿。如第一章所说，这种三段式结构在后世的小说中是很常见的。

《搜神记》中《卢充》的情节也可分为三段，不过，结构更为曲折。第一段先叙卢充的野遇经历，他经过一府舍，与一崔姓女郎结婚。离开以后，才知“崔是亡人而入其墓”。第二段则是四年以后了，卢充在水边得见崔氏女与幼儿经过，女抱儿还充，并与金碗。第三段又叙其卖碗，得与崔氏女家人相识。整个故事时间跨度很大，大体以时间为序，而中间跳跃处，正如后世小说“有话则长，无话则短”的布局。同书还有一篇《丁姑》，情节可以分为两大段落：

> 淮南全椒县有丁新妇者，本丹阳丁氏女，年十六，适全椒谢家。其姑严酷，使役有程，不如限者，仍便笞捶不可堪。九月九日，乃自经死。遂有灵响，闻于民间。发言于巫祝曰：“念人家妇女，作息不倦，使避九月九日，勿用作事。”见形，着缥衣，戴青盖，从一婢，至牛渚津，求渡。有两男子，共乘船捕鱼，仍呼求载。两男子笑，共调弄之。言：“听我为妇，当相渡也。”丁妪曰：“谓汝是佳人，而无所知。汝是人，当使汝入泥死；是鬼，使汝入水。”便却入草中。须臾，有一老翁乘船载苇。妪从索渡。翁曰：“船上无装，岂可露渡。恐不中载耳。”妪言：“无苦。”翁因出苇半许，安处着船中，径渡之至南岸，临去，语翁曰：“吾是鬼神，非人也。自能得过，然宜使民间粗相闻知。翁之厚意，出苇相渡，深有惭感，当有以相谢者。若翁速还去，必有所见，亦当有所得也。”翁曰：“恐燥湿不至，何敢蒙谢。”翁还西岸，见两男子覆水中。进前数里，有鱼千数，跳跃水边，风吹至岸上。翁遂弃苇，载鱼以归。于是丁妪遂还丹阳。[①]

① 汪绍楹校注：《搜神记》，中华书局，1979年，第61—62页。

除了前面丁姑成神的交代外，叙其灵验的故事可以分为两部分，前一部分写两男子“共调弄之”，而丁姑斥曰：“汝是人，当使汝入泥死；是鬼，使汝入水。”不过，作者并没有写两男子生死，只以一句丁姑“却入草中”一带而过，形成了类似于后世章回小说中“未知二人性命如何，且听下回分解”式的悬念。而在后半部分，则写了一老翁载丁姑过河，并补上两男子早已溺于水中。两段描写，既以悬念贯穿其中，又形成对比，足见作者匠心。

与此相关，在魏晋南北朝时期的小说中，已经开始出现后世小说中一些常见的叙事范型，如《搜神记》中《天上玉女》等代表的“高唐型”、同书《卢充》等代表的“野遇型”、《幽明录》中《庞阿》代表的“离魂型”、同书《刘晨阮肇》等代表的“游仙型”、同书《赵泰》等代表的“游冥型”、《列异传》中《张奋宅》等代表的“凶宅型”以及《冤魂志》中的“复仇型”，等等。这些叙事范型实际上是对人类普遍心理、经验、行为方式的提炼，从一个侧面反映了小说家对社会、人生的认识水平与把握角度；而它们在后世的小说创作中被发扬光大，又成为小说史的一条内在线索。①

三、细节描写的突出

从总体上看，志怪小说的情节叙述是以概述为主的，但也不乏精彩的细节。姑举一例，《搜神后记》中《徐玄方女》条，叙徐玄方女鬼魂与马子约为夫妻：

> ……至期日，床前头发，正与地平。令人扫去，则愈分明。始悟是所梦见者。遂屏除左右人，便渐渐额出，次头面出，又次肩项形体顿出。马子便令坐对榻上，陈说语言，奇妙非常。遂与马子寝息。每诫云：“我尚虚尔。”……掘棺出，开视，女身体貌全如故。徐徐抱出，着毡帐中，唯心下微暖，口有气息。令婢四人守养护之，常以青羊乳汁沥其两眼，渐渐能开，口能咽粥，既而能语。二百日中，持杖起行。一期之后，颜色肌肤气力悉复常。②

此种描写，用笔细腻，刻画宛然。怪奇之中，又示以平常，虽置之清代小说《聊斋志异》中，亦可乱真。

而且，可能也正是由于志怪小说以概述为主的特点，所以一旦出现了细

---

① 参见拙著《幻想的魅力》第五、六、七章，上海文艺出版社，1992年。

② 汪绍楹校注：《搜神后记》，中华书局，1981年，第24页。

节描写，就显得格外突出，艺术效果也尤其明显。如上面提到的《钟繇》叙及钟繇忍心伤害相好之女时，女子逃出，"以新绵拭血"，而后钟繇使人寻迹，至一大冢，棺中一妇人，形体如生，"白练衫，丹绣裲裆。伤一髀，以裲裆中绵拭血"。按照一般的观念，鬼魂无影无形，而在简短的叙述中，作者两次提到"绵拭血"的细节，不但令人产生奇异之感，更加重了女鬼为情所伤的悲哀。

四、对话的运用

对小说而言，对话的意义非常重要。一方面，对话的拟写是依托对人物性格的把握，其中必然带有虚构的成分。也就是说，对话的运用是与小说家的虚构能力联系在一起的。另一方面，只要有对话，人物应答与反应也必然使作品情节的叙述呈现更为复杂的关系。而在志怪小说中，我们就可以看到一些对话的运用，对小说情节的展开有举足轻重的作用。如《列异志》中有一篇《宋定伯》：

> 南阳宋定伯年少时，夜行逢鬼，问之，鬼言："我是鬼。"鬼问："汝复谁？"定伯诳之，言："我亦鬼。"鬼问："欲至何所？"答曰："欲至宛市。"鬼言："我亦欲至宛市。"遂行数里。鬼言："步行太迟，可共递相担，何如？"定伯曰："大善。"鬼便先担定伯数里。鬼言："卿太重，不是鬼也。"定伯言："我新鬼，故身重耳。"定伯因复担鬼，鬼略无重，如是再三。定伯复言："我新鬼，不知有何所恶忌。"鬼答言："唯不喜人唾。"于是共行，道遇水。定伯令鬼渡，听之了然无水音。定伯自渡，漕漼作声。鬼复言："何以有声？"定伯曰："新死，不习渡水故尔，勿怪吾也。"行欲至宛市，定伯便担鬼着肩上，急执之。鬼大呼，声咋咋然，索下，不复听之。经至宛市中，下着地，化为一羊，便卖之。恐其变化，唾之。得钱千五百，乃去。当时有言："定伯卖鬼，得钱千五。"①

上面的故事，就完全是通过对话展开和推进的。不但如此，在简短的对话中，我们也不难体会出作者刻画人物性格的用意，鬼的疑惑愚笨与宋定伯的沉着机敏，在他们的对话中表现得十分鲜明。从小说创作的角度看，这种对话描写也值得探究。就最浅表的层次而言，宋定伯与鬼之间的对话，如果不出自宋定伯自述，其他人是不可能得知的。换言之，对话的虚拟，也反映了小说创作虚构性的程度。不过，就对话的呈现方式而言，它又反映了当时小

---

① 李剑国：《唐前志怪小说辑释》，上海古籍出版社，1986年，第157—158页。

说创作的特点。我们不难发现，此处的直接引语都没有任何状语，而在稍后的唐代传奇小说中，这样的描写却是俯拾皆是的，如《柳毅传》中在直接引语前，多有如下描写："毅诘之曰"、"妇始楚而谢，终泣而对曰……言讫，歔欷流涕，悲不自胜"、"女悲泣且谢曰"、"俄有武夫出于波间，再拜请曰"、"夫跃曰"、"君望毅而问曰"、"君惊谓左右曰"、"君亲起持之曰"、"君笑谓毅曰"、"钱塘因酒作色，踞谓毅曰"、"毅肃然而作，欻然而笑曰"、"钱塘乃逡巡致谢曰"、"夫人泣谓毅曰"、"笑谓毅曰"、"因呜咽泣涕交下，对毅曰"等等。虽然在魏晋南北朝时的小说中，类似的状语并非没有，如《搜神记》中的《紫玉》也有"大怒曰"、"跪而言曰"之类描写，不过，像唐传奇这样，随时关注人物对话时的情态，在原初形态的小说中仍然是有限的。

五、韵散结合的叙述方式

众所周知，韵散结合是中国古代小说的一个重要的叙述方式，而这种叙述方式在志怪小说中已开始出现，并得到了较为成功的运用。其中有些韵文出现在叙述层面，如《列异传》中的《鲍宣》叙鲍宣安葬素不相识书生的义举，又不昧金银，最终向其家人通报了消息。结尾有诗曰："鲍氏骢，三入司隶再入公，马虽疲行步转工。"与散文叙述的情节相呼应。而在《列仙传》之《江妃二女》、《续齐谐记》之《赵文韶》等篇中，诗歌则是人物对话的一种形式。

由于志怪小说篇幅短小，韵文运用得虽然不多，但在作品的语言中所占的位置还是相当突出的，因而对整个作品的叙述风格也有举足轻重的作用。如《搜神记》中的《紫玉》是一篇优美伤感的爱情小说。紫玉、韩重两情相好，私订终身，却因紫玉父亲吴王的反对，无法结合，紫玉因此悲痛而死。后来，这一对有情人在阴间才得成眷属。小说中紫玉的形象十分突出，是她对韩重"悦之"而主动"许为之妻"；当韩重归来吊唁，她魂从墓出，邀重还冢；之后，又留重三日三夜，尽夫妇之礼；当韩重遭吴王误解而受惩治时，紫玉挺身而出，为之辩解。其中更有一段紫玉的歌唱，情真意切，哀婉动人。"张罗捕鸟"的起兴，"谗言孔多"的畏惧，"一日失雄"的感伤，"身远心近"的思念，淋漓尽致地表现了女主人公复杂的内心世界，既突出了作品的主题，又强化了叙述的情感力度，可以说是韵散结合的一个范例。又如"韩凭夫妇"中写道：

> 妻密遗凭书，缪其辞曰："其雨淫淫，河大水深，日出当心。"既而王得其书，以示左右，左右莫解其意。臣苏贺对曰："其雨淫淫，言愁且思

也；河大水深，不得往来也；日出当心，心有死志也。”俄而凭乃自杀。[①]

在这里，韵文不但是主人公心志的表现，也成为情节叙述的一种动力。

总之，志怪小说虽然有其特殊的产生背景，也有特殊的目的，但从艺术手法上看，已昭示了后世小说的特点与发展方向。

第三节 志人小说的三种体式

志人小说作为一种小说文体或类型概念，首先是由鲁迅提出来的，学术界相沿已久。当然，在古代目录学中，对这些小说也有不同的称谓，当今的学者也提出了其他名称，如“轶事小说”等。

由于这些概念指称的对象是一致的，本身也不存在绝对的排他性，因此，也可以说不存在孰对孰错的问题，只存在哪个说法更合理、更全面的问题。比较而言，则还是“志人小说”更妥当些，含义也更丰富些。有人认为：“这类作品不讲格高调遒，不在乎文理的有无，闲暇时写，闲暇时读，从整体上弥漫着闲适的氛围。为了突出这种题材特征和表达上的特征，选用‘轶事小说’自有其合理性。”[②]这样的说法当然也有道理，但涉及此类小说创作及创作的基本特点，如所谓“闲暇时写，闲暇时读”，似乎并无充分的根据。即以此类小说的代表作《世说新语》来说，《宋书》刘义庆本传称其“及长，以世路艰难，不复跨马。招聚文学之士，近远必至”。联系《世说新语》的编撰，有学者指出：“他处在宋文帝刘义隆对于宗室诸王怀疑猜忌的统治之下，为了全身远祸，于是招聚文学之士，寄情文史，编辑了《世说新语》这样一部清谈之书。”[③]这种逃避现实的心理恐与闲暇之说略有出入。而由此导引出的“不在乎文理的有无”等说法，似乎也不利于此类小说文体的分析。反过来，如果说此类小说确有可在“闲暇时写，闲暇时读”的，也无法排除志怪小说可能存在同样的情况。

更重要的是，“轶事小说”不能很好地概括此类作品的全部内部与形式。《四库全书总目提要》“世说新语”条称此书“皆轶事琐语，足为谈助”，所谓

---

① 汪绍楹校注：《搜神记》，中华书局，1979年，第141页。

② 陈文新：《文言小说审美发展史》，武汉大学出版社，2000年，第16页。

③ 周一良：《〈世说新语〉和作者刘义庆身世的考察》，见其《魏晋南北朝史论集》，北京大学出版社，1997年，第336页。

“轶事琐语”实际上揭示了此类小说在内容与形式上的两个重要方面，即一是“轶事”，一是“琐语”。此前，唐代刘知幾《史通·书事篇》说：“又自魏、晋已降，著述多门，《语林》、《笑林》、《世说》、《俗说》，皆喜载调谑小辩，嗤鄙异闻，虽为有识所讥，颇为无知所悦。”其中“调谑小辩”和“嗤鄙异闻”，也是就“琐语”、“轶事”两方面而言的。可见，用“轶事小说”指称此类小说，实有以偏概全之嫌。相反，“志人小说”因为较笼统，则不存在这样的问题。而且，从小说史的角度看，“志人小说”的概念也有不可替代的意义。

首先，“志人小说”之“志”，表明了它与志怪小说在时代、创作特点上的同一性特征，即都是魏晋南北朝时期出现的以记录为写作特点的小说样式。有人主张用“轶事小说”而不用“志人小说”，还有一个考虑是“从字面意义上看，凡写人的小说都可称为志人小说，这不仅包括除志怪和部分传奇以外的全部文言小说，连写普通凡人的所有白话小说似亦包括在内”[①]。这可能是多虑了。因为从上述与志怪小说相联系的同一性出发，完全不必联系到白话小说之类作品。换言之，特定时代、文体类型中的“志人”，不同于宽泛无边的“写人”。否则，何只是白话小说中的写人不能排除，志怪小说从根本上说，又何尝不是写人？

其次，“志人小说”之“人”又表明了它与同时期志怪小说之“怪”在取向、旨趣上的不同。取向、旨趣上的不同，不是题材和描写对象上的不同，即是说，志怪小说未尝不可以写人，但其主旨应在“怪”上。志人小说则不然，它是以人们生存的常态为前提的。当然，从写人的角度说，志怪与志人的关系如同两个双切圆，中间态的存在不能否定它们各自的特点。

当然，“志人小说”的提法或也未尽完美，这主要是由于它是后人概括出来的，在后人构建的小说史体系中可以获得如上所述的理论自足，而超出这一范围就难以在古代小说的发展实际中找到对应位置了。为了克服这种缺陷，我们不妨对志人小说进行进一步的分类。而在这一点上，现今的小说史基本上不存在大的分歧。根据魏晋南北朝志人小说创作的实际，大致可以分为以下几种体式。

一、语林体

这是以记录人物、特别是名士特出的“言语应对”为主的小说形态。

从源头与背景上看，语林体有着悠久的传统和现实的基础。就传统而

---

① 陈文新：《文言小说审美发展史》，武汉大学出版社，2000年，第16页。

言，先秦散文中就有专门“记言”之作，例如在《论语》中，就有不少片断与语林体的作品十分接近。兹举《公冶长》篇中一例：

颜渊、季路侍。子曰：“盍各言尔志？”子路曰：“愿车马、衣轻裘，与朋友共。敝之而无憾。”颜渊曰：“愿无伐善，无施劳。”子路曰：“愿闻子之志。”子曰：“老者安之，朋友信之，少者怀之。”①

《世说新语》中正多此种记叙。事实上，《世说新语》三十六门中，“德行”、“言语”、“政事”、“文学”四门，正是孔门四科（见《论语·先进》），而书中有一些篇章也称引了《论语》的有关条目或仿效《论语》而作。

就现实基础而言，则语林体对人物加以品评的特点又与两汉以来的官吏举荐制度及由此产生的品评人物的风气有关。这一点前贤时哲多有论及，可以参看。②

裴启的《语林》是这一类作品中较早的代表，也鲜明地体现了此类小说的特点。如：

士衡在坐，安仁来，陆便起去。潘曰：“清风至，尘飞扬。”陆应声答曰：“众鸟集，凤皇翔。”

明帝数岁，坐元帝膝上。有人从长安来，元帝问洛下消息，潸然流涕。明帝问何以致泣，具以东渡意告之。因向明帝：“汝意谓长安何如日远？”答曰：“日远，不闻人从日边来，居然可知。”元帝异之。明日，集群臣宴会，告以此意。更重问之，乃答曰：“日近。”元帝失色，曰：“尔何故异昨日之言邪？”答曰：“举目见日，不见长安。”③

这两段对话不但反映了人物的机敏，同时又意味深长。

属于这一类的作品还有郭澄之的《郭子》，如：

梁国杨氏子，年九岁，甚聪慧，孔君平诣其父，父不在，乃呼儿出。为设果，有杨梅，孔指示儿曰：“此贵君家果。”儿应声答曰：“未闻孔雀是夫子家禽。”

---

① 杨伯峻：《论语译注》，中华书局，1980年，第52页。

② 参见宁稼雨：《魏晋士人人格精神——〈世说新语〉的士人精神史研究》第八章，南开大学出版社，2003年。

③ 《语林》，《鲁迅辑录古籍丛编》第一册，人民文学出版社，1999年，第21、22页。

《郭子》中的有些篇目还不只是语言的记录，而且有更完整的情节，如：

> 张凭举孝廉，出京，负其才气，谓必参时彦。欲诣刘真长，乡里及同举者咸共哂之。张遂径往诣刘，既前，处之下坐，通寒暑而已。真长方洗濯料事，神意不接，良久，张欲自发，而未有其请。顷之，王长史诸贤来诣，言各有隔而不通处，张忽遥于末坐判之，言约旨远，便足以畅彼我之怀。举坐皆惊，真长延之上坐。遂清言弥日，因留宿，遂复至晓。张退，刘曰："卿且前去，我正尔往取卿，共诣抚军。"张既还船，同侣笑之曰："卿何许宿还？"张笑而不答。须臾，真长至，遣教觅张孝廉船，同侣惋愕。既同载，俱诣抚军。至门，刘前进，谓抚军曰："下官今日为公得一太常博士妙选。"既前，抚军与之语，咨嗟称善。数日乃止，曰："张凭劲粹，为理之窟。"即用为太常博士。[①]

其中既有对人物的精当评论，更有对事件过程富于戏剧性的描述。

语林体最重要的作品当然是《世说新语》，此书主要是记录魏晋名士的逸闻轶事和玄虚清谈，也可以说是一部魏晋风流的故事集。清人钱曾说："临川王变史家为说家，撮略一代人物于清言之中，使千载而下，如闻声咳，如睹须眉。"[②]耐人寻味的是所谓"变史家为说家"，这种转变，正意味着写作观念的不同。《世说新语》之《轻诋》篇称，《语林》记谢安语不实，为安所批评，书遂废。实际上此种不实恐非《语林》一书独有。《世说新语》固然所记皆为真人故事，但在记叙中，未必没有变异或改造。这只要比较《世说新语》与其他书对同一故事记载的细微差别即可看出。特别是有的故事，事迹言语相似，而分属不同人物，断不可能同真，其间必有传说或虚构，视为小说，实无不宜。

《世说新语》及刘孝标注涉及各类人物共一千五百多个，身份各异，心理不同，作者往往能通过他们独特的言谈举止写出其性格。其中有的以细节见长，如《雅量》记述顾雍在群僚围观下棋时，得到丧子噩耗，竟强压悲痛，"虽神气不变，而心了其故。以爪掐掌，血流沾褥"，一个细节就生动地表现出顾雍的个性。《忿狷》中绘声绘色地描写王述吃鸡蛋的一系列细节："王蓝田性急。尝食鸡子，以箸刺之，不得，便大怒，举以掷地。鸡子于地圆转未止，仍下地以屐齿蹍之，又不得，瞋甚，复于地取内口中，啮破即吐之。"有的

---

① 《郭子》，《鲁迅辑录古籍丛编》第一册，人民文学出版社，1999年，第54页。

② 《读书敏求记》卷三，书目文献出版社，1984年。

则运用对比手法，如《雅量》中记述谢安和孙绰等人泛海遇到风浪，谢安“貌闲意说”，镇静从容，孙绰等人却“色并遽”、“喧动不坐”，显示出谢安临危若安的“雅量”。《德行》中则叙“管宁、华歆共园中锄菜，见地有片金，管挥锄与瓦石不异，华捉而掷去之。又尝同席读书，有乘轩冕过门者，宁读如故，歆废书出看”。通过与华歆的对比，褒扬管宁淡泊名利。

作为语林体的小说，更多的还是通过人物的言语，反映他们的内心世界与表达技巧，也折射出时人的欣赏趣味。即以第二章《言语》[①]为例，其中有些篇目以文采之美见长，如：

> 顾悦与简文同年，而发蚤白。简文曰：“卿何以先白？”对曰：“蒲柳之姿，望秋而落；松柏之质，经霜弥茂。”

“蒲柳”二句，以对句形式，将外貌引向两种人生境界，虽有阿谀之嫌，不失文采之美。又如：

> 顾长康从会稽还，人问山川之美，顾云：“千岩竞秀，万壑争流，草木蒙笼其上，若云兴霞蔚。”

> 王子敬云：“从山阴道上行，山川自相映发，使人应接不暇。若秋冬之际，尤难为怀。”

这两段话谈论绍兴山水之美，均要言不烦，但前者在客观景象上具体描绘，后者从主观感受上略加抒发，显示出不同角度。有些片断则突出内涵之丰，如：

> 过江诸人，每至美日，辄相邀新亭，藉卉饮宴。周侯坐而叹曰：“风景不殊，正自有山河之异！”皆相视流泪。唯王丞相愀然变色曰：“当共戮力王室，克复神州，何至作楚囚相对？”

周侯与王丞相的话，表现出怀恋与恢复故国的两种深沉感情。又如：

> 桓公北征经金城，见前为琅邪时种柳，皆已十围，慨然曰：“木犹如此，人何以堪！”攀枝执条，泫然流泪。

> 袁彦伯为谢安南司马，都下诸人送至濑乡。将别，既自凄惘，叹曰：

---

① 此处所引《言语》诸条分见徐震堮《世说新语校笺》上册，中华书局，1984年，第29—89页。

“江山辽落，居然有万里之势。”

这两段话分别从时间与空间抒发了对人生的感慨，意味无穷。此外如简文帝入华林园，说：“会心处，不必在远。翳然林水，便自有濠、濮闲想也。觉鸟兽禽鱼，自来亲人。”支道林说：“既有凌霄之姿，何肯为人作耳目近玩？”等等，皆富于哲理，发人深思。

还有些片断主要表现了应对之巧，如孔文举年十岁，随父到洛，众人莫不奇之。而陈韪说：“小时了了，大未必佳！”文举即回道：“想君小时，必当了了！”使其大为尴尬。邓艾口吃，语称艾艾。晋文王戏之曰：“卿云艾艾，定是几艾？”邓对曰：“凤兮凤兮，故是一凤。”都体现了一种应对的机智。

明人胡应麟说：“读其语言，晋人面目气韵，恍忽生动，而简约玄澹，真致不穷。”[①]确实是对《世说新语》的精到评价。

二、笑林体

笑林体是以一些短小的诙谐故事为主的小说形态。《四库全书总目提要》在论及《谈谐》一书时，提到三国时邯郸淳《笑林》，称“小说家有此格也”。《笑林》是今所见最早的一部笑话集，故以此书名体。

笑林体同样有悠久传统。在先秦寓言中，就有不少属于诙谐笑话性质的，如“郑人买履”、“守株待兔”等皆是。同时，两汉时期“优孟衣冠”等的滑稽表演，与笑话有着更密切的关系，其中有些事迹即散见于后世笑话书中。

《笑林》中有不少有趣的笑话，如：

> 楚人居贫，读《淮南方》，得“螳螂伺蝉自鄣叶可以隐形”，遂于树下仰取叶。螳螂执叶伺蝉，以摘之，叶落树下；树下先有落叶，不能复分别，扫取数斗归。一一以叶自障，问其妻曰：“汝见我不？”妻始时恒答言：“见。”经日乃厌倦不堪，绐云：“不见。”嘿然大喜，赍叶入市对面取人物，吏遂缚诣县。县受辞，自说本末。官大笑，放而不治。

> 楚人有担山鸡者，路人问曰：“何鸟也？”担者欺之曰：“凤皇也！”路人曰：“我闻有凤皇久矣，今真见之，汝卖之乎？”曰：“然！”乃酬千金，弗与；请加倍，乃与之。方将献楚王，经宿而鸟死。路人不遑惜其金，惟恨不得以献耳。国人传之，咸以为真凤而贵，宜欲献之，遂闻于楚王。王

① 《少室山房笔丛》卷十三。

感其欲献己也，召而厚赐之，过买凤之值十倍矣。[①]

虽然这两个笑话都是嘲讽愚蠢的行为，但它们的含义实际上又不止于此。上篇中楚人的执著、楚人妻的厌烦和县官的开明以及下篇中担山鸡者的狡诈、献凤者的诚心与楚王的宽厚，均在三言两语中得到鲜明的表现。

侯白的《启颜录》也是一部著名的笑话集，如：

山东人娶蒲州女，多患瘿，其妻母项瘿甚大。成婚数月，妇翁疑婿不慧。妇家置酒，盛会亲戚，欲以试之。问曰："某郎在山东读书，应识道理，鸿鹤能鸣何意？"曰："天使其然。"又曰："松柏冬青何意？"曰："天使其然。"又曰："道边树有骴何意？"曰："天使其然。"妇翁曰："某郎全不识道理，何因浪住山东。"因以戏之曰："鸿鹤能鸣者颈项长；松柏冬青者心中强；道边树有骴者车拨伤。岂是天使其然？"婿曰："请以所闻见奉酬，不知许否？"曰："可言之。"婿曰："虾蟆能鸣，岂是颈项长？竹亦冬青，岂是心中强？夫人项下瘿如许大，岂是车拨伤？"妇翁羞愧，无以对。[②]

这一笑话就是后来民间传说中广为流传的傻女婿故事，在智与愚的较量中，令人体会到真正的智与愚。又如：

隋朝有人敏慧，然而口吃。杨素每闲闷，即召与剧谈。尝岁暮无事对坐，因戏之云："有大坑深一丈，方圆亦一丈，遣公入其中，何法得出？"此人低头良久，乃问云："有梯出否？"素云："只论无梯，若论有梯，何须更问？"其人又低头良久，问曰："白白白白日，夜夜夜夜地？"素云："何须云白日夜地，若为得出？"乃云："若不是夜地，眼眼不瞎，为甚物入入里许？"素大笑。又问云："忽命公作军将，有小城，兵不过一千已下，粮食唯有数日。城外被数万人围，若遣公向城中，作何谋计？"低头良久，问云："有有救救兵否？"素云："只缘无救，所以问公。"沈吟良久，举头向素云："审审如如公言，不免须败。"素大笑。又问云："计公多能，无种不解，今日家中，有人蛇咬足，若为医治？"此人即应声报云："取取五月五日南墙下雪雪涂涂，即即治。"素云："五月何处得有雪？"答云："五月无雪，腊月何处有蛇咬。"素笑而遣之。[③]

---

① 此二条引自《中国历代笑话集成》第一卷，时代文艺出版社，1996年，第5、7页。

② 《中国历代笑话集成》第一卷，时代文艺出版社，1996年，第49页。

③ 同上书，第50页。

篇中对口吃者语言的描绘，生动逼真。金圣叹对《水浒传》中同类语言现象的称道，也不过如此。[①]

笑林体作为一种特殊的小说形态，与语林体大致有真人实事作为写作依托不同，这类笑话人物大多是对现实生活中滑稽可笑现象的概括和提炼，其采撷、加工过程，要求小说家有更高的创作主动性。而更重要的意义在于它表现了一种独特的审美意识。讽刺与幽默是此类作品的基本特征，创作与接受中机智与娱乐的心态都较为突出。因此，它不仅作为小说之一体在后世的小说创作中一直持续发展，同时，它所表现出来的审美意识，也是后世其他小说文体构成中的一个要素。从宋元说话艺术中的插科打诨（用他们的行话是“使得砌”），到《西游记》、《金瓶梅》等小说中的谐谑笔墨，都可以看到笑话的影响。

三、杂记体

杂记体是一种以记录人物遗闻轶事为主的小说形态。它的产生也渊源有自。前面提到过的《晏子春秋》等，实际上即带有杂记性质；汉代还出现了一些汇编遗闻轶事的专集，如刘向的《说苑》、《新序》等。而《西京杂记》更以“杂记”命名，显示出独特的写作策略。

梁殷芸撰《小说》是现今所见第一个以“小说”题名的集子。刘知幾《史通·杂说篇》称：“汉高祖斩蛇剑穿屋而飞，其言不经，梁武帝令殷芸编为小说。”可见此书所记载事迹，因荒诞不经，不宜入史，遂另立名目，以资参考。如《小说》卷一《秦汉魏晋宋诸帝》中有一条关于汉武帝的小说，与第一节所述汉武帝系列诸作的关注角度明显不同：

> 汉武帝尝微行，造主人家。家有婢，有国色，帝悦之，乃留宿，夜与主婢卧。有一书生，亦寄宿，善天文，忽见客星将掩帝星甚逼，书生大惊，连呼“咄咄”，不觉声高。乃见一男子，持刀将欲入，闻书生声急，谓为己故，遂蹙缩走去，客星应时而退。如是者数遍。帝闻其声，异而召问之，书生具说所见，帝乃悟曰：“此人必婢婿，将欲肆其凶恶于朕。”乃

---

① 金圣叹批评《水浒传》第四十六回杜兴到祝家庄下书，负气而归向主人传话：“小人本不敢尽言，实被那三个畜生无礼，说：‘把你那李、李应捉来，也做梁山泊强寇解了去。”原本“李”字本无重复，金圣叹改后，又加评语，称赞这种语言“活画出”杜兴“气极后说不出话来时”的情状。《西游记》第七十七回小妖回话有“七、七、七、七滚了”，“大王走、走、走、走了”，“李卓吾评点本”在此处也有“好”字称道。

召集期门、羽林，语主人曰："朕天子也。"于是擒拿问之，服而诛。后，帝叹曰："斯盖天启书生之心，以扶佑朕躬。"乃厚赐书生。①

这一段故事，即如后世小说写隋炀帝、明武宗，虽帝王之气仍在，但"游龙戏凤"式的民间趣味也极为突出。

沈约撰《俗说》也记载了一些东晋和南朝宋社会上层人物的故事。与语林体不同的是，它较少描写当时士人的清谈品藻，而颇以记述家庭琐事见长。如《李势女》：

桓温平蜀，以李势女为妾。南郡主甚妒，不即知之。后知，乃拔刃往李所，因欲斫之。见李在窗梳头，姿貌端丽，徐徐结发，敛手向主，神色闲正，辞甚凄惋。主於是掷刀，前抱之曰："阿子！我见汝亦怜，何况老奴！"遂善之。②

丈夫在外移情别恋，另筑金屋藏娇，被妻子发现，导致尖锐的矛盾冲突，这是后世小说经常描写的故事。《红楼梦》中贾琏偷娶尤二姐、王熙凤借剑杀人就是这样的精彩片断。本篇南郡主气势汹汹地要杀李势女，却被李势女倚窗梳发的美丽画面所打动。这种秀发委地、临窗梳理的美丽后来在唐传奇《虬髯客》中也出现过，是文学作品中经常表现的一种女性美。南郡主为这种美丽感动，掷刀而曰："阿子！我见汝亦怜，何况老奴。"这纯是当时口吻，既写出了李势女的美丽可人，也写出了南郡主的爽快。只一个场面，寥寥数语，就写活了两个人物。

南朝虞通之撰《妒记》则是一部专题性杂记体小说集。关于此书的编撰，《宋书》卷四一《后妃传》云："宋世诸主，莫不严妒，太宗每疾之。湖孰令袁慆妻以妒忌赐死，使近臣虞通之撰《妒妇记》。"与《殷芸小说》一样，也是帝王敕命所作，但内容则非关帝王大事，而涉及世情，可以看作小说题材的拓宽，如：

京邑有士人妇，大妒忌；于夫小则骂詈，大必捶打。常以长绳系夫脚，且唤，便牵绳。士人密与巫妪为计：因妇眠，士人入厕，以绳系羊，士人缘墙走避。妇觉，牵绳而羊至，大惊怪，召问巫。巫曰："娘积恶，先人怪责，故郎君变成羊。若能改悔，乃可祈请。"妇因悲号，抱羊恸哭，自咎悔誓。师妪乃令七日斋，举家大小悉避於室中，祭鬼神，师祝羊还复本

① 周楞伽辑注：《殷芸小说》，上海古籍出版社，1984年，第10页。

② 《鲁迅辑录古籍丛编》第一册，人民文学出版社，1999年，第61页。

形。婿徐徐还，妇见暂啼问曰："多日作羊，不乃辛苦耶？"暂曰："犹忆啖草不美，腹中痛尔。"妇愈悲哀。后复妒忌，婿因伏地作羊鸣；妇惊起，徒跣，呼先人为誓，不复敢尔。于此不复妒忌。①

这种悍妒之妇，在明清世情小说如《醒世姻缘传》、《醋葫芦》等中，有更详细的描写，《妒记》实开此类题材先河。

以上介绍了志人小说的三种体式，需要说明的是，上述三种体式并不是绝对的，在不少小说集中，存在着作品重出互见的情形，如上文所引"举目见日，不见长安"、张凭事等也见于《世说新语》；"众鸟集，凤皇翔"等则又见《殷芸小说》、《启颜录》。又如笑话这一类的作品，不独在"笑林体"中，在其他体式中也存在。如《世说新语》中有《排调》一门，实际上与笑话相仿佛，杂记体中如《妒记》中的"周公撰诗"条，屡见于后世的笑话集中，《殷芸小说》中"贫人舞瓮"也是一个著名的笑话。边界的模糊表明，志人小说还不是非常成熟的小说文体。

从志人小说的作者、描写对象、读者来看，士人都占有突出的位置，这给志人小说在文体与叙事上带来了一系列与志怪小说方士化、民间化不同的特点。

比如，志人小说无论记言还是记事，都往往只是截取人物生平的一个细小的片断。这种片断式的描写与史书完整的叙述有着明显的差别，因此，它必然要求作者在片断的选择与表现上，有更精确的判断力和概括力。因此，从某种意义上说，它甚至要求作者有比完整叙述更高的艺术思维。而在接受方面，片断的记述其实有一个前提，即它所拟想的读者对相关背景是熟悉的。不言而喻，这种拟想读者当然只能是具有一定知识水平的士人。

当然，志人小说的片断式记载本身也具有相对的独立性，也就是说，即使并不了解相关的内容背景，也不妨碍对它的阅读与理解。如《世说新语》：

王子猷居山阴，夜大雪，眠觉，开室命酌酒，四望皎然。因起彷徨，咏左思招隐诗。忽忆戴安道，时戴在剡，即便夜乘小船就之。经宿方至，造门不前而返。人问其故，王曰："吾本乘兴而行，兴尽而返，何必见戴！"(《任诞》)②

---

① 《妒记》，《鲁迅辑录古籍丛编》第一册，人民文学出版社，1999年，第445—446页。

② 徐震堮：《世说新语校笺》下册，中华书局，1984年，第408页。

这样的片断，无论是表达了一种兴之所至的豪爽，还是抒发了一种对时间流逝的感慨，都包含了自足的思理与意蕴，即便不了解王子猷与戴安道的关系、桓公北征的过程等，也可以单独欣赏，而这才是作者真正要表达的。

值得一提的是，虽然志人小说大多采用了片断式记载，但其中有不少作品又不是孤立的，以《世说新语》为例，它或是在一类之下，与同类人物相映衬；或是在一书之中，与同一人物的其他事迹相互补充。如王戎，在《俭啬》门就有4条关于他的故事，而在《德行》门、《雅量》门等中，也有关于他的事迹，联系起来读，自可构成一个更为完整的王戎形象。又如书中有关桓温的事迹有近百条，联系起来，也能构成一个丰满的桓温形象。另一方面，在志人小说中，也有一些不是单纯的片断，而有比较完整的情节。仍以《世说新语》为例，其中的《韩寿》、《周处》、《温公丧妇》等篇，都叙述了完整的故事。兹举《任诞》章中《苏峻》为例：

> 苏峻乱，诸庾逃散。庾冰时为吴郡，单身奔亡，民吏皆去。唯郡卒独以小船载冰出钱塘口，蘧篨覆之。时峻赏募觅冰，属所在搜检甚急。卒舍船市渚，因饮酒醉还，舞棹向船曰："何处觅庾吴郡？此中便是。"冰大惶怖，然不敢动。监司见船小装狭，谓卒狂醉，都不复疑。自送过浙江，寄山阴魏家，得免。後事平，冰欲报卒，适其所愿。卒曰："出自厮下，不愿名器。少苦执鞭，恒患不得快饮酒。使其酒足余年毕矣，无所复须。"冰为起大舍，市奴婢，使门内有百斛酒，终其身。时谓此卒非唯有智，且亦达生。①

这里记叙了苏峻乱时庾冰逃亡前后的经历，其中突出了郡卒以醉掩饰的细节，首尾完整，形象鲜明。

第四节　志怪、志人小说的异同及其对后世小说的影响

作为中国古代小说的原初形态，魏晋南北朝小说奠定后世文言小说的基本格局，虽然它的影响绝不止于文言小说。而要把握这种影响，我们除了要认识志怪小说与志人小说的不同特点外，也应注意它们还存在着同一性。

① 徐震堮：《世说新语校笺》下册，中华书局，1984年，第400页。

一、志怪小说与志人小说的同一性

作为同一时期的小说，志怪与志人的区别一望可知，但两者也有一定的联系。

首先，志怪与志人小说在作者方面有同一性。例如刘义庆既是志怪小说《幽明录》的作者，同时，也编撰了志人小说《世说新语》，而两书都是同类作品之翘楚。葛洪名下则既有《神仙传》，也有《西京杂记》。这一方面表明他们对不同的小说并无排斥，也表明他们对小说的不同特点也有较清晰的把握。值得注意的是，在魏晋南北朝时期的志怪和志人小说集中，还时有重出互见的作品，如《幽明录》中有一条关于鬼的小说：

> 阮德如尝于厕见一鬼，长丈余，色黑而眼大，著白单衣，平上帻，去之咫尺。德如心安气定，徐笑而谓之曰："人言鬼可憎，果然。"鬼赧而退。[①]

这篇小说同时又见于殷芸《小说》中。又如《世说新语・自新》中有一篇周处的故事：

> 周处年少时，凶强侠气，为乡里所患，又义兴水中有蛟，山中有邅迹虎，并皆暴犯百姓，义兴人谓为"三横"，而处尤剧。或说处杀虎斩蛟，实冀三横唯余其一。处即刺杀虎，又入水击蛟，蛟或浮或没，行数十里，处与之俱，经三日三夜，乡里皆谓已死，更相庆。竟杀蛟而出。闻里人相庆，始知为人情所患，有自改意。乃自吴寻二陆，平原不在，正见清河，具以情告，并云欲自修改，而年已蹉跎，终无所成。清河曰："古人贵朝闻夕死，况君前途尚可。且人患志之不立，亦何忧令名不彰邪?"处遂改励，终为忠臣孝子。[②]

而周处与蛟、虎并称三害又见于《孔氏志怪》[③]中。这表明，志怪与志人小说在题材上也有可能沟通。如果从影响上看，更是如此，如唐裴铏《传奇》中有一篇《陈鸾凤》，叙陈鸾凤"负气义，不畏鬼神，乡党咸呼为后来周处"，其事实则完全是志怪传奇一流。

其次，在小说的写作上，志怪与志人也有一致的地方。这主要表现在它

---

① 《太平广记》第七册，中华书局，1961年，第2521页。

② 徐震堮：《世说新语校笺》下，中华书局，1984年，第343页。

③ 《孔氏志怪》可见《世说新语笺疏》、鲁迅《古小说钩沉》等书。

们都以“志”为尚，着重于记录，所以都将“真实”放在第一位。这里所说的“真实”并不是指事实的真实不谬，而是指对“真实”的一种认可的态度和信念。也就是说，即使是志怪，作者仍然是可能“信以为真”的。对于这些小说，有没有虚构并不重要，重要的是虚构的目的。在这一点上，志怪与志人有着共同的写作策略。

与此相关，以记录为主的写作策略又赋予了志怪和志人小说在表现形式上的某种相似性，这种相似性可以用“笔记体”来概称。所谓笔记，是一个比较复杂的概念，类似的说法还有随笔、笔谈、笔丛、丛谈、漫录之类。它的本意是指书记或记录，故往往带有随手记录、不拘体例的特点，内容则包括逸事传说、谈诗论文、读书心得、考证辨订等。就是说，笔记本身并不是小说之一体，但笔记中又确实包括小说。刘叶秋《历代笔记概述》①就将把笔记分为小说故事类、历史琐闻类和考据辨证类。而笔记体小说的写作特点正是随手记录、不拘体例的。在这一点上，志怪与志人也有相同之处。这种相同之处突出地表现在二者都注重细节描写，在体制上则长短不拘。

就细节而言，志怪与志人小说不同于后世小说的地方在于，后世小说的细节往往是情节发展过程中的一个环节，而在志怪与志人小说中，细节往往具有较强的独立性。志怪小说虽然多具有完整的形态，但情节流程往往被简化，如《搜神记》中有一条叙“张福遇怪”事：

> 荥阳人张福，船行还野水边。夜有一女子，容色甚美，自乘小船来投福，云：“日暮畏虎，不敢夜行。”福曰：“汝何姓？作此轻行。无笠雨驶，可入船就避雨。”因共相调，遂入就福船寝。以所乘小舟，系福船边。三更许，雨晴，月照，福视妇人，乃是一大鼍枕臂而卧。福惊起，欲执之，遽走入水。向小舟，是一枯槎段，长丈余。②

此处就只写了张福遇怪的一个片断，对前因后果俱无说明。至于一些志人小说，由于往往只是截取人生的一个细节作片断式描写，细节的独立性更强。如《世说新语》中有关曹操的故事有多条，《假谲》篇载：

> 魏武行役，失汲道，军皆渴，乃令曰：“前有大梅林，饶子，甘酸可以解渴。”士卒闻之，口皆出水，乘此得及前源。
>
> 魏武常云：“我眠中不可妄近，近便斫人，亦不自觉，左右宜深慎此！”

---

① 刘叶秋：《历代笔记概述》，中华书局，1980年。

② 汪绍楹校注：《搜神记》，中华书局，1979年，第233页。

后阳眠，所幸一人，窃以被覆之，因便斫杀。自尔每眠，左右莫敢近者。①

这两个故事都是独立的，后来《三国演义》兼收并蓄，乃成为长篇小说复杂情节的一部分。

长短不拘的特点在志怪、志人小说中表现得也十分明显。不过，从本质上说，这一时期小说的篇幅更多地受制于小说家对内容的取舍，而不是他们对内容的叙述——后世小说虽然也有“有话则长，无话则短”的表白，但这种对内容的迁就，已经具有相当的主动性，换言之，它本身就是一种叙述策略。而受制于叙述的篇幅则成为小说体制的一个基本特点与表现，如话本小说既有入话、头回与正话，篇幅自然就要在这种体制中展开。因为志怪、志人小说的篇幅主要是由内容决定的，所以，事件本身的复杂程度往往也就对应着小说的长短程度，这也是当时小说文体尚不自觉的一个表现。这当然不是说这种长短不拘一无是处，相反，它在受制于内容的同时，也展现出随物赋形的灵活性。

二、志怪小说和志人小说对后世小说创作的影响

志怪小说和志人小说对后世的影响极大，上述不同体式与艺术成就都为后来的小说家继承和发挥。需要补充的是，它们还形成了一些叙事范型和固定的思维方式，这也在后世小说中有所反映。

叙事范型有不同的层次，有的只是某些情节构成要素的相似。如刘义庆《幽明录》之《买粉儿》，是一篇令人感动的爱情小说。作品叙述一富家子弟，爱上了一个卖胡粉的女子。为了相见，竟天天去买胡粉，这一片至情和执著的追求，打动了卖胡粉女子，相许以私。幽会之时，男子兴奋之极，欢跃遂死。女子临尸尽哀，男子又豁然更生，二人结成美满夫妻。作品故事性较强，情节曲折多变、跌宕起伏，特别是能以不足千余字的篇幅，细致入微地描写两主人公复杂的感情及其变化，确实出乎同时作品之上。清代蒲松龄《聊斋志异》中的《阿绣》也描写一少年因爱慕卖杂货女子，不断去购物的情节，显然就是承此而来的。

刘敬叔《异苑》中的《章沉》也是如此，这是一个离奇的婚恋故事。爱情的发生不在人世，而是在阴间；婚姻的成就，却又是在人世。其实，它反映的还是现实社会人们的善良愿望。少年男女，正当婚配，却不幸夭折，当然是

① 徐震堮：《世说新语校笺》下，中华书局，1984年，第455页。

令人痛惜的。痛惜之余，就望其复生，望其享受人间的幸福。故事之妙在于其叙述游移于虚实真假之间。死后复苏，叙述垂死经历，是当时不少小说常见的叙事模式，大抵是宣扬阴间地府的恐怖，以警醒世人。本篇则不然，章沉死后所见一如平常，其外兄主管天曹，遂为之网开一面。在得到贿赂后，更出脱了秋英姑娘。为表达谢意，徐秋英鬼魂告诉章沉，她家门前有株枣树，章沉后来在公余依此寻索，竟然找到了徐家，并与秋英结为美满夫妻。在《聊斋志异》中，我们同样可以看到类似描写。如《连城》中就有阴间结为夫妻的情节，《王桂庵》中则有依梦寻树找情人的情节，皆遥承本篇构思。由此，亦足见魏晋小说，虽时有草创之陋却也不乏先声夺人之妙。

有些小说虽不能与后世小说作简单对应，但背景相似、情节接近，仍值得关注。如中国古代的动物精怪传说很多，这些精怪为妖作祟，常常给人带来恐惧和灾难，魏晋南北朝小说对这种人类受困于自然的处境多有反映。《搜神记》的“李寄”即是如此。作品先概述了蛇怪的凶残。人们原来“祭以牛羊，故不得祸”。大约是因为有求必应，蛇怪更得寸进尺，要求吃人了。而地方官员竟束手无策，只能投其所好。九个不幸的女孩都先后作了牺牲。而李寄则自告奋勇，战胜了蛇怪。读过《西游记》的人应当记得，此书第四十八回也有一个灵感大王每年要吃陈家庄一对童男女，孙悟空变作被用于祭祀的小儿，战胜了凶恶的妖怪。在第六十七回，孙悟空又以游戏手段战胜了一条蟒蛇精。合而观之，就是一篇放大了的李寄故事。

实际上，当时的小说有的也已初现叙事范型，如《搜神记》中的“父喻”叙王道平与父喻相好，私订终身。不久，王道平即被征调参战，一去九年。其间，父喻迫于父命，嫁非所爱。在对王道平的刻骨思念中，悒悒而死。王道平回来后，得知原委，乃往父喻墓前哭诉，竟感动天地，父喻魂自墓出，指示王道平开冢破棺，遂复活。在国王的裁断下，两人结为夫妻。这个故事与同书的《吴王小女》、《河间郡男女》有些类似，作者将爱情置于外部环境的巨大压力下，使之获得了冲破生死界限的力量，表明当时小说家已经很善于在理想与现实间寻找一个最能使人产生心灵感动的契合点。而诸篇作品除了复活完婚外，人物、背景及具体情节又各不相同，显示出这些小说并非简单的传说之异所致，极可能还有因袭之迹，这种类型化的写作实为小说发展的新标志。

从影响上看，有一些叙事范型更为清晰、重要，如神仙洞窟类的作品。《幽明录》中的《刘晨、阮肇》即为代表。作品叙刘晨、阮肇二人进山迷路，遇见仙女，为仙女款待留宿。十天后，二人执意返回。及至回到故乡，却已是七世之后了。类似这样的遇仙故事在当时有很多，如《拾遗记》之《洞庭山》、

《搜神后记》之《袁相根硕》等皆是，既反映了人们渴求安宁幸福的愿望，又表现了人类在现实束缚与理想超越中的矛盾心态。从小说描写的角度看，几篇作品不尽相同。《刘晨、阮肇》流露出一种富贵气。就连仙女的言谈举止，也时时表现出人间情怀。唐代传奇《游仙窟》就由此发端，专注于两性恋情的欢愉与别离的痛苦。至于仙凡两境的时间差，后来演进成所谓“山中方七日，世上已千年”之类情节设计，也成了小说的俗套。

如果从思想文化上看，魏晋南北朝小说对后世小说的影响就更为广泛了。比如《搜神记》中有一篇著名的作品《干将莫邪》，描写楚王杀死了铸剑误期的干将，又想杀其子赤，斩草除根。赤立志复仇，在侠客的帮助下，他们牺牲了自己，终于报了仇。这一故事很鲜明地体现了中国传统文化的某些特点，在后世的小说中均有发展。约略言之，有以下几方面：

首先，忠臣意识和复仇意志。小说的主题是复仇，但矛盾是在国王与臣民间展开，就带有更复杂的性质。按照传统观念，臣民对国王要绝对服从和忠诚，任何反抗都被视为大逆不道。如果不看到这一点，我们对干将莫邪的有些行为就难以理解。为什么他明知楚王可能要杀他，仍要去见楚王？虽然他隐匿了雄剑，毕竟是冒死献剑。为什么他不逃跑呢？这样的事在春秋战国时期是经常发生的。原因就在于他的忠诚。他受命于楚王，就自认为必须忠于楚王，至少在铸剑这件事上要有所交待。但是，他的儿子不同，他没有这样的义务。所以，他可以复仇。即便如此，这种以下对上的复仇也还是罕见的。这就构成了本篇最具有光彩的地方。而忠臣意识与复仇意志也是《水浒传》等书的精神命脉。

其次，侠客精神。山中侠客与楚王本来无冤无仇，但得知干将莫邪之子的深仇大恨，便主动请求替他报仇。他并不贪图赏金，只是出于一种义愤就挺身而出。这种见义勇为的行为正是中国传统文化表彰的侠客精神，他也是中国小说中较早出现的侠客形象。明清以后，侠义小说逐渐演变成一大流派。

再次，雄雌观念。中国传统文化一向是重男轻女的。因此，在本篇中，干将莫邪慷慨赴死，他的妻子却无能为力，不能承担起复仇的重任。莫邪临行前还嘱咐妻子：“汝若生子是男，大，告之曰……”如果他妻子生的是女儿，这个悲壮动人的故事也就无从表现了。在器物描写上也是如此，剑分雄雌就是鲜明的例证。后来《西游记》中写孙悟空骗夺妖怪的宝葫芦之类，犹以“雄雌”分辨真伪胜负，正是同一观念的流露。至于小说叙述中的男性话语霸权，则更为复杂。

在思维方式上，魏晋南北朝小说对后世小说的影响也非常巨大，如志怪小说中表现了浓重的因果报应观念，就成为大量中国古代小说创作的一个出发点与基本的叙事结构。

因果报应说有两个思想来源：一是中国古代固有的“福善祸淫”的观念。《论语·八佾》中有“获罪于天，无所祷也”的说法，承认天能赏罚人；《周易》中则有“积善之家，必有余庆；积不善之家，必有余殃”的说法；《墨子》的《公孟》篇说“以鬼神为明，能为祸福。为善者赏之，为不善者罚之”等等，都具有因果报应的意味。晋葛洪在《抱朴子》中也提到：“欲成仙者，要当以忠孝和顺仁信为本。若德行不修，而但务方术，皆不得长生也。”“积善事未满，虽服仙药，亦无益也。”不过，在中国本土的思想中也存在着对因果报应的怀疑。司马迁在《史记·伯夷列传》中，就曾列举了许多善人受祸的事实，质问：“天之报施善人，固如是耶？”

比较而言，佛教的因果报应更为彻底。作为佛教的基本教义，因果报应的目的在于劝诱世人遵循佛法，以便摆脱烦恼，脱离轮回，觉悟成佛。汉魏以后，随着佛教的传入，这一思想与信仰相结合，成为一种具有广泛影响的宗教观念。而这一观念的深入人心，则与小说的传播密不可分。

最初的因果报应小说基本上是传统观念与佛教思想的杂糅，《搜神记》卷二十既有“灵蛇衔珠报隋侯”、“爱犬沾水灭火救主”等传统报应故事的延续，也有“孔愉买龟放生”、“庐陵太守庞企救蝼蛄得恩报”等表现佛教慈悲护生及戒杀生的说教，如“董昭之救蚁”：

> 吴富阳县董昭之，尝乘船过钱塘江，中央见有一蚁，著一短芦，走一头回，复向一头，甚惶遽。昭之曰：“此畏死也。”欲取著船。船中人骂：“此是毒螫物，不可长，我当蹹杀之。”昭意甚怜此蚁，因以绳系芦著船。船至岸，蚁得出。其夜梦一人，乌衣，从百许人来谢云：“仆是蚁中之王。不慎，堕江，惭君济活。若有急难，当见告语。”历十余年，时所在劫盗，昭之被横录为劫主，系狱余杭。昭之忽思蚁王梦，缓急当告，今何处告之。结念之际，同被禁者问之。昭之具以实告。其人曰：“但取两三蚁。著掌中，语之。”昭之如其言。夜果梦乌衣人云：“可急投余杭山中，天下既乱，赦令不久也。”于是便觉。蚁啮械已尽。因得出狱。过江，投余杭山。旋遇赦，得免。①

① 汪绍楹校注：《搜神记》，中华书局，1979年，第239—240页。

佛经《杂宝藏经》第四四《沙弥救蚁子于水灾得命报缘》叙：

> 昔者，有一罗汉道人，畜一沙弥。知此沙弥却后七日必当命终。与假归家。至七日头，勅使还来。沙弥辞师，即便归去。于其道中，见众蚁子，随水漂流，命将欲绝。生慈悲心，自脱袈裟，盛土堰水，而取蚁子，置高燥处，遂悉得活。至七日头，还归师所，师甚怪之，寻即入定，以天眼观，知其更无余福得尔，以救蚁子因缘之故。七日不死，得延命长。①

两相比较，《搜神记》的救蚁得生与《杂宝藏经》实一脉相承。日本学者小南一郎即认为："六朝后一阶段以佛教应验故事为内容的志怪小说作品，例如刘义庆《宣验记》、王琰《冥祥记》、佚名《祥异记》、侯君素《旌异记》等书，大多数并不是记录作者亲耳听到的别人讲的故事，而是从已经用文字记录下来的故事集里搜集材料加以编集的。向这种志怪小说作品提供材料的，主要是和《观世音应验记》一样的有关如来、菩萨、僧人、寺塔、经卷等等的佛教应验故事集。"②

当然，小说家的取材并不限于书面材料，他们也从民间传说中采撷素材。而随着因果报应的故事越来越多，题材内容不断拓展，小说的艺术品格也有所提高。如《太平广记》卷一二〇引《还冤记》（即《冤魂志》）之《徐铁臼》：

> 东海徐甲，前妻许氏生一男，名铁臼，而许氏亡，甲改娶陈氏，凶虐之甚，欲杀前妻之子。陈氏产一男，生而祝之曰："汝若不除铁臼，非吾子也。"因名之为铁杵，欲以捣臼也。于是捶打铁臼，备诸毒苦，饥不给食，寒不加絮。甲性暗弱，又多不在舍，后妻得意行其酷暴。铁臼竟以冻饿甚，被杖死，时年十六。亡后旬余，鬼忽还家，登陈氏床曰："我铁臼也，实无罪，横见残害，我母诉怨于天，得天曹符，来雪我冤，当令铁杵疾病，与我遭苦时同，将去自有期日，我今停此待之。"声如生时，家人不见其形，皆闻其语，恒在屋梁上住。陈氏跪谢，频为设奠，鬼云："不须如此，饿我令死，岂是一餐所能酬谢？"陈氏夜中窃语道之，鬼应声云："何故道我？今当断汝屋栋。"便闻锯声，屑亦随落，拉然有声响，如栋实崩。举家走出，炳烛照之，亦无异。又骂铁杵曰："杀我，安坐宅上为快耶？

① 《大正藏》第4册。

② 孙昌武点校：《观世音应验记》（三种）之《观世音应验记排印本跋》，中华书局，1994年，第84—85页。

当烧汝屋。"即见火然,烟烂火盛,内外狼籍,俄而自灭,茅茨俨然,不见亏损。日日骂詈,时复讴歌,歌云:"桃李花,严霜落奈何。桃李子,严霜落早已。"声甚伤凄,似是自悼不得成长也。于时铁杵六岁,鬼至,病体痛腹大,上气妨食。鬼屡打之,打处青黡,月余而死,鬼便寂然。

这一报应故事从内容上看极为现实,一方面显示出佛教向民间的渗透,另一方面也反映了小说题材的世俗化。当然,魏晋南北朝小说在表现因果报应时,还没有能像许多后世小说那样使宗教的因果报应与现实生活的因果联系形成一种自然的契合,但这一思维方式无疑启发了小说家去努力发现生活中的因果联系,而这对小说情节的结构是有重要意义的。

总之,魏晋南北朝小说为中国古代小说文体的形成提供了一个原初形态的文本形式,这对后世的小说家也多有启发。这种启发不仅表现在上述题材类型、艺术特点、叙事范型、思维方式等的继承上,甚至也直接反映到了小说理论的建构中。南宋刘辰翁评点《世说新语》是现存最早的小说评点之作,其中提出了一些有关小说创作的重要见解。如对此书《容止》篇叙魏武追杀匈奴使,刘辰翁批曰,此乃"小说常情";对《简傲》篇叙王子猷以经书语答问,批曰:"亦似小说书袋子";对《文学》篇叙张凭事(即前引《郭子》中张凭事),批曰:"此纤细曲折可尚"。此外,还有"语悉世情"、"《世说》虽鄙,然种种备"、"大胜史笔"等等批语。[①] 这些批语揭示出了《世说新语》的小说特点,也从一个特殊的角度说明了魏晋南北朝小说在后世小说的发展进程中,一直扮演着重要的角色。

① 参见黄霖、韩同文编:《中国历代小说论著选》上册,江西人民出版社,1982年,69—77页。

第三章　文言小说的文体独立

明代胡应麟在其《少室山房笔丛》中说:“凡变异之谈,盛于六朝,然多是传录舛讹,未必尽幻设语,至唐人乃作意好奇,假小说以寄笔端。”[①]这一说法经鲁迅在《中国小说史略》中引用,已为大多数小说史研究者认同,而唐代“始有意为小说”也成为中国古代小说文体独立的一个最重要的标志。[②] 当然,这里所说的“有意为小说”主要是就所谓“传奇”这一体式而言的,而实际上,唐代文言小说不只传奇一体。如果联系唐代小说的全部创作来说,它在中国小说史上的意义当更为复杂。

第一节　多体式共生并进的格局

唐代小说是在唐前小说及其他叙事文学的基础上发展起来的,在小说的文体上,除了创造了传奇的体式外,也继承了前代各种体式的小说的创作特点。因此,从总体上看,唐代小说形成了多体式共生并进的格局。也就是说,我们既要看到传奇的伟大成就,也不能将传奇完全等同于文言小说的唯一归宿或最高境界,至少这种归宿与境界是有条件的,即它始终是文言小说多体式共生并进格局中的一部分。

刘知幾在《史通》卷十《杂述》中将正史之外的杂著称为“偏记小说”,分为偏记、小录、逸事、琐言、郡书、家史、别传、杂记、地理书、都邑簿等十类。在这十类之中,逸事、琐言、杂记属于小说意味较突出的三类。如果对应上

① 《少室山房笔丛》,上海书店,2001 年,第 371 页。

② “文体独立”是董乃斌在《中国古典小说的文体独立》(中国社会科学出版社,1992 年)中论述的核心命题,可参看。

一章所论原初形态的小说，则刘氏所说杂记相当于志怪小说，而逸事则相当于志人小说之杂记体，琐言则相当于语林体、笑林体。按刘氏看法："琐言者，多载当时辨对，流俗嘲谑。俾夫枢机者藉为舌端，谈话者将为口实。及蔽者为之，则有诋讦相戏，施诸祖宗，亵狎鄙言，出自床笫，莫不升之纪录，用为雅言，固以无益风规，有伤名教者矣。"他在《史通·书事》也说："又自魏晋已降，著述多门，《语林》、《笑林》，《世说》、《俗说》，皆喜载调谑小辩，嗤鄙异闻。虽为有识所讥，颇为无知所悦。"可见是将语林体、笑林体视为一类的。这种小说观是对六朝小说的总结和归类，反映了唐人的小说类型意识。而从唐代小说的创作看，这几种体式的作品都有新作问世；当然，唐代的志怪小说与志人小说的诸种体式与唐前的同类小说相比，也有所发展。

属于志怪类小说的有《冥报记》、《定命录》、《灵怪集》、《酉阳杂俎》、《宣室志》、《独异志》、《玄怪录》、《续玄怪录》、《博异志》、《集异记》、《逸史》、《仙传拾遗》、《续仙传》、《神仙感遇传》、《墉城集仙录》、《杜阳杂编》、《异物志》、《洽闻记》等。[①]

在这些志怪小说集中，有些依然沿续了传统志怪小说的特点，如唐临所撰《冥报记》。此书作于唐高宗永徽年间，作者在自序中提到南北朝时的志怪如《冥验记》、《冥祥记》等，称这些小说"皆所以征明善恶，劝戒将来，实使闻者，深心感寤。临既慕其风旨，亦思以劝人，辄闻所录，集为此记，仍具陈所受及闻见缘由，言不饰文，事专扬確，庶人风者能留意焉。"由此可见，他的创作动机与方法，都与南北朝的志怪小说一致。《太平广记》卷一〇二引此书《陆怀素》叙其家失火，独佛经完好，卷一三四引此书《谢氏》叙谢氏因卖酒不公，被罚托生为牛，皆宣扬佛法灵异或因果报应，诚"言不饰文"，聊无意趣。

但也有些志怪小说有所不同，如段成式《酉阳杂俎》，《四库全书总目》称此书"自唐以来，推为小说之翘楚"。书中所载，不尽志怪，但所记怪异，前人认为"其博物殆张茂先之流"[②]。不过，从这部小说集的实际描写来看，作品的意趣与传统的志怪小说又有很大差异，如《长须国》：

唐大足初，有士人随新罗使，风吹至一处，人皆长须，语与唐言通，

---

① 胡应麟说："至于志怪、传奇，尤易出入，或一书之中二事并载，一事之内两端具存，姑举其重而已。"(《少室山房笔丛》，上海书店出版社，2001年，第282—283页)此处例举，也是如此。

② 毛晋：《酉阳杂俎》前集跋，转引自侯忠义：《中国文言小说参考资料》，北京大学出版社，1985年，第265页。

号长须国。人物甚盛，栋宇衣冠，稍异中国，地曰扶桑洲。其署官品，有正、长、戢、波、日、没、岛、逻等号。士人历谒数处，其国皆敬之。忽一日，有车马数十，言大王召客。行两日，方至一大城，甲士门焉。使者导士人入，伏谒。殿宇高厂，仪卫如王者。见士人拜伏，小起，乃拜士人为司风长，兼驸马。其主甚美，有须数十根。士人威势烜赫，富有珠玉，然每归，见其妻则不悦。其王多月满夜则大会，后遇会，士人见嫔姬悉有须，因赋诗曰："花无叶不妍，女有须亦丑。丈人试遣总无，未必不如总有。"王大笑曰："驸马竟未能忘情于小女颐颔间乎？"经十余年，士人有一儿二女。忽一日，其君臣忧蹙，士人怪问之，王泣曰："吾国有难，祸在旦夕，非驸马不能救。"士人惊曰："苟难可弭，性命不敢辞也。"王乃令具舟，令两使随士人，谓曰："烦驸马一谒海龙王，但言东海第三汊第七岛长须国，有难求救。我国绝微，须再三言之。"因涕泣执手而别。士人登舟，瞬息至岸。岸沙悉七宝，人皆衣冠长大，士人乃前，求谒龙王。龙宫状如佛寺所图天宫，光明迭激，目不能视。龙王降阶迎，士人齐级升殿。访其来意，士人且说："龙王即命速勘。"良久，一人自外白："境内并无此国。"士人复哀祈，具言长须国在东海第三汊第七岛，龙王复叱使者细寻勘，速报。经食顷，使者返曰："此岛虾合供大王此月食料，前日已追到。"龙王笑曰："客固为虾所魅耳。吾虽为王，所食皆禀天符，不得妄食。今为客减食。"乃令引客视之，见铁镬数十如屋，满中是虾，有五六头，色赤，大如臂，见客跳跃，似求救状。引者曰："此虾王也。"士人不觉悲泣，龙王命放虾王一镬，令二使送客归中国，一夕至登州，顾二使，乃巨龙也。[1]

是篇虽然所述也是殊方绝域的怪异之事，与张华《博物志》等殆同一源，但描写之曲折生动，大有传奇的风致。其他如《玉格》、《崔玄微》等篇，也都设想离奇，叙述委婉，文笔精细，斐然可观。段成式虽然自称其写的是"志怪小说"（他也是首用此词的小说家），但实际上已迈向了传奇的领域。

但志怪的传奇化并不意味着志怪的绝迹，晚唐温庭筠的《乾𦠆子》叙狐鬼妖邪之异，基本上还是传统志怪小说的路数。五代时，徐铉撰《稽神录》仍未脱尽魏晋以来志怪小说的窠臼，书中充斥因果报应、图谶灵验之说，唯时代背景有所不同，笔涉底层社会时，略具现实意义。如《法曹吏》、《袁州录

---

① 《太平广记》第十册，中华书局，1961年，第3869页。

事》、《陈勋》等篇，皆叙冤鬼，与《冤魂志》颇为相近。

唐代的志人小说则有《朝野佥载》、《谭宾录》、《开天传信记》、《次柳氏旧闻》、《常侍言旨》、《唐国史补》、《因话录》、《尚书故实》、《松窗杂录》、《续世说新语》、《五代新说》、《隋唐嘉话》、《大唐新语》、《唐说纂》、《笑林》(何自然)、《俳谐集》、《谐噱录》等。

在上述志人小说集中，体例与唐前志人小说中"语林体"相似的有《续世说新语》、《大唐新语》等。如《续世说新语》前八卷，自《德行》至《仇隙》，共三十六门，门目和次序皆同《世说新语》，后二卷另增《博洽》、《游戏》等十一门。其中颇有值得玩味的记叙，如《简傲》篇中记谢譓不妄交接，门无杂宾，有时独醉，尝曰："入吾室者，但有清风；对吾饮者，唯当明月。"《任诞》篇中记陶弘景性爱山水，"每经涧谷，必坐卧其间，吟咏盘桓不能已。已谓人曰：'吾见朱门广厦，虽识其华乐，而无欲往之心；望高岩，瞰大泽，虽知此难立，直恒欲就之。"《假谲》篇记"张率年十六，作赋颂二千余首，虞讷见而诋之，率乃一旦焚毁。更为诗示焉，托云沈约，讷便句句嗟称，无字不善。率曰：'此吾作也。'讷惭而退。"诸如此类，又见《南史》等史书，与纯虚构之作不同。

杂记体的志人小说在唐代也续有创作，内容重在记录逸闻琐事，兼及典章制度、故事旧习等，其中涉及朝政的相当多，而且有不少表现出对帝王私人生活的兴趣，显示出一种世俗化的倾向，并形成了几个热点。

一是有关隋炀帝的作品，如颜师古的《大业拾遗记》叙隋炀帝大业十二年(616)巡幸江都(今江苏扬州)的逸事，而笔墨则专注于隋炀帝"沉湎失度"的荒淫生活。全篇以若干不相连属的故事连缀而成，缺乏小说情节安排的整体性构思。但在隋炀帝的冶游中，加进与陈后主相会的梦幻场面，突出了历史的沧桑感；在散文叙述中，插入许多俚俗诗歌，又显示出面向世俗的创作意向。

帝昏湎滋深，往往为妖祟所惑。尝游吴公宅鸡台，恍惚间与陈后主相遇，尚唤帝为殿下。后主戴轻纱皂帻，青绰袖，长裾，绿锦纯缘紫纹方平履。舞女数十许，罗侍左右。中一女迥美，帝屡目之。后主云："殿下不识此人耶？即丽华也。每忆桃叶山前，乘战舰与此子北渡。尔时丽华最恨，方倚临春阁，试东郭？紫毫笔，书小研红绡作答江令璧月句。诗词未终，见韩擒虎跃青骢驹，拥万甲直来冲入，殊煞风影，以至今日。"俄以绿文测海蠡，酌红粱新酿劝帝，帝饮之甚欢。因请丽华舞《玉树后庭花》。丽华辞以抛掷岁久，自井中出来，腰肢依拒，无复往时姿态。帝再三索之，乃徐起终一曲……丽华拜帝，求一章，帝辞以不能。丽华笑曰："尝闻，此处不留侬，会有留侬处，安可言不能？"帝强为之《操觚》曰："见面无多事，闻名尔许时，坐来生百媚，实个好相知。"丽华捧诗，嚬然不怿。后主问帝："龙舟之游乐乎？始谓殿下致治在尧舜之上，今日复此逸游，大抵人生各图快乐，曩时何见罪之深邪？三十六封书至今使人怏怏不悦。"帝忽悟，叱之云："何今日尚目我为殿下，复以往事讥我邪？"随叱声，恍然不见。[1]

最值得玩味的地方还不是作品所暴露的宫闱秘事，而是这一题材使社会最上层与最下层碰撞所可能产生的情节张力与文学趣味。也正是由于这一原因，后世的小说戏曲多有以帝王巡游为题材的作品。即以隋炀帝论，就还有《海山记》、《迷楼记》、《开河记》等，旧题唐韩偓撰，实际可能是宋人所作，体式上已属传奇。[2] 明代又有《隋炀帝艳史》等。

再一个热点是有关唐玄宗朝故事的。郑綮的《开天传信记》即专门记录开元、天宝间的重要人物与轶事，其中涉及玄宗及其与杨贵妃、安禄山之间复杂纠葛的诸条故事，表现了玄宗由前期"圣明"到后期昏庸的转变。作者还记述了玄宗自西川驾返京师，途经剑门关时的追悔及晚年独处西苑的凄凉。

上为皇孙时，风表瑰异，神采英迈，尝于朝堂叱武攸暨曰："朝堂，我家朝堂，汝得恣蜂虿而狼顾耶！"则天闻而惊异之，再三顾曰："此儿气概，终当为吾家太平天子也。"

上幸爱禄山为子，尝与贵妃于便殿同乐。禄山每就坐，不拜上而拜妃。上顾问："此胡不拜我而拜妃子，意何在也？"禄山奏曰："胡家即知有母，不知有父故也。"上笑而舍之。禄山丰肥大腹，上尝问曰："此胡腹中更有何物其大如是。"禄山寻声应曰："腹中更无他物，惟赤心尔。"上以言诚而益亲善之。[3]

记述这一时期历史故事的还有郭湜的《高力士外传》、姚汝能的《安禄山事迹》等，《长恨歌传》则提炼为传奇，是此类作品之佼佼者。

---

① 《唐宋传奇集》，《鲁迅辑录古籍丛编》本，人民文学出版社，1999 年，第 187—189 页。

② 关于上述四篇作品的产生时代，参看章培恒《关于〈大业拾遗记〉等传奇的时代》，见《贾植芳教授八十华诞纪念文集》，上海社会科学院出版社，1995 年。

③ 王汝涛编校：《全唐小说》第三册，山东文艺出版社，1993 年，第 2299、2302 页。

唐代志人小说还有一个热点就是不仅写士人的作品依然相当多，而且有不少与唐代诗歌繁荣的大背景密切相关。如《本事诗》，旧书志大多著录于集部，但它多记唐人诗之本事，保存了一些唐代诗人轶事，其中如《博陵崔护》篇幅虽短，情韵悠长：

博陵崔护，资质甚美，而孤洁寡合，举进士下第。清明日，独游都城南，得居人庄。一亩之宫，花木丛草，寂若无人。扣门久之，有女子自门隙窥之，问曰："谁耶?"以姓字对，曰："寻春独行，酒渴求饮。"女入，以杯水至，开门设床命坐。独倚小桃斜柯伫立，而意属殊厚，妖姿媚态，绰有余妍。崔以言挑之，不对，目注者久之。崔辞去，送至门，如不胜情而入。崔亦睠盼而归，嗣后绝不复至。及来岁清明日，忽思之，情不可抑，径往寻之。门墙如故，而已锁扃之。因题诗于左扉曰："去年今日此门中，人面桃花相映红。人面秪今何处去，桃花依旧笑春风。"后数日，偶至都城南，复往寻之，闻其中有哭声，扣门问之，有老父出曰："君非崔护耶?"曰："是也。"又哭曰："君杀吾女。"护惊怛，莫知所答。老父曰："吾女笄年知书，未适人，自去年以来，常恍惚若有所失。比日与之出，及归，见左扉有字。读之，入门而病，遂绝食数日而死。吾老矣，此女所以不嫁者，将求君子以托吾身，今不幸而殒，得非君杀之耶?"又特大哭。崔亦感恸，请入哭之。尚俨然在床。崔举其首，枕其股，哭而祝曰："某在斯，某在斯。"须臾开目，半日复活矣，父大喜，遂以女归之。①

书中《刘尚书自屯田员外左迁朗州司马》叙刘禹锡两作桃花诗，与政治斗争紧密相关，内容深刻，也非一般诗话可比。

又如薛用弱的《集异记》记录的王维演奏《郁轮袍》、裴越客虎为媒、崔韬遇虎女等故事，都广为人知，屡被改编成戏曲小说。兹录《王涣之》，以见其貌：

开元中，诗人王昌龄、高适、王涣之齐名，时风尘未偶，而游处略同。一日，天寒微雪，三诗人共诣旗亭，贳酒小饮。忽有梨园伶官十数人，登楼会宴。三诗人因避席隈映，拥炉火以观焉。俄有妙妓四辈，寻续而至，奢华艳曳，都冶颇极。旋则奏乐，皆当时之名部也。昌龄等私相约曰："我辈各擅诗名，每不自定其甲乙，今者可以密观诸伶所讴，若诗入歌词之多者，则为优矣。"俄而一伶拊节而唱，乃曰："寒雨连江夜入吴，

---

① 丁福保编：《历代诗话续编》上册，中华书局，1983年，第10—11页。

平明送客楚山孤。洛阳亲友如相问，一片冰心在玉壶。”昌龄则引手画壁曰：“一绝句。”寻又一伶讴之曰：“开箧泪沾臆，见君前日书。夜台何寂寞，犹是子云居。”适则引手画壁曰：“一绝句。”寻又一伶讴曰：“奉帚平明金殿开，强将团扇共徘徊。玉颜不及寒鸦色，犹带昭阳日影来。”昌龄则又引手画壁曰：“二绝句。”涣之自以得名已久，因谓诸人曰：“此辈皆潦倒乐官，所唱皆‘巴人’‘下里’之词耳，岂‘阳春’‘白雪’之曲，俗物敢近哉？”因指诸妓之中最佳者曰：“待此子所唱，如非我诗，吾即终身不敢与子争衡矣。脱是吾诗，子等当须列拜床下，奉吾为师。”因欢笑而俟之。须臾次至双鬟发声，则曰：“黄沙远上白云间，一片孤城万仞山。羌笛何须怨杨柳，春风不度玉门关。”涣之即撇歈二子曰：“田舍奴，我岂妄哉？”因大谐笑。诸伶不喻其故，皆起诣曰：“不知诸郎君何此欢噱？”昌龄等因话其事。诸伶竟拜曰：“俗眼不识神仙，乞降清重，俯就筵席。”三子从之，饮醉竟日。[1]

在唐代多体式共生并进格局中，传奇小说无疑是最为重要的一种。以下即专门讨论传奇小说。

第二节　传奇的产生、发展及其文体特点

“传奇”名称的由来，有种种说法，据周绍良考证，“传奇”原是元稹《莺莺传》的题名[2]。而用作文言小说文体名，则始见于宋代陈师道《后山诗话》中的一条记载：

范文正公为《岳阳楼记》，用对语说时景，世以为奇，尹师鲁读之，曰：“传奇体耳！”《传奇》，唐裴铏所著小说也。

细按陈师道语，只突出了“对语说时景”，并不足以说明裴铏《传奇》的特点，更不足以说明整个传奇小说的特点。传奇小说的界定是一件很困难的事，主要是与志怪小说和一些史传的区别不易划分，如果牵涉到传奇小说的形成，问题更为复杂。

---

① 《博异志·集异记》，中华书局，1980年，《集异记》第11—12页。另按，本篇“王涣之”应为“王之涣”。

② 周绍良：《唐传奇笺证》，人民文学出版社，2000年，第5页。

一、传奇对志怪小说与史传的融汇和发展

作为唐代小说最突出的成就所在，传奇小说的产生是一个重要的问题。前引胡应麟的观点是将唐人小说置于六朝"变异之谈"即志怪小说的基础上立论的，鲁迅以来的小说史论著大都指出了传奇对魏晋志怪小说的继承与突破。近年来，学术界也有不同看法，孙逊、潘建国《唐代传奇文考辨》[①]就特别强调了野史杂传对传奇文的直接影响。很显然，从这两种不同的小说史观出发，会导致对唐传奇的文体特点不尽相同的认识与评价。比如从前一种观点出发，会强调小说由"发明神道之不诬"到虚构的自觉、从"粗陈梗概"到铺陈藻绘；而从后一种观点出发，则可能更多关注传奇与野史杂传个人立传、单篇行世，多叙一人始末、结构完整等特点的联系。

从唐代传奇的实际来看，它的来源并不单一，我们对这一问题的认识可以更通融些。也就是说，传奇文体的形成可能同时受到了志怪和杂传的影响。换言之，志怪和杂传各自都不可能独立发展出后来的传奇。

按照一般的认识，唐传奇与魏晋时期的志怪小说在文体上是有所区别的。而事实上，在唐传奇中，并不乏志怪的成分；同样，在魏晋志怪中，也出现了一些接近唐传奇的作品。刘义庆《幽明录》中的《卖胡粉女子》、干宝《搜神记》中的《紫玉》等，确实与唐传奇有相似之处，甚至置于更晚的《聊斋志异》中也可以乱真，但人们却并没有把它们看成传奇。那么，究竟是什么使这两类小说在小说史上被区分开来？

最关键的区别还是对虚构的态度以及虚构的目的。从总体上看唐代传奇作家不再被动地搜神、志怪、列异，也不再拘泥于鬼神的有无。相反，他们毫不讳言自己的虚构，这一点甚至从唐代传奇的名目上也可以看出。《玄怪录》中有一条《元无有》：

> 宝应中，有元无有，尝以仲春末独行维扬郊野。值日晚，风雨大至。时兵荒后，人户逃窜，入路旁空庄。须臾霁止，斜月自出，无有憩北轩，忽闻西廊有人行声。未几至堂中，有四人，衣冠皆异，相与谈谐，吟咏甚畅，乃云："今夕如秋，风月若此，吾党岂不为文，以纪平生之事？"其文即曰口号联句也。吟咏既朗，无有听之甚悉。
>
> 其一衣冠长人曰：

① 《文学遗产》1999 年第 6 期。

“齐纨鲁缟如霜雪，寥亮高声为子发。”

其二黑衣冠短陋人曰：

“嘉宾良会清夜时，辉煌灯烛我能持。”

其三故弊黄衣冠人，亦短陋，诗曰：

“清冷之泉俟朝汲，桑绠相牵常出入。”

其四黑衣冠，身亦短陋，诗曰：

“爨薪贮水常煎熬，充他口腹我为劳。”

无有亦不以四人为异，四人亦不虞无有之在堂隍也，递相褒赏，虽阮嗣宗《咏怀》亦不能加耳。四人迟明方归旧所，无有就寻之，堂中惟有故杵、烛台、水桶、破铛，乃知四人即此物所为也。①

从故事类型上看，本篇所写旧物幻化为精怪，与魏晋南北朝小说《列异传》中《张奋宅》如出一辙，但与后者显扬怪异的特点不同，本篇给主人公命名“元无有”，有意暗示故事中的人事原系子虚乌有。而这样的例子在唐代传奇中并不鲜见，《纪闻》中的“张无是”、“李虚”、“王无有”、“苏无名”，《东阳夜怪录》中的“成自虚”等，皆出于同一机杼。

尤其值得注意的是，唐代小说家不仅虚构的态度更为积极，还自觉地将虚构用于对社会人生的表现。仍以上面提到的“凶宅”型故事为例，《玄怪录》中还有一条《岑顺》叙岑顺“贫无第宅”，不得不搬到一个破败的山宅去居住，“夜中闻鼓鼙之声”，喜而自负，认为是“阴兵助我”，祝祷示以富贵之期。几天后果然梦见一位军人来告诉他，“君甚有厚禄”，并称金象国正与敌国交战，“既负壮志，能猥顾小国乎？”岑顺欣然承应：“犬马之志，惟欲用之。”正当岑顺体会梦的意味时：

……俄然鼓角四起，声愈振厉。顺整巾下床，再拜祝之。须臾，户牖风生，帷帘飞扬，灯下忽有数百铁骑，飞驰左右，悉高数寸，而被坚执锐，星散遍地。倏闪之间，云阵四合。顺惊骇，定神气以观之。须臾，有卒赍书云：“将军传檄。”顺受之，云：“地连獯虏，戎马不息，向数十年。将老兵穷，姿霜卧甲，天设劲敌，势不可止。明公养素畜德，进业及时，屡承嘉音，愿托神契。然明公阳官，固当享大禄于圣世，今小国安敢望之。缘天那国北山贼合从，克日会战，事图子夜，否灭未期，良用惶骇。”顺谢之，室中益烛，坐观其变。夜半后，鼓角四发。先是东面壁下有鼠

① 《玄怪录·续玄怪录》，中华书局，1982年，第17页。

穴，化为城门，垒堞崔嵬，三奏金革，四门出兵，连旗万计，风驰云走，两皆列阵。其东壁下是天那军，西壁下金象军。部后各定。军师进曰："天马斜飞度三止，上将横行系四方。辎车直入无回翔，六甲次第不乖行。"王曰："善。"于是鼓之，两军俱有一马，斜去三尺止。又鼓之，各有一步卒，横行一尺。又鼓之，车进。如是鼓渐急而各出物包，矢石乱交。须臾之间，天那军大败奔溃，杀伤涂地。王单马南驰，数百人投西南隅，仅而免焉。先是西南有药臼，王栖臼中，化为城堡。金象军大振，收其甲卒，舆尸横地。……如是数日会战，胜败不常。王神貌伟然，雄姿罕俦。宴馔珍筵，与顺致宝贝明珠珠玑无限。顺遂荣于其中，所欲皆备焉。①

后来，岑顺家人见他颜色憔悴，知其为鬼气所中，乃在室内挖出深埋在古墓中的"金床戏局"，才知那一切征战之事，都不过是玩具幻化所致。这篇作品有双重寓意：一是对现实社会当权者无穷无尽的征战的针砭；一是对士人们热衷追求建功立业的微讽。在作者看来，这一切都不过是儿戏。正是这种自觉运用非现实形象构成方式表达对社会人生的独到认识的意识，构成了传奇与志怪迥然不同的智慧风貌与审美品格。

至于传奇与杂传的关系，即使只从传奇以人物为中心的写作特点也可以看出，如《任氏传》、《李娃传》、《霍小玉传》、《柳毅传》等，都采用了传记的形式。不过，传奇出于"尚奇"而热衷描写的爱情、豪侠、仙道等题材，却是传统的史传所缺乏的；而在叙述中驰骋想象、任意虚构以及词句华美、文采斐然的叙述风格，也是史传所不具备的。在《任氏传》——这篇小说成功地塑造了一个为情献身的狐精形象——的结尾，作者写道：

向使渊识之士，必能揉变化之理，察神人之际，著文章之美，传要妙之情，不止于赏玩风态而已。

这一表白，不仅是作者的自我期许，也说明了唐传奇的艺术追求。

二、唐代传奇的发展历程

唐代传奇不是一蹴而就的，也不是一成不变的。

《古镜记》的作者有王凝、王勔、王度及无考等不同看法。这些说法，牵涉到这篇小说的艺术性质及小说史意义。如系王度所作，王度为隋唐间人，

① 《玄怪录·续玄怪录》，中华书局，1982年，第123页。

则《古镜记》创作也当在隋末唐初，也就是说它应为现存最早的唐代小说作品之一；李宗为的《唐人传奇》认同王勔说，进而指出，如果《古镜记》确实是王勔托名王度而创作的话，那么“《古镜记》实为我国第一篇依托他人而以第一人称来叙事的小说”[①]。即使作者、时间无法确认，这篇小说用第一人称叙述，在小说史上也有独特的价值。在内容上，《古镜记》仍有志怪色彩，情节结构虽散漫，但首尾相连、中心突出，较魏晋南北朝志怪小说有所进步。而从体制上看，篇幅的加长及以单篇的独立形式出现而不是从属于小说集，也显示了传奇在写作上的特点。

《补江总白猿传》也是唐代前期较有代表性的传奇，作者已不可考。作品叙梁将欧阳纥携妻南征，途中妻为猿精所盗。欧阳纥历经艰险，杀死猿精，救回其妻子，并生一子，貌似猿猴而聪敏绝伦。欧阳纥死后，江总收养此子，“及长，果文学善书，知名于时”，此子指欧阳询。胡应麟《少室山房笔丛》称这篇小说被认为是“唐人以谤欧阳询者”。其中猿怪盗妇的情节早在魏晋南北朝时期的志怪小说《博物志》中已存在，但《博物志》只是简单叙述了猕猴的妖性，并无具体的人物描写，而《补江总白猿传》却将这一传说虚构成一个完整的故事，表现了作者在组织情节方面的努力。作者先以部人告诫“地有神，善窃少女”渲染紧张，复以欧阳纥妻于戒备森严的密室中突然失踪而“关扃如故”制造悬念。而白猿的出场，也极为神秘，至其中计被缚，所谓“神物”才露出真相。作者以传记形式志怪叙异，在传奇体制的形成上，有开创意义。

在传奇的发展过程中，《游仙窟》是一个比较特殊的存在。这篇小说采用自叙体的形式，描写作者从汧陇奉使河源（今青海兴海县境内），因“日晚途遥，马疲人乏”，遂中夜投宿大宅，与女主人十娘、五嫂，以诗书相酬，调笑戏谑，宴饮歌舞，无所不至。此处的“游仙”实际上是初唐文人放荡、轻佻的狎妓生活的美化。就狭邪题材而言，这是第一次进入小说领域，是具有开拓意义的，而描写的直露大胆，也前无古人。至于以四六骈文的形式展开叙述，穿插大量俚俗诗歌，在华美中又生动活泼，可谓别开生面。

在唐前期，也出现了一些小说集，如牛肃的《纪闻》、张荐的《灵怪集》、戴孚的《广异记》等，其中不乏精彩之作。如《灵怪集》中有一篇《郭翰》[②]，上承

---

① 李宗为：《唐人传奇》，中华书局，1985年，第19页。

② 王汝涛编校：《全唐小说》第四册，山东文艺出版社，1993年，第2486—2488页。

《搜神记》中《天上玉女》之类叙神女自荐枕席的“高唐型”故事[1]，又有所发展。作品记叙郭翰夏夜独宿院中，忽然有位“明艳绝代，光彩溢目”的少女从天而降，微笑着对他说：“吾天上织女也，久无主对，而佳期阻旷，幽态盈怀。上帝赐命游人间，仰慕清风，愿托神契。”接着就让侍婢净扫室中，与郭翰共成夫妇之好，“柔肌腻体，深情密态，妍艳无匹”，天快亮时才辞去。“自后夜夜皆来，情好转切”。众所周知，牛郎织女原是中国古代神话中的一对情侣，作者竟让这个美丽神话的女主角私奔，实在是惊人之笔。郭翰曾开玩笑地问织女：“牵郎何在？那敢独行？”织女坦然答道：“阴阳变化，关渠何事？且河汉隔绝，无可复知；纵复知之，不足为虑。”后来到了神话中牛郎织女七夕会的时候，织女过了几天才来。郭翰问：“相见乐乎？”织女却说：“天上那比人间？正以感运当尔，非有他故也，君无相忌。”这种顺应自然天性、向往人间生活的思想确实是对传统的反叛。后来因为有帝命，织女不得不向郭翰告别，“颜色凄恻，涕流交下”，“呜咽不自胜”，“遂悲泣，彻晓不眠。及旦，抚抱为别”，这种难舍难分的情景以及两人分别后的深切思念，将看上去是“戏说”的描写，升华为令人感叹的爱情悲剧。冯梦龙编《太平广记钞》时，特删去本篇，理由是“牛女相配，已属浪传，况诬以他遇”。清代纪昀也曾批评《灵怪集》“纯构虚词，宛如实事；指其时地，撰以姓名”，并特别指责《郭翰》“悖妄之甚”。[2] 但正是在这些批评中，我们看到了《郭翰》与众不同的传奇品格。

唐德宗朝起，传奇进入了全盛时期。沈既济的《枕中记》、《任氏传》虽然仍各有志怪的因缘，但已与志怪大不相同，可以说是传奇成熟的标志。以沈既济的《任氏传》[3]为例，这篇小说描写郑六因贫穷落拓，托身于妻族韦崟。郑六邂逅自称“伶伦”而实为狐精的任氏，娶为外室。韦崟闻知任氏绝色，依仗富贵去调戏她，甚至施以暴力，而任氏终不屈服，并使韦崟为之感动，放弃邪念。后郑六携任氏往外县就一武官之职，任氏明知危险，毅然同行，途中被猎犬咬死，郑六涕泣葬之，“追思前事，唯衣不自制，与人颇异焉”。

早在志怪小说中，就已经出现过狐狸精形象，如郭璞《玄中记》记：“狐五十岁能变化为妇人，百岁为美女，为神巫，或为丈夫与女人交接。能知千里外事，善蛊魅，使人迷惑失智。千岁即与天通，为天狐。”其中提到了狐狸精变形迷惑人，但既无情节叙述，也无形象塑造。刘义庆《幽明录》中“淳于矜

---

① 参见拙著《幻想的魅力》第五章第一节，上海文艺出版社，1992 年。

② 纪昀：《阅微草堂笔记》卷二十二。

③ 王汝涛编校：《全唐小说》第一册，山东文艺出版社，1993 年，第 43—48 页。

狸妇”描写淳于矜与狐狸所化女子结为伉俪，生儿育女，略微具体，但仍乏于描写。其他志怪中，如吴均《续齐谐记》“燕墓斑狸”，斑狸变成学问渊博、善于对答的书生，《搜神记》“吴兴老狸”，老狸变为农家老父，则为男性，与后世以幻化女性为主的狐精有所不同。也就是说，魏晋南北朝时期志怪小说中的狐精形象，描写简单，形象类型也不稳定。而唐人小说在有关形象塑造方面有极大的发展，《太平广记》卷四百四十七至四百五十五，所收狐狸精作品，绝大多数是唐人之作，《任氏传》正是其中杰出的代表。作者突出了任氏善良、坦诚而富有自尊心的特征，她深爱虽穷困潦倒却志诚朴实的丈夫，坚决抗拒豪侈之徒韦崟的调戏，作为精怪形象的诡异怪诞，被充满人性色彩的描写所代替，对后世同类形象如《聊斋志异》中的狐精形象有直接的启发意义。同时，这篇小说利用人物传记的形式，突出任氏的中心地位，层次井然，叙事精巧，人物外貌、行动、对话、心理等，均有生动细致的表现，反映了神怪题材对现实生活的贴近，而这正是传奇成熟的核心。

如果要从唐代传奇中选一篇最精彩的作品，则李朝威《柳毅传》应在首选之列。这篇小说既有奇异的幻想，又有鲜明的人物形象。作品的主人公柳毅，落第返乡途中偶遇龙女，得知其婚姻不幸，代为传书。当钱塘君将龙女救归洞庭，欲逼迫他与龙女成亲，柳毅威武不屈，富贵不淫，严辞峻拒，表现出崇高、坚毅的品格，显示了唐代士人的理想人格。在具体描写上，作品时而有缠绵忧伤的感情表达，时而有热烈欢快的场面铺陈，文辞或韵或散，华丽精美，极富表现力，如叙钱塘君得知龙女遭遇，怒而报复一段：

> 语未毕，而大声忽发，天拆地裂，宫殿摆簸，云烟沸涌。俄有赤龙长千余尺，电目血舌，朱鳞火鬣，项掣金锁，锁牵玉柱，千雷万霆，激绕其身，霰雪雨雹，一时皆下。乃擘青天而飞去。毅恐蹶仆地。君亲起持之曰：“无惧。固无害。”毅良久稍安，乃获自定。因告辞曰：“愿得生归，以避复来。”

而人物语言也符合人物性格，如钱塘君回来自述报复情景：

> ……然后回告兄曰：“向者辰发灵虚，巳至泾阳，午战于彼，未还于此。中间驰至九天，以告上帝。帝知其冤，而宥其失。前所遣责，因而获免。然而刚肠激发，不遑辞候。惊扰宫中，复忤宾客。愧惕惭惧，不知所失。”因退而再拜。君曰：“所杀几何？”曰：“六十万。”“伤稼乎？”曰：

“八百里。”“无情郎安在?”曰:“食之矣。”[①]

这一段对话干净利索,恰到好处地表现了钱塘君火暴的性格。

在形象构成方面,《柳毅传》熔铸了大量的古代神话,也吸收了外来文化。其中如叙龙女所放牧之羊,实为雷神“雨工”,而“昔尧遭洪水九年”,系钱塘君一怒所致等等,均发挥古代神话而来。有关龙宫、龙王、龙女的描写,则是从印度神话借鉴来的。值得称道的是,这种奇特的想象一经作者采用,融汇一体,复与小说对现实人生的描写相结合,构成了小说独具艺术魅力的表现方式。

元稹作于贞元末的《莺莺传》则完全不涉及神怪情节,是一篇纯以现实社会为背景的爱情小说,因而在唐传奇的发展过程中也具有重要的意义。作品略谓张生寓蒲州普救寺,适其表姨郑氏携女崔莺莺同寓寺中。其时绛州节度使浑瑊死,军队发生骚乱,张生因与其将领友善,庇护了她们母女。在郑氏所设答谢宴上,张生结识并倾心于莺莺。在婢女红娘帮助下,张生以诗求爱,始遭严拒,但最终莺莺不能自持,以身相许。后张生赴京应举,遂与之绝。一年多后,张生与莺莺已各自嫁娶,张生偶过其家,以表兄身份求见,莺莺拒之,二人遂“绝不复知”。张生始乱终弃,“时人多许张为善补过者”,此与元杂剧《西厢记》结局大不相同,反映了当时文人的矫揉造作与矛盾虚伪。此文后有元稹《会真诗》等,论者或谓篇中所述张生行事与作者元稹经历有关,果如此,则从创作方法上,也有值得特别注意的地方。也就是说,小说的题材与小说家的关系更为紧密了。

事实上,在唐传奇中,我们看到,反映士人生活,尤其反映士人婚恋生活的作品成批出现,正与传奇多出于士人之手有关。而创作兴趣的集中统一与灵活多变的特点,又很可能与传奇的传播、接受也有关,这同样是小说史上的新现象。

在盛唐、中唐的传奇中,也出现了一些很有特色的小说集。如李复伟的《续玄怪录》中就有《定婚店》、《薛伟》、《李卫公靖》等佳作。兹举《定婚店》为例,篇中叙韦固急于娶妇,赴约求婚:

……斜月尚明,有老人倚布囊,坐于阶上,向月捡书。固步觇之,不识其字,既非虫篆八分科斗之势,又非梵书。因问曰:“老父所寻者何书?固少小苦学,世间之字,自谓无不识者,西国梵字,亦能读之,唯此

---

① 此二段见王汝涛编校:《全唐小说》第一册,山东文艺出版社,1993年,第58、59页。

书目所未睹，如何？”老人笑曰：“此非世间书，君因何得见？”固曰：“非世间书则何也？”曰：“幽冥之书。”固曰：“幽冥之人，何以到此？”曰：“君行自早，非某不当来也。凡幽吏皆掌人生之事，掌人可不行冥中乎？今道途之行，人鬼各半，自不辨尔。”固曰：“然则君又何掌？”曰：“天下之婚牍耳。”固喜曰：“固少孤，常愿早娶，以广胤嗣。尔来十年，多方求之，竟不遂意。今者人有期此，与议潘司马女，可以成乎？”曰：“未也，命苟未合，虽降衣缨而求屠博，尚不可得，况郡佐乎？君之妇，适三岁矣。年十六，当入君门。”因问：“囊中何物？”曰：“赤绳子耳。以系夫妻之足。及其生，则潜用相系，虽仇敌之家，贵贱悬隔，天涯从宦，吴楚异乡。此绳一系，终不可绾。君之脚，已系于彼矣。他求何益？”曰：“固妻安在？其家何为？”曰：“此店北，卖菜陈婆女耳。”固曰：“可见乎？”曰：“陈尝抱来，鬻菜于市。能随我行，当即示君。”及明，所期不至。老人卷书揭囊而行。固逐之，入菜市。有眇妪，抱三岁女来，弊陋亦甚。老人指曰，“此君之妻也。”固怒曰：“煞之可乎？”老人曰：“此人命当食天禄，因子而食邑，庸可煞乎？”老人遂隐。固骂曰：“老鬼妖妄如此。吾上大夫之家，娶妇必敌，苟不能娶，即声伎之美者，或援立之，奈何婚眇妪之陋女？”磨一个刀子，付其奴曰：“汝素干事，能为我煞彼女，赐汝万钱。”奴曰：“诺。”明日，袖刀入菜行中，于众中刺之，而走。一市纷扰。固与奴奔走，获免。问奴曰：“所刺中否？”曰：“初刺其心，不幸才中眉间。”尔后，固屡求婚，终无所遂。

又十四年，以父荫参相州军。刺史王泰俾摄司户掾，专鞫词狱，以为能，因妻以其女。可年十六七，容色华丽。固称惬之极。然其眉间，常贴一花子，虽沐浴闲处，未尝暂去。岁余，固讶之，忽忆昔日奴刀中眉间之说，因逼问之。妻潸然曰：“妾郡守之犹子也，非其女也。畴昔父曾宰宋城，终其官。时妾在襁褓，母兄次没。唯一庄在宋城南，与乳母陈氏居去店近，鬻蔬以给朝夕。陈氏怜小，不忍暂弃。三岁时，抱行市中为狂贼所刺，刀痕尚在，故以花子覆之。七八年前，叔从事卢龙，遂得在左右。仁念以为女嫁君耳。”固曰：“陈氏眇乎？”曰：“然。何以知之？”固曰：“所刺者固也。”乃曰：“奇也，命也。”因尽言之，相钦愈极。后生男鲲，为雁门太守，封太原郡太夫人。乃知阴骘之定，不可变也。[1]

---

① 《玄怪录·续玄怪录》，中华书局，1982年，第179—181页。

后世所谓“月老”即出于这篇小说，而作品最精彩的地方在于情节的叙述，曲折多变，富于悬念。

此外，盛唐、中唐时期的小说家也显示出创作的个性，这种个性既表现在对题材的取舍上，也表现在情节的叙述、形象的刻画上。后者前述作品已有反映，前者则如陈鸿对政治题材似乎就格外关注，他的《长恨歌传》、《东城老父传》都涉及了重大的政治事件与人物。

晚唐传奇虽略呈低落，但文体圆熟后的写作仍使这一时期出现了不少可读之作。裴铏的《传奇》就是杰出的代表，如《封陟》描写了一个迂腐古板的书生严词拒绝仙女求爱的故事：

> 宝历中，有封陟孝廉者，居于少室，貌态洁朗，性颇贞端，志在典坟，僻于林薮，探义而星归腐草，阅经而月坠幽窗，兀兀孜孜，俾夜作昼，无非搜索隐奥，未尝暂纵揭时日也。……时夜将午，忽飘异香酷烈，渐布于庭际。俄有辎軿自空而降，画轮轧轧，直凑檐楹。见一仙姝，侍从华丽，玉珮敲磬，罗裙曳云，体欺皓雪之容光，脸夺芙蕖之艳冶，正容敛衽而揖陟曰："某籍本上仙，谪居下界……伏见郎君坤仪浚洁，襟量端明，学聚流萤，文含隐豹。所以慕其真朴，爱以孤标，特谒光容，愿持箕帚。又不知郎君雅旨如何?"陟摄衣朗烛，正色而坐，言曰："某家本贞廉，性唯孤介。……但自固穷，终不斯滥，必不敢当神仙降顾。断意如此，幸早回车。"姝曰："某乍造门墙，未申恳迫，辄有诗一章奉留，后七日更来。"诗曰："谪居蓬岛别瑶池，春媚烟花有所思。为爱君心能洁白，愿操箕帚奉屏帏。"陟览之若不闻。云軿既去，窗户遗芳，然陟心中不可转也。

后来，仙女又两次“丽容洁服，艳媚巧言”来求爱：一次动之以情，自诉孤寝空闺之苦；一次晓之以理，说明人生易老，何必“虚争意气”。但封陟始终心如铁石，不改其志，甚至羞辱仙女，以至仙女侍卫称其“木偶人”，仙女则叹息：“于戏此子，大是忍人!”接着，作者笔锋一转，叙封陟染疾而终，被锁往阴间。适逢仙女路过，虽不满封陟性格执迷，仍不忘旧情，判他再活十二年。封陟复苏后，“追悔昔日之事，恸哭自咎而已”[①]。在这里，作者实际上触及了古代社会普遍存在的“情”与“理”的冲突。封陟这样迂腐近呆的书生正是传统文化所熏陶出来的典型人物，为了“古人之糟粕”，竟放弃了美丽的人生。作

---

① 周楞伽辑注:《裴铏传奇》，上海古籍出版社，1980年，第65—67页。

者没有把爱情仅仅当做一种欲望来写，而是将它置于生死之间，赋予了更高的人生意义。封陟的追悔是对交臂错过神仙的遗憾，还是对逝去岁月的惋惜？作者没有明写，他大约是要让读者与人物一起去思考，而这也表明此作达到了较高的艺术思维水平。

皇甫枚的《三水小牍》也有不少值得一读的作品，其中《飞烟传》流传尤广。小说叙述了河南府功曹参军武功业的爱妾步飞烟与书生赵象的爱情悲剧，沉重深刻。飞烟本来深得主人宠爱，因“为媒妁所欺，遂匹合于琐类”，却有难言苦衷。而当年轻貌俊的赵象向她表达爱慕之意时，她在经过一番犹豫后，终于接受了这一真正的爱情。作品描写飞烟心理的转变极为细致，她最初听到家中老媪转达赵象爱慕之意时，“含笑凝睇而不答”，显示出她的稳重、含蓄；在收到赵象的信后，她却病倒了，从回赠赵象的诗中可以看出她进退两难的内心挣扎；而当再次收到赵象关切的问候信，她终于迈出了大胆的一步，表示“一拜清光，就殒无恨”；事情败露后，武功业残酷地处罚了她。在临死前，飞烟坦然地说：“生得相亲，死亦何恨！”更表现了为爱情献身的勇敢精神。这一心路历程，层次分明，使人物性格得到了真实的反映，这在此后的小说中虽不足为奇，但在唐代，以传奇并不长的篇幅能做到这一点，实属不易。

第三节　唐代传奇的文体与叙事特征

唐代传奇历经演变，逐步成熟，反映了唐人的生存状态和精神追求，也表现了唐人的艺术趣味。作为一种新的小说样式，它在文体与叙事方面有如下几个特点最为重要。

一、虚构的艺术化与叙事角度的个性化

前面论及唐代传奇的虚构已不同于魏晋南北朝时期的小说，这里有必要进一步强调这种虚构的艺术价值。也就是说，除了所表达的思想意义，传奇的虚构与其作为小说的特性也是联系在一起的。如《东阳夜怪录》记述秀才成自虚风雪之夜于佛庙中得一病僧相助，又有卢倚马、朱中正、敬去文、苗介立、胃家兄等人出来相会，众人作诗论文，抒发胸臆。天将亮时，诸人骤然散去，后来成自虚才知道病僧实为一病橐驼，而卢倚马是驴，朱中正是牛，敬去文是狗，苗介立是猫，胃家兄是刺猬等。不过，这些动物幻化的形象不是

为了显示精怪的存在，实际上，主人公“成自虚”与唐代传奇中“元无有”之类命名相同，已经否定了人物与故事的客观存在。小说艺术价值体现在这样两个方面：其一，作者借这些动物幻化的精怪形象，表现了当时下层士人的艰难经历与心路历程，如卢倚马自称是“前河阴转运巡官”，生活痛苦，“旦夕羁旅，虽勤劳夙夜，料入况微，负荷非轻，常惧刑责”。他作诗感叹：“长安城东洛阳道，车轮不息尘浩浩。争利贪前竞着鞭，相逢尽是尘中老。”“日晚长川不计程，离群独步不能鸣。赖有青青河畔草，春来犹得慰羁情。”这种求官京城的经历正是下层士人失意人生的写照。其二，作品以非现实的手法表现社会人生，真幻结合，虚实相映，语带双关，极富创意。卢倚马自叙平生的诗作，既体现了士人的生活、心态，又处处关合动物原型的特点。如“赖有青青河畔草，春来犹得慰羁情”，一个“羁”字，隐含了士人求取功名和“转运巡官”的羁旅行役之苦，又与“草”呼应，谐音“饥”字，点出驴的生活习性。这种文心匠意，也是作者刻意追求的。也就是说，作品的寓意与作者的动机，都迥异于志怪小说。

由于有意识地虚构，作者的身影更多地出现在作品中。有时，这只是一种视角，如《古镜记》叙王度从汾阴侯生处得到一枚宝镜，以后，他宦游各地，用此镜屡除妖怪。其弟王勣借镜出游，宝镜也除怪化险，颇见功效。篇中共有十几个古镜祛灾灭邪的小故事，都被置于统一的视角下。如上所述，如果王度即为本篇作者，那么，这种叙述角度实有值得特别关注之处。事实上，作品的叙述被作者有节制地限定在王度这一人物的视角范围内。而王勣携镜出游的经历，则由其归来后向王度介绍，仍不出王度的见闻。这不仅与志怪小说的个人化叙述一样，增强了叙述的可信性，也显示出作者把握叙述角度的努力。

有时，作者则参与到情节的叙述中，成为推动情节发展的一种动力。如《谢小娥传》叙谢小娥一家经商为生，不料其父、夫遭遇水贼，不幸被害。死后鬼魂托梦，有谜语暗示凶手。谢小娥不得其解，若干年后，偶遇李公佐，解得谜底，识破真凶，得报冤仇。之后，谢小娥还见过李公佐，由此叙及其出家事。在这篇作品中，作者李公佐以第一人称“余”直接出场，而且充当了破案的推动者和结局的见证人。这种叙述角度也是前所未见的。

还有些作品中，作者更成为小说中的主要人物，如前面提到过的《游仙窟》，通篇都是围绕作者自述展开。又如沈亚之的《秦梦记》（载《沈下贤集》卷二，《太平广记》卷二八二题《沈亚之》，出自《异闻集》），以第一人称手法，自叙梦入秦国，向秦王陈述强国之方，深得秦王赏识。后又率兵攻下五城。

秦王嘉奖其功，把寡居的女儿弄玉嫁给他。婚后，夫妻恩爱，享尽荣华。弄玉忽无疾卒，亚之追伤不已，作挽歌、墓志悲悼。后辞秦王还家，秦王遣人送出函谷关。这一故事想象奇特，既有《南柯太守传》之类作品的影响，又独出心裁地将故事置于个人梦想之下，更鲜明地表现了唐代文人的内心世界。稍后托名牛僧儒的《周秦行纪》，虽可能是别有用心之作，但设想构思，一如《秦梦记》，说明此类创作并非偶然。

作者身影在传奇作品中的凸显，从一个角度体现了传奇叙述的个性化特征，这与志怪小说叙述的个人化相比，更进了一步。个人化是相对史书的公共化叙述而言的，而个性化则是一种艺术特点的表现。就这一点而言，唐代传奇的虚构也可以说达到了一个新的艺术高度。

二、具有完整的构思与独立的现实主题

唐代传奇在构思与作品的内涵上与志怪相比也有明显的区别。上一章已指出，志怪小说和志人小说往往都以片断的叙事为特点，虽然有些作品如志怪小说中的《韩凭夫妇》、《三王墓》等，也具有相当完整的构思与独立的主题，但总的来说，它们更多地是服务于一个共同的编辑主张，如志怪小说多以显示鬼神怪异的存在为统一思想。而传奇作品有不少以单篇的形式传播，这使得传奇创作更追求完整的构思与独立的主题。如果以相似的作品对比，可以看得更突出。如《幽明录》中有一条《杨林》：

> 宋世焦湖庙有一柏枕，或云“玉枕”，枕有小坼。时单父县人杨林为贾客，至庙祈求，庙巫谓曰：“君欲好婚否？”林曰：“幸甚。”巫即遣林近枕边，因入坼中，遂见朱楼琼室，有赵太尉在其中，即嫁女与林，生六子，皆为秘书郎。历数十年，并无思归之志。忽如梦觉，犹在枕旁。林怆然久之。①

这一故事只是简单地表现了一种富贵梦想，并无深意。而唐代沈既济的传奇《枕中记》上承志怪小说的幻想，叙热衷功名的卢生，在邯郸旅舍借道士吕翁的青瓷枕入睡，在梦中，娶高门女、登进士第、出将入相、子孙满堂等等当时士人的一切理想均得实现。但一觉醒来，身旁的黄粱饭犹未蒸熟。于是卢生大彻大悟，稽首再拜吕翁而去。作品既有崇道之念，更有讽世之意。《南柯太守传》命意与《枕中记》大致相同，述游侠之士淳于棼宅南有一株古

---

① 《太平广记》第六册，中华书局，1961年，第2254页。

槐树，一日饮酒醉卧，梦见二紫衣使者，称奉槐安国王之命相邀，遂出门登车前往。淳于棼颇受国王赏识，被招为驸马，并荣任南柯郡太守。守郡二十载，甚有政绩，大受宠任；声色犬马、锦衣玉食，权势显赫，不可一世。后来檀萝国军队入侵，淳于棼带兵应战，兵败边关，获罪被贬。不久公主病故，淳于棼护丧回都。因广为交游，威福日盛，国王颇为疑忌，遂夺其侍卫，禁其交游。后又将其发落遣送“原籍”，于是淳于棼一灵复苏，方知是梦，仍感蹊跷，追索梦游之处，发现“槐安国”和“檀萝国”原来都是蚁穴，而“南柯郡”则是古槐上南向的树枝。由此倍感人生无常，世界虚幻，遂弃绝酒色，栖心佛门。作者李公佐称此事“虽稽神语怪，事涉非经，而窃位著生，冀将为戒。后之君子，幸以南柯为偶然，无以名位骄于天壤间云”。显然，作者以非现实的形象构成和具有讽刺意味的笔法，写出了士人沉迷于利禄的心态及官场的险恶，表现了中唐文人沮丧迷惘的心理和逃离现实的愿望。这两篇小说不仅结构谨严、描摹生动远在志怪小说之上，其强化现实感受、突出讽喻主题的思想内涵，更非志怪小说所能相比。

对于传奇的主题或寓意，历来颇受关注，有人曾将传奇名篇分作指名道姓、攻击对方（如《补江总白猿传》、《周秦行纪》等），影射时事、寄托愤慨（如《任氏传》、《枕中记》等），借题发挥、控诉不平（如《李娃传》等）；以古喻今、开悟皇帝（如《长恨歌传》等）几类。① 虽然具体分析未必尽符事实，但确实也反映了传奇创作的重要特点。

三、自觉地以人物形象为中心

唐代传奇以人物为中心最直接的表现是相当一部分传奇的题名就是人物传记性质的，虽然这还属于写作方法上的范畴，但与志怪小说更注重事件相比，人物成为小说的中心同样会引起一系列变化，比如在唐代传奇中，我们就可以更多地看到对人物心理的揭示。如卢肇《逸史》的《太阴夫人》叙卢杞少时，穷居东都，于废宅内赁舍，后遇暴疾，卧月余，得邻舍麻婆照料，始得康复。麻婆并为其安排婚姻，引至冰雪般纯净的仙界：

> 女子谓杞：“君合得三事，任取一事：常留此宫，寿与天毕；次为地仙，常居人间，时得至此；下为中国宰相。”杞曰：“在此处实为上愿。”女子喜曰：“此水晶宫也，某为太阴夫人，仙格已高。足下便是白日升天。

---

① 参见卞孝萱：《唐传奇新探》，江苏教育出版社，2001年。

然须定，不得改移，以致相累也。”乃赍青纸为表，当庭拜奏，曰：“须启上帝。”少顷，闻东北间声云：“上帝使至！”太阴夫人与诸仙趋降。俄有幢节香幡，引朱衣少年立阶下。朱衣宣帝命曰：“卢杞，得太阴夫人状云，欲住水晶宫。如何？”杞无言。夫人但令疾应，又无言。夫人及左右大惧，驰入，取鲛绡五匹，以赂使者，欲其稽缓。食顷间又问：“卢杞！欲水晶宫住？作地仙？及人间宰相？此度须决。”杞大呼曰：“人间宰相！”朱衣趋去。太阴夫人失色曰：“此麻婆之过，速领回！”推入葫芦。又闻风水之声，却至故居，尘榻宛然。时已夜半，葫芦与麻婆并不见矣。[1]

这篇作品并无复杂的情节，但人物形象却十分鲜明。仔细品味卢杞“无言”、“夫人但令疾应，又无言”及最后的“大呼”，其中的犹豫、矛盾和为富贵所诱惑的急切，尽在不言之中，复溢于言表。

唐代传奇的以人物为中心，还有两点值得特别关注。一是女性形象的突出。在志怪小说和志人小说中，也有不少女性形象，甚至有《妒记》这样专以女性为主角的小说集；在《世说新语》中，也有《贤媛》门专记女性故事。但总起来说，女性形象还不突出。至于在史传散文中，女性的地位更不重要。唐代传奇则不然，不少传奇名篇都是以女性为主人公的，作品对女性的具体描写也相当成功。以白行简的《李娃传》为例，这篇小说叙述天宝中荥阳某生赴京举秀才时，恋上娼妓李娃，交往一年余，资财耗尽，为鸨母设计摆脱，遂愤懑成疾，竟沦为歌郎，专唱挽歌。在一次与人赛歌时，为其父发现，其父痛责其玷辱家门，鞭打至昏死而弃之。生复得同伴相救，然浑身溃烂，乃以乞讨为生。一日雪中哀叫，为李娃所闻。李娃悲恸自咎，赎身而与生同居，勉其读书应举。生终进士及第，得授成都府参军。适其父任成都尹，乃父子相认。父感其事，命生备六礼迎娶李娃。十余年后生官至方面大员，而李娃也被封为汧国夫人。

对士人与妓女爱情故事这一后世戏曲小说的热门题材的创作，《李娃传》实有开辟之功。尽管作品最后的“大团圆”结局调和了尖锐的现实矛盾，并演化成戏曲小说的一个俗套，但就本篇的特定情景而言，它也确实反映了人们一种善良美好的愿望，即让历经磨难的情侣最终成就一段美满的姻缘。重要的是，小说对人物的性格与命运，尤其是李娃的性格与命运，给予了细致入微的描写。李娃在荥阳书生钱财花尽时，也镇定自如地参与了抛弃他

---

① 《太平广记》第二册，中华书局，1961年，第400—401页。

的骗局，这符合她作为一个妓女的身份特点。但是，当她目睹荥阳书生陷入极度悲惨的境地时，被风尘生涯所扭曲的善良天性又立即显露出来，她机智果断地筹划了自己与荥阳书生的未来。看上去前后行为有很大的反差，不过，这种转变却又自然可信，显示出作者把握复杂人性的本领。

由于女性形象与男性有着不同的生活空间，因此，女性形象的突出，也必然涉及日常生活诸多方面，由女性引入一系列生活场景的描写，这也是唐代传奇的新开拓。

唐代传奇的以人物为中心，另一类比较突出的形象是侠客形象，这也是唐代政治与文化精神的体现。唐代藩镇各据一方，多蓄游侠之士。而士人追求理想，反对平庸、卑琐的人格，在侠客身上，寄寓了对于自由豪迈的人生境界的向往。同时，民众生活在动乱中，也幻想有侠义之士主持公道。侠客形象正是顺应这样的形势和社会心理大量涌现。从类型上看，侠客形象也不尽相同，其中有参与历史发展进程的大侠，如《虬髯客传》写隋末天下纷乱，杨素的宠妓红拂慧眼识英雄，私奔李靖，二人在客店中又遇到意在图王的“虬髯客”，而虬髯客见到李世民后，知天下有主，又不甘称臣，遂远去海岛称王。作品中的“风尘三侠”，各具性格与风采，彼此映衬，显得生气勃勃。至于在英雄豪侠气中又穿插儿女情长的细节，读来也别有情趣。

还有一些侠客则在日常生活中表现了他们超凡脱俗的人格，如《冯燕传》叙冯燕少以意气任侠，因搏杀不平，逃亡在外：

> ……他日出行里中，见户旁妇人，翳袖而望者，色甚冶，使人熟其意，遂室之。其夫，滑将张婴者也。婴闻其故，累殴妻，妻党皆望婴。会从其类饮。燕伺得间，复偃寝中，拒寝户。婴还，妻开户纳婴，以裾蔽燕。燕卑蹐步就蔽，转匿户扇后，而巾堕枕下，与佩刀近。婴醉且瞑，燕指巾令其妻取，妻即以刀授燕。燕熟视，断其妻颈，遂巾而去。明旦婴起，见妻杀死，愕然，欲出自白。婴邻以为真婴杀，留缚之。趋告妻党，皆来，曰：“常嫉殴吾女，乃诬以过失，今复贼杀之矣，安得他杀事。即其他杀，安得独存耶?”共持婴，且百余笞，遂不能言。官收系。杀人罪，莫有辩者，强伏其辜。司法官与小吏持扑者数十人，将婴就市，看者团围千余人。有一人排看者来，呼曰：“且无令不辜死者。吾窃其妻而又杀之，当系我。”吏执自言人，乃燕也。司法官与俱见贾公，尽以状对。贾

公以状闻，请归其印，以赎燕死。上谊之，下诏，凡滑城死罪者皆免。[1]

虽然所行之事是男女通奸，不出人之常情，但与张婴妻的阴毒相比，冯燕仍不失光明磊落和敢作敢当的气概。尽管从女性主义批评的角度看，这一侠客形象的光彩可能是建立在对女性的轻蔑之上的，但在当时的文化背景下，冯燕却是值得称道的。

裴铏的《昆仑奴》则叙昆仑奴帮助公子崔生和红绡女成就美满姻缘故事。昆仑奴不仅武艺高强，而且熟谙世事，作品渲染其进入一品宅的战斗场面，“遂持匕首，飞出高垣，瞥若翅翎，疾同鹰隼。攒矢如雨，莫能中之。顷刻之间，不知所向”，展现出一个身怀绝技、勇武神威的豪侠形象。结尾复叙十余年后，有人见其“卖药于洛阳市，容颜如旧耳”，显示出侠客神龙见首不见尾的非凡气质。这种气质与他乐于助人的品格和对世俗生活的介入相映成趣。

还有一些侠客形象是女性，这也是唐代传奇与众不同的贡献。除了《虬髯客传》中独具慧眼的红拂外，袁郊的《红线》、裴铏的《聂隐娘》等传奇名篇中，也塑造了光彩照人的女侠形象。如《聂隐娘》中的聂隐娘自幼为尼剡索取，练就了神鬼莫测的武艺，于是行侠仗义，除暴安良。她在向其父自叙训练时说：

> ……至四年，留二女守穴，挈我于都市，不知何处也。指其人者，一一数其过，曰：“为我刺其首来，无使知觉。定其胆，若飞鸟之容易也。”受以羊角匕首，刀广三寸，遂白日刺其人于都市，人莫能见。以首入囊，返主人舍，以药化之为水。五年，又曰：“某大僚有罪，无故害人若干。夜可入其室，决其首来。”又携匕首入室，度其门隙无有障碍，伏之梁上。至瞑，持得其首而归。尼大怒曰：“何太晚如是！”某云：“见前人戏弄一儿可爱，未忍便下手。”尼叱曰：“已后遇此辈，先断其所爱，然后决之。”某拜谢。[2]

这一回述，干净利索，活现出成长过程。此后，她大战精精儿、空空儿，更具神奇色彩。虽然其中的非现实描写不尽可取，但就女性形象而言，在古代小说中还是卓荦不群的。

另有一些作品如《霍小玉传》、《柳氏传》等，不专写侠客，但也有侠客形

---

① 王汝涛编校：《全唐小说》第一册，山东文艺出版社，1993年，第129—130页。

② 周楞伽辑注：《裴铏传奇》，上海古籍出版社，1980年，第22页。

象出现,《霍小玉传》叙妓女霍小玉与士子李益相爱,自知不能相伴始终,与李益约定,共度八年,而后任其另选高门,自己则情愿出家为尼。可是李益后来却违背誓言,霍小玉百般求见,李益避不会面。霍小玉因此寝食俱废,卧床不起,她的不幸为黄衫豪侠所知,豪侠强挟李益来见,霍小玉怒斥其负心无情,愤然死去,死后阴魂不散,使李益终生不得安宁。篇中的豪侠尽管出场略显突兀,却表现了一种善恶分明的是非感与同情心,也为这一忧伤的作品增添了一股豪侠之气。

四、曲折的情节与生动的细节描写

洪迈在谈到唐代传奇的特点时说:“唐人小说不可不熟,小小情事,凄惋欲绝,洵有神遇而不自知者,与诗律可称一代之奇。”[①]从内容上看,传奇题材往往并不重大,但确有不少叙述得“凄惋欲绝”,而这与作者的情节设置很有关系。以《无双传》[②]为例,其情节发展跌宕起伏,极为曲折。作品叙述了王仙客与表妹无双的爱情婚姻经过了许多波折,最终得以实现的故事。王仙客自幼丧父,与母亲一起住到在京城做官的舅舅刘震家。刘震有女曰无双,二人青梅竹马,震之妻常戏呼仙客为王郎子。仙客母病危托孤,与刘震约定二人婚姻。仙客服丧期满,回到京师,刘震依然待以舅甥之礼,否认曾经许婚。这时,节度使李希烈、姚令言反叛,皇室及百官奔逃。危急中,刘震疾召仙客称:“与我勾当家事,我嫁与尔无双。”但仙客押运家财至城外等候,却不见刘震一家出城。三年后,叛乱平定,仙客再次进京,得知刘震因曾出任伪官,与夫人皆被处极刑,无双则没入掖庭。仙客因金吾将军王遂中推荐,做了富平县尹,知长乐驿。数月后,有三十名宫女在前往陵园途中,宿于长乐驿。仙客命刘震家旧仆人塞鸿冒充驿吏,得遇无双。而仙客则假作理桥官,与无双相会。无双留书,让仙客请古押衙相助。古押衙以异术救出无双。仙客不知其术,初以为无双已死。二人最终团聚,得归故乡,白头偕老。

在上述情节的进展过程中,仙客母托孤,是一起;刘震含糊其词,是一伏。刘震妻同意议婚,又一起;刘震否认定亲,再一伏。危乱中刘震许嫁,复一起;刘家未能逃出城,又一伏。至叛乱平定,仙客得知刘家变故,无双已入掖庭,几近绝望。长乐驿巧遇无双,寻访古押衙相助,希望复起;无双被杀,

---

① 《唐人说荟·例言》,见黄霖、韩同文编:《中国历代小说论著选》上册,江西人民出版社,1982年,第64页。

② 王汝涛编校:《全唐小说》第一册,山东文艺出版社,1993年,第133—137页。

情节跌入低谷；最终复苏，才得圆满。作者感叹“人生之契阔会合多矣，罕有若斯之比”。尤其值得称道的是，作品极富感染力地融入了人物的情感变化，使一波三折的故事对读者形成了一种突如其来、持续不断、愈来愈强烈的心理冲击。从王仙客角度看，对无双情动于中，又得舅母同意，心怀希望与喜悦；被刘震所拒，“心气俱丧，达旦不寐”；危乱受托许嫁，闻命惊喜；而未见无双出城，又“失声恸哭”；乱后得遇旧仆，悲喜交加；知无双入掖庭，“哀冤号绝，感动邻里”；得无双留书，“仙客览之，茹恨涕下”；误以为无双已死，“流涕歔欷，不能自已”；及至古生送来无双尸体，独守至天明……如此曲折的情节与人物感情的波澜，在此前的小说中确实是罕见的。

将曲折的情节组成一篇井井有条的小说，也需要作者在结构上精心安排，唐代传奇在这方面也有所突破。如《传奇》中的《崔炜》近三千字，在唐代传奇中属于篇幅最长的作品之一。作品叙述崔炜在中元日因救助一位“乞食老妪”，获赠神艾，为一老僧治好赘疣。老僧复介绍他为富豪任翁治病，而任翁家侍奉独脚神，每三岁必杀一人飨之。任翁背恩，竟欲杀崔炜以祭神。幸而任翁之女有意于崔炜，暗自通知他逃走。为躲避追捕，崔炜失足坠于大枯井中。井中有白蛇，唇吻间亦有疣，崔炜为之疗治。蛇吐珠相酬，崔炜不受，唯求“得还人世”，遂跨蛇蜿蜒而至一华室，有四女子告以此为“皇帝玄宫”，但不言皇帝姓字，皇帝令田横女嫁崔炜。之后，崔炜随“羊城使者”返回人间，中元日四女送田夫人完婚，始备悉原委。

这一作品，人物众多，关系错综复杂，而情节发展更打破时空界线、超越现实与非现实。但全篇结构极为严谨，前后两“中元日”相呼应，为小说确定了一个相对完整的现实时间框架；同时，神艾作为一小道具，贯穿始终，也起到了串连情节的作用。从叙述角度上看，作者为了保持神秘感，采用第三人称限制叙述，崔炜初不知神艾为“鲍姑艾”（当然也不知“乞食老妪”实为鲍姑），也不知所入华室实为南越王赵佗墓，如此等等，不断出现的悬疑，使作品对读者一直保持着引人入胜的魅力，并使作品至篇尾揭晓全部迷惑时，自然形成一个大收束。

唐传奇不但情节结构完美，细节描写也往往很生动。仍以上面提到的《无双传》为例，当叛乱骤然降临时：

> 一日，震趋朝，至日初出，忽然走马入宅，汗流气促，唯言：“锁却大门，锁却大门！”一家惶骇，不测其由。良久，乃言：“泾原兵士反，姚令言领兵入含元殿，天子出苑北门，百官奔赴行在。我以妻女为念，略归部署。”

刘震“锁却大门”的连声惊呼，再现出人物惶骇不安的心理。又如《任氏传》中任氏拒暴一段：

> ……崟周视室内，见红裳出于户下。迫而察焉，见任氏戢身匿于扇间。崟引出，就明而观之，殆过于所传矣。崟爱之发狂，乃拥而凌之，不服。崟以力制之，方急，则曰：“服矣，请少回旋。”既从，则捍御如初。如是者数四。崟乃悉力急持之。任氏力竭，汗若濡雨。自度不免，乃纵体不复拒抗，而神色惨变。崟问曰：“何色之不悦？”任氏长叹息曰：“郑六之可哀也！”崟曰：“何谓？”对曰：“郑生有六尺之躯，而不能庇一妇人，岂丈夫哉！且公少豪侈，多获佳丽，遇某之比者众矣。而郑生，穷贱耳。所称惬者，唯某而已。忍以有余之心，而夺人之不足乎？哀其穷馁，不能自立，衣公之衣，食公之食，故为公所系耳。若糠糗可给，不当至是。”崟豪俊有义烈，闻其言，遽置之，敛衽而谢曰：“不敢。”[①]

这一描写，形象生动地表现了任氏的坚贞和柔弱与韦崟的狂暴和义烈。唐代传奇的这种生动具体的细节描写使传奇作为小说的文体特征较之志怪小说和志人小说更为成熟。

五、文备众体

宋代赵彦卫《云麓漫钞》中有一段关于唐代传奇的评论历来颇受重视：

> 唐之举人，先藉当世显人，以姓名达之主司，然后以所业投献，逾数日又投，谓之温卷，如《幽怪录》、《传奇》等皆是也。盖此等文备众体，可见史才、诗笔、议论。[②]

这里所说的行卷、温卷与唐传奇的关系，仍有争论，但他指出传奇“文备众体”的特点，却大致符合事实。

“文备众体”可能首先与唐代传奇的作者有关。从中国小说史上看，魏晋南北朝时期的小说家虽然有不少颇具文化修养，但作品内容相当一部分却得之于传说，甚至是所谓“街谈巷议”。而宋以后，特别是通俗小说的作者，许多却是没有功名的下层文人。唐代传奇的作者如张鷟、许尧佐、李公佐、元稹、白行简、沈亚之、牛僧儒、李复言、郑还古等，都是进士。这种文化水平使他们在创作中更容易将其他文体的表现形式吸收到传奇中来。

---

① 王汝涛编校：《全唐小说》第一册，山东文艺出版社，1993年，第45页。

② 黄霖、韩同文编：《中国历代小说论著选》上册，江西人民出版社，1982年，第65页。

就“史才”而言，传奇与史传、主要是野史杂传的渊源关系，决定了传奇在结构上习惯采用史传的形式，尽管传奇往往并不完整记述人物的一生，但开篇交代人物的姓氏、里籍等，末尾落实人物的结局，有时还加以评议等，都与完整的传记无异。而在具体笔法上，史传叙述的简洁等，也为传奇所借鉴。

就“诗笔”而言，情形稍复杂些。传奇中的韵散结合相当普遍，其功能也更加多样化、灵活化，对人物的言志抒情及叙述中的绘景状物、渲染气氛、调节节奏、暗示结局、评论点题等，都有作用。如《霍小玉传》的情节其实并不复杂，但在感情表达的强度方面，则似在《李娃传》之上。霍小玉与李益有八年之约，这一微薄愿望也为所爱之人践踏。在她与李益最后相见时，作品是这样描写的：

> 玉沉绵日久，转侧须人。忽闻生来，欻然自起，更衣而出，恍若有神。遂与生相见，含怒凝视，不复有言。羸质娇姿，如不胜致，时复掩袂，返顾李生。感物伤人，坐皆欷歔。……因遂陈设，相就而坐。玉乃侧身转面，斜视生良久，遂举杯酒酬地曰：“我为女子，薄命如斯；君是丈夫，负心若此。韶颜稚齿，饮恨而终；慈母在堂，不能供养。绮罗弦管，从此永休。征痛黄泉，皆君所致。李君李君，今当永诀！我死之后，必为厉鬼，使君妻妾，终日不安！”乃引左手握生臂，掷杯于地，长恸号哭数声而绝。[①]

这一段描写，基本上都采用四言形式，节奏鲜明，感情沉重。人物的言语更转为韵体，悲愤激越。这种韵散结合的叙述，当出于作者精心结撰，诚如明人胡应麟在《少室山房笔丛》所说：“唐人小说纪闺阁事，绰有情致，此篇尤为唐人最精彩之传，故传诵弗衰。”

《传奇》中的《裴航》也是诗意充沛的佳作。作品叙述秀才裴航在蓝桥驿遇见云英，为其美貌所倾倒，遂不以功名为意，执著追求。裴航历经周折与考验，终于与云英结为夫妇。虽然云英实为仙女，此一人仙之恋另有宣扬求仙学道的主题，但从正面描写看，这一段爱情故事热烈感人。在故事开头，樊夫人赠诗裴航：“一饮琼浆百感生，玄霜捣尽见云英。蓝桥便是神仙窟，何必崎岖上玉清。”裴航不能洞达诗之旨趣，实际上它是对后续情节的暗示。裴航经蓝桥驿侧近，因渴甚，遂下道求浆而饮：

---

① 王汝涛编校：《全唐小说》第一册，山东文艺出版社，1993年，第72—73页。

见茅屋三四间，低而复隘，有老妪缉麻苎。航揖之求浆，妪咄曰："云英擎一瓯浆来，郎君要饮。"航讶之，忆樊夫人诗有"云英"之句，深不自会。俄于苇箔之下，出双玉手捧瓷，航接饮之，真玉液也，但觉异香氤郁，透于户外。因还瓯，遽揭箔，睹一女子，露裛琼英，春融雪彩，脸欺腻玉，鬓若浓云，娇而掩面蔽身，虽红兰之隐幽谷，不足比其芳丽也。航惊怛，植足而不能去。[①]

接下来裴航在闹市上高声访求聘物玉杵臼，又不惜泻囊、货仆、卖马，重价购得。为了不失百日为期之约，徒步赶赴蓝桥，又捣药百日，以见其诚。最后，云翘夫人即当初樊夫人出场，安排了这一美满的人仙之恋。作者将整个故事统置于"樊夫人"的赠诗中，加上对优美环境和人物容貌的描写以及对裴航心理的略带夸张的表现，都使小说具有了一种诗意之美。所以，后世爱情诗歌中，常以此作为典故，殊非偶然。

如果从更宽泛的范围来看，所谓"诗笔"实际上可能还不限于韵文，传奇作品在叙述中对意境的追求、情感的强调、辞藻的讲究等等，都吸收了诗歌艺术的经验。

至于"议论"，在传奇中也运用得相当多，实际上，这与上述"史才"也有联系。如《谢小娥传》篇尾即有一段作者的议论：

君子曰："誓志不舍，复父夫之仇，节也。佣保杂处，不知女人，贞也。女子之行，唯贞与节能终始全之而已。如小娥，足以儆天下逆道乱常之心，足以观天下贞夫孝妇之节。"余备详前事，发明隐文，暗与冥会，符于人心。知善不录，非《春秋》之义也。故作传以旌美之。[②]

这一番议论与《史记》人物传记后面的"太史公曰"类似，表明了作者的态度。欧阳修主撰的《新唐书》卷二〇五《列女传》采录了谢小娥事迹，将小说混同史实，而在此《列女传》前的小序，思想观念也一如上述议论：

女子之行，于亲也孝，妇也节，母也义而慈，止矣。中古以前，书所载后、妃、夫人事，天下化之。后彤史职废，妇训姆则不及于家，故贤女可纪者千载间寥寥相望。唐兴，风化陶淬且数百年，而闺家令姓窈窕淑女，至临大难守礼节，白刃不能移，与哲人烈士争不朽名，寒如霜雪，亦可贵矣。今采获尤显行者著之篇，以绪正父父、子子、夫夫、妇妇之懿

① 周楞伽辑注：《裴铏传奇》，上海古籍出版社，1980年，第54页。

② 王汝涛编校：《全唐小说》第一册，山东文艺出版社，1993年，第88页。

云。

这种相似，反过来也表明，传奇确实也具有“议论”之长。

不但如此，在一些传奇的行文中，人物的议论也可以见出作者的“议论”之长。如《柳毅传》中，面对钱塘君的逼婚，柳毅慷慨陈词：

> 诚不知钱塘君孱困如是！毅始闻跨九州，怀五岳，泄其愤怒，复见断金锁，掣玉柱，赴其急难。毅以为刚决明直，无如君者。盖犯之者不避其死，感之者不爱其生，此真丈夫之志。奈何箫管方洽，亲宾正和，不顾其道，以威加人？岂仆之素望哉！若遇公于洪波之中，玄山之间，鼓以鳞须，被以云雨，将迫毅以死，毅则以禽兽视之，亦何恨哉。今体被衣冠，坐谈礼义，尽五常之志性，负百行之微旨，虽人世贤杰，有不如者，况江河灵类乎？而欲以蠢然之躯，悍然之性，乘酒假气，将迫于人，岂近直哉！且毅之质，不足以藏王一甲之间。然而敢以不伏之心，胜王不道之气。惟王筹之！[①]

这一番理直气壮的话，钱塘君叹为“正论”，不仅表现了柳毅的刚毅，也反映出作者撰述议论的才能。

总之，与此前的小说相比，唐代传奇的文体独立性更强，标志着中国古代文言小说走向了成熟，它为中国文学开辟了一个崭新的艺术天地，也展示了独特的艺术魅力。宋以后，传奇体的文言小说创作在唐代传奇的影响下，续有发展。同时，唐代传奇对宋元明清的通俗小说戏曲也产生了巨大的影响，其中题材的承续、嬗变更为直接、多见。[②] 换言之，要把握宋以后的小说史，是不能脱离唐代传奇的。

---

① 王汝涛编校：《全唐小说》第一册，山东文艺出版社，1993年，第60—61页。

② 关于唐代传奇的影响，可参看程国赋《唐代小说嬗变研究》（广东人民出版社，1997年）和黄大宏《唐代小说重写研究》（重庆出版社，2004年）。

第四章　说唱艺术的初潮

中国古代说唱文学由来已久，到唐代有了重大发展，而且势头迅猛，渐成规模，从语言、体制等方面，为古代小说文体的转变提供了又一新的契机。

第一节　说唱艺术的渊源

说唱艺术的源头是多元的，但是由于说唱艺术自身的特性以及古代社会记录条件的限制，现在在文献中可以考察的渊源主要有两个系统，一是从"俳优小说"到"市人小说"的发展，一是从佛教"唱导"到"俗讲"的发展。

一、从"俳优小说"到"市人小说"

有关早期说唱艺术的记载比较零散，比较早的记载见于刘向《列女传》卷一《周室三母》篇中关于周朝的"胎教"：

> 古者妇人妊子，寝不侧，坐不边，立不跸，不食邪味，割不正不食，席不正不坐，目不视于邪色，耳不听于淫声。夜则令瞽诵诗，道正事。如此，则生子形容端正，才德必过人矣。[①]

其中"令瞽诵诗，道正事"，表明瞽师在讽诵诗篇外，也讲"正事"，很可能是一些具有正面道德意义的故事。由于语焉不详，我们无法推测实际的说唱过程。不过，既与王妃相关，当属宫廷表演伎艺。

另一个经常被提到的材料是荀子的《成相篇》。据《正字通·目部》："相，乐器。""请成相"大约是击打乐器的提示语，由篇中"人主无贤，如瞽无

① 张涛：《列女传译注》，山东大学出版社，1990年，第14页。

相”的说法，可知这一说唱形式的担当者也是瞽师，而“相”则是他们必不可少的道具。从形式上看，《成相篇》是一些朗朗上口的唱词，内容上以直接的道德教训为主，但也有些唱词有具体的历史背景，如：

> 世之灾，妒贤能，飞廉知政任恶来。卑其志意，大其园囿高其台。武王怒，师牧野，纣卒易乡启乃下。武王善之，封之于宋立其祖。世之衰，谗人归，比干见刳箕子累。武王诛之，吕尚招麾殷民怀。世之祸，恶贤士，子胥见杀百里徙。穆公任之，强配五伯六卿施。①

这一段内容牵涉到商周故事，如果瞽者在演唱过程中有所敷演，则与后世说话艺人讲说武王伐纣平话就相去不远了。由于《成相篇》内容主要是“言治方”，很可能也是针对君臣的宫廷表演伎艺。

关于宫廷表演伎艺的记载还有一些，如《淮南子·缪称》中有“侏儒瞽师，人之困慰者也，人主以备乐”的说法，表明瞽师的表演应有娱乐性。其中“侏儒”与“瞽师”并列，又涉及到宫廷表演伎艺的另一类重要人物。《孔子家语·相鲁》中有“齐奏宫中之乐，俳优侏儒戏于前”的记载，表明“俳优侏儒”是古已有之的宫廷表演艺人。汉代以后，有关宫廷俳优的记载更多了，其中相当突出的是与“小说”的关联。

《三国志》卷二一《王粲传》叙及邯郸淳时注引《魏略》称其“博学有才章”，又说：

> （曹）植初得淳甚喜，延入坐，不先与谈。时天暑热，植因呼常从取水自澡讫，傅粉，遂科头拍袒，胡舞五椎锻，跳丸击剑，诵俳优小说数千言讫，谓淳曰："邯郸生何如邪？"于是乃更著衣帻，整仪容，与淳评说混元造化之端，品物区别之意，然后论皇羲以来贤圣名臣烈士优劣之差，次颂古今文章赋诔及当官政事宜所先后，又论用武行兵倚伏之势。②

这一段记载十分生动，写出了曹植的为人及其才华。其中粉墨登场的准备和“诵俳优小说数千言”的过程，多少显示了俳优小说的表演情态与规模。

另外，《史记》卷七十一叙及樗里子滑稽多智，《索隐》曰："俳优之人出口成章，词不穷竭，如滑稽（一种酒器）之吐酒不已也。"《史记》卷一一二中则说："故虽有强国劲兵，陛下逐走兽，射蜚鸟，弘游燕之囿，淫纵恣之观，极驰骋之乐，自若也。金石丝竹之声不绝于耳，帷帐之私俳优侏儒之笑不乏于

① 章诗同：《荀子简注》，上海人民出版社，1974年，第274—275页。

② 《三国志》第二册，中华书局，1982年，第603页。

前，而天下无宿忧。”《汉书》卷五十七又有俳优侏儒“所以娱耳目乐心意者”的说法。从这些记载可知，俳优侏儒的表演是一种以语言表演为主，带有明显的调笑性质的宫廷娱乐活动。汉代还出现了一些名家，如东方朔等。

这种俳优侏儒的娱乐表演可能并不限于宫廷，《后汉书》卷六〇《蔡邕传》记载汉灵帝时：“侍中祭酒乐松、贾护，多引无行趣势之徒，并待制鸿都门下，喜陈方俗闾里小事，帝甚悦之，待以不次之位。”说明宫廷的说唱活动还有民间的因素。

汉以后，有关这方面表演伎艺的记载更为具体。比如《隋书》卷五十八《陆爽传》：

> 爽同郡侯白，字君素，好学有捷才，性滑稽，尤辩俊。举秀才，为儒林郎。通侻不恃威仪，好为俳谐杂说，人多爱狎之，所在之处，观者如市。杨素甚狎之。素尝与牛弘退朝，白谓素曰：“日之夕矣。”素大笑曰：“以我为牛羊下来邪?”高祖闻其名，召与语，甚悦之，令于秘书修国史。①

这位侯白，就是一位“好为俳谐杂说”的表演大师。《太平广记》卷二四八引《启颜录》也记述了他的一些表演，其中有：

> 白在散官，隶属杨素，爱其能剧谈。每上番日，即令谈戏弄。或从旦至晚，始得归。才出省门，即逢素子玄感，乃云：“侯秀才，可以玄感说一个好话。”白被留连，不获已，乃云：“有一大虫，欲向野中觅肉，见一刺猬仰卧，谓是肉脔。欲衔之，忽被猬卷着鼻，惊走，不知休息。直至山中，因乏，不觉昏睡，刺猬乃放鼻而去。大虫忽起欢喜，走至橡树下，低头见橡斗，乃侧身语云：‘旦来遭见贤尊，愿郎君且避道。’”②

这里引人注目地出现了“说一个好话”，与后世的“说话”、“话本”之“话”，当有渊源关系。

唐代城市繁荣，商业经济日渐发达，面向广大市井民众的通俗文艺形式开始形成并获得了迅速的发展。段成式《酉阳杂俎》续集卷四《贬误》上有一条重要的记载：

> 予太和末，因弟生日观杂戏。有市人小说，呼扁鹊作褊鹊，字上声。

① 《隋书》，中华书局，1973年，第1421页。

② 《太平广记》第五册，中华书局，1961年，第1920页。

予令座客任道升字正之。市人言:“二十年前尝于上都斋会设此,有一秀才甚赏某呼扁字与褊同声,云世人皆误。”予意其饰非,大笑之。①

这里明确提到了“市人小说”的概念,可见已是一种众人皆知的表演伎艺。而“市人”应约在生日、斋会上表演,大约也具有商业演出的性质。

另一条常被引述的材料是元稹的《酬翰林白学士代书一百韵》,在“光阴听话移”诗句下,有作者自注云:“尝于新昌宅说《一枝花话》,自寅至巳,犹未毕词。”注中所记当是元稹、白居易等在一起听“市人”说话(书)。“自寅至巳,犹未毕词”则表明当时说话艺术表演内容已相当丰富。

同样,这种民间的“市人小说”也影响到了宫廷。唐郭湜《高力士外传》中记载:

太上皇移仗西内安置……每日上皇与高公亲看扫除庭院,芟薙草木。或讲经论议、转变说话,虽不近文律,终冀悦圣情。②

其中的“说话”可能就是与“市人小说”一样的表演伎艺。不过,有时皇帝对这种“小说”也不以为然,如《唐会要》卷四载韦绶任太子侍读:

……绶好谐戏,兼通人间小说。太子因侍上,或以绶所能言之。上谓宰臣曰:“侍读者当以经术傅导太子,使知君臣父子之教。今或闻韦绶谈论,有异于是,岂所以傅导太子者?”因此罢其职。③

从上述记载可见,唐代说话艺术较前代又有了较大的发展,内容更为世俗,表演更为丰富。而喜好者不仅有市人,也有士人,并波及宫廷。

在论及说唱艺术时,赋这种文体也值得关注。《汉书》卷八十七《扬雄传》记述扬雄、司马相如作赋“极丽靡之辞,闳侈巨衍,竞于使人不能加也”时,称“又颇似俳优淳于髡、优孟之徒,非法度所存,贤人君子诗赋之正也”。可见赋在语言表现上与俳优表演有相似之处。实际上,现存的先秦两汉文献在在显示,赋原本是民间口头艺术,所以其戏谑滑稽乃其来有自。④

在论及赋与说唱艺术的关系及对小说的影响时,俗赋尤其重要。由于历史上俗赋一向不为时人所看重,因而流传甚少。近年的考古发现则更进

① 王汝涛编校:《全唐小说》第二册,山东文艺出版社,1996年,第1167页。

② 王汝涛编校:《全唐小说》第一册,山东文艺出版社,1996年,第25页。

③ 《唐会要》卷四,《四库全书》(史部、政书类、通制之属)本。

④ 参见简宗梧:《先秦两汉赋与说唱文学关系之考察》,见《第一届先秦两汉文学学术研讨会论文集》,台北辅仁大学,1999年,第315—329页。

一步表明了俗赋在小说史上的意义。例如1993年江苏省东海县尹湾村汉墓发现一批简牍，其中有一篇大体完整的《神乌傅(赋)》，此赋叙述了一个有关“乌”的故事：一对乌鸦营巢时，与一只“盗鸟”发生冲突。雌乌受伤，与雄乌诀别，嘱其“更索贤妇，毋听后母，愁苦孤子”。雄乌在雌乌死后，十分悲哀，“遂弃故处，高翔而去”。全篇计六百余字，基本上用四字句，大半逐句押韵，文词较通俗，与一般汉赋大不相同。不但可以证实西汉俗赋的存在，而且在内容上也显示出与小说的密切关系。容肇祖在1930年代发表了《敦煌本〈韩朋赋〉考》一文，推测“在汉魏间……民间自有说故事的白话赋”[①]。裘锡圭则依据新的出土文献认为：“《神乌赋》的出土证实了他(容肇祖)的卓见。”并说：“从《神乌赋》和韩朋故事残简来看，汉代俗文学的发达程度恐怕是超出我们的预料的。敦煌俗文学作品中有不少是讲汉代故事的，如《季布骂阵词文》(即《捉季布传文》)、《王陵变》以及讲王昭君的和讲董永的变文等。我怀疑它们大都是以从汉代传下来的民间传说作为底子的。说不定将来还会发现记叙这些民间故事的汉简呢！”[②]实际上，在现存文献中，也有些汉赋具有一定的通俗性和叙事性，如扬雄的《逐贫赋》、张衡的《髑髅赋》等。

汉以后，俗赋仍有发展。敦煌俗赋的发现，使俗赋有了更多的可资分析的材料。概而言之，俗赋内容丰富，但多有禽兽、茶酒之类琐屑题材，与正统诗文的抒写对象颇不相类，风格也往往带有谐谑特点。在文体与表现方法上，也活泼多样。如不少赋文采用所谓“问对体”的形式，按吴讷《文章辨体序说》的说法：“问对体者，或设客难以著其正者也。”这类赋文即多假设问答双方，争奇斗智，互相辩难。因多有代言体对话，颇类戏剧表演。敦煌俗赋《茶酒论》、《晏子赋》、《齖魺书》、《燕子赋》及《孔子项托相问书》等都有这种问难性质。另外，还有一些赋采用七言句式，如蔡邕《短人赋》，敦煌俗赋中用七言的更多，如《酒赋》、《秦将赋》、《龙门赋》等，在语言方面也较灵活，便于诵读表演。

由于俗赋的上述特点，很自然地成为了说唱文学的一个基础。刘谧之

① 参见周绍良、白化文编：《敦煌变文论文录》，上海古籍出版社，1982年，下册，680页。

② 裘锡圭：《〈神乌赋〉初探》(载《文物》1997年第1期)。有关《神乌赋》的考证及其意义，还可参看刘乐贤等《尹湾汉简〈神乌赋〉与禽鸟夺巢故事》(《文物》1997年第1期)、伏俊琏《从新出土的〈神乌赋〉看民间故事赋的产生、特征及在文学史上的意义》(《西北师范大学学报》1997年第6期)、万光治《尹湾汉简〈神乌赋〉研究》(《四川师范大学学报》1997年第3期)等。

《庞郎赋》曰:“坐上诸君子,各各明君耳,听我作文章,说此河南事。”[1]就有说唱的意味。而唐代僧俗将佛经故事演为变文之类,从文体上说,也与俗赋有关。关于这一点,下一节再作详述。

唐以后,此类俗赋似不多见,但据元代陶宗仪《南村辍耕录》卷二十五《院本名目》记载,宋元有“打略拴搐”的表演伎艺,可能就是院本中穿插的一种说唱艺术形式[2];而其中有《大口赋》、《风魔赋》、《疔丁赋》、《由命赋》、《伤寒赋》、《便痈赋》、《罢笔赋》等以“赋”命名的节目,也许表明了汉代以来俗赋对说唱文学的影响并未中止。此后元明杂剧、章回小说中,也时见俗赋,当与此一脉相承。

二、从佛教的“唱导”到“俗讲”

佛教传入中国后,影响日益扩大,而之所以能如此,与佛教通过各种方式向民间传播有关。这当中既包括第二章所叙佛教的“志怪小说”,也有以口头演说的形式进行的宣教,南北朝时即已出现的“唱导”就是如此。《高僧传》卷十三称:

> 唱导者,盖以宣唱法理,开导众心也。昔佛法初传,于时齐集,止宣唱佛名,依文致礼。至中宵疲极,事资启悟,乃别请宿德,升座说法。或杂序因缘,或傍引譬喻。……夫唱导所贵,其事四焉:谓声、辩、才、博。非声则无以警众;非辩则无以适时;非才则言无可采;非博则语无依据。至若响韵钟鼓则四众惊心,声之为用也;辞吐后发,适会无差,辩之为用也;绮制雕华,文藻横逸,才之为用也;商摧经论,采撮书史,博之为用也;若能善兹四事,而适以人时,如为出家五众,则须切语无常,苦陈忏悔;若为君王长者,则须兼引俗典,绮综成辞;若为悠悠凡庶,则须指事造形,直谈闻见;若为山民野处,则须近局言辞,陈斥罪目。凡此变态,与事而兴。可谓知时知众,又能善说。……谈无常,则令心形战栗;语地狱,则使怖泪交零;征昔因,则如见往业;核当果,则已示来报;谈怡乐,则情抱畅悦;叙哀戚,则洒泪含酸。于是阖众倾心,举堂恻怆,五体输席,碎首陈哀。各各弹指,人人唱佛。[3]

从上面这段论述,我们可以知道“唱导”的基本特点,就根本目的而言,是为

---

① 徐坚:《初学记》下册卷十九,京华出版社,2000年,第115页。

② 参见胡忌:《宋金杂剧考》第四章《分类研究》有关“打略拴搐”的论述,中华书局,1959年。

③ 《高僧传》,中华书局,1992年,第521—522页。

了“宣唱法理，开导众心”。就对唱导者的要求而言，则应具备“声、辩、才、博”四个方面。就内容而言，则要从出家僧众、君王长者及普通百姓等的身份、修养出发，因人而异。“杂序因缘”可能导向后世之“讲经”；“傍引譬喻”则相当广泛，可能是“采撮书史”、“兼引俗典”，也许是“讲史”的一个源头；而“指事造形，直谈闻见”则因其现实性，说不定又与后世说话艺术中的“小说”有某种联系。这些内容的核心在“谈无常”、“语地狱”、“征昔因”、“核当果”，给人与佛教教义上的启示。当然，感情的表达并不单一，既有“怡乐”性的，也有“哀戚”性的。至于叙述语言，要求“文藻横逸”，显示出文学方面的追求，辅之以“响韵钟鼓”，与上述“将成相”及后世说唱也时有乐器伴奏类似，现场气氛与感染力都很强。要而言之，唱导是一种声文并茂的宗教说唱形式，具有一定故事性和娱乐性(所以才适合在“中宵疲极”时演说)，对说唱艺术的影响是不能忽视的。

佛教宣教艺术在唐代的发展，最值得注意的是出现了所谓“俗讲”，这也是一种连说带唱、绘声绘色的讲经方式。当时仅长安一地，就有保寿寺、菩提寺、景公寺、惠日寺等十几个寺院设有俗讲。据日本入唐求法僧人圆珍所作《佛说观普贤菩萨行法经记》卷上载：

> 言讲者唐土两讲：一俗讲，即年三月就缘修之，只会男女，劝之输物，充造寺资，故言俗讲(僧不集也云云)；二僧讲，安居月传法讲是(不集俗人类也。若集之，僧被官责)。[1]

“俗讲”既与“僧讲”相对，必有特殊的内容与方式。一般来说，正式的俗讲是有一定的仪式的[2]，其底本称为“讲经文”。在所谓敦煌变文中，即有此类作品，如《长兴四年中兴殿夜圣节讲经文》等，其结构大致包括“押座文”、解题、唱词、说经本文、解座文等部分。另外，题名“因缘”、“缘起”、“押座文”、“因缘记”等的，也属同类。

唐代有关俗讲的记载很多，其中有一个名叫文溆(漵)的僧人引人注目。日本僧人圆仁《入唐求法巡礼行记》提到当时长安有不少出名的俗讲法师，卷三称：“会昌寺，令内供奉三教讲论赐紫引驾起居大德文溆法师讲法华经。城中俗讲，此法师为第一。”

在艺术形式上，文溆的演讲表现力与感染力都很强。段成式《酉阳杂

---

① 见《大正新修大藏经》第五十六册“续经疏部”一。

② 参见向达：《唐代俗讲考》三《俗讲之仪式》，见《敦煌变文论文录》上册，上海古籍出版社，1982年，第48页。

俎》续集卷五《寺塔记》记载长安平康坊菩萨寺："佛殿内槽东壁维摩变，舍利弗角而转睐，元和末，俗讲僧文淑装之，笔迹尽矣。"这反映了俗讲的一个重要特点，即在说唱的同时，还有图画配合。敦煌写经中的《降魔变文》叙舍利弗降六师的故事，其卷子背后就有舍利弗与劳度叉斗胜的图画（此卷现藏法国巴黎博物馆），与变文内容对应。段安节《乐府杂录》则记载："长庆中，俗讲僧文淑，善吟经，其声宛扬，感动里人。"显示出他的唱功也是吸引听众的重要手段。

但文淑值得注意的是他讲经的内容，赵璘《因话录》卷四记载：

> 有文淑僧者，公为聚众谭说，假托经论所言，无非淫秽鄙亵之事。不逞之徒，转相鼓扇扶树。愚夫冶妇，乐闻其说，听者填咽。寺舍瞻礼崇奉，呼为"和尚"。教坊效其声调，以为歌曲。其甿庶易诱，释徒苟知真理，及文义稍精，亦甚嗤鄙之。近日庸僧以名系功德使，不惧台省府县，以士流好窥其所为，视衣冠过于仇雠，而淑僧最甚，前后杖背，流在边地数矣。[①]

王灼《碧鸡漫志》卷五甚至说他"谈侮圣言，诱聚群小，至使人主临观，为一笑之乐"。《资治通鉴·唐纪·敬宗纪》"上幸兴福寺，观沙门文淑俗讲"条胡三省注曰："释氏讲说，类谈空有，而俗讲者又不能演空有之义，徒以悦俗邀布施而已。"[②]这些记载可能有攻击之意，但所谓"所言无非淫秽鄙亵之事"，多少表明他所讲的内容与世俗社会有较密切的关系，而这也是俗讲影响巨大并波及后世说唱艺术的一个原因。虽然俗讲在宋真宗时遭禁，但由于影响巨大，实际上并未绝迹。据《佛祖统纪》卷三十九引《释门正统》良渚之言，俗讲至南宋理宗时仍存在。同时，宋代新出现的所谓"谈经"、"说诨经"、"说参请"等，也是俗讲的延续。

需要补充说明的是，面对佛教的俗讲，道教也有类似的活动，韩愈在《华山女》诗中描述了佛道二教各出所长，竞相通过讲演吸引信众的情况：

> 街东街西讲佛经，撞钟吹螺闹宫庭。
> 广张罪福资诱胁，听众狎恰排浮萍。
> 黄衣道士亦讲说，座下寥落如明星。
> 华山女儿皆奉道，欲驱异教归仙灵。

① 王汝涛编校：《全唐小说》第三册，山东文艺出版社，1996年，第1965页。
② 《资治通鉴》第17册，中华书局，1956年，第7850页。

洗妆拭面著冠帔，白咽红颊长眉青。
遂来升座演真诀，观门不许人开扃。
不知谁人暗相报，訇然振动如雷霆。
扫除众寺人迹绝，骅骝塞路连辎軿。
观中人满坐观外，后至无地无由听。
……

韩愈基于“谤佛”立场，可能有所扬抑，但诗中所述，至少表明道家也不是无所作为的。

总而言之，唐代说唱艺术的兴盛，是上述两个系统共同作用的结果。有人认为，佛教的影响可能更大一些，包括我们现在还不甚清楚的印度说唱艺术可能也产生过重要影响①，这主要是因为敦煌变文之类作品保留较多而在文体上表现得较为明显的缘故。不过，所谓艺术渊源还有一点也许同样重要，那就是题材的传承。例如敦煌文学中的《韩朋赋》、《舜子变》、《董永变文》等，都可以在前代小说中找到出处，原作对于这些作品自有不能忽视的影响。敦煌发现的句道兴撰《搜神记》就是生动的例证。此书有几个故事来自晋干宝的《搜神记》及宋刘义庆的《幽明录》，但语言风格及情节叙述均有变化。姑以《幽明录》中的“士人甲”为例：

晋元帝世，有甲者，衣冠族姓，暴病亡。见人将上天诣司命，司命更推校，算历未尽，不应枉召。主者发遣令还。甲尤脚痛，不能行，无缘得归。主者数人共愁，相谓曰：“甲若卒以脚痛不能归，我等坐枉人之罪。”遂相率具白司命。司命思之良久，曰：“适新召胡人康乙者，在西门外，此人当遂死，其脚甚健，易之，彼此无损。”主者承敕出，将易之；胡形体甚丑，脚殊可恶，甲终不肯。主者曰：“君若不易，便长决留此耳。”不获已，遂听之。主者令二并闭目，倏忽，二人脚已各易矣。仍即遣之，豁然复生。具为家人说，发视，果是胡脚，丛毛连结，且胡臭。甲本士，爱玩手足，而忽得此，了不欲见，虽获更活，每惆怅殆欲如死。旁人见识此胡者，死犹未殡，家近在茄子浦，甲亲往视胡尸，果见其脚著胡体，正当殡敛，对之泣。胡儿并有至性，每节朔，儿并悲思，驰往，抱甲脚号啕；忽行路相逢，便攀援啼哭。为此每出入时，恒令人守门，以防胡子。终身憎

① 印度古代也早有发达的说唱艺术，隋那曲多译《佛本行集经》卷一三曾提到当地演于“戏场”的“歌舞”、“相嘲”、“漫话”、“谑戏”、“言谈”等，这些表演伎艺可能也随佛教传入中土。参见廖奔：《从梵剧到俗讲——对一种文化转型现象的剖析》，《文学遗产》1995年第1期。

秽，未尝媟视。虽三伏盛署，必复重衣，无暂露也。[①]

在句道兴的《搜神记》中，这一"易形再生"故事有了较大的改变：首先，人物有了确定的姓名——李信。其次，他的还阳也不仅仅是被枉拘入冥，司命发遣令还，而是由于他为人慈孝，得到阎王宽恕。由此引起的鬼使嗔怒，截其头手，抛镬中煮之，也增加了情节紧张感。及其复苏，忘记取好头手，更具有戏剧性：

> ……[忽]然梦觉，其头手并是胡人，信即烦恼，语其妻曰："卿识我语声否？"妻曰："语声一众，有何异也？"信曰："我昨夜梦见异事，卿若晓起时，将被覆我头面。若欲送食至床前，闭门而去，自取食之。"其妻即依夫语，捉被覆之而去，及送食来，语其夫曰："有何异事？"忽即发被看之，乃有一胡人床上而卧。其妇惊惧，走告姑曰："阿家儿昨夜有何变怪，今有一婆罗门胡，在新妇床上而卧。"姑闻此语，即将棒杖乱打信头面，不听分疏。邻里闻声者走来，问其事由，信方始得说委曲，始知是儿，遂抱悲哭。[②]

这一描写，语言通俗，形象鲜明，表现了与原作志怪小说迥然不同的艺术风格。有人推测，作者是说话人或接近说话人地位的穷苦知识分子，应与事实相符。[③] 进而言之，则唐以后的说唱艺术，除了历史的、宗教的渊源外，还有现实的背景。

第二节　从俗讲到市人小说：唐代说唱艺术诸体的创作

唐代说唱艺术品类繁多，今天我们所能看到的主要保存在敦煌遗书中，这些作品有时又被统称为敦煌变文，但实际上它们的体式差别甚大，概而言之，主要有讲经文、变文、话本、词文、俗赋等。以下分述之。

---

① 《太平广记》第八册，中华书局，1961年，第2993页。

② 《敦煌文变集》下册，人民文学出版社，1957年，第879页。

③ 参见李骞：《敦煌变文话本研究》，辽宁大学出版社，1987年，26页。

一、讲经文

讲经文是正面宣传佛经的说唱艺术，一般来说包括宣讲经文，加以解说，再继以吟唱。在敦煌遗书中，保存完好者有《长兴四年中兴殿应圣节讲经文》、《金刚般若波罗蜜经讲经文》、《佛说阿弥陀经讲经文》、《妙法莲华经讲经文》等。由于讲经文直接依据佛经，内容自然也是以佛教的无常、轮回、果报及修持等教义展开。但也有个别的辅以一定的故事情节，兼有叙事、描绘、抒情、议论之长，如《妙法莲华经讲经文》从一位国王发愿求经开始，叙其舍弃王宫，跟随仙人入山修行，任凭驱遣。狮王曾劝其退缩，国王终无所动，"奉事仙人千岁满，一点殊无退败心"。此文虽有残缺，但结局光明，已可以看出。而叙述过程情节生动，形象鲜明，语言通俗，娓娓动听。

与讲经文相似的还有所谓"缘起"，或称"因缘"。比较而言，"缘起"不再严格遵循讲经文先引一段经文，然后讲唱经文要义的固定套式，它们也直接取材佛典，但往往选择其中故事性较强的段落加以发挥，或者依据僧传故事加以铺陈排比，补缀成说，目的当然还是通过此类故事，诱俗悦众，弘扬佛法。[①]

由于突出了故事，所以"缘起"的文学性有所加强。比如《目连缘起》叙述目连历经磨难，救母脱离地狱的故事，情节曲折，想象奇特，对后世小说、戏曲产生过广泛的影响。《丑女缘起》在丑女因信佛而变美的叙述框架下展开，虽有不切实际之处，但当中的具体描写却异常生动，丑女的父母对女儿貌丑难嫁的忧虑与新郎因妻子丑陋而生的苦恼，都刻画得细致入微。如写丑女外貌"双脚跟头皴又僻，发如驴尾一枝枝"、"十指纤纤如露柱，一双眼子似木槌离"、"上唇半斤有余，鼻孔竹筒浑小"等等，夸张诙谐。由于丑女之父是国王，所以终于为其招来贫士王郎作驸马：

> 其时大王处分：排备燕会，屈请王郎。既到座筵，令遣官人引其公主见对王郎。当尔之时，道何言语：
>
> 新妇出来见王郎，都缘面貌多不强，
> 彩女嫔妃左右拥，前头掌扇闹芬芳。
> 金钗玉钏满头妆，锦绣罗衣馥鼻香，
> 王郎才见公主面，闻来魂魄转飞扬。
>
> 于是王郎既被諕倒，左右官人，一时扶接，以水洒面，良久乃苏。官

---

① 参见张锡厚：《敦煌文学源流》，作家出版社，2000年，412页。

人道何言语：

女缘前生貌不敷，每看恰似兽头牟，

天然既没红桃色，遮莫七宝叫身铺。

夫主諕来身已倒，官人侍婢一时扶，

多少内人喷水救，须臾得活却醒苏。

于是两个阿姊，恐被王郎耻嫌丑陋，不肯却归；左右官人，令皆总急。阿姊无计，思寸(忖)且著卑辞，报答王郎云云：

“王郎不用怪笑，只缘新妇幼小，

妹子虽不端严，手头裁缝最巧。

官职王郎莫愁，从此富贵到老，

些些丑陋不嫌，新妇正当年少。”

王郎道苦，彼媒人误我。将来今日目前，见这个弱事，乃可不要富贵，亦不藉你官职；然相合之时，争忍见其丑貌。思寸(忖)再三，沉疑不语，阿姊又道：

“不要称怨道苦，早晚得这个新妇，

虽则容貌不强，且是国王之女。

向今正直年少，又索得当朝公主，

鬼神大哂偻儸，不敢猥门傍户。”

于是王郎耻嫌不得，两个相合，作为夫妇。[1]

这一结婚场面的描写，语言通俗，俏皮生动，而心理表现更曲尽人情。其说唱结合的形式，也相当成功。

二、变文

变文，或简称“变”，本意是什么，众说纷纭，迄无定论。在敦煌遗书中，标名“变文”或“变”者有《破魔变文》、《降魔变文》、《大目乾连冥间救母变文》、《汉将王陵变》、《舜子变》、《前汉刘家太子变》等。题目残缺，但依体制也被断为变文的还有《伍子胥变文》、《李陵变文》、《王昭君变文》、《张议潮变文》、《张淮深变文》、《目连变文》等。这些作品，形式不完全一致，《舜子变》基本为六言韵语，而《刘家太子变》则以散体叙述为主，其他则为说唱相间，韵散结合，同时，有的还辅以图画的提示语。

① 《敦煌变文集》下册，人民文学出版社，1984年，第792—793页。

从内容上看，变文可分为以下两类：一是以佛经故事为主的，如《降魔变文》、《破魔变文》、《大目乾连冥间救母变文》等。这类变文通过佛经故事的说唱，宣传佛家的基本教义。但与讲经文不同，它们不直接援引经文，常选佛经故事中最富趣味的部分，铺陈敷衍，渲染发挥，较少受佛经的拘束。如《目连变文》出自《佛说盂兰盆经》，叙述佛门弟子目连入地狱救母的故事，对地狱的情状作了许多恐怖的描写；《降魔变文》出自《贤愚经》，叙述佛门弟子舍利弗与邪魔外道的六师斗法，将他降伏的故事。六师先后变化出宝山、水牛、水池、毒龙、鬼怪等，舍利弗则随之变化出金刚、狮子、白象、金翅鸟、毗沙天王等将其克服，终于战胜了他。

二是历史题材的，如《伍子胥变文》、《李陵变文》、《王昭君变文》、《汉将王陵变》等。这些作品与后世"讲史"不同，不是展示一个历史时期的完整过程，而大多以某一历史人物为中心，将历史记述与民间传说相结合。如《王昭君变文》，兼采《汉书・元帝纪》、《西京杂记》和民间传说，今存敦煌写本分二卷，上卷残缺，只存昭君北行到达匈奴的一段，下卷述昭君在匈奴被立为皇后，但她怀念故国，终于郁郁而殁，而这一内容实为史书所缺。

还有一些历史题材的作品虽然也依托历史人物，但所叙更多地偏于民间传说，如《舜子至孝变文》、《刘家太子变》、《孟姜女变文》等。

特别值得一提的是，在变文中还有一些作品取材于当地当时重大事件与人物，如《张议潮变文》、《张淮深变文》，分别以唐末收复河湟地区的民族英雄张义潮、张淮深叔侄为主人公，表现了他们抵御异族侵扰、保境安民的英雄业绩。虽有残缺，但仍可看出变文贴近现实的发展方向。

在艺术表现上，变文的想象极为丰富，这一点如果与变文所依据的历史记载作比较，可以看得更清楚。《伍子胥变文》就在《史记・伍子胥列传》和《吴越春秋》的简单记载的基础上，吸收民间传说，大加增饰，如变文中叙述伍子胥逃亡中遇见打纱女及其邀食的故事，《史记・伍子胥列传》、《吴越春秋・王僚使公子光传第三》均未提及，而《伍子胥变文》或据民间传说发挥，或独立虚构，用较长的篇幅，强烈地渲染了伍子胥仓皇出逃的凄凉与内心的悲愤。接下来的遇渔父一节，渔父在《史记》、《吴越春秋》中虽有记载，但文字甚简，《伍子胥变文》竟发挥至二千余字，描写也相当生动。

又如《降魔变文》写舍利佛与劳度叉斗胜一节，六师先后化出宝山、水牛、毒龙等物，舍利弗则变出金刚、狮子、鸟王，一一战胜魔道，其想象之奇特、情节之紧张，令人想起《西游记》中"车迟国斗法"之类描写：

……六师闻语，忽然化出宝山，高数由旬，钦岑碧玉，崔嵬白银，顶侵天汉，丛竹芳薪。东西日月，南北参辰。亦有松树参天，藤萝万段，顶上隐士安居。更有诸仙游观，驾鹤乘龙，仙歌缭乱。四众谁不惊嗟，见者咸皆称叹。

舍利弗虽见此山，心里都无畏难，须臾之顷，忽然化出金刚。其金刚乃作何形状？其金刚乃头圆象天，天圆只堪为盖；足方万里，大地才足为钻……手执宝杵，杵上火焰冲天，一拟邪山，登时粉碎。山花萎悴飘零，竹木莫知所在。百僚齐叹希奇，四众一时唱快。故云金刚智杵破邪山处，若为：

六师忿怒情难止，化出宝山难可比。
崭岩可有数由旬，紫葛金藤而覆地。
山花郁翠锦文成，金石崔嵬碧云起。
上有王乔丁令威，香水浮流宝山里。
飞仙往往散名华，大王遥见生欢喜。
舍利弗见山来入会，安详不动居三昧。
应时化出大金刚，眉高额阔身躯礧。
手执金杵火冲天，一拟邪山便粉碎。
外道哽噎语声嘶，四众一时齐唱快。
……①

同时，在艺术结构上，变文大多首尾完备、线索清晰，情节波澜起伏、颇具悬念，体现了作者为吸引听众而精心构思的努力。

三、话本

上一节曾提到的"市人小说"、"一枝花话"等，常被用以说明唐代已产生了与后世话本小说相似的说话艺术。而在敦煌遗书中，也确有一些可以称之为"话本"的作品，其中有的在题目上标名了"话"或"话本"，如《庐山远公话》、《叶净能话》、《韩擒虎话本》②等，还有一些题目中虽无此类字样，但性质相似，也可视为一类，如《唐太宗入冥记》、《秋胡》等等。

从内容上看，上述话本各不相同，《庐山远公话》佛教色彩鲜明，而《叶净能话》道教意味突出，《秋胡》则带有民间传说的特点。但与宋元时期的说话

---

① 《敦煌变文集》上册，人民文学出版社，1984年，第382—383页。

② 《韩擒虎话本》原卷缺题，今题为《敦煌文变集》编者根据篇尾有"画本既终，并无抄略"拟定，但对"画"、"话"相易，有不同认识。

艺术相比，并没有形成宋元说话艺术那样细致的分类，题材上也缺少现实方面的内容。

在表现形式上，话本想象丰富，语言活泼，如《庐山远公话》中叙远公入山念经，惊动山神：

> 是时也，山神于庙中忽见有此祥瑞，惊怪非常，山神曰："今日是阿谁当直?"时有坚团(牢)树神，走至殿前唱喏，状如豹雷相似，一头三面，眼如悬镜，手中执一等身铁棒，言云："是某当直。"山神曰："既是你当直，我适来于此庙中，忽觉山石摇动，鸟兽惊忙。与我巡检此山，有何祥瑞。恐是他方贤圣，至我此山。又恐有异类精灵，于此山中回避。若与我此山安乐，即便从伊。若与我此山不安，汝便当时发遣出此山中。"树神唱喏，遍历山川，寻溪渡水，应是山林树下，例皆寻遍，不见一人。却至香炉峰北边，见一僧人，造一禅庵，□跏敷座(坐)，念经之次，树神亦见，当时隐却神鬼之形，化一个老人之体，年侵蒲柳，发白叶(桑)榆，直至庵前，高声："不审和尚!"远公曰："万福。"……老人言讫，且辞和尚去也。于是老人辞却和尚，去庵前百步已来，忽然不见。当时变却老人之身，却复鬼神之体，来至山神殿前，鞠躬唱喏："臣奉大王处分，遍历山川，搜寻精灵狐魅，并不见一人。行至香炉峰顶北边，见一僧人，立一禅庵，□跏敷座(坐)，念经之次。云道从雁门而来，时投此山，住持修道。"山神闻语，惟称大奇，我从无量劫来。守镇此山，并不曾见有僧人，来投此山，皆是与我山中长福穰(禳)灾。山神又问："僧人到此，所须何物?"树神奏曰："商(适)来问他，并不要诸事。言道只要一寺舍伽蓝居止。"山神曰："若要别事即难，若要寺舍住持，浑当小事。汝亦不要东西，与我点检山中鬼神，与此和尚造寺。"树神奉敕，便于西坡之上，长叩三声，云露(雾)□(陡)闇，应是山间鬼神，悉皆到来。是日夜拣炼神兵，闪电百般，雷鸣千种，彻晓喧喧，神鬼造寺。直至天明，造得一寺，非常有异。且见重楼重阁，与切忉利而无殊；宝殿宝台，与西方无二。树木蘩林，拥(蓊)郁花开，不拣四时；泉水傍流，岂有春冬□(段—断)绝。更有名花嫩蕊，生于觉悟之傍；瑞鸟灵禽，飞向精舍之上。于是远公出庵而望，忽见一寺造成，叹念非常，思惟良久，远公曰："非我之所能，是他《大涅槃经》之威力。"①

---

① 《敦煌变文集》上册，人民文学出版社，1984年，第168—169页。并据中华书局2006年《敦煌变文选注》校定个别字，另有若干无法排印的异体字，代以方框。

文中神怪，变幻莫测，描写上既继承了早期志怪小说的特点，又吸收了佛教文学的想象成分。对话语言明白晓畅，接近当时口语，实为白话小说之先声。至于写景状物，讲究炼词造句，又略见后世小说之俗套，如“且见重楼重阁”以下状景写物段落，后来的小说家往往以“但见”开头，细加形容。

四、词文、俗赋

敦煌遗书中还有其他一些说唱艺术作品，以“词文”或“赋”等名篇，也别具一格，如《季布骂阵词文》、《韩朋赋》、《孔子项托相问书》等。

《季布骂阵词文》故事据《史记·季布传》敷演，全篇计640行，但不同于一般的叙事诗，它的情节完整，人物关系复杂，语言朗朗上口，应为说唱艺术之一种。兹引一段，以见全豹：

季布得知皇帝恨，惊狂莫不丧神魂。
唯嗟世上无藏处，天宽地窄大愁人，
遂入历山�谷内，偷生避死隐藏身。
夜则村墅偷餐馔，晓入山林伴兽群。
嫌日月，爱星辰，昼潜暮出怕逢人。
大丈夫儿遭此难，都缘不识圣明君。
如斯旦夕愁危难，时时自叹气如云。
……
忍饥受渴终难过，须投分义旧情亲。
初更乍黑人行少，越墙直入马坊门，
更深潜至堂阶下，花药园中影树身。
周氏夫妻餐馔次，须臾敢得动精神；
罢饭停餐惊耳热，捻箸横匙怪眼□。
忽然起立望门问：“阶下干当是鬼神？
若是生人须早语，忽然是鬼奔丘坟；
问看不言惊动仆，利剑钢刀必损君！”
季布暗中轻报曰：“可相(想)阶下无鬼神！
只是旧时亲分义，夜送千金来与君。”
周谥按声而问曰：“凡是千金须有恩，
记道远来酬分义，此语应虚莫再论。”
更深越墙来入宅，夜静无人但说真。
季布低声而对曰：“切莫语高动四邻。

不问未能咨说得，既蒙垂问即申陈。
深夜不必盘名姓，仆是去年骂阵人！”
周氏便知是季布，下阶迎接叙寒温。[①]
……

至于俗赋，上一节已论及它与说唱艺术的渊源关系。而敦煌遗书中的俗赋，与汉代俗赋相比，又有较大发展，如《韩朋赋》是在干宝《搜神记》中“韩凭夫妇”故事的基础上发展而来的，但情节却更加复杂、曲折，人物形象也更加鲜明，如原作宋康王因何氏貌美而强行霸占，《韩朋赋》则增加了宋王命梁伯骗抢的情节：

使者下车，打门而唤。朋母出看，心中惊怕。即问唤者：“是谁使者？”使者答曰：“我是宋国使来，共朋同友。朋为公（功）曹，我为主薄。朋有私书，来寄新妇。”阿婆回语新妇：“如客此言，朋今事官（仕宦），且得胜途。”贞夫曰：“新妇昨夜梦恶，文文莫莫。见一黄蛇，皎妾床脚。三鸟并飞，两鸟相博（搏）。一鸟头破齿落，毛下分分（纷纷），血流落落，马蹄踏踏，诸臣赫赫。上下不见邻里之人，何况千里之客。客从远来，终不可信。巧言利语，诈作朋书。[朋]言在外，新妇出看。阿婆报客，但道新妇，病卧在床，不胜医药。并言谢客，劳苦远来。”使者对曰：“妇闻夫书，何故不□？必有他情，在于邻里。”朋母年老，[不]能察意。新妇闻客此言，面目变青变黄：“如客此语，道有他情，即欲结意，返失其里（理）。遣妾看客，失母贤子。姑从今已后亦夫（失）妇，妇亦失姑。遂下金機（机），谢其王事，千秋[万岁]，不当复织。井水淇淇（湛湛），何时取汝？釜□（灶）尪尪，何时吹汝？床廗闺房，何时卧汝？庭前荡荡，何时扫汝？园菜青青，何时拾汝？”出入悲啼，邻里酸楚。□（低）头却行，泪下如雨。……[②]

这一段情节虽然是以四言为主，但叙述生动，既有人物心理、性格的直接描写，又插入了贞夫噩梦，以强化不祥之感，而骗与被骗者的不同反应，使看似简略的故事充满了张力，贞妇的悲啼之声自然得以宣泄，感人至深。

需要说明的是，上面的分类只是概而言之，由于各方面材料的局限，除了那些比较明确的讲经文，其他分类多出于当代人的划分，未必完全符合实

① 《敦煌变文集》上册，人民文学出版社，1984年，第51—71页。
② 同上书，第138页。

际。比如在上述作品中，有些虽列为不同品类，却有相似之处或有所交错。这种边界的不明晰，可能也是说唱艺术潮头初起时的特点。

第三节　唐代说唱艺术在体制上的特点及其影响

如上所述，唐代说唱艺术样式繁多，差别很大。从对后世小说的影响来说，则有如下几点体制上的共同特点最值得注意。

一、韵散结合的功能拓展

由于唐代说唱艺术相当一部分是以唱为主的，所以韵文的运用相当普遍：有的体式如词文等，完全以韵文为主；即使是在以散体叙述为主的体式中，韵文的分量也不轻，而且在使用中也更加合理、巧妙。以《伍子胥变文》为例，全篇以散文叙述为骨干，但也穿插了相当多的诗歌，如描写伍子胥逃亡时，叙其行至莽荡山间，按剑悲歌而叹曰：

> 子胥发忿乃长吁，大丈夫屈厄何嗟叹。
> 天网恢恢道路穷，使我恓惶没投窜。
> 渴乏无食可充肠，回野连翩而失伴，
> 遥闻天渐(堑)足风波，山岳岧峣接云汉。
> 穷洲旅际绝船(舟)船，若为得达江南岸，
> 上仓(苍)傥若逆人心，不免此处生留难。
> 悲歌以(已)了，更复前行，信业随缘，至於颍水。风来拂耳，闻有打沙(纱)之声，不敢前荡，隈形即立。
> 子胥行至颍水旁，渴乏饥荒难进路，
> 遥闻空里打纱声，屈节斜身便即住。
> 虑恐此处人相掩，捻脚攒形而映树；
> 量久稳审不须惊，渐向树间偷眼觑。
> 津傍更亦没男夫，唯见轻盈打纱女，
> 水底将头百过窥，波上玉腕千回举。
> 即欲向前从乞食，心意怀疑生游(犹)豫，
> 进退不敢辄咨量，踟蹰即欲低头去。
> 女子泊(拍)纱于水，举头忽见一人。行步獐狂，精神恍惚，面带饥

色，腰剑而行，知是子胥。乃怀悲曰："儿闻桑间一食，灵辄为之扶轮；黄雀得药封疮，衔白环而相报。我虽贞洁，质素无亏，今于水上泊纱，有幸得逢君子，虽即家中不被（备），何惜此之一餐。"缓步岸上而行，乃唤："游人且住，剑客是何方君子？何国英才？相貌精神，容仪耸干。缘何急事，步涉长途。失伴周章，精神恍惚。观君面色，必然心有所求。若非侠客怀冤，定被平王捕捉？儿有贫家一惠，敢屈君餐。情里如何？希垂降步。"子胥答曰："仆是楚人，身充越使，比缘贡献，西进楚王。及与梁郑二国计会军国，乘□（肥）却返，行至小江，遂被狂贼侵欺，有幸得存。今日登山蓦岭，粮食罄穷，空中闻娘子打纱之声，触处寻声访觅。下官形骸若此，自拙为人，恐失王逞（程），奔波有实；今游会稽之路，从何可通？乞为指南，不敢忘（望）食！"女子答曰："儿闻古人之语，盖不虚言。情去意实难留。断弦由可续，君之行李，足亦可知。"见君盼后看前，面带愁容而步涉，江山迢递，冒染风尘，今乃不弃卑微，敢欲邀君一食：

"儿家本住南阳县，二八容光如皎练，
泊纱潭下照红妆，水上荷花不如面。
客行由同海泛舟，博（薄）暮皈巢畏日晚，
傥若不弃是卑微，愿君努力当餐饭。"

子胥即欲前行，再三苦被留连，人情实亦难通，水畔□（蹲）身，即坐吃饭。[①]

在这一段引文中，穿插其间的诗歌既有人物的抒情（"子胥发忿乃长吁"），也有人物的诗体道白（"儿家本住南阳县"），同时也有用于情节叙述的（"子胥行至颍水旁"），这些韵文加强了情节的艺术感染力，是作品不可或缺的组织部分。在《伍子胥变文》中，还有用诗化句式写景状物的，如作品写伍子胥奔吴途中为江所阻，有这样的描写：

唯见江潭广阔，如何得渡！芦中引领，回首寂然。不遇泛舟之宾，永绝乘楂之客。唯见江乌出岸，白露乌而争飞；鱼鳖纵横，鸬鸿芬（纷）泊。又见长洲浩汗，漠浦波涛，雾起冥昏，云阴叆叇。树摧老岸，月照孤山，龙振鳖惊，江沌作浪。若有失乡之客，登岫岭以思家；乘楂之宾，指

① 《敦煌变文集》上册，人民文学出版社，1984 年，第 4—5 页。

参辰而为正。岷山一住，似虎狼盘旋，溃溃如鼓角之声，并无船而可渡。①

这一写景段落运用辞赋笔法，为伍子胥与渔人的相会作了精彩的铺垫。

二、浅近文言与早期白话

唐代说唱艺术大量使用浅近文言和早期白话，为形成一种不同于传统文言的新的文学语言，进行了初步的尝试。

小说中使用口语的现象，早在魏晋南北朝时期的小说中已经存在。但当时的口语只是以词汇的形式偶尔夹杂在文言文中，唐代传奇中的口语大致也是如此。而唐代说唱艺术中的情况有所不同，口语的使用由于量的增加，已经开始使作品的语言面貌发生了一种整体性的变化。这种变化的原因除了上述小说中古已有之的现象由量变向质变的发展外，与佛经的翻译及佛教艺术的影响也有关系。《宋高僧传》卷三在论及佛经翻译语言的"雅俗"问题时，指出"雅即经籍之文"，而"俗乃街巷之说"，佛经中的语言往往雅俗兼务，"一是雅非俗，如经中用书籍言是；二是俗非雅，如经中乞头博颊等语是；三亦雅亦俗，非学士润文，信僧执笔，其间浑金璞玉，交杂相投者是"。至少在俗讲文和变文中，"亦雅亦俗"的语言相当流行。

从总体上看，俗讲文和变文的语言无论是韵文还是散文，大都通俗易懂，并杂用俚语方言、谚语成语，显得新鲜活泼、流畅明快。以《舜子变》为例，开篇叙瞽叟丧妻后，对舜子说：

> 苦嗽（瞽叟）唤言舜子："我舜子小（少）失却阿娘，家里无人主领；阿耶取（娶）一个计（继）阿娘来，我子心里何似？"
>
> 舜子抄手启阿耶："阿耶若取得计阿娘来，也共亲阿娘无二！"
>
> 苦嗽（瞽叟）取得计阿娘，不经旬日中间，苦嗽唤言舜子："辽阳城兵马下，今年大好经记（纪）。阿耶暂到辽阳，沿路觅些些宜利，遣我子勾当家事。"

这一段对话，完全用当时口语写成。而瞽叟后妻欲加害舜子，在瞽叟归家时，故意卧床不起：

> 瞽叟问言："娘子前后见我不归，得甚能欢能喜？今日见我归家，床

① 《敦煌变文集》上册，人民文学出版社，1984年，第12页。

上卧不起，为复是邻里相争，为复天行时气？”后妻忽闻此言，满目摧摧下泪。“自从夫去潦杨（辽阳），遣妾勾当家事，前家男女不孝，见妾后园摘桃，树下多里（埋）恶刺，刺我两脚成疮，疼痛直连心髓。当时便拟见官，我看夫妻之义。老夫若也不信，脚掌上见有脓水。见妾头黑面白，异生猪狗之心。”①

后妻存心陷害，恶人告状，采用六言句式，足见其虽是一派胡言，却也处心积虑，而语言风格则同样很通俗。

不但如此，变文语言的通俗性还表现在它的游戏性上，如《伍子胥变文》中，虽充满悲情，如前文所引，但作为俗文学，仍具有娱乐化倾向。其中叙及伍子胥仓皇出逃，乞食竟入自家门，与妻室有这样一段对话：

其妻遂作药名[诗]问曰："妾是仵茄之妇细辛，早仕於梁，就礼未及当归，使妾闲居独活。□莨姜芥，泽泻无怜（邻），仰叹槟榔，何时远志。近闻楚王无道，遂发豺狐（柴胡）之心，诛妾家破芒消，屈身苜蓫。葳蕤怯弱，石胆难当，夫怕逃人，茱萸得脱。潜形菌草，匿影藜芦，状似被趁野干，遂使狂夫莨菪。妾忆泪霑赤石，结恨青箱。夜寝难可决明，日念舌乾卷柏。闻君乞声厚朴，不觉踯躅君前，谓言夫婿麦门，遂使苁蓉缓步。看君龙齿，似妾狼牙，桔梗若为，愿陈枳壳。"子胥答曰："余亦不是仵茄之子，亦不是避难逃人，听说途之行李。余乃生于巴蜀，长在藿乡，父是蜈公，生居贝母。遂使金牙采宝，支子远行。刘寄奴是余贱朋，徐长卿为之贵友。[共]渡蘘河，被寒水伤身，三伴芒消，唯余独活。每日悬肠断续（续断），情思飘飖，独步恒山，石膏难渡。披岩巴戟，数值狼胡，乃意款冬，忽逢钟乳。留心半夏，不见郁金。余乃返步当归，芎穷至此。我之羊齿，非是狼牙。桔梗之情，愿知其意。"妻答曰："君莫急急，即路遥长……"

对话采用“药名诗”的形式，明显是一种文字游戏。此种游戏笔墨，在后世小说中也时常可见，如《西游记》第三十六回“心猿正处诸缘伏，劈破傍门见月明”中，有一首唐僧抒发情怀的诗：

自从益智登山盟，王不留行送出城。
路上相逢三棱子，途中催趱马兜铃。

① 《敦煌变文集》上册，人民文学出版社，1984年，第129—130页。

寻坡转涧求荆芥，迈岭登山拜茯苓。
防己一身如竹沥，茴香何日拜朝廷？

诗中选用了益智、王不留行、三棱子、马兜铃、荆芥、茯苓、防己、竹沥、茴香九味中药，巧妙地扣合了小说的情节。在第二十八回中，又有一首药名词《西江月》，描写孙悟空与进犯花果山的猎户战斗后的情景：

石打乌头粉碎，沙飞海马俱伤。人参官桂岭前忙，血染朱砂地上。附子难归故里，槟榔怎得还乡？尸骸轻粉卧山场，红娘子家中盼望。

这种药名诗词虽未见高明，但也从一个细节反映了文学语言的变化。

与此相关，唐代说唱艺术也开始形成了一些叙述套语，如变文和话本中常以设问的方式，设置情节悬念，吸引听众。或以自问自答形式，唤起听众的注意，如《丑女缘起》："不得三五日间，身死。有何灵验？此女当时身死，向何处托生"；《庐山远公话》："是何人也？便是庐山千尺潭龙，来听远公说法"，"争得知？至今江州庐山有掷笔峰见在"，"远公还在何处？远公常随白庄逢州打州，逢县打县"；《韩擒虎话本》："贺若弼才请军之次，有一个人不恐，是甚人？是即大名将是韩熊男"，"排此阵是甚时甚节？是寅年、寅月、寅日、寅时"等。值得注意的是，这种套语在转为韵文时较多见，而且可能与变相即图画相配合，如《目连变文》："当尔之时，有何言语"；《丑女缘起》："阿姊见成亲，心里喜欢非常，到于宫中，拜贺父母。当时甚道……"等。这种套语，适应了现场表演的需要，因此为后世的说话艺术积极采纳。在宋元话本中，我们也随处可见设问性的套语，特别是在"有诗为证"处，如《前汉书平话》："高皇意下如何？有诗为证"，"怎见得如何厮杀？有诗为证"；《秦并六国》："此人是谁？乃魏国三代将门之子、郑安平之儿"，"且说那战国七雄是兀谁？诗曰"，"末后说得最好，说个甚的"，"不知陈申性命怎生？诗曰"，"当日天晚，怎见得"，"怎生披挂"，"打扮得怎生"；"怎见得是那御宴？只见"，等等。

三、话本小说体制的端倪

唐代说唱艺术在篇章结构上也有一定的程式，其中后世话本小说体制的特点也初见端倪，比如敦煌写本中的讲经文、变文、话本等，多习惯在最后标明篇题，如《大目乾连冥间救母变文并图一卷》末云"《大目犍连》变文一卷"；《欢喜国王缘》末云"《欢喜国王缘》一本写记"；《舜子变》末云"《舜子至孝变文》一卷"；《韩鹏赋》末云"《韩鹏赋》一卷"；《前汉刘家太子传》末云"《刘家太子变》一卷”;《叶净能诗》末云“《叶净能诗》”,等等。宋元话本也是如此,如《洛阳三怪记》末云“话名叫作《洛阳三怪记》”;《定山三怪》末云“这段话本,则唤做《新罗白鹞、定山三怪》”;《陈巡检梅岭失妻记》末云“新编小说《陈巡检梅岭失妻记》终”;《新刊全相平话乐毅图齐七国春秋后集》卷上末云“《新刊全相乐毅图齐七国春秋后集平话》卷上”,卷中末云“《乐毅图齐》中卷终”,卷下末云“《新刊全相平话乐毅图齐七国春秋后集》下卷终”,等等。

一些篇幅较长的讲经文、变文,还采用分节标题的方式,譬如《维摩经讲经文》有“文殊问疾第一卷”、“持世第二”等小标题;伯2299《太子成道经》有“第二下降阎浮柘胎相”、“第三王宫诞质相”、“第四纳妃相”、“第五逾城出家相”等小标题(末尾之“相”当与所配之图有关)。而《大唐三藏取经诗话》分节标题,作“行程遇猴行者处第二”、“入大梵天王宫第三”、“入香山寺第四”、“过狮子林及树人国第五”、“过长坑大蛇岭处第六”等,直至“到陕西王长者妻杀儿处第十七”,其中“处”字,可能也是在插图处分节,与讲经文可谓一脉相承。①

在后世的话本小说中,逐渐形成了以篇首诗为主的入话、头回、正话、篇尾诗的完整结构(详见下一章),这一结构形式在唐代说唱艺术中也可找到对应的部分。

俗讲在讲经正式开始之前,一般先唱诵的叙述经文大意的七言诗篇,就是所谓“押座文”。所谓“押座”,可能是压座,即安定在座听众的意思。《敦煌变文集》中就收录了《八相押座文》、《维摩经押座文》、《温室经讲唱押座文》、《故圆鉴大师二十四孝押座文》等七种押座文。这些押座文长短不一,内容无外乎宣扬佛法,并多以“能者虔恭合掌着,经题名字唱将来”之类诗句作结,以引出讲经题目。由于押座文具有静场的作用,所以同一押座文可能用于不同的俗讲或变文前,如《破魔变文》和《频婆娑罗王后宫采女功德意供养塔生天因缘变》前的“押座文”就是相同的。有的虽非全同,但也有若干词句相同的,显示出说唱艺术多有套数的特点。另外,在有的讲经文、变文文本进入正文之前,有的还有一段法师开题的文字,如《降魔变文》开篇概述如来说法,并针对唐代皇帝弘扬三教,宣说《金刚般若波罗蜜经》,说明“金刚”、“般若”、“波罗”诸义,最后结以“委被事状,述在下文”,转入须达修道故事。这些押座文及开题,与后世说话艺术常见的“入话”,在功能上如出一辙。

有的唐代说唱艺术作品在主要故事展开前,还要先讲述一段其他故事。

---

① 参见潘建国:《佛教俗讲、转变伎艺与宋元说话》,《上海师范大学学报》1999年第4期。

如《韩擒虎话本》，故事的主体是韩擒虎灭陈，而在这之前，作品却叙述了杨坚建国事，特别是在开篇还有一段“八海龙王听经”的故事。这个在主干故事之前的小故事，很类似话本小说的“头回”。

在主干故事之后，一些变文、话本还有类似后世话本小说那样的散场诗或篇尾诗，如《舜子变》最后有两首诗：

> 瞽叟填井自目盲，舜子从来历山耕。
> 将米冀都逢父母，以舌舐眼再还明。
>
> 孝顺父母咸(感)于天，舜子涛(淘)井得银钱。
> 父母抛石压舜子，感得穿井东家连。

这两首诗是对前面所叙的总结，形态与功能都与话本小说的篇尾诗无异。《汉将王陵变》篇尾也有一首作结，可见这种结构并非偶然。

与上面所说的押座文相对应，有的俗讲、变文在篇末还有“散场诗句”，如《目连缘起》末二句云“今日为君宣此事，明朝早来听真经”，《无常经讲经文》末二句云“念佛各自归家，明日却来相伴”。这种以奉劝世人坚持听经为目的的散场诗句与话本小说以总结性、评论性为主要功能的篇尾诗虽不尽相同，但结尾有所交代，用意还是一致的。

另外，在变文的讲唱过程中，辅以图画。这种形式在早期的宋元话本中还有蛛丝马迹，如《大唐三藏取经诗话》小节标题“行程遇猴行者处第二”、“过长坑大蛇岭处第六”、“转至香林寺受心经处第十六”等，所提示的“处”字，可能与变文的类似提示一样，都指图画而言，但后世的说话艺术，用图画辅助的就比较少见了。原因则可能如胡士莹所说：“对说话艺术来说，画卷曾起过醒目的作用，但又是落后的形式，因为它远不如艺人绘声绘色的表演。”[①]有人将这种形式与更晚些时候小说刊刻附以插图联系起来，可能是求之过远了。因为书籍附图，自有传统，未必只出于变相。

总之，唐代的说唱艺术初具规模，并具有了相当高的艺术水平，特别是它已不限于宫廷，而大量出现于寺院、斋会、广场等处，与更广大的接受群体产生了密切接触，从而为进一步发展开辟了道路。而它对后世说唱艺术的影响，既有上述体制上的借鉴，也有题材上的继承。实际上，唐代说唱艺术

---

① 胡士莹:《话本小说概论》，中华书局，1980 年，第 26—27 页。

中的不少故事情节，在后世的小说中，都不断改编、敷演。如后世《吴越春秋评话》、《春秋列国志传》等小说，就继承和发展了《伍子胥变文》的情节。《汉将王陵变》的情节，在元杂剧《陵母伏剑》、明代小说《剑啸阁批评西汉演义》中，也有所因袭。如此等等，不胜枚举。可以说，唐代说唱艺术是白话小说发展过程中不可或缺的一环。[1]

---

① 俞晓虹在《佛教与唐五代白话小说研究》（人民出版社，2006 年）中，从以白话为语言形式、有完整具体的故事情节、有一定的篇幅、有基本的人物形象描写、有较为明显的虚构成分、有明确的主题和教化功能、以提供阅读为主要目的、有一定的美学风味等八方面，认定唐代变文构成了中国古代白话小说的早期阶段。参见此书第 182—183 页。

第五章 说话艺术的繁荣

宋元时期，说话艺术进入了繁荣的阶段，已经发展成为了一种门类齐全的、成熟的艺术形态。更重要的是，它全面开启了中国古代小说通俗化的新天地。一方面，宋元说话艺术作为小说发展的一个阶段，本身具有独立的小说史意义，当时的一些作品，特别是“小说”类的作品，至今仍有不可磨灭的艺术价值。另一方面，明清白话小说的各种体式，也肇始于这一阶段的说话艺术，在题材与形式上，都受到后者的巨大影响。

第一节 宋元说话的家数与体制

宋元说话艺术与唐代说唱艺术相比，从形式上看，最突出的改变就是门类更齐全，且分类意识更明晰，同时，文体特点也更规范。

一、家数与分类

关于宋元说话艺术的门类，涉及到宋元说话艺术研究争论最多的一个问题即所谓“家数”。孟元老的《东京梦华录》卷五“京瓦伎艺”条较早提到说话的分类，其中有“讲史”、“小说”、“说三分”、“五代史”等说法，还提到了“商谜”、“诸宫调”、“合生”、“说诨话”等。

而灌圃耐得翁的《都城纪胜》在“瓦舍众伎”条则记载：

> 说话有四家。一者小说，谓之银字儿，如烟粉、灵怪、传奇。说公案，皆是搏刀赶棒及发迹变泰之事。说铁骑儿谓士马金鼓之事。说经谓演说佛书。说参请谓宾主参禅悟道之事。讲史书，讲说前代书史文传、兴废争战之事。最畏小说人，盖小说者能以一朝一代故事，顷刻间提破。合生与起令、随令相似，各占一事。商谜旧用鼓板吹[贺圣朝]，

聚人猜诗谜、字谜、戾谜、社谜，本是隐语，有道谜（来客念隐语说谜，又名打谜），正猜（来客索猜），下套（商者以物类相似者讥之，又名对智），贴套（贴智思索），走智（改物类以困猜者），横下（许旁人猜），问因（商者喝问句头），调爽（假作难猜，以定其智）。[①]

此书成于南宋理宗端平二年乙未（1235），从时间上看，应是最早明确提到"说话有四家"的。类似的材料还有宋代遗民吴自牧作于《梦粱录》中的"小说讲经史"，其中也提到了"四家数"：

说话者谓之"舌辩"，虽有四家数，各有门庭。且小说名"银字儿"，如烟粉、灵怪、传奇、公案，朴刀杆棒发发踪参之事，有谭谈子、翁三郎、雍燕、王保义、陈良甫、陈郎妇枣儿、余二郎等，谈论古今，如水之流。讲经者，谓演说佛书。说参请者，谓宾主参禅悟道等事，有宝庵、管庵、喜然和尚等。又有说浑经者，戴忻庵。讲史书者，谓讲说通鉴、汉唐历代书史文传，兴废争战之事，有戴书生、周进士、张小娘子、宋小娘子、邱机山、徐宣教；又有王六大夫，元系御前供话，为幕士请给，讲诸史俱通，于咸淳年间，敷演《复华篇》及《中兴名将传》，听者纷纷，盖讲得字真不俗，记问渊源甚广耳。但最畏小说人，盖小说者，能讲一朝一代故事，顷刻间捏合。[合生]与起令、随令相似，各占一事也。商谜者，先用鼓儿贺之，然后聚人猜诗谜、字谜、戾谜、社谜，本是隐语……[②]

上述语焉不详，虽屡经辨析，至今仍未达成共识。有人认为"四家"之说，原本记载不确，不必信从，"说话"或只有三家，或远在四家之上。众说纷纭，难定一尊。下面只就异议不多的小说、讲史、讲经三家，略加分析。

"小说"是说话艺术的主体，它的内容又可以分为烟粉、灵怪、传奇、公案、搏刀杆棒、发迹变泰等。关于小说的分类，罗烨《醉翁谈录》的"小说开辟"中有详细的记载，按照它所列出的篇目，这些类别分别是：

1. 灵怪类，有《杨元子》、《汀州记》、《崔智韬》、《李达道》、《红蜘蛛》、《铁瓮儿》、《水月仙》、《大槐王》、《妮子记》、《铁车记》、《葫芦儿》、《人虎传》、《太平钱》、《芭蕉扇》、《八怪国》、《无鬼论》等。这些作品有些还有案可查，如《红蜘蛛》可能与1979年西安发现的元刻本《新编红白蜘蛛小说》及《醒世恒言》

---

① 《东京梦华录·梦粱录·都城纪胜·西湖老人繁胜录·武林旧事》合刊本，中国商业出版社，1982年，《都城纪胜》第11页。

② 同上书，第181页。

中的《郑节使立功神臂弓》有渊源关系，从后者看，故事叙及红、白蜘蛛幻化女子故事，而志怪小说中人虎异化的作品也不少，如唐《宣室志》中的《李徵》、《人虎传》或即此类。可见灵怪类所叙当是与精怪幻化有关的作品。

2. 烟粉类，有《推车鬼》、《灰骨匣》、《呼猿洞》、《闹宝录》、《燕子楼》、《贺小师》、《杨舜俞》、《青脚狼》、《错还魂》、《侧金盏》、《刁六十》、《斗车兵》、《钱塘佳梦》、《锦庄春游》、《柳参军》、《牛渚亭》等。论者认为《灰骨匣》即现存话本小说《杨思温燕山逢故人》的前身；另外，从《错还魂》等名目可知，烟粉类与鬼魂描写有关。

3. 传奇类，有《莺莺传》、《爱爱词》、《张康题壁》、《钱榆骂海》、《鸳鸯灯》、《夜游湖》、《紫香囊》、《徐都尉》、《惠娘魄偶》、《王魁负心》、《桃叶渡》、《牡丹记》、《花萼楼》、《章台柳》、《卓文君》、《李亚仙》、《崔护觅水》、《唐辅采莲》等。这一类作品如《莺莺传》、《王魁负心》、《章台柳》、《卓文君》等颇著名，可知是与婚恋有关的作品。

4. 公案类，有《石头孙立》、《姜女寻夫》、《忧小十》、《驴垛儿》、《大烧灯》、《商氏儿》、《三现身》、《火枚笼》、《八角井》、《药巴子》、《独行虎》、《铁秤槌》、《河沙院》、《戴嗣宗》、《大朝国寺》、《圣手二郎》等。《警世通言》中有《三现身包龙图断冤》，当从《三现身》发展而来，可知公案类与审狱断案有关。

5. 朴刀类，有《大虎头》、《李从吉》、《杨令公》、《十条龙》、《青面兽》、《季铁铃》、《陶铁僧》、《赖五郎》、《圣人虎》、《王沙马海》、《燕四马八》等。其中《青面兽》可能讲的就是后来水浒英雄“青面兽”杨志的故事，表明此类作品与英雄侠客有关。按，朴刀是一种刀身窄长、把柄较短的刀。

6. 杆棒类，有《花和尚》、《武行者》、《飞龙记》、《梅大郎》、《斗刀楼》、《拦路虎》、《高拔钉》、《徐京落章》、《五郎为僧》、《王温上边》、《狄昭认父》等。从《花和尚》、《武行者》等可以推知，此类作品也与英雄豪杰有关。按，杆棒是一种可作武器用的木棒。

7. 神仙类，有《叟神记》、《月井文》、《金光洞》、《竹叶舟》、《黄粱梦》、《粉合儿》、《马谏议》、《许岩》、《四仙斗圣》、《谢溏落海》。此类作品与道教所宣扬的神仙有关。

8. 妖术类，有《西山聂隐娘》、《村邻亲》、《严师道》、《千圣姑》、《皮箧袋》、《骊山老母》、《贝州王则》、《红线盗印》、《丑女报恩》。其中《西山聂隐娘》、《红线盗印》当是从唐传奇《聂隐娘》、《红线》发展而来，可知是与法术有关的作品，称之为妖，则人物也可能多行不轨。

由此可知，宋元说话中的小说家族，已蔚为大观，既有鬼怪精灵，也有神仙法术；既有缠绵忧伤的爱情，也有威猛豪爽的英雄。当然，上述分类未必十分严格，如烟粉、传奇时有交错，传奇中的《惠娘魄偶》或许置之烟粉类中更合适。同样朴刀、杆棒可能只是从使用的兵器上划分的，从性质上看，这两类实有相通。

另一个值得注意的地方是，小说与讲经、讲史的区别。小说中有神仙、妖术两类，都与道教有关，但与佛教有关的作品，仅从篇目上看不甚明显，也许此类作品都归入了讲经类。讲史的问题则复杂些，后世话本小说中有不少涉史题材的作品（后详）。而在“小说开辟”中，紧承上述八类作品，又说：

> ……也说《黄巢拨乱天下》，也说《赵正激恼京师》。说征战有《刘项争雄》，论机谋有《孙庞斗智》。新话说张、韩、刘、岳；史书讲晋、宋、齐、梁。《三国志》诸葛亮雄材；《收西夏》说狄青大略。说国贼怀奸从佞，遣愚夫等辈生嗔；说忠臣负屈衔冤，铁心肠也须下泪。讲鬼怪令羽士心寒胆战；论闺怨遣佳人绿惨红愁。说人头厮挺，令羽士快心；言两阵对圆，使雄夫壮志。谈吕相青云得路，遣才人着意群书；演霜林白日升天，教隐士如初学道。噇发迹话，使寒门发愤；讲负心底，令奸汉包羞……[①]

这一记叙，似乎也表明“小说”实不只灵怪等八类，后世的话本小说题材的广泛也证明了这一点。

二、“说话”的体制

缪荃孙发现的《京本通俗小说》是最早的话本小说集，此书的真伪存有争议，不过即使这本书是伪托的，其中所收作品由于在地名、官制等方面，都带有南宋时期的特点，所以仍被认为是宋元话本，其中比较有名的作品有《碾玉观音》、《菩萨蛮》、《拗相公》、《错斩崔宁》等。另外，明代嘉靖年间洪楩编的《六十家小说》，分为六集，现存话本小说二十七篇（其中有些残缺不全）及残页两篇，今人合刊，题为《清平山堂话本》。其中《简帖和尚》、《快嘴李翠莲记》、《陈巡检梅岭失妻记》等，也被认为是宋元话本的佳作。[②] 而讲史

---

① 《新编醉翁谈录》二种，辽宁教育出版社，1998年，罗烨《新编醉翁谈录》第4页。

② 在现存的所谓宋元话本中，元刊只有《红白蜘蛛》的残页（参见黄永年《记元刻〈新编红白蜘蛛小说〉残页》，《中华文史论丛》1982年第1辑）。《简帖和尚》、《西湖三塔记》、《风月瑞仙亭》等虽被认定为宋元话本，但见存于明刊本《六十家小说》（即《清平山堂话本》）中。冯梦龙所编《古今小说》中的《宋四公大闹禁魂张》、《十五贯戏言成巧祸》，《警世通言》中的《崔待诏生死冤家》、《一窟鬼癞道人除怪》等注明为宋或元代话本，其中有的还有案可查，如《宋四公大闹禁魂张》以赵正为主人公，罗烨《醉翁谈录》的《小说开辟》就提到了“说赵正激恼京师”，与《宋四公大闹禁魂张》故事相近，而钟嗣成《录鬼簿》记载元人陆显之有《好儿赵正》话本，可见《宋四公大闹禁魂张》确有宋元话本基础。

类的作品有《新编五代史平话》、《全相平话五种》、《大宋宣和遗事》等，讲经类的作品有《大唐三藏取经诗话》等。

由于现存的宋代说话艺术的文本基本上经过明代改编，因此，我们无法完全确定说话艺术的体制，但结合这些经过明代改编的文本与当时的有关记载，还是可以大致勾画出说话艺术，主要是“小说”的体制的。一篇完整的“小说”主要是由以下几个部分构成的：

1. 题目。主要是根据正话的故事情节与人物形象命名，如前面所引述的《醉翁谈录》中的篇名，《芭蕉扇》、《错还魂》、《夜游湖》、《三现身》等，都是与故事情节有关的题目；而《杨元子》、《柳参军》、《李亚仙》、《花和尚》、《贝州王则》等，则是与人物形象有关的题目。不过，这些题目是原题还是略称，无从查考。在“三言”选录的宋元话本中，有的注有旧名，如《计押番金鳗产祸》，注“旧名《金鳗记》”；《十五贯戏言成巧祸》，注“宋本作《错斩崔宁》”；《崔衙内白鹞招妖》，注“古本作《定山三怪》，又云《新罗白鹞》”。这些题目与《醉翁谈录》相近，应是宋元小说旧题风格。

2. 入话。这一部分通常包括篇首诗词及相关的解释。诗词的多少不一，有的只有一首，如《错斩崔宁》开篇有一首“聪明伶俐自天生”七律；而《碾玉观音》开篇却有十一首诗词。后者都是与“春”有关的，在引述了这些作品后，小说有如下表白：

> 说话的，因甚说这《春归词》？绍兴年间，行在有个关西延州延安府人，本身是三镇节度使咸安郡王。当时怕春归去，将带着许多钧眷游春。①

“春天”是开篇诗词与正话的唯一联系。

3. 头回。在一些小说中，正话开始前，还会先扼要地叙述一个与正话内容相同、相近或相反的故事，称之为“头回”，或称“得胜头回”、“笑要头回”。如《简帖和尚》的正话叙述“有个官人，夫妻两口儿正在家坐地，一个人送封简帖儿来与他浑家。只因这封简帖儿，变出一本跷蹊作怪底小说来”。这就是所谓“错下书”——简帖和尚以书简离间夫妻关系。而与此对应，作品在一开始却先讲了一个宇文绶与妻子在书信中开玩笑，以致断送功名的故事，即所谓“错封书”。两个故事都围绕书信展开，使入话与正话形成呼应关系。

---

① 程毅中：《宋元小说家话本集》上册，齐鲁书社，2000 年，第 187 页。

入话、头回是正话开始前的相对独立的部分，它的产生可能与说话艺术表演时的静场及稳定先到听众有关，而在功能上，则可显示说书人“曰得词，念得诗”的修养与才能，并为正话作一些铺垫。

4. 正话。“正话”是一篇小说的主体。一般来说，小说篇幅不太长，往往不分章节，但现场表演则可以分出一些段落。如《西山一窟鬼》正话开始时，作者称：“自家今日也说一个士人，因来行在临安府取选，变做十数回跷蹊作怪的小说。”从文本上，我们看不出分回的迹象，说话艺人表演时，则可能分回讲述。《碾玉观音》则明确地分作了上下两回，其中还有类似后世章回小说式的提示语“这汉子毕竟是何人？且听下回分解”之类。

5. 篇尾。在小说的结尾处，不少作品往往用一首诗总结全篇，对正话的故事内涵略加概括，特别提示其道德劝惩意义。如《错斩崔宁》最后有一首七绝：

> 善恶无分总丧躯，只因戏语酿殃危。
> 劝君出话须诚信，口舌从来是祸基。[①]

这首诗就是对小说意义的总结。《碾玉观音》的篇尾则是另一种形式：

> 咸安王捺不下烈火性，郭排军禁不住闲磕牙。
> 璩秀娘舍不得生眷属，崔待诏撇不脱鬼冤家。[②]

这四句话是对小说情节的简单概括，与杂剧结尾的“题目”、“正名”相似。如《西厢记》的结尾是：

> 题目　小琴童传捷报　崔莺莺寄汗衫
> 正名　郑伯常干舍命　张君瑞庆团圞
> 总目　张君瑞要做东床婿　法本师住持南赡地
> 　　　老夫人开宴北堂春　崔莺莺待月西厢记[③]

篇尾点题，也是小说作为表演伎艺的特征之一。

讲史的体制与“小说”有相似之处，以《三国志平话》为例，前面有一首篇首诗：

---

① 程毅中：《宋元小说家话本集》上册，齐鲁书社，2000年，第265页。

② 同上书，第198页。

③ 参见张人和：《〈西厢记〉论证》第四章第三节《题目正名与总目》，东北师范大学出版社，1995年，第77—84页。有的版本只有“题目”、“正名”，无“总目”。

江东吴土蜀地川，曹操英勇占中原。
不是三人分天下，来报高祖斩首冤。①

这相当于"小说"的入话。之后讲述了一个司马仲相断狱的故事，略近于"小说"的头回。接下来是三国故事的主体，由于它的情节、人物都比一般"小说"复杂，所以全书分为上、中、下三卷；而每卷之中，又分作若干段落，并有相应的题目。在最后，又有一首篇尾诗：

汉君懦弱曹吴霸，昭烈英雄蜀帝都。
司马仲达平三国，刘渊兴汉巩皇图。②

讲经话本存世的有限，经常被提到的只有《大唐三藏取经诗话》。不过，它是否确为讲经，并不是没有疑问的。因为这篇作品的核心内容实非佛经，而"诗话"之题也不同于一般的"说经"。如果它真的属于"讲经"的话，则表明宋元说话艺术中的讲经与唐代俗讲可能有了很大的不同。在体制上，《取经诗话》篇幅也较长，分上、中、下三卷，各卷又分若干段，共计17段(现存本缺前2段)，各有标题；末尾则有诗概括本段内容，大体以宣扬佛法无边为宗旨。

三、表演形式或叙述方式

宋元说话的表演形式由于文献的缺乏，有些方面已难以考察了。如说话艺术以"说"为主，但有时可能有需要演唱的，《梦粱录》曾提到"小说名银字儿"。所谓"银字"，是一种乐器，孙楷第指出："说话第一类之小说，既以银字儿命名，必与音乐有关。大概说唱时以银字管和之。银字外也许还有其他乐器，可惜现在不能详考。"③由于我们不能简单地将目前所能看到的、可能经过后人修改的宋元说话文本等同于单纯的宋元说话文本，更不能简单地将文本的形式等同于说话在表演时的实际形式。因此，从现存的文本来看，我们只能把说话艺术大致可分为如下三类，即以说或散体叙述为主的、以唱或韵文为主的、说唱或韵散结合的。

第一类，以说或散体叙述为主的。

以说或散体叙述为主的话本较多见，其间虽然也穿插了多少不等的韵

---

① 钟兆华：《元刊全相平话五种校注》，巴蜀书社，1990年，第371页。
② 同上书，第485页。
③ 孙楷第：《宋朝说话人的家数问题》，《学文杂志》1930年创刊号。

文，但后者从总体上来看分量不大，也是辅助性的。如《简帖和尚》的正话约5600字，其中插入诗词三首，不足200字。而且删去这三首诗词，完全无碍情节的叙述，甚至也无碍作品的完整。

第二类，以唱或韵文为主的。

以唱或韵文为主的话本流传下来的极少，公认的作品大概只有《快嘴李翠莲记》，请看这篇小说的开篇：

> 话说本地有一王妈妈，与二边说合，门当户对，结为姻眷，选择吉日良时娶亲。三日前，李员外与妈妈论议，道："女儿诸般好了，只是口快，我和你放心不下。打紧他公公难理会，不比等闲的，婆婆又兜答，人家又大，伯伯、姆姆，手下许多人，如何是好？"婆婆道："我和你也须分付他一场。"只见翠莲走到爹妈面前，观见二亲满面忧愁，双眉不展，就道：
>
> "爹是天，娘是地，今朝与儿成婚配。男成双，女成对，大家欢喜要吉利。人人说道好女婿，有财有宝又豪贵；又聪明，又伶俐，双六、象棋通六艺；吟得诗，做得对，经商买卖诸般会。这们女婿要如何？愁得苦水儿滴滴地。"
>
> 员外与妈妈听翠莲说罢，大怒曰："因为你口快如刀，怕到人家多言多语，失了礼节，公婆人人不欢喜，被人笑耻，在此不乐。叫你出来，分付你少则声，颠倒说出一篇来，这个苦恁的好！"翠莲道：
>
> "爷开怀，娘放意。哥宽心，嫂莫虑。女儿不是夸伶俐，从小生得有志气。纺得纱，续得苎，能裁能补能绣刺；做得粗，整得细，三茶、六饭一时备。推得磨，捣得碓，受得辛苦吃得累。烧卖、匾食有何难，三汤二割我也会。到晚来，能仔细，大门关了小门闭；刷净锅儿掩厨柜，前后收拾自用意。铺了床，伸开被，点上灯，请婆睡，叫声安置进房内。如此伏侍二公婆，他家有甚不欢喜？爹娘且请放心宽，舍此之外直个屁！"
>
> 翠莲说罢，员外便起身去打。妈妈劝住，叫道："孩儿，爹娘只因你口快了愁！今番只是少说些。古人云：'多言众所忌。'到人家只是谨慎言语，千万记着！"翠莲曰："晓得。如今只闭着口儿罢。"①

与《简帖和尚》不同，这篇小说的韵文是作品叙述中不可或缺的一部分，在文本的语言中，所占的比重也相当大。《快嘴李翠莲记》有7300余字，韵文竟有37篇，总字数达4200余字，约占全篇的一半以上。

---

① 程毅中：《宋元小说家话本集》上册，齐鲁书社，2000年，第364—365页。

需要说明的是，除了话本小说以外，宋元时期的说唱文学还有很多。如诸宫调就是其一，它是用不同宫调的套曲组成的演唱形式，其间也穿插一定的说白，由于以叙述故事为主，因而与话本小说有一定的关联。事实上，诸宫调有时也称“话本”，如《西厢记诸宫调》卷一就以“这本话儿”引出下面演唱的故事。在一百二十回本《水浒传》中，第五十一回叙及诸宫调艺人白秀英时，也说道：“今日秀英招牌上明写着这场话本，是一段风流蕴藉的格范，唤做《豫章城双渐赶苏卿》。”而金圣叹则称之为“评话中说评话”，可见诸宫调与说话艺术的相通。

第三类，说唱或韵散结合的。

这里所说的韵散结合不是一般小说共有的那种韵散结合，而是指小说在体制上，说与唱或韵与散构成完整的一体。请看《刎颈鸳鸯会》的文本：

> 说话的，你道这妇人住居何处？姓甚名谁？元来是浙江杭州府武林门外落乡村中，一个姓蒋的生的女儿，小字淑珍。生得甚是标致：
>
> 脸衬桃花，比桃花不红不白；眉分柳叶，如柳叶犹细犹弯。自小聪明，从来机巧，善描龙于刺凤，能剪雪以裁云。心中只是好些风月，又饮得几杯酒。年已及笄，父母议亲，东也不成，西也不就。每兴凿穴之私，常感伤春之病。自恨芳年不偶，郁郁不乐。垂帘不卷，羞教紫燕双飞；高阁慵凭，厌听黄莺并语。
>
> 未知此女几时得偶素愿？因成商调《醋葫芦》小令十篇，系于事后，少述斯女始末之情。奉劳歌伴，先听格律，后听芜词：
>
> 湛秋波，两剪明；露金莲，三寸小。弄春风杨柳细身腰，比红儿态度应更娇。他生的诸般齐妙，纵司空见惯也魂消。
>
> ……
>
> 且说朱秉中因见其夫不在，乘机去这妇人家贺节。留饮了三五杯，意欲做些暗昧之事，奈何往来之人，应接不暇，取便约在灯宵相会。秉中领教而去。撚指间，又届十三试灯之夕。于是：
>
> 户户鸣锣击鼓，家家品竹弹丝。游人队队踏歌声，仕女翩翩垂舞袖。鳌山彩结，嵬峨百尺矗晴空；凤篆香浓，缥缈千层笼绮陌。闲庭内外，溶溶宝烛光辉；杰阁高低，烁烁华灯照耀。
>
> 奉劳歌伴，再和前声：
>
> 奏箫韶，一派鸣；绽池莲，万朵开。看六街三市闹攘攘，笑声高满城春似海。期人在灯前相待，几回家又恐燕莺猜。
>
> ……

在座看官，要备细请看叙大略，漫听秋山一本《刎颈鸳鸯会》。又调《南乡子》一阕于后。奉劳歌伴，再和前声：

见抛砖，意暗猜；入门来，魂已惊。举青锋过处丧多情，到今朝你心还未省！送了他三条性命，果冤冤相报有神明。

词曰：

春云怨啼鹃，玉损香消事可怜。一对风流伤白刃，冤，冤，惆怅劳魂赴九泉。抵死苦留连，想是前生有业缘。景色依然人已散，天，天，千古多情月自圆。①

上述文字分别出自小说的开篇、中间部分及结尾，其中既有与一般小说相似的韵散结合如开篇对蒋淑珍的描写，中间的写十三试灯及结尾的“春去”词，还有一系列由“奉劳歌伴，先听格律，后听芜词”、“奉劳歌伴，再和前声”引出的小令，在开篇，还特别说明“因成商调《醋葫芦》小令十篇，系于事后，少述斯女始末之情”。这些曲词与前面插入的韵文不同，它们在作品中的地位更为重要。很显然，这是一种独特的说唱形式。遗憾的是，这类文本留传下来的甚少。

事实上，不只是上面论及的后两种形式的文本不多见，在现存的宋元话本中，还有一些其他形式的作品，如《张子房慕道记》，也用了大量的诗词作为人物（主要是张良）的“韵白”。但这篇作品是否与《快嘴李翠莲记》属于一类，却不能枉断。另一方面，在《醉翁谈录》等书中，记录了一些说话艺人的材料，可能也有助于推断宋元话本的实际情形，但后一类材料目前在研究界探讨得还不够。

在小说的叙述中，说话艺人也有自己表演上的特点，例如他们常常从叙述层面直接跳出来，以说话人特有的口吻对情节与人物进行解释、评论。例如《错斩崔宁》中叙述陈氏与崔宁同行被冤时，作者加了这样一段议论：

看官听说，这段公事，果然是小娘子与那崔宁谋财害命的时节，他两人须连夜逃走他方，怎的又去邻舍人家借宿一宵？明早又走到爹娘家去，却被人捉住了？这段冤枉，仔细可以推详出来。谁想问官糊涂，只图了事，不想捶楚之下，何求不得。冥冥之中，积了阴骘，远在儿孙近在身，他两个冤魂也须放你不过。所以做官的，切不可率意断狱，任情用刑，也要求个公平明允，道不得个死者不可复生，断者不可复续，可胜

① 程毅中：《宋元小说家话本集》下册，齐鲁书社，2000年，第465—475页。

叹哉！[1]

这种议论在文言小说的体式中是不可能存在的，而在话本小说中却屡见不鲜。从功能上说，它不仅有助于"看官"对作品的接受，同时，也可以缩小叙述者与接受者的距离。为此，说话人还常用设问句式，吸引接受者的注意，如《史弘肇传》开篇处有这样的设问：

> 说话的，你因甚的头回说这《八难龙笛词》？自家今日不说别的，说两个客人将一对龙笛蕲材，来东峰东岱岳烧献。只因烧这蕲材，却教郑州奉宁军一个上厅行首，有分做两国夫人，嫁一个好汉。后来为当朝四镇令公，名标青史。直到如今，做几回花锦似话说。这未发迹的好汉，却姓甚名谁？怎地发迹变泰？[2]

这样的设问，无涉情节内容，反映出说话艺人力图通过与接受者的交流，增强故事的感染力。

第二节　"小说"的艺术风貌

话本小说是中国古代小说的一种新的形态，体现出与此前的文言小说不同的艺术风貌，概括地说，有以下几点较为突出。

一、小说的主人公

在话本小说中，大量普通市民成为小说的主人公，市民的生活与情感在小说中得到了多方面的展示。这不只是描写对象的改变而已，而是小说艺术风貌整体变化的最重要的一环。

宋朝建立后，采取了发展经济的措施，使农业、手工业都得到了恢复和发展，商品经济日趋繁荣，城市人口激增，其中既有官员、士人，更有普通的手工业者、店员、小贩、倡优、游民及士卒等。如此广大的市民阶层势必要求有自己的娱乐方式，使得文学的创作与接受都发生了重大改变。普通市民真正成为作者描写的对象，这是此前的小说创作所少见的，更不用说是其他史传文学所难以想象的。

---

① 程毅中：《宋元小说家话本集》上册，齐鲁书社，2000年，第261—262页。

② 程毅中：《宋元小说家话本集》下册，齐鲁书社，2000年，第606页。

如《金鳗记》(《计押番金鳗产祸》)北司官厅押番(衙役)计安上班之余,开了个酒店,雇周三帮工。不久,计押番发现女儿庆奴与周三有染,为遮丑,只得招赘周三。而周三和庆奴想搬出去独立生活,故意偷懒、吵闹。计押番一气之下,告到官府,迫使周三休离庆奴。此后,庆奴两度改嫁,终不如意。在与人通奸时,情急之下杀了人。周三也在生活没有着落的情况下,杀害了计押番。最后二人被捕处斩。这篇小说,以足以展开为长篇小说的艺术容量,描绘了一幅动态的宋代市民生活画卷,不少内容是我们在史籍上不容易看到的日常生活。如官府小吏为生计从事第二职业、小伙计的生活情状、市民借婚姻高攀的愿望,以及女性的婚姻问题,包括女子无权决定自己的婚事,妻妾的矛盾、夺休制度等,尤其是后一点,是很值得关注的史料。当然,最主要的还是作品对周三、庆奴不幸经历和命运的表现。两个渴望幸福生活的年青人却走上了犯罪的道路,其间的悲欢离合与新旧社会观念的交替丝丝入扣,显示出作者对题材的把握达到了很高的思想水平。

事实上,话本小说为了贴近市民,在题材内容上作了很多努力。例如"发迹变泰"是"小说"一家中的一个类目,耐得翁《都城纪胜》、吴自牧《梦粱录》等书都曾提及,至明代,发迹变泰依然是话本小说的重要题材。从内容上看,它主要是描写人的由贫致富或由贱致贵。显然,它是与市民的生活理想联系在一起的。例如"三言"所录宋元旧篇《赵伯升茶肆遇仁宗》、《俞仲举题诗遇上皇》、《史弘肇龙虎君臣会》等都属此类作品。无论这些小说描写的是帝王将相还是书生秀才,其激动人心的主题都是一样的,就是鼓励人们在逆境中保持对生活的理想和奋斗的勇气。尽管这些作品带有掩饰不住的对功名富贵的艳羡,流露出市民的庸俗习气,但实际上它们的重点倒往往不在渲染那些幸运儿发迹变泰后的荣华显贵,而在着力铺叙他们未发迹变泰时的穷困潦倒,描写他们如何沿街乞讨、偷鸡摸狗、酗酒滥赌以至违法犯罪。而且,对这些市井无赖之举,作者一般没有加以鄙弃和贬斥,相反,却以"堪叹豪杰困风尘"的态度,表现了充分的理解和同情。对他们顺势而发时所显示出的值得称道的品格和气概,更大加赞颂。与此同时,对当局者屈抑人才,使英豪之士困迹草莱,则有一种不满的情绪。正是由于此类作品包含了对下层市民的一种精神安慰,使得它们广受欢迎。

爱情婚姻题材也是市民非常感兴趣的,其间表现出来的新思想也最为突出。《醉翁谈录》中的《舌耕叙引》在总括"说话"内容时,有一句"春浓花艳佳人胆",说的是在爱情题材的作品中,妇女表现出过人的勇气。例如《闹樊楼多情周胜仙》中周胜仙就是一个勇敢的市民女子。当她看上了开酒店的范二郎时，便不肯“当面挫过”，故意借与卖水人争执吵嚷，自我介绍：“我是曹门里周大郎的女儿，我的小名叫作胜仙小娘子，年一十八岁。”而且特意补上一句：“我是不曾嫁的女孩儿。”当范二郎心领神会，也如法炮制地自我介绍后，她“心里好喜欢”，更大胆地借说卖水人暗示：“你敢随我去?”后来，婚姻受到父亲的反对，她气极身亡。死而复苏后，又去找范二郎。范二郎误以为她是鬼，把她打死了。她的鬼魂仍来寻访范二郎，说：“奴两遍死去，都只为官人。”表现出对爱情生死不渝的执著追求。《碾玉观音》中的女奴璩秀秀也是如此，她爱上了工匠崔宁，便主动提出跟他私奔。崔宁虽也对她“痴心”，但还有些犹豫害怕，她就以“我叫将起来，教坏了你”相威胁，显得大胆泼辣。她就是凭着这火一样强烈的激情，顽强地追求爱情婚姻的幸福和人身的自由。《小夫人金钱赠年少》（又题《志诚张主管》）中的小夫人也具有这种勇敢执著的追求精神。众所周知，传统礼教对爱情婚姻的制约和压迫在妇女身上表现得最为严重，因此，通过妇女的抗争来反映对礼教的不满和突破，给人的印象也就更强烈、更鲜明。

公案类的小说在话本小说中也占有相当的分量。审案断狱的故事虽然古已有之，但作为一种小说题材的类别，宋元时大为兴盛。这既与社会矛盾的日趋复杂有关，又与市民的欣赏趣味有关。值得注意的是，公案类小说现实性很强，思想也往往很尖锐。其中出现了《错斩崔宁》、《错下书》（即《简帖和尚》）、《错认尸》、《错勘赃》等一系列冤、假、错案，揭露了当时司法官吏的昏愦糊涂、草菅人命，同时，也反映了民众对清官能吏的呼唤。又如《宋四公大闹禁魂张》写了为富不仁的张员外欺凌一个穷汉，引起宋四公打抱不平。接着他的徒弟赵正等人又大闹京师，百般戏弄和惩处权贵富豪。作品颂扬了这些侠盗的机智大胆，嘲笑了官吏们的昏聩无能，从一个侧面反映出市民对权贵者的仇视心理。

值得注意的是，话本小说对市民感情的表现，达到了古代小说人物心理描写的新境界。如《杨思温燕山逢故人》就别具一格。这篇小说触及了剧烈的社会变动，但是，它不是正面描写这一变动，而是着力表现在社会变动过程中普通人的命运，表现他们在情感与道德冲突时所承受的巨大的精神压力，具有极为深刻的心理内涵。

在具体描写上也是如此，以《简帖和尚》为例，皇甫殿直受奸人蒙骗，误以为妻子有外遇，粗暴地将其休弃。随后却又不免思念起来：

> 当是正月初一日。皇甫殿直自从休了浑家，在家中无好况……自思量道：“每年正月初一日，夫妻两人双双地上本州大相国寺里烧香。

我今年却独自一个，不知我浑家那里去?”簌地两行泪下，闷闷不已。[1]

及至出去烧香，与已改嫁他人的前妻邂逅，“两个四目相视，只是不敢言语”，直到识破奸人阴谋，终与妻子破镜重圆。这种描写，曲尽人情，反映了市民在面对“红杏出墙”之类事件时，义愤、自尊与旧情难忘的心理矛盾。

二、语言的通俗化

语言的通俗化是话本小说在语体上最显著的特点。从中国古代小说史的角度看，虽然唐代的说唱艺术已经有一些作品采用了白话语言，但白话作为一种文学语言，应该说还是从话本小说开始得到普遍的运用，而这不仅在小说史，甚至在整个文学史上，都可以说具有里程碑的意义。以往的文言小说基本上属于文人话语体系，在观念上受史传文学影响较大，崇尚“实录”，因而在构思和描写时较为拘谨。话本小说则不然，它本自说话艺术，是用来宣讲的，一切以听众为中心，而听众又主要是文化水平不太高的普通市民，因此描写尽可能具体细致，并以能吸引接受者的故事为作品的重点。在语言上，就力求通俗易懂。而在明白晓畅中，人物的性格表现得也生动传神。我们不妨看一段《西山一窟鬼》中的人物对话，当吴洪见王媒婆进来时：

吴教授相揖罢，道:“多时不见，而今婆婆在那里住?”婆子道:“只道教授忘了老媳妇，如今老媳妇在钱塘门里沿城住。”教授问:“婆婆高寿?”婆子道:“老媳妇犬马之年七十有五，教授青春多少?”教授道:“小子二十有二。”婆子道:“教授方才二十有二，却像三十以上人。想教授每日价费多少心神。据老媳妇愚见，也少不得一个小娘子相伴。”教授道:“我这里也几次问人来，却没这般头脑。”婆子道:“这个‘不是冤家不聚会’。好教官人得知，却有一头好亲在这里:一千贯钱房卧，带一个从嫁，又好人材，却有一床乐器都会;又写得，算得，又是�嚒大官府第出身。只要嫁个读书官人。教授却是要也不?”教授听得说罢，喜从天降，笑逐颜开，道:“若还真个有这人时，可知好哩！只是这个小娘子如今在那里?”[2]

这虽是七、八百年前的文字，至今依然生动如画，令人有如闻其声、如见其人之感。与此相映成趣的有《志诚张主管》中的一段，其中描写了一个富商有

---

① 程毅中:《宋元小说家话本集》上册，齐鲁书社，2000年，第324页。

② 同上书，第212—213页。

意续弦：

……员外甚喜，差人随即唤张媒李媒前来。这两个媒人，端的是：开言成匹配，举口合姻缘。医世上凤只鸾孤，管宇宙单眠独宿。传言玉女，用机关把臂拖来；侍案金童，下说词拦腰抱住。调唆织女害相思，引得嫦娥离月殿……张员外道："有三件事，说与你两人：第一件，要一个人材出众，好模好样的；第二件，要门户相当；第三件，我家下有十万贯家财，须着个有十万贯房奁的亲来对付我。"两个媒人肚里暗笑，口中胡乱答应道："这三件事都容易。"当下相辞，员外自去。张媒在路上与李媒商议道："若说得这头亲事成，也有百十贯钱撰。只是员外说的话太不着人。有那三件事的，他不去嫁个年少郎君，却肯随你这老头子？偏你这几根白胡须是沙糖拌的？"①

同样是媒人，张、李二人与《西山一窟鬼》中的媒婆不同，虽然也有"开言成匹配，举口合姻缘"的本领，但面对骄狂的张员外，却只是简单敷衍而已，唯一句"偏你这几根白胡须是沙糖拌的"，表现出她们言语的犀利。

更重要的是，与传统的文言不同，这种直接来自生活的语言，不仅准确地传达出人们的口吻神态，而且与话本小说反映真实生活的审美观相一致。如《错斩崔宁》中有这样一段描写：

……直至天明，丈人却来与女婿攀话，说道："姐夫，你须不是这般算计。坐吃山空，立吃地陷。咽喉深似海，日月快如梭。你须计较一个常便。我女儿嫁了你，一生也指望丰衣足食，不成只是这等就罢了。"刘官人叹了一口气，道是："泰山在上，道不得个'上山擒虎易，开口告人难'。如今的时势，再有谁似泰山这般怜念我的。只索守困。若去求人，便是劳而无功。"丈人便道："这也难怪你说。老汉却是看你们不过。今日赍助你些少本钱，胡乱去开个柴米店，撰得些利息来过日子，却不好么？"刘官人道："感蒙泰山恩顾，可知是好。"②

在日常的对话中，我们可以看到一个岳父在资助女婿时的复杂心情，其中既有对女婿的责怪与指教，也有对女儿的关心和体贴，而女婿的话则饱含着对世态炎凉的感慨与对岳父的感激。语言之质朴与人之常情十分吻合，显示了小说在语言运用上的新境界。

---

① 程毅中：《宋元小说家话本集》下册，齐鲁书社，2000年，第726—727页。

② 程毅中：《宋元小说家话本集》上册，齐鲁书社，2000年，第251—252页。

从说话艺术的表演性来看，话本小说还形成了一些套语，如表示惊讶时：

分开八片顶阳骨，倾下半桶冰雪水。(《洛阳三怪记》)

表示无端招祸，受到牵连：

老龟烹不烂，移祸在枯桑。(《定山三怪》)

表示处境危险：

猪羊送屠户之家，一脚脚来寻死路。(《戒指儿记》)

等等，这些套语在情节叙述中有一种警示或预示的作用，而其在不同作品中的反复使用，也增强了话本小说文体的一致性。

当然，宋元话本使用的语言还很庞杂，既有文言文的，又有半文半白的，还有些作品则以白话的散体文为主，辅以文言的诗词。而白话作为一种文学语言，也还不成熟。但无论如何，它已为后世的小说在语言方面提供了一个有益的尝试。正如胡适所说的："但我现在看了这几种南宋话本，不能不承认南宋晚年(十三世纪)的说话人已能用很发达的白话来做小说。他们的思想也许很幼稚(如《西山一窟鬼》)，见解也许很错误(如《拗相公》)，材料也许很杂乱(如《海陵王荒淫》，如《宣和遗事》)。但他们的工具——活的语言——却已用熟了，活文学的基础已打好了，伟大的小说快产生了。"[①]

三、小说叙述风格的商业化与娱乐化特点

从本质上说，话本小说是一种具有商业化性质的娱乐方式，因此，与此前的文言小说在叙述上最明显的不同就表现在其商业化与娱乐化的特点。

既然是商业化表演，说话艺人就要想尽一切办法吸引"看官"，而"看官"进书场，为的是消遣，只有情节曲折有趣的故事才能博得他们的欢心。因此，趣味性就成了小说的一个最重要的艺术追求。

实现趣味的艺术手段是多种多样的。首先是情节设计的安排，以《金鳗记》为例，它的情节进展几乎没有任何停顿，人物始终处于对命运的抗争与受命运摆布的矛盾情势中。而在具体叙述中，也充分体现了说话艺人在编织故事、展开情节时的基本特点和手法。

说话艺人为了吸引"看官"，总是力图使情节显得奇特。这种奇特既要

---

① 胡适：《〈宋人话本八种〉序》，见《胡适论中国古典小说》，长江文艺出版社，1987年。

骇人听闻，又要变幻莫测。《金鳗记》就是如此。一条金鳗居然能说话，而且声言能报复，这本身就很离奇。当然，这种离奇还是浅层次的，作者并没有停留在这一浅层次的离奇上，而是通过对普通人命运的深刻把握，直逼明中叶通俗小说成熟以后人们所认识到的出于“庸常”的“真奇”。作品描写一个市民的女儿三次嫁人，两次离异，又曾与人通奸、私奔。围绕她先后有多人丧生，其中有迫不得已的凶杀，也有内火攻心的气杀。死者有老人，有壮年，也有小孩。这种奸情加凶杀的故事对一般市民是很有吸引力的。不过，本篇的作者却不只是矜奇尚异，徒然渲染奸情与凶杀而已，相反，他更关心的应该是人物的命运。实际上，小说中许多看似离奇的描写，都有现实的基础。作者很注重刻画人物的心理。当人物的行动有了动机上的心理依据，则不但作为情节要素及其推动力的行动本身真实可信了，人物的性格也得以体现。在此基础上，如果人物的所作所为既有其必然性，又仿佛是在始料不及的情况下的偶然冲动，真实性就可能获得更加震撼人心的力量，并为叙述创造出一种意想不到的阅读效果和情节继续演进的动力。大而言之，周三、庆奴就是不情愿地走上了犯罪道路的，这一曲折过程不断挑战着接受者的心理预期；小而言之，如周三的杀计押番夫妇，也非出于他的本意或蓄谋。从小说的描写来看，他对计押番捐弃前嫌，招待他吃酒，是心怀感激的，并为自己当年的胡闹自责。计押番的善良和富于同情心与周三的内疚，构成了本篇一次动人的心理碰撞，是市民阶层人情味的生动体现。然而，当周三走在冷冷的深秋街头，想到自己难以度过严冬，不由自主地产生了去计家偷盗的念头。没想到行窃时被人察觉，在危急中才摸刀杀人。这一举动虽出人意外，但也在情理之中。

无巧不成书，说话艺人除了追求情节之奇，还讲究细节之巧。不过，《金鳗记》中不少细节看似巧合，实际上同样包含着必然性。如周三与庆奴的邂逅相遇就是一个巧合。人海茫茫，劳燕分飞数载，又都是人命在身的逃犯，不得不东躲西藏，相会的机率本来很低，却偏偏走到了一起，这实在是极为偶然的事。但是，由于作者在前面铺垫得十分充分，读者并不感到牵强：如果不是张彬犯病，身为良家女子的庆奴是不会卖唱的，而卖唱要抛头露面，这就为与亡命他乡的周三相遇提供了一个机会。同样，如果不是庆奴后来被逼无奈，继续卖唱，她也不会被追捕的人认出。因此，所谓“巧”实际上还是生活必然性的一种体现。作者屡用“千不合，万不合”这样的套话，也表明了这种强大的现实逻辑是如何不以人的意志为转移地左右着人们的生活。

将奇特、偶然的故事串连成一个有机体，情节就形成了跌宕起伏的动感，而叙述的曲折多变也是说话艺人普遍追求的。比如在本篇当中，李子由善待庆奴，读者正要为两经婚变的庆奴额手相庆，以为这个不幸的女子终于有了可靠的归宿，没想到接踵而至的却是更悲惨的迫害与毁灭。又如计押番招待周三，其厚道温润，令人感动，谁知平静中也孕育着巨变，陡然发生的惨案，立刻使情节波澜再起，与女主人公的遭遇遥相呼应。这种一波三折的情节，读来确有峰回路转之感。然而，情节的曲折也并非只是布局、结构等形式与技巧所能代替的，它实际上与人物的命运紧密相连。单从庆奴的经历来看就是如此。她追求自主的爱情与婚姻，却始终受制于父母之命，被迫离婚后，又经媒妁之言，一次是老夫少妻，感情上得不到满足；一次为人做妾，饱受媵妾制度的压迫。她短暂而坎坷的一生，几乎遭遇了那个时代妇女所可能遭遇到的一切不幸。可见，曲折的情节其实有赖于作者对现实生活的深刻把握和高度概括。

类似《金鳗记》这样具有奇巧情节的作品还有很多，如《错斩崔宁》等都是。值得注意的是，话本小说在情节结构方面还出现了模式化的倾向，比较明显的是表现在灵怪类作品中，如《西湖三塔记》、《洛阳三怪记》、《定山三怪》等，这三篇作品的情节都是叙述一男子为三精怪所迷惑，其中一怪颇有善心，使误陷怪窟的男子得以逃脱，最终则有"真人"收服三怪。这种情节的模式化很可能与说话艺术的商业化有关，因为从创作方面说，模式化不同于作品间的简单因袭，它是适应批量化生产的一种创作反映；从接受方面说，它也表明这类故事受到接受者的欢迎，所以才会有一而再，再而三的创作。

说话艺人另一个常用的吸引接受者的手段是在叙述过程中穿插一些谐谑性的片断，他们称之为"使得砌"，也就是所谓"插科打诨"。这种"插科打诨"使用得相当普遍，有时是作者的叙述口吻，如《宋四公大闹禁魂张》在介绍张员外的"吝啬"时，有这样一段：

> 这富家姓张，名富，家住东京开封府，积祖开质库，有名唤做张员外。这员外有件毛病，要去那：虱子背上抽筋，鹭鸶腿上割股，古佛脸上剥金，黑豆皮上刮漆，痰唾留着点灯，捋松将来炒菜。这个员外平日发下四条大愿：一愿衣裳不破，二愿吃食不消，三愿拾得物事，四愿夜梦鬼交。是个一文不使的真苦人。他还地上拾得一文钱，把来磨做镜儿，捍做磬儿，掐做锯儿，叫声我儿，做个嘴儿，放入箧儿。人见他一文不使，

起他一个异名，唤做“禁魂张员外”。[1]

作者通过讽刺的笔法，将吝啬者的心理与行为夸张到不近情理的地步，令人觉得极为可笑。

有时，说话艺人将谐谑性的片断表现为一种喜剧性的场面，最著名的是《闹樊楼多情周胜仙》中周胜仙与范二郎相识的描写：

那女子在茶坊里，四目相视，俱各有情。这女孩儿心里暗暗地喜欢，自思量道：“若还我嫁得一似这般子弟，可知好哩。今日当面挫过，再来那里去讨?”正思量道：“如何着个道理，和他说话，问他曾娶妻也不曾?”……你道好巧！只听得外面水盏响，女孩儿眉头一纵，计上心来，便叫：“卖水的，倾一盏甜蜜蜜的糖水来。”那人倾一盏糖水在铜盂儿里，递与那女子。

那女子接得在手，才上口一呷，便把那个铜盂儿望空打一丢，便叫：“好，好！你却来暗算我！你道我是兀谁?”那范二听得道：“我且听那女子说。”那女孩儿道：“我是曹门里周大郎的女儿，我的小名叫做胜仙小娘子，年一十八岁，不曾吃人暗算，你今却来算我！我是不曾嫁的女孩儿。”这范二自思量道：“这言语蹊蹊，分明是说与我听。”这卖水的道：“告小娘子，小人怎敢暗算！”女孩儿道：“如何不是暗算我？盏子里有条草!”卖水的道：“也不为利害。”女孩儿道：“你待算我喉咙，却恨我爹爹不在家里。我爹若在家，与你打官司。”……[2]

接下来，心领神会的范二郎也如法炮制，以同样的方式介绍了自己。这种两情相悦而相识的方式，完全不同于题诗、琴挑之类小说戏曲的套路，在诙谐中展现了普通市民的生活心理与行为特点。

还有些时候，插科打诨与人物刻画、情节安排没有直接的关系，纯粹是为了笑耍逗趣，如《简帖和尚》中叙及皇甫殿直误以为妻子与人私通，拷问丫环迎儿：

那妮子吃不得打，口中道出一句来：“三个月殿直出去，小娘子夜夜和个人睡。”皇甫殿直道：“好也!”放下妮子来，解了绦，道：“你且来，我问你，是和兀谁睡?”那妮子揩着眼泪道：“告殿直，实不敢相瞒，自从殿

① 程毅中：《宋元小说家话本集》上册，齐鲁书社，2000年，第148页。

② 程毅中：《宋元小说家话本集》下册，齐鲁书社，2000年，第787页。

直出去后，小娘子夜夜和个人睡，不是别人，却是和迎儿睡。"①

在人物冲突十分尖锐的场合下，让丫环出尔反尔，形同相声中的"抖包袱"，有一种诙谐调笑的意味。

实际上，这种谐谑性的语言不只体现在插科打诨中，有些诗词韵文的运用，同样可以看出叙述者的娱乐心态，如《清平山堂话本》中有一篇《阴骘积善》在描写天色将晚的情景时，插了这样一段：

> 十色俄分黑雾，九天云里星移。八方商旅，归店解卸行装；北斗七星，隐隐遮归天外。六海钓叟，系船在红蓼滩头；五户山边，尽总牵牛羊入圈。四边明月，照耀三清。边廷两塞动寒更，万里长天如一色。②

这种描写虽然也切合小说的实际情景，但更主要的还是一种文字游戏；而这种文字游戏在任何正统的叙事文中，包括文言小说中，都是不可能出现的。

第三节 "讲史"及"小说"中的涉史题材作品

"讲史"传统可以追溯到很远，至少在唐代的说唱艺术中，已经有不少历史题材的作品了。而在宋元的说话艺术中，讲史更是十分发达的一类，宋人吴自牧《梦粱录》卷二十《小说讲经史》曰："讲史书者谓讲说通鉴、汉、唐历代书史文传、兴废争战之事，有戴书生、周进士、张小娘子……又有王六大夫，元系御前供话，为幕士请给，讲诸史俱通。"而据《醉翁谈录》："讲历代年载废兴，记岁月英雄文武。……也说黄巢拨乱天下，也说赵正激恼京师。说征战有刘项争雄，论机密有孙庞斗智。新话说张、韩、刘、岳，史书讲晋、宋、齐、梁。三国志诸葛亮雄材，收西夏说狄青大略。说国贼怀奸从佞，遣愚夫等辈生嗔；说忠臣负屈含冤，铁心肠也须下泪。"这说明从远古一直到宋朝当代，均在讲史的范围之内。又据《东京梦华录·京瓦伎艺》对北宋说话伎艺的记载可知，讲史形成了一些专门类别及专门家，如"说三分"及其艺人霍四究等、"说五代史"及其艺人尹常卖等。南宋的讲史在说话伎艺中仍占很大比重。据《梦粱录》著录，讲史艺人有戴书生、周进士、张小娘子、宋小娘子等七人。另据《武林旧事》著录，有乔万卷、许贡士、张解元、陈进士、刘进士、陈小

---

① 程毅中：《宋元小说家话本集》上册，第320页。

② 《清平山堂话本》，上海古籍出版社，1992年，第65页。

娘子等二十三人。这些艺人的名字有两点值得注意，一是他们多以文化人自诩，二是其中还有一些女性。

关于讲史的具体记载，在其他的文献中也时常可见，如洪迈《夷坚支志》丁集卷三《班固入梦》记载："四人同出嘉会门外茶肆中坐，见幅纸用绯帖尾云：'今晚讲说《汉书》'。"《东坡志林》的《涂巷小儿听说三国语》条记载："涂巷中小儿薄劣，其家所厌苦，辄与钱，令聚坐听说古话。至说三国事，闻刘玄德败，颦蹙有出涕者；闻曹操败，即喜唱快。"这两条记载表明：讲史是一种营业性表演，演出地点相当广泛，可以是茶肆等比较正规的场所，也可以是一个可以"聚坐"的小广场；讲史有很鲜明的道德倾向性。

杨维桢《东维子文集》卷六《送朱女士桂英演史序》则有一条对女性讲史的记载：

> 钱唐为宋行都，男女痡峭，尚妩媚号"笼袖骄民"。当思陵上太皇号，孝宗奉太皇寿，一时御前应制多女流也。若棊待召为沈姑姑；演史为张氏、宋氏、陈氏；说经为陆妙慧、妙静；小说为史惠英；队戏为李瑞娘；影戏为王润卿，皆中一时慧黠之选也。两宫游幸聚景玉津内园，各以艺呈，天颜喜动，则赏赉无算。此太平朝野极盛之际。今当此刀鸣镝语时，故家遗老，或与退珰畸？谈先朝故事，未尝不兴感陨泪也。至正丙午春二月，予荡舟娱春，过濯渡，一姝淡妆素服，貌娴雅，呼长年舣櫂，敛衽而前，称：朱氏名桂英，家在钱唐，世为衣冠旧族，善记稗官小说，演史于三国、五季。因延致舟中，为予说道君艮岳及秦太师事，座客倾耳听，知其腹笥有文史，无烟花脂粉。予奇之曰：使英遇思陵太平之朝，如张、宋、陈、陆、史辈，谈通典故，入登禁壶，岂久居瓦市间耶？曰忠曰孝，贯穿经史于稠人广座中，亦可以敦励薄俗。则吾徒号儒丈夫者，为不如已。古称卢文进女为女学士，予于桂英亦云。[1]

这条记连同上面有关女性讲史的记载，为我们留下了一些耐人寻味的问题，那就是虽然女性较深地介入了讲史这一表演伎艺，但她们为什么没有在历史叙述上留下自己的印迹？至少在现存的讲史文本中，我们看不出任何女性叙述的特点。而既然女性讲史一度很受欢迎，又为什么在以后的说唱文学中，女性的说唱表演更主要地集中在婚恋故事中？女性演唱较多的弹词中的题材就大致如此。从表演的角度上，上述女性讲史没有提到唱的形式，

① 据北京大学图书馆藏明刊本。

但王恽《秋涧集》卷七十六《鹧鸪引赠驭说高秀英词》有这样的描述：

> 短短罗衫淡淡妆，拂开红袖便当场。掩翻歌扇珠成串，吹落谈霏玉有香。由汉魏，到隋唐，谁教若辈管兴亡？百年总是逢场戏，拍板门锤未易当。[①]

这里提到“由汉魏，到隋唐”，应当是讲史一类，但从词句看，显然又是演唱性的，至少其中有演唱。那么，这种女性的讲史与被称为“平话”的讲史有区别吗？[②] 由于现存的资料太少，我们即使认定了它们的区别，也很少有文本可以说明这种区别。

实际上，在现存宋元说话艺术的文本中，有相当一部分是讲史类的作品，其中包括《五代史平话》、《新刊全相平话武王伐纣书》、《新刊全相平话乐毅图齐七国春秋后集》、《新刊全相秦并六国平话》、《新刊全相平话前汉书续集》、《新刊全相平话三国志》（以上又合称《全相平话五种》）。其中已知《三国志平话》刊于元代至治（1321—1323）年间，另四种的刊行时代也大致相当。在不可能全面复现当年讲史盛况的情况下，我们也只能依据这些文本来分析讲史的思想与艺术风貌。

讲史话本的编撰大多是把史书的记载、民间的传说与“书会才人”及艺人的发挥杂糅在一起，因此，它们的思想往往不那么单纯，艺术上也略显粗糙。但是，讲史倾向于民间的意识与趣味仍然很明显，因而也具有不同于一般史书的特点与活力。以《武王伐纣平话》为例，此书涉及了一个传统的儒家思想难以解决的难题。众所周知，历史上的武王伐纣是一种以下犯上的“弑君”行为，但由于纣王的暴虐无道，这又是一种正义的行为。虽然在《武王伐纣平话》中，儒家的伦理纲常观念是显而易见的，不过，在一些具体问题上，作品却采取了更为大胆的写法。这一点与明代的《封神演义》相比，可以看得十分明显。如此书卷下文王在临死前对太子即武王说：“只不得忘了无道之君，与伯邑考报仇。”表现了坚定的反抗暴虐的意志。但在《封神演义》中，文王的言行却更符合儒家的伦理纲常了，他对武王等反复叮嘱：“我死之后，吾儿年幼，恐妄听他人之言，肆行征伐。纵天子不德，亦不得造次妄为，以成臣弑君之名。”“商虽无道，吾乃臣子，必当恪守其职，毋得僭越，遗讥后

---

① 据文渊阁《四库全书》本。

② 宋元讲史话本一般被称为“平话”，据浦江清认为：“平话者平说之意……如今日之说大书然。”（见《浦江清文录·谈〈京本通俗小说〉》，人民文学出版社，1989 年，第 207 页）也就是说，“平话”是与诗话、词话相对的，不加演唱的说书伎艺。

世。”而作品也称赞他“终守仁臣节，不遑伐商谋”（第二十九回）。两书在纣王结局的处理上也不同，请看《武王伐纣平话》中的描写：

……帝问曰：“教甚人为刽子？”问一声未罢，转过殷交来：“奏陛下，小臣愿为刽子。陛下听吾诉之。”曰：“纣王昔信妲己之言，逐臣到一庙中，似睡朦胧，赐臣一杯酒，饮之，力如万人。又赐臣一具百斤大斧，教斩无道之君。以此神祇所祝，臣合为刽子。”武王曰：“据有此事，依卿之言。”武王并太公众文武群臣，皆带冠冕朝服，论条律：“若纣王苦害生灵万余人命，合斩纣王并妲己，与寡人报仇。”武王传令，教两班文武兵士，于法场上两下排列。众文武兵将，依奉圣旨，排列了当。武王传圣旨曰：“推过纣王、妲己当面。”言：“纣王，尔有十条大过，尔知么？”纣王无答。武王又曰：“不仁无道之纣，尔囚吾父，醢吾弟身为肉酱，共妲己取乐，是一过也；虿盆、酒池、肉林、炮烙之刑，苦害宫妃，是二过也；尔去摘星楼上，撺下姜皇后攧死，山陵不修，葬后宫第七个梧桐树下，是三过也；尔信妲己之言，远窜太子，是四过也；杀害忠臣，贬剥忠良，是五过也。”武王言讫五事，泣下。纣王目睁无言。太公曰：“不仁之君，尔杀吾母，是六过也；尔醢黄飞虎之妻，有何罪名，是七过也；尔信妲己之言，剖孕妇，辨阴阳，见八过也；尔信妲己之言，斮胫看髓，是九过也；尔信妲己之言，修造台阁，劳废民力，费仲谗言，自乱天下，是十过也。”太公言讫后五件大罪，纣王亦无对。武王并众文武尽言：“无道不仁之君，据此，合斩万段，未报民恨。”言罢，一声响亮，于大白旗下，殷交一斧斩了纣王，万民咸乐。[①]

在这里，武王和姜子牙共数纣王十大罪过，而自告奋勇担任刽子手、杀死纣王的竟是纣王之子殷交。在《封神演义》中，殷交在犹豫再三后，还是没有背弃自己的父王，最终做了商朝的殉葬品。而在围困纣王时，暴纣王十罪的只是姜子牙，而武王却仍在扮演制止伐纣的角色，成全着最后的忠诚：

……武王在逍遥马上叹曰：“只因天子无道，致使天下诸侯会集于此，不分君臣，互相争战，冠履倒置，成何体统！真是天翻地覆之时！”忙将逍遥马催上前，与子牙曰：“三侯还该善化天子，如何与天子抗礼，甚无君臣体面。”子牙曰：“方才大王听老臣言纣王十罪，乃获罪于天地人神者，天下之人，皆可讨之，此正是奉天命而灭无道，老臣岂敢有违天命

① 钟兆华：《元刊全相平话五种校注》，巴蜀书社，1990年，第88页。

耶！"武王曰："当今虽是失政，吾等莫非臣子，岂有君臣相对敌之理！元帅可解此危。"（第九十五回）[1]

而纣王之死，也不是出于公正的审判，而是由于他在不断追悔中的自焚，目的也还是为了免除武王弑君的罪名。两相对比，《武王伐纣平话》思想的解放确实是《封神演义》不可同日而语的。

《武王伐纣平话》中所表现出的历史观在讲史话本中并不是偶然的，就讲史艺人的取材范围与评论视野来看，已经具备了覆盖全史的眼光与气度。《醉翁谈录·舌耕叙引·小说引子》有这样一首诗：

传自鸿荒判古初，羲农黄帝立规模。
无为少昊更颛帝，相授高辛唐及虞。
位禅夏商周列国，权归秦汉楚相诛。
两京中乱生王莽，三国争雄魏蜀吴。
西晋洛阳终四世，再兴建邺复其都。
宋齐梁魏分南北，陈灭周亡隋易孤。
唐世末年称五代，宋承周禅握乾符。
子孙神圣膺天命，万载升平复版图。[2]

这首可以通用于讲史前的开场诗，是讲史艺人对历史提纲挈领的把握，为他们的历史叙述确定了一个基本的框架。在此基础上，他们在因袭正史的叙述及其观念的同时，也普遍地将更能体现民众道德评判意识的观点置于历史事件的叙述中。最突出的例证就是《三国志平话》前面所加上的司马仲相"断阴"的故事，谓韩信、彭越、英布诉于冥府，被判分别投生为曹操、刘备、孙权，立三国代汉。这一故事对三国历史的既定结局作了道德化解释。而在实际情节与人物描写中，普通民众强烈的道德是非感，也浸淫在几乎所有细节中，使历史的进程及历史人物的塑造与民心的向背保持着高度的一致。

在艺术上，讲史话本也有值得注意的特点。由于历史故事一般头绪繁多，人物关系复杂，而讲史话本大多条理分明，张弛有度，初步展现出小说家驾驭宏大题材的能力。就总体而言，讲史多半采取的是朝代史方式，按照时间先后叙述历史事件的发展过程。但也有作品在这样的结构中更突出人物的中心作用。《薛仁贵征辽事略》就是如此，这部作品围绕薛仁贵的经历展

---

① 《封神演义》下册，人民文学出版社，1973年，第926页。

② 《新编醉翁谈录》二种，辽宁教育出版社，1998年，罗烨《新编醉翁谈录》第2页。

开辽东战役的描写，已经略具英雄传奇的特点。

从体制上看，讲史与“小说”有相似之处，如在散体叙述中增插韵文等，但由于篇幅相对较长，往往分为若干卷，卷下又分出一些段落，并有小标题。如《乐毅图齐七国春秋后集》，就有“孟子至齐”、“孙子回朝”、“邹坚立齐湣王”、“孙子诈死”、“四国困齐”、“四国回兵”、“乐毅下山”、“燕国筑黄金台招贤”、“燕王拜乐毅为帅伐齐”等节，这种分段标题的形式，为后世章回小说的产生奠定了重要的基础。

在描写上，现存讲史话本总体上比较简略，如《三国志平话》曹操勘吉平后，有一段话：

> 无数日，曹相请玄德筵会，名曰“论英会”，唬得皇叔坠其筋（应为“筯”）骨。

在后来的《三国志演义》中，这一情节被敷演成《青梅煮酒论英雄》的精彩篇章，而《三国志平话》则简之过甚，以致比《三国志·蜀先主传》的叙述还不如，后者还交代了“失筯”的原因：“是时曹公从容谓先生曰：‘今天下英雄，惟使君与操耳。本初之徒不足数也。’先主方食，失匕箸。”《三国志平话》在表演中当然不可能这么简单，讲史艺人在临场时，必有适当的说明与发挥。这一点可以关羽刮骨疗毒为证，《三国志平话》的描写是这样的：

> 关公天阴觉臂痛，对众官说：“前者吴贼韩甫射吾一箭，其箭有毒。”交请华佗。华佗者，曹贼手中人，见曹不仁，来荆州见关公。请至，说其臂金疮有毒。华佗曰：“立一柱，上钉一环，穿其臂，可愈此痛。”关公大笑曰：“吾为大丈夫，岂怕此事！”令左右捧一金盘，关公袒其一臂，使华佗刮骨疗病，去尽毒物。关公面不改容，敷贴疮毕。①

恰好在《水浒传》第一百一十回叙李逵在东京桑家瓦子听说《三国志》平话也有这一段：

> ……来到瓦子前，听的勾栏内锣响，李逵定要入去，燕青只得和他挨在人丛里，听得上面说评话，正说《三国志》，说到关云长刮骨疗毒，当时有云长左臂中箭，箭毒入骨，医人华陀道：“若要此疾毒消，可立一铜柱，上置铁环，将臂膊穿将过去，用索拴牢。割开皮肉，去骨三分，除却箭毒，却用油线缝拢，外用敷药贴了，内用长托之剂。不过半月，可以平

---

① 钟兆华：《元刊全相平话五种校注》，巴蜀书社，1990年，第467页。

复如初,因此极难治疗。”关公大笑道:“大丈夫死生不惧,何况只手?不用铜柱铁环,只此便割何妨!”随即叫取棋盘,与客弈棋。伸起左臂,命华陀刮骨取毒,面不改色,对客谈笑自若。①

这一段记叙就比《三国志平话》上的描写细致多了②,这应当更接近讲说时的情景。考虑到《水浒传》仍然是书面化的记载,现场表演可能更为丰富。实际上,在有的讲史话本中,也有较细致的描写。如《梁史平话》中叙黄巢参加科考之后:

试罢,出试院等候开榜。等至三日,更无消息。黄巢意中惊疑,未免且去探榜。行得数步,探听得试院开榜了,却是别人作了状元,别人作了榜眼,别人作了探花郎。黄巢见金榜无名,闷闷不已,拈笔写着四句:

拈起笔来书个字,多应门里又安心。

囊箧枵然途路远,恓皇何日返家门?

黄巢因下第了,点检行囊,没十日都使尽,又不会做甚经纪,所谓:床头黄金尽,壮士无颜色。那时分又是秋来天气,黄巢愁闷中未免题了一首诗。道是:

柄柄芰荷枯,叶叶梧桐坠。

细雨洒霏微,催促寒天气。

蛩吟败草根,雁落平沙地。

不是路途人,怎知这滋味!

题了这诗后,则见一阵价起的是秋风,一阵价下的是秋雨,望家乡又在数千里之外,身下没些个盘缠。名既不成,利又不遂,也只是收拾起些个盘费,离了长安。③

这一段描写,生动地揭示了士子试后的焦虑与下第的失意。重复性的句式“别人做了状元,别人做了榜眼,别人做了探花郎”,强化了“金榜无名”的郁闷,两首题诗则从当事人的角度抒发了这一郁闷,而秋风秋雨的背景描写更渲染了内心的凄凉。

这里还应提到讲史话本的语言,姑举《三国志平话》中的“三谒诸葛”为

---

① 《水浒全传》下册,上海人民出版社,1973年,第1284页。

② 参见程毅中:《宋元小说研究》,江苏古籍出版社,1998年,第280页。

③ 《五代史平话》,《古本小说集成》本,上海古籍出版社影印,1991年,第8—9页。

例：

> 话说先主，一年四季三往茅庐谒卧龙，不得相见。诸葛本是一神仙，自小学业。时至中年，无书不览，达天地之机，神鬼难度之志；呼风唤雨，撒豆成兵，挥剑成河。……今被徐庶举荐，先主志心不二，复至茅庐。先主并关、张二弟，引众军于庵前下马，亦不敢唤问。须臾，一道童至，先主问曰："师父有无？"道童曰："师父正看文书。"先主并关、张直入道院，至茅庐前施礼。诸葛贪顾其书。张飞怒曰："我兄是汉朝十七代中山靖王刘胜之后，今折腰茅庵之前，故慢我兄。"云长振威而喝之。诸葛举目视之，出庵相见。礼毕，诸葛问曰："尊重何人也？"玄德曰："念刘备是汉朝十七代玄孙中山靖王刘胜之后，见新野太守。"诸葛听毕，邀皇叔入庵侍坐。诸葛曰："非亮过，是道童不来回报。"先主曰："徐庶举师父善行兵，谋欺姜吕。今四季三往顾，邀师父出茅庐，愿为师长。"诸葛曰："皇叔灭贼曹操，复兴汉室？"玄德曰："然。"言："我闻赵高弄权，董卓挟势，曹操奸雄，献帝懦弱。天下不久，各霸者为主。刘备故来请先生出庵伐曹，但得一郡安身处可矣。"诸葛曰："自桓、灵失政，民不聊生，贼臣篡位在金门，使贤人走于山野。呜呼！曹孟德驱兵百万，猛将千员，挟天子之势，诸侯无有不惧者。孙仲谋据于长沙山水之势，国富民骄，父兄三世之余业，其江可敌百万之军。惟有皇叔，兵不满万，将不满百，凭仁义，仗豪杰。皇叔欲兴天下，候日先借荆州为本，后图西川为利。荆楚者，北有大江，南有南蛮，东有吴会，西有巴蜀；又不闻饥民刘璋，为君懦弱，倘兴一鼓之师，指日而得。然后拜关拒益之众，东去剑关，取关西如平地拾芥，百姓何不箪食壶浆以迎？"皇叔得孔明，如鱼得水，休言勇冠，莫说高强，天时、地利、人和，三国备拼一德，以立社稷。玄德遂拜诸葛为军师。[①]

这一段描写，不同于上面所列举的"小说"的通俗风格，而初具《三国演义》"文不甚深，言不甚俗"的语言特点，既富于历史感，贴近历史人物的修养与地位，同时，又不过于文雅艰深。当然，讲史话本的语言风格还不统一，也不成熟。有些作品直接抄录史书（如《五代史平话》多采自《通鉴》），自然语言的文言化程度更纯粹些；而有些作品，又在铺陈与虚构中，吸收了一些通俗口语，白话的成分较为明显。但尽管讲史的语言还比较粗糙，仍然可以说为

---

① 钟兆华：《元刊全相平话五种校注》，巴蜀书社，1990年，第426页。

后世历史演义开创了一种独特的文学语言。

与传统的史书相比，讲史话本的描写还带有相当明显的世俗化倾向，这表现在讲史往往对历史人物卑微的出身格外关注，在展示这些人物叱咤风云的精神风貌同时，又渲染他们与一般民众相似的生活经历，从而使历史更贴近普通人的生活与心理。如《五代史平话》中，后梁的开国君王朱温少时曾为刘崇家放猪，因“睡后有赤光”等异象，“刘崇便唤朱三共他的儿子刘文政同入学堂读书。怎知朱三与刘文政却去学习赌博，无所不为；又会将身跳上高墙，行屋上瓦皆不响；又会拳手相打，使枪使棒，不学而能。乡里人呼他做‘泼朱三’”。朱温竟也自称“小人是泼朱三”。而后汉的开国皇帝刘知远也有所谓“三病”：“第一病是爱赌钱，第二病爱吃酒，第三病是爱贪花。”如此等等，都揭去了这些君王的神圣面纱，使“发迹变泰”成为一种并不遥远的梦想。

这种将历史人物从神坛上拉下来的描写在“小说”的涉史题材中表现得更明显。《醉翁谈录》的《小说开辟》在历数了“小说”灵怪、烟粉、传奇、公案等门类的作品后，又提到了刘项争雄、孙庞斗智、诸葛亮雄材等显然属于历史范畴的题材。《小说开辟》应是“小说家”说书时共用的开场白，如果它不是如同此书前《小说引子》特意标明“演史、讲经并可通用”的话，则表明“小说”中也有不少涉及历史的内容。这使我们很自然又联想到《都城纪胜》、《梦粱录》中另一段著名的话：“最畏小说人，盖小说者能以一朝一代故事顷刻间提破。”除非小说中也有历史题材的作品，否则这句显然是与“讲史”相比较的话就没有意义了。因此，关键的问题可能是“小说”中的涉史作品与“讲史”在取材角度与表现方式上有何区别。

尽管“三言”不全是宋元话本，但它上承宋元话本小说而来，自无疑义。其中确实不乏与历史关系较切近的作品，如《史弘肇龙虎君臣会》、《王安石三难苏学士》、《赵太祖千里送京娘》、《隋炀帝逸游召谴》等。从具体内容上来看，这些作品与“讲史”的区别是一望可知的。大致上，它们不以政治、军事冲突为中心，也不力图展现全景式的历史画卷，而是将历史人物置于一个私人化的生活空间中，以人物的性格为中心，特别是以接近普通人感情心态的日常故事为中心。这恐怕正是小说“能以一朝一代故事顷刻间提破”的原因。《警世通言》中的《拗相公饮恨半山堂》也许就有助于我们理解这一小说史的重要问题。[①]

---

① 《拗相公饮恨半山堂》，缪荃孙刊《京本通俗小说》列第十四卷，孙楷第《中国通俗小说书目》卷一《宋元部·小说》著录。

《拗相公饮恨半山堂》涉及王安石变法这一与整个宋朝盛衰相关的重大事件。但它没有直接正面表现变法的过程，而是在简要叙述了历史原委后，迅速将笔墨集中到王安石卸任后的旅途见闻上。《宋史·王安石传》最后叙及王安石因儿子去世，悲伤请辞，而神宗对他也有所厌恶，遂罢其相职。这在史书中是历史叙述的终点，而小说恰恰以此作为起点，显示出两者旨趣的不同。就小说而言，作者既可通过其旅途见闻从容回应历史事件，同时又能借此拓展历史叙述的空间。

这是一个在正史叙述中不可能涉及的空间。《宋史》本传在叙及变法招致反对时，曾引司马光语称"士夫沸腾，黎民骚动"，但具体情形如何，并无详述。王安石抗章自辩，将问题上纲上线到"陛下"与"天下流俗"之权的轻重之争，使神宗听信于自己。后来，遇到天下大旱，饥民流离，神宗有意"尽罢法度之不善者"，并提醒王安石"今取免行钱太重，人情咨怨，至出不逊语"。王安石同样不以为然。众所周知，王安石有一个著名的"三不足"说："天变不足畏，人言不足恤，祖宗之法不足守。"全然不把流俗之议放在眼里。说是力排众议也好，说是一意孤行也好，当他大权在握时，对反对的声浪自然可以听之任之；一旦失势，批判的声音就如排山倒海般地向他压来。这就是《拗相公饮恨半山堂》展开的艺术世界。而随着王安石的活动场所由权力中心转向一般社会，又为作品凸显民间的声音提供了一个机会，作者将在实际政治生活中以及为正史叙述传统所遮蔽和压抑而失语的民间社会描写成一股不可抗拒的精神力量。作为一个大权在握的强悍改革者，王安石对"流俗浮议"是深恶痛绝的。让这样的人在走下历史舞台后面临舆论的汪洋大海，本身就是辛辣的挖苦。从叙述上看，王安石的角色安排也很有意思，他既是旁观者、又是当事人，既是一个艺术形象、又是作者展开叙述的一个内视点，人物的功能意义与作品精神内涵得到了同步实现，这样的形象塑造在小说中还是不多见的。

其实，历史上王安石是熙宁九年谢政归金陵的，直至元祐元年去世，赋闲十余年，并非如小说所写几天后便在半山堂饮恨而死。虽然下台后也有些寂寞，"今日江湖从学者，人人讳道是门生"（张舜民《哀王荆公》），但也不像小说所写那样凄凉，比如他有一首《后元丰行(踏歌)》诗就写到："乘兴攲眠过白下，逢人欢笑得无愁"，还表现了一种与民同乐的开朗心情。而到了明代，无论作者还是读者，对王安石也早已没有了如作品所揭示的那种痛恨，作者如此虚构，与其说是为了展示历史的真实，不如说是要凸显人心向背的力量。一个曾经如此强悍、如此执拗的人，因为轻视民意，民意最终成了他生命中不能承受之轻。在民众的口诛笔伐下，他陷入无尽的沮丧、悔恨、恐惧之中，以致精神彻底崩溃，这就是小说最震慑人心的悲剧意味。

在展现王安石心路历程的同时，本篇作者在人物塑造上的另一个值得称道的地方是没有将其一味的丑化。相反，对于尚未步入权力巅峰的王安石，作品给予了很高的评价。他的才能、勤奋、地方政绩，都受人赞许。他微服出行，唯恐惊动所在官府、骚扰居民以及手下人诈害民财等，也可谓宅心仁厚。听到老叟诉苦，他"亦觉悲酸"，面对老妪指责，"暗暗垂泪"，似乎都表明他良心未泯。这些描写不仅增加了人物的可信度，也使历史叙述在对人的复杂性格的观照中，形成了一种强烈的反讽意味。"恁般一个好人"，却落得个千夫所指的下场，不由人不产生一种悲悯的情怀。

为此，作者在小说后面还特意渲染了王安石对"福建子"的怨愤，似乎也在为王安石作些开脱。不过，一旦涉及历史真实问题，又回到本文开头所提到的"小说"涉史作品与"讲史"的区别上来了。且不说王安石与吕惠卿的政治纠葛相当复杂，如果是讲史，必然遵循正史的叙述传统与格局，让王安石变法这一风起云涌的政治事件得到正面的反映，而本篇不仅在叙述起点上就与正史或讲史有别，甚至在素材的运用上也自有取舍。如《邵氏闻见录》卷九载韩琦疑王安石饮放逸事，后得知王实因夜读而未及盥漱，欲收之门下，"荆公终不屈，如召试馆职不就之类是也"。此书叙及这一故事乃是为后面所述王安石与韩琦的政治矛盾所作的铺垫，而由于《拗相公饮恨半山堂》不以政治矛盾为重点，所以只取了韩琦误解事以突出王安石的勤奋，对后半部分涉及政治矛盾的就弃而不用了。相反，对同样见于《邵氏闻见录》的王安石之子阴间受罪事及其深恨吕惠卿事，虽然可能属于"游谈无根，诬枉而失实"[①]，作者却津津乐道。

从具体描写上看，作者也多有改造与发挥，有的甚至可能是至关紧要的。就王安石的形象而言，小说写他在鄞县任知县，"兴利除害，大有能声"，大致符合实际，而基层工作经验又正是他后来厉行改革的思想基础，这在他的《上运使孙司谏书》等文章中可以看出。他任舒州通判时所作《感事》诗，也对农民处境的艰苦深致感慨。可见，王安石并不完全像小说描写的那样漠视民生疾苦。就变法而言，更不可一概而论。小说中反复渲染变法虐民，可能符合部分实情，但从王安石初衷与变法实质来说，并非没有考虑民众的

① 参见〔清〕蔡上翔：《王荆国文公年谱考略》卷十五。

利益。即使受非议最多的青苗法在推行时,也受到了一些地区贫民的欢迎。[①] 而在制定和推行免役法的过程中,王安石曾向神宗陈述说:“议助役已及一年,须令转运使、提点刑狱、州、县体问百姓,然后立法;法成,又当晓谕百姓,无一人有异论,然后著为令。”[②]似乎对百姓意见在立法中的作用也持慎重态度。客观地说,他之反对“流俗浮议”,是有鲜明的针对性的。从苏辙批评他“破富民以惠贫民”来看,变法触犯的主要是官绅豪强的特权和利益,司马光的《乞罢条例司常平使疏》,就是明显地站在“富者”立场上反对改革的。然而,我们在小说中看到的却不是来自这一阶层的反对声浪。换言之,小说虚拟的公共空间,可能不仅虚在代失语的农民立言,也虚在抹杀了真正的反对者的声音,或者说更虚在将真正的反对者的声音加之于失语的农民身上。

事实上,在话本小说的叙述形态里,叙述者始终都不是纯粹的民间角色,而是知识分子与民间艺人的混合,其驳杂的叙述语调,可能只意味着在主流文化引导下弱势群体声音的有限释放。关键在于,小说的目的不像正史那么单一执著。在《警世通言》中,还有一篇《王安石三难苏学士》,被冯梦龙有意与《拗相公饮恨半山堂》编排在一起,如果两者对读,一定是饶有趣味的。作为取材于历史的话本小说,《王安石三难苏学士》同样没有正面表现重大政治冲突,作者的关注点也集中在人物的性格上。王安石与苏轼这两个天才人物碰在一起时,相互间的争强好胜之心撞击出充满机趣的火花,北宋政坛尖锐的党争淡化成了文人的笔墨之争,智慧的较量取代了政治的敌对。耐人寻味的是,两篇作品对王安石的态度迥然不同。前者基本上是从正面描写王安石,王安石尚高居庙堂之处,权倾朝野,足以轻易决定别人的命运,苏轼在他面前终于服服帖帖了;而后者却从他的失势写起,表现了他饱受批判、包括苏轼的讥刺的痛苦。两种境遇,显示出两种不同的人生况味,反映了小说家对历史题材处理的灵活性。

---

① 参见邓广铭:《王安石》,人民出版社,1997年,第148页。

② 《续资治通鉴长编》卷二二四。

第六章　文言小说的辑集与流变

文言小说自唐代传奇出现后，转入了一个平稳的发展期。这一平稳的发展期由于有通俗小说的勃兴作为对比，因此显得有些萧条。但这只是表面现象，实际上，文言小说仍然具有通俗小说不可替代的艺术魅力与读者群体，这是它继续发展的重要前提。而从宋代开始，文言小说的发展有两个值得注意的趋向：一是文言小说的总结，主要表现为文言小说的辑集出版；一是文言小说与新兴的白话小说相互影响，促进了文言小说的新变。

第一节　从《太平广记》到《夷坚志》

文言小说在宋代辑集出版的标志性成果是作为"宋代四大书"之一的《太平广记》。此书编成于太平兴国三年(978)，故名《太平广记》。李昉在《太平广记表》中称：

> 臣先奉敕撰集《太平广记》五百卷者，伏以六籍既分，九流并起。皆得圣人之道，以尽万物之情。足以启迪聪明，鉴照今古。伏惟皇帝陛下，体周圣启，德迈文思。博综群言，不遗众善。以为编秩既广，观览难周，故使采摭菁英，裁成类例。惟兹重事，宜属通儒。臣等谬以谀闻，幸尘清赏，猥奉修文之寄。曾无叙事之能，退省疏芜，惟增腼冒。①

从这一段话中，我们可以看到两层基本意思：其一，肯定了各类著作，当然也包括"小说"在内的价值。就思想而言，编辑者是比较开放的，所谓"皆得圣人之道"是冠冕堂皇的门面话，"以尽万物之情"则在书中无所不包的作品中

① 《太平广记》第一册，中华书局，1961年，第1页。

得到了落实，而“启迪聪明，鉴照今古”的意义也比“必有可观”的小说观来得通达；其二，《太平广记》“编秩既广”，所以又“采摭菁英，裁成类例”，是有选择与分类的，而这种选择与分类也体现了编辑者对小说的认识。

作为宋代辑集的一部汇聚前代小说的巨著，《太平广记》引用图书大约四百多种，其中有《史记》、《汉书》、《后汉书》等史书，更有大量的野史笔记、小说杂著，如《越绝书》、《西京杂记》、《殷芸小说》、《世说新语》、《朝野佥载》、《大唐新语》以及《搜神记》、《神异经》、《宣验记》、《冥祥记》、《酉阳杂俎》、《独异志》、《博异志》、《玄怪录》等，几乎囊括了此前所有的小说。这些书中，有不少书现在已经失传了，只能在《太平广记》中看到它的遗文。但是，《太平广记》的意义不只是表现在对前代小说的汇集以及小说的流传与传播方面，如上所述，通过小说总集编辑本身、通过它对小说的选择与分类，也反映了一种小说意识，因而是一个有小说史价值的重要事件。

在《太平广记》之前，也有小说的分类意识，包括魏晋南北朝时期小说的创作，无论是志怪小说还是志人小说，都有分类编撰的先例。在小说理论中，也有对小说进行分类的研究，如刘知幾的《史通》等。但《太平广记》的不同在于，它所面对的是此前所有的小说创作，其分类更全面、细致。

《太平广记》共有九十二大类，大类下又有一百五十多个小类，如畜兽部下又分牛、马、骆驼、驴、犬、羊、豕等细目。这些类别大致可以分为如下几个方面：

一、宗教信仰类的，这又可分三部分。

第一部分是与道教有关的，其中卷一至五十五是“神仙”，卷五十六至七十是“女仙”，另有十六卷“道术”、“方士”、“异人”。

第二部分是与佛教有关的，其中卷八十七至九十八为“异僧”，卷九十九至一百零一为“释证”，以下各卷则按《金刚经》、《法华经》、《观音经》及崇经像、阴德、异类等列举“报应”，并特别列出七卷“冤报”，另有“婢妾”、“杀生”等“报应”，报应类共计三十三卷。

第三部分则与传统信仰有关，卷一百三十五至一百四十五为“征应”，涉及所谓“帝王休征”、“人臣休征”、“邦国咎征”、“人臣咎征”等；卷一百四十六至一百六十是“定数”，其中有两卷“定数”专讲“婚姻”问题。另有三卷为“感应”、“谶应”。

二、人事类的。这一类别相当琐细，从卷一百六十六至二百七十五有如下具体门类：名贤（讽谏附）、廉俭（吝啬附）、气义、知人、精察、俊辩、幼敏、器量、贡举（氏族附。占七卷，在人事类中属于较多的）、铨选、职官、权倖、将帅(杂谲智附)、骁勇、豪侠、博物、文章、才名(好尚附)、儒行(怜才、高逸附)、乐、书、画、算术、卜筮、医、相、伎巧(绝艺附)、博戏、器玩、酒(酒量、嗜酒附)、食(能食、菲食附)、交友、奢侈、诡诈、谄佞、谬误(遗忘附)、治生(贪附)、褊急、诙谐(占八卷)、嘲诮(占五卷)、嗤鄙、无赖、轻薄、酷暴、妇人、情感、童仆(奴婢附)。

三、志怪类的。其中卷二百七十六至二百八十二为"梦",另有数卷为"巫(厌咒附)"、"幻术"、"妖妄"。之后,从卷二百九十一至三百一十五为"神",卷三百一十六至三百五十五为"鬼",卷三百五十六至三百五十七为"夜叉",卷三百五十八为"神魂"。"妖怪"、"精怪"则占了从卷三百五十九至三百七十三的十五卷。"灵异"类有一卷,而"再生"类则为卷三百七十五至三百八十六,计十二卷。此外还有"悟前生"、"冢墓"、"铭记"各二卷。

四、自然现象类的。从卷三百九十三起,有雷、雨(风、虹附)、山(溪附)、(坡沙附)、水(井附)、宝、草木(十二卷)、龙(八卷)、虎(八卷)、畜兽、狐(九卷)、蛇、禽鸟、水族(九卷)、昆虫(七卷)。此外有蛮夷四卷。

五、杂记类的。这一类别总共只有十五卷,从卷四百八十四至四百九十二为"杂传记",卷四百九十三至五百为"杂录"。

以上五类,除了最后一类属于文体范畴,其他均是从小说题材着眼的,这种分类反映了小说创作的实际状况,也反映了当时对小说的接受意识。例如在《太平广记》中,"神仙"、"女仙"加其他与道教有关的作品,竟占了八十余卷,而且置于全书之首,这反映出道教在小说创作中影响之大,而且表现了宋初思想文化仍有崇道的一面。而宗教信仰类、志怪类,再加上自然现象中的怪异描写,小说中涉及神怪的作品远远超过全书的一半,也说明非现实形象构成在唐以前的小说中占有不可忽视的地位。

从小说类型学的角度看,上述分类有不尽合理与一致的地方,如"杂传记"里的唐代传奇作品如《李娃传》、《东城老父传》、《柳氏传》、《长恨传》、《无双传》、《霍小玉传》、《莺莺传》、《谢小娥传》、《杨娼传》、《非烟传》等,大体上是描写现实中的人事纠葛,偏向于爱情方面,在形式上也与传记相类似。不过,其中也有《东阳夜怪录》、《周秦行纪》等,只是记叙片断经历,与"传记"多有较为完整的人生经历殊不相同。而还有一些具有"传记"特点的,却被分属其他门类,如"鬼"类中的《李章武传》、"狐"类中的《任氏传》、"昆虫"类中的《南柯太守传》等,在体例上都与"杂传记"中的作品相似。如果说编者主要考虑这些作品的怪异内容,可是《东阳夜怪录》又没有与颇为相似的《岑顺》、《元无有》等一样,收录在"精怪"类中。而"杂传记"中还有《灵应传》,描写了龙女，与《柳毅传》相像，但后者却又编在“龙”类中。这种分类表现出当时的作者还没有真正从文体上把握唐代传奇的内在特点。

宋元时期的文言小说辑集并不只有《太平广记》，比较重要的小说选集还有宋代王宗哲的《绀珠集》、曾慥的《类说》和元代陶宗仪的《说郛》，这几部小说选集在小说史上各有不同的价值。以《类说》为例，它是继《太平广记》之后又一部大型的小说选集，《四库全书总目》之《类说》提要称其“取自汉以来百家小说，采掇事实，编纂成书……其书体例，乃删削原文，而取其奇丽之语，各加标目于条首，与当时王宗哲所刊《绀珠集》相同；至分部采撮，各以原书为次，不别加编类，又为陶宗仪《说郛》所自祖。然其时古籍尚多，慥又精于裁鉴，故所甄录大都遗文僻典，可以禆助多闻，若《绀珠》之太略，《说郛》之太繁，皆不如此书博约兼资，足称完赡。又每书虽经节录，而以原书相校，未尝改窜一词”。

从《类说》与《太平广记》的共选作品看，《类说》一般来说较为简略，当有删节，如《太平广记》卷二百七十三所收《唐阙史》中杜牧情事颇为详细，而《类说》卷二十九据《丽情集》所录《湖州髻髻女》仅截取最后一节（“绿叶成荫子满枝”），文字也相对简单。但也有一些独有的作品，不见于他书，自然十分珍贵。如宋人张君房所编《丽情集》，《郡斋读书志》小说类著录为二十卷，云“皇朝张君房唐英编古今情感事”，这一专题性的小说集是小说集编撰中的新事物，李献民《云斋广录》中有《丽情新说》，其名目可能就是仿此而来。可惜的是，此书没有完整地保留下来，而《类说》卷二十九却收录了其中二十四题，除了上面提到的《湖州髻髻女》，还有《燕子楼》、《无双仙客》、《爱爱》、《非烟》等。这些“古今情感事”又多见于《绿窗新话》等书以及后来说话艺术的“烟粉”、“灵怪”，因此，《类说》保留的《丽情集》作品，对理清小说史的线索和相关作品的演变，是很有意义的。如《燕子楼》：

> 张建封仆射节制武宁，舞妓盼盼，公纳之燕子楼，白乐天使经徐，与诗曰：“醉娇无气力，风袅牡丹花。”公薨，盼盼誓不他适，多以诗代问答，有诗近三百首，名《燕子楼集》，尝作三诗云：“楼上残灯伴晓霜，独眠人起合欢床。相思一夜情多少，地角天涯不是长。”“北邙松柏锁愁烟，燕子楼中思悄然。自埋剑履歌尘散，红软香消一十年。”“适看鸣雁岳阳回，又睹玄禽过社來。瑶瑟玉箫无意绪，任从虫网任从灰。”乐天和曰：“满窗明月满簾霜，被冷香销独卧床。燕子楼前清月夜，秋来只为一人长。”“屡熨罗衫色如烟，一回看着一潸然。自从不舞霓裳曲，叠在空箱得几年。”“今年有客洛阳回，曾到尚书塚上来。见说白杨堪作柱，争教

红粉不成灰。"又一绝云："黄金不惜买蛾眉，拣得如花四五枝。歌舞教成心力尽，一朝身去不相随。"盼盼泣曰："妾非不能死，恐百载之后，人以我公重于色。"乃和白诗云："自守空楼敛恨眉，形同春后牡丹枝。舍人不会人深意，刚道泉台不去随。"①

此事本事见《白氏长庆集》卷十五《燕子楼诗三首并序》，但白居易作诗逼死佳人，前人多有辨伪。即以白居易《燕子楼诗三首并序》与《丽情集》相比，就有一些改易，如将盼盼之身份由妓改作妾等。这一故事后来屡见小说戏曲，《警世通言》中的《钱舍人题诗燕子楼》仍是它的发挥。由于《类说》有删节作品的情况，这些独有的作品未必是小说的原貌。所以，《类说》保存的作品，对于小说史研究来说，既是一件幸事，也有遗憾。

除了前代小说的辑集，宋元文言小说的创作也并未消沉，不同的小说门类皆有创作。其中志怪小说较多。宋初徐铉的《稽神录》属于较早的一部。徐铉，南唐时官至吏部尚书，后随后主入宋，继续为官，曾参加编纂《太平御览》、《文苑英华》和《太平广记》，而《太平广记》中也采录了不少《稽神录》篇目。但"其文平实简率，既失六朝志怪之古质，复无唐人传奇之缠绵"。大体同时还有徐铉女婿吴淑的《江淮异人录》，二卷。吴淑在南唐时曾任校书郎直内史，入宋后授大理评事，也参与了《太平御览》、《太平广记》等书的编纂。与《稽神录》重在记叙神怪稍有不同，《江淮异人录》以"异人"为主，其中多道流、侠客、术士之类。北宋其他志怪小说还有黄休复的专记五代前后蜀至宋真宗时之事的《茅亭客话》以及张君房的《乘异记》、张师正的《括异志》、华仲询的《幕府燕闲录》等。南宋则有郭彖《睽车志》、李石《续博物志》、鲁应龙《闲窗括异志》等。

志人小说也有值得关注的作品，由于宋代史学发达，不少士大夫着意辑录史实，故此类游移于历史、小说之间的笔记颇为盛行。如宋真宗年间张齐贤所撰《洛阳缙绅旧闻记》，据其自序，他未应举前，"多与洛城缙绅旧老善，为余说及唐梁已还五代间事，往往褒贬陈迹，理甚明白，使人终日听之忘倦"。后来，追忆旧闻，"摭旧老之所说，必稽事实；约前史之类例，动求劝诫。乡曲小辨，略而不书；与正史差异者，并存而录之，则别传、外传比也"。因多据传说回忆，未尽可信；又语涉神怪，附以议论，叙述描写，迹近小说。此种"别传"、"外传"性笔记小说，还有司马光的《涑水记闻》、释文莹的《湘山野

① 《类说》卷二十九，书目文献出版社，1988年影印明天启刊本，第482—483页。

录》、魏泰的《东轩笔录》、宋庠的《杨文公谈苑》、李畋的《该闻录》等。而“语林体”的有孔平仲的《续世说》、王谠的《唐语林》等，追摹《世说新语》，但缺少其风神韵致。

宋代最重要的文言小说集当推洪迈的《夷坚志》。洪迈，字景庐，号容斋，鄱阳(今江西波阳)人，洪皓子。其父高宗绍兴十五年(1145)中进士，授两浙转运司傒办公事，入为敕令所删定官。以主张抗金为秦桧所恶，洪迈亦遭排挤，累迁吏部郎兼礼部。曾接待金使者，不事迁就；使金，以争朝见礼，不屈，几被扣留，还朝后竟被认为使金辱命而论罢。孝宗乾道元年(1165)，起知泉州，次年改知吉州。三年，迁起居郎，拜中书舍人兼侍读、直学士院，仍参史事。后历知赣州、建宁府、婺州。淳熙十三年(1186)，拜翰林学士，上《四朝史》。光宗绍熙元年(1190)，知绍兴府，提举玉隆万寿宫。二年，以端明殿学士致仕。是岁卒，年八十。如此丰富的经历，在前代的小说家中可以说是少见的。而这对一个小说家，特别是对创作像《夷坚志》这样广采博收的文言小说集来说，是非常有利的。《宋史》卷三七三《洪皓传》附《洪迈传》称其“幼读书日数千言，一过目辄不忘，博极载籍，虽稗官虞初，释老傍行，靡不涉猎”，“以博洽受知孝宗，谓其文备众体。迈考阅典故，渔猎经史，极鬼神事物之变，手书《资治通鉴》凡三。有《容斋五笔》、《夷坚志》行于世，其他著述尤多。”

从洪迈的整个人生经历与文化活动看其小说创作，也许可以更清晰地认识其创作的特点。例如《容斋随笔》，按传统的小说观说，也属“小说”，但它与《夷坚志》明显不同，属于考辨性质的。洪迈分别独立撰述，表明他对《夷坚志》小说性质的清晰把握。《容斋随笔》虽亦有故事，多为历史性质，重在评述，与《夷坚志》的关注角度与笔法迥然有别。同样，洪迈虽然对诗歌也情有独钟，编有《万首唐人绝句》一百卷，但《夷坚志》中却不像有些文言小说那样，穿插大量诗歌，在文体上更接近记录而非创作。

《夷坚志》实为洪迈遣兴之书，《列子·汤问》中有“夷坚闻而志之”一语，称“夷坚”为博物志怪之人，洪迈取意于此，杂采古今奇闻琐事，凡神仙鬼怪、冤对报应、释道淫祀、医卜妖巫、梦幻杂艺、忠臣孝子、贪谋诈骗、风俗习尚等等，有闻必录，而以“极鬼神事物之变”为宗旨。《夷坚志》始刊于绍兴末年(1162)，绝笔于淳熙初年(1174)，原书为四百二十卷，今存有甲、乙、丙、丁志各二十卷，支志甲、乙、丙、丁、戊、庚、癸各十卷，三志己、辛、壬各十卷，志补二十五卷，再补一卷。其卷帙浩繁，在文言小说史上是罕见的，虽然不免贪多务得的芜杂之病，然也为褒之者誉为说部冠冕、小说渊海。

作为一个小说家，洪迈的主体意识很鲜明。这种主体意识表现在他的创作虽广采博取，但也带有个人的生活烙印，例如《夷坚志》有相当一部分题材与江西有关，这与他身为江西人是分不开的，而这又加强了文言小说的地域色彩。这种主体意识又表现在他的创作观念上，他为编撰《夷坚志》写了一系列的序，在《夷坚乙志序》中，他说：

> 《夷坚初志》成，士大夫或传之，今镂板于闽，于蜀，于婺，于临安，盖家有其书。人以予好奇尚异也，每得一说，或千里寄声，于是五年间又得卷帙多寡与前编等，乃以乙志名之。凡甲、乙二书，合为六百事，天下之怪怪奇奇尽萃于是矣。夫齐谐之志怪，庄周之谈天，虚无幻茫，不可致诘。逮干宝之《搜神》，奇章公之《玄怪》，谷神子之《博异》，《河东》之记，《宣室》之志，《稽神》之录，皆不能无寓言于其间。若予是书，远不过一甲子，耳目相接，皆表表有据依者。谓予不信，其往见乌有先生而问之。[①]

序中很自负地谈了自己的创作特点，对于虚构问题，则给予了幽默的回答。在《夷坚丁志序》中，他进一步自问自答地谈到《夷坚志》的写作“盖寒人野僧山客道士瞽巫俚妇下隶走卒，凡以异闻至，亦欣欣然受之，不致诘，人何用考信”，并以《史记》也有神奇荒怪的描写为自己辩护。

在具体创作中，《夷坚志》中的作品文笔朴质，偏重情状，少有铺叙，并常于篇尾说明故事来源，以资取信。这种尚简求实的写作特点，仍保持着魏晋南北朝小说的遗风，但在内容上，却有细微变化。如《夷坚乙志》卷七《杜三不孝》：

> 洪州崇真坊北有大井，民杜三汲水卖之，夏日则货蚊药以自给，与母及一弟同居。弟佣于饼家，唯兄以两饭养母，然特酗酒，小不如意，至于辱詈加箠。邻曲见者皆扼腕，导其母使讼，未及也。一旦，大醉归，复殴母。俄忽忽如狂，取所合蚊药内砒霜硫黄掬服之，走入市，从其徒求水饮。市人以为醉，不知药毒已发矣，顷刻而死。其不孝之报欤？[②]

表面看是一个报应故事，但略无怪异，叙述的实际上只是市井社会的日常生活而已。不过，《夷坚志》中也有一些情节曲折、篇幅稍长的作品，间或吸收了一些传奇的笔法。如《夷坚志补》卷十一《满少卿》：

---

① 《夷坚志》第一册，中华书局，1981年，第185页。
② 同上书，第242页。

满生少卿者，失其名，世为淮南望族，生独跅驰不羁，浪游四方。至郑圃依豪家，久之，觉主人倦客，闻知旧出镇长安，往投谒，则已罢去。归次中牟，适故人为主簿，赒之不能足，又转而西抵凤翔。穷冬雪寒，饥卧寓舍，邻叟焦大郎见而恻然，饭之，旬日不厌。生感幸过望，往拜之。大郎曰："吾非有余，哀君逆旅披猖，故量力相济，非有他意也。"生又拜誓，异时或有进，不敢忘报。自是日诣其家，亲昵无间，杯酒流宕，辄通其室女，既而事露，惭愧无所容。大郎叱责之曰："吾与汝本不相知，过为拯拔，何期所为不义若此？岂士君子行哉！业已尔，虽悔无及，吾女亦不为无过，若能遂为婚，吾亦不复言。"生叩头谢罪，愿从命。既成婚，夫妇相得欢甚。

居二年，中进士第，甫唱名，即归，绿袍槐简，跪于外舅前，邻里争持羊酒往贺，歆艳夸诧。生连夕燕饮，然后调官。将戒行，谓妻曰："我得美官，便来取汝，并迎丈人俱东。"焦氏本市井人，谓生富贵可俯拾，便不事生理，且厚赆厥婿，资产半空。生至京，得东海尉，会宗人有在京者，与相遇，喜其成名，拉之还乡。生深所不欲，托辞以拒。宗人骂曰："书生登科名，可不归展坟墓乎！"命仆负其囊装先赴舟，生不得已而行。到家逾月，其叔父曰："汝父母俱亡，壮而未娶，宜为嗣续计。吾为汝求宋都朱从简大夫次女，今事谐矣。汝需次尚岁余，先须毕姻，徐为赴官计。"叔性严毅，历显官，且为族长，生素敬畏，不敢违抗，但唯唯而已，心殊窘惧。数日，忽幡然改曰："彼焦氏非以礼合，况门户寒微，岂真吾偶哉！异时来通消息，以理遣之足矣。"遂娶于朱。朱女美好，而装奁甚富，生大惬适。凡焦氏女所遗香囊巾帕，悉焚弃之。常虑其来，而杳不闻问。①

上面的描写，从满少卿的落魄写至发达，细致地表现了人物心理的变化，尤其是另娶一段，更有直接的心理描写，在文言小说中殊为少见。而焦大郎及其叔父虽着墨不多，性格俱见。

《夷坚志》在叙述方式上也有一些变化，如《夷坚志补》卷八《临安武将》结尾提到"士肃说"，这在文言小说中并不鲜见，既是为了突出记录的"真实性"，也表明了小说的叙述角度。不过，在展开叙述的过程中，洪迈却又增加了描写性的因素，作品开篇写向士肃与二寺隶出谒，路过军将桥，遇一武士

---

① 《夷坚志》第四册，中华书局，1981年，第1649页。

斥打一妇人，又有健卒负挈箱箧，士肃讶其事，寺隶乃细说其中原由。原来，这是一个专门诱少年多资者的诈骗团伙。从情节的发展来看，武士斥打妇人已是骗局最后的表演，也就是说，这篇作品是从情节的末端倒叙的，显然，这不太符合“士肃”讲说的实际情形。篇中叙及骗局过程中的一些具体细节及人物心理，也不是寺隶能够知道的。因此，洪迈突破了转述式的记录，而有意通过叙述的技巧，制造一种悬念。士肃的惊讶，即是为了唤起读者的惊讶。这种曲折的叙述，在篇幅短小的文言小说是不多见的。

《夷坚志》最引人注目的还是其中以市井社会为中心的作品，这不仅使它展现了与以往志怪小说不同的面貌，也因此受到同时及后世说话艺人的重视。如《夷坚志补》卷七《丰乐楼》中的沈一看到其酒客中有几人情况特殊，以为是五通神，便向他们跪拜，“乞小富贵”；他们送了他一袋器皿，他摸知为银酒器，担心背回家去时酒器相互碰撞发声，路上有人盘问，就赶快用槌击脚踩，将它们全都弄扁，连口袋都来不及打开；回家后向妻子“连声夸语”：“速寻等秤来，吾获横财矣。”诸如此类的表现就颇切合市井民众的身份与心理。

应当说，《夷坚志》在这方面的表现还有相当的深度，如《夷坚丙志》卷十四《王八郎》叙富商王八郎因与娼妇绸缪而憎恶其妻，以致休弃。其妻乃智人，早有防备，遂变卖家中器物作为离婚后生活之资，并开店经商，拒绝了王八郎在生意上的帮助，独自抚养幼女。后两人俱去世，其女欲合父母同葬，而两骸竟东西相背。作品篇幅虽不太长，但内涵深邃，尤其突出的是塑造了一个颇具智慧、有独立意志的中年妇女形象，为古代小说所罕见。

值得注意的是，《夷坚志》虽以志怪著称，但在表现市井社会的一些作品中，却没有什么怪异描写，如《夷坚志补》卷八《李将仕》、《临安武将》、《吴约知县》都是写利用女色诈财的骗局，完全是现实写真，没有半点虚诞。而这些故事的类型化，也显示了小说创作适应读者兴趣的端倪。

在艺术上，《夷坚志》并非如作者所标榜的那样，都有“寓言”，一些篇目徒以情节取胜，没有什么劝惩说理的意味，反而时时流露出悦人视听的旨趣。而描写也较浅近，甚至引入了一些俗语。如《夷坚》支戊卷五《刘元八郎》叙述两人合资经商，因债务诉于州吏，官府受贿，竟为负债者开脱而拘囚债主。义士刘元八郎为之不平，作伪证者闻之，惧彰泄为害，推两能言善辩者，邀刘饮于旗亭，劝道：“八郎何管他人闲事，且吃酒。”又妄图收买他。刘怒骂曰：“尔辈起不义之心，兴不义之狱，今又以不义之财污我，我宁饿死不受汝一钱饵也。此段曲直虚实定非阳间可了，使阴间无官司则已，若有之，渠须有理雪处。"从酒家得知餐费一千八百,说:"三人共饮,我当六百。"后来,刘元八郎果然去阴间为债主作证,遇债主,债主说:"烦劳八郎来,此处文书都了,只要略证明,切莫忧恼。"而阎王知其原委,叹曰:"世上却有如此好人,真是可重!"当刘元八郎返生时,阴间小吏索钱。刘拒不与,小吏乃大骂:"两三日服事,你如何略不陈谢?且与我十万贯!"刘又拒之曰:"我自无饭吃,那得闲钱。"篇中的上述人物语言,即相当俚俗,干净利索中颇见刘元八郎豪爽性格。《二刻拍案惊奇》之《迟取券毛烈赖原钱　失还魂牙僧索剩命》用此篇为头回,翻为白话,略加点染,但其中"八郎不要管别人家闲事,且只吃酒","世上却有如此好人"云云,仍沿用原作,可见语言风格有一致之处。

《夷坚志》所表现出来的创作特点在宋元其他文言小说集中也可以看到,甚至有些作品有直接渊源。如《夷坚丁志》中的《太原意娘》是一篇影响颇大的作品:

> 京师人杨从善陷虏在云中,以斡如燕山,饮于酒楼。见壁间留题,自称"太原意娘",又有小词,皆寻忆良人之语。认其姓名字画,盖表兄韩师厚妻王氏也。自乱离暌隔不复相闻。细验所书,墨尚湿,问酒家人,曰:"恰数妇女来共饮,其中一人索笔而书,去犹未远。"杨便起,追蹑及之。数人同行,其一衣紫佩金马盂,以帛拥项,见杨愕然,不敢公召唤,时时举目使相从。逮夜众散,引杨到大宅门外,立语曰:"顷与良人避地至淮泗,为虏所掠。其酋撒八太尉者欲相逼,我义不受辱,引刀自刭不殊。大酋之妻韩国夫人闻而怜我,亟命救疗,且以自随。苍黄别良人,不知安往。似闻在江南为官,每念念不能释。此韩国宅也,适与女伴出游,因感而书壁,不谓叔见之。乘间愿再访我,傥得良人音息幸见报。"杨恐宅内人出,不敢久留连,怅然告别。虽眷眷于怀,未敢复往。它日,但之酒楼,瞻玩墨迹。忽睹别壁新题字并悼亡一词,正所谓韩师厚也,惊扣此为谁,酒家曰:"南朝遣使通和,在馆有四五人,来买酒,此盖其所书。"时法禁未立,奉使官属尚得与外人相往来。杨急诣馆,果见韩,把手悲喜,为言意娘所在,韩骇曰:"忆遭掠时,亲见其自刎死,那得生?"杨固执前说,邀与俱至向一宅,则阒无人居,荒草如织。逢墙外打线媪,试告焉。媪曰:"意娘实在此,然非生者。昨韩国夫人闵其节义,为火骨以来,韩国亡,因随葬此。"遂指示窆处。二人逾垣入,恍然见从庑下趣室中,皆惊惧。然业已至,即随之,韩国影堂,傍绘意娘像,衣貌悉曩所见。韩悲痛还馆,具酒肴,作文祭酹,欲挈遗烬归,拜而祝曰:"愿往不愿往,当以影响相告。"良久,出现曰:"劳君爱念,孤魂寓此,岂不愿

有归？然从君而南，得常常善视我，庶慰冥漠；君如更娶妻，不复我顾，则不若不南之愈也。”韩感泣，誓不再娶。于是窃发冢，裹骨归，至建康，备礼卜葬，每旬日辄往临视。后数年，韩无以为家，竟有所娶，而于故妻墓稍益疏。梦其来，怨恚甚切，曰：“我在彼甚安，君强携我。今正违誓言。不忍独寂寞，须屈君同此况味。”韩愧怖得病，知不可免，不数日卒。①

“三言”中的《杨思温燕山逢故人》就是从这一作品发展而来的。但在《太原意娘》与《杨思温燕山逢故人》之间，还有一个中介，南宋后期沈氏的《鬼董》卷一有一篇记张师厚事，略谓师厚妻懿娘死，师厚继娶刘氏，残刻妒忌，迫师厚发懿娘墓，以骨投于江中。继而刘氏已死的前夫和懿娘的鬼魂均来索命，师厚请法师张云老禳治。但刘氏仍为前夫鬼魂拖入水中而死。云老与懿娘鬼魂搏斗，却击中师厚，以致殒命。作者在篇末提到《夷坚志》中杨从善事实即此事，并称“但以意娘为王氏，师厚为从善，又不及刘氏事。案此新奇而怪，全在再娶一节，而洪公不详知，故复载之，以补《夷坚》之阙”。后来《杨思温燕山逢故人》正是捏合二者而成。

金元之际的元好问作有《续夷坚志》，内容和体例也是模仿《夷坚志》的，其中多冤报怪异故事，聊无新意。但琐碎间，偶有可读之作，如《京娘墓》叙书生王元老与京娘鬼魂相通，终以幽明异路，不可久处。但京娘知其试期在迩，预示未来，劝元老力疾而往，并相约辽阳道中：

元老寻病，父母不欲令就举。月余小愈，元老锐意请行，以车载之。途次辽河淀，霖雨泥淖，车不能进，同行者鞭马就道。车独行数里而轴折。元老忧，不知所为。忽有田夫，腰斤斧负轴而来，问之，匠者也，元老叹曰：“此地前后二百里无民居，今与匠者值，非阴相耶？”治轴讫将行，俄见一车，车中人即京娘也。元老惊喜曰：“尔亦至此乎？”京娘曰：“君不记辽阳道中相见之语乎？知君有难，故来相慰耳。”元老问：“我前途所至，可得知否？”京娘即登车，第言尚书珍重而已。②

元老后来果然擢第，官至礼部尚书。篇中京娘鬼魂，并无怪异之感，而相助王元老于“霖雨泥淖”，又足见其深情。

从《太平广记》到《夷坚志》，宋代文言小说在传统的道路上已经走到了

① 《夷坚志》第二册，中华书局，1981年，第608页。

② 《续夷坚志》，中华书局，1986年，第8—9页。

极致，而在后者，我们还可以看到向新的方向延伸的苗头。有一点可以肯定，无论勃然兴起的白话小说有怎样新的特点，它们从一开始就没有忽视传统的文言小说，罗烨《醉翁谈录》中的《舌耕叙引》提到宋元说话艺人“幼习《太平广记》”、“《夷坚志》无有不览”，并不全是虚夸之词。以明代编集的“三言二拍”为例，其中就从《夷坚志》取材约36篇之多，或许可以作为说话艺人偏爱其书的一个旁证。宋代文运昌隆，名家辈出，《古今小说》之《史弘肇龙虎君臣会》中独将洪迈与苏轼相提并论，称其“珠玑满腹，锦绣盈肠”，“有一代之史才”，也足见对话本小说家的尊崇。

第二节　传奇小说在宋元时期的新变

明代胡应麟在《少室山房笔丛》卷二十九中说：“小说，唐人以前，纪述多虚，而藻绘可观；宋人以后，论次多实，而彩艳殊乏。”桃源居士《宋人小说序》中也认为宋人小说比起唐人来“奇丽不足，而朴雅有余”。由于这些说法没有说明所说的“小说”是传奇还是一般的志怪、杂录之类，我们可能不应该以此作为对宋代小说的整体判断，至少不能简单地以此作为对宋代传奇的判断。客观地说，宋代传奇与唐代传奇相比，出现了一些新的变化，这些变化又为传奇在稍后的进一步发展作了必要的铺垫，而这都是古代的小说评论家没有给予足够注意的。

宋代的传奇小说创作数量相当可观，其中有几个方面值得注意。

一、隋炀帝系列的传奇小说

这一系列的作品有《隋炀帝海山记》、《隋炀帝开河记》、《隋炀帝迷楼记》等，与前面介绍过的汉武帝系列的小说一样，也是属于帝王故事；所不同的是，隋炀帝的形象带有明显的负面色彩，所写的内容也与汉武帝系列的神仙意味有别，更多地涉及了人的情欲世界。就此而言，隋炀帝系列传奇与史传的关系更为疏远，而更接近后世的小说。

描写隋炀帝的作品唐代就有《大业拾遗记》，而《海山记》、《开河记》、《迷楼记》的作者、时代不详。其中《海山记》见于刘斧《青琐高议》，可知此篇创作当不晚于北宋，但也不会早至唐代。这几篇作品在小说史上有以下两点值得注意的地方。

首先，这几篇作品的结构较有新意，它们多围绕一个中心展开情节，表现出小说写作在结构上的创新。如《迷楼记》以“炀帝晚年,尤沉迷女色”开篇,这种写法与中国古代小说一上来先交代人物的基本情况不同,其预设的叙述前提是读者对这一人物是熟悉的,也就是说,它可能是系列作品的一篇。[①] 而就本篇来说,则是以人物的心理作为情节展开的内在动力与起点,显示出小说叙述方面的重要变化。而全篇围绕迷楼的兴废展开,从迷楼的议建、炀帝日夕沉荒于迷楼到最后迷楼被焚,构成了一个以“迷楼”为基本线索的情节过程,而“迷楼”同时也作为贯穿整个情节的小说场景,具有了重要的叙述意义。不但如此,这种叙述又与其他叙述方式相结合,显示了作者在叙述结构上的艺术匠心。如结尾有这样一段:

> 大业九年,帝将再幸江都。有迷楼宫人静夜抗歌云:“河南杨柳谢,河北李花荣。杨花飞去去何处?李花结果自然成。”帝闻其歌,披衣起听,召宫女问之云:“孰使汝歌也?汝自歌之耶?”宫女曰:“臣有弟,民间得此歌,曰:‘道途儿童多唱此歌。’”帝默然久之,曰:“天启之也,人启之也!”帝因索酒,自歌云:“宫木阴浓燕子飞,兴衰自古漫成悲。它日迷楼更好景,宫中吐艳变红辉。”歌竟,不胜其悲。近侍奏:“无故而悲,又歌,臣皆不晓。”帝曰:“休问。它日自知也。”后帝幸江都。唐帝提兵号令入京,见迷楼,大惊曰:“此皆民膏血所为也!”乃命焚之。经月火不灭,前谣前诗皆见矣。[②]

以人物心理作为叙述的起点,加上贯穿的情节、中心的场景以及谶语式的结尾等,使得这篇作品在叙事上,大大超越了前人。而这在隋炀帝系列作品中并非偶然,如《开河记》中开篇即有这样一段:

> 睢阳有王气出,占天耿纯臣奏:“后五百年当有天子兴。”炀帝已昏淫,不以为信。时游木兰庭,命袁宝儿歌《柳枝词》。因观殿壁上有《广陵图》,帝瞪目视之,移时不能举步。时萧后在侧,谓帝曰:“知他是甚图画,何消皇帝如此挂意?”帝曰:“朕不爱此画,只为思旧游之处。”于是帝以左手凭后肩,右手指图上山水及人烟村落寺宇,历历皆如目前。谓后曰:“朕为陈王时,守镇广陵,旦夕游赏。当此之时,以云烟为美景,视荣贵若深冤。岂期久有临轩,万机在务,使不得豁于怀抱也。”言讫,圣容

---

① 《海山记》开篇有:“余家世好蓄古书器,惟炀帝事详备,皆他书不载之文。乃编以成记,传诸好事者,使闻其所未闻故也。”是篇从炀帝出身写起,当为首篇,《开河记》、《迷楼记》依次展开。

② 《鲁迅辑录古籍丛编》,第二册,人民文学出版社,1999年,第214—215页。

> 惨然。后曰:“帝意欲在广陵,何如一幸?”帝闻,心中豁然。翌日与大臣议,欲泛臣舟自洛入河,自河达海入淮,方至广陵。群臣皆言似此程途,不啻万里,又孟津水紧,沧海波深,若泛巨舟,事有不测。时有谏议大夫萧怀静(乃萧后弟)奏曰:“臣闻秦始皇时,金陵有王气,始皇使人凿断砥柱,王气遂绝。今睢阳有王气,又陛下意在东南,欲泛孟津,又虑危险。况大梁西北有故河道,乃是秦将王离畎水灌大梁之处。欲乞陛下广集兵夫,于大梁起首开掘,西自河阴,引孟津水入,东至淮口,放孟津水出。此间地不过千里,况于睢阳境内过,一则路达广陵,二则凿穿王气。”帝闻奏大喜,群臣皆默。①

更为细致地描写了人物的心理及其作为叙述起点的作用,而全篇以“运河”为中心,也表现了与《迷楼记》同样的结构特点。

其次,虽然小说所写的是重要的历史人物,也涉及了朝代更替的重大事变,但内容上渲染的却是历史人物的私生活与个人感情。如《迷楼记》极写隋炀帝的荒淫,实际上已开后世《隋炀帝艳史》之类作品的先河。但他驰情纵欲时,偶尔也有变化,甚至一度以为王义的劝谏“极有深理”,并有所节制。但“居二日,帝忿然而出曰:‘安能悒悒居此乎?若此,虽寿千万岁,将安用也!’乃复入迷楼”。后来,作品又描写他读到宫女侯夫人的绝命诗,“反覆伤感”。这些情节都避免了人物塑造的简单化倾向。而在写法上,作者也善于运用各种方式表现人物的内心,如《海山记》中有这样一段:

> 一夕,帝泛舟游北海,惟宫人数十辈相随。帝升海山殿,是时月初朦胧,晚风轻软,浮浪无声,万籁俱息。帝恍惚。俄见水上有一小舟,只容两人。帝谓十六院中美人。洎至,有一人先登赞道,唱:“陈后主谒帝。”帝亦忘其死。帝幼年于后主甚喜,乃起迎之。后主再拜,帝亦躬劳谢。既坐,后主曰:“忆昔与帝同队戏时,情爱甚于同气。今陛下富有四海,令人钦服不已。始者谓帝将致理于三王之上,今乃取当时乐以快平生,亦甚美事。闻陛下已开隋渠,引洪河之水,东至维扬,因作诗来奏。”乃探怀出诗,上帝。诗曰:
>
> 隋室开兹水,初心谋太奢。一千里力役,百万民吁嗟。
>
> ……
>
> 帝观书,拂然愠曰:“死生,命也。兴亡,数也。尔安知吾开渠为后

① 《鲁迅辑录古籍丛编》,第二册,人民文学出版社,1999年,第216—217页。

人之利?"帝怒叱之。后主曰:"子之壮气,能得几日?其终始更不若我。"帝乃起而逐之。后主走,曰:"且去。且去。后一年,吴公台下相见。"乃没于水际。帝方悟其死。帝兀坐不自知,惊悸移时。[1]

这一段梦幻描写,实际上展示了人物内心的虚弱,表现出作者丰富情节底蕴、充实人物刻画的艺术追求。

此外,小说在具体描写上也有值得称道的地方。写人物语言如《海山记》杨素扶立炀帝后,归谓家人辈曰:"小儿子吾已提起,教作大家。即不知了当得否?"骄狂与疑虑并见于口语中。写环境如《迷楼记》对迷楼的刻画:"楼阁高下,轩窗掩映。幽房曲室,玉栏朱楯,互相连属,回环四合,曲屋自通。千门万户,上下金碧。金虬伏于栋下,玉兽蹲乎户旁,壁砌生光,琐窗射日。工巧云极,自古无有也。"文笔相当精细。至于在现实描写中点缀怪异描写、散文叙述中穿插大量韵文,等等,也都表现出作者对小说笔法的娴熟运用。可以说,上述隋炀帝系列作品在小说史上是具有突破意义的。

二、《娇红记》

《娇红记》是另一篇值得重视的传奇小说,作者宋梅洞,一说虞伯生。作品描写申纯在舅父王通判家做客期间,与表妹王娇娘相爱,终至私通。但王通判以法令禁止表兄妹结婚为由,拒绝了申家的求婚。后来,申纯中了进士,王通判才同意二人亲事。然而,帅府公子也看中了王娇娘,王通判又将娇娘许给了他。知事已无望,娇娘绝食而死,申纯则自缢而死。二人抱恨殉情后,人们常在夜里听到他们窃窃私语。

在爱情题材的作品中,无论是传统的文言小说还是新兴的白话小说,都有不少描写了悲剧的结局。在这一点上,《娇红记》的开创性并不是那么突出的。它的价值很大程度上与它的篇幅有关,也就是说,在《娇红记》之前,还没有哪一篇文言小说以两万余字的篇幅,细致地展现了一对恋人的爱情悲剧。这当然不只是字数的多寡问题,而是与对人物复杂性格的表现、曲折情节的展开、生动细节的描写联系在一起的。比如小说一开始写两人初见时:

(舅)再命侍女飞红呼娇娘出见。良久,飞红附耳语妗,以娇娘未梳妆为言。妗因怒曰:"三哥,家人也,出见何害?"生闻之,因曰:"百一姐

① 《青琐高议》,上海古籍出版社,1983年,第152页。

无他故，姑俟日后请相见。”

妗因笑曰：“适方出浴未理妆，故欲少俟。三哥一家人，何事铅粉耶？”又令他侍女促之。顷刻娇自左掖出拜。双鬟绾绿，色夺图画中人，朱粉未施而天然殊莹。生起见之，不觉自失。[①]

这一段描写只是围绕娇娘梳妆展开，不过是日常生活细节，但在人物口语化的对话中，人物的性格历历在目，而娇娘的出场也因有此铺垫，更引人注目。

在表现人物关系方面，《娇红记》也值得称道。比如在不少才子佳人的小说戏曲中，都有红娘、春香之类角色，她们基本上都是站在小姐一边的，因而与才子佳人不构成矛盾关系。但在《娇红记》中，王通判的侍女飞红却不然：

舅之侍女飞红者，颜色虽美，而远出娇下。惟双弯与娇无大小之别，其写染诗词，与娇相埒，娇不在侧，亦佳丽也。以妗性妒，未尝获宠于舅。常时出入左右，生间与之语。娇则清丽瘦怯，持重少言，伫视动辄移目。每相遇，生不问，娇亦不答，戏狎一笑，则使人魂魄俱丧。飞红尤喜谑浪，善应对，快谈论，生虽不与语，亦必求事以与生言。娇每见之，则有不足之意。及生再至，红益与之亲狎，娇疑焉。生久求娇鞋不获。一日，娇昼寝，生偶至其侧，因窃鞋趋出，方及寓室，以他事去，未曾收拾。飞红适尾生后，见生遗鞋，红乃疑娇所与者，因收之。生罔知所以。及归室索鞋，无有也，因怏怏于怀。[②]

飞红不但是娇娘的陪衬，也为申、娇二人的关系增添了一种新的感情因素。紧接上面的情节，作者继续写到：

及暮，娇问生索鞋。生曰：“此诚我盗去，然随已失之，谅子得之矣，何苦索我耶？”娇乃止。盖飞红拾归，以分付娇也。然娇以此愈疑生私通于红矣。一日，见飞红与生戏于窗外捉蝴蝶，因大怒诟红。红颇憾之，欲以拾鞋事闻妗，未有间也。后遇望日，众出贺舅妗，娇在焉。因语娇所遗之鞋，扬言谓生曰：“此即子前日所遗之鞋也。”娇变色，亟以他事语舅妗，会舅妗应接他语，不闻。娇因大疑生使红发其私，乃大怨望，自后非于堂中相遇，不复求便以见生。[③]

---

① 程毅中编：《古体小说钞（宋元卷）》，中华书局，1995年，第599页。

② 同上书，第611页。

③ 同上。

正是在这看似寻常的日常生活琐事中，人物复杂而又微妙的感情得到了鲜明的揭示，后来娇娘“屈己以事飞红”，其弟看不过去，娇娘叹曰：“我之遇申生，尔所知也，红与我有隙，屡窘挠我。今生远来已久，我不能与之一叙间阔者，盖阻于此耳。苟不屈己以结红之心，或者与生胥会能保其无语乎？我不自爱而屈事之者，为生设也。”进一步写出了娇娘的性格。在后来的《金瓶梅》中，我们也看到过因为鞋子而掀起的轩然大波，《娇红记》的描写实开此种描写之先河。而在细节描写上，《娇红记》又有接近《红楼梦》的地方，如：

> 次日晨起，生人揖妗，既出，遇娇于堂西小阁中，娇时对镜画眉未终。生近前谓之曰：“兰煤灯烬，即烛花也？”娇曰：“灯花耳。妾用意积久，近方得之。”生曰：“若是，则愿以半丐我书家信。”娇遂肯，令生分其半。生举手分煤，油污其指，因谓娇曰：“子宜分以遗我，何重劳客耶？”娇曰：“既许君矣，宁惜此？”遂以指决煤之半以赠生，因牵生衣拭其指污处曰：“缘兄得此，可作无事人耶？”生笑曰：“敢不留以为贽？”娇因变色曰：“妾无他意，君何戏我？”生见娇色变，恐妗知之，因趋出，珍藏所分之煤于笥中。①

这一段深情款款的调笑、娇嗔，就大有《红楼梦》叙宝黛亲昵关系之意趣。也正因为有如此细腻的描写，所以申、娇二人，尤其是娇娘爱情心理的变化也就显得远比此前其他同类小说来得更真实可信。表面上看只是篇幅的加长，但在娓娓道来的叙述语调中，悬念的设置、情境的烘托都得以从容安排，因而它实质上反映了小说艺术水平的飞跃，这就是《娇红记》在后世产生了广泛影响的重要原因。受其影响，明初的文言小说集《剪灯新话》及稍后的《剪灯余话》，无论从遣词谋篇到内容风格，都有《娇红记》的影子，《剪灯余话》中的《贾云华还魂记》可看作《娇红记》的翻案作品。另外，明代出现了一批中篇传奇，如《天缘奇遇》、《三妙传》等，也是从《娇红记》发展下来的。《娇红记》中才子佳子互相倾慕、诗词传情、私订终身、中遭小人播弄的情节，是才子佳人模式的定型，更为许多小说模仿。如果《娇红记》采用的是当时已流行的白话而不是现在的浅近文言，它在小说史上的地位恐怕会更高。

三、通俗传奇集的编撰

宋元时期，还有一批传奇集值得特别关注，它们是刘斧的《青琐高议》、

---

① 程毅中编：《古体小说钞（宋元卷）》，中华书局，1995年，第602页。

罗烨的《醉翁谈录》等。与以往的传奇小说有所不同，这些传奇集与说话艺术可能多多少少有些关联，在题材与表现方式上也接近通俗小说，可以称之为“通俗传奇”。

刘斧所编的《青琐高议》是一部小说集，其中有些作品标明了作者，如《谭意歌记》题为“谯郡秦醇子复”等，但多数作品的作者已不可考。从创作的角度看，这部小说集有两个特点：首先，集子中的一些作品不仅不是原创性的，还经过了一定的加工与改编，如此书前集卷五宋人张实的《流红记》记叙唐僖宗时，宫女韩夫人题诗于树叶上，置于御苑水渠中，随水流出，为儒生于祐所得。祐复题两句，也书于叶上，置于上流水中，流入御苑，又为韩夫人所得。韩夫人为此更题了一首诗。其后僖宗遣放宫人，韩夫人得以出宫，经人介绍成婚，而其丈夫竟然就是于祐。据《云溪友议》载，唐宣宗时卢渥于京师御沟拾得一红叶，上有题诗“一入深宫里，年年不见春。聊题一片叶，寄与有情人”，其后竟与题诗的宫人成婚。《本事诗·情感第一》则记载顾况曾拾得皇宫中流出的大梧叶，上有题诗。顾况于次日也题诗于叶上，置于流入皇宫的水中。其后又有人拾得宫中流出题有诗句的梧叶，系答顾况诗而作。《流红记》实际是捏合这两篇而成的。其次，随之而来的问题是，既然这些作品是非原创性的，那么它们是为什么而改编的？这一点我们现在已不得而知，但从全书的编排，也许可以看出一些新的特点。这里不妨看一下此书的题名：

青琐高议前集

卷之一

　李相　李丞相善人君子

　东巡　真宗幸太岳异物远避

　……

卷之二

　群玉峰仙籍　牛益梦游群玉宫

　慈云记　梦入巨瓮因悟道

　……

卷之三

　高言　杀友人走窜诸国

　寇莱公　誓神插竹表忠烈

　娇娘行　孙次翁咏娇娘诗

　琼奴记　宦女王琼奴事迹

李诞女　李诞女以计斩蛇
郑路女　郑路女以计脱贼
卷之四
王寂传　王寂因杀人悟道
王实传　孙立为王氏报冤
任愿　青巾救任愿被殴
卷之五
名公诗话　本朝诸名公诗话
远烟记　戴敷窃归王氏骨
流红记　红叶题诗娶韩氏
长桥怨　钱忠长桥遇水仙
卷之六
骊山记　张俞游骊山作记
温泉记　西蜀张俞遇太真
……

在上述题名中，每篇作品都有两个题目。前一个题目比较接近传统的传奇命名，而后一个题目则更接近后来话本小说的命名。据《醉翁谈录》等书，见于著录的宋元话本小说题目很少像《青琐高议》这样的七言以上的标题，只有《快嘴李翠莲记》后面有"《新编小说快嘴媳妇李翠莲记》终"表明此篇的全名，不计"新编小说"为八个字。此种题目与元杂剧的题目倒更类似，但是，如前章所述，我们无法确认现在所知宋元话本小说题目是原题还是略称，可能也无法用见于文本的题目等同于说话艺人用来劝诱"看官"的题目，例如不一定能用《金鳗记》、《错斩崔宁》、《定山三怪》或《新编红白蜘蛛小说》这样的题目来认定说话人现场使用的题目。可以肯定的是，《青琐高议》中的这些题目与包括杂剧在内的通俗文学命题风格有一致之处。这似乎透露了一点信息，即这部小说集很可能是为包括说话人在内的各种艺人参考而编撰的，至少可能受了民间表演伎艺的影响。所以《四库全书总目》之《青琐高议前集》提要称此书为"里巷俗书"，又说此书"所纪皆宋时怪异事迹，及诸杂传记，多乖雅驯，每条下各为七字标目。如张乖崖明断分财，回处士磨镜题诗之类，尤近于传奇"。

就具体作品而言，《青琐高议》有一些作品写得较为成功，如前集卷三的《琼奴记》记琼奴父母双亡，与人做妾，遭主妇妒殴，琼奴作诗抒怀事。这一故事涉及了后世家庭小说常写的妻妾矛盾，颇有创新意味。卷十的《王幼玉传》叙名娼王幼玉与富家子柳富相爱而不果的悲剧，虽未出此类作品的套路，但文笔富于同情，具有一定的感染力。而别集卷二的《谭意歌记》写娼女谭意歌从良后又被张生遗弃，但贞节自持，闭户教子，后张生回心转意，复“通媒妁，行吉礼”，娶谭意歌为妻，终归团圆，不但表现了对妓女的尊重，情节上的反复也增强了作品的艺术性。别集卷四中的《张浩》也比较别致，作品叙写张浩与李氏私订终身，张浩特为李氏留诗为证。李氏父母初不许，后终同意，但张浩叔父却替浩另聘孙氏女。李氏遂告官，并以浩诗及笺记之类为证。官府乃判张、李成婚，“夫妇恩爱，偕老百年”。尽管作品的描写失之简率，有些情节未尽合理。不过，官府判定张、李“已有终身之约”，如张浩别娶，“在人情深有所伤，于律文亦有所禁”，这一思想与描写却反映了一种新的婚姻观念。而李氏的主动、果敢，在小说女性形象塑造中，也十分新颖，与《碾玉观音》、《闹樊楼多情周胜仙》等话本小说中的女性有某种精神上的相通。

别集卷四的《王榭》一篇，借用唐诗人刘禹锡《金陵五咏·乌衣巷》诗“旧时王谢堂前燕，飞入寻常百姓家”两句，敷衍出王榭入乌衣国与燕子通婚的故事，虚构大胆而精巧。

与《青琐高议》相似的小说集还有《云斋广录》，《四库全书总目》此书提要称：“所载皆一时艳异杂事，文既冗沓，语尤猥亵”，“其书大致与刘斧《青琐高议》相类。然斧书虽俗，犹时有劝戒，此则纯乎诲淫而已”。此书分“士林清话”、“诗话录”、“灵怪新说”、“丽情新说”、“奇异新说”、“神仙新说”六门，其中前两门分别记录文人轶事和宋人诗作，后四门则以传奇小说为主。其中有些作品流传较广，如卷五“丽情新说”中的《西蜀异遇》描写李达道与狐女宋媛的爱情故事，李达道明知真相，“爱其才而复思其色”，不改痴情。当二郎神给了他驱怪灵符时，他“仰天而叹曰：‘人之所悦者，不过色也。今睹媛之色，可谓悦人也深矣，安顾其他哉？……’遂毁其符而再与之合”。这一描写与清代《聊斋志异》同类故事在精神上有神似之处。而作者在叙述中穿插了不少凄婉动人的诗篇，又使其具有传奇小说向所谓“诗文小说”发展的特点。卷九的《盈盈传》自叙“予”与吴女盈盈的恋情。盈盈死后成仙，“予”竟与其在仙洞重逢。因叙述角度与众不同，故事情节显得扑朔迷离，而附录的诗歌更赋予作品的奇思异想以优美情韵。

罗烨的《醉翁谈录》则是一部更为特殊的小说文献集。这部集中因有《小说开辟》等记录宋元说话的资料，一向为小说史家所看重。而因为其中所收的小说及其他相关材料很可能是供说话艺人参考用的，所以，那些作品就值得特别关注。如集中有一篇《王魁传》，写“痴情女子负心汉”的故事。当王魁为了个人的前途，抛弃从前的相好桂英时。桂英愤怒发誓：“今王魁负我盟誓，必杀之而后已。然我妇人，吾当以死报之。”自杀后，其鬼魂索命报复。无论是故事本身还是故事类型，《王魁传》对后世的小说戏曲影响都极大。《苏小卿》与《王魁传》相反，其中的双渐，在做官以后，得知当初的恋人小卿已沦落为妓女，不改初衷，仍倾心相爱。而在小卿被迫嫁人时，竟然带其私奔。这种逾礼越制的描写，反映了一种较为通达的思想观念。《红绡密约张生负李氏娘》也是如此，作品中的李氏已婚，却与张生相悦成欢。苦于不能再见，两人相约自杀。一个老尼姑加以劝阻，并为他们谋划出路，称“但不得以富贵为计、父母为心，远涉江湖，更名姓于千里之外，可得尽终世之欢矣”。而张生竟回答：“但愿与伊共处平生，此外皆不介意。”遂与李氏私奔。在描写二人在外三年，难以为生时，小说有这样一段描写：

> 一日，生谓李氏曰：“我之父母，近闻知秀州，我欲一见，次第言之，迎尔归去，作成家之道。”李氏曰：“子奔出已久，得罪父母，恐不见容。”生曰：“父子之情，必不至绝我。”李氏曰：“我恐子归而绝我。”生曰：“你与我异体同心，况情义绵密，忍可相负？稍乖诚信，天地不容。但约半月，必得再回。”李氏曰：“子之身衣不盖形，何面见尊亲？”生曰：“事到此，无奈何。”李氏发长委地，保之苦气，密地剪一缕，货于市，得衣数件与生。乃泣曰：“使子见父母，虽痛无恨。”生亦泣下，曰：“我痛入骨髓。将何以报？”李氏曰：“夫妻但愿偕老，何必言报？”①

夫妻间一层深于一层的对话，将二人的情感与心理，描写得细腻真切。尤其值得关注的是，这里所写的是“婚外恋”，而且主人公还将爱情置于婚姻、富贵乃至父母之上，对此，作者基本上是予以正面描写，这在古代小说中是比较少见的，不过，像《醉翁谈录》这样表现了比较通达的婚姻观的作品在宋代却也不是孤立的，比如在另一部传奇集《摭青杂说》中，就有一篇描写单符郎幼时即由父母为之定亲，因战乱，其未婚妻流落为娼。后来单符郎在全州做官，爱慕一妓，发现此妓正是他的未婚妻，单符郎不以为耻，坚持与她完婚。而“每对士大夫具言其事，无有隐讳，人皆义之”。此书另有一篇叙吕氏为贼徒所掠，并被迫与贼首族子范希周成婚。不久，贼为官兵所灭。吕氏父亲命其改嫁，吕氏不从。其父怒骂：“令汝从人，文官未可知，武官可必有也。县

---

① 《新编醉翁谈录》二种，辽宁教育出版社，1998年，第74页。

君不肯做，尚恋恋为逆贼之妻，不忍抛耶？”而吕氏回应道：“彼名虽曰贼，其实君子也……儿今且奉道在家，作老女奉事二亲，亦多快活，何必嫁焉？”最后终于与范希周团圆。无论是女性的“失贞”，还是男子的从贼，在当时都是个人品行上难以宽恕的瑕疵，然而，在上述作品中，人物的坚贞和完美的结局，都显示了一种开放的思想。所以这两篇作品又被改编为《古今小说》中的《单符郎全州佳偶》和《警世通言》中的《范鳅儿双镜重圆》，反映了市井社会对它们的欣赏态度。

与《醉翁谈录》相似的还有《绿窗新话》，前者还明确提到了说话艺人“引倬、底倬，须还《绿窗新话》”，“引倬、底倬”的意思不甚清楚，但理解为说话艺人要从《绿窗新话》中取材，大致无误。此书上卷多为恋爱故事，下卷内容稍宽，各篇文字都不甚长，有些故事只是片断记载，并非完整小说，但却可以为说话艺人提供引用的参考。如《越州女姿色冠代》：

> 唐宣宗时，越守献美人，姿色冠代。上初悦之，忽曰：“明皇以一杨贵妃，天下怨之，我岂敢忘。”召美人，谓曰：“应留汝不得。”左右请放还。上曰：“放还，我必思之。”令饮鸩而死。[①]

虽然此书的作品大多从前代小说及诗话、史传之类承袭而来，但个别细节略有变化。如《张公子遇崔莺莺》，删去了《莺莺传》中张生诋莺莺为“尤物”、“妖孽”的部分。另外，此书还保留了一些稀见的小说情节，如《醉翁谈录》的《小说开辟》中曾提到《锦庄春游》，但内容不详，《绿窗新话》中却有一篇《金彦游春遇会娘》，被认为就是前者的改写。

《绿窗新话》还有一点是与前面提到《青琐高议》颇为相似，那就是它有一些作品的标题是七言，而且还更进一步，采用了对句的形式，如“刘阮遇天台仙女，裴航遇蓝桥云英”、“崔生遇玉卮娘子，星女配姚御史儿”、“五轩苎罗逢西子，张俞骊山遇太真”、“韦生遇后土夫人，刘卿遇康皇妙女”等，这对白话小说采用对偶标题或回目，应当是有启发意义的。

总之，宋代传奇小说在唐代传奇的基础上，确实是有所发展的。这种发展既表现在文体上，也表现在内容上。不过前者可能更多地偏于雅的方面（如诗歌运用更加多），而后者则更多地偏于俗的方面，这暴露了文言小说自身难以解决的矛盾；但这种矛盾还没有发展到顶点，毋宁说，它还有一定的发展空间，明代的新体传奇小说就是它进一步发展的成果。

---

① 《绿窗新话》，古典文学出版社，1957年，第215页。

第三节 “三灯”及明代中期的新体传奇小说

明代初期出现的《剪灯新话》也是小说史上很重要的一部小说集，而之所以重要，是因为它实际上继承了宋元以来传奇小说的新变。而在它影响下，又直接产生了《剪灯余话》、《觅灯因话》这两部小说集。“三灯”的出现，表明文言小说在白话小说蓬勃发展的形势下，仍然在努力寻找自己的出路；尽管这种努力最终可能只不过证明了文言小说确实难以与白话小说相抗衡，但我们还是不应忽视它们的存在。这是因为，“三灯”及稍后出现的传奇小说，一方面自身受白话小说影响而日益世俗化，另一方面也多少影响了同时的白话小说。换言之，这些新体传奇小说也是完整的小说发展生态的有机组成部分。

《剪灯新话》包括21篇作品，瞿佑在此书《自序》中说，他在编《剪灯新话》时，“好事者每以近事相闻，远不出百年，近止在数载”，其中所写多为“近事”，正是这部传奇集的一个重要特点。书中作品多注明纪年，从元代大德间至明洪武七年，而以元末明初为主。

作者瞿佑生于元明之际的乱世，对社会的黑暗与动荡深有感触，因此，同样是爱情题材的作品，他往往将人物婚恋中的不幸遭遇置于动乱的背景之下，因而赋予了小说鲜明的时代色彩。如《翠翠传》叙淮安民女刘翠翠与男子金定结为夫妇，而张士诚起兵高邮，使夫妻离散，翠翠为李将军所掳。多年后，金定才访得翠翠音讯，却无法相认，只得以兄妹相见，借诗传情。金定因此抑郁而死，不久翠翠也病逝异乡，正是罪恶的战争粉碎了普通人的幸福。在《爱卿传》中，美丽的爱爱与赵子也是很美满的夫妻，而赵子在进京求取功名时，战乱骤起。乱军“不戢军士，大掠居民。赵子之居，为刘万户者所据，见爱卿之姿色，欲逼纳之。爱卿以甘言给之，沐浴入阁，以罗巾自缢而死”。赵子回乡，“则城郭人民皆非旧矣。投其故宅，荒废无人居，但见鼠窜于梁，鸮鸣于树，苍苔碧草，掩映阶庭而已。求其母妻，不知去向，惟中堂岿然独存”，这种家破人亡的凄惨景象，极具震撼力。附录《秋香亭记》叙商生与表妹杨采采自幼青梅竹马，家人许以联姻。同样是由于张士诚兵乱，两家南北避难，天各一方。明代统一后，商生探得采采已结婚生子，怅然绝望。采采在给商生的信中说：

天不成全，事多间阻。盖自前朝失政，列郡受兵，大伤小亡，弱肉强食，荐遭祸乱，十载于此。偶获生存，一身非故，东西奔窜，左右逃逋；祖母辞堂，先君捐馆；避终风之狂暴，虑行露之沾濡。欲终守前盟，则鳞鸿永绝；欲径行小谅，则沟渎莫知。不幸委身从人，延命度日，顾伶俜之弱质，值屯蹇之衰年，往往对景关情，逢时起恨。虽应酬之际，勉为笑欢；而岑寂之中，不胜伤感。追思旧事，如在昨朝。华翰铭心，佳音属耳。半衾未暖，幽梦难通，一枕才敧，惊魂又散。视容光之减旧，知憔悴之因郎；怅后会之无由，叹今生之虚度！……倘恩情未尽，当结伉俪于来生，续婚姻于后世耳！临楮鸣咽，悲不能禁。[①]

这一封情动于衷的信，当出于作者的精心结撰，抒发了人物，也是作品谴责动乱、控诉战争的思想，即所谓“好因缘是恶因缘，只怨干戈不怨天”。

瞿佑的上述描写在小说史上的意义在于，他强化了情节的“背景”因素。这种“背景”作为情节发生、发展的动力，也许带有一定偶然性。例如就爱情小说而言，它也许不如小说家经常描写的门第观念之类与情节有更直接的关联。然而，人的命运得以改变的原因有时不仅在情理之中，又在意料之外。战争打乱了现实生活的正常轨迹，当这种看似外在的事件成为所有人而不只是作品的主人公无法逃避的宿命时，人生的悲剧就与社会的灾难产生了共振，从而极大地提升了日常生活题材的意义。这并不是说瞿佑对战争与人生的描写已经十分成功了，也不是说所谓情节的“背景”只是与动乱相关的重大事件，但瞿佑在小说中对“背景”的重视，显然表现了他作为一个小说家的独特眼光。而这又构成了瞿佑作品的另一个值得注意的小说史意义，那就是小说家个人因素的体现。因为瞿佑的上述描写并不是空泛的历史背景，而是与他个人的经历与感受联系在一起的。比如在《秋香亭记》结尾，作者写道：“生之友山阳瞿佑备知其详，既以理谕之，复制《满庭芳》一阕，以著其事。……仍记其始末，以附于古今传奇之后，使多情者览之，则章台柳折，佳人之恨无穷；仗义者闻之，则茅山药成，侠士之心有在。又安知其终如此而已也！”这一段话不只是像以往文言小说一样，意在表明故事的真实性而已，实际上也表明了作者感同身受的共鸣。以至有研究者认为，《秋香亭记》有可能包含了作者的亲身经历。[②]

实际上，在《剪灯新话》的其他作品中，有一些作品也表现了文人的理想，其间可能也有作者的影子。如《水宫庆会录》描写潮州士人余善文因善

---

① 《剪灯新话》，上海古籍出版社，1981年，第109—110页。

② 参见张兵《瞿佑及其〈剪灯新话〉》，《上海师范大学学报》2000年第1期。

诗文而受到海神的器重。从臣对其有所不敬,海神立刻喝道:“文士在座,汝乌得多言?姑退!”而众神纷纷捧觥请余善文作诗,并特设一宴以谢,又“以玻璃盘盛照夜之珠十,通天之犀二,为润笔之资”。这种礼遇,自是改朝换代之际文人的期待。《修文舍人传》则描写了不得志的书生夏颜,死后在冥司看到冥王用人“必当其才,必称其职”,“黜陟必明,赏罚必公”,反衬出现实社会的种种不合理。《华亭逢故人记》中的贾生在诗中写道:“四海干戈未息肩,书生岂合老林泉。袖中一把龙泉剑,撑拄东南半壁天。”更直接抒发了文人的自负与追求。小说家这种自我意识的表现,在小说史上也有积极的意义。明中叶以后,类似的表现就更为普遍了。

《剪灯新话》在小说史上的另一个意义表现在它从一个独特的角度昭示了小说发展进入了新的阶段。凌云翰在为《剪灯新话》所作序中说:“昔陈鸿作《长恨传》并《东城老父传》,时人称其史才,咸推许之。及观牛僧孺之《幽怪录》,刘斧之《青琐集》,则又述奇纪异,其事之有无不必论,而其制作之体,则亦工矣。乡友瞿宗吉氏著《剪灯新话》,无乃类是乎!”指出了《剪灯新话》与唐宋传奇的关系。他称赞“宗吉之志确而勤,故其学也博;其才充而敏,故其文也赡”,“矧夫造意之奇,措词之妙,粲然自成一家言,读之使人喜而手舞足蹈,悲而掩卷堕泪者,盖亦有之”,则正面肯定了瞿佑在小说创作中的贡献。不过,瞿佑的贡献不只是体现在他的才情上,更重要的是,他的创作从某种意义上也成了小说史的一个标志性事件。从创作心态看,他有矛盾的一面,在《剪灯新话》自序中,他说自己热衷小说创作,“襞积于中,日新月盛,习气所溺,欲罢不能,乃援笔为文以纪之”,但书“既成,又自以为涉于语怪,近于诲淫,藏之书笥,不欲传出”,而“客闻而求观者众,不能尽却之”。[①] 这种矛盾心理在后来的小说家中间也是相当地普遍存在的。从《剪灯新话》的具体作品来看,与同时的白话小说在趣味上也有相通之处,如书中的《申阳洞记》描写了一个猴精的形象,在精怪形象的塑造方面,可以说与话本小说《陈巡检梅岭失妻记》处于同一水平上。《剪灯新话》还有不少爱情题材的作品,写得缠绵悱恻,有多篇作品为后世的话本小说家看中,加以改编,如《翠翠传》被凌濛初改写入《二刻拍案惊奇》卷六,《金凤钗记》被改写入《拍案惊奇》卷二十三;《三山福地志》被改写入《二刻拍案惊奇》卷二十四。《寄梅记》被周清原改写为《西湖二集》卷十一《寄梅花鬼闹西阁》。这些都显示了文言小说与白话小说日益密切的关系。这种关系还有反面的证据,那就是《剪灯

---

① 凌云翰序和瞿佑自序俱见《剪灯新话》,上海古籍出版社,1981年,第3—4页。

新话》可以说是历史上第一部被禁毁的小说集。《英宗实录》卷九十载：

> 正统七年，二月辛未，国子监祭酒李时勉言："近有俗儒，假托怪异之事，饰以无根之言，如《剪灯新话》之类，不惟市井轻浮之徒，争相诵习，至于经生儒士，多舍正学不讲，日夜记忆，以资谈论；若不严禁，恐邪说异端，日新月盛，惑乱人心；乞敕礼部，行文内外衙门，及调提学校佥事御史，并按察司官，巡历去处，凡遇此等书籍，即令焚毁，有印卖及藏习者，问罪如律，庶俾人知正道，不为邪妄所惑。"从之。[①]

这种对小说的禁毁，随着小说创作的繁荣与影响的扩大，变得越来越频繁了。《剪灯新话》则成为小说步入艰难发展道路的开始。

由于《剪灯新话》的成功，李昌祺随之创作了《剪灯余话》，此书有二十篇，另附《贾云华还魂记》一篇，宣德八年(1433)张光启刻印时又增入《至正妓人行》，故今传本为二十二篇。李昌祺在《余话》序中说："矧余两涉忧患，饱食之日少，且性不好博奕，非籍楮墨吟弄，则何以豁怀抱，宣郁闷乎？"表明了"以文为戏"的态度。但从实际内容看，此书在描写神怪的同时，对社会现实与苦难有所涉及，甚至对朱元璋的诛杀功臣也略有影射。其中婚恋题材的作品，多为悲剧，与《剪灯新话》颇相似。如《琼奴传》叙琼奴被吴指挥所悦，欲纳为妾，琼奴不从。吴指挥声称"若又不从，定加毒手"，既百般折磨琼奴，又以逃军罪名将其夫杖毙埋在炭窑内，可见权势者的骄横残酷。《连理树记》中，粹奴和蓬莱的爱情也在兵灾盗乱中被无情地毁灭了。

李昌祺在追摹《剪灯新话》的同时，也受到了《娇红记》等传奇的影响，这一点《贾云华还魂记》中表现得比较明显。此篇记叙襄阳书生魏鹏与住在杭州的贾平章之女贾云华之间的婚姻故事，其中提到了《莺莺传》、《娇红记》等，并指王娇娘为"淫奔之女"。而魏、贾二人虽也曾私相幽会，却是早有指腹为婚之约。最后，作者更描写贾云华死后借尸还魂，以处子之身与魏鹏重新结合，完成了"发乎情，止乎礼"的婚恋游戏，并开创了一种大团圆的模式。

《剪灯余话》虽然从总体上未见高明，但也反映了传奇小说演变过程中的特点，一方面李昌祺自恃才高，追求词采华丽，并在散体文中羼杂大量诗词，使传奇小说文雅化；另一方面，又比较直接地描写了房闱之乐，表现出世俗化的一面。

邵景詹《觅灯因话》的出现已是万历年间的事了。作者邵景詹在《觅灯

---

① 王利器编：《元明清三代禁毁小说戏曲史料》，上海古籍出版社，1981年，第15页。

因话小引》中提到与朋友共读《剪灯新话》而“不忍释手”，并以“可续《新话》”自命，而他重视的是“非幽冥果报之事，则至道名理之谈；怪而不欺，正而不腐；妍足以感，丑可以思；视他逸史述遇合之奇而无补于正，逞文字之藻而不免于诬，抑亦远矣”。所以此书实多果报之谈，如《桂迁梦感录》叙桂迁忘恩负义，梦中化犬，受此警醒，遂改过自新。因其意在劝诫，文笔较《新话》朴实。

明代前期还有一部著名的文言小说集《效颦集》。所谓“效颦”指的是模仿洪迈的《夷坚志》与瞿佑的《剪灯新话》。此书立意与上述诸书略有不同，卷上多为传记，记叙了文天祥等人的殉国之举以及其他仁人志士的事迹。即使涉及幽冥鬼怪之事的中、下卷，也与历史人物司马迁、岳飞、赵高、秦桧等有关，表现了褒忠斥奸的观念。这也是明代以后，小说创作道德化日益加强的体现。

陶辅的《花影集》又有所不同，作者在《花影集引》中称：

> 予昔壮年，尝得宗吉瞿先生《剪灯新话》、昌祺李先生《剪灯余话》、辅之赵先生《效颦集》，读而玩之。其间有褒善贬恶者，有托此喻彼者，有假名寓意者，有舞文为戏者，有放情肆欲者。大率三先生之作，一则信笔弄文，一则精巧竞前，一则持正去诞。虽三家造理之不同而各有所见，然皆吐心葩、结精蕴，香色混眩鬼幻百出，非浅学者所能至也。予不自揣，遂较三家得失之端，约繁补略，共为二十篇。题曰《花影集》，亦自以为得意之作也。①

张孟在《花影集序》中也提到“视前人《新话》、《余话》、《效颦》诸作，文词不同而立意过之”，都表明了此书之作实与明初以来传奇的发展有内在的联系。书中有的作品也颇具影响，如《心坚金石传》叙元代书生李彦直与妓女张丽容的爱情悲剧。李彦直与张丽容以诗传情，私订终身，并争得家长首肯。婚期将至时，丽容却被本路参政阿鲁台强征献予右相。彦直父子奔走上下，谋之万端，终莫能脱。丽容被送京路上，彦直徒步追随三千余里，终夜号泣，以致气绝而死，丽容也自缢于舟中。阿鲁台大怒，命人焚其尸，唯心不灰。其中有一小物如人形，其色如金，其坚如玉。衣冠眉发，纤悉皆具，宛然一李彦直。阿鲁台叹玩不已，又命人并发彦直尸焚之，其中也有一个金石般的张丽容。小说着重描写了李彦直执情专一，对张丽容以死抵御强暴的坚贞行为

① 《明清稀见小说丛刊》，齐鲁书社，1996年，第837页。

也寄予了强烈的同情。二人精诚所至，竟在心中凝聚成坚如金石的对方形象，而当两个人之像合为一处时，又化为血水。作者解释说："男女之私，情坚志恪，而始终不谐，所以一念感结，成形如此。既得合为一处，情遂气伸，复还旧物，理或有之。"这种非现实的描写却充分显示了刻骨铭心的情爱超乎寻常的力量，感人至深。较之诗文中屡屡写到的"比翼鸟"、"连理枝"之类，确实独出心裁。这篇作品流传十分广泛，且不断被改编。明何大抡编《燕居笔记》、赤心子编《绣谷春容》和詹詹外史编《情史》等都有收录。唯《情史》文字稍简略，但细按文意，又不似简单删节，或另有所本。

从宋元开始的传奇新变，经《剪灯新话》等传奇集的推波助澜，加上白话小说的影响，明代中叶新体传奇小说可以说已经成型，涌现了一批作品。新体传奇小说的特点是：一、篇幅加长，少则数千言，多则万余字。二、篇中夹杂了大量的诗词韵文，孙楷第《日本东京所见小说书目》说："凡此等文字皆演以文言，多羼入诗词，其甚者连篇累牍，触目皆是，几若以诗为骨干，而第以散文联络之者。"故孙氏称之为"诗文小说"。三、题材多以恋爱为主，间有艳情描写。

《钟情丽集》、《怀春雅集》、《寻芳雅集》、《天缘奇遇》、《辽阳海神传》、《花神三妙传》、《刘生觅莲记》、《金兰四友传》、《李生六一天缘》、《传奇雅集》、《双双传》、《五金鱼传》、《龙会兰池录》等都是新体传奇小说的代表作。这些作品大都以描写爱情为主，《钟情丽集》叙琼州辜辂奉父母之命，至表叔家探亲，与表妹黎瑜情投意合，遂相幽会。后经祖姑提媒，订立婚约。但生父逝后，女家复将黎瑜改许富家符氏。黎瑜不从，以死抗争。辜生闻讯，与瑜相约私奔，自行合卺之礼。符家告官，官判黎瑜随父回家。辜生在祖姑帮助下，再次出逃。最终征得表叔同意，喜结良缘。《刘生觅莲记》叙书生刘一春与碧莲私相爱恋，其间有小人拨乱，但最后与《钟情丽集》一样，也是有情人结成眷属的大团圆。

在对待"情"与"欲"的态度上，新体传奇小说是矛盾的。与以往的传奇小说相比，这些小说的描写是大胆、直露的，有时甚至可以说是色情的。如《刘生觅莲记》写刘生在假山遇见碧莲后，朝思暮想，以致"懵懵如痴，昏昏若寐，食焉而不知其味，坐焉而不知其处，寐焉而不知其旦；或入大堂，或趋讲丈，或归书室，或游别地，眼之所见，意之所接，皆假山也。盖无根而情自固矣。书史之功顿废，笔砚之事顿忘。或低吟树下，或从步池边，或登眺小楼"，将其神魂颠倒的痴情刻画得极为鲜明。但是，另一方面，它们又有传统的一方面，仍以《刘生觅莲记》为例，作者借女主人公碧莲之口表明，"决不作恶姻缘，以遗话巴”。因此，刘生与碧莲在婚前始终没有越轨举动。当素梅主动交好的时候，刘生反而以“欲心罔不可遏，然须于难克处克将去，使吾为清清烈丈夫，卿为真真贞女子，不亦两得之乎”劝服了素梅。这种矛盾是世俗文化与文人精神结合的结果。

在艺术上，新体传奇小说较旧的传奇小说也有发展。由于篇幅加长，这些小说一般情节都较为曲折，在叙述方法上受到了白话小说的影响。如《刘生觅莲记》一开始写刘生从精于术数的知微翁，求今岁之数。老人书以二句“觅莲得新偶，折桂获灵苗”。刘生初不解其意，后负笈远游，于落石村金维贤家，得识碧莲，意谓与知微翁所说不差。这种预示笔法，在白话小说中相当多见，本篇学而习之，使篇幅有所增长、情节相应曲折的传奇小说在结构上可以更加紧密，并造成吸引读者的悬念。在人物语言上也是如此，《刘生觅莲记》叙刘生、碧莲历经波折，终于结婚。当日：

> 暨晚，生谓莲曰：“相会周年，今偿此志，想前度刘郎今又来矣。今晚比觅莲亭上之夜更又何如?”莲曰：“又觉胜之。盖假山之会面矣，而未心也，琴箫之会心矣而未真也；荷亭之会真矣，而未亲也。至今合卺之会，则……”莲笑而不竟其言。生曰：“何故?”莲曰：“自君子别后，肠一日而九断，心一夜而九飞，引领成劳，破粉成痕，立影对孤躯，含啼私自怜耳。别久而有今日，思久而有今宵，何谓不乐也?”莲又指自身曰：“此无足贵，但虽与君子幽会多时，而此身仍为处子，亦足以少盖前愆。使前日惟欲是从，则今宵之愧心愧容，无由释矣。”①

其中碧莲的欲言又止与刘生的追问，就是文言小说中不多见的对话情景。

从描写上看，新体传奇小说也更为细腻：如《刘生觅莲记》对作为人物活动场景的花园就有详细的描写：

> ……奇花异卉，怪石丛林，种种咸具，人羡之曰“小洛阳”。而其中有迎春轩。……窗外有修竹数竿，竹外有花坛一座，其侧有二亭，一曰晴晖，一曰万绿。亭畔有碧桃、红杏数十株。转南界一小粉墙，墙启一门，虽设而不闭者。墙之后，垒石为假山，构一堂，匾曰“闲闲”。旁有小

---

① 此据《万锦情林》，《中国古代孤本小说》第4册，春风文艺出版社，1995年，第321页。按，《万锦情林》之《刘生觅莲记》题《觅莲记传》，《绣谷春容》则题《刘熙寰觅莲记》。《万锦情林》与《绣谷春容》在文字上多有出入，另外，《国色天香》也收有此作。据陈益源说，《国色天香》最为完整，《万锦情林》和《绣谷春容》各有删节。见其《元明中篇传奇小说研究》，华艺出版社，2002年，第233—234页。

楼，八窗玲珑，天光云影，交纳无碍。过荼蘼架而西，有隔浦池。池之左，群木繁茂，中有茅亭，匾曰“无暑”。池之右，有玉兰数株，筑一室曰‘兰堂’。斜辟一径，达于池之前，跃鱼破萍，鸣禽奏管，凡可玩之物，无不夺目惬情。尽园四围，环以高墙，凡至园者，必由迎春轩后一门而入，匾其门则“清闲僻静”，极乐世界也。①

此种笔墨，美轮美奂，颇具《红楼梦》描写大观园的神韵风致。

在小说创作全面繁荣的局面下，传奇小说的传播也蔚然成风。《国色天香》、《绣谷春容》等通俗类书都收录了不少新体传奇小说，而被认为是冯梦龙所编的《情史》以及王世贞所编的《艳异编》等，则新旧并陈，收罗宏富，也反映了当时的阅读时尚。

新体传奇小说虽然在明代盛极一时，但很快就沉寂下去了。究其原因，恐怕还在于其游移于雅、俗之间的特性，导致两不相宜。一方面，它继承和发展了传奇小说固有的文体特点，在有些方面如文词华美、韵散结合上，有过之而无不及，这可能使得它不如白话小说更容易亲近一般大众。另一方面，它们又受话本小说影响极大，甚至其作者有时就视此类小说为话本，如《刘生觅莲记》中就提到其中人物“因至书坊，觅得话本，特持与生观之。见《天缘奇遇》，鄙之曰：‘兽心狗行，丧尽天真，为此话本，其无后乎？’见《荔枝奇逢》及《怀春雅集》，留之”。而作为“话本”，它们又与传统文言小说的读者趣味相背离。而它们的爱情描写虽努力符合礼教，终究不登大雅之堂。与此相关，狭窄的取材范围，也使得它们无法展现出更广阔的社会容量。虽然在当时的传奇小说创作中，也有像宋懋澄的《负情侬传》、《珍珠衫》这样反映社会现实、描写市井生活的作品，但这类作品不是主流。而在白话小说公案、历史、神魔等种种题材争奇斗艳的局面下，新体传奇小说拘守才子佳人一类题材，势必脱离了对小说来说必不可少的市场。而对新体传奇小说而言，恐怕也是非不为也，是不能也，很难想象那种优雅的文体如何适应千变万化的世俗生活。所以，新体传奇小说最终还是不敌白话小说，在后者的蓬勃发展中逐渐黯然失色。到了清代，蒲松龄在创作文言小说时，回归传统传奇小说的道路，大约也是一种必然。

① 据《万锦情林》，《中国古代孤本小说》第4册，春风文艺出版社，1995年，第246—247页。

第七章　章回小说的形成

在宋元说话艺术的基础上，特别是讲史平话的基础上，长篇通俗小说开始形成，这就是所谓章回小说。这一小说文体的特点是分回标目、故事连续、段落整齐、首尾完具。从明代初期起，章回小说就成了中国古代小说的一种主要体式。

第一节　章回小说的体制

小说的分“章回”其实就是一种故事的分段结构形式，它既取法于古代典籍的分章格式，又直接导源于说话艺术分次（回）讲述的需要。

从古代典籍来看，分章行文是很常见的，列为“十三经”之一的《孝经》，就是依《开宗明义章第一》、《天子章第二》、《诸侯章第三》的章次展开的。诸子书如《墨子》也采用了分章的格式。而小说意味甚浓的《晏子春秋》的分章题目如《庄公矜勇力不顾行义晏子谏第一》、《景公饮酒酣愿诸大夫无为礼晏子谏第二》等，围绕一个人物分段叙述其不同事迹，与后世小说的分段在功能上已略有相似之处。

但章回体形式产生的根本原因还在于说话艺术的特点。据《东京梦华录》、《醉翁谈录》等书记载，至迟在宋代已出现了长篇分回的说书艺术。如《醉翁谈录》中提到说话艺人善于敷演，“说收拾寻常有百万套，谈话头动辄是数千回”，这虽然是夸张之词，但也反映了当时说话人在讲说故事时的敷演本领与结构需要。尤其是一些讲史故事，更非一天一场所能了结，有必要对情节进行段落的划分，这成为章回体形成的真正原因。

在现存的宋元话本中，我们还可以看到章回体形成的初期样态。一些短篇的“小说”话本，虽无章回小说之名，却也隐含着章回小说发展的契机，如《碾玉观音》分作上下两回，其分回处是这样的：

……只见一个汉子，头上带个竹丝笠儿，穿着一领白段子两上领布衫，青白行缠找着裤子口，着一双多耳麻鞋，挑着一个高肩担儿，正面来，把崔宁看了一看。崔宁却不见这汉面貌，这个人却见崔宁，从后大踏步尾着崔宁来。正是：谁家稚子鸣榔板，惊起鸳鸯两处飞。这汉子毕竟是何人？且听下回分解。

竹引牵牛花满街，疏篱茅舍月光筛。
琉璃盏内茅柴酒，白玉盘中簇豆梅。
休懊恼，且开怀，平生赢得笑颜开。
三千里地无知己，十万军中挂印来。
这只《鹧鸪天》词是关西秦州雄武军刘两府所作。从顺昌大战之后，闲在家中，寄居湖南潭州湘潭县……[①]

这种分回形式与后来的章回小说完全一致，只不过没有另立回目而已。这在“小说”中并不是孤立的，《张生彩鸾灯传》在头回与正话间，也采用了这种分回形式：

……生女奔宿于通津邸中。次早雇舟，自汴涉淮，直至苏州平江，创第而居。两情好合，谐老百年。正是：
意似鸳鸯飞比翼，情同鸾凤舞和鸣。

今日为甚说这段话？却有个波俏的女娘子也因灯夜游玩，撞着个狂荡的小秀才，惹出一场奇奇怪怪的事来。未知久后成得夫妇也不？且听下回分解。正是：
灯初放夜人初会，梅正开时月正圆。
且道那女娘子遇着甚人？……[②]

还有些作品，虽无分回套语，但在讲说时，却可能有分回之实，如《西山一窟鬼》中就有“自家今日也说一个士人，因来行在临安府取选，变做十数回跷蹊作怪的小说”的说法。至于长篇的作品，内容繁富，规模较大，分段立目更为常见。第五章介绍过的“全相平话五种”以及《大唐三藏取经诗话》都有更细

① 程毅中辑注：《宋元小说家话本集》上册，齐鲁书社，2000年，第191—192页。
② 程毅中辑注：《宋元小说家话本集》下册，齐鲁书社，2000年，第563页。

致的“卷”、“则”划分。如《乐毅图齐七国春秋》即分三卷，又各立小题目，依次叙述。如卷上标题有“孟子见齐宣王”、“燕王传位与丞相子之为王”、“齐人伐燕”等（此书目录标题与正文标题略有不同），这些标题与《晏子春秋》题目很相似，而卷、则的划分也不仅是为了讲述的方便，同时可能与刊刻、阅读有关。它们从结构上显示了说书人驾驭长篇题材的能力，也可以说是章回小说的雏形。

章回体的正式形成是在明初，《三国演义》、《水浒传》、《三遂平妖传》、《残唐五代史演义》等是最早的一批章回小说，尽管它们成书的确切时间仍无定论，但作为章回小说的早期作品则是没有问题的。

《三国演义》现存最早的版本是明代嘉靖年间刊刻的《三国志通俗演义》，此书分 240 则，每则的篇幅大致相等，各用整齐的七言单句作题，如卷一第一则为“祭天地桃园结义”，第二则为“刘玄德斩寇立功”等。《三国志通俗演义》的这些则目与元杂剧中的“三国戏”的剧名如《虎牢关三战吕布》、《七星坛诸葛祭风》、《老陶谦三让徐州》等有对应之处，表明它们的拟定可能也受到了杂剧的影响。另外，史书《通鉴》、《纲目》等的分段立目叙述方式，对章回体的形成也产生了影响。①

《三国志通俗演义》的回目虽没有完全创立，但章回体制已初见规模。后来，标明李贽评吴观刻本的此书即改 240 则为 120 回。万历十七年(1590)天都外臣序刻的《水浒传》也取消卷数，直接标目为“回”，又加了对偶的双句回目。明中叶产生的《西游记》、《金瓶梅》等都是分回标目。不过，也不能仅根据回目是奇偶句的区别，就断定小说创作时期的前后。《封神演义》成书年代在《西游记》之后，用的却是单句的回目。明末清初，采用工整偶句的回目才逐渐成为固定的形式。自此以后，直至近代，中国的长篇、中篇小说普遍采用章回体制。

随着回目形式的成熟，分回立目开始呈现丰富多彩的艺术风格。比如毛宗岗对《三国演义》的回目作了进一步的整饬，第一回“宴桃园豪杰三结义　斩黄巾英雄首立功”即与嘉靖本第一、二则对应；第二回“张翼德怒鞭督邮　何国舅谋诛宦竖”也是合嘉靖本第三、四则“安喜张飞鞭督邮”、“何进谋杀十常侍”而成。修订后的回目不但字面工整，而且感情色彩更鲜明，第一回突出了“豪杰”、“英雄”，第二回强调了张飞之“怒”，“诛”、“杀”二字也有细微差别。如果说《三国演义》、《水浒传》等还只偏于情节的概括，稍后一些的

---

① 参见纪德君：《中国历史小说的艺术流变》，中国社会科学出版社，2002 年，第 100 页。

《西游记》的回目则比较重视意蕴与内容的结合，如书中“四海千山皆拱伏　九幽十类尽除名”、“心猿归正　六贼无踪”、“三藏不忘本　四圣试禅心”等，不仅字面对仗工整，而且在扣合本回情节的同时，又能提炼其中寓意。相比之下，《金瓶梅词话》的对仗不是很严格，但崇祯年间的《新刻绣像金瓶梅》对回目也作了修订，如第一回“西门庆热结十弟兄　武二郎冷遇亲哥嫂”，第八回“盼情郎佳人占鬼卦　烧夫灵和尚听淫声”，字面工整，并略带反讽意味。当然，最精彩的回目还是在后来的《红楼梦》中。

分回立目只是章回体的表层特点，从本质上说，这种章回的结构是一种对情节叙述节奏的把握。如《水浒传》第三回“史大郎夜走华阴县　鲁提辖拳打镇关西”由史进与鲁智深的相会，将故事转入鲁智深的曲折经历，在完整地叙述了“鲁提辖拳打镇关西”的故事后，回末写鲁智深亡命天涯：

> 鲁达心慌抢路，正不知投那里去的是，一迷地行了半月之上。在路却走到代州雁门县。入得城来，见这市井闹热，人烟辏集，车马骈驰，一百二十行经商买卖，诸物行货都有，端的整齐。虽然是个县治，胜如州府。鲁提辖正行之间，不觉见一簇人众，围住了十字街口看榜。……鲁达看见众人看榜，挨满在十字路口，也钻在丛里听时，鲁达却不识字，只听得众人读道：“代州雁门县依奉太原府指挥使司该准渭州文字，捕捉打死郑屠犯人鲁达，即系经略府提辖。如有人停藏在家宿食，与犯人同罪。若有人捕获前来，或首告到官，支给赏钱一千贯文。”鲁提辖正看到那里，只听得背后一个人大叫道：“张大哥，你如何在这里？”拦腰抱住，直扯近县前来。不是这个人看见了，横拖倒拽将去，有分教：鲁提辖剃除头发，削去髭须，倒换过杀人姓名，薅恼杀诸佛罗汉。直教禅杖打开危险路，戒刀杀尽不平人。毕竟扯住鲁提辖的是甚人？且听下回分解。[①]

在情节发展的紧要关头分回，这是章回小说最常用的手法。但一部优秀的章回小说还不止于此，它在制造悬念的同时，又能承上启下。在紧接着的第四回“赵员外重修文殊院　鲁智深大闹五台山”，开头的叙述是这样的：

> 话说当下鲁提辖扭过身来看时，拖扯的不是别人，却是渭州酒楼上

---

① 《水浒传》版本复杂，兹据《水浒全传》上册，上海人民出版社，1975年，第42—43页。按，此本底本为明万历年间杨定见序刊本。学术界虽多认为《水浒传》成书于明初，但现存《水浒传》版本却是明中叶以后的，事实上，也有一些学者认为《水浒传》实成书于明中叶。因此，在讨论章回小说形成时，这是一个必须注意到的时间差。

> 救了的金老。那老儿直拖鲁达到僻净处，说道：“恩人，你好大胆！见今明明地张挂榜文，出一千贯赏钱捉你，你缘何却去看榜？若不是老汉遇见时，却不被做公的拿了。榜上见写着你年甲貌相贯址。”鲁达道：“洒家不瞒你说，因为你上，就那日回到状元桥下，正迎着郑屠那厮，被洒家三拳打死了。因此上在逃。一到处撞了四五十日，不想来到这里。你缘何不回东京去，也来到这里？”金老道：“恩人在上，自从得恩人救了，老汉寻得一辆车子，本欲要回东京去。又怕这厮赶来，亦无恩人在彼搭救，因此不上东京去。随路望北来，撞见一个京师古邻，来这里做买卖，就带老汉父子两口儿到这里。亏杀了他，就与老汉女儿做媒，结交此间一个大财主赵员外，养做外宅，衣食丰足，皆出于恩人。我女儿常常对他孤老说提辖大恩，那个员外也爱刺枪使棒，常说道：‘怎地得恩人相会一面也好。’想念如何能勾得见。且请恩人到家过几日，却再商议。”[1]

这就不但与上一回的拳打镇关西相呼应，同时又由金老提到的赵员外，顺势转入了“鲁智深大闹五台山”的又一情节单元。此人祖上是五台山文殊院的“施主檀越”，曾许下剃度一僧在寺里，已买下一道五花度牒在此，这正好为走投无路的鲁智深提供了一个栖身之所。而鲁智深不守清规戒律，大闹五台山，长老不得不下逐客令：

> 长老道：“智深，你前番一次大醉，闹了僧堂，便是误犯。今次又大醉，打坏了金刚，坍了亭子，卷堂闹了选佛场，你这罪业非轻。又把众禅客打伤了。我这里出家，是个清净去处。你这等做，甚是不好。看你赵檀越面皮，与你这封书，投一个去处安身。我这里决然安你不得了。我夜来看了，赠汝四句偈言，终身受用。”智深道：“师父教弟子那里去安身立命？愿听俺师四句偈言。”真长老指着鲁智深，说出这几句言语，去这个去处，有分教：这人笑挥禅仗，战天下英雄好汉；怒掣戒刀，砍世上逆子谗臣。直教名驰塞北三千里，证果江南第一州。毕竟真长老与智深说出甚言语来？且听下回分解。[2]

于是，鲁智深的命运在分回处又成为一个吸引读者的悬念。接下来的第五回“小霸王醉入销金帐　花和尚大闹桃花村”同样构成了一个相对独立的情节单元。不过，《水浒传》并非只是简单地以一个人的独立故事作为分回的

① 《水浒全传》上册，上海人民出版社，1975年，第44页。

② 同上书，第60页。

唯一依据，第七回“花和尚倒拔垂杨柳　豹子头误入白虎堂”就是鲁智深与林冲两人故事的自然衔接。这种主人公的转换不仅是情节发展的结果，对林冲形象的塑造也有特殊的意义。当林冲出场时，他的优越地位与舒适生活正与鲁智深的狼狈形成鲜明对比。而这一回结尾处描写：

> ……高太尉大怒道：“你既是禁军教头，法度也还不知道。因何手执利刃，故入节堂，欲杀本官?”叫左右把林冲推下，不知性命如何。不因此等，有分教：大闹中原，纵横海内，直教农夫背上添心号，渔父舟中插认旗。毕竟看林冲性命如何，且听下回分解。[①]

进一步将林冲的故事与全书“大闹中原，纵横海内”的反叛故事联系起来，使故事的独立单元成为全书的有机组成部分。

比较而言，由于《三国演义》的历史叙事特性与《水浒传》有所不同，故事情节时空跨度更大，人物也更为复杂，因此在章回的安排上具有不同的特点。从回目来看，几乎都无法概括一回的全部情节，也就是说，每一回的情节在叙述上形成中心突出的单元，有赖于作者的精心提炼。如第二十七回“美髯公千里走单骑　汉寿侯五关斩六将”，叙述关羽得到刘备消息后，急于投奔而去，曹操命令放行，并赐金赠袍。随后，关羽一路之上，越过了重重关卡，诛杀了阻行的孔秀、韩福、卞喜、王植、秦琪等。对此，回目自不能一一揭示，遂以“过五关，斩六将”概括。而接下来的第二十八回，情节同样很复杂，回目则特别标明“斩蔡阳兄弟释疑 会古城主臣聚义”，以示重点。而这种重点并不只是在回目上显示而已，实际上也是作者结构本回情节的匠心所在。在本回开始处，先叙述夏侯惇拦阻关羽，而张辽传曹操之命放行。但夏侯惇特别提到“秦琪是蔡阳之甥。他将秦琪托付我处，今被关某所杀，怎肯干休?”，是承上启下之语。然后插入郭常之子盗赤兔马事，引出周仓。关羽来到古城，与张飞相会。对张飞何以在古城，只用几句话倒叙。接下来着重描写关、张古城会的过程，面对张飞的不信任，关羽说：“我若捉你，须带军马来。”这与前文关羽未接受廖化及周仓从卒跟随的描写相照应。恰在此时蔡阳为报关羽杀秦琪之仇，追杀而来。关羽杀了蔡阳，才使张飞对关羽有所相信。当然，这又使得前面的杀秦琪不单显示了关羽过关斩将的气概，也成为古城会的一个铺垫，情节也更为紧凑。随后，关、张以古城为基地，寻找刘备。又通过周仓招卧牛山人马，足见由郭常之子引出周仓的描写也不是闲

---

① 《水浒全传》上册，上海人民出版社，1975年，第60页。

笔。而赵云在卧牛山投靠刘备，众人同赴古城，形成了“今日君臣重聚义，正如龙虎会风云”的高潮，“古城会”在整个情节进程中的意义至此也得到了充分的体现。由此，我们也可以看出《三国演义》利用章回体巧妙安排情节的成功经验。

当然，最初的章回体也有不足，这与当时的章回小说体制上的特点有关。作为历史小说，《三国演义》在总体结构上，不能不迁就以时间为序的基本要求，因而在结构上，除了突出重点与前后呼应外，似乎不可能有更多讲究。而《水浒传》以英雄事迹为中心，在情节结构上也不能不以单一的人物为中心，从而造成了金圣叹所说的“列传式”结构，章回的小单元很大程度上要受制于“人物传记”的大单元。只有在世情题材引入章回小说后，其纷繁曲折的情节线索与错综复杂的人物关系，才可能对章回体提出新的挑战，并成为其革新的动力。

第二节　《三国演义》的叙事理念

《三国演义》描写了东汉灵帝建宁二年(169)至晋武帝太康元年(280)一百一十余年的历史故事，尤其集中于魏、蜀、吴三国的斗争。作者罗贯中是元末明初时的一位多产作家，但生平事迹多不可考。

早在《三国演义》成书前，三国的故事早已广为流传，并日益艺术化。南北朝时裴松之为《三国志》作注所征引的一些史传杂记和刘义庆的《世说新语》，都辑录了不少三国人物的奇闻轶事，其中有不少为《三国演义》所继承。如《世说新语》中的“闻梅止渴”，裴启《语林》中曹操声称“眠”中杀人等，都为《三国演义》所因袭发挥。到了唐代，三国故事已成为说话艺术的题材，李商隐的《骄儿诗》写当时儿童听讲三国故事，“或谑张飞胡，或笑邓艾吃”，正说明了有关表演伎艺的艺术感染力。值得注意的是，三国故事的流传，不仅奠定了《三国演义》的故事基础，也影响了三国题材的思想倾向。苏轼在《志林》中的一段记载颇为人称引：

> 涂巷中小儿薄劣，其家所厌苦，辄与钱，令聚坐听说古话。至说三国事，闻刘玄德败，颦蹙，有出涕者；闻曹操败，即喜唱快。[1]

① 《东坡志林》，中华书局，1981年，第7页。

可见此时三国故事已有明显的尊刘贬曹倾向。而《三国演义》所表现出来的叙事理念,成为这部小说自身价值及其对后世同类题材作品产生重大影响的关键。

一、宏大叙事

无论是从题材还是从具体描写来看,《三国演义》都属于宏大叙事,它在思想与艺术上的许多特点也与此有关。概而言之,有以下几方面最为突出。

第一,《三国演义》主要关注的是历史发展的大趋势,将历史的流程与历史人物在历史事件中所发挥的作用,作为情节的中心与想象的基本空间。所谓大趋势,就是“天下大势,分久必合,合久必分”,亦即“分”与“合”交替时的社会冲突。而三国时代,没有春秋战国时的纷乱,也不同于一般朝代更替时只有两个对立面的情况,三方力量的相互牵制、争斗,最有可能展现矛盾的复杂性,从而使情节更具张力。

在复杂的矛盾中,《三国演义》又特别突出主要人物。如果与史实相比,作品显然有意夸大了刘备集团的地位和作用。在第一回,作者就让刘备、关羽、张飞出场,正是这种夸大的表现,因为当他们出场之时,实际上在当时的历史格局中还是微不足道的小人物。同样,曹操、孙坚在第一、二回的次第出场,也是作者为了让三国的代表人物尽早亮相,从而围绕他们展开三足鼎立的描写。

在具体情节中,我们也可以看到作者突出主要人物的用意。如赤壁之战周瑜采用火攻的办法,据《三国志》记载是出于黄盖的建议。在《三国志平话》中则是周瑜提议各人写在自己手心,“众官、元帅手内觑,皆为‘火’字”,是一种集体智慧。到了《三国演义》第四十六回中,却只是诸葛亮、周瑜分别写于掌上,变成了他们二人的计谋。这一逐渐变化的过程,正表明了叙述中心向主要人物的聚焦。与此相关,次要人物则成为了历史发展的一种工具。如貂蝉是《三国演义》中难得描写较细致的女性,但她只是充当了王允用来离间董卓与吕布关系的角色,其间虽然也有一点涉及个人感情的描写,也仅仅是点缀而已。

第二,《三国演义》强调对历史功过、是非的基本评判。在《三国志平话》中,开篇有一个司马仲相断案,对秦汉以来的历史作出了一个因果报应式的评判:因汉高祖杀了韩信、彭越、英布等有功之臣,司马仲相判三人分别为曹操、刘备、孙权,三分汉朝天下。《三国演义》虽然删掉了这一开头,但对忠、义、奸等重大原则的掌握更加明确,人物的具体行动都被大是大非的道德观所统摄。最极端的事例是第十九回猎户刘安竟把妻子当“狼肉”给刘备吃，这种对女性生存权利的轻蔑，是被作者当成刘备受到万民拥戴的一个典型证据的，它与曹操杀吕伯奢一家的描写正好形成对比。在这里，制约作者思维的就是、也仅仅是道德思维。

不过，虽然作品表现了很鲜明的“拥刘反曹”思想，但其中的道德思维也不是完全简单化的善与恶。例如第六十回刘备说：“操以急，吾以宽；操以暴，吾以仁；操以谲，吾以忠：每与操相反，事乃可成。”这一段话经常被用来说明刘备和曹操两人不同的品格。而在第十八回中，郭嘉对曹操说：

> 今绍有十败，公有十胜，绍兵虽盛，不足惧也：绍繁礼多仪，公体任自然，此道胜也；绍以逆动，公以顺率，此义胜也；桓、灵以来，政失于宽，绍以宽济，公以猛纠，此治胜也；绍外宽内忌，所任多亲戚，公外简内明，用人惟才，此度胜也；绍多谋少决，公得策辄行，此谋胜也；绍专收名誉，公以至诚待人，此德胜也；绍恤近忽远，公虑无不周，此仁胜也；绍听谗惑乱，公浸润不行，此明胜也；绍是非混淆，公法度严明，此文胜也；绍好为虚势，不知兵要，公以少克众，用兵如神，此武胜也。公有此十胜，于以败绍无难矣。①

这里又说到了曹操之“德”、“仁”等，看起来与刘备的说法有些出入。实际上，不同的声音更逼近了历史人物的复杂性。

第三，在注重大趋势、大是非的同时，《三国演义》简化了人物关系与生活细节的描写。它着重表现的是帝王将相的风云际会，几乎没有普通人的悲欢离合，普通人的出现只是作为一种背景或衬托。我们甚至很少看到那些主要人物的家庭成员及其事迹，作者一旦写及，必定是与他们在历史上的重大行为联系在一起。如曹操用程昱之计，将徐庶骗来。徐母见到徐庶后，知其原委，痛骂徐庶，后更自缢而死。由于作者并没有具体描写徐母的经历与思想基础，作为一个深明大义的母亲，她的存在完全是为了突出历史人物的政治抉择。

同样，在细节方面，《三国演义》的描写也是很粗略的。有之，往往被夸张成与历史进程有关。如第二十一回曹操请刘备青梅煮酒论英雄，当时，关

---

① 《三国演义》上册，人民文学出版社，1972年，第148页。按，此本以清毛宗岗本为底本，用嘉靖本参校，是目前最流行的《三国演义》版本，因此，除非涉及成书问题与版本比较，本书引文主要依据此本。另，毛本此处有批语曰：“十胜十败，其言皆确，吾独于仁胜德胜，则有办[辨]焉。夫操何仁何德之有？假仁非仁也，市德非德也。”

羽、张飞不在，刘备听到曹操相请，不知何故，十分惊恐。当听到曹操说："今天下英雄，惟使君与操耳！"——

> 玄德闻言，吃了一惊，手中所执匙箸，不觉落于地下。时正值天雨将至，雷声大作。玄德乃从容俯首拾箸曰："一震之威，乃至于此。"操笑曰："丈夫亦畏雷乎？"玄德曰："圣人迅雷风烈必变，安得不畏？"将闻言失箸缘故，轻轻掩饰过了。操遂不疑玄德。[①]

相对群雄争霸的重大历史而言，这一描写是极为琐碎的细节，但它与后来世情小说《金瓶梅》、《红楼梦》中的吃喝场面不同，刘备的"失箸"，往大里说，甚至是与整个三国鼎立局面的形成有关，因为如果不是他"巧借闻雷来掩饰"，曹操将其杀掉，当然就没有后续的情节了。

第四，由于从大处着眼，《三国演义》又表现了一种神秘感与超脱态度。在小说中，充满了天象、谶纬、占卜、释梦等描写，如第六十九回"卜周易管辂知机"，写曹操请管辂占卜，管辂说"三八纵横，黄猪遇虎；定军之南，伤折一股"。这一占卜后来在蜀魏汉中大战中应验了，指建安二十四年黄忠在定军山刀劈夏侯渊事。类似这样的描写在《三国演义》中举不胜举，其中有的构成了情节的一种背景，如第一回描写温德殿殿角狂风骤起，青蛇飞下，雷雨大作；洛阳地震；海水泛溢；雌鸡化雄，"种种不祥，非止一端"。对于熟悉中国历史叙述语境的旧时代读者来说，这正是天下大乱的预兆。有些神秘描写则是作者刻意营造某种艺术效果的手段，小说中大将阵亡，每有"一颗巨星向某某方向坠下"的字句，多为浮泛套语。然而，"五丈原诸葛禳星"的描写，虽然出发点也是古代的星辰信仰与祈禳术，但却不同于一般的迷信，它在读者心中造成了一种焦躁、急切、忧虑和惋惜的心情。那忽暗忽明、摇摇欲坠的将星引起了敌我双方的高度关注，是对诸葛亮地位和作用的一次惊心动魄的肯定。而祈禳时摇曳不定、终于为魏延冲灭的烛火，把不可弥补的损失化为一片痛苦的黑暗，又恰到好处地暗示了魏延的反叛，正像阴影一样笼罩着整个蜀国。这种饱满的审美效果就是作者巧妙利用人与星辰神秘联系的信仰观念所获得的。

与神秘感相关的是超脱的态度。毛本在全书之前，增加了一首词：

> 滚滚长江东逝水，浪花淘尽英雄。是非成败转头空。青山依旧在，几度夕阳红。白发渔樵江渚上，惯看秋月春风。一壶浊酒喜相逢。古

---

① 《三国演义》上册，人民文学出版社，1972年，第170页。

今多少事，都付笑谈中。[①]

这首词与全书的结尾诗“纷纷世事无穷尽，天数茫茫不可逃。鼎足三分已成梦，后人凭吊空牢骚”相呼应，形成了一个超越特定历史的叙述框架。而在这一框架下，“谋事在人，成事在天”则成为制约着寄托了全书理想的蜀汉集团的宿命。它同样不只是一种消极的人生观或历史观，相反，在《三国演义》中，它既是作者尊重历史的理论前提，也是人物反抗命运的精神写照。

事实上，由于有一种超脱的态度，《三国演义》在叙述中有时甚至能超越小说中基本的道德倾向。例如在嘉靖本第六十则叙及官渡之战，曹操战胜袁绍后，搜得一批部属私通袁绍的书信，荀攸说：“可逐一点对姓名，收而杀之。”曹操却认为：“当绍之强，孤亦不能自保，况他人乎？”将书信全部烧毁，不再追问。此处，作者引所谓“史官”之诗赞曰：

尽把私书火内焚，宽洪大度播恩深。
曹公原有高光志，赢得山河付子孙。

这首诗就从历史的角度，肯定了曹操的举动。大概毛本要突出曹操之奸，删去了此诗，反而失去了超越的态度，这是很可惜的。

二、“虚”与“实”

作为一部历史小说，《三国演义》最突出的艺术问题是所谓“虚”与“实”问题，也就是历史事实与小说虚构的问题。

从总体上看，《三国演义》虽然采取了以蜀汉为正统的叙述立场，但是它并没有因此改变历史上魏胜蜀败的结局，三国分裂复归于晋这一最基本的史实在小说仍然得到了客观的反映，就这一点而言，《三国演义》没有违背历史的真实。

但是，《三国演义》是小说而不是史书，因此，它必然要有虚构。而历史小说的虚构有着不同于其他类型小说的地方。在嘉靖本的庸愚子序中，强调《三国演义》“考诸国史”，“事纪其实”，“庶几乎史”，极力肯定其真实性即符合史实。不过，作为小说，符合史实并不意味着就是一部好的作品，所以，谢肇淛《五杂俎·事部三》说：“小说野俚诸书，稗官所不载者，虽极幻妄无当，然亦有至理存焉……惟《三国演义》与《钱唐记》、《宣和遗事》、《杨六郎》等书，俚而无味矣。何者？事太实则近腐，可以悦里巷小儿，而不足为士君

① 《三国演义》，人民文学出版社，1972年，第1页。

子道也。”在他看来：“凡为小说及杂剧戏文，须是虚实相半，方为游戏三昧之笔。亦要情景造极而止，不必问其有无也。古今小说家，如《西京杂记》、《飞燕外传》、《天宝遗事》诸书……岂必真有是事哉？近来作小说，稍涉怪诞，人便笑其不经，而新出杂剧，若《浣纱》、《青衫》、《义乳》、《孤儿》等作，必事事考之正史，年月不合，姓字不同，不敢作也。如此，则看史传足矣，何名为戏？”[①]应该说，谢肇淛指出小说与史书的区别是小说文体意识觉醒的表现，但他认为《三国演义》“事太实则近腐”却将这部小说的虚实问题提了出来。而对《三国演义》虚实问题更有影响的观点是清代学者章学诚在《丙辰札记》中提出的“《三国演义》则七分实事，三分虚构，以致观者往往为所惑乱”[②]。

其实，所谓虚实问题，是很难简单论断的，不仅小说如此，就是史书如《三国志》等中，也未必没有虚构或想象之词在内。如《三国志・蜀书・先主传》注引《魏书》曰：“表病笃，托国于备，顾谓曰：‘我儿不才，而诸将并零落，我死之后，卿便摄荆州。’备曰：‘诸子自贤，君其忧病。’或劝备宜从表言，备曰：‘此人待我厚，今从其言，人必以我为薄，所不忍也。’”对此，裴松之加了一条批语：“臣松之以为表夫妻素爱琮，舍適（嫡）立庶，情计久定，无缘临终举荆州以授备，此亦不然之言。”[③]质疑《魏书》记载的真实性。

如果以史书为“实”的标准，《三国演义》无论在情节结构还是在细节描写上，都作了许多有别史书的安排、发挥和虚构。从大的方面看，小说中一些重大情节就与史书有出入，例如《三国演义》被浓墨重彩描写的赤壁之战，《三国志》的相关叙述就十分简略。按照史书记载，当时诸葛亮并未担当掌握这一战役全局的角色，也未涉及他与周瑜的矛盾，而这两方面都是《三国演义》赤壁之战情节的关键。从小的方面看，具体的人物与事件，《三国演义》发挥、改造的更多。例如第四十一回赵子龙单骑救主是《三国演义》中最精彩的片断之一，而在《三国志》中，相关段落只有四十余字的记叙。

那么，《三国演义》在虚构中有何原则或特点呢？

首先，适应全书的道德取向，作者虚构了大量情节，对刘备集团极尽赞美之能事，《三国演义》中描写的有声有色的桃园结义、舌战群儒、借东风、义释华容道等著名情节，都于史无据，却成为小说歌颂刘备集团的华彩乐章。

---

① 《五杂俎》二，辽宁教育出版社，2001年，第323页。

② 朱一玄编：《三国演义资料汇编》，百花文艺出版社，1983年，第692页。

③ 《三国志》第四册，中华书局，1971年，第877页。

其次，抓住具有尖锐矛盾冲突的事件和富于传奇性的情节，加以反复渲染，强化人物精神气质与性格特点的表现。如刘备“三顾茅庐”，虽见于史书，但记载相当简略，作者加以扩展，突出了刘、关、张和诸葛亮等主要人物的性格，使之成为三国鼎立局面的精彩序幕。又如《三国志》卷三十二记载：“谦病笃，谓别驾麋竺曰：‘非刘备不能安此州也。’谦死，竺率州人迎先主，先主未敢当。”《三国演义》就根据这一记载，发挥成刘备“三让徐州”的曲折故事，极大地突出了他忠厚、谦逊的可贵品质。

再次，为了使人物形象更鲜明、完整、和谐，对史实作了适当的取舍和改动。例如曹操准备进爵魏公和魏王时，先后遭到荀彧和崔琰的反对，而曹操则惩处了荀、崔二人。这一史实在《三国演义》中有所描写。与此相似的是，刘备称帝时，也有费诗表示反对，且同样遭到贬谪。但对这一事件，《三国演义》却舍弃未用，目的既是要与全书的主旨相适应，也是为了保全刘备谦让的品格。

《三国演义》还有一些对史实张冠李戴的处理，用意也是维护人物性格的统一或强化人物的性格特点。如史书中怒鞭督邮的情节，原出自刘备，而小说则将鞭打者由刘备改为张飞，这一改动不仅保全了刘备宽厚的性格，也突出了张飞的暴躁，可以说是一石二鸟。又如，史书中斩华雄的原来是孙坚，小说改为关羽温酒斩华雄；草船借箭的主角本是孙权，也演变成《三国志平话》的周瑜，进而改成了诸葛亮。这些改动，都有效地突出了人物性格。

此外，虽然《三国演义》作为小说，在细节描写上还较简略，但与史书相比，还是增加了许多形象化的细节描写与环境烘托，它们在小说中表现出人物的内心世界，增加了小说的艺术感染力。如关羽“刮骨疗毒”一段，《三国志》上只记载：“羽便伸臂令医劈之。时羽适请诸将饮食相对，臂血流离，盈于盘器，而羽割炙引酒，言笑自若。”而《三国演义》在增加了一些铺垫性描写后，接着写道：

> 公饮数杯酒毕，一面仍与马良弈棋，伸臂令佗割之。佗取尖刀在手，令一小校捧一大盆于臂下接血。佗曰：“某便下手，君侯勿惊。”公曰：“任汝医治，吾岂比世间俗子，惧痛者耶！”佗乃下刀，割开皮肉，直至于骨，骨上已青；佗用刀刮骨，悉悉有声。帐上帐下见者，皆掩面失色。公饮酒食肉，谈笑弈棋，全无痛苦之色。须臾，血流盈盆。佗刮尽其毒，敷上药，以线缝之。公大笑而起，谓众将曰：“此臂伸舒如故，并无痛矣。

先生真神医也!”[1]

如果与第五章所举《三国志平话》及《水浒传》中提到了相关情节相比,《三国演义》的描写更为具体。其中“悉悉有声”等细节,使整个场景更生动感人,更令人肃然起敬。又如第四十八回写曹操横槊赋诗:

> 时建安十三年冬十一月十五日,天气晴明,平风静浪。操令:“置酒设乐于大船之上,吾今夕欲会诸将。”天色向晚,东山月上,皎皎如同白日。长江一带,如横素练。操坐大船之上,左右侍御者数百人,皆锦衣绣袄,荷戈执戟。文武众官,各依次而坐。操见南屏山色如画,东视柴桑之境,西观夏口之江,南望樊山,北觑乌林,四顾空阔,心中欢喜……曹操正笑谈间,忽闻鸦声望南飞鸣而去。操问曰:“此鸦缘何夜鸣?”左右答曰:“鸦见月明,疑是天晓,故离树而鸣也。”操又大笑。时操已醉,乃取槊立于船头上,以酒奠于江中,满饮三爵,横槊谓诸将曰:“我持此槊,破黄巾、擒吕布、灭袁术、收袁绍,深入塞北,直抵辽东,纵横天下:颇不负大丈夫之志也。今对此景,甚有慷慨。吾当作歌,汝等和之。”歌曰:“对酒当歌,人生几何:譬如朝露,去日苦多。慨当以慷,忧思难忘;何以解忧,惟有杜康。……月明星稀,乌鹊南飞;绕树三匝,无枝可依。山不厌高,水不厌深;周公吐哺,天下归心。”歌罢,众和之,共皆欢笑。[2]

这一场面也是史书中所没有的,但对曹操性格的刻画乃至情节张弛有度的节奏来说,都是小说中极为精彩的一笔。

需要补充说明的是,所谓虚实,有时还不单纯是事件的真伪问题,小说情节在整个作品的艺术结构中,自有其内在的思想意义。比如史书中记载孙权嫁妹于刘备,目的是为了巩固双方的联盟,而《三国演义》中,却写孙权派人提亲,意在骗刘备到南徐,以便索回荆州。由于诸葛亮周密安排,才导致他失算,赔了夫人又折兵。从刘备娶孙权妹为妻来说,这是“实”;但从过程与意义来说,又与史书所载有所不同,这又是“虚”了。事实上,即使是对史实的微小改动,也可能影响其本来意义。因此,《三国演义》的虚实问题,从本质上说,是一个思想问题,也是一个艺术问题。

---

① 《三国演义》下册,人民文学出版社,1971年,第601页。

② 同上书,第383—384页。

三、思想倾向与文化底蕴

《三国演义》从蜀汉正统的观点出发，深刻揭露曹操的奸邪本质，热情颂扬了刘、关、张和诸葛亮的光辉业绩，构成了作品"尊刘抑曹"的基本思想倾向。

"尊刘抑曹"的倾向是逐渐形成的。《三国志》是"帝魏寇蜀"的，但相反的观念也由来已久。从习凿齿的《汉晋春秋》到朱熹的《通鉴纲目》，都是以蜀汉为正统，而宋元以来有关三国故事的话本和杂剧，多通过肯定蜀汉作为汉族政权的象征，表现了汉族广大人民在民族矛盾尖锐的时代条件下的故国之情。

除了这种特定时代的民族感情，"尊刘抑曹"更多地体现了尊善抑恶的本质。刘备有一段名言："今与吾水火相敌者，曹操也。曹以急，吾以宽；曹以暴，吾以仁；曹以谲，吾以忠。每与操相反，事乃可成。"正是这种道德上的相反，构成了两人最基本的性格特点，也构成了小说情节冲突的主轴。表面上看，刘备缺乏曹操的气魄与谋略，也没有关羽、张飞那样的勇武神威，使他称雄一时的就是崇高的道德力量。早在安喜县做县尉时，他就"秋毫无犯，民皆感化"。后来刘备军队所到之处，无不如此。新野的百姓更用"新野牧，刘皇叔，自到此，民丰足"的歌谣来歌颂他。除了泛泛的介绍，《三国演义》对刘备的仁慈爱民与为民所爱还有许多具体描写，如第四十一回，刘备"携民渡江"，当时他被敌军追击，危在旦夕，却不肯弃众速行。于是，出现了下面这样感人的场面：

> 两县之民，齐声大呼曰："我等虽死，亦愿随使君！"即日号泣而行。扶老携幼，将男带女，滚滚渡河，两岸哭声不绝。玄德于船上望见，大恸曰："为吾一人而使百姓遭此大难，吾何生哉！"欲投江而死，左右急救止。闻者莫不痛哭。船到南岸，回顾百姓，有未渡者，望南而哭。玄德急令云长催船渡之，方才上马。①

这一描写不但为刘备的失败找到了一个正面的道德原因，置之小说中那个战乱年代的背景中，与其他如董卓乃至曹操等人的军队所到之处尸横遍地、血流成河的惨状相比，刘备爱民如子的仁君形象跃然纸上。

另一个比较突出的例子是刘备对徐庶的态度。刘备求贤若渴、礼贤下士、尊重人才、知人善任，这是他作为一个领袖的可贵品质，也是乱世取胜的

---

① 《三国演义》上册，人民文学出版社，1971 年，第 326 页。

一个保证,“三顾茅庐”正是这一点的具体表现。而就在此之前,刘备曾重用过徐庶。但当徐母被曹操挟持,并假借她的名义要将徐庶诳走时,有人提醒刘备:“元直天下奇才,久在新野,尽知我军中虚实。今若使归曹操,必然重用,我其危矣。主公宜苦留之,切勿放去。操见元直不去,必斩其母。元直知母死,必为母报仇,力攻曹操也。”而他却说:“不可。使人杀其母,而吾用其子,不仁也;留之不使去,以绝其子母之道,不义也。吾宁死,不为不仁不义之事。”(第三十六回)而正是这种重仁讲义,为他赢得了更多的支持者。

值得注意的是,《三国演义》的道德观念并不是抽象的,其中包含着鲜明的时代与民间色彩。小说开篇就渲染刘、关、张于史无据的“桃园结义”,刘备原来是以“贩屦织席为业”的,关羽是手刃势豪而亡命天涯的车夫,而张飞虽有庄田,却也不过是“卖酒屠猪”的市井之徒,也就是说,他们本来都是生活在社会下层的普通人,他们的结义纯粹是一种平等的信义之交。结拜后,他们“食则同桌,寝则同床,恩同兄弟”的友谊,正是底层民众对平等互助关系的向往。这种产生于动乱之世的交谊,一直得到了三人生死不渝的维护和践履。尤其可贵的是,刘备称帝后,按照传统的观念,地位与关、张已迥然不同,但仍与二人“名虽君臣,情同兄弟”。最强烈的表现是在关羽遇害后,刘备说:“孤与关、张二弟桃园结义时,誓同生死。今云长已亡,孤岂能独享富贵乎!”“大叫一声,又哭绝于地。众官救醒。一日哭绝三五次,三日水浆不进,只是痛哭;泪湿衣襟,斑斑成血。”(第八十回)后来更不顾一切地起兵伐吴,学士秦宓提出异议:“陛下舍万乘之躯,而徇小义,古人所不取也。愿陛下思之。”刘备说:“云长与朕,犹一体也。大义尚在,岂可忘耶?”(第八十一回)虽然他的行为从政治上看是不明智的,但这种重义轻利的言行,寄托了普通民众的道德理想,在当时却是深为作者、也是读者所赞许的。

事实上,“小我”与“大我”、“小义”与“大义”之间的矛盾,一直是小说中蜀汉集团的理想与现实的矛盾。如果为了“小我”,诸葛亮不会“明知其不可而为之”;但如果只是为了“大义”,关羽也做不出“义释曹操”之举。将“小我”义无反顾地融入“大我”,在所谓“小义”中体现“大义”的精神实质,正是《三国演义》在尊重历史事实的基础上所揭示出的最感人的人生追求。也正因为如此,《三国演义》的历史结局与人物的精神意志不可避免地构成了一种剧烈的冲突,进而产生出其他历史小说所罕见的悲剧力量。

四、英雄之死与小说结局

对于一部历史小说的结构来说,《三国演义》的时间流程基本上是事件自身起讫的过程。因此，从创作的角度来说，叙述的起点基本上不太费周章，只要围绕主要人物开始参与历史进程来安排就可以了。而且刚刚参与历史的人物从艺术的角度来看，性质大多是一样的，往往都还不是情节发展的推动力量。除了性格上的定位，读者也看不出他们在历史上和小说中所要扮演的角色及其作用。不过，叙述的终点却不然，作者固然也主要是按照人物退出历史舞台的时间——多半是他们的逝世——来了结小说，但人物退出的时间不一致，决定了他们对情节的发展有着不同的作用；由于人物在整个作品中的表现可以盖棺论定了，作者的叙述态度将得到彻底的展现，这种展现不只是小说思想倾向最鲜明的确认，也反映出作者把握历史的艺术匠心。从这一意义上看，《三国演义》的作者确实显示了他非凡的艺术才能。

《三国演义》人物众多，最突出的当属清代毛宗岗所说的“三绝”，即“义绝”关羽、“奸绝”曹操和“智绝”诸葛亮。我们不妨看一下作者是如何描写他们的结局的。

三国当中最重要的是蜀汉和曹魏，而关羽之死无疑是蜀汉走向衰败的开始。关羽之死与他的刚愎自用有关，他违反了诸葛亮的联吴决策，导致了兵败麦城。而直到最后，当王甫提醒他小路可能有埋伏时，他仍然自信地说：“虽有埋伏，吾何惧哉！”终于在伏兵的袭击下，寡不敌众，被吴军生擒：

> 少时，马忠簇拥关公至前。权曰：“孤久慕将军盛德，欲结秦晋之好，何相弃耶？公平昔自以为天下无敌，今日何由被吾所擒？将军今日还服孙权否？”关公厉声骂曰：“碧眼小儿，紫髯鼠辈！吾与刘皇叔桃园结义，誓扶汉室，岂与汝叛汉之贼为伍耶！我今误中奸计，有死而已，何必多言！”权回顾众官曰：“云长世之豪杰，孤深爱之。今欲以礼相待，劝使归降，何如？”主簿左咸曰：“不可。昔曹操得此人时，封侯赐爵，三日一小宴，五日一大宴，上马一提金，下马一提银：如此恩礼，毕竟留之不住，听其斩关杀将而去，致使今日反为所逼，几欲迁都以避其锋。今主公既已擒之，若不即除，恐贻后患。”孙权沉吟半晌，曰：“斯言是也。”遂命推出。于是关公父子皆遇害。[①]

这一段对话提到了桃园结义，也提到了当年“降汉不降曹”，显然是作者有意回溯关羽的人生亮点。

---

① 《三国演义》下册，人民文学出版社，1971年，第616—617页。

在《三国演义》中，关羽是一个可歌可泣的英雄。如果说温酒斩华雄、单刀会、刮骨疗毒等描写展示的是他的武勇神威；屯土山约三事、过五关斩六将等情节突出的则是他坚贞不屈的义士品格。既勇且义，正是关羽形象深得人心，为后世敬仰的原因。可以说，关羽具备了所有的英雄品格，除了自己，他不可能被任何人打败，而他最后的遇害正是由于他的性格缺陷导致的悲剧结果。为了弥补读者心中的遗憾，作者很快写他成神：

> 却说关公一魂不散，荡荡悠悠，直至一处，乃荆门州当阳县一座山，名为玉泉山。山上有一老僧，法名普净，原是汜水关镇国寺中长老；后因云游天下，来到此处，见山明水秀，就此结草为庵，每日坐禅参道……公曰："向蒙相救，铭感不忘。今某已遇祸而死，愿求清诲，指点迷途。"普净曰："昔非今是，一切休论；后果前因，彼此不爽。今将军为吕蒙所害，大呼还我头来，然则颜良、文丑，五关六将等众人之头，又将向谁索耶?"于是关公恍然大悟，稽首皈依而去。后往往于玉泉山显圣护民，乡人感其德，就于山顶上建庙，四时致祭。

玉泉山显圣使关羽的生命得到了升华，至少作者是这样认为的。而对三国的历史来说，关羽之死绝不是一个个人的悲剧。从情节进展上看，有两个结果：其一，导致了刘备决意伐吴；其二，引出了曹操之死。孙权杀害关羽后，将关羽首级献与曹操，意在移祸于曹操，而曹操深知其故，以王侯礼祭葬关羽：

> 却说曹操在洛阳，自葬关公后，每夜合眼便见关公。操甚惊惧，问于众官。众官曰："洛阳行宫旧殿多妖，可造新殿居之。"操曰："吾欲起一殿，名建始殿。恨无良工。"贾诩曰："洛阳良工有苏越者，最有巧思。"操召入，令画图像。苏越画成九间大殿，前后廊庑楼阁，呈与操。操视之曰："汝画甚合孤意，但恐无栋梁之材。"苏越曰："此去离城三十里，有一潭，名跃龙潭；前有一祠，名跃龙祠。祠傍有一株大梨树，高十余丈，堪作建始殿之梁。"
>
> 操大喜，即令人工到彼砍伐。次日，回报此树锯解不开，斧砍不入，不能斩伐。操不信，自领数百骑，直至跃龙祠前下马，仰观那树，亭亭如华盖，直侵云汉，并无曲节。操命砍之，乡老数人前来谏曰："此树已数百年矣，常有神人居其上，恐未可伐。"操大怒曰："吾平生游历，普天之下，四十余年，上至天子，下及庶人，无不惧孤；是何妖神，敢违孤意!"言讫，拔所佩剑亲自砍之，铮然有声，血溅满身。操愕然大惊，掷剑上马，

> 回至宫内。是夜二更，操睡卧不安，坐于殿中，隐几而寐。忽见一人披发仗剑，身穿皂衣，直至面前，指操喝曰："吾乃梨树之神也。汝盖建始殿，意欲篡逆，却来伐吾神木！吾知汝数尽，特来杀汝！"操大惊，急呼："武士安在？"皂衣人仗剑砍操。操大叫一声，忽然惊觉，头脑疼痛不可忍。急传旨遍求良医治疗，不能痊可。众官皆忧。①

这是一段志怪意味很浓的描写，却恰到好处地写出了曹操的骄狂与疑惧兼而有之的心理。实际上，这也符合全书对这一人物的描写。

《三国演义》从一开始就将曹操定位于"治世之能臣，乱世之奸雄"。一方面，作者表彰了曹操的老谋深算、精明强悍、顽强乐观的英雄气度。当黄巾作乱时，曹操以骠骑都尉奋力破敌；而在董卓擅权时，他只身前往行刺，行刺未果，又随机应变，声称是来献宝刀的，足见其忠勇。而在汉朝"气数已尽"，朋党、外戚、宦官争权夺势时，他"挟天子以令诸侯"，展示了他稳定大局、一统天下的志向；此后灭袁绍、平袁术、诛吕布、败张鲁等等，一系列的英雄壮举，则充分表现了他杰出的军事才能和高超的政治手腕。至于"酾酒临江，横槊赋诗"时高唱"山不厌高，海不厌深。周公吐哺，天下归心"的插曲，也将他广阔的胸襟渲染得淋漓尽致。

另一方面，作者又着力鞭挞了曹操的残酷、狡诈和伪善。少年时的"诈作中风"(第一回)，已为他的奸诈定下了基调；而杀吕伯奢全家后公然宣称"宁教我负天下，休教天下人负我"(第四回)，则是他极端利己主义的暴露。此后，他"借"王垕头以解决粮草危机(第十六回)，在许攸的一再追问下，逐步吐露真情(第三十回)，声称会"梦中杀人"以戒备谋杀(第七十二回)等，都表现了他的奸诈；而攻打徐州时，"但令得城池，将城中百姓，尽行屠戮"(第十回)等，则表现了他的凶残。

这样一个不可一世的人物，终于走到了生命的尽头。当华佗提出要开胪为他治头痛之病时，曹操认为华佗要谋害他，华佗说："大王曾闻关公中毒箭，伤其右臂，某刮骨疗毒，关公略无惧色；今大王小可之疾，何多疑焉？"曹操说："臂痛可刮，脑袋安可砍开？汝必与关公情熟，乘此机会，欲报仇耳！"这里，再次提到了关羽。不过，作者的用意也许不只是为了人物的对比，他将这两个曾经叱咤风云的人物的死安排在前后两回，显然增加了他们的死在历史进程中的分量。

---

① 《三国演义》下册，人民文学出版社，1971年，第623—624页。

诸葛亮之死是《三国演义》情节的又一关节点，由于作者对这一人物明显的偏爱，诸葛亮的离去几乎可以说也是三国故事的结束。其实，在三国主要历史人物中，诸葛亮出场是比较晚的，至第三十七回刘备三顾茅庐时才与读者见面。当时，曹操已基本扫荡了北方群雄，正欲乘胜南下。在此关键时刻，作者浓墨重彩地描写诸葛亮的出山，突出了他扭转乾坤、实现三分天下的作用。此后的60多回中，他几乎成了小说的主角，左右着形势的变化。舌战群儒、草船借箭、借东风、空城计、七擒孟获等著名片断，构成了诸葛亮谋略过人、忠心耿耿的光辉形象。当这样一个光彩夺目的形象不在了，小说情节的吸引力也就随之降低。所以，关、曹之死在《三国演义》中各占一回篇幅，而诸葛亮之死则独占二回，这在全书所有人物中也是最为突出的。它让我们看到了一个充满理想和智慧的生命，如何在与命运的抗争中完成了自己悲壮的一生。

作为一个普通的人，诸葛亮是无法超越生死的。而作者显然也不想只是将诸葛亮之死写成一个个体生命的消失。在诸葛亮病重之际，有这样一段精彩描写：

> 孔明强支病体，令左右扶上小车，出寨遍观各营；自觉秋风吹面，彻骨生寒，乃长叹曰："再不能临阵讨贼矣！悠悠苍天，曷此其极！"叹息良久。[①]

这一感人的场面极大地升华了小说的思想境界。如上所述，小说在道德层面展开了理想与现实矛盾冲突的悲剧，而在诸葛亮身上又展开了人生的悲剧。这种悲剧只有在历史小说中才能得到最有效的表现。当然，这与小说家的努力是分不开的，事实上，在《三国志》卷三十五诸葛亮本传中，有关他的死的记叙是很平淡的：

> 十二年春，亮悉大众由斜谷出，以流马运，据武功五丈原，与司马宣王对于渭南。亮每患粮不继，使己志不申，是以分兵屯田，为久驻之基。耕者杂于渭滨居民之间，而百姓安堵，军无私焉。相持百余日。其年八月，亮疾病，卒于军，时年五十四。及军退，宣王案行其营垒处所，曰："天下奇才也！"亮遗命葬汉中定军山，因山为坟，冢足容棺，敛以时服，不须器物。[②]

---

① 《三国演义》下册，人民文学出版社，1971年，第843页。

② 《三国志》第四册，中华书局，1982年，第925、927页。

可见,小说与史书的差别已不是“虚”与“实”的差别,而是两种文体的差别,或者说是两种文体体现的精神的差别:史书主要是呈现一种历史的原貌,而小说还要呈现一种人生的状态。

总而言之,《三国演义》在史实的基础上,熔铸感情,发挥想象,既尊重三国归晋的历史结局,又处处表现出“拥刘反曹”的倾向,使历史的文学化叙述臻于完美。由于三国纷争,时间漫长,头绪繁多,作者在结构布局方面也煞费苦心。特别是战争场面的描写,突出人物性格和计谋的运用,使历史不只作为一种不以人的意志为转移的“天下大势”而撼人心魄,同时也作为一段人与命运抗争的过程而引人入胜。

第三节 《水浒传》精神内涵的矛盾

《水浒传》属于英雄传奇。英雄传奇是小说史家的概括,从通俗小说的角度看,它最直接的源头应该是说话艺术中的“朴刀”、“杆棒”之类。与历史演义相比,这一类作品一般也有历史的影子,但在创作中往往更关注个人的经历而不是历史的进程,因而这类作品可以也必须容纳更多的虚构,同时,也会更多地与世俗社会发生联系。就这一点而言,我们在《水浒传》中所看到的精神内涵的矛盾,可以说不是这一部小说孤立的现象,而是英雄传奇游移于历史与世情、上层与下层之间必然的结果。只不过由于题材的特殊性,《水浒传》表现得最为鲜明和极端。

一、上“忠”下“义”的情节结构

在中国历史上,发生过无数的农民暴动。这样的暴动历来被看做“犯上作乱”,《宋史》上也是以“盗贼”称宋江等人的。但《水浒传》中,却通过对朝政黑暗的描写,揭示出“乱由上作”的道理,突出表现了“自古权奸害善良,不容忠义立家邦”的社会现实,从而把梁山英雄作为反奸除暴、保境安民的正义力量来赞美,这显然体现了下层民众的意识。因此,“水浒”故事从宋以来的长期演变,很大程度就是这一反叛题材与社会主流意识的磨合,或者说正是这种磨合主导了“水浒”故事的演变。

在有限的史料中,宋江给人的印象是个勇悍的强寇:“宋江起河朔,转略十郡”,“又犯京东、河北,入楚、海州界”;“河北剧贼宋江者,肆行莫之御”,“啸聚亡命,剽掠山东一路,州县大振,吏多避匿”,“白昼横戈犯城郭”,“官军莫敢撄其锋”。从这些片断的记载,可以想见宋江是一个地道的叛乱者。但在不久以后的说话艺术中,这批叛乱者却已经为艺人津津乐道了。在现在已知的宋元说话名目中,就有“青面兽”、“花和尚”、“武行者”等,但由于这些话本没有流传下来,我们不清楚其中的思想内容。在宋元之际的《大宋宣和遗事》中,记录了比较完整的“水浒”故事,其倾向已是肯定宋江等英雄了:宋江成为梁山首领后,“统率强人,略州劫县,放火杀人,攻夺淮阳、京西、河北三路二十四州八十余县;劫掠子女玉帛,掳掠甚众”,似乎去史实尚不太远。不过,有两点是很重要的:其一,宋江等人有了不见于史书的政治主张,“天书付天罡院三十六员猛将,使呼保义宋江为帅,广行忠义,殄灭奸邪”,军师吴加亮也劝他“若果应数,须是助行忠义,卫护国家”。其二,由于“朝廷无其奈何,只得出榜招谕宋江等”,宋江等最终“归顺宋朝,各受武功大夫诰敕,分注诸路巡检使去也。因此三路之寇,悉得平定。后遣宋江收方腊有功,封节度使”。“广行忠义,殄灭奸邪”的政治主张与回归正统的结局,使得宋江的故事开始在一定程度上得到了主流社会的认可,宋代遗民龚开在其《三十六人赞并序》中就说:“宋江事见于街谈巷语……士大夫亦不见黜”,而他本人则对宋江的英雄气概称赞有加,认为宋江“识性超卓,有过人者”,是所谓“盗贼之圣”。

关键在于,那种看上去还比较空泛的“忠义”口号和草率的回归正统结局,为小说家放手描写这些英雄对上“忠”、对下“义”的人生经历创造了广阔的空间。在《水浒传》中,梁山一百零八将,因不同的原因走上梁山,他们行侠仗义、劫富济贫,以替天行道为己任,与腐败的朝廷抗争,展现了市井社会所难以企及的悲壮景象。

金圣叹在《水浒传》评点中,很精明地指出,小说开篇“不写一百八人,先写高俅,则是乱自上作也”。这一观点揭示了《水浒传》的一个基本思想,也表明了小说的结构意识。一部涉及整个社会动乱的作品,从社会上层写起,有助于展开动乱的背景,从而获得一个宏观的视角。而当小说的情节陆续展开后,社会自上而下的黑暗、腐败,则成为英雄们反叛行为的重要原因,“自古权奸害善良,不容忠义立家邦”,这一贯穿全书的思想确立了反叛的正当性。

不过,《水浒传》的故事并不是以上层忠奸斗争为中心,它只是因袭了忠奸斗争的观念,重点还是表现民众的反抗。因此,在具体的情节中,将传统的、来自底层的官民对立情绪发挥到了极点。在小说中,我们可以看到许多“酷吏赃官都杀尽”(第十九回),“泊子里的好汉,但闲便下山……若是客商车辆人员，任从经过。若是上任官员，箱里搜出金银来时，全家不留”（第七十一回）等话，由于书中基本上没有正面描写清官良吏，上述说法也可以说是针对整个官僚阶层的。而这种对统治者的强烈的仇视心理被作者以一个个残酷的场面形象地描绘出来。第三十一回的“血溅鸳鸯楼”，武松听到张都监等得意地谈论对他的陷害，抢入楼中：

> 说时迟，那时快，蒋门神急要挣扎时，武松早落一刀，劈脸剁着，和那交椅都砍翻了。武松便转身回过刀来。那张都监方才伸得脚动，被武松当时一刀，齐耳根连脖子砍着，扑地倒在楼板上。两个都在挣命。这张团练终是个武官出身，虽然酒醉，还有些气力；见剁翻了两个，料道走不迭，便提起一把交椅轮将来。武松早接个住，就势只一推。休说张团练酒後，便清醒时也近不得武松神力！扑地望后便倒了。武松赶入去，一刀先割下头来。蒋门神有力，挣得起来，武松左脚早起，翻筋斗踢一脚，按住也割了头；转身来，把张都监也割了头。见桌子上有酒有肉，武松拿起酒锺子一饮而尽；连吃了三四锺，便去死尸身上割下一片衣襟来，蘸着血，去白粉壁上大写下八字道：“杀人者，打虎武松也！”[①]

这是小说中极为血腥的一幕，却将武松的复仇意志表现得淋漓尽致。与此相似，第四十一回梁山英雄杀黄文炳，也写得触目惊心，其中同样充满对官僚阶层的痛恨。

对统治者的仇恨还与统治者总是和地方恶霸结成利益集团有关。蒋门神、张都监之流是如此，其他恶霸也往往与权势者有千丝万缕的联系。因此，梁山英雄的锋芒也指向了这样的恶霸。在这一点上，《水浒传》又反映了民众对锄强扶弱、济难救困的豪侠精神的期盼。这种期盼实际上源自更久远的侠客文化，即使只从文学作品看，从司马迁《史记》为“游侠”列传，到《搜神记》中《三王墓》所表彰的侠客以及唐代传奇中的众多侠客形象，侠客形象也早已自成系列，深入人心。《水浒传》将这一传统与游民文化相结合，使豪侠形象更具有下层社会的特点。武松、鲁智深、李逵、阮氏兄弟，等等，这些人形成了一股独立于体制外、不受约束的正义力量，“以强凌弱真堪恨，天使拳头付李逵”（第三十八回），“留得李逵板斧在，人间正气尚能伸”[②]，《水浒传》把暴力作为对抗邪恶的最后期待，是对社会弱势群体的一种精神上的抚

---

① 《水浒全传》上册，上海人民出版社，1975年，第373—374页。

② 此两段引文分见：《水浒全传》上册，上海人民出版社，1975年，第467页；下册，第901页。

慰和愉悦。

然而，官僚阶层毕竟是社会秩序与法律的象征，对官僚的冲击虽然使《水浒传》获得了一种反抗秩序、亵渎权威的快感，却无法摆脱维护秩序与权威的主流社会的攻击。实际上，《水浒传》本身也充满了矛盾。这甚至从小说有些含糊的书名就可以看出。从字面上说，“水浒”不过是水边的意思。但在中国古代小说中很少有这样命名的，考虑到章回小说传播的商业需要，这一含糊的书名也是不利于营销的。唯一的解释是，作者另有隐喻。有研究者指出，这一书名源自《诗经》中的“古公亶父，来朝走马，率西水浒，至于岐下”，原诗是写周太王率领部族迁徙的事情，小说家摄取“水浒”为书名，是有意将宋江等的聚义与周朝的兴起作类比。不过，这一隐喻即使符合事实，也过于深隐。

宋江的形象就十分典型地反映了《水浒传》的矛盾。从作者一开始的介绍可以看出，这本来是一个对底层民众很有亲和力的形象，

> 那押司姓宋，名江，表字公明，排行第三，祖居郓城县宋家村人氏。为他面黑身矮，人都唤他做黑宋江；又且驰名大孝，为人仗义疏财，人皆称他做孝义黑三郎。上有父亲在堂，母亲早丧；下有一个兄弟，唤做铁扇子宋清，自和他父亲宋太公在村中务农，守些田园过活。这宋江自在郓城县做押司，他刀笔精通，吏道纯熟；更兼爱习枪棒，学得武艺多般。平生只好结识江湖上好汉；但有人来投奔他的，若高若低，无有不纳，便留在庄士馆谷，终日追陪，并无厌倦；若要起身，尽力资助。端的是挥金似士！人问他求钱物，亦不推托；且好做方便，每每排难解纷，只是周全人性命。时常散施棺材药饵，济人贫苦。急人之急，扶人之困，因此，山东，河北闻名，都称他做及时雨，却把他比做天上下的及时雨一般，能救万物。①

从上面的描写看，宋江实在是一个十分平常的人，但却有着急人所难的侠义品格，而他的这一可贵品格并不只是空洞的标签。当晁盖等“智取生辰纲”后，宋江深知“如此之罪，是灭九族的勾当！”虽然如此，他仍然做出了通风报信、私放晁盖的举动，为了践履“义”，承担了生命的风险，使得他一开始就给读者留下了崇高的印象。

不过，作者是把宋江作为梁山好汉的领袖来塑造的，也就是说要通过他

---

① 《水浒全传》上册，上海人民出版社，1975年，第205—206页。

来为梁山好汉定位，并体现作品基本的思想倾向。如上所述，作品的基本思想潜藏着无法解决的矛盾，这也造成了宋江形象的矛盾。反过来也可以说，宋江形象的矛盾加剧了作品的思想矛盾。

与历史上的宋江形象相比，《水浒传》的描写明显地将这一形象“儒化”了。在史实的记载中，宋江原本是一个“勇悍狂侠”的人。《大宋宣和遗事》中的宋江，多少也具有这一特点。对阎婆惜，他是“一条忿气，怒发冲冠，将起一柄刀”就杀，之后还在墙上题诗：“杀了阎婆惜，寰中显姓名，要捉凶身者，梁山泊上寻。”颇有武松“血溅鸳鸯楼”的气概。但到了《水浒传》，情形就大不同了。虽然明知阎婆惜有外遇，宋江仍佯装不知。只是在其步步要挟，危及自家性命时，才不得已杀了她。而杀惜后，宋江上梁山的过程也极为曲折，一再潜逃，直到被捕，斩首示众之际，被众英雄救出，这才勉强上了梁山。对此，他一直认为是犯了莫大的罪过，始终“望天王降诏早招安，心方足”，并最终领导义军走上了这条不归路。

二、英雄传奇的笔法

虽然都是以英雄人物为主人公，《水浒传》在写作方法上与《三国演义》有所不同。《三国演义》以宏观叙事为主，很少涉及人物的内心世界，人物的性格也比较简单明了，具有类型化的特点。而《水浒传》则不同，虽然它也用近乎夸张的笔触展现了英雄人物的传奇人生，但对人物的环境、性格的复杂性等方面有更多的关注，因此，英雄人物的塑造既令人崇敬，又更加可信。金圣叹在评点武松打虎一段时，称赞作者是“写极骇人之事，却尽用极近人之笔”①，这可以说对《水浒传》英雄形象塑造特点与成就的精辟概括。

所谓“极骇人之事”是说《水浒传》描写人物及情节，都给人以惊心动魄的感觉，用《水浒传》中的话说就是“说开星月无光彩，道破江山水倒流”。书中武松、林冲、鲁智深、李逵等大批英雄形象，见义勇为，慷慨任侠，在各自不同的“逼上梁山”的经历中，展示出凡人难以企及的生命力。其中如武松打虎、林冲风雪山神庙、鲁智深拳打镇关西、李逵大闹江州等故事，都充满了令人心向往之的神奇色彩。

所谓“极近人之笔”则是说作者在描写那些惊心动魄的人与事时，力图从最贴近普通人生活体验的角度加以平实的表现，让读者在看似寻常的现象中体会英雄的过人之处。

---

① 马蹄疾编：《水浒资料汇编》，中华书局，1980年，第159页。

关键在于,《水浒传》充分把握了人物与环境的关系,真切地写出了人物心理和性格的复杂与变化。这一点在林冲身上表现得最为明显。

林冲原是东京八十万禁军教头,他虽有"屈沉在小人之下"的郁闷,但教头的地位、优厚的请受、舒适的家庭、美丽的妻子,都使他养成了安分守己、委曲求全的性格。他第一次出场时,作者细致地描写了他的外貌:头戴一顶青纱抓角儿头巾;脑后两个白玉圈连珠鬓环;身穿一领单绿罗团花战袍;腰系一条双獭尾龟背银带;穿一对磕爪头朝样皂靴;手中执一把摺叠纸西川扇子。这一外貌描写从已经沦落为流浪汉的鲁智深眼中写出,是大有深意的,不但与无所顾忌的鲁智深形成鲜明对比,更表明这样一个有身份、有地位的人要反上梁山,几乎是不可能的。使女告诉他有人拦轿调戏娘子,对当时的英雄来说,这是一个奇耻大辱。林冲本来也准备大打出手,跑去一看,调戏他娘子的是高太尉的义子高衙内,先自手软了。鲁智深带着二三十个子弟来帮他,林冲反倒极力劝阻。事情很简单,他要保住自己的地位,不能得罪高太尉。

正是由于林冲的软弱,高衙内更肆无忌惮,他听受爪牙的献计,收买了林冲的好友陆谦,再把林冲娘子骗出,企图污辱。接着,高太尉又出面支持义子,设下宝刀计,诱骗林冲误入白虎节堂,加给他一个行刺的虚妄罪名,把林冲发配到开封府。本来想治以死罪,幸而遇到一位正直的孙孔目在府尹面前陈说利害,才得以开脱,被刺配沧州。林冲被迫给娘子写了休书,娘子自缢而死。至此,娘子被调戏这个小小的情节,逐步发展为有重大社会政治意义的事件。而在这一过程中,林冲尽管已经到了家破人亡、性命难保的地步,还是逆来顺受、再三忍让:他为对自己下毒手的董超、薛霸向鲁智深讨饶;在柴进庄上,忍受那个洪教头的傲慢无礼,唯恐伤了别人的面子,给自己找麻烦。这种不断被揭示出来的内心世界,与他长期以来的身份和教养完全符合。

然而,就是这个苟安偷生的林冲,也终于忍无可忍挺身反抗了。林冲到沧州后,由于柴进的人情,被安排看守草料场。作品细致地描写了林冲在极其恶劣的条件下,仍然打算好好过平安日子。他没想到事已至此,高太尉等人还不放过他,也没想到前来追杀他的竟是自己的朋友陆谦,更没想到陆谦卖友求荣到了要拾一块他的骨头回去邀功请赏的地步。于是,这个一向老实本分的好人竟也一刀剜了陆谦的心肝。他无法再抱任何幻想了,只有走上彻底反抗的道路。① "风雪山神庙"可以说是《水浒传》中最精彩的片断之

① 有关林冲形象的分析,参见吴组缃:《林冲的转变》,见《说稗集》,北京大学出版社,1986 年。

一。在天寒地冻的冬夜，熊熊烈焰腾空而起，与纷飞的白雪形成了色彩、温度上极大反差，极好地衬托了林冲由隐忍、克制到暴发的性格转变。

为了充分展示林冲性格的转变，作者采用了将近五六回的篇幅来完整地叙述这一曲折过程，这也是《水浒传》在结构上的特点，即以相对集中的篇幅描写一个人物，金圣叹称之为“列传”，这种结构与早期说话艺术单篇讲述一个英雄的故事可能有关。集结为长篇章回小说，则形成对社会的散点透视，并显示出梁山泊百川归海的气象。而在具体描写中，作者又调动各种艺术手段，突出英雄人物的个性及其变化，比如同是面对狱卒“杀威棒”的恐吓，林冲是小心翼翼地送上银两，陪着笑脸说：“差拨哥哥，些小薄礼，休言轻微”（第九回），以求免打。武松却声称：“指望老爷送人情与你，半文也没。我精拳头有一双相送！”（第二十八回）一个委曲求全、一个威武不屈，不同的个性在对比中相对而显。

另外，人物语言的个性化在《水浒传》中也很突出，这种个性化的语言并不是固定的语气，而是随着人物的经历而变化的。仍以林冲为例，最初面对高衙内的无礼，他说的是：“林冲本待要痛打那厮一顿，太尉面上须不好看。自古道‘不怕官，只怕管’，林冲不合吃着他的请受，权且让他一次。”完全是隐忍退让的口气。当高衙内步步紧逼，他叹道：“男子汉空有一身本事，不遇明主，屈沉在小人之下，受这般腌臜的气！”语含牢骚，有了反抗的意识。而在风雪山神庙中，他对陆谦等说的是：“好贼，你待那里去！”“奸贼，且吃我一刀！”斩钉截铁的喝令，显示了铤而走险的勇气。

除了林冲，《水浒传》中其他主要人物的性格也刻画得同样鲜明。由于这些人物都是英雄好汉，作者尤其着意写出他们之间的细微差别。对于这一点，金圣叹在《读第五才子书法》中说：

> 别一部书，看过一遍即休。独有《水浒传》，只是看不厌，无非为他把一百八个人性格，都写出来。
>
> 《水浒传》只是写人粗卤处，便有许多写法。如鲁达粗卤是性急，史进粗卤是少年任气，李逵粗卤是蛮，武松粗卤是豪杰不受羁靮，阮小七粗卤是悲愤无说处，焦挺粗卤是气质不好。[①]

在此前的小说中，还没有将人物性格刻画得如此复杂的。正是这种对人物性格的准确把握，使英雄传奇因“极近人之笔”而获得了广大读者的认同与

---

① 马蹄疾编：《水浒资料汇编》，中华书局，1980年，第34页。

共鸣。如果说人物是小说的中心之一,《水浒传》在这方面的成就可以说标志着小说艺术水平达到了一个新的阶段。

这一新的阶段还与小说中另一方面的"极近人之笔"有关,那就是作者往往将书中江湖豪侠活动场所安排在市井社会,也细致地描写了一批市井细民的形象,并表现出与市民相通的思想趣味。如围绕武松描写武大郎、西门庆、潘金莲以及郓哥、何九叔等,构成了一个复杂的市井社会画卷,这种复杂性在某些方面甚至超过了宋元话本小说专以市井为题材的作品。不妨再看一个实例,小说第十二回描写"汴京城杨志卖刀"时,有一个"泼皮"牛二前来滋事:

> 却说牛二抢到杨志面前,就手里把那口宝刀扯将出来,问道:"汉子,你这刀要卖几钱?"杨志道:"祖上留下宝刀,要卖三千贯。"牛二喝道:"甚么鸟刀,要卖许多钱!我三十文买一把,也切得肉,切得豆腐。你的鸟刀有甚好处,叫做宝刀!"杨志道:"洒家的须不是店上卖的白铁刀,这是宝刀。"牛二道:"怎的唤做宝刀?"杨志道:"第一件,砍铜剁铁,刀口不卷;第二件,吹毛得过;第三件,杀人刀上没血。"牛二道:"你敢剁铜钱么?"杨志道:"你便将来剁与你看。"
>
> 牛二便去州桥下香椒铺里讨了二十文当三钱,一垛儿将来放在州桥栏干上,叫杨志道:"汉子,你若剁得开时,我还你三千贯。"那时看的人,虽然不敢近前,向远远地围住了望。杨志道:"这个直得甚么?"把衣袖卷起,拿刀在手,看的较准,只一刀,把铜钱剁做两半,众人都喝采。牛二道:"喝甚么鸟采!你且说第二件是甚么?"杨志道:"吹毛得过:若把几根头发,望刀口上只一吹,齐齐都断。"牛二道:"我不信。"自把头上拔下一把头发,递与杨志,"你且吹我看。"杨志左手接过头发,照着刀口上尽气力一吹,那头发都做两段,纷纷飘下地来,众人喝采,看的人越多了。牛二又问:"第三件是甚么?"杨志道:"杀人刀上没血。"牛二道:"怎么杀人刀上没血?"杨志道:"把人一刀砍了,并无血痕,只是个快。"牛二道:"我不信,你把刀来剁一个人我看。"杨志道:"禁城之中,如何敢杀人?你不信时,取一只狗来杀与你看。"牛二道:"你说杀人,不曾说杀狗!"杨志道:"你不买便罢,只管缠人做甚么?"牛二道:"你将来我看。"杨志道:"你只顾没了当,洒家又不是你撩拨的!"牛二道:"你敢杀我?"杨志道:"和你往日无冤,昔日无仇,一物不成两物,现在没来由杀你做甚么?"
>
> 牛二紧揪住杨志说道:"我偏要买你这口刀。"杨志道:"你要买,将

钱来。"牛二道："我没钱。"杨志道："你没钱，揪住洒家怎地?"牛二道："我要你这口刀。"杨志道："我不与你。"牛二道："你好男子，剁我一刀。"杨志大怒，把牛二推了一交。牛二爬将起来，钻入杨志怀里。杨志叫道："街坊邻舍，都是证见：杨志无盘缠，自卖这口刀，这个泼皮强夺洒家的刀，又把俺打。"街坊人都怕这牛二，谁敢向前来劝。牛二喝道："你说我打你，便打杀直甚么?"口里说，一面挥起右手一拳打来，杨志霍地躲过，拿着刀抢入来，一时性起，望牛二嗓根上搠个着，扑地倒了。杨志赶入去，把牛二胸脯上又连搠了两刀，血流满地，死在地上。[①]

这一段场面深刻地表现了一个英雄的屈辱，而市井无赖的形象正是为了衬托这种屈辱。类似的描写使得《水浒传》这部英雄传奇又具有很强的现实性，稍后在此基础上产生出较早的世情小说也就是顺理成章的事了。

章回小说的形成历史不是一蹴而就的，这不只表现在它漫长的演进过程中，也表现在《三国演义》、《水浒传》这些作品本身复杂的版本上。

就《三国演义》而言，现存最早的完整刊本是嘉靖年间的《三国志通俗演义》，但研究表明，此前《三国演义》应该已有流传，明代后期的大量版本透露了其中的消息。而毛纶、毛宗岗父子整理的《三国演义》在文字上多有修订，成为最流行的版本。

《水浒传》的版本更加复杂，大致可以分繁、简两个系统。其差别在于简本包括了受招安，征辽，征田虎、王庆，打方腊以及宋江被毒死的全部情节。之所以称为简本，主要是文字略微简单，细节描写少。已发现的简本有一百一十五回本、一百一十回本、一百二十四回本。繁本写得细致些，流传较广的主要有一百回本、一百二十回本。一百回本在宋江受招安后，有"征辽"、征方腊等情节。一百二十回本是明万历末杨定见在一百回本的基础上又插入了征田虎、王庆等情节合成的。但是清代最流行的却是金圣叹删改本，他腰斩一百回本或一百二十回本招安以及之后的事，以原书第七十一回卢俊义的梦作为结尾，再将第一回作为楔子，这就是所谓七十回本。

《三国演义》、《水浒传》复杂的版本说明了这两部小说广受欢迎的事实。不断的刊刻，使章回体在形式上更加成熟，在思想艺术上也逐步调整与提高。毛批《三国演义》、金批《水浒传》大致如此。

---

① 《水浒全传》上册，上海人民出版社，1975年，第139—141页。

下　编

文人独立创作普遍化时代的小说世界

概　说

明代中叶以后，中国小说创作进入了一个新的阶段。从此开始，白话小说真正占据了小说创作的主流，从某种意义上也可以说占据了整个文学创作的主流。而与早前的白话小说不同的是，创作形式由以书场“说—听”为主向书面“写—读”为主转化，创作主体由“书会才人”、说话艺人为主向文人小说家转化，小说篇幅由以短篇为主向以长篇章回体为主转化。这一系列的外在转化还带来了小说内部的诸多变化。

第一节　小说创作的社会背景与舆论环境

文言小说在唐代已走向成熟，通俗小说则在宋元蓬勃发展。到明代，随着《三国演义》、《水浒传》的出现，章回小说成型，中国古代小说的各种体式均已完备，也就是说，小说的繁荣在小说内部已具有充足的条件。那么，在新的阶段，小说创作的外部环境又如何呢？

小说创作的背景是很复杂的，每一部小说的题材、作者的经历等都各不相同，所谓背景是不可一概而论的。不过，小说创作还有宏观的背景，这种背景未必对每一部小说的创作有直接的影响，但却是小说发展的一个基本前提。比如明中叶以后，社会经济的发展，就从多方面为小说的繁荣提供了必要的条件。

对小说创作来说，更为重要的可能还是生存的空间，也就是人们对它的态度。从总体上看，小说作为一种文体受歧视的文化环境并没有实质性改变。相反，随着小说创作的日益兴盛、影响的不断扩大，社会政治与舆论对小说打压的强度越来越大。这表现在社会舆论和政府法令两方面。

从社会舆论上看，轻视小说的观念仍有巨大影响。明正统七年国子监祭酒李时勉说：

> 近有俗儒，假托怪异之事，饰以无根之言，如《剪灯新话》之类，不惟市井轻浮之徒，争相诵习，至于经生儒士，多舍正学不讲，日夜记忆，以资谈论。若不严禁，恐邪说异端，日新月盛，惑乱人心。[1]

可见，正统文人是出于维护“正学”、反对“邪说异端”而主张禁毁小说的。由于这些新兴文体借助商业化的渠道广为传播，因而正统的社会舆论不约而同地持抵制态度，举凡官箴、家训、学则、乡约、会章等，多要求禁看小说戏曲之类，更不得收藏、创作。如《陈宏谋豫章书院书约》中说：“至于近日之淫词艳曲，尤宜焚弃，不得寓目。”清黄正元《欲海慈航少年宜戒》则说：“一切传奇小说，不许私借偷看。”《收毁淫书局章程》中还举例说明收藏阅读小说的四害：玷品行，败闺门，害子弟，多恶疾。

至于创作小说，更为舆论所诋毁。有些人为此编造了许多因果报应的故事，如罗贯中、施耐庵子孙三代皆哑，地狱治曹雪芹甚苦、蒲松龄撰《聊斋志异》而不第等。不但如此，一些人还积极向当局建议禁毁戏曲小说，而事实上历代朝廷和地方当局就多次颁布过查禁戏曲小说的法令。以清代为例，政府的压制就十分普遍而严厉。康熙说：“淫词小说，人所乐观，实能败坏风俗，蛊惑人心。朕见乐观小说者，多不成材，是不惟无益，而且有害。”（《康熙起居注》）这种态度影响了清政府的政策。

康熙二年（1663），清政府颁布命令：“嗣后如有私刻琐语淫词，有乖风化者”，必须查实议罪。康熙二十六年（1687），刑科给事中刘楷又上疏指出：“自皇上严诛邪教，异端屏息，但淫词小说，犹流布坊间，有从前曾禁而公然复行者，有刻于禁后而诞妄殊甚者。臣见一二书肆刊单出赁小说，上列一百五十余种，多不经之语，诲淫之书，贩卖于一二小店如此，其余尚不知几何。”康熙再次下旨，要求“严行禁止”《金瓶梅》、《水浒传》之类“诲淫诲盗”的作品。康熙四十八年（1709），御史张莲又上疏说：“民间设立香会，千百成群，男女混杂，又或出卖淫词小说，及各种秘药，引诱愚民，请敕地方官严行禁止。”表明小说仍是查而未禁。因此，康熙又一次下旨严禁，并规定：“若该地方官不实心查拿，在京或经该部查出，外省或经督抚查出，将该管官员指名题参，一并治罪。”到了康熙五十三年（1714），又下谕说：

---

[1] 本节有关禁毁小说的史料，除个别另行注明的以外，均引自王利器编：《元明清三代禁毁小说戏曲史料》，上海古籍出版社，1981年。

朕惟治天下，以人心风俗为本，欲正人心，厚风俗，必崇尚经学，而严绝非圣之书，此不易之理也。近见坊间多卖小说淫词，荒唐俚鄙，殊非正理；不但诱惑愚民，即缙绅士子，未免游目而蛊心焉。所关于风俗者非细。应即通行严禁。

更加明确地规定了对“造作刻印者”、“市卖者”、“买者”、“看者”和失察官吏的具体处分。

不只康熙如此，乾隆三年(1738)，朝廷为禁毁小说向地方官施加压力：

盖淫词秽说，最为风俗人心之害，例禁綦严。但地方官奉行不力，致向存旧刻销毁不尽；甚至收买各种，叠架盈箱，列诸市肆，租赁与人观看。若不严行禁绝，不但旧板仍然刷印，且新板接踵刊行，实非拔本塞源之道。应再通行直省督抚，转饬该地方官，凡民间一应淫词小说，除造作刻印，《定例》已严，均照旧遵行外，其有收存旧本，限文到三月，悉令销毁。如过期不行销毁者，照《买看例》治罪。其有开铺租赁者，照《市卖例》治罪。该管官员任其收存租赁，明知故纵者，照《禁止邪教不能察缉例》，降二级调用。

康、乾的态度也体现在《大清律例》中，据此卷二十三《刑律·贼盗上》：

凡坊肆市卖一应淫词小说，在内交与八旗都统、都察院、顺天府，在外交督抚等，转行所属官弁严禁，务搜板书，尽行销毁。有仍行造作刻印者，系官革职，军民杖一百，流三千里；市卖者杖一百，徒三年；买看者杖一百。该管官弁不行查出者，交与该部按次数分别议处。仍不准借端出首讹诈。

此后，对小说的禁毁一直没有停止。嘉庆十八年(1813)十二月有“嗣后不准开设小说坊肆”之谕，企图从源头上堵住小说产生的机会。同治十年(1871)六月，也有谕“严行查禁”“坊本小说”。道光十四年二月下谕说：

近来传奇演义等书，踵事翻新，词多俚鄙。其始不过市井之徒，乐于观览，甚至儿童妇女，莫不饫闻而习见之，以荡佚为风流，以强梁为雄杰，以佻薄为能事，以秽亵为常谈；复有假托诬妄，创为符咒禳厌等术，蠢愚无识，易为簧鼓，刑讼之日繁，奸盗之日炽，未必不由于此。嗣后各直省督抚及府尹等，严饬地方官实力稽查，如有坊肆刊刻，及租赁各铺一切淫书小说，务须搜取板书，尽行销毁，庶几经正民兴，奇邪胥靖，朕实有厚望焉。

与康、乾时的有关禁令相比，这时的禁令已从某些小说作品向一切小说延伸。

最高统治者既有禁毁小说之意，地方政府也有相应的行动。比较著名的是曾任江苏、福建巡抚的丁日昌就说：《水浒传》、《西厢记》等书“原其著造之始，大率少年浮薄，以绮腻为风流，乡曲武豪，借放纵为任侠；而愚民鲜识，遂以犯上作乱之事，视为寻常；地方官漠不经心，方以为盗案奸情，纷歧叠出。殊不知忠孝廉节之事，千百人教之而未见为功，奸盗诈伪之书，一二人导之而立萌其祸，风俗与人心，相为表里。近来兵戈浩劫，未尝非此等逾闲荡检之说，默酿其殃。若不严行禁毁，流毒伊于胡底”。为此，他大力禁毁小说，在同治七年提出了一个很详细的禁毁书目，这一书目包括所谓“淫词小说”共计156种，分为两批。其中首批禁书有：

> 《龙图公案》、《品花宝鉴》、《昭阳趣史》、《玉妃媚史》、《呼春稗史》、《春灯迷史》、《浓情快史》、《隋炀艳史》、《巫山艳史》、《绣榻野史》、《禅真后史》、《禅真逸史》、《幻情逸史》、《株林野史》、《浪史》、《梦纳姻缘》、《巫梦缘》、《金石缘》、《灯月缘》、《一夕缘》、《五美缘》、《万恶缘》、《云雨缘》、《梦月缘》、《雅观缘》、《诗痴符》、《桃花艳史》、《水浒》、《西厢》、《何必西厢》、《桃花影》、《梧桐影》、《鸳鸯影》、《隔帘花影》、《如意君传》、《三妙传》、《姣红传》、《肉蒲团》、《欢喜冤家》、《红楼梦》、《续红楼梦》、《后红楼梦》、《补红楼梦》、《红楼圆梦》、《红楼复梦》、《红楼重梦》、《金瓶梅》、《唱金瓶梅》、《续金瓶梅》、《艳异编》、《日月环》、《紫金环》、《天豹图》、《天宝图》、《前七国志》、《增补红楼》、《红楼补梦》、《牡丹亭》、《脂粉春秋》、《风流野志》、《七美图》、《八美图》、《杏花天》、《桃花艳》、《载花船》、《闹花丛》、《灯草和尚》、《痴婆子》、《醉春风》、《怡情阵》、《倭袍》、《摘锦倭袍》、《两交欢》、《一片情》、《同枕眠》、《同拜月》、《皮布袋》、《弁而钗》、《蜃楼志》、《锦上花》、《温柔珠玉》、《石点头》、《奇团圆》、《清风闸》、《蒲芦岸》、《八段锦》、《今古奇观》、《情史》、《醒世奇书》、《空空幻》、《汉宋奇书》、《碧玉塔》、《碧玉狮》、《摄生总要》、《梼杌闲评》、《反唐》、《文武元》、《凤点头》、《寻梦托》、《海底捞针》、《国色天香》、《拍案惊奇》、《十二楼》、《无稽澜语》、《双珠凤》、《摘锦双珠凤》、《绿牡丹》、《芙蓉洞》、《乾坤套》、《锦绣衣》、《一夕话》、《解人颐》、《笑林广记》、《岂有此理》、《更岂有此理》、《小说各种》(福建版)、《宜春香质》、《子不语》、《北史演义》、《女仙外史》、《夜航船》、《风流艳史》、《妖狐媚史》。

第二批有：

> 《隋唐》、《九美图》、《空空幻》、《文武香球》、《蟫史》、《十美图》、《五凤吟》、《龙凤金钗》、《二才子》、《百鸟图》、《刘成美》、《绿野仙踪》、《换空箱》、《一箭缘》、《真金扇》、《鸾凤双箫》、《探河源》、《四香缘》、《锦香亭》、《花间笑语》、《盘龙镯》、《绣球缘》、《双玉燕》、《双凤奇缘》、《双剪发》、《百花台》、《玉连环》、《巫山十二峰》、《万花楼》、《金桂楼》、《钟情传》、《合欢图》、《玉鸳鸯》、《白蛇传》。

从书目看，禁毁的范围是很广的，既有《前七国志》、《北史演义》、《隋唐演义》等历史演义小说，也有《子不语》等文言小说，至于福建版《小说各种》，更有一网打尽的意思。当然，在这一书目中，最主要的还是所谓"淫词小说"。客观地说，这些小说中确有一些即使按照今天的道德标准，也是不宜广泛传播的。[①] 但是，将《红楼梦》等也列在其中，显然是保守的。所以，问题不仅在于禁毁了哪些小说，还在于它所体现出的观念，比如在书目中没有《西游记》、《儒林外史》等书，并不意味着对这些小说的肯定。从本质上说，上述对小说的禁毁，是长期以来对小说轻视的集中体现。

---

① 新闻出版署1993年发布过一个《关于部分古旧小说出版的管理规定》，其中重申了"古旧小说中确有文学价值、可供学术研究工作参考，但有较多性描写内容、不适合青少年阅读的，仍需专题报我署审批"的要求。为便于出版社的主管部门及有关的出版社掌握仍需专题报批的古旧小说书目，出版署经与部分专家研究，开列了一个书目：

《一片情》、《浓情秘史》、《艳史》（又名《隋炀帝艳史》、《风流天子传》）、《素娥篇》、《天下第一绝妙奇书》、《绣屏缘》、《梦红楼梦》、《禅真后史》、《野叟曝言》、《风月鉴》、《如意君传》（又名《阃娱情传》）、《玉娇丽》（又名《玉娇李》），《浪史》（又名《巧姻缘》、《浪史奇观》、《梅梦缘》）、《绣榻野史》、《闲情别传》、《玉妃媚史》、《昭阳趣史》、《宜春香质》、《弁而钗》、《肉蒲团》（又名《觉名禅》、《耶蒲团》、《野叟奇语》、《钟情录》、《循环报》、《巧姻缘》、《巧奇缘》）、《僧尼孽海》、《灯草和尚》（又名《灯花梦》、《和尚缘》、《奇僧传》）、《株林野史》、《载花船》、《钟情艳史》、《巫山艳史》（又名《意中情》）、《恋情人》（又名《迎风趣史》）、《醉春风》（又名《自作孽》）、《梧桐彰》、《龙阳逸史》、《十二笑》、《春灯迷史》、《闹花丛》、《桃花艳史》、《妖狐艳史》、《双姻缘》（又名《双缘快史》）、《两肉缘》、《绣戈袍全传》（又名《真倭袍》、《果报录》）、《碧玉楼》、《奇缘记》、《欢喜浪史》、《杏花天》、《桃花影》（又名《牡丹奇缘》）、《金瓶梅词话》、（《新刻绣像批评金瓶梅》、《皋鹤堂批评第一奇书金瓶梅》及《金瓶梅》的其他版本）、《春灯闹奇迹》、《巫梦缘》、《催晓梦》、《春情野史》、《欢喜缘》、《痴婆子传》。

此外，该《规定》还说："中国古代小说源远流长，许多刻本、抄本流散于民间。除以上所列书目外，可能还有此类古旧小说。现对出版此类图书作如下规定：一、书目所列图书均属有淫秽、色情内容或夹杂淫秽色情内容的图书。出版此类图书，包括其删节本、缩写本、改编本，必须事先专题报我署审批。二、其他未列入上述书目的有较多性描写内容的，不适合青少年阅读的古小说，也需专题报我署审批。" 从上面的书目看，与丁日昌书目多有重合。

在明清社会舆论与政府法令中，除了对“诲淫”之书的管制严格外，也有一些禁毁是出于政治的原因，如《辽海丹忠录》、《剿闯小说》、《说岳全传》等被禁显然就有政治上的原因。因为它们都触及了清代敏感的民族矛盾。此外，对所谓“诲盗”之书，当局也是严禁的。这当中，《水浒传》是首当其冲的。实际上，从明代以来，对《水浒传》的攻击与禁毁就从来没有停止过。明崇祯十五年六月就明令查禁《水浒传》：“着地方官设法清察本内，严禁《浒传》，勒石清地，俱如议饬行”，“大张榜示，凡坊间家藏《浒传》并原板，尽令速行烧毁，不许隐匿”。

对小说禁毁的言论与行为，表明明中叶以后，小说是在一种很不利的环境下发展的。不过，统治者不断地颁布禁令，这一事实本身又说明小说难以彻底查禁。对此，清代钱湘在《续刻荡寇志序》中说：“淫辞邪说，禁之未尝不严，而卒不能禁止者，盖禁之于其售者之人，而未尝禁之于其阅者之人；即使能禁之于阅者之人，而未能禁之于阅者之人之心。”而当局的思想落后于时代，正是它无法战胜顺应潮流的小说的根本原因。何况对小说欣赏、推崇的声音在社会上也越来越强，这种欣赏和推崇加上商业化的利益，是小说走向高潮的动力所在。

第二节　小说传播的商业化

随着刻书业的发达，小说传播的商业化倾向日益加强，这也影响了小说的艺术品格。

有资料表明，至迟在明代初期就有买卖小说的了。《朴通事谚解》中就提到买《西游记》、《飞龙传》事。明成化间叶盛在《水东日记》卷二十一也记载“今书坊相传射利之徒伪为小说杂说”。明中后期，刻印小说更为普遍。当时，南京就有三十多家书坊，福建建阳不仅书坊林立（估计为六十余家），而且每月有定期的贩卖书籍的集市，天下客商贩者如织。而这些书坊都大量刊售小说。如金陵世德堂的《唐书志传通俗演义》，周氏大业堂的《西晋志传题评》、《东晋志传题评》，兼善堂的《警世通言》，万卷书楼的《三国志传》，等等。有的畅销小说还有多家书坊出版，如荣寿堂、世德堂都印过《西游记》，世德堂、大业堂都印过《唐书志传通俗演义》。

从小说传播的角度看，话本小说集和章回小说一般篇幅较大，这就要求有较发达的印刷业作为基础；而小说的刊印要有一定的投入，价格不菲，也需要有相应的消费群体。实际上，正是新的消费群体及消费欲望刺激了书商刊印小说。明代刻工费很便宜，据徐康《前尘梦影录》记载，毛氏汲古阁廉招刻工，刻一百字三文银（或谓二十文），每两银近七百文。这样算来，刻一部《封神演义》这样的长篇小说约需三十两银。而有资料说明，《封神演义》当时"每部定价纹银贰两"[①]。扣去纸墨等费用，印百十部即可赚钱，难怪书坊商办愿以重价购刻《西游记》、《金瓶梅》这样的小说。因为有利可图，就出现了竞争。比如有一种明版《全像春秋五霸七雄列国志传》封面有两排字："兹系原本，与近刻删削不同，买者办（辨）之　梅园梓行"[②]，有的书上则介绍或预告本书坊其他小说，以吸引顾客前来购买。由于当时没有什么版权法，为了赚钱，各书坊的盗印也很普遍。明代建阳著名书商余象斗编印了一本《八仙出处东游记》，在书前引语中，他称：

> 不俗斗自刊《华光》等传，皆出予心胸之编集。其劳鞅掌矣！其费弘巨矣！乃多为射利者刊，甚诸传照本堂样式，践人辙迹而逐人尘后也。今本坊亦自有立者固多，而亦有逐利之无耻，与异方之浪棍，迁徙之逃奴，专欲翻人已成之刻者，袭人唾馀，得无垂首而汗颜，无耻之甚乎？[③]

痛心疾首，溢于言表。还有一本明金陵万卷楼刊《海瑞大红袍全传》，正文第一回前写着"如有翻刻版者，男盗女娼"[④]，企图通过谩骂，防止盗版。这当然也是枉费心机的。

清代小说的商业性传播有增无减，很多都与商业活动联系在一起。在传统的说书方面，张岱《陶庵梦忆》卷五《柳敬亭说书》记载著名说书艺人柳敬亭"善说书，一日说书一回，定价一两。十日前先送书帕，一下定，常不得空"。在印售方面，李渔的作品在当时很受欢迎，盗版极多。他本住在杭州，因南京书坊业发达，翻印他的作品也多，于是就决定"移民就食"。他曾愤愤地说："翻刻湖上笠翁之书者，六合以内，不知凡几。我耕彼食，情何以堪！誓当决一死战，布告当事"[⑤]，但"东荡西除，南征北讨"，甚至诉诸"当道"，都

---

① 有关明清说部的书价，参看宋莉华：《明清时期的小说传播》附录一《明清时期说部书价述略》，中国社会科学出版社，2005 年，第 354—375 页。

② 柳存仁：《伦敦所见中国小说书目提要》，书目文献出版社，1982 年，第 76 页。

③ 丁锡根编：《中国历代小说序跋集》下册，人民文学出版社，1996 年，第 1399 册。

④ 柳存仁：《伦敦所见中国小说书目提要》，书目文献出版社，1982 年，第 181 页。

⑤ 李渔：《闲情偶寄》，见《李渔全集》卷三，浙江古籍出版社，1992 年，第 229 页。

无效果。

由于书籍售价不是所有市民都能承受的，所以至迟在清代还出现了租赁书店。魏晋锡纂修《学政全书》卷七《书坊禁例》就提到这种租赁书店“叠架盈箱，列诸书肆”。清嘉庆十八年仁宗下令：“此等小说，未必家有其书，多由坊肆租赁，应行实力禁止，嗣后不准开设小说坊肆。”但从商人的角度看，这却是不肯放弃的赚钱之道。嘉庆二十三年(1818)诸联《生涯百咏》卷一《租书》曰：

> 藏书何必多，《西游》、《水浒》架上铺。借非一瓻，还则需青蚨。喜人家记性无，昨日看完，明日又租。真个诗书不负我，拥此数卷腹可裹。

还有一个故事说有一个人在租书铺租小说看，见都是淫词艳曲，就要全买下来毁掉。书铺主人说：“我赁此书，利息无穷，安肯让尔独买去？”[①]

重要的是，书商刻印小说的行为，影响了小说的创作与小说的品格。为迎合读者的喜好，很多书坊都以“新刻”、“全本”、“京本”、“官板”、“增补”以及“绣像”、“音释”等标榜，吸引读者，这刺激了小说文本的发展变化。而书商的商业利益也影响了小说的题材，成为小说编创的一种动力。最极端的例子是色情小说的泛滥。由于书坊以牟利为目的，导致小说创作的粗制滥造，则是更为普遍的现象。但书商参与小说编创，从总体上说，还是有利于小说发展的。事实上，在小说创作最为兴盛的地区，小说家与书商合作编刻小说，成为一种潮流。如《金瓶梅》、《西游记》等名著，都是书商求购书稿而刊刻的。冯梦龙在《古今小说》的序中说：“家藏古今通俗小说甚富，因贾人之请，抽其可以嘉惠里耳者凡四十种，畀为一刻。”[②]凌濛初在《拍案惊奇》序中则说：“肆中人见其行世颇捷，意余当别有秘本，图出而衡之。不知一二遗者，皆其沟中之断芜，略不足陈已。因取古今来杂碎事可新听睹、佐谈谐者，演而畅之，得若干卷。”[③]可以说，如果没有书商与小说家的配合，就不会有明中叶以后小说创作的繁荣。

---

① 此处有关小说租赁的史料，均引自王利器编：《明清禁毁小说戏曲史料》，上海古籍出版社，1981年，第65、416页。

② 丁锡根编著：《中国历代小说序跋集》中册，人民文学出版社，1996年，第774页。

③ 同上书，第785页。

第三节　小说理论的小说史意义

随着文人独立创作小说的普遍化，小说批评与理论也进入了一个新的阶段。此前可以称之为小说批评与理论的见解，主要见于小说的序跋以及一些杂记评论中。这些在明代中后期也仍然广泛存在，而且理论水平有所提高，如《少室山房笔丛》、《五杂俎》等中对小说的评论，都具有宽广的小说史视野和理论意识。但更值得关注的是，从明代中后期开始，小说文本附带评点的日益增多。序、凡例和读法、评点（回前评、眉批、夹批），这三部分构成了对一部小说的完整的批评。

小说的评点实际上在宋代也已出现，如刘辰翁对《世说新语》的评点。但真正具有小说理论意义的评点还是出现在明代中后期，晚明至清中叶，小说评点达到高潮。

从小说创作的角度看，小说家的文体意识与审美追求更加自觉。例如冯梦龙在《古今小说叙》说：

> 大抵唐人选言，入于文心；宋人通俗，谐于里耳。天下之文心少而里耳多，则小说之资于选言者少，而资于通俗者多。试令说话人当场描写，可喜可愕，可悲可涕，可歌可舞；再欲捉刀，再欲下拜，再欲决脰，再欲捐金。怯者勇，淫者贞，薄者敦，顽钝者汗下。虽日诵《孝经》、《论语》，其感人未必如是之捷且深也。噫，不通俗而能之乎？[①]

从小说的艺术感染力方面指出了“通俗”的重要性。在《警世通言叙》中，他又提出小说要做到“事真而理不赝，即事赝而理亦真”[②]，这是对小说虚构问题的新认识。他还通过小说集的命名，强调了小说“喻世”、“警世”、“醒世”的作用。冯梦龙的这些说法，言简意赅，涉及了小说的基本问题。稍后的凌濛初一方面将自己所编小说命名为“拍案惊奇”，突出了小说对“谲诡幻怪”情节的追求，另一方面，又反对因为“好奇”而导致小说的“失真”。《二刻拍案惊奇序》就批评“今小说之行世者，无虑百种，然而失真之病，起于好奇。知奇之为奇，而不知无奇之所以为奇。舍目前可纪之事，而驰骛于不论不议

---

① 丁锡根编著：《中国历代小说序跋集》中册，人民文学出版社，1996年，第774页。

② 同上书，第776页。

之乡，如画家之不图犬马而图鬼魅者”[①]。在日常生活中寻找“无奇”之“奇”，就是凌濛初的创作宗旨。

从小说传播的角度说，一批小说评点家应运而生，对小说作了更全面的考察与分析。金圣叹是众多小说评点家中最重要的一位，他对《水浒传》的评点，提出了一系列重要的小说理论观点。例如他首先区分了小说与历史的不同：

> 某尝道《水浒》胜似《史记》，人都不肯信，殊不知某却不是乱说。其实《史记》是以文运事，《水浒》是因文生事。以文运事，是先有事生成如此如此，却要算计出一篇文字来，虽是史公高才，也毕竟是吃苦事。因文生事即不然，只是顺着笔性去，削高补低都由我。[②]

由于中国古代小说长期通过攀附历史谋求社会承认，金圣叹从写作特点上将二者区别开来，就有着重要的理论意义。

金圣叹特别强调人物性格问题，这对小说创作也有引导作用：

> 《水浒传》写一百八个人性格，真是一百八样。若别一部书，任他写一千个人，也只是一样；便只写得两个人，也只是一样。[③]

金圣叹还讨论了小说创作心理的问题，他在《水浒传》第五十五回的回评中提出了一个有趣的问题，施耐庵写豪杰像豪杰，写奸雄像奸雄，写淫妇像淫妇，写偷儿像偷儿，都能做到个性鲜明，形象逼真，那么他是怎样构思的呢？金圣叹指出，在一般人看来，“非圣人不知圣人。然则非豪杰不知豪杰，非奸雄不知奸雄也……以豪杰兼奸雄，以奸雄兼豪杰，以拟耐庵，容当有之”，也就是说，施耐庵之所以能写出豪杰、奸雄的形象，是由于他本人具备豪杰、奸雄的胸怀、气质和性格，对豪杰和奸雄有深刻理解的缘故。问题是，施耐庵不是淫妇，也不是偷儿，为什么“写淫妇居然淫妇，写偷儿居然偷儿”？对此，金圣叹解释说：

> 非淫妇定不知淫妇，非偷儿定不知偷儿也。谓耐庵非淫妇、非偷儿者，此自是未临文之耐庵耳。夫当其未也，则岂惟耐庵非淫妇，即彼淫妇亦实非淫妇；岂惟耐庵非偷儿，即彼偷儿亦实非偷儿……若夫既动心而为淫妇，既动心而为偷儿，则岂惟淫妇、偷儿而已；惟耐庵于三寸之

---

① 丁锡根编著：《中国历代小说序跋集》中册，人民文学出版社，1996 年，第 787 页。

② 金圣叹：《读第五才子书法》，见马蹄疾编：《水浒资料汇编》，中华书局，1980 年，第 33 页。

③ 同上书，第 34 页。

笔，一幅之纸之间，实亲动心而为淫妇，亲动心而为偷儿，既已动心，则均矣，又安辩泚笔点墨之非人马通奸，泚笔点墨之非飞檐走壁耶？[①]

按照金圣叹的观点，由于施耐庵想象着自己就是淫妇、偷儿，要去做淫妇、偷儿的勾当，所以，他写出来的淫妇、偷儿才像真的淫妇、偷儿。从创作心理学上说，"亲动心"是一个很复杂的现象，也显示出金圣叹思考的深度。

金圣叹讨论的最多的还是小说的笔法与结构问题，其中既有借用和发挥传统文论及八股文评点之处，也有从小说创作实际出发，针对小说叙述特点提出的独到见解，这些见解有的甚至能与现代叙事学理论相沟通。如第九回总批讨论小说中"陆谦、富安、管营、差拨四个人坐阁子中议事，不知所议何事，详之则不可得详，置之则不可得置"，而作者"但于小二夫妻眼中、耳中"写此过程，这一发现就与叙事学中视点理论吻合。

金圣叹评点《水浒传》的基本理念在于始终以读者为中心，所以，他在书前特别写了一篇"读法"。在一些重要的小说评点本中，书前往往也有一篇类似的"读法"。评点是零散的、体验性的，"读法"则具有概括性、理论性。以"读法"为中心的评点，将小说的创作与接受联系在一起，而评点的理论命题只有从"读法"的角度予以阐释才更为准确和更有意义。如评点家津津乐道的"草蛇灰线"、"伏脉千里"、"横云断岭"之类小说结构，与其说是一种叙述行为，不如说是一种阅读效果，或者说是叙述行为在阅读中的实现。

金圣叹对《水浒传》评点的重要意义是将小说的评点提升为一种理论范式，这种范式不但有自己的理论命题、逻辑重心和思想体系，还有自己的阐释方式。金圣叹作为一个小说评点家的地位已经得到了充分的肯定，但是他的出现在小说史上的意义似乎还不太受人注意。明清之际是小说发展中的一个过渡阶段，此时出现的金圣叹，在小说史上的意义至少有两个方面值得重视：一方面他继承和发扬了明代以来对小说的肯定，使小说创作事实上摆脱了卑微或游戏的心理状态，提升了小说的品位；另一方面他对小说与史传的区别、创作心理、人物个性等问题的探讨，都是建立在对小说特性的准确把握基础上的，也标志着当时对小说文体的认识正走向自觉。而这两方面可以说正是小说进一步发展的起点，清代小说迅速地达到中国古代小说创作的高峰，并不是偶然的。

---

① 马蹄疾编：《水浒资料汇编》，中华书局，1980年，第202页。

第四节　小说家

在明代中叶以前，小说家的身份、尤其是通俗小说家的身份不为人重视，即便我们知道罗贯中、施耐庵的名字，对他们的生平和创作小说的过程，也基本上一无所知。"兰陵笑笑生"也许还有一点遮遮掩掩，但这很可能是因为这部小说描写的特殊性而故意不以真面目示人，而且作为一种署名方式，仍然可以说昭示着小说家的个人亮相，它不同于"书会才人"之类的共名是显而易见的。而冯梦龙、凌濛初等人，则作为身份公开的小说家，为小说史掀开了新的一页。到了清代，李渔、蒲松龄、吴敬梓、曹雪芹、李汝珍等一大批有名有姓的小说家已不加掩饰地出现于文坛，虽然这并不意味着小说文化地位的根本提高，但是却显示了小说家主体意识已经从说书人身份中进一步蜕化，而文人意识的加强，也从根本上改变着小说创作的思维水平。同时，小说创作素材与小说家的生平经历与情感世界的前所未有的联系，也必然促使小说创作向深度的拓展。

由于中国小说地位低下，而大多数小说家在科举道路上又不得志，因此，他们在创作中往往表现出一种寒儒本色与才子心态混合的心理。事实上，许多小说家的生活极为贫寒。湖海士在为《西湖二集》作序时，就提到周清源曾对他说："予贫不能供客，客至恐斫柱剉荐之不免，用是匿影寒庐，不敢与长者交游。"[①]清代的情况似乎更严重，烟水散人在《女才子书》序中则说：

> 回念当时，激昂青云，一种迈往之志恍在春风一梦中耳。虽然，缨冕之荣，固有命焉，而天之窘我，坎壈何极！夫以长卿之贫，犹有四壁，而予云庑烟瘴，曾无鷦鷯之一枝。以伯鸾之困，犹有举案如光，而予一自外入，室人交遍谪我；以子云之《太玄》，覆瓿遗诮，然有侯巴，独为赏重；而予弦冷高山，子期未遇，弊裘踽踽，抗尘容于阛阓之中，遂为吴侬面目。其有知我者，唯松顶之清飔，山间之明月耳！[②]

这简直把自己看成了古往今来第一不幸人了，文人的自怜自爱，也至此无以

① 《西湖二集》，浙江人民出版社，1981年，第11页。

② 丁锡根编著：《中国历代小说序跋集》中册，人民文学出版社，1996年，第831页。

复加。此外如蒲松龄一生困居乡间，在不少诗文感叹过窘迫的生活，“花落一溪人卧病，家无四壁妇愁贫”(《拨闷》)，“枯蠹只应书卷老，空囊不合斗升余”(《聊斋》)等等，就是其寒儒心境的典型写照。吴敬梓同样历尽艰辛，“五十年中，家门鼎盛”(《移家赋》)早已作为逝去的梦衬托着现实的凄凉。据说他曾为科考资格被黜退，向主事者跪拜求情，却遭大声斥责。很难想象当时这位才高气傲的人心情如何痛苦，那种屈辱其实比他笔下周进、范进们的屈辱更沉重。后来，他甚至因为穷困，无米下锅；因为冬日苦寒，不得不绕城堞行，谓之暖足。[①] 曹雪芹祖上虽然更风光，但到他却已是“举家食粥酒常赊”，只能在“蓬牖茅椽，绳床瓦灶”中追忆“秦淮旧梦”了。翻开《野叟曝言》作者夏敬渠的《浣玉轩集》，悲凉之词也触目皆是，诸如“入耳总伤心之语，一门俱可怜之人”，“检行囊中，只剩一钱”，“窃某儒林弱质，文苑饿夫”云云[②]，较之著名的“穷愁诗人”黄仲则有过之无不及。

贫寒的生活成了一些小说家创作的动力。例如大量才子佳人小说就反映了怀才不遇的文人对理想的憧憬。正如天花藏主人在《平山冷燕序》中所说的：

> 顾时命不伦，即间掷金声，时裁五色，而过者若罔闻罔见，淹忽老矣。欲人致其身，而既不能，欲自短其气，而又不忍，计无所之，不得已而借乌有先生以发泄其黄粱事业……凡纸上之可喜可惊，皆胸中之欲歌欲哭。[③]

寒儒生涯在这些小说家的创作中很自然地得到了反映，而同样的描写在以前的文言小说中是很少见的。“三言”中唯一可以确证出于冯梦龙手笔的是《警世通言》里的《老门生三世报恩》，虽然这篇小说带有明显的理想化色彩，但对“寒儒”鲜于同的刻画却很鲜活；与此篇有异曲同工之妙的是同书的《钝秀才一朝交泰》，其中的“钝秀才”同样真实地反映了寒儒的悲惨社会地位。

如果说“三言”的描写上承宋元话本，对市井社会的表现更为突出，而对士人的描写还失之简单的话，随着明末清初文人参与小说创作的普遍化，对寒儒的描写也更生动全面了。这种描写的深刻当然与小说家坎坷的人生经历和凄凉的心理感受分不开。《鸳鸯针》是一部较早的着力刻画儒林众生相

---

① 程晋芳：《文木先生传》，见李汉秋编：《儒林外史研究资料》，上海古籍出版社，1984 年，第 12 页。

② 参见王琼玲：《清代四大才学小说》甲编第一章第二节，台湾商务印书馆，1997 年。

③ 《平山冷燕》，人民文学出版社，1983 年，第 2 页。

的小说集。作者从士子所处的龃龉的社会环境着眼，描写了他们心灵的美与丑、道路的正与邪，并抒发了强烈的不平之思。《聊斋志异》展示得更为全面，无论是《叶生》的形销骨立，还是《王子安》的精神迷狂，或是《书痴》的感情麻木，都从不同角度入木三分地描绘出为科举制荼毒的士子灵魂。

重要的是，贫寒造就了小说家特殊的性格与眼光。毋庸讳言，社会地位的沦落，使得相当多的文人终日汲汲于功名富贵的诱惑，蝇营狗苟，人格萎缩，精神失据。表现在小说创作中，则是趣味低劣，想象力匮乏。但是，不幸的遭遇同时也激发了一些人孤寒傲世的品格，使他们对社会持一种批判的态度。如果说儒家倡导的"人文精神"集中体现在"达则兼济天下，穷则独善其身"上，身为寒儒的小说家却不甘于个人的修身养性，他们在小说这一文体中找到了关注社会的窗口。也正因为如此，我们才在小说中看到了不同于正史记述的世态人情，看到了一个社会怎样在充满了不合理现象的状况中运转、延续以及颠覆。

如前所述，尽管小说家在现实中往往不遇，并由此产生了对社会的批判态度，但这丝毫不影响他们作为文化人的自负，毋宁说这种自负在几乎是他们唯一的文化活动即小说创作中表现得格外强烈。天花藏主人在《平山冷燕序》中称：

> 天赋人以性，虽贤愚不一，而忠孝节义莫不皆备，独才情则有得有不得焉。……故人而无才，日于衣冠醉饱中矇生瞎死，则已耳。[①]

这几乎把"才"看得比儒家力倡的忠孝节义更重要了。事实上，自从金圣叹标举出"才子书"的名目，内容广泛、文备众体的小说确实成了文人逞才使性的最佳形式。尤其是才子佳人小说，在彰扬文人之才方面可以说表现得淋漓尽致。这些才子往往"美如冠玉，秀比朝霞"，是"潘安再世"，同时"学富五车，才高八斗"，"子史经典，般般皆通；诗词歌赋，件件惊人"，而且"儒雅风流，温良恭俭"。即如《平山冷燕》，就约有一半的回目出现了"才"字，整个作品也基本上是有才与无才的较量。这一"扬才贬财"的倾向成为明末清初众多小说的主题，并波及了当时其他类型的小说，表达了一种文人的优越感。

这样看来，小说家在社会结构中实际上处于一个不上不下的尴尬位置。寒儒身份使他们既对上即朝廷和权势者可能采取一种批判的姿态，同时又免不了有一种跻身上层的愿望；这也使得他们的批判主要是发泄不满。而

---

① 《平山冷燕》，人民文学出版社，1983 年，第 1 页。

才子心态则使他们对下也就是所谓“愚夫愚妇”持一种轻蔑的态度，这种轻蔑与儒者身份相结合，自然使他们更容易以教训者的口吻叙事。由于寒儒本色与才子心态的混合，他们对上对下都有一种若即若离的感觉，作为思想的出发点，这显然对创作会有所制约。因此，超越就显得更为重要。

超越可以是生活方式上的改变，明代的冯梦龙、熊大木、余象斗等人都是如此，清初的李渔更为典型。李渔曾有过一般儒生建功立业的愿望，但在明清易代的艰难时世，谋生的本能使他终于摆脱了传统观念的羁绊，投入了以小说戏曲创作、印售或组织演出为主，兼及其他文化活动的职业作家和文化商人的全新生涯。这种生活方式虽没有给他带来大富大贵，却也使他有可能悠游有余地从事自己喜欢的事业。寒儒常有的那种怀才不遇的焦虑渐渐淡化，因为他已经为自己的才华找到了最适当的施展场所。而且，他也并不把这种才华当做炫耀的资本，更多的时候，它只是作为自己小说戏曲中一个吸引“看官”的情节因素。

不过，在现实生活中，能像李渔这样做的人毕竟不多，因为当时社会为职业小说家提供的活动空间还是很有限的。更多的小说家只能通过创作本身来实现上述超越。如果与所谓“市人小说”或那些鲁迅所说的“为市井细民写心”之作相比[①]，文人小说家独立创作小说变得普遍以后，他们对通俗小说的改造无论从小说外部形态上看，还是从内在品质上看，都是极为明显的。例如，通俗小说的产生与发展，从本质上说与市民的娱乐需求是分不开的。对明清小说家来说，娱乐则不仅是小说取悦听众的社会功能，同时也是他们自我遣兴逞才的方式。说到底，他们从事小说创作是在失去了诗文的经典写作和淡化了史的意识后的一种良心游戏。而对市民生活的陌生，也使他们更多地依托内心深处的创作冲动，在精神领域展开幻想的翅膀，作轻松自在的游历和探险。李渔小说虚化现实，消弭冲突，致力于创造一种欢畅风趣的轻喜剧气氛，就是这种新的娱乐风格的典型体现。

更值得注意的是在一些小说中，打下了小说家个人的精神烙印。无论在文体还是在内容上，明清小说家都有意识地表现出鲜明的个性特征。不但如此，在一些小说中，小说家还有意识地融入了自己的思想旨趣，有的更隐约表现了小说家的自我形象。而在一些通俗小说中，作者的思想旨趣乃至自我形象表现得更为明显。如李渔就在一些作品的情节中及人物身上，

---

① 鲁迅是在评论《三侠五义》时，提到“为市井细民写心”的。参见《中国小说史略》第二十七篇《清之侠义小说及公案》，人民文学出版社，1975年，第250页。

加进了自己的生平经历，寄寓着自己的思想感情。吴敬梓的生平与思想对《儒林外史》同样有着举足轻重的作用。

当然，小说家主体意识在作品中的投射也并非都是正面的。当作家沉迷于自我的精神世界时，小说的描写也很容易不恰当地膨胀以致虚狂化。夏敬渠的《野叟曝言》就是这样的代表。无论如何，当小说成了小说家自我情感实实在在的载体时，小说从本质上就与以前的仅仅充当着单纯的消费文化与普遍性社会意识的体现有所不同。[①]

近代开始，小说家随着社会文化的全面转型，也发生了很大变化。关于这一点，本编第八章有专门介绍。需要提到的是一个不太为人注意的细节，那就是在近代，出现了一些女性小说家。事实上，早在宋元说话艺术中，就有一些女艺人，有一些还相当出色，并有较大影响。但从现有的资料看，她们主要从事表演，在小说创作阶段发挥过怎样的作用，还无从查考。清代，出现了一些女性弹词作家。而直接进行小说写作的，还缺乏记载。满族女词人顾太清(1799—1877)的《红楼梦影》也许是最早的女性小说家的作品，到了近代，又有陈义臣的《谪仙楼》、杭州王妙如(约 1877—1903)的《女狱花》和绩溪邵振华的《侠义佳人》等女性小说家的作品问世。虽然女性小说家的创作成就还不突出，但她们的出现却具有一定的象征意义，是小说文体进一步解放的表现。

---

① 有关清代小说家在小说中寄寓自我形象与思想，可参看王进驹：《乾隆时期自况性长篇小说研究》，中国社会科学出版社，2006 年。

第一章　从世代累积向文人独创的过渡

宋元以来的白话小说主要是书会才人与说话艺人共同创作的结果，而早期的章回小说往往也经历过较长时期的演变，小说史上称之为“世代累积”；这种创作方式在明代中后期开始发生转变，文人小说家在小说创作中的作用越来越大，开始向着独立创作发展。而《西游记》、《金瓶梅》以及“三言二拍”等则反映了从世代累积向文人独创过渡时期的特点。虽然这些作品也有各自发展的渊源，但在成书阶段，小说家的个性化因素在文本中有着更明显的呈现，而个性化因素与因袭而来的公众性因素形成它们特有的文本样态：在形式上，模式化的文体特点与小说家追求的独特叙述风格存在矛盾；在内容上，集体意识与独立见解存在矛盾。当然，矛盾不是绝对的，也并不都是消极的。恰恰相反，《西游记》、《金瓶梅》以及“三言二拍”等作品的成功之处，就在于它们的作者为在通俗小说这种大众文化的载体中展现思想、艺术的个性，作了初步的、有益的尝试。

第一节　《西游记》：寓意与风格

《西游记》的题材是从唐代僧人玄奘西行取经演化而来的，这本是一个与中国历史的主流和普通人的生活无直接关系的题材。但是，在长期的历史演变中，题材本身的内涵被解构了，从一个纯粹的宗教故事，衍生出世俗意味十分浓厚的情节。尽管小说的形象构成是非现实的，作者却以幻想的形式，展示了一个具有悠久历史的民族，在历险克难的漫长而曲折的过程中所显示出的不同品格。当这种超越了道德层面的精神探究以谐谑的风格表现出来时，《西游记》更显示出了一种此前的小说所难得一见的个性化叙述特点。

一、“八十一难”的寓意

虽然“小说”的“寓言”性质在早期的小说观念中已经出现且影响至后世，但这更多的是一种观念层面的东西，在创作中，小说家们并没有在情节之外另外寄托什么“寓意”，对于白话长篇小说来说更是如此。耐人寻味的是，在对《西游记》、《金瓶梅》这两部截然不同的作品的评论中，却都出现了所谓“寓意”说。例如世德堂本刊《西游记》陈元之序称“此其书直寓言者哉”①，《金瓶梅词话》上廿公所作《金瓶梅跋》也称“《金瓶梅传》，为世庙时一巨公寓言”②。张竹坡评点《金瓶梅》还特意作了一篇《金瓶梅寓意说》。姑不论这些评论是否恰当，它们从接受的角度显示了小说创作的新特点。因为要有寓意，首先要有寓意的主体，而这个主体显然不能是世代累积性的集体，集体意识的表现往往是以最显豁的形式，突出能为社会大众普遍接受的思想，如《三国演义》的“拥刘反曹”、《水浒传》的忠奸斗争之类，而寓意则要表现某一作家对社会生活的独特发现与认识。换言之，寓意性的作品更适合由小说家个人创作，尽管他也可能利用某种传统的思想或艺术的资源。

《西游记》正是这样一部作品。从取经题材的演变来看，《大唐三藏取经诗话》等作品除了令人目眩的故事与直接呈现于叙述层面的思想，并没有更深的寓意。但《西游记》不然，小说的开篇诗提醒读者：“欲知造化会元功，须看西游释厄传”，表明了一种寄意深远的创作态度。而在整个小说的叙述中，类似这样的寓意说明，在在皆是。尽管这些说明可能游离于小说的情节之外，如“五行说”在书中就屡见不鲜，它们与小说的人物和情节的关系就是若即若离的，不过，这些思想所反映的小说创作特点，却是此前的小说所没有过的。

对于《西游记》的思想内涵，历史上有过远比其他小说分歧更大的解读。不仅佛教徒将其视为宣传佛教的著作，道教徒更将其看成表达道教观念的作品，如悟一子的评点本《西游真诠》、刘一明的评点本《西游原旨》等都是如此。而张书绅的《新说西游记》又是从理学的角度阐释这部小说的。直到近代，一些批评家颠覆了儒释道三教牵强附会的评论，却又将《西游记》说成随意之作，胡适指《西游记》为“玩世主义”之作的观点，也是这种说法的延续。20 世纪下半叶，对《西游记》社会批判与政治意义的研究一度占了上峰，随

---

① 刘荫柏编：《西游记研究资料》，上海古籍出版社，1990 年，第 555 页。

② 侯忠义、王汝梅编：《金瓶梅资料汇编》，北京大学出版社，1985 年，第 216 页。

后，从哲理角度分析小说情节结构的也多了起来。

从宗教的角度看，《西游记》虽然有许多涉及佛、道的内容，但作者的态度却是入乎其内、出乎其外的，书中讥佛讽道的描写也不在少数。从本质上说，书中的宗教信仰可能并非正统的佛、道教可以解释的，它更多地体现的是民间的信仰，因而更具包容性和世俗化的特点，这在观音形象的塑造中表现得最为明显。也正是由于小说的宗教题材性质，《西游记》的世俗化品格才有着不可忽视的意义。

从政治与哲理的角度看，虽然这两方面的内容在《西游记》中都有鲜明的反映，但单一的政治主题或哲理主题，都不足以说明《西游记》丰富复杂的内容。以孙悟空闹天宫的精彩描写为例，它不同于《水浒传》那样的社会叛乱，之后的"皈依"佛教也不同于梁山英雄的接受招安；同时，它又不只是简单地表现了一种童蒙的顽劣、私欲的暴发，参加取经当然也不是对闹天宫精神的否定，而孙悟空在此过程中成长为一个"收放心"的英雄。事实上，"蟠桃宴"在中国传统文化中一个象征着王权至上的和谐场景，而《西游记》通过幻想的情节，将古代中国维护礼法秩序与亵渎、破坏这一秩序的越轨行为之间的矛盾生动地再现出来了。

在具体描写中，对《西游记》最有意义的是"八十一难"的设计与寓意。在小说中，"八十一难"的设置与解除既是小说内容的反映，也体现了一种情节结构的特点。在中国古代，人们从生活经验中总结出"艰难困苦，玉汝于成"的哲理。《孟子・告子下》还有这样的警句："天将降大任于斯人也，必先苦其心志，劳其筋骨，饿其体肤，空乏其身，行拂乱其所为。所以动心忍性，增益其所不能。"因此，在古人看来，灾难作为上苍安排的一种不可改变的宿命，既是对人的意志的考验，也是成功的必经之路。所以，中国古代的小说家津津乐道英雄豪杰发迹前的困顿艰辛。从周文王、姜子牙到岳飞、包公，都历尽磨难。对宗教徒来说，灾难更是一种不可缺少的试炼。小说中的八仙等，也是屡经试炼的。只不过，他们所谓的"灾难"含义比人们通常所说的要广，一切干扰修炼的事物都在灾难之列，而意义也更为神圣与重大。《西游记》开篇诗有两句："欲知造化会元功，须看西游释厄传"，所谓"释厄"，就是经历与解除灾难的过程，而这被作者看成是了解人生真谛的必需。唐僧取经历经"九九八十一难"，其基本寓意就是，灾难是不可避免的，也是必需的。所以，到了第九十九回，唐僧师徒取了经，正要回转东土。观音一看他的"灾难簿子"，计有八十难，急传众神："佛门中九九归真。圣人僧受过八十难，还少一难，不得完成此数。"于是，又有了老鼋将四众连马带经抛入水中的淹没之灾。

其实，八十一难的设定本身并不严格。有时，作者将一难析为数难，如“黄风怪阻”是一难，“请求灵吉”又算一难。而实际上，后者只是指灵吉菩萨帮助收伏黄风怪，并不是独立的一难。有时，则不是唐僧本人直接遭难，如“心猿遭害三十难”，受磨难的只是孙悟空。至于“祛道兴僧三十五难”，就更算不得取经人之难了。

从八十一难的具体描写来看，则各有寓意。或取譬自然，或象征社会，或影射历史，或直指人心。角度不一，写法各异，多姿多彩地反映了中国古代社会乃至整个人类面临的种种问题。

就题材而言，历史上的玄奘取经遇到的最大问题实际上是与自然的搏斗。对此，他本人在《大唐西域记》，他的弟子慧立、彦悰在《大慈恩寺三藏法师传》中都有具体的记载。在当时的交通条件下，孤身一人，跋山涉水，历经十余个寒暑，确实是气壮山河的英雄之举。取经故事之所从出，最初也正是受此感染的。到了《西游记》中，更遥承上古神话，大量描写了人与自然的矛盾。取经路上，到处是千奇百怪、诡秘莫测的险山恶水。如鸦鹊难飞的鹰愁涧，鹅毛沉底的流沙河，八百里宽的通天河，漫山翠盖的荆棘岭，秽气难闻的稀柿衕，烈焰腾腾的火焰山，饮水成胎的子母河等，无不象征着人类在严峻的大自然面前的艰难处境。凡此种种，都是其他古代小说中不多见的。换言之，《西游记》在古代小说发展中占据特殊的地位，其中一个原因就是它描写了自然加于人的灾难以及人对自然的反抗。

与自然灾难相对的是人生的灾难，在《西游记》中，这方面的描写更为充分。人生的灾难来自两个方面，一个是来自社会的。在这里，作者以高度幻想之笔，从历史与现实中提炼具有普遍性的社会矛盾，使之成为一种经验的总结。其实，小说中一些灾难并不是取经人的灾难，而是整个社会的灾难。明末小说《醒世姻缘传》第二十四回有这样一段话：

> 若是地方中遇着一个魔君持世，便有那些魔神魔鬼、魔风魔雨……旋又生出一班魔外郎、魔书办、魔皂隶、魔快手，渐渐门子民壮、甲首青夫、舆人番役、库子禁兵，尽是一伙魔头助虐。这几个软弱黎民个个都是这伙魔人的唐僧、猪八戒、悟净、孙行者，镇日的要蒸吃煮吃。[①]

反过来看，《西游记》所写的称王称霸、残民虐民的妖魔，也是社会上各种黑

① 《醒世姻缘传》上册，齐鲁书社，1984年，第310页。

暗、邪恶势力的幻化。作者在介绍妖魔侵占下的狮驼国时，就曾用狼精灵、虎都管、彪总兵等揭示“先年原是天朝国，如今翻作虎狼城”（第七十六回）的触目惊心的景象。读者由此联想到当时横行霸道的宦官权臣、藩王勋爵、地方豪绅、狡胥黠吏令人发指的罪恶，是完全合乎逻辑的。

如车迟国国王受妖道蛊惑，毁佛灭僧，致使那里的和尚备受折磨。这当中既有历史上的佛教所谓的“法难”的影子，也有明世宗佞道的影子。其中，为了抓和尚而殃及秃子、毛稀的以及“四下里快手又多，缉事的又广”之类描写更是明中叶特务横行的写真。但《西游记》中的现实又不是一时一事的刻板反映。作者通过孙悟空之口告诫国王：“向后来，再不可胡为乱信。望你把三教归一，也敬僧，也敬道，也养育人才。我保你江山永固。”（第四十七回）乃是作者为拯救国家开的一味“十全大补丸”。

人生的另一大难题来自自己的内心世界。“魔”的梵文本意是“扰乱”、“障碍”等，从佛教的角度看，则指一切烦恼、疑惑、迷恋等妨碍修行的心理活动，“降魔”其实就是这种内心斗争的具象化。小说第十四回，孙悟空随唐僧上路后，突然遇到六个剪径的强盗，这六个人是眼看喜、耳听怒、鼻嗅爱、舌尝思、意见欲、身本忧，亦即人的六欲的外化。打死这“六贼”就是说要克服“六欲”对取经的干扰。实际上，在佛教典籍中，这样的故事很多。例如有个著名的故事讲净饭王太子发愿坐树下，若道不成，终不起。魔王想破坏太子的道愿，以弓箭、魔女、天位相威胁和诱惑，太子对此毫不动心，终于成佛。[①] 敦煌变文中的《破魔变文》等后世文学作品都敷演过这一故事，而《西游记》中“四圣试禅心”等章节，与魔王派三女诱乱太子的情节其实就是一脉相承的。

实际上，所有的灾难都必然在人的内心引起尖锐的冲突。有时，战胜这种冲突比战胜外部的妖魔更困难。因如此，《西游记》还直接描写了人的内心矛盾，这种矛盾有时也构成重大的磨难，如第五十七、五十八回的真假猴王故事就具有这种意义。作品描写孙悟空打杀了几个拦路抢劫的草寇，触怒了唐僧，他执意赶走了孙悟空。孙悟空无法，只得暂时栖身于南海观音菩萨处。不料，一个六耳猕猴怪乘唐僧身边无人，化作孙悟空，将唐僧打昏，夺走行李。声言：“我今熟读了牒文，我自己上西方拜佛求经，送上东土，我独成功，教那南赡部洲人立我为祖，万代传名也。”在《西游记》中，妖怪侵犯唐

---

① 参见《佛祖统纪》第一册卷二《降天魔》，江苏广陵古籍刻印社，1992年影印本，第76—80页。

僧，大多是算计要吃他以谋长生，唯独此怪只是要去取那于他毫无实惠的佛经。即使所谓“万代传名”，传的也是他所冒充的孙悟空之名，与他无干。从另一方面看，这个妖怪虽然动机不纯，但若真的取回佛经，也是功德无量的。显而易见，这不是一般的妖怪。作者反复提醒读者，“人有二心生祸灾”，真假猴王之争是“二心竞斗”，而消灭此怪，则是“剪断二心”。所以，这里的假猴王，不妨看做孙悟空潜意识的一种表现。以他一身本事，去西天易如反掌，如今却在唐僧手下受窝囊气，偶然产生抛开唐僧自去取经的念头并不为怪。而真假猴王的苦战，正说明人要战胜自我最不容易。

事实上，作为小说，其寓意也并不完全是那么抽象的。比如，孙悟空闹三界，是天地之灾，故作者有“问东君因甚，如今祸害相侵”之问；但从孙悟空的立场看，困压五行山下，才是他的灾难，所以书中又有“天灾苦困遭磨折”的感叹。在这里，作者的态度是有些矛盾的。归根结底，这种矛盾也还是由灾难的复杂性造成的。

与“八十一难”相联系的是小说降妖伏魔的叙事模式，这一叙事模式同样有着多方面的文化渊源与文学传统。除了上面所说的佛教思想与艺术的影响外，实际上，在中国古代神话中就已存在类似的结构，如黄帝与蚩尤之战就有很浓烈的神魔相争的意味，其故事结构已与《西游记》相近，蚩尤的外貌、性状、事迹都与演化中的孙悟空有相近之处。蚩尤进攻黄帝，一如孙悟空大闹天宫，是对正统的反叛，结果都是邪不压正。这一穿越数千年的原型显现，说明了中国文化精神正统观念的强大，也昭示了降妖伏魔叙事模式的思想基础。

道教也有许多类似的故事。道教主要分丹鼎和符箓两派。其中符箓派是从古代巫术演化而来的，它宣扬鬼神崇拜，自称能画符念咒，祈福禳灾，道神投鬼，镇魔压邪。所以，道教门徒为自神其教，宣扬了许多降妖伏魔的故事。如《神仙传》里有一篇《栾巴》，叙述栾巴少而好道，能变化，作符驱鬼杀狸怪，显示了道教的法力。敦煌话本《叶净能诗》则描写了一个“在道精熟、符箓最绝”的叶净能如何致鬼通神，幻化万物，降妖驱魔，役使风雨。有些细节极似《西游记》孙悟空之所为。许逊故事也是道教中源远流长的一个故事。据《太平广记》卷十四《许真君》记叙，许真君降伏蛟蜃之精时，蜃精为逃命，化为黄牛。真君以道眼遥观，认出黄牛乃蜃精所变，自己就变为黑牛冲去。蜃精躲不过，重新变为人，许真君也变回人身，追踪蜃精，现其原形。这种神魔交替变化的战斗方式在《西游记》中是常见的。如第六回二郎真君大战孙悟空时，二人就不断变化，第六十一回孙悟空大战牛魔王，也是交替变化的。《西游记》中就出现过这个许逊，而明末小说《旌阳宫铁树镇妖》以许逊为主人公，又兼及《西游记》中人物，这正是小说之间辗转影响的实例。实际上，元明以来，小说、戏曲描写道士仙人降妖的极多，与《西游记》有直接关系的就有《陈巡检梅岭失妻记》、《二郎神醉射锁魔镜》、《二郎神锁齐天大圣》。

在《西游记》以前，降妖伏魔虽已逐渐演变成一个比较普遍、稳定的非现实的叙事模式，但《西游记》的作者广泛借鉴，全面改造，去其朴野、荒诞的色彩与宗教意味，而强化妖魔的社会特征，使降妖伏魔成为表现社会矛盾的一种明快的、活泼的形式。比如，作者经常描写妖魔与神佛间千丝万缕的联系。许多妖魔来自神佛，收伏后又归于神佛。因此，孙悟空降伏金、银角大王后，指责太上老君“纵放家属为邪，该问个钤束不严的罪名”；要观音收了金毛犼后“再不可令他私降人间，贻害不浅”；还嘲笑如来佛“你还是妖精的外甥哩”，等等。而乌鸡国王说自己无处申冤，是因为那侵国篡位的狮子精“神通广大，官吏情熟，都城隍常与他会酒，海龙王尽与他有亲，东岳天齐是他的好朋友，十代阎罗是他的异兄弟。因此这般，我也无门投告”（第三十七回）。黑河水怪强占了河神府，河神想告他，却因西海龙王是他的母舅，不准河神的状子（第四十三回）。在另一处，太白金星也提醒孙悟空不要轻敌，“那妖精一封书到灵山，五百阿罗都来迎接，一纸简上天宫，十一大曜个个相钦。四海龙曾与他为友，八洞仙常与他作会，十地阎君以兄弟相称，社令、城隍以宾朋相爱”（第七十四回）。作者一再点染这些，实际上是对当时普遍存在的上下勾结、纵徒为恶、姑息养奸、官官相护的丑恶现状的旁敲侧击，加强了作品的社会批判性。同时出现的《金瓶梅》就具体写了西门庆与朝中官员结纳往还，并依靠这种政治上的奥援为所欲为。《金瓶梅》第六十九回文嫂说西门庆“东京蔡太师是他干爷，朱太尉是他旧主，翟管家是他亲家，巡抚巡按多与他相交，知府知县是不消说”，足可作为《西游记》的参证。

《西游记》利用降妖伏魔的结构表现社会矛盾，无论深度还是广度，都是以前的取经题材作品与其他“神魔小说”无法比拟的。不过，这种非现实的形象构成又毕竟有自己的特点。它没有刻板地再现现实生活矛盾的复杂性、尖锐性，而是在风云谲诡的变幻中夸张地展现“降伏”的过程。

史书记载，明世宗崇道，一意孤行，常年不朝，日事斋醮。又广建雷坛，营建繁兴，致使府藏告匮，压榨百姓，搞得乌烟瘴气，怨声载道。一些正直官员对此十分不满，冒死进谏，而多被下诏狱榜掠，甚至迫害致死。但《西游记》写及此，没有突出描写道士如何祸国殃民，也没有正面表现统治阶级内部趋于白热化的佞道与反佞道斗争，却着意渲染孙悟空与妖道扑朔迷离的斗法。如车迟国故事，一共占了三回，写道士惑君乱国、欺凌僧人的部分不足一回，其他都是写孙悟空如何戏弄三妖和在斗法中呼风唤雨、出奇制胜。用的是神奇幻想的笔墨，却不让人感到虚无缥缈。看到三个妖道黔驴技穷、当众出丑的狼狈、窘迫和原形毕露的可耻下场，肯定会使生活在当时的读者发出会心之笑，并为孙悟空的战斗精神和风格所倾倒。

由此看来，孙悟空才是作者改造降妖伏魔故事所取得的最大收获。事实上，降妖伏魔也只有对孙悟空才有意义。对唐僧，它只是"八十一难"；而对孙悟空，刀光剑影的激烈战斗却成了他愈战兴致愈高的游戏之举，从而表现了作者对妖魔鬼怪的极大蔑视和对英雄人物的热烈褒扬。

二、结构与人物

《西游记》的结构与此前的《三国演义》和《水浒传》明显不同：《三国演义》比较接近史书的编年体形式，基本上是以时间为线索，时空的转换则是以事件为中心的，没有贯穿始终的人物；而《水浒传》某些段落类似于史书的纪传体形式，虽然中心线索是写梁山英雄的聚散过程，但过程本身却又呈现出众水汇流的特点；《西游记》则不然，它的主要人物相对来说比较少，却贯穿全书，情节进展则以主要人物的旅行为骨干，形成一种时序鲜明、段落清晰而又浑然一体的游历型结构。

游历型的结构在古代小说中渊源有自，但具有《西游记》这种宏大规模的游历型作品却是前无古人的。由于情节单元化容易造成雷同的结果，作者为全书设计了两条贯穿全书的情节线索：一条是一路之上取经四众与旋生旋灭的妖魔斗法；一条是取经四众内部的摩擦与矛盾。前者使全书始终保持着惊心动魄、引人入胜的吸引力，后者使小说的情节因围绕主要人物展开而具有内在的连贯性。《西游记》的可贵之处在于，它并没有一般性地描写人之成功所必受的考验，更没有局限于宗教的范围展示"圣僧"的修炼，而是努力将灾难化为对民族精神品格的反省。这使得《西游记》的人物描写在古代小说中达到了一个新的层次。

历史上的玄奘是一位心诚志坚、勇敢无畏的高僧，《西游记》中的唐僧则不然，他虽虔诚坚定，却庸弱无能。这种改变突出了他的性格特征。如果说这种改变在取经题材演变的初期还不那么自觉，到了《西游记》中，作者显然有意识地通过取经四众表现不同的精神品格。在小说的结尾，他们在铜台府被当做强盗误捕时，作者这样描写四个人的反应：

唐三藏，战战兢兢，滴泪难言。猪八戒，絮絮叨叨，心中抱怨。沙河尚，囊突突，意下踌躇。孙行者，笑唏唏，要施手段。(第九十七回)[①]

这可以说是作者对他笔下人物在遭遇灾难时的不同性格、心理特征的形象概括。而且，由此我们还可以看出，作者是以唐僧等人作为孙悟空陪衬的。关于孙悟空，我们将在下一章专门分析，这里先看唐僧等人的表现。

如前所述，小说中的八十一难，从作者的本意来说，都是为唐僧而设的。在出发前，他就说过："我此去真是渺渺茫茫，吉凶难定。"(第十二回)而在取经路上，他更是经常感叹："西天怎么这等难行？"(第三十六回)"贫僧不知有山川之险"(第四十八回)。面对种种意想不到的困难，唐僧表现得十分软弱，一有风吹草动，就吓得魂飞魄散，有时甚至显得品格卑下。如当他的马被孽龙吃了时，便有下面的情形：

三藏道："既是他吃了，我如何前进？可怜啊！这万水千山，怎生走得！"说着话，泪如雨落。行者见他哭将起来，他那里忍得住暴躁，发声喊道："师父莫要这等脓包形么！你坐着！坐着！等老孙去寻着那厮，教他还我马匹便了！"三藏却才扯住道："徒弟啊！你那里去寻他？只怕他暗地里撺将出来，却不又连我都害了。那时节人马两亡，怎生是好！"行者闻得这话，越加嗔怒，就叫喊如雷道："你忒不济！不济！又要马骑，又不放我去，似这般看着行李，坐到老罢！"(第十五回)[②]

像这样的软弱无能，在西行路上，不知表现过多少次，以至孙悟空说他："天下也有和尚，似你这样皮松的却少。"(第五十六回)尽管如此，唐僧仍是取经四众最虔诚悟道、持戒精进的。没有他的坚持不懈，这支队伍恐怕早就作鸟兽散了。而且，作为一个普通人，他比他的"妖徒"要经受更多的磨难和诱惑。比如中国古代有"英雄难过美人关"的说法，在漫长、艰难、寂寞的取经路上，攻心荡志的女色诱惑几乎就是对意志最严峻的考验。而在那千娇百媚之间，唐僧总是表现得十分坚定。所以，作者称赞道："若不是这铁打的心肠朝佛去，第二个酒色凡夫也取不得经。"(第八十二回)有时候，一个坚强有力的人完成某种事业并不足为奇，而一个软弱无能的人要做出同样的业绩，却让人感佩不已，因为他不仅在战胜困难，还要战胜自己。

---

① 《西游记》下册，人民文学出版社，1980年，第1220页。本书所引《西游记》悉依此本。此本以现存最早的百回本世德堂本为底本校订，参以其他清刻本。

② 《西游记》上册，第188页。

相比之下，猪八戒是另一类典型。作者在他身上把人的食色二欲夸张到了极点。他参加取经之后，遇到的第一个麻烦不是别的，而是饥饿。才走了几天，他就抱怨："从我跟了师父这几日，长忍半肚饥。"由于嘴馋，他常常受妖怪的欺骗，给取经造成不必要的麻烦。吃饱了，喝足了，猪八戒又春情勃动。前面提到的"四圣试禅心"其实就是单为八戒而设的。所以，"主妇"的美貌偏从他"饧眼偷看"来写，这是一种运用极巧妙的内视点。当美妇人提出意欲坐山招夫时，"那八戒闻得这般富贵，这般美色，他却心痒难挠。坐在那椅子上，一似针戳屁股，左扭右扭的忍耐不住"，不断催促唐僧等人"好道也做个理会是"，"大家从长计较"。他说"从长计较"就是要留在这温柔富贵之乡。当其他人都不理会，他就私心度人，认定大家都有此心，独拿他出丑，并埋怨他们"把好事都弄得裂了"。后来，他还与妇人私下商议独自留下。结果，当然是被诸神大大戏弄了一番。尽管有这一次的教训，他也发誓"从今后再不敢妄为"，但好色的本性始终未改。见到妖女美妇，就"忍不住口嘴流涎，心头撞鹿，一时间骨软筋麻，好便似雪狮子向火，不觉的都化了去也"(第五十四回)。而且每遇困难，总是动念要回高老庄做"回炉女婿"，直到成佛之际，仍背着"色情未泯"的考语。作者的用意并不是要否定人的正常欲望，而是通过猪八戒的喜剧性行为，表现基本欲望与理想追求之间的对立和冲突，从而使人能够更深刻地认识自我、把握自我。

沙僧的表现不像唐僧、猪八戒那么鲜明，他是一个默默奉献的苦行僧。他有着"宁死也要往西天去"的坚强意志(第二十三回)，每当猪八戒抱怨魔障凶高、西天难到时，沙僧总是鼓励他"且只捱肩磨担，终须有日成功也"，"只把工夫捱他，终须有个到之之日"(第四十三、八十回)。正是这种顽强精神支持着他，并通过他影响了取经队伍。事实上，取经队伍几次面临散伙的危险，都是沙僧苦言相劝，挽狂澜于既倒。在灾难面前，惊恐退缩者和勇猛精进者是两极，沙僧则以其坚韧顽强实现了他独特的个性。

而在《西游记》中，最突出的还是孙悟空。事实上，取经题材主人公由玄奘向孙悟空的过渡，经历了漫长的演化，最终在《西游记》实现了这一具有本质意义的转变。

从表面看，《西游记》仍是一部宗教题材的作品，书中对宗教的力量也作了大力的颂扬。但是，《西游记》的核心还是对人的斗争精神的肯定，而这集中体现在主人公孙悟空身上。孙悟空的一生，可以说是战斗的一生。无论是闹天宫时对天兵天将的大胆挑战，还是取经路上向妖魔发起的一次次进攻，都显示了不畏强敌、敢于战斗的精神特点。他上天入地、出生入死，从不屈服于外界环境的严酷和敌对势力的压迫，最大限度地发挥了人的本质力量。“寻穷天下无名水，历遍人间不到山”，小说中这豪迈的诗句，是取经人艰难行程的概括，更是孙悟空英雄气概的写照。因为那山山水水间，都留下了他战斗的风采。

《西游记》对孙悟空的描写是充满了感情色彩的。在他身上，作者寄予了当时社会的普遍的英雄观念。他以叱咤风云的战斗姿态，荡魔除邪、匡危扶倾，表现出极大的救世热忱。同时，他又很顽强执著、不屈不挠。实际上，挫折和失败对孙悟空来说是常有的事，多少次濒临绝境、九死一生，多少次被妖魔缴去金箍棒，赤手空拳，孤立无援，但是他从不气馁，往往吸取教训，计上心来，重又抖擞精神，强行索战，终于绝处逢生，赢得胜利。

平顶山的金角大王和银角大王是少数孙悟空没有依靠神佛帮忙，独立收伏的妖魔，孙悟空的英雄精神在这里得到了充分的展现。最初，唐僧等被妖魔捉去，孙悟空变化形象前去营救，由于与猪八戒开玩笑过分，被妖魔发现而遭幌金绳捆绑。逃脱之后，立刻来挑战，声称是“者行孙”，不小心又被妖魔的宝葫芦吸了进去，情势十分危险。当他机智地逃出魔掌，马上又装成“行者孙”来挑战，使妖魔惊呼：“不好了！惹动了他一窝风了！幌金绳现拴着孙行者，葫芦里现装着者行孙，怎么又有个甚么行者孙?”就这样，经过反复较量，孙悟空终于制伏了这两个凶恶的妖魔(第三十三至三十五回)。

像这样一而再、再而三的战斗，《西游记》中还有不少，打白骨精、借芭蕉扇、降狮驼岭三魔等都历经三阶段。在中国古代，“三”可喻多。所以，为了降老鼠精，孙悟空两度挑战失利，猪八戒进言说：“常言道：‘事无三不成’。你进洞两遭了，再进去一遭，管情救出师父来也。”(第八十三回)果然，第三次就勘明了老鼠身份，降伏了此妖。这种三段式结构，生动地体现了我国人民不怕艰难曲折、前赴后继的顽强精神。

不过，孙悟空并不是一般意义上的英雄，他身上还体现了鲜明的自我意识，这包括他对自由、自尊、自娱的追求。

就自由而言，孙悟空一开始就“超出三界外，不在五行中”，打破了一切精神上与肉体上的束缚，而对自由的追求也是他与神界发生冲突的一个主要原因。直到成佛之日，也就是小说结尾处，还有一个点睛之笔：

> 诸佛赞扬如来的大法。孙行者却又对唐僧道：“师父，此时我已成佛，与你一般，莫成还戴金箍儿，你还念甚么《紧箍咒儿》掯勒我？趁早

> 儿念个《松箍儿咒》，脱下来，打得粉碎，切莫叫那甚么菩萨再去捉弄他人。①

孙悟空对自尊的维护也构成了品行的基调，这在他大闹天宫中表现得极为鲜明，他的两次反下天宫，其实都是因为自尊心受到了损害。在取经路上，他的自尊意识也一再得到充分的表现，最典型的一次是第三十四回，孙悟空化装成魔王派去请母亲的小妖，刚到门口，这个“当时下九鼎油锅，就炸了七八日也不曾有一点泪儿”的硬汉子，竟泪出痛肠，放声大哭起来，原来他想道：

> 老孙既显手段，变做小妖，来请这老怪，没有个直直的站了说话之理，一定见他磕头才是。我为人做了一场好汉，止拜了三个人：西天拜佛祖；南海拜观音；两界山师父救了我，我拜了他四拜。为他使碎六叶连肝肺，用尽三毛七孔心。一卷经能值几何？今日却教我去拜此怪。若不跪拜，必定走了风汛。苦啊！算来只为师父受困，故使我受辱于人！②

这种屈节受辱的内心痛苦，强烈地衬托出英雄心高气傲的襟怀。经卷本来是取经人跋山涉水的目的，但在他眼中，唯有品节、尊严才是至高无上的。

至于自娱，更是孙悟空行为的一个出发点。就降妖伏魔而言，固然是解救了人间灾害，但对孙悟空来说，却不只是去当救世主，有时只是为了满足内心的战斗欲望。所以，《西游记》不再纯客观地再现现实矛盾冲突的一般情形，而是把矛盾冲突的复杂性、曲折性、残酷性转化为奇幻的戏剧性，转化为孙悟空愉悦心性的游戏之举。在车迟国斗法时，又是求雨，又是隔板猜枚，又是砍头、剖腹剜心，又是油锅洗澡，孙悟空施尽手段，与妖魔反复较量，唐僧关切地问他辛苦了，他却乐哈哈地答道：“不辛苦，倒好耍子！”（第四十六回）耐人寻味的是，在《西游记》中，孙悟空大部分战斗都曾经失利，有时甚至是惨败。如果没有神佛的帮助，许多妖魔是他难以战胜的。尽管如此，读者却从不感到他是一个悲剧英雄，关键在于，他在降妖伏魔的过程中，已经充分发挥了自己并得到了乐趣。

《西游记》就这样通过幻想的形式，描绘了一个具有悠久历史的民族，在历险克难的漫长而曲折的过程中显示出的精神风貌。它表现了作者对民族

---

① 《西游记》下册，第 1261 页。

② 《西游记》中册，第 436 页。

素质的深刻反省，表现了作者希望人的精神境界臻于完美的高度热忱。

三、谐谑：一种叙述态度

众所周知，传统文论十分重视文学的道德教训作用和历史纪实功能，在风格上一向以温柔敦厚、凝重质实为尚。所以，唐代韩愈《毛颖传》不过幻设为文，就被讥为“以文为戏”。而宋代理学兴盛以后，一些人更片面强调“文以载道”，钳制了文学的幻想和情趣。虽然这种思想不可能约束所有作家的创作，但观念上的转变直到明代中后期才开始出现，而表现得最为鲜明的，又是在小说界。汤显祖在《〈合奇〉序》中说：

> 世间惟拘儒老生不可与言文。耳多未闻，目多未见，而出其鄙委牵拘之识，相天下文章，宁复有文章乎？予谓文章之妙不在步趋形似之间。自然灵气，恍惚而来，不思而至，怪怪奇奇，莫可名状，非物寻常得以合之……[①]

在《点校虞初志序》中，他又指出，唐传奇“以奇僻荒诞，若灭若没，可喜可愕之事，读之使人心开神释，骨飞眉舞……其述飞仙盗贼，则曼倩之滑稽；志佳冶窈窕，则季长之绛纱；一切花妖木魅，牛鬼蛇神，则曼卿之野饮”，“游戏墨花，又奚害于涵养性情耶……使咄咄读古，而不知此味，即日垂衣执笏，陈宝列俎，终是三馆画手，一堂木偶耳，何所讨真趣哉？”[②]托名李贽批评的袁无涯刊《水浒传》，则屡用“趣”字评点书中描写，在第五十三回的评语中更明确地提出了“天下文章当以趣为第一”的主张。

因此，谐谑风格的出现，首先意味着一种文学观念的改变，也体现为一种叙述态度。值得注意的是，“趣”，也是“李卓吾”评点《西游记》用得最多的一个字。与此相对应的，《西游记》中也有一个词使用得很频繁，即“好耍子”。它不仅是充满自娱意识的孙悟空的口头禅，连一向迂腐古板的唐僧也受其高徒的感染。在陈家庄，孙悟空提出为村民除妖，猪八戒不肯去，唐僧就说：“常言救人一命，胜造七级浮屠。一则感谢厚情，二来当积阴德。况凉夜无事，你兄弟耍耍去来。”（第四十七回）有时，作者自己也不由自主地进入了这样的境界。当孙悟空与平顶山妖魔交战时，反复变化，作者忍不住插上一句：“似这般手段，着实好耍子。”（第三十四回）可见，作者以“游戏之笔”描

---

① 《汤显祖诗文集》下册，上海古籍出版社，1982年，第1078页。

② 同上书，第1482页。

写降妖伏魔，不只是表现了英雄视战斗若等闲的气概，也是作者情动于衷的叙述态度；不只是由于矛盾冲突本身的戏剧性，还是作者以诙谐奇幻手法着意渲染的结果。

胡适对《西游记》文笔“以诙谐滑稽为宗旨”评价极高。他提出了一个至今仍有影响的观点，即《西游记》表现的是一种“玩世主义”①。今天看来，玩世主义不一定是《西游记》诙谐滑稽风格的准确概括。因为，玩世主义是以消极的态度轻蔑世事、游戏人生的，而《西游记》的社会态度和人生哲学却是积极向上的，它不只对社会生活作旁观的、不负责任的挖苦、批评，而且对理想人物进行了热情的歌颂。

重要的是，《西游记》有意突破了传统的功利观念，有意摆脱了冬烘俗儒的迂拘固陋，更主动地追求文学的审美愉悦性。那种静穆和悦的古典美学法则，那种传经布道式的贫瘠板滞、甚至装模作样的叙事风格，被一扫而空，代之而起的是活泼跳荡、疏落俊爽的飞动之致，是褫魂夺魄的奇思异想和毫无拘束的、快活的谑浪笑傲。它让人们在对帝王仙佛、天宫地狱、妖魔鬼怪的尽情嘲谑中，恢复久被禁锢和贬抑了的尊严，获得心理上的愉悦和满足。

《西游记》谐谑风格的来源是多方面的，既有古代俳谐的传统，又与明中叶以后笑话文学的繁荣息息相通。当时，出现了大量的笑话集，文人谈谐也蔚为风气。大量小说受此影响，在叙述中点缀笑话，以此推波助澜，使谐谑成为一种具有时代特点的文学风格。《西游记》讽刺世态人情，每杂解颐之言，就有民间笑话的影子。

例如，书中描写孙悟空有一次去请观音菩萨帮忙，观音同意让善财、龙女带净瓶去收伏妖魔，但要孙悟空拔一根脑后救命的毫毛作“当头”。孙悟空不肯，观音骂道；“你这猴子！你便一毛也不拔，教我这善财也难舍。”（第四十二回）这段描写与作品主旨和人物性格并无直接关系，不过是作者借题发挥，对吝啬鬼加以挖苦。整个对话，为的就是最后“一毛不拔”这一句话，与民间笑话“只要末语令人解颐”②相仿。正好，明代还有一个流行颇广的笑话：

> 一猴死见冥王，求转人身。王曰：“既欲做人，须将毛尽拔去。”即唤夜叉拔之。方拔一根，猴不胜痛叫。王笑曰：“看你一毛不拔，如何做

---

① 胡适：《西游记考证》，见《中国章回小说考证》，上海书店，1980影印本，第367页。

② 《万历野获编》下册，中华书局，1959年，第798页。

人?”[①]

这与《西游记》有异曲同工之妙。类似的例子在《西游记》中并不鲜见,表明此书与民间笑话确有相通之处。所不同的是民间笑话一般都是简短的,往往攻其一点,不及其余,这就限制了它的思想深度;而《西游记》的谐谑却是一种整体的风格。像《西游记》这样涉笔成趣、笑料丛生、庄谐相济、隽永有味的鸿篇巨制,不仅在中国小说史上罕有其匹,就是在世界文坛上亦足称道。同时,传统俳谐、民间笑话在表现手法上为突出被讽刺对象的乖讹,多用夸张、对比、误会等手法;《西游记》虽然也采用了这些手法,但它更注意通过情节冲突展现人物的心理特点。此外,传统俳谐、民间笑话往往抓住某种不良世态和人的某些缺点加以讥讽,否定性较强;《西游记》则除了讽刺以外,还通过孙悟空诙谐、善谑的性格特点,为作品的谐谑注入了一种积极的、乐观的激情,这是肯定性的幽默。

从小说的情节上看,《西游记》特别善于将紧张的冲突转化为喜剧性的场面,使读者以轻松愉快的心情欣赏情节的跌宕起伏。以取经四众途经灭法国为例,那国王发誓要杀一万个和尚,已杀了九千九百九十六,加上唐僧师徒,正好凑成一万。这形势是很严峻的,而孙悟空却视若等闲。为免麻烦,他们化装成马贩子,睡在客店的一个密不透风的大柜子中,没想到一个强盗以为里面有行囊财帛,抬柜而去。又没想到遭遇一队官兵,强盗弃柜逃走。柜子被贴上封皮抬往总府。这一连串的戏剧性场面,是对实际生活的夸张,也是作者有意设置的悬念。而当天夜里,孙悟空从柜子里钻出来,拔毫毛变作瞌睡虫,布散皇宫内院五府六部各衙门大小官员宅内,使有品职的都沉睡过去;又用分身法,把他们的头发也都剃光。次日,国王醒来,再不敢杀戮和尚,灭法国变成了钦法国,一场杀身大祸竟这般神奇地化险为夷了。

这个故事在《西游记》中很有代表性。它以诙谐轻松的笔调展现了一场残酷的宗教迫害——无论作为对历史上佛教所谓“法难”的象征,还是作为对明世宗毁佛的影射,其严肃性质都是不容置疑的。

从人物塑造上看,《西游记》也多用谐谑之笔。唐僧心诚志坚,又庸弱迂腐,就是这样一个人,却要领导三个顽劣不堪的“妖徒”进行神圣的取经,这本身就是喜剧性的。不过,作者并不满足于描写取经四众间一般的纠葛,而是着意揭示他们各自的性格特征。孙悟空和猪八戒是小说中最令人感兴趣

① 浮白主人:《笑林》,见《中国历代笑话集成》第一卷,时代文艺出版社,1996 年,第 310 页。

的两个人物，但是他们给人们带来的笑声却不相同。他们代表着两种不同的喜剧性格，孙悟空是具有自觉意识的、肯定型的喜剧人物，他始终主动地争取乐趣，并以这种英雄的乐观感染读者，使读者为他的战斗方式解颐开颜。相比之下，猪八戒是不自觉的、否定型的喜剧性格。构成这种喜剧性格的基本特点是主观与客观的悖谬。他经常表里相背、弄巧成拙、欲盖弥彰，陷入被嘲笑的境地。

四、个性化的语言

在《西游记》产生之前，白话小说的发展已有四五百年的历史。虽然白话文学语言在一些宋元话本小说和《水浒传》等长篇小说中，也得到了出色的运用，但相对来说，还有两点不足，一是这些小说中的白话还带有较明显的早期白话的特点，除了词汇等方面的问题外，在技巧上也还不十分成熟。以《水浒传》为例，书中不少叙述语言就还显得有些简单平直，如第四十八回有这样一段：

> 且说宋江收回大队人马，到村口下了寨栅，先教将一丈青过来，唤二十个老成的小喽罗，着四个头目，骑四匹快马，把一丈青拴了双手，也骑一匹马，"连夜与我送上梁山泊去，交与我父亲宋太公收管，便来回话，待我回山寨，自有发落"。①

在这里，宋江是主语，"收回"、"教将"、"唤"、"着"都是他的谓语动词，而"骑"、"把……拴了"则是小喽啰和头目的谓语动词，后一个"骑"又是一丈青的谓语动词。虽然这段叙述在文意上是可以辨析的，但从语法上看，却有些累赘。同时，人物语言(宋江的话)遥隔一大段概括性叙述而上承说话人，也显得突兀。这种累赘、突兀不是由于语法结构的丰富复杂造成的，只因叙述的平板所致。

《西游记》的叙述语言则灵巧多了，如第二十三回"四圣试禅心"时，猪八戒经不住美色富贵的诱惑，暗自与妇人商议留下来：

> 却说那八戒跟着丈母，行入里面，一层层也不知多少房舍，磕磕撞撞，尽都是门槛绊脚。②

事情很简单，语言也不多，却叙述得极有风趣。主干是"八戒行入里面"，其

---

① 《水浒全传》中册，上海人民出版社，1975年，第611页。

② 《西游记》上册，第298页。

他都是添油加醋的补充,“跟着丈母”是“行入”的方式状语,而“丈母”一词却是从八戒的角度写的。下面“一层层”句,可以视为进一步的客观叙述,也可以视为与前面的“八戒”组成的又一主谓结构,即“不知”的是八戒。作者将“一层层”置于“不知”前而不是后,也符合人物的感受过程。“磕磕撞撞”显然是急情贪色的八戒走进陌生房内的真切写照,这四个字承接上文,使“行入里面”更富动作性。至于“尽都是门槛绊脚”,是对“一层层”的补充,同时又透出点幽默诙谐。偌大的庭院房舍,在八戒脚下,竟只剩下门槛,岂不可笑?这种糅进了人物感觉的叙述,使句法摇曳多姿、意味无穷。

早期白话小说在语言上的另一个不足是,由于它们或是在书场上口口相传的,或是经过长期积累的,虽然可能经过文人加工整理,但叙述语言更多地体现的是一种民间艺人共同的语言风格,而不是作家的个性特点。《西游记》则不然,尽管它也经历了漫长的演变,叙述语言却开始呈现与众不同的面貌。它轻松明快、诙谐幽默、充满激情,不独与《水浒传》等有别,就是与大体同时的神怪小说如《封神演义》之类也迥然不同。

在中国古代小说中,《西游记》具有一种独特的诗意美,这与作品中大量韵文的运用有密切关系。这些韵文虽然有一些是陈词滥调,还有一些是宗教思想的表现,但是,还是有相当多的韵文巧妙地融入了作品的叙述中。在风波迭起的降妖伏魔的过程中,流畅的诗歌构成了情节诗意的背景,也是全书张弛之美的必要环节。而韵文中人物的诗体道白,则成为人物精神世界的精彩抒写。例如孙悟空有不少这样的道白,就强化了他桀骜不驯的英雄品格与精神状态。如第十七回他声称“自小神通手段高,随风变化逞英豪……你去乾坤四海问一问,我是历代驰名第一妖!”第七十六回说到参与取经是因唐僧:“已知铁棒世无双,央我途中为侣伴……全凭此棍保唐僧,天下妖魔都打遍!”第八十一回他“略节说说”自己的生平:

> 我也曾花果山伏虎降龙,我也曾上天堂大闹天宫,饥时把老君的丹,略略咬了两三颗;渴时把玉帝的酒,轻轻嘑了六七钟。睁着一双不白不黑的金睛眼,天惨淡,月朦胧;拿着一条不短不长的金箍棒,来无影,去无踪。说甚么大精小怪,那怕他惫懒腥脓!一赶赶上去,跑的跑,颤的颤,躲的躲,慌的慌;一捉捉将来,锉的锉,烧的烧,磨的磨,舂的舂。正是八仙同过海,独自显神通![①]

① 《西游记》下册,第1033页。

这些诗白韵律独特、情境超拔，充满了自豪与骄傲，极易唤起读者的欣赏和共鸣。

实际上，《西游记》的诗化语言不只体现在韵文中，而且体现在散文体的叙述语言中。作者常用简短、整齐的句式，造成一种轻快活泼的节奏感。如第一回叙孙悟空要去寻师访道，“众猴果去采仙桃，摘异果，刨山药，劚黄精，芝兰香蕙，瑶草奇花，般般件件，整整齐齐，摆开石凳石桌，排列仙酒仙肴”。语短句工，跳跃性强，把众猴的喜悦神态与生活方式描绘如画。第七十五回写孙悟空在妖魔肚里撒起酒风来，“不住的支架子，跌四平，踢飞脚；抓住肝花打秋千，竖蜻蜓，翻根头乱舞”，简洁明快地写出孙悟空的战斗特点，极富感染力。

至于人物语言的生动与个性化，在《西游记》中也是俯拾皆是。第七十四回路过狮驼岭时，猪八戒听说有恶魔，说：“唬出屎来了！如今也不消说，赶早儿各自顾命去罢！”孙悟空却坦然地说：“师父放心，没大事。想是这里有便有几个妖精，只是这里人胆小，把他就说出许多人，许多大，所以自惊自怪。有我哩！”于是两人发生争执，猪八戒道：“哥哥说的是那里话！我比你不同：我问的是实，决无虚谬之言。满山满谷都是妖魔，怎生前进？”孙悟空笑道：“呆子嘴脸！不要虚惊！若论满山满谷之魔，只消老孙一路棒，半夜打个罄尽！”一个惊恐万状，一个豪气冲天，都通过他们的语言表现出来了。

从《西游记》中谐音、双关、比喻、仿词等各种修辞艺术以及俗谚的运用看，作者驾驭语言的技巧已达到炉火纯青的地步。比如在猪八戒的口中，就常出现“糟鼻子不吃酒——枉担其名”，“曾着卖糖君子哄，到今不信口甜人”，“吃了饭不挺尸，肚里没板脂”，“斋僧不饱，不如活埋”，“口里摆菜碟儿”等与吃有关的俗谚，既显示了作者对语言的掌握，也符合人物性格。

《西游记》的语言成就不只是小说从世代积累向文人独创过渡的一个表现，也标志着白话文学语言的发展达到了一个新的阶段。

第二节 《金瓶梅》的文本与接受

《金瓶梅》的思想与艺术都与它作为第一部以家庭日常生活为题材的小说的特点联系在一起，它的小说史意义也与此密不可分。在《金瓶梅》之前，宋元话本中已经有一些家庭生活的描写，但比较而言，这些描写还是简略的、零散的。以一个商人的家庭为中心，展开长达一百回的情节，无论从哪方面看，对小说家都是一个新的挑战。

一、世情小说的发轫之作

《金瓶梅》的情节是从《水浒传》中有关潘金莲、西门庆私通的故事衍生出来的。在论及此书的成书过程时，人们更多着眼于此书是一部世代累积型的作品还是第一部文人独创型的作品，很少有人关心过它从《水浒传》衍生出来这一基本事实。从全书极为丰富的情节来看，作者应该完全具备独立构思一部小说的能力。那么，他为什么还要从《水浒传》借鉴原始的人物与情节呢？而从《水浒传》来看，可以发挥的人物与情节恐怕也不只这一部分，为什么《金瓶梅》的作者又偏偏看中了这一段呢？

显然，潘金莲、西门庆的故事提供了既为读者熟悉、涉及的社会背景又广泛的情节基础，这是《金瓶梅》的作者取材于此的重要原因。因为读者熟悉，顺势发挥即可赢得社会大众的认可，这对小说从世代累积型向文人独创的过渡非常重要；因为涉及的社会背景广泛，又便于作者的加工、改造。

《金瓶梅》是一部人物辐辏、布局繁杂的明代市井社会全景图，它围绕一个富商的家庭，展开了对世态人情的细致描摹。其中最重要的人物当然是西门庆，这个暴发户是一个很精明的商人，在不太长的时间内，就使自己的财富成倍地增长。他有着商人的自觉意识，比如对金钱的态度，他有一段名言：

> 兀那东西，是好动不喜静的，曾肯埋没在一处？也是天生应人用的，一个人堆积，就有一个人缺少了。因此积下财宝，极有罪的。（第五十六回）[①]

因此，与传统的节俭风尚不同，他将自己的收入投入到恣情享乐和不断地扩大经营上。同时，又依靠金钱的力量，勾结官府，成为地方上有权有势的显赫人物，以致狂妄地声称：

> 咱闻那佛祖西天也止不过要黄金铺地，阴司十殿也要些楮镪营求。咱只消尽这家私广为善事，就使强奸了嫦娥，和奸了织女，拐了许飞琼，盗了西王母的女儿，也不减我泼天富贵！（第五十七回）[②]

---

① 《金瓶梅词话》第四册，香港太平书局，1982年影印本，第1514—1515页。本书所引《金瓶梅》，除特别注明外，悉依此本。

② 同上书，第1546页。

在西门庆身上体现了一种商品经济条件下肆意泛滥的生命力，他冲击了传统的道德观念与礼法制度，也毁灭了自己。

潘金莲的形象也很有深度。她本是裁缝的女儿，聪明美丽，能唱小曲，被卖给财主张大户后，即被张“收用”。因此遭到张的妻子的嫉恨，又转卖武大。在这些描写中，作者实际上是寄寓了一定的同情的。而这种种逆境也养成了她敏感、机警、世故、泼辣和仇恨的心理。她声称：“我是一个不戴头巾的男子汉。”她不信命，也不向命运低头。小说第四十六回吴月娘带领西门庆家众妇女问卜算命，只有她一人不参加，并说：“我是不卜他。常言算得着命，算不着行，随他明日街死街埋，路死路埋，倒在洋沟里就是棺材。”早年的不幸经历与强悍性格，使她一步步向恶女人的方向发展。在《金瓶梅》中，西门庆可以把所有女人当做玩物，而唯独潘金莲也同样把西门庆当做自己的玩物。在“万恶淫为首”的时代，这被认为是女性最大的罪恶。同时，小说中有五条人命与她有关，从毒死亲夫武大、逼死宋惠莲、吓死官哥儿、气死李瓶儿，到西门庆之死，都表现了她的淫毒邪恶。正是这种淫毒邪恶最终导致了她的毁灭。《金瓶梅》的作者当然带有那个时代对女性的歧视与偏见，他所理想的妇女大约还是温顺的（部分体现在后期的李瓶儿身上），是恪守妇道的（主要体现在吴月娘身上）。但通过真实而丰富的描写，《金瓶梅》还是展示了一个“淫妇”毁灭的主、客观原因。

不但主要人物体现了深刻的现实意义，次要人物也有不少塑造得很成功。以应伯爵为例，这只是《金瓶梅》中的一个陪衬人物，却同样与作品的整体构思联系在一起。在小说中，他几乎与西门庆形影不离。他很精明，善于摇唇鼓舌制造欢笑的气氛，为西门庆助兴。因为他家境困窘，又处处打肿脸充胖子，只好依附西门庆，以致卑躬屈膝，人格丧尽。他认为“如今时年尚个奉承”，对有钱人就是要低声下气，“你若撑硬船儿，谁理你？”（第七十二回）当然，他不是一般的奴才，他会一脚好球，双陆棋子，件件皆通，他还能识古董，会唱小曲，对吃也很精细，而且似乎还念过一点书，会品评文章，总之，他有本事去讨阔佬的欢心。玳安曾说，不管西门庆有什么烦恼，“只他到，略说两句话儿，爹就眉花眼笑的”。有一次，西门庆寻了几条带钉在官带上，他极口称赞：

> 亏哥那里寻的，都是一条赛一条的好带，难得这般宽大。别的倒也罢了，只这条犀角带并鹤顶红，就是满京城拿着银子，也寻不出来。不是面奖，就是东京卫主老爷，玉带金带空有，也没这条犀角带。这是水犀角，不是旱犀角，旱犀不值钱。水犀角号作通天犀，你不信取一碗水，

把犀角安放在水内，分水为两处，此为无价之宝。又夜间燃火照千里，火光通宵不灭。（第三十一回）[1]

这一番话自然说得西门庆满心欢喜，但也表现出他确有一定的见识。

应伯爵奉承西门庆的目的是为了揩油，除了平日能混个吃喝外，他还经常利用各种机会占便宜，如他替西门庆与何官人讲了一笔买绒线的生意，事后他对西门庆说是四百五十两银子成交的，实际上只用了四百二十两，他从中吞没了三十两，因担心来保说出去，拿出九两与之平分。类似的事他做了不少，甚至在西门庆的丧事上，他也继续揩西门家的油。

《金瓶梅》最受人诟病是书中的色情描写，这确实是小说有违一般的道德意识的地方。但是此书相关内容也并非全无意义。首先，它往往与人物的身份、性格联系在一起。比如对并不贪淫的吴月娘、孟玉楼等，就很少正面露骨的描写，多用"是夜在某某房中歇了"一笔带过，因为这是符合名分的生理要求，无可非议。而对西门庆与潘金莲之间的性活动，则大肆渲染，这是由于作者要突出他们纵情声色的性格。其次，与上一点相关，作者在总体设计上将贪淫者置于批判的位置，并描写了他们因此带来的个人毁灭。再次，性的描写与小说所反映的社会现实也密切相关，一方面它是明代中叶以后物欲横流的表现，另一方面也折射出社会发展的变化。

事实上，在《金瓶梅》中我们可以看到物欲横流已冲击了传统道德观念。第三十八回西门庆与王六儿勾搭成奸以后，王六儿的丈夫韩道国从东京回来，王六儿居然如此这般，把西门庆勾搭之事，"告诉了一遍"，又说："大官人见不方便，许了要替咱们在大街上买一所房子，教咱们搬到那里去住……也是我输了身一场，且落他些好供给穿戴。"韩道国竟然说："等我明日往铺子里去了，他若来时，你只推我不知道，休要怠慢了他，凡事奉他些儿，如今好容易赚钱……"王六儿笑道："贼强人！倒路死的，你倒会吃自在饭，你还不知道老娘怎样受苦哩！"夫妻之间竟然毫无廉耻地讨论如何用妻子的肉体去博得富商的欢心，从而换取一点实际利益，可见世风堕落到了极点。

更富有象征和讽刺意味的是西门庆与林太太的私通。寡居的林太太夫家本是官封太原节度邠阳郡王的豪门巨族。她家的大厅上，悬着以崇高道德自励的"节义堂"匾额和"传家节操如松柏，报国勋功并斗山"的楹联。但是当西门庆派文嫂去向她夸说自己的财富时，竟使这个世代簪缨人家的林

---

① 《金瓶梅词话》第四册，第794页。

太太"心中迷离模乱,情窦已开",成为西门庆又一个情妇。历代被轻视的商人居然闯进了世代簪缨阀阅之家的贵妇人的卧室,表明社会价值观发生了重大变化;就林太太而言,面对财富的诱惑,再也坚守不了传家的节义道德,投向了一个商人的怀抱,当然也是对阀阅之家和它所代表的道德观念的极大讽刺和背叛。

《金瓶梅》还通过西门庆一家,辐射了整个社会。这一点张竹坡在《批评第一奇书金瓶梅读法》中就指出:

> 《金瓶梅》因西门庆一份人家,写好几份人家,如武大一家,花子虚一家,乔大户一家,陈洪一家,吴大舅一家,张大户一家,王招宣一家,应伯爵一家,周守备一家,何千户一家,夏提刑一家……凡这几家,大约清河县官员大户屈指已遍,而因一人写及一县。[①]

在小说的结尾,还出现了一个叫张二官的。此人可以说是西门庆第二。西门庆死后,应伯爵将本来准备介绍给西门庆的一笔古董生意,当成了他投靠张二官的见面礼。这个张二官不但要行贿讨提刑所西门庆的缺,而且倾心于潘金莲,而向他介绍潘金莲并表示愿为此出力的也是应伯爵。这一描写固然可以看出应伯爵的一贯性格,可以见出世态炎凉、人情冷暖,更由此使得中国小说传统的封闭式结构获得了一种开放的效果:西门庆之死并不意味着他所代表的社会现象的完结。

二、文本的特点

由于处于世代累积型向文人独创过渡阶段,《金瓶梅》的本文也呈现出过渡阶段的复杂性。对此,前人早已意识到了。西湖钓叟在《续金瓶梅集序》谈到《金瓶梅》时说:"今人观其显不知其隐,见其放不知其止,喜其夸不知其所刺。"这里,指出了《金瓶梅》文本中"显—隐"、"放—止"、"夸—刺"等矛盾关系。除此之外,前人还曾论及它的"劝—惩"、"前—后"、"零星—全书"等矛盾关系。这诸种矛盾涉及叙事、观念、风格、手法等方面。这也正是《金瓶梅》接受中歧见百出的原因。

从叙事层面看,《金瓶梅》一方面容纳了大量的话本、曲词,保留着一些说唱文学的痕迹,另一方面又具有文人创作的性质,这使得它在取材角度和

① 《张竹坡批评第一奇书金瓶梅》上册,齐鲁书社,1987年,第47页。

表现方式上与以前的文言小说和纯粹的说唱文学都有许多不同。[①] 欣欣子《金瓶梅词话序》中曾这样比较过《金瓶梅》与其他小说：

> 吾尝观前代骚人，如卢景晖之《剪灯新话》，元微之之《莺莺传》，赵君弼之《效颦集》…… 其间语句文确，读者往往不能畅怀，不至终篇而掩弃之矣。此一传者，虽市井之常谈，闺房之碎语，使三尺童子闻之，如饫天浆而拔鲸牙，洞洞然易晓。[②]

他所列举的多为文言小说，由于文言更讲究语言的凝重含蓄，与白话小说的“洞洞然易晓”相比，就显得不那么令人“畅怀”。而描写的酣畅淋漓正是白话小说、也是《金瓶梅》的特点，所以，明末那些思想解放的文人才激赏它“云霞满纸”[③]，“穷极境象，駴意快心”[④]。问题也随之而来了。以性描写为例，传统诗文虽间有涉及，但以含蓄蕴藉为主。在小说、戏曲中，叙事成分增加了，如用文言描写，往往仍可在流荡中见节制。《西厢记》、《牡丹亭》中都有性描写，以其词语文雅，不常为人苛责。与《金瓶梅》大体同时的吴敬所著传奇小说《花神三妙传》，其中具体描摹了性活动过程，但诱惑力实远逊于白话小说。究其实质，文言作为完全书面化的语言，与生活存在着较大的距离，正是这种距离为它的性描写造成类似遮羞布的屏障作用。

《金瓶梅》恰恰打破了这一屏障，它采取了一套新的、更生活化的语言形式。这种语言作为艺术语言还不够成熟，有时甚至显得相当粗鄙。而露骨的性描写由于语言的接近“市井之常谈，闺房之碎语”，更富于直感和挑逗性。应当说，语言的真切、描写的露骨与《金瓶梅》乃至当时整个俗文学的求“真”意向是一致的；然而，《金瓶梅》也像许多俗文学作品一样，还没有处理好“真”与传统的美善相济观念的矛盾。丁耀亢在《续金瓶梅》中即表露出这样的困惑：

> 如今又要说起二人（金莲、春梅）托生来世因缘，有多少美处，多少

---

① 《金瓶梅》的版本可以分为两个系统，一个是“词话本”，一个是“说散本”。前者以《金瓶梅词话》为代表，后者以《新刻绣像批评金瓶梅》和《第一奇书》为代表。两者不仅刊刻时间上有先后，而且在内容上也有差异。“词话本”保留着说唱的痕迹，“说散本”则是经过文人作家对“词话本”的增删而写定的。

② 侯忠义、王汝梅编：《金瓶梅资料汇编》，北京大学出版社，1985 年，第 214 页。

③ 袁宏道：《与董思白》，见侯忠义、王汝梅编：《金瓶梅资料汇编》，北京大学出版社，1985 年，第 220 页。

④ 谢肇淛：《金瓶梅跋》，同上书，第 217 页。

不美处，如不妆点的活现，人不肯看；如妆点的活现，使人动起火来，又说我续的《金瓶梅》依旧导欲宣淫，不是借世说法了。（第三十一回）[①]

"活现"要使人"肯信"（真）而不"使人动起火来"（违背善的原则），确非易事。当然，"真"与"美"、"善"的矛盾是普遍的。不过，它首先是通过叙事方式表现出来的。就这一点而言，《金瓶梅》招致物议的性描写与它使用的语言的艺术化程度还有待提高不无关系。与文言小说相比，《金瓶梅》的描写较少束缚，但与纯粹的说唱艺术相比，它的叙事方式又显得有所欠缺。说唱艺术的叙事不只是曲词，说唱艺人的声调、手势、对节奏的掌握等等，都是他叙事方式的组成部分，手段极为丰富。而《金瓶梅》只能通过文字叙述情节，塑造人物。在这方面，作为较早的供阅读的长篇小说，《金瓶梅》还不成熟。按照接受美学的观点，本文的意象结构存在各种方向、层次的空白和不确定性，这种空白和不确定性有一种刺激和召唤作用，可以调动读者的想象力。《金瓶梅》却显然不善于创造这样的空白，它在失去了说唱艺术的诸多表现手段后，唯恐交代得不充分，就把一切都写得很实、很足。不只是性描写如此，其他地方也有同样的毛病。例如在"词话"本中，总共选用了二十组散套和一百二十只小令，它从一个侧面反映了当时的社会风尚。一些曲子的穿插也符合特定情境的需要，起到了渲染气氛、表现人物心理和推动情节的作用（如第六十三回"西门庆观戏感李瓶"中所引《玉环记》曲词）；但确有相当一部分曲子是多余的，至少是不必完整引用的。问题不仅在于有多少曲子游离于情节之外，成为作品的累赘，还在于过于琐屑的描写与交代对读者发掘本文的潜在意义形成了一种干扰，使读者在所谓"显—隐"、"放—止"之间为大量浮面的东西所左右。看来，作者还没有从说唱艺术到文人创作的巨大变化中，把握住二者接受过程的不同，没有充分估计到人们阅读小说比听人说唱时享有更多的联想自由。

《金瓶梅》在叙事层面上还有一些不协调的地方，例如严肃与调谑、写实与夸张有时未能做到有机的统一。失度的调谑和夸张损害了作品严肃的写实风格。这实际上也是说唱艺术由于惯性作用对继之而起的文人创作的不当切入。说唱艺术为了招徕听众、避免冷场，常以插科打诨活跃气氛，这本无可厚非。不过，在一部文人创作的写实小说中，也袭用此法，势必破坏统一的构思和风格。如第六十一回的庸医自报家门、第八十回应伯爵等凑钱

---

① 据《金瓶梅续书三种》之《续金瓶梅》，齐鲁书社，1988年。

祭西门庆及水秀才代撰的祭文[1]，既有戏曲和说唱艺术的痕迹，又有市井油滑和士大夫谈谐的特点，仿佛是在工笔风俗画卷上插进几幅漫画，与全书总体风格不合。

应当指出的是，《金瓶梅》在叙事上也是有所创新的，而接受中的有些歧异则是读者未能适应这种创新的表现。最突出的是《金瓶梅》塑造人物形象时，努力写出他们的不同性格侧面及其发展变化。即以西门庆为例，他为富不仁、滥淫无度，是作者否定的反面人物。但作者又没有将他简单化、脸谱化，还写了他慷慨大方、曲尽人情的一面。对于他复杂的性格内涵，并不是所有读者都能认识到的，尤其不是习惯了"美则无往不美，恶则无一不恶"的古代读者所能认识到的。比如李瓶儿死后，西门庆十分哀恸，大办丧事。玳安与傅铭谈到主人哀毁逾常时，认为他爱瓶儿是因为瓶儿当初带进门的财货丰厚（事见六十四回），这也许是一个原因，但如果只承认西门庆"不是疼人，是疼钱"，则又过之，因为小说确实大肆渲染了西门庆对李瓶儿的怜惜悲痛之情。所以，我们不妨把玳安的评论看成是对西门庆性格的补充揭示，是作者致力于写出人物复杂心理的一个手段，这种人物互评以充实人物性格的方式在《红楼梦》中就得到了更普遍、成功的运用。

除了在叙事层面上的特点外，《金瓶梅》的文本在观念层面也有自己的特点，或者说不协调的地方。我们可以看一看自此书问世以来就争论不休的问题，即它究竟是"为世戒"，"为世劝"（弄珠客序），否定淫乱，还是宣扬淫乱？

在一般人印象中，《金瓶梅》是中国"淫书"之最，其实不然。在《金瓶梅》中，淫秽描写只占极少数（全书近八十万字，人民文学出版社出版洁本删去的仅一万九千余字）。而明清还有一些小说几乎满纸淫秽，其中有的连一点劝诫世人的表白都没有。更有甚者，公然宣扬纵欲。相比之下，《金瓶梅》劝人戒淫的表白要突出得多。在全书第一回，作者就申明了这一主张。在以后的具体描写中，也穿插了不少这样的议论。特别是对潘金莲等人的此类行为，贬斥更多。然而，就在劝人戒欲这样一个基本动机和结构框架下，作者思想观念的矛盾也随处可见。例如第十回叙西门庆与应伯爵等十人"每月会在一处，叫两个唱的，花攒锦簇顽耍……整三五夜不归家"，作者写了一首诗：

---

① 参阅夏志清：《中国古典小说导论》，安徽文艺出版社，1988 年，第 193—194 页。

紫陌春光好，红楼醉管弦。人生能有几，不乐是徒然！[1]

这种及时行乐的人生态度显然有悖于作品的主旨，而类似的地方书中并不少见。甚至在一回之中，也可以见出这种矛盾。第十五回回前诗曰：

易老韶华休浪度，掀天富贵等云空。不如且讨红裙趣，依翠偎红院宇中。[2]

接下来写西门庆等被拉往妓院时，又有一首诗曰：

柳底花阴压路尘，一回游赏一回新。不知买尽长安笑，活得苍生几户贫。[3]

一“劝”，一“诫”，对立鲜明。可以说，作者在理智上是否定西门庆们的滥淫生活的，而起伏于内心深处的情欲又常常使他产生背离理智的冲动，从而造成了文本观念上的上述矛盾。其实，这种“情”与“理”的矛盾在明中后期是相当普遍的，它体现了传统道德观念与新的社会风尚之间的尖锐冲突。就连《金瓶梅》的“为世戒”，也不全是出于维护传统道德的需要。小说第十一、二回写西门庆等耽于妓院，作者有诗感叹：

舞裙歌板逐时新，散尽黄金只此身。寄语富儿休暴殄，俭如良药可医贫。

勾栏妓者媚如猱，只堪乘兴暂时留，若要死贪无足厌，家中金钥教谁收。[4]

看起来作者不反对眠花宿柳，只是提醒人们不要浪掷钱财。这与他标榜的道德训诫是有一定距离的，却符合市民、尤其是商人的思想。

假如我们超越前人所困扰的“为世劝”还是“为世戒”问题，从历史主义的角度反观《金瓶梅》文本，我们会发现它在观念层面上的矛盾几乎涉及到它所描写的各方面。自然，我们还不应忽视叙事与观念之间的不协调。一方面，尚未成熟的叙事形式无法容纳新的观念，另一方面，陈腐的思想又制约着新的形式的成长。袁宏道《与董思白书》曾称《金瓶梅》“胜于枚生《七发》多矣”。这是一个很值得玩味的比较，《七发》中太子“久耽安乐，日夜无

---

① 《金瓶梅词话》第一册，第270页。

② 同上书，第385页。

③ 同上书，第395页。

④ 同上书，第296、306页。

极”，客以“要言妙道”发之，通过极力铺陈音乐、饮食、车马、游览、田猎、曲江观涛之盛，逐步感发开导。《金瓶梅》正是继承了这种“劝百讽一”、“曲终奏雅”的方式，前人亦多以此为之辩护，但动机与效果、手段与目的的背离也由此可见。

因此，在细节上，《金瓶梅》叙事与观念的不协调也随处可见。如第十回武松被解送东平府，作者写东平府府尹陈文昭“极是个清廉的官”：

> 平生正直，禀性贤明。幼年向雪案攻书，长大在金銮对策。常怀忠孝之心，每行仁慈之念。户口增，钱粮办，黎民称颂满街衢；词讼减，盗贼休，父老赞歌喧市井。攀辕截镫，名标书史播千年；勒石镌碑，声振黄堂传万古。正直清廉民父母，贤良方正号青天。[①]

这是通俗小说称赞清官的陈词滥调。可就是这个清官，虽知武松受屈，却因西门庆通过杨提督打通蔡太师的关节而任其逍遥法外：

> 这陈文昭原系大理寺寺正，升东平府府尹，又系蔡太师门生，又见杨提督乃是朝廷面前说得话的官，以此人情两尽了。只把武松免死，问了个脊杖四十，刺配二千里充军。[②]

从接受美学角度来说，读者通过前述赞词所诱导的“期待视野”却无法在后文“客观化”、“具体化”，而那种客观交代与具体描写之间又不构成反讽关系，这表明作品因袭的清官观念与他从生活出发的描写是矛盾的。这个矛盾后来到了曹雪芹、吴敬梓手中才得到解决。曹雪芹笔下的“葫芦僧错判葫芦案”抛开了清官观念的束缚，而吴敬梓则会把那段赞美之词变成人物的自我吹嘘，然后再用事实粉碎谎言。

又比如因果报应是明清许多小说的叙事模式，《金瓶梅》也宣扬了这一佛教观念，但在叙事上却没有受它的束缚。西门庆的暴卒及其家庭的败落并不是某种神秘力量支配的结果，而是有着深刻的现实依据。对此，作者作了十分充分的描写与揭示。这是大的方面。小的方面如第八十一回西门庆死后，来保私吞西门庆的布货，自已开办店铺，俨然一个小西门庆。此处作者有诗曰：

> 我劝世间人，切莫把心欺。欺心即欺天，莫道天不知：天只在头上，

---

① 《金瓶梅词话》第一册，第 260 页。

② 同上书，第 264 页。

昭然不可欺。①

话虽如此,后面却也没有具体写来保得到了什么报应。应该说,这是作者比明清许多小说家清醒的地方。

当然,作为第一部世情题材的长篇小说,《金瓶梅》在艺术上也有许多成功之处,由于它的时空背景较之历史等题材的作品有明显的局限,这就迫使作者向人物日常生活的纵深开拓。虽然他并没有舍弃传统的类型化、甚至漫画化的写法,但人物性格和心理的复杂性却在细节描写中得到了真切的表现。以女性之鞋的描写为例,《金瓶梅》的作者对鞋的知识相当丰富,而且在小说中将其作为情节发展的小道具进行了细致入微的描写。如第二十八回叙潘金莲丢失了鞋子,却找到了宋惠莲与西门庆勾搭成奸时遗落的鞋;而潘金莲的鞋被小铁棍拾去,到了陈经济手里,陈又借此挑逗潘金莲;潘金莲则教唆西门庆打小铁棍,并要西门庆把宋惠莲的鞋"剁做几截子,掠到毛司里去,叫贼淫妇阴山背后永世不得超生";次日,潘金莲又约李瓶儿、孟玉楼等做鞋,闲谈中又引出吴月娘的抱怨"为一只鞋,又这等惊天动地"。通过鞋的失、寻、换、剁、做,将潘金莲的嫉妒、淫荡,写得神情毕肖,同时也把西门庆的淫毒无情、庞春梅的助纣为虐、陈经济的轻薄、吴月娘的平正等等,都一一活现出来了。

在白话文学语言的运用上,《金瓶梅》也前进了一大步。其中日常口语的娴熟运用,意义并不止于语言的通俗化而已,它还是与对原生态生活真实的追求联系在一起的。其间虽然有些地方显得粗糙,但总体上说是非常有生气的。作者十分善于摹写人物鲜活的口吻、语气,以及人物的神态、动作,从中表现出人物的心理与个性,将其以具有强烈的直观性的场景呈现在读者面前。

由于《金瓶梅》描写的是商人家庭粗鄙的生活,语言的俚俗是人物共同的特点,而其中的骂詈语也从一个特殊的角度反映了作者驾驭语言的能力。例如李瓶儿临产之际,潘金莲是骂不绝口:"一个后婚老婆,汉子不知见过多少,也一两个月才生胎,就认做咱家孩子?"当孙雪娥慌慌张张险些绊一跤时,她又挖苦道:

献勤的小妇奴才!你慢慢走,慌怎的?抢命哩?黑影子绊倒了,磕了牙也是钱!

---

① 《金瓶梅词话》第六册,第2491页。

……养下孩子来，明日赏你这小妇一个纱帽戴！[1]

而当第六十回潘金莲用“雪狮子”吓死了官哥后，百般称快，每日抖擞精神，幸灾乐祸地对着丫头指桑骂槐：

贼淫妇！我只说你日头常晌午，却怎的今日也有错了的时节？你班鸠跌了弹也，嘴答谷了！春凳折了靠背儿，没的倚了！王婆子卖了磨，推不的了！老鸨子死了粉头，没指望了！却怎的也和我一般？[2]

这些谩骂表现了潘金莲内心强烈的嫉恨。

再看第八十六回，潘金莲与陈经济奸情事发，月娘命王婆领她出去时，她还装模作样地责问为什么打发她出去，熟知内情的王婆揭穿了她的老底：

你休稀里打哄，做哑装聋！自古蛇钻窟窿蛇知道，各人干的事儿各人心里明。金莲，你休呆里撒奸，两头白面，说长并道短，我手里使不的你巧语花言，帮闲钻懒！自古没个不散的筵席，出头椽儿先朽烂。人的名儿，树的影儿。苍蝇不钻没缝儿蛋。你休把养汉当饭，我如今要打发你上阳关。

潘金莲听后竭力为自己的丑行开脱，并无可奈何地求王婆手下留情：

你打人休打脸，骂人休揭短！常言一鸡死了一鸡鸣。谁打罗，谁吃饭。谁人常把铁箍子戴，那个长将席篾儿支着眼。为人还有相逢处，树叶儿落还到根边，你休要把人赤手空拳往外撵，是非莫听小人言！正是女人不穿嫁时衣，男儿不吃分时饭，自有徒牢话岁寒。[3]

虽然两个人的话显得有些啰嗦，前言不搭后语，甚至有些毫不相干，但在这一连串押了韵的骂詈语中，我们分明可以感受到人物特定场合下的心理与口吻。

总之，《金瓶梅》通过日常生活，对现实与人性作了深入的描写，这种描写无论从规模上还是从细腻程度上，都大大地超过了此前的中国古代小说，它把小说家与读者的目光从历史、英雄、神怪等传奇性人物与情节移向了世俗社会，为章回小说的进一步发展开辟了一条新路。

《西游记》和《金瓶梅》代表了白话神怪小说和世情小说两种不同的小说

① 《金瓶梅词话》第二册，第 785 页。
② 《金瓶梅词话》第四册，第 1643 页。
③ 《金瓶梅词话》第六册，第 2596 页。

类型。同时及稍后还有《封神演义》、《醒世姻缘传》等作品，也各有所长，但总体上却没有超过它们的。

第三节 “三言二拍”的编撰：如何“拟”话本

在宋元话本小说蓬勃发展之后，短篇白话小说的市场逐渐从勾栏瓦舍向书面读物延伸。现今所能见到的早期明刊小说集，有《清平山堂话本》。清平山堂是明代嘉靖年间杭州人洪楩的堂名。他刊刻了《雨窗》、《长灯》、《随航》、《欹枕》、《解闲》、《醒梦》六集小说，每集十篇，合称《六十家小说》。因原书已散佚，现存二十七篇(包括残本)，被简称为《清平山堂话本》。洪楩刊刻小说集的工作代表了短篇白话小说的创作进入了一个新的阶段。明代后期的“三言二拍”则是达到了宋元说话艺术之后的高潮。“三言二拍”指是明代后期编撰出版的五部话本小说集，其中“三言”指的是冯梦龙编撰的《喻世明言》(又名《古今小说》)、《警世通言》、《醒世恒言》；“二拍”指的是凌濛初编撰的《拍案惊奇》、《二刻拍案惊奇》。

一、话本“可拟性”的三个方面

“三言”中的小说时间跨度很大，其中既有宋元旧作，也有明代新编。对于后者，鲁迅在《中国小说史略》中曾经用“拟话本”来概括。从文体上说，“话本”与“拟话本”有时并不易区分，但“拟”字作为一种创作特点，却是值得深究的：话本是否可以“拟”？如果可以，哪些方面是可“拟”的，哪些方面是不可“拟”的？可以“拟”的方面又如何“拟”？

在上编第五章，我们已经讨论了宋元时期说话艺术及话本小说的特点。作为一种表演伎艺，说话艺术中的“小说”当然也带有表演的特点，除了语言，还可能要辅之以演唱、手势等等。而这些表演性的要素，显然不是书面化的“拟话本”所能“拟”出来的。尽管其中语言性较强的部分，如说话艺术中的一些套语仍然可能在“拟话本”中有所保留，但即使是这方面的内容，话本小说在书面化后，也会出现相应的改变。从话本小说的演变看，《六十家小说》中的一些作品应该比“三言”中的同题材作品更接近早期的话本小说原貌。两相对比，就可以发现其中的变化。例如《西湖三塔记》中，有这样一段描写：

奚宣赞在门楼下，看见：

金钉珠户，碧瓦盈檐。四边红粉泥墙，两下雕栏玉砌。即如神仙洞府，王者之宫。

婆婆引着奚宣赞到里面，只见里面一个着白的妇人，出来迎着宣赞。宣赞着眼看那妇人，真个生得：

绿云堆发，白雪凝肤。眼横秋水之波，眉插春山之黛。桃萼淡妆红脸，樱珠轻点绛唇。步鞋衬小小全莲，玉指露纤纤春笋。[①]

而在《洛阳三怪记》中，有几乎完全相同的描写：

青衣女童上下手一挽，挽住小员外，即时摄将去，到一个去处。只见：

金钉朱户，碧瓦盈檐。四边红粉泥墙，两下雕栏玉砌。宛若神仙之府，有如王者之宫。

那婆婆引入去，只见一个着白的妇人，出来迎接。小员外着眼看那人生得：

绿云堆鬓，白雪凝肤。眼描秋月之明，眉拂青山之黛。桃萼淡妆红脸，樱珠轻点绛唇。步鞋衬小小金莲，十指露尖尖春笋。若非洛浦神仙女，必是蓬莱阆苑人。[②]

这种情况应该是早期的话本小说家或表演艺人相互因袭的残留。如果在表演时，在其他手段的辅助下，这种因袭也许并不显眼，甚至可能是必需的。但在书面化以后，仍然如此，则不仅可能使小说家个性化的创作水平无从发挥，也容易令读者有千篇一律的感觉。因此，虽然此类骈文还时有陈陈相因的，但在书面化的话本小说中，它的运用已明显减少，即使需要，有出息的小说家也更愿意结合特定作品的实际来创作这类文字。

由于现存的所谓宋元话本小说大都是明代刊行，因此，我们无从用可以确认的原貌来与明代的话本小说相比较，但即使通过先后刊行的话本小说的不同，我们也多少可以清楚地看到其中的差别。最典型的例证是《喻世明言》中《众名姬春风吊柳七》对《清平山堂话本》中《柳耆卿诗酒玩江楼》的修改。被冯梦龙在《喻世明言》的序中明确批评的《玩江楼记》叙宋代词人柳永为了占有妓女周月仙，竟叫船夫奸污了月仙，败坏其名声，使其不得不顺从自己的摆布。作品称“到今风月江湖上，千古渔樵作话文”，足见它是以“风

① 《清平山堂话本》，上海古籍出版社，1992年，第16页。

② 同上书，第43页。

月”为旨趣的，而形式上也驳杂不纯，将李煜著名的[虞美人]词附会到柳永身上，也表明作者的随意或修养不同。经冯梦龙改编后，买通船夫污辱周月仙的是刘二员外，而作为地方官柳永则主持正义，巧妙地惩罚了刘二员外，成全了黄秀才与周月仙的恋情。修改后的小说思想境界提高了，从单纯的风流韵事转变为对柳永艺术才能的肯定，在“可笑纷纷缙绅辈，怜才不及众红裙”的感慨中，表现了对世俗社会漠视、压抑人才的不满。小说的情节线索更为集中，文笔也更加优美顺畅。

但是，从文体上看，早期的话本小说对“三言二拍”等作品仍然是有决定性的影响的。也就是说，话本小说还是有可拟性的，这主要表现在以下三个方面。

首先，适应表演的体制进一步固化为文体结构。在上编第五章，我们曾介绍过话本小说的体制特点，这种原本适应现场表演的体制特点在“三言二拍”等作品中得到了继承与发扬。例如，入话、头回的形式，在说话艺人表现时，除了能显示说话人的知识见闻广博、衬托正话的内涵，更主要的是还能起到静场的作用。对于书面化的读物来说，后一种作用是不存在的，也就是说，小说家完全可以如同文言小说那样，直接进入“正话”的叙述。但话本小说的二元结构，确实有助于接受者丰富对小说情节的感悟，所以明中叶以后的小说家普遍继承了这一形式。陈大康在《明代小说史》曾列表统计明代中后期的短篇白话小说集中入话及头回的出现情况，说明“含有入话或头回是拟话本模拟话本的主要表现之一”①。

除了基本的结构外，话本小说在叙述中还有很多叙述套语，也为“三言二拍”等作品吸收。如“分开八块顶阳骨，倾下半桶冰雪来”、“猪羊送屠户之家，一脚脚来寻死路”，等等。这些套语具有结构上的作用，也有叙述模式上的意义，明代中后期小说家的继承，正是从总体上模拟话本体制的另一个表现。

其次，表演现场的交流转化为虚拟的对话。由于说话艺术是现场表演的，叙述者与接受者同时在场，这必然使得二者的交流具有一定的平等性、适时性，而叙述者会利用这种交流增强情节的感染力。在“三言二拍”中，我们就可以看到很多拟想的交流。如《拍案惊奇》之《转运汉遇巧洞庭红》中，在写到文若虚与吉零国人做生意时占了便宜，作品插入如下的虚拟对话：

---

① 陈大康：《明代小说史》，上海文艺出版社，2000年，第598页。

说话的，你说错了！那国里银子这样不值钱，如此做买卖，那久惯漂洋的带去多是绫罗缎匹，何不多卖了些银钱回来，一发百倍了？看官有所不知，那国里见了绫罗等物，都是以货交兑。我这里人也只是要他货物，才有利钱。若是卖他银钱时，他都把龙凤、人物的来交易，作了好价钱，分两也只得如此，反不便宜。如今是买吃口东西，他只认做把低钱交易，我却只管分两，所以得利了。

说话的，你又说错了！依你说来，那航海的，何不只买吃口东西，只换他低钱，岂不有利？反着重本钱，置他货物怎地？看官，又不是这话。也是此人偶然有此横财，带去着了手。若是有心第二遭再带去，三五日不遇巧，等得希烂。那文若虚运未通时卖扇子就是榜样。扇子还是放得起的，尚且如此，何况果品？是这样执一论不得的。[①]

这里的对话是小说作者想象说话表演现场的情形而拟写出来的，虽然是“闲话”，但有助于小说叙述的展开。因此，虚拟对话的运用在“三言二拍”等作品中经常可以看到。

再次，思想与艺术趣味的世俗化方面，“三言二拍”等作品也沿袭了宋元话本小说的传统。这一点虽然比较笼统，但也在小说体制中有所体现。因此，尽管“三言二拍”等作品的文人化特点越来越明显，体制上的世俗化倾向还是清晰可见的。例如同样在历史题材的写作上，“三言”中不少作品的着眼点不是人物在历史上的作用，而是那些趣闻异事，构成了涉史小说（而非讲史）叙述历史的独特角度。在《喻世明言》的《赴伯升茶肆遇仁宗》中，构成小说关键性情节的是“唯”的偏旁究竟是“口”，还是也可写作“厶”；在《警世通言》的《王安石三难苏学士》中，王安石与苏轼的文字之争，也构成了小说的主体情节，而这种文字之争，说到底也不过是表面知识的一种较量；同书的另一篇《李谪仙醉草吓蛮书》也没有将这位大诗人的真正杰作引用出来，而是用一篇虚拟的作品，极夸张地显示李白的才华。如此等等，都是迎合一般读者趣味的描写角度。

不言而喻，“三言二拍”在“拟”话本的同时，也有一些新的变化。我们在介绍宋元话本时提到，宋元话本小说在题材上有类型化的特点，也就是所谓烟粉、灵怪、公案之类，这反映了说话艺人陈陈相因的创作特点，如《洛阳三怪记》等“三怪”系列的作品即是如此。从小说创作的角度说，这也是可拟

---

① 《拍案惊奇》，百花文艺出版社，1993年，第12—13页。

的。但在“三言二拍”中，虽然也有相近的题材，却往往无法简单归类。也就是说，“三言二拍”在题材的丰富性与表现的灵活性上也开始打破了宋元话本小说的叙事传统。

与此相关，虽然宋元话本小说有时也以文言小说为依据，但并不如“三言二拍”中的明代作品更为直接，这又表明这些所谓拟话本并不是单纯地拟“话本”，它们同样在借用文言小说时，进一步充实着短篇白话小说的艺术体系。

总之，对于明代中后期的小说家来说，已不是处处“拟”话本了，因为话本小说已经具备了成熟的文体形态，他们可以驾轻就熟地运用这一文体表现新的时代生活。事实上，这也是最值得我们重视的地方，毕竟一种文体的价值是在创作实践中体现的。

二、“三言二拍”的时代特色

经过冯梦龙的汇编整理与创作，“三言”的时代特色更为鲜明，尤以直接反映明代商品经济所带来的新风尚最突出。《蒋兴哥重会珍珠衫》就是一篇优秀的作品，它描写商人的婚姻生活，就表现了商人从现实和人性出发的眼光，突破了传统的道德观念的束缚。作品曲尽人情地刻画了王三巧的心理变化，她与陈大郎的私通，没有被作者简单地斥为“淫”或不贞，而是一种现实生活中难以逆料却又自然而然的感情需要。对此，作为丈夫的蒋兴哥也没有采取过激的行动，他在痛苦的自责中，原谅了妻子，显示出不同于旧礼教的新意识。

在表现人物心理艺术手法方面，《蒋兴哥重会珍珠衫》有很多可圈可点的地方。例如作品中的空间安排就非常巧妙。小说以襄阳府枣阳县为情节展开的基本空间，但又在前面隐含着另一空间背景，即蒋家世代经商之地广东。而来自徽州新安县的商人陈大郎则代表了又一个空间的切入。薛婆摇唇鼓舌，用“异乡人有情怀”挑逗王三巧，说明地域性在这里确实被作者有意地加以利用了；这种利用还表现在陈大郎与王三巧的分别中，地域的距离成为两人情感的印证。如果同居一地，自不会出现那样难舍难分的场面；而陈大郎归而复返，又进一步表明他不同于一般的寻花问柳之辈。特别是蒋兴哥与陈大郎在苏州的邂逅相遇，为小说增加了另一个富于情感张力的空间背景。在这里，不仅使陈大郎得以再次吐露异地相思之情，更强化了蒋兴哥的反应，在外地得知妻子有外遇的事，空间的距离造成时间上的缓冲，使他的心理表现显然比在当地听说可能导致的骤然暴发要更有深度。请看作品中的描写：

> （蒋兴哥）回到下处，想了又恼，恼了又想，恨不得学个缩地法儿，顷刻到家。连夜收拾，次早便上船要行。……催促开船，急急的赶到家乡，望见了自家门首，不觉堕下泪来。……在路上性急，巴不得赶回。及至到了，心中又苦又恨，行一步，懒一步。①

这可以说是中国古代小说中最具心理深度的空间描写，它将人物内心的气恼、羞辱表现得异常感人。

小道具的运用也是作者表现人物心理的手法。与它所依据的文言小说相比，本篇增加了红纱汗巾和凤头簪子这两件小物件，它有两个作用。陈大郎因不知蒋兴哥是王三巧之夫，托他带情书及一条汗巾和一根簪子给王三巧。蒋兴哥生气地把情书扯得粉碎，又折断玉簪。后来为了留作证据，才忍辱带回。而当他交给王三巧时，王三巧并不知是陈大郎送来的，她只能猜测："这折簪是镜破钗分之意；这条汗巾，分明教我悬梁自尽。他念夫妻之情，不忍明言，是要全我的廉耻。"于是，这两个小物件先是强化了蒋兴哥的愤怒，后又表现了王三巧的内疚，将人物不便明言、作者也难以复述的心理表现得真切动人。

正因为作者突出了心理描写，人物的塑造因而更具现实的深度。所以，即使是陈大郎与王三巧的感情，作品也渲染了他们一旦相好，同样"恩深义重，各不相舍"。分别前夕，更是"倍加眷恋，两下说一会，哭一会，又狂荡一会，整整的一夜不曾合眼"。王三巧甚至有与他私奔之意；将"珍珠衫"送给他，为的也是让他"穿了此衫，就如奴家贴体一般"。而陈大郎虽然本是为劝惩而设计的人物，也不同于同类题材中的浮浪子弟。虽起初也不过是寻花问柳，后来却又情动于衷，以致分别时"哭得出声不得，软做一堆"。回家后一心只想着三巧儿，朝暮看着珍珠衫，长吁短叹，情怀缭乱。对这样的形象是无法加以简单的道德评判的。作者在开篇时曾谆谆告诫人们不可当第三者，"只图自己一时欢乐，却不顾他人的百年恩义，假如你有娇妻爱妾，别人调戏上了，你心下如何？"这种设身处地、将心比心的议论，不仅拉近了现实世界与艺术世界的关系，也使读者对陈大郎的行径产生由衷的警惕，而不只是出于一种义愤的摒弃。

类似《蒋兴哥重会珍珠衫》这样的作品在"三言"中并不在少数。当然，

---

① 《喻世明言》，十月文艺出版社，1994年，第22页。

由于题材不尽相同，也存在细微差别，而这也折射出明代中后期社会生活的丰富多彩。《卖油郎独占花魁》通常也被认为是一篇正面表现商人生活的佳作。其实，这篇小说具有不少文人创作的精神品性。但这并没有降低它的时代意义，相反，文人对商人的认可更折射出社会观念的变化。在传统的观念中，“商人重利轻别离”，在爱情生活中往往扮演一种鄙俗的反面角色。如今，一个普通的小商贩，却充当了爱情故事的正面主人公，不能不让人刮目相看。所谓“独占花魁”，更多的是一种象征，它标志着商人已堂而皇之地走上了社会的大舞台。

《施润泽滩阙遇友》则是新旧意识相结合的产物。篇中的机户施润泽不是靠剥削敲诈积累资本的，而是凭着老实本分和辛苦经营发家致富。因此，他的掘藏，从外观上看，是传统发财幻想的延续；从内涵上看，又是商品经济发展中现实愿望的表现。这篇小说对明代盛泽镇织造业发达状况的描写还经常被作为社会经济史的一个佐证。

“三言”中特别受人称道的作品还有《杜十娘怒沉百宝箱》。从题材上看，这仍是宋元以来小说戏曲常见的妓女从良故事，结构上也无非是“痴心女子负心汉”的老套。但由于作者深入地刻画了人物的心理，尤其是突出地描写了杜十娘在绝望后的沉箱自尽，使人物的精神追求得到了惊心动魄的表现，而这恰是以前同类题材作品所缺乏的。换言之，对人格的尊重，使这篇作品超乎一般的爱情之上，折射出新的社会意识。

与“三言”不同的是，“二拍”基本上是凌濛初的个人创作。这一点在话本小说的发展中具有重要的意义。因为前此的话本小说大多是说话艺人集体创作的产物，又历经数百年的演变，在一定程度上代表了市民的群体意识。如果将现场接受者的影响也考虑在内，这种群体意识就更强。冯梦龙的编撰活动使这种群体共生性的伎艺开始带有了个性化的烙印。而对凌濛初来说，群体意识有时只是个人感受的外壳。因为在创作活动中，真正制约他的不仅有数百年形成的话本小说接受传统，更有他自己对现实生活的认识。

如前所述，明代是一个商品经济蓬勃发展的时代，对于由此产生的种种新的社会现象，凌濛初不但客观地介绍了有些地方“以商贾为第一等生业，科第反在次着”的风尚（《二刻拍案惊奇》卷三十七），而且对商业活动给予了积极的评价，例如在《进香客莽看金刚经》中，他就论述了长途贩运、囤积居奇对缓和灾荒、平抑物价的作用。这一新颖的观点是与传统的看法，也就是他所说的“不识时务执拗的腐儒”的看法大相径庭的。也正是出于这样的观点，他对商人和商业活动本身作了许多肯定性的描写。以《叠居奇程客得助》为例，这篇作品表现了商人以囤积居奇手段而发财的过程；在故事类型上，则借用了中国古代小说中大量存在的仙女下凡的故事。不过，在以往的作品，只有本分的农夫和书生可以得到这种青睐，商人是没有这样的幸运的。而如同《卖油郎独占花魁》叙述了一个普通的卖油郎，如何以一腔痴情，博得花魁娘子芳心的过程，《叠居奇程客得助》得到女神的慰藉与帮助也具有象征意义。孤寂中对温馨甜蜜的情爱的渴望与追求物质利益的俗欲，实际上构成了程宰这一行商生活中相互斥拒的磁力两极，而他并没有陷入两难的抉择中，这虽然在一定程度上影响了人物刻画的心理深度，却也向我们展现了那个时代真正的主题：如果海神不能帮助程客致富，那她与路边野花又有何区别？而既然她最与众不同的地方是在显灵救厄，她作为女性的存在，就不过是一种鱼和熊掌兼得的点缀。也就是说，当"仙女下凡"故事中一而再、再而三地植入了致富的奇遇，与其说它延续的是那个古老的、富有神秘色彩的美梦，不如说是在"出于幻域，顿入人间"的跳跃中，瓦解了这一流传千古的经典模式，并昭示着一种新的价值观念和对这种观念悲天悯人式的体谅。

"二拍"中描写商人的作品还有《转运汉巧遇洞庭红》，它正面描写了商人出海经商致富的传奇性经历；而《乌将军一饭必酬》又称颂了商人追求巨额利润的强烈愿望和敢于冒险的进取精神。这些描写都是以前的小说中所很少见的。

在婚恋类作品中，"二拍"也自有其特点。这表现在它对人的情欲有更大胆的描写。如《陶家翁大雨留宾》写妇女与情人私奔；《闻人生野战翠浮庵》写尼姑怀春嫁人。在《通闺阁坚心如火》中，主人公罗惜惜竟宣称："我此身早晚拚是死的，且尽着快活，就败露了，也只是一死，怕他甚么？"这其间固然有明末人欲横流的社会风气的不良影响，但也包含了人性觉醒的因素。与此同时，"二拍"婚恋小说中的女性形象更引人注目，如《权学士权认远乡姑》中的徐丹桂、《莽儿郎惊散新莺燕》中的杨素梅、《同窗友认假作真》中的闻蜚娥等，都是大家闺秀，却敢于主动传情示爱，自择良缘。

与早期话本小说相比，"三言二拍"更重视道德教训。"三言"的命名就突出了"喻世"、"警世"、"醒世"的意味。但冯梦龙思想观念中的教训范围较广，并不限于儒家的伦理观念，而是包括生活的方方面面，如《一文钱小隙造奇冤》描写一文钱引起的冲突，导致十三人为此丧生，传达了"劝汝舍财兼忍气，一生无事得安然"的道理。因此，这些作品中的教训还是生活化的。实际上，即使是对儒家伦理观念的解释，也总是与现实生活联系在一起的。

与此同时，“三言二拍”中的议论也明显增多。尤其是“二拍”中的议论，几乎是每篇必有的叙述特征。这些议论成了作品时代性与作者个性的最显著标志。如《满少卿饥附饱飏》中有这样一段著名的议论：

> 天下事有好些不平的所在。假如男人死了，女人再嫁，便道是失了节，玷了名、污了身子，是个行不得的事，万口訾议。及至男人家丧了妻子，却又凭他续弦再娶，置妾买婢，做出若干的勾当。把死的丢在脑后，不提起了，并没人道他薄幸负心，做一场说话。就是生前房室之中，女人少有外情，便是老大的丑事，人世羞言，乃至男人家撇了妻子，贪淫好色，宿娼养妓，无所不为，总有议论不是的，不为十分大害。所以女子愈加可怜，男人愈加放肆。这些也是伏不得女娘们心里的所在。①

这一议论包含了男女平等的意识，是与封建社会男尊女卑的旧传统和封建道德观念背道而驰的。实际上，议论化是文人力图利用小说传述自己心声的表现。不过，明末小说家的心声是饱受市井社会感染的，不像清初一些小说家只是“代圣贤立言”或自说自话，既脱离时代，又脱离社会。

在艺术上，“三言二拍”更注重真实地表现现实生活。实际上，这也是冯梦龙、凌濛初共同的、明确的主张。而且，他们对于真实的理解没有停留在事实的真伪上。冯梦龙的《警世通言序》中就提出了“事真而理不赝，即事赝而理亦真”的命题。这里的“理”固然与理学家所说的天理、伦理有相通之处，但又是与“情”及作品的感染力联系在一起的。凌濛初则从“奇”与“常”的角度发挥了自己对真伪的看法。他在《拍案惊奇序》中提出：“今之人，但知耳目之外，牛鬼蛇神之为奇，而不知耳目之内，日用起居，其为谲诡幻怪非可以常理测者固多也。”因此，在“三言二拍”中，较少荒诞的描写。如《白娘子永镇雷峰塔》，从题材上看，是传统志怪小说的翻版，但它却没有《西湖三塔记》那样的离奇，一切都出以平常。即使运用非现实形象构成的手段，也是从现实出发的。如前面提到的《叠居奇程客得助》描写了海神，这个美丽多情的海神钟情于一个商人，本身就是具有象征意味的，反映了商人以正面角色步入人生舞台的自诩姿态。

总之，从宋元话本小说的兴盛到“三言二拍”的编撰，话本小说在表现新兴市民的生存状态与思想感情方面，超越了以往任何一种文体，它也理所当

---

① 《二刻拍案惊奇》，百花文艺出版社，1993年，第222页。

然地成为他们的娱乐方式。

三、“三言二拍”带动下的短篇白话小说集编撰

“三言二拍”的成功编撰，也带动了短篇白话小说集出版的热潮。晚明时期的重要小说集还有《西湖二集》、《石点头》、《型世言》、《欢喜冤家》等。

《西湖二集》共三十四卷，作者周楫，字清源。从书名看，还应有《西湖一集》，但未见传本。此书依据有关文献如田汝成《西湖游览志》及《西湖游览志余》等编写，多为与西湖有关的故事，自帝王宫妃、文人墨客至普通市民，均有描写。如《巧妓佐夫成名》、《韩晋公人奁两赠》、《月下老错配本属前缘》、《侠女散财殉节》、《胡少保平倭战功》等都是可读之作。

就总体而言，《西湖二集》叙事较为单纯，它的小说史意义主要表现在：尽管它仍然因袭了说话人的套语，但从总体上已疏离了说话艺术的传统，而更多地表现出文人的创作特点。话本小说原本主要是市民的一种娱乐形式，对它的社会功用的重视是在文人大量投入小说创作之后的事。在《西湖二集》中，我们甚至看到《戚将军水兵法》、《海防图式》、《救荒良法》之类，都附于相关的小说之后。这种对话本小说体裁大破其“格”的做法，正反映了作者的别有用心。事实上，周清源在小说中表现了强烈的文人主体性，《西湖二集》的第一篇《吴越王再世索江山》就有这样一段激愤的话语：

> 看官，你道一个文人才子，胸中有三千丈豪气，笔下有数百卷奇书，开口为今，阖口为古，提起这枝笔来，写得飕飕的响……这样的人，就该官居极品，位列三台，把他住在玉楼金屋之中……叵耐造化小儿，苍天眼瞎，偏锻炼得他一贫如洗，衣不成衣，食不成食，有一顿，没一顿，终日拿了这几本破书，“诗云子曰”、“之乎者也”个不了，真个哭不得，笑不得，叫不得，跳不得，你道可怜也不可怜？所以只得逢场作戏，没紧没要做部小说，胡乱将来传流于世。[①]

这完全可以看做是作者的夫子自道。所以，在小说中有大量基于怀才不遇的士子立场的议论，主要是对社会不公与黑暗的批判。如书中《觉阁黎一念错投胎》的入话，竟是近两千字的长篇大论，这种情形在早期的话本小说也是很罕见的。即使是在一些具体的世情描写中，我们也可以强烈地感受到作者的主观意志。如《巧妓佐夫成名》叙妓女曹妙哥有意将终身托付太学生

---

① 《西湖二集》上册，浙江人民出版社，1981年，第2—3页。

吴尔如，便拿出私房钱，开导他设局骗赌。在积攒了许多钱财后，又劝其博取功名。因吴尔如才学平平，曹妙哥就教他用钱财行贿官府，打通关节，终于得中进士。曹妙哥在开导吴尔如时是这样说的：

> 你既会得赌，我做个圈套在此，不免叫几个惯在行之人，与你做成一路，勾引那少年财主子弟。少年财主子弟全不知民间疾苦，撒漫使钱。还有那贪官污吏做害民贼，刻剥小民的金银，千百万两家私，都从那夹棍拶子、竹片枷锁，终日敲打上来的，岂能安享受用？定然生出不肖子孙，嫖赌败荡。还有那衙门中人，舞文弄法，狐假虎威，吓诈民财，逼人卖儿卖女，活嚼小民。还有那飞天光棍，装成圈套，坑陷人命，无恶不作，积攒金银。此等之人，决有报应，冤魂缠身，定生好嫖好赌的子孙，败荡家私，如汤浇雪一般费用，空里得来巧里去，就是我们不赢他的，少不得有人赢他的。①

这一番话，看似歪理邪说，实际上却寄托了作者的讽世之意。后来，她又说：

> 你只道世上都是真的，不知世上大半多是假的。我自十三岁梳笼之后，今年二十五岁，共是十三个年头，经过了多少举人、进士、戴纱帽的官人，其中有得几个真正饱学秀才、大通文理之人？若是文人才子，一发稀少。大概都是七上八下之人、文理中平之士。还有若干一窍不通之人，尽都侥幸中了举人、进士而去，享荣华，受富贵。实有大通文理之人，学贯五经，才高七步，自恃有才，不肯屈志于人，好高使气，不肯去营求钻刺，反受饥寒寂寞之苦，到底不能成其一官……当今贿赂公行，通同作弊，真个是有钱通神。只是有了'孔方兄'三字，天下通行，管甚有理没理，有才没才。你若有了钱财，没理的变做有理，没才的翻作有才，就是柳盗跖那般行径、李林甫那般心肠，若是行了百千贯钱钞，准准说他好如孔圣人、高过孟夫子，定要保举他为德行的班头、贤良方正的第一哩。世道至此，岂不可叹？你虽读孔圣之书，那'孔圣'二字全然用他不着。随你有意思之人，读尽古今之书，识尽圣贤之事，不通时务，不会得奸盗诈伪，不过做个坐老斋头、衫襟没了后头之腐儒而已，济得甚事？②

让人物、特别是一个妓女作如此长篇大论，显然是作者借人物之口发表议论

---

① 《西湖二集》下册，浙江人民出版社，1981年，第385页。

② 同上书，第386—388页。

的一种方式。人物语言的这种运用，在稍后的短篇白话小说如李渔的《连城璧》、《十二楼》和艾衲居士的《豆棚闲话》等作品中，也时常可见，可以说，这也是小说家主体性越来越突出的一个表现。

作为一部地域性的白话小说集，《西湖二集》在小说史上也体现了一种值得注意的编创特点与趋向。在此书之前，“西湖小说”已俨然自成系列，但单独汇编，此书实为首创。其后，《西湖佳话》、《西湖拾遗》等，则表现了相似的旨趣。如果从更广阔的范围来看，白话小说的地域性的凸显也是小说发展的一个重大现象，而杭州则是这种地域性的突出反映。这主要表现在两个方面，一个是众多小说家与西湖有关，再一个是大量小说以杭州或西湖为背景。以西湖、古杭、钱塘等冠名的小说家或曾经寄籍杭州、或被认为是杭州人，还有一些小说则是由杭州人校梓的。如施耐庵、罗贯中就都有是钱塘人的说法，虽不足凭信，但也反映了章回小说产生之初即与杭州结下了不解之缘。较早的章回小说《三遂平妖传》也是由钱塘王慎修校梓的。而晚明及稍后一段时间，名号中有西湖等字眼的小说家或序评者以及创作、校刊于杭州的作品更数不胜数。今据各家书目，略加梳理，胪举如下：西湖鹏鹗居士的《浓情快史》，古杭艳艳生的《玉妃媚史》、《昭阳趣史》，钱塘人孙高亮的《于少保萃忠全传》，钱塘雉衡山人编次、武林泰和仙客评阅的《韩湘子全传》，沈孟拌述《钱塘渔隐济颠禅师语录》、杭州原刊《禅真逸史》，西湖义士的《皇明中兴圣烈传》，醉西湖心月主人的《宜春香质》、《弁而钗》，西子湖伏雌教主编《醋葫芦》，西湖渔隐主人的《欢喜冤家》，西湖逸史的《天凑巧》，沛国樗仙序于西湖舟次的《一片情》，磊道人序于西子湖的《七十二朝人物演义》，周清源的《西湖二集》，钱江拗生批点《樵史通俗演义》，钱塘陆人龙《型世言》(西湖浪子辑《幻影》)、陆云龙《清夜钟》，陆云龙序《辽海丹忠录》，谐道人序于西湖的《照世杯》，李渔的《无声戏》、《十二楼》主要创作于杭州，西泠狂者的《载花船》，西湖钓叟的《续金瓶梅》，西湖墨浪子的《济颠大师醉菩提全传》，西湖香婴居士重编《济公全传》，艾衲居士的《豆棚闲话》[①]，杭州仁和书生序《春灯迷史》，“传自武林”的《醒世姻缘传》，钱塘陈树基的《西湖拾遗》，西湖居士编《万花楼演义》，西泠野樵的《绘芳录》，等等。如此众多的小说创作与杭州有关，本身就是一个值得注意的文学现象。

至于以杭州或西湖为背景的作品也不计其数，在现存的宋元话本中，就

① 韩南认为艾衲居士可能是杭州人王梦吉，参见《中国白话小说史》，浙江古籍出版社中译本，1989年，第191页。

有《西湖三塔记》、《刎颈鸳鸯会》、《错认尸》、《碾玉观音》、《错斩崔宁》、《小水湾天狐诒书》等多篇。[①] 与同时写东京的小说相映成趣,《清平山堂话本》现存的二十六篇中有七篇写及杭州;而包括若干宋元话本在内,"三言"中则有二十余篇作品的题材与杭州有关,其中包括《沈小官一鸟害七命》、《白娘子永镇雷峰塔》、《卖油郎独占花魁》、《乔太守乱点鸳鸯谱》等名篇;"二拍"中头回、正话涉及杭州的也有十四篇之多;晚明的另一部小说集《欢喜冤家》二十四篇中,有六篇写及杭州;其他小说集也多少不等地包含有写及杭州的作品。至《西湖二集》出版,西湖小说达到了顶峰。

需要说明的是,《西湖二集》中有的作品与杭州或西湖并没有直接的联系,如其中《姚伯子至孝受显荣》的主人公是浙江严州府桐庐县人,故事也与杭州没什么关系,篇中只有"话说这桐庐县,在浙江上游,与杭州甚近"一句,算是与杭州挂上了钩。同书《忠孝萃一门》,入话的王原和正话的王玮都与杭州无关。王玮是金华府义乌县人,金华与杭州同属浙江,这大约就是与西湖唯一的联系了。也就是说,小说家在创作时,有时并没有过分拘泥于杭州一地。不过,从反面来看,这也许暴露了地域取材的褊狭,而且可能也是西湖小说最终衰落的一个原因。

《石点头》却以描写的丰赡细腻见长,此书十四卷,即十四篇短篇小说。据明末叶敬池刊本题"天然痴叟著"、"墨憨主人评",前有龙子犹作的序言。"墨憨主人"及"龙子犹"即冯梦龙,不知是否托名;"天然痴叟"则无可考。这部小说的书名,据"冯梦龙"在序中说:"石点头者,生公在虎丘说法故事也。小说家推因及果,劝人作善,开清静方便法门,能使顽夫�子,积迷顿悟,此与高僧悟石何异?"表明了小说所追求的劝惩意义。

《石点头》的叙述角度与具体描写都有值得称道的地方,这在与同类题材的作品的比较中表现得最为明显。《夷坚丁志》卷十一《王从事妻》被《初刻拍案惊奇》的《顾阿秀喜舍檀那物》用为头回,原作叙述汴人王从事挈妻妾来临安调官,止抱剑营邸中,顾左右皆娼家,颇为不便,乃出外僦民居。搬家之日,王从事先护笼篋行,而其妻却随他人车驾而去。后五年,王从事为衢州教授,赴西安宰宴集,羞鳖甚美,王食一脔,停箸悲涕。原来他的妻子最能馔此,宰唤一妇人出,乃其妻也。原来当年将徙舍之夕,奸人窃闻之,遂诈舆

① 上述作品的写成年代,有不同看法。如《刎颈鸳鸯会》、《错认尸》等作品,胡士莹《话本小说概论》断为宋元之作。但也有人因为其中出现了明地名,认为当属明作,参见欧阳代发:《话本小说史》第六章第二节,武汉出版社,1994年。

至女侩家，而货于宰，宰以为侧室。宰便呼车送诸王氏，夫妻得以团圆。凌濛初在改编时，因头回篇幅不长，移植了《王从事妻》的倒叙；而《石点头》的《王孺人离合团鱼梦》同样采用了《王从事妻》，却是作为正话，篇幅大加扩展，作者将其改为正叙，直接叙述有一名叫赵成的恶棍，趁王从事外出，调戏其妻乔氏，乔氏是怒而拨簪，刺破赵成一只眼珠。赵成为报复，乃设骗局将乔氏卖给新科举子王文古。王文古得知真相，为乔氏寻访到王从事，夫妇团圆。王从事后来做了钱塘知县，偶然查判命案，赵氏因而被捕，死于狱中。故事的完整与因果报应思想的加入，都更符合话本小说的惯例。区别当然不只于叙述方式，也表现在思想观念上。凌濛初在采用《王从事妻》时声称："那王夫人虽是所遭不幸，却与人为妾，已失了身，又不曾查得奸人跟脚出，报得冤仇。"所以，他才将"又全了节操，又报了冤仇，又重会了夫妻"的崔俊臣巧会芙蓉屏故事作为正话，容不得一点所谓"美中不足"。然而，天然痴叟的《石点头》在将《王从事妻》扩展为题为话本小说的主体时，虽也批评了王夫人的失节，甚至让其至死为此自责，但有关描写仍细腻生动地表现了女主人公的心理矛盾，并从其寻死不得和为报仇忍辱苟活两方面，称其"被掠从权，未为不足"。这样的思想，自然比凌濛初的观点通达些。

《瞿凤奴情衍死盖》则叙述了一个思想复杂的故事。其中寡妇方氏与年轻商人孙谨私通，因方氏年长于孙谨，担心孙谨将来嫌弃自己，竟劝说女儿凤奴也与孙谨相好。这种乱伦之恋自然不见容于社会。不过，当族人打着维护风化的旗号将方氏母女告官时，其真实用意却是要觊觎方氏的家产，作品由此展开了对妇女在宗族中受欺凌地位的深刻描写，这在此前小说中是很少见的。而这种地位实际上也应是方氏的私通行为的一个社会原因，作为一个社会的弱势者，她自然会有寻求保护的心理或需要，而这多少使她得到了一点读者的同情。小说后半部分描写的凤奴与孙谨的关系，同样复杂得使人难以简单置评。虽然一开始，两人的关系有违常情常理，但随着两人不断接触，感情逐渐加深，以致到了难舍难分、生死不渝的程度。与方氏遭受族人欺凌一样，凤奴与孙谨的爱情也受到了宗法社会的压制。凤奴后来被迫嫁人，却拒不成亲，作者赞叹道："生死靡他已定盟，总教磨折不移情"，表现了鲜明的同情意识。孙谨也为她的真情打动，做出决绝的行动。两人先后殉情而死，尸体焚化时，胸前各有一块烧不化，正是各自的形象。这个"心上人"的悲剧结尾使我们对作者没有将整篇作品写成一个美好的爱情作品产生一种强烈的遗憾。我们甚至不妨设想，如果这篇小说析为两篇作品，分别描写两个婚恋故事，也许都不失为佳作；但是，合成一篇，特别是母女的身份，让美好的爱情笼罩在乱伦的阴影下。两不相宜的情节，最终造成的是接受与评价上的困惑与窘迫：说是“情衍死盖”，其实既不能抚慰殉情者，也无法得到社会原谅。

那么，作者为什么会作这样安排呢？表面上看，他的用意也是道德教训，但这不过是话本小说家竞相标榜的套话，不必完全当真。对真实不加掩饰的表现，才是作品最引人注目的地方。如上所述，这篇作品深刻地反映了宗法社会女性命运的无奈与不幸，表现了作者对生活的独到认识。只可惜，道德无法说明全部的社会问题实质与人物心理动机，真实又缺少提炼，凄美的结局因此显得突兀而无所附丽，从而造成了整篇小说真、善、美的失衡。

《型世言》共四十回，一回演一故事，编撰者为明末钱塘人陆人龙。他的创作既有依据文言小说改编的，也有一些可能来自有意识的征稿，这是以前的短篇白话小说集编撰中没有过的，显示出创作意识的增强。

从具体作品来看，《型世言》有几个特点较为突出。首先是道德教化意义的进一步强化，陆人龙的用意是“可树型今世”（第三回回首翠娱阁主人小引），即树立符合传统道德观念的典型，故此书篇目上即多有“烈士”、“贞女”、“孝子”、“忠臣”、“烈妇”、“节妇”、“善士”等词。如第二回《千金不易父仇　一死曲伸国法》王世名死护父尸，第四回《寸心远格神明　片肝顿苏祖母》陈妙珍刲肝孝亲，第十回《烈妇忍死殉夫　贤媪割爱成女》陈雉儿自缢殉夫等，都表彰了传统的道德。

其次，《型世言》在题材的现实性上有所加强。仅从时间来看，“三言二拍”中有大量作品讲述的是明代以前的故事，如“三言”中仅宋代的故事就有七十余篇，而嘉靖以后的则微不足道；但《型世言》中则正话的故事大都发生于明朝，嘉靖以后的至少有十篇。[①]

再次，如果说“三言二拍”在表现市民社会方面比较突出的话，那么，《型世言》则有一些作品在描写农村生活方面较为成功。从某种意义上说，这也是短篇白话小说题材的新拓展。如《八两银杀二命　一声雷诛七凶》就深刻地描写了苏州乡民阮胜、劳氏夫妻的艰难生活与不幸：

> 苏淞税粮极重，粮里又似老虎一般嚼民。银子做准扣到加二三；粮米做准，扣到加四五，又乱派出杂泛差徭，干折他银子；巧立出加贴帮助，科敛他铜钱，不说他本分怜他，越要挤他。还租时，做租户的装穷说

---

① 参见陈大康：《明代小说史》，上海文艺出版社，2000年，第595页。

> 苦，先少了几斗，待他逼添。这等求爷告娘，一升升拿出来，到底也要少他两升，他又不会装，不会说。还有这些狡猾租户，将米来着水，或是洒盐卤，串凹谷，或是熬一锅粥汤，和上些糠，拌入米里，叫“糠拌粥”。他又怕人识出，不敢。轮到收租时节，或是送到乡宦人家，或是大户自来收取，因他本分，都把他做榜样，先是他起，不惟吃亏，还惹得众人抱怨，道他做得例不好，连累众人多还，还要打他骂他，要烧他屋子。只得又去求告。似此几年，自已这两亩田戳与人赔光了，只是租人的种。出息越少，越越支撑不来。
>
> 一个老人家老了，吃得做不得，还亏家中劳氏能干，只是纺纱，地上出的花有限，毕竟要买。阮大没用，去买时只是多出钱，少买货。纺了纱，织了布，毕竟也阮大去卖，他又毕竟少卖分把回来。日往月来，穷苦过日子，只是不彀。做田庄人，毕竟要吃饭，劳氏每日只煮粥，先侼碗饭与阮大吃，好等他田里做生活；次后把干粥与婆婆吃，道他年老饿不得；剩下自已吃，也不过两碗汤，几粒米罢了。穿的衣服，左右是夏天，女人一件千补百衲的苎布衫，一腰苎布裙、苎布裤。男人一件长到腰，袖子遮着肘褂子，一条掩膝短裩，或是一条单稍，莫说不做工的时节如此，便是邻家聚会吃酒，也只得这般打扮。[1]

这样充满同情地描写农民生活，在其他话本小说中是很少见的。

《欢喜冤家》与《型世言》相同，二十四回中除了一回的故事发生在宋代，其余背景均为明代，有些更与作品产生的时代贴近。由于取材年代较近，作品中可能也就更多地融入作者生活体验与现实感受。在这部小说集中，约半数的回目描写了商人的追金逐利，同时情欲的表现也更为放肆和粗俗。如第一回中的花二娘，第三回中的李月仙，第五回中的元娘，第十回中的蔡玉奴，第十一回中的马玉贞，都曾与人私通，虽然其中也略带批判意味，但从作者津津乐道的态度可以看出对世俗趣味的迎合。由于作者从现实出发，描写中也能展现人物真实的心理。如第十八回《王有道疑心弃妻子》叙孟月华与一书生避雨花园，细致地写出二人的心理，尤其是孟月华的恐惧。

明末的这些短篇白话小说集并不是孤立的存在，其中多有相互影响的地方。如明代王原寻父事，流传甚广，李贽《续藏书》卷二十四“孝义名臣”及

---

① 《型世言》下册，中华书局，1993年，第462—463页。

《明史》等众多文献均有记述，明末更成为小说家的一个热门题材。《西湖二集》卷三十一《忠孝萃一门》即用此事作为入话。而天然痴叟编《石点头》则将其敷演成《王本立天涯求父》。在有关作品中，这应当说是较好的一篇。好就好在它不止描写了王原的寻亲，而且也写到了父子两代人离家出走的前因后果。当王珣把自己难以承受的痛苦和责任转嫁到妇孺身上时，他始终摆不脱负疚之感，也被作者讥讽为"见识微"。但是，当王原做出几乎同样的行为时，作品就一味地歌颂了。王原的母亲对他说："父母总是一般，我现在此，你还未曾孝养一日，反想去寻不识面的父亲！这些道理尚不明白，还读甚么书，讲甚么孝？"这样的诘问王原是无法回答的。尽管如此，王原还是走得心安理得，最后还得到了多子多福多寿的好报。从这里，我们可以看到"孝"是如何左右着作者的创作。事实上，从一开始，万里寻亲型注定了就是以"孝"为转移的。本篇没有回避"情"与"理"的冲突，已属难得了。

与《王本立天涯求父》相类似的还有《型世言》中的《避豪恶懦无远窜　感梦兆孝子逢亲》，也是敷演王原寻亲事的。在《西湖二集》中，王原寻亲的描写是重点；在《石点头》中，王珣离家出走与王原的寻亲在篇幅上基本相当；而在本篇当中，王喜（即王原父）的被迫出走及流离失所的痛苦，却是情节最突出的地方。正如篇末鲁国男子评语所说："王原有传，与此大同小异，而其中叙里胥之横，失路之悲，可云曲至。"确实，作品对贫苦农民生活困境的生动表现，不只在《型世言》中极为突出，就是放在整个短篇白话小说的发展中看，也是值得称道的。寻亲故事往往还与佛教相关联，不外借佛法以显示孝子的虔诚，唯独此篇描写王喜皈依佛门，乃是饱经磨难、求生无路后的心灵追求，较之那些着意宣扬佛教的，更为深刻。

第二章　小说题材的类型化与发展

从宋元"说话有四家"及"小说"分八类开始，白话小说就形成了以类相从的特点，这一特点导致了白话小说在明清两代的发展也具有鲜明的类型化现象。题材的类型化既具有小说文体方面的意义，也有小说流派方面的意义，同时还折射着小说传播的趋势。

第一节　历史演义、英雄传奇及时事小说

《三国演义》的巨大成功，带动了历史演义小说创作的高潮，也出现了《东周列国志》、《隋唐演义》等一大批优秀作品。这些历史演义小说，继承《三国演义》的创作经验，以更为规范的章回体制，改变了早期"讲史"话本的粗陋，实现了"讲史"由"讲—听"到"写—看"的转变。由于这些后出的历史演义，不少缺乏《三国演义》等在民间长期演变的历程，因此，在叙事内容与方式上，都向正史靠拢。

明中叶至清初的历史演义几乎覆盖了整个中国古代历史，例如以上古史及传说为题材的有《盘古至唐虞传》、《有夏志传》、《有商志传》和《开辟演义》；以两汉历史的有《全汉志传》、《两汉开国中兴传志》、《西汉通俗演义》、《东汉十二帝通俗演义》等；以晋代历史为题材的有《东西两晋志传》、《东西晋演义》等；以南北朝历史为题材的有《北史演义》、《南史演义》等；以五代史为题材的有《残唐五代史演义传》，等等。而在诸多历史演义小说中，以下几个系列的作品尤为突出。

一、列国志系列

春秋战国是中国历史上社会动荡最为剧烈的一个时期，列国争雄，战争

频发，思想活跃，豪杰辈出，在各个方面都为后世的中国社会发展奠定了方向。因此，这一时期风云变幻的历史格局、层出不穷的英雄人物，都成为小说家关注的热点。实际上，由于《战国策》、《国语》、《左传》等先秦历史散文本身"小说化笔法"的生动记述，列国志系统的小说具备其他历史演义所没有的天然良好的文学基础。当然，这也可能弱化小说家的想象力，使他们在前人精彩的叙事面前变得拘谨和无所作为。而《东周列国志》是以春秋战国的历史为题材的小说集大成之作，它反映了春秋战国故事从历史走向小说的曲折过程。

在《东周列国志》成书前，这一题材也经历了较长时期的演变。宋元的讲史话本《七国春秋平话》、《秦并六国平话》等是春秋战国题材进入通俗小说之始，这些讲史话本还比较简略，叙事上也带有明显的民间传说的朴野特点。

明代余邵鱼编《列国志传》已有相当规模，它全面叙述了自武王伐纣至秦并六国的漫长历史，主要依据的是《国语》、《左传》、《史记》等史籍，但也吸收了宋元以来小说、戏曲的情节，如第七十回《丘亮泛舟救子胥　浣纱女抱石投江》叙伍子胥芦花岸畔遇渔父，渔父为使伍子胥放心连舟溺死；第七十九回《伍子胥酬恩报德　孔仲尼相鲁服齐》又叙伍子胥重过昔日渡江之所，得见渔父之子事。在情节上遥承《伍子胥变文》，在结构上又因章回体制而形成前后呼应、连成一体之势。又如《左传》、《国语》等史籍，都没有记载美女西施之事，汉袁康《越绝书》、赵晔《吴越春秋》等野史始将其与吴越争胜联系起来，后世遂不断发挥。《列国志传》第八十三回《吴王西子游八景　楚王礼聘孔仲尼》先详叙其事，第八十七回《勾践三年灭吴国　范蠡扁舟归五湖》又作呼应，也显示出长篇小说的结构特点。

另一位明代小说家冯梦龙将《列国志传》重新加工整理，并作了较大的增补，由原书不足三十万字扩展到七十余万字，改题为《新列国志》。余氏双峰堂刊《新刊京本春秋五霸七雄全像列国志传》，曾特别刻上"买者须认双峰堂为记"的字样，表明书坊对本坊所刻小说在营销方面的考虑。冯梦龙投入较大精力增改此书，也应当有商业方面的考虑。这既表现在对历史演义小说创作热潮的追随上，也表现在增补本身与书坊以"全"、"新"等相标榜的风气一致。冯梦龙删去了《列国志传》从武王伐纣到西周灭亡这段历史，而将全书集中于春秋战国时代，可能也有这方面的考虑。因为当时市面上《封神演义》早已风行，《新列国志》恐怕无论如何增改也无法与之争胜。不过，作为一个文人小说家，冯梦龙更着力之处还是提高列国志小说的品味。他不满于《列国志传》“率意杜撰，不顾是非”，在《新列国志叙》中，声称自己的改编“本诸《左》、《史》，旁及诸书，考核甚详，搜罗极富”，以力求“大要不敢尽违其实”，“即与二十一史并列邺架，亦复何愧”。

自然，作为一位文体自觉意识很强的小说家，冯梦龙也并非要全盘照搬或移植史书的记载。实际上，他在小说的艺术方面所做的工作也不少。如在结构上，全书第一回《周宣王童谣发令　杜大夫厉鬼报冤》从童谣、鬼报写起，举重若轻，预示了大动乱的开始，而结以秦始皇统一中国，形成了与《三国演义》相似的由乱而治、由分而合的结构，显示出冯梦龙对全书整体结构的把握。同时，针对《列国志传》“事多疏漏，全不贯穿”的弊病，冯梦龙重视“血脉贯通”(《新列国志凡例》)的情节安排，对于时间漫长、头绪繁杂、人物众多的春秋史实来说，这种努力尤其重要。在以时间为经、国别为纬的基本结构中，冯梦龙分清主次，把握节奏，适当运用倒叙、补叙、插叙等手法，使情节的流动尽可能地在时空两方面都贴近历史的原貌及其动态过程给人的自然感受。而在小说描写方面，《新列国志》可圈可点的地方也有不少。例如《左传》庄公十二年提到长万杀宋闵公事只有一句简单的交代：“秋，宋万弑闵公于蒙泽。”《列国志传》也未有发挥，第二十八回仍只是叙及“目下宋臣南宫长万弑闵公，乱宋国，长万虽亡，宋公未定”，没有任何细节。而《新列国志》第十七回中则描写了事件的完整过程：

> ……长万奉命，耍弄了一回，宫人都夸奖不已。闵公微有妒恨之意，命内侍取博局与长万决赌，以大金斗盛酒为罚。这博戏却是闵公所长。长万连负五局，罚酒五斗，已醉到八九分地位了，心中不服，再请覆局。闵公曰：“囚乃常败之家，安敢复与寡人赌胜?”长万心怀惭忿，嘿嘿无言。忽宫侍报道：“周王有使命到。”闵公问其来意，乃是报庄王之丧，且告立新王。闵公曰：“周已更立新王，即当遣使吊贺。”长万奏曰：“臣未睹王都之盛，愿奉使一往。”闵公笑曰：“宋国即无人，何至以囚奉使?”宫人皆大笑。长万面颊发赤，羞变成怒，兼乘酒醉，一时性起，不顾君臣之分，大骂曰：“无道昏君，汝知囚能杀人乎?”闵公亦怒曰：“贼囚怎敢无礼!”便去抢长万之戟，欲以刺之。长万也不来夺戟，径提博局，把闵公打倒；再复挥拳，呜呼哀哉，闵公死于长万拳下。宫人惊散。[①]

① 《新列国志》，上海古籍出版社，1987年。

这一过程，完全出于作者虚构，更具有小说的特点。[①]

在《新列国志》的基础上，清初蔡元放再作加工，完成了《东周列国志》。蔡元放在加工此书时，撰写了《东周列国志读法》及大量的评语，因此，我们对作者的意图也可以有更准确的把握。

在情节构架上，《东周列国志》保持了《新列国志》格局，以全面地展示春秋战国的历史变动，而尤以春秋时五霸争雄为主。而正如蔡元放在《东周列国志叙》中所说："周自平辙东移，下迄吕政，上下五百有馀年之间，列国数十，变故万端，事绪纷纠，人物庞沓，最为棘目聱牙。"因此，《东周列国志》在这上面做了一些穿针引线的钩连工作。但与冯梦龙一样，蔡元放更强调的也是历史演义小说与史书一致的真实性。在《东周列国志读法》中，他说：

> 《列国志》与别本小说不同。别本都是假话，如《封神》、《水浒》、《西游》等书，全是劈空撰出。即如《三国志》，最为近实，亦复有许多做造在内。《列国志》却不然，有一件说一件，有一句说一句，连记实事也记不了，那里还有功夫去添造。故读《列国志》，全要把作正史看，莫作小说一例看了。[②]

为此，他甚至提醒读者不必苛求对小说来说本来至关重要的语言问题。还是在《读法》中，他说：

> 《列国志》一书，大率是靠《左传》作底本，而以《国语》、《战国策》、《吴越春秋》等书足之，又将司马氏《史记》杂采补入，故其文字笔气，不甚一样。读者勿以文字求之。[③]

但这并不是说《东周列国志》就没有艺术价值。恰恰相反，由于列国志故事本身有深厚的文化、文学传统，又在长期的演变中积累了丰富的艺术经验，使得此书在历史演义中仍属上乘之作。事实上，即使在蔡元放最看重的史实依据上，我们也可以发现小说与历史的差距。例如蔡元放在《读法》中提到："《列国志》中，谬误甚多。如《左传》、《史记》，俱言宋襄夫人王姬，欲通公子鲍而不可。旧本乃谓其竟已通了。又说国人好而不知其恶，此事关系甚大，故不得不为正之。"据《左传》文公十六年记载："宋公子鲍礼于国人。宋饥，竭其粟而贷之。年自七十以上，无不馈诒也，时加羞珍异……公子鲍美

① 参见聂付生：《论〈新列国志〉的艺术创见》，载《上海师范大学学报》2000年第1期。

② 黄霖、韩同文：《中国历代小说论著选》，江西人民出版社，1982年，第415页。

③ 同上。

而艳。襄夫人欲通之，而不可。乃助之施。昭公无道，国人奉公子鲍以因夫人。”《史记》卷三十八记载：“昭公无道，国人不附。昭公弟鲍革贤而下士。先，襄公夫人欲通于公子鲍，不可，乃助之施于国，因大夫华元为右师。昭公出猎，夫人王姬使卫伯攻杀昭公杵臼。弟鲍革立，是为文公。”查《列国志传》，未叙及此事。蔡元放虽然声称据史正之，但《东周列国志》第四十九回《公子鲍厚施买国　齐懿公竹池遇变》实际上与《左传》、《史记》相比，却是有所发挥的：

> 襄夫人王姬老而好淫，昭公有庶弟公子鲍，美艳胜于妇人，襄夫人心爱之，醉以酒，因逼与之通，许以扶立为君。遂欲废昭公而立公子鲍。昭公畏穆襄之族太盛，与公子卬等谋逐之。王姬阴告于二族，遂作乱，围公子卬、公孙钟离二人于朝门而杀之。司城荡意诸惧而奔鲁。
>
> 公子鲍素能敬事六卿，至是，同在国诸卿，与二族讲和，不究擅杀之事，召荡意诸于鲁，复其位。公子鲍闻齐公子商人，以厚施买众心，得篡齐位，乃效其所为，亦散家财，以周给贫民。
>
> 昭公七年，宋国岁饥，公子鲍尽出其仓廪之粟，以济贫者；又敬老尊贤，凡国中年七十以上，月致粟帛，加以饮食珍味，使人慰问安否；其有一才一艺之人，皆收致门下，厚糈管待；公卿大夫之门，月有馈送；宗族无亲疏，凡有吉凶之费，倾囊助之。
>
> 昭公八年，宋复大饥，公子鲍仓廪已竭，襄夫人尽出宫中之藏以助之施，举国无不颂公子鲍之仁，宋国之人，不论亲疏贵贱，人人愿得公子鲍为君。公子鲍知国人助己，密告于襄夫人，谋弑昭公。襄夫人曰：“闻杵臼将猎于孟诸之薮，乘其驾出，我使公子须闭门，子帅国人以攻之，无不克矣。”鲍依其言。
>
> ……
>
> 少顷，华耦之兵已至，将昭公围住，口传襄夫人之命：“单诛无道昏君，不关众人之事。”昭公急麾左右，奔散者大半，惟荡意诸仗剑立于昭公之侧，华耦再传襄夫人之命，独召意诸，意诸叹曰：“为人臣而避其难，虽生不如死。”华耦乃操戈直逼昭公，荡意诸以身蔽之，挺剑格斗，众军民齐上，先杀意诸，后杀昭公。左右不去者，尽遭屠戮。[①]

奇怪的是，他虽然批评了旧本写王姬与公子鲍私通事有违史实，但并没有真

---

① 《东周列国志》上册，人民文学出版社，1978年，第430—432页。

正改掉，反而写了公子鲍与王姬谋弑昭公；至于其他细节，更是于史无据的。也就是说，在实际情节中，蔡元放对虚构还是网开一面的，他也不得不如此。

明代后期至清初，以春秋战国史实为题材的作品还有《孙庞演义》和《乐田演义》。《孙庞演义》署“吴门啸客述”。作品叙孙膑、庞涓朱仙镇结义，向鬼谷仙师学习兵法。庞涓被魏国拜为元帅，而孙膑则做了齐国军师。庞涓得知孙膑所学更高一筹，遂百般刁难、陷害孙膑，终为孙膑活捉。此书二十回，与历史演义动辄百回相比，规模适中。而作者之所以采取这一形式，是与他选择的叙事角度联系在一起的。《孙庞演义》并不以展现一段完整的历史为中心，而将焦点集中在历史上的个性鲜明的人物身上。作品极力渲染孙膑的足智多谋、胸怀宽广和庞涓的阴险奸诈、嫉贤妒能，如第一回《潼关城白起偷营　朱仙镇孙庞结义》：

> 庞涓道：“哥哥，你我既结拜了，可把行李并作一担，待小弟挑。”孙膑遂并了行李。庞涓挑着一路走，一路想，心生一计，假意一交跌倒，把行李撇在地上，叫道：“大哥，不好了！”
>
> 孙膑不知是计，问说：“兄弟怎么？”庞涓道：“小弟在家，自不曾挑着担子，一身骨痛难当。”孙膑道：“快到前面客店歇宿，明日再行。”遂一手搀着庞涓，一手按着行李在肩，往前面旅店歇宿。
>
> 明日又行，孙膑只得把行李挑了在前。庞涓在后，以为得计。①

上述描写接近日常生活，体现了历史题材的民间叙事特点。本来，使人物在历史上所能发挥的作用与他们的性格紧密相连，有可能在历史演义中形成一个以人物为中心的新门类，但由于作者水平有限，倾向鲜明而意味肤浅，在艺术上也驳杂不纯，其间夹杂着许多虚诞不实的传说与神怪描写，影响了它的历史品格。

古吴烟水散人的《乐田演义》与《孙庞演义》性质相似，但文人习气稍明显，而人物性格刻画则不如后者鲜明。

二、隋唐系列

以隋唐历史为题材的小说约有十二部，其中比较重要的明代有题为“东原罗贯中罗本编辑”《隋唐两朝志传》、题“金陵薛居士本，鳌峰熊钟谷编集”《唐书志传通俗演义》、题“澹圃主人编次”的《大唐秦王词话》、题“齐东野人

---

① 《前后七国志》，湖南人民出版社，1984年，第7页。

编演”的《隋炀帝艳史》和袁于令的《隋史遗文》;清代则有褚人获的《隋唐演义》,《说唐前传》、《说唐后传》、《薛家府传》以及《混唐后传》、《说唐三传》、《粉妆楼全传》等。

在这些作品中,最值得一提的大概是《大唐秦王词话》和《隋唐演义》。

众所周知,白话小说与说唱艺术有不解之缘,但相关文献保存下来的却不多。就宋元以来的讲史而言,既有采用“平说”即不加演唱的所谓“平话”形式,也有韵散相间、说唱结合的“词话”形式。前者流传的文本较多,如《三国志平话》等皆是。后者流传的就不大多,1967 年发现的一批明成化年间的“词话”如《说唱花关索词话》等,就是这方面的珍贵资料,而题名“词话”的长篇作品,则只有《大唐秦王词话》和《金瓶梅词话》。从体制上看,《大唐秦王词话》可能比《金瓶梅词话》更接近“词话”的本来面目。

《大唐秦王词话》八卷六十四回,叙李世民反隋统一天下故事。兹举第四回《唐秦王私看金墉地　程咬金斧劈老君堂》为例,以见其特殊体制。此回开篇有一首七言诗,为一般的咏史之作,最后两句为“暂停诸史诗中语,再续兴唐鉴里词”,显然是作为篇首起兴之用的。紧接着叙秦王同众总管,径来到城下观看,又是一篇描写城池的七言诗:“蓦见金墉一座城,周围修筑甚峻峥。……”结尾两句是“秦王看罢心欢喜,试问城中守备人”。而散文接叙是:“秦王看罢了城池,声声喝采,问此城何名。马三保说:‘是金墉城。’”在意思上与上面的诗句重复。接下来,书叙在秦王催问下,马三保把金墉城事迹一一奏启:

> 三保开言奏事因,可知此地管城人?
> 家住长安西大国,咸阳川下有家声。
> 祖公李弼为卿相,少小才雄志远闻。
> 亡命雍丘归翟让,击败东都几处兵。
> ……
> 金墉广有千员将,巩县长屯百万兵。
> 他有五虎三贤安社稷,七彪八猛定乾坤。
> 我王休把金墉看,只恐李密无情要起兵。

秦王得知守城者原来是李玄邃,越发不打点回营,在金墉城周围逡巡不已。作品写道,后人见此,有诗叹曰:

> 兴师南下伐王充,两阵旗开竖大功。
> 自笑画堂栖燕雀,那知浅水困蛟龙!

救君惟见秦琼义，护主还看世勣忠。

凶吉总由前定数，至今追忆李淳风。

而巡城小校，将秦王看城之事急报守城官梁建方，梁建方又向魏王奏明，魏王大怒，命秦叔宝、王伯当、单雄信、罗成、程咬金等分头出兵。小说描写：

看叔宝怎生打扮？甚样兵器？

五虎丛中无对手，祖居齐地仙乡，青袍银甲迸寒光。盔缨飘烈火，宝带耀金装。斑豹马欺翻海兽，乌油战戟长枪。劈楞简挂色如霜。九天右副将，四海斩妖王！

看王伯当也不弱：飞凤银盔光灿烂，百花袍挂锦鲛绡。细纹金甲拴鸾带，水兽乌靴拱浪潮。跨下胭脂千里马，肩荷珠缨斩将刀！

单雄信十分威猛：镔铁护顶缀红缨，上下金装一片新。李密驾前枭虎将，横拖枣矟出军门。

罗成全副披挂：玉嵌明盔耀日，银装锁甲争辉。腰拖锦带绣鸾鱼，弓箭随身可体。人是西方白虎，马骑出水蛟螭。梨花枪舞雪花飞，灌口二郎降世！

程咬金恶赛天神：团团珠玉缀，乱撒绛毛缨。袍披十样锦，甲挂秃龙鳞。弓弯犀角靶，箭插皂雕翎。肩担月样开山斧，宛如华岳巨灵神！

于是一场交战就此展开，小说又用韵文描写：

众将蹬开战马，各挺兵刃交锋：众将逞奇先，盘桓两阵圆。刀砍聊争寸，枪攒半点偏。征云笼日月，杀气罩山川。一人停手慢，顷刻丧黄泉！

而程咬金想独擒秦王，自立奇功。秦王吓得魂不附体，兜转马就走，而咬金打马后追：

加鞭打马擒唐主，耀武扬威赶世民。

好似开弓初放箭，宛如流水逐花行。

猎犬山前追狡兔，苍鹰云内扑飞禽。

望前赶勾多时节，看看赶近李储君！

危急时刻，金龙出现护佑，程咬金方知"原来秦王却是真命天子"。秦王逃至一座古庙，撮土为香，祷告老君：

唐太子急拈香低声祷告，李世民忙下拜恭敬参神。

"吾乃是大唐国高皇次子，父李渊祖李昞李虎玄孙。

忆往岁炀帝崩九州鼎沸，隋恭皇禅宝位让父为君。
普天下起烟尘一十八处，剪强梁诛贼寇放赦安民。
……
程咬金逞英雄追寻到此，势既孤兵又寡怎挡他军？
追得急意慌张无方躲避，入庙堂瞻宝相祷告尊神：
全吾命到长安奏知帝主，降皇宣修庙宇重塑金身。
望老君发慈悲除灾免难，指迷途显灵圣救护残生。”

这时，程咬金追了过来，发现秦王藏身庙中，又有一段七言韵文：

制节乍闻心胆怒，暗思难恕小秦君！
瓯抠脸上生杀气，虎将腮边冒火云。
……
金龙紫雾随身护，闪上天蓬救难星。
呼雷豹上秦叔宝，喝住河东躁猛人。
劈楞简架宣花斧，救了秦王李世民！

在此回结尾，是四句七言韵文：

射鹿看城事可忧，咬金私报箭中仇。
若无叔宝当时救，唐国江山指日休！①

上面不厌其烦地引用小说中的韵文，是为了显示《大唐秦王词话》独特的文体形式。从这一回所用韵文看，有如下特点：一、数量多，不但有回前诗、回末诗，行文中也穿插大量韵文，字数与散文部分相当。二、功能全，既有在回前、回末起开篇、煞尾作用的，也有用来描写场面与人物的（如写城池、交战情景和五虎将外貌的），同时还有用来评论的（“后人见此，有诗叹曰”）。而最值得注意的还是那些直接融入小说叙事的韵文，它们大多是人物的韵白（如马三保介绍金墉城，秦王在庙中的祷告等），也有的是叙述者的讲述（如“加鞭打马擒唐主”等）。在作为讲述方式时，与散文叙述又有交错，如“制节乍闻心胆怒”一段的末四句，就是紧接着的后文的预叙。三、形式杂，上面的韵文以七言为主，在七言中杂以五、六言，特别是其中有一段十言体的韵白，是说唱文学常用的句式。正是由于如此复杂的韵文运用，可以说《大唐秦王词话》为中国古代小说留下了一个特殊的文本。

① 《大唐秦王词话》，中州古籍出版社，1986年，第26—32页。

隋唐系列小说中影响最大的是《隋唐演义》，全书一百回，从隋文帝即位伐陈写起，到唐明皇从四川返回长安为止，头绪纷繁，人物众多，时空场景变化巨大，作者精心构造，使之成为一部体制圆熟的历史演义小说。如第一回《隋主起兵代陈　晋王树功夺嫡》开篇是这样的：

诗曰：

繁华消歇似轻云，不朽还须建大勋。
壮略欲扶天日坠，雄心岂入驽骀群。
时危俊杰姑埋迹，运启英雄早致君。
怪是史书收不尽，故将彩笔谱奇文。

从来极富、极贵、极畅适田地，说来也使人心快，听来也使人耳快，看来也使人眼快；只是一场冷落败坏根基，都藏在里边，不做千古骂名，定是一番笑话。馆娃宫、铜雀台，惹了多少词人墨客，嗟呀嘲诮。止有草泽英雄，他不在酒色上安身立命，受尽的都是落寞凄其，倒会把这干人弄出来的败局，或是收拾，或是更新，这名姓可常存天地。但他名姓虽是后来彰显，他骨格却也平时定了。譬如日月，他本体自是光明，撞在轻烟薄雾中，毕竟光芒射出，苦是人不识得。就到后来称颂他的，形之纸笔，总只说得他建功立业的事情，说不到他微时光景。不知松柏生来便有参天形势，虎豹小时便有食牛气概。说来反觉新奇。我未提这人，且把他当日遭际的时节略一铺排。这番勾引那人出来，成一本史书，写不到人间并不曾知得的一种奇谈。[①]

在正式展开情节前，作者采用了一段类似于话本小说"入话"的形式，通过篇首诗，辅之一段议论，为全书定下一个基调。这在全书之前，并不足为奇，但《隋唐演义》每回前都有这样一段"入话"。比如第十九回《恣蒸淫赐盒结同心　逞弑逆扶王升御座》末有套语："却又不知新主嗣位，做出何等样事来，且听下回分解。"按惯例下回应紧承其事，加以说明。但第二十回《皇后假宫娥贪欢博宠　权臣说鬼话阴报身亡》开篇却是：

诗曰：

香径靡芜满，苏台麋鹿游。清歌妙舞木兰舟，寂寞有寒流。
红粉今何在？朱颜不可留。空余明月照芳洲，聚散水中鸥。
——调寄［巫山一段云］

① 《隋唐演义》上册，上海古籍出版社，1981年，第1页。

电光石火，人世颇短，而最是朱颜绿发更短。人生七十中间，颜红鬓绿，能得几时？就是齐东昏侯的步步金莲，陈后主的后庭玉树，也只些时。与那权奸声势，气满贯盈，随你赫赫英雄，一朝命尽，顷刻间竟为乌有，岂不与红粉朱颜，如同一辙？①

在此一段“入话”后，才转入上回末所述情节。《隋唐演义》的这种体制规范，既表现了文人小说家对形式的关注，也反映了他们对小说内涵的强调。

最吸引读者的当然是小说的内容。隋唐系列小说在长期的发展中逐渐形成了三个中心，其中隋炀帝故事和李、杨题材早已自成系列，隋炀帝故事更在明代就出现了《隋炀帝艳史》、《隋史遗文》等长篇专著。还有一个中心就是在民间广为流传的秦琼、程咬金、单雄信等人的英雄传奇。《隋唐演义》兼收并蓄、巧妙组织，堪称隋唐系列小说的集大成之作。诚如褚人获在序中所说，《隋唐演义》“合之《遗文》、《艳史》而始广其事，极之穷幽仙证而已竟其局。其间阙略者补之，零星者删之，更采当时奇趣雅韵之事点染之，汇成一集，颇改旧观”。

褚人获在捏合隋炀帝故事与李、杨题材时，将虚构的隋炀帝、朱贵儿、侯夫人与唐明皇、杨贵妃、梅妃的两世姻缘作为贯穿全书的线索。这种因果报应之说，符合当时小说流行的叙事模式，但只具有表层结构的意义，对小说的内涵与实际描写其实并无真正制约。由于隋炀帝和唐明皇的宫闱故事陈陈相因，新意无多；给人印象深的还是隋末秦琼、单雄信、尉迟敬德、程咬金、罗成等英雄豪杰的故事。

宋代以来，有关隋末群雄割据，“十八家反王，六十四处烟尘”的故事，一直在民间广泛流传。原本出身社会底层的程咬金、尉迟恭以及下级官吏秦琼等，投身到反隋斗争中，为传统的宫廷故事增加了朴野色彩。而褚人获在塑造这些草莽英雄时，用力甚多，如单雄信的朴质高傲、程咬金的粗豪风趣、罗成的少年气盛等等，都刻画得栩栩如生。且看第八回秦琼卖马一段：

叔宝这一夜好难过，生怕错过了马市，又是一日，如坐针毡。盼到交五更时候起来，将些冷汤洗了脸，梳了头。小二掌灯牵马出槽。叔宝将马一看，叫声“哎呀”，道：“马都饿坏在这里了！”人被他炎凉到这等田地，那个马一发可知了。自从算帐之后，不要说细料，连粗料也没有得与他吃了，饿得那马在槽头嘶喊。妇人心慈，又不会铡草，瞒了丈夫，偷

① 《隋唐演义》上册，上海古籍出版社，1981年，第144页。

两束长头草，丢在槽里，凭那马吃也得，不吃也得。把一匹千里神驹，弄得蹄穿鼻摆，肚大毛长。叔宝敢怒而不敢言。要说饿坏了我的马，恐那小人不知高低，就道连人也没有得吃，那在马乎？只得接扯拢头，牵马外走。王小二开门，叔宝先出门外，马却不肯出门，径晓得主人要卖他的意思。马便如何晓得卖他呢？此龙驹神马，乃是灵兽，晓得才交五更。若是回家，就是三更天也备鞍辔、捎行李了。牵栈马出门，除非是饮水龁青，没有五更天牵他饮水的理。马把两只前腿蹬定这门槛，两只后腿倒坐将下去。若论叔宝气力，不要说这病马，就是猛虎也拖出去了。因见那马尫瘦得紧，不忍加勇力去扯他，只是调息绵绵的唤。王小二却是狠心的人，见那马不肯出门，拿起一根门闩来，照那瘦马的后腿上两三门闩，打得那马护疼扑地跳将出去。小二把门一关，道："卖不得，再不要回来！"①

店小二催账的狠心、秦琼被迫卖马的无奈在马的灵性衬托下，表现得活灵活现。

《隋唐演义》稍后出现的几部"说唐"小说，更重视的是英雄传奇的部分，显示出民间阅读趣味的世俗化倾向。如《说唐演义全传》(包括《说唐前传》、《说唐后传》)除了对瓦岗寨英雄群像的塑造发扬了以前相关作品的刚健风格，又突出了"罗通扫北"、"薛仁贵征西"等人物与情节，而由秦琼之子秦怀玉、尉迟恭之子尉迟宝林、罗成之子罗通、程咬金之子程铁牛、薛仁贵之子薛丁山等人组成第二代英雄，子承父业，也反映了上述英雄豪杰在民间广受欢迎的程度实际上也成了刺激小说创作的动力。

三、两宋系列

宋代历史在白话小说中也是一个庞大的系列，其中有一些是通史性质的，如《南北宋志传》等，但成就更高的还是英雄传奇，例如有关赵太祖、杨家将、岳飞的作品影响最大，以下分述之。

1. 关于赵太祖的作品

赵太祖是宋元以来白话小说家十分感兴趣的一个人物，罗烨《醉翁谈录》就记载南宋有《飞龙记》的话本。在讲史话本《新编五代史平话》中，也扼要地叙述了他从降生到陈桥兵变的故事。从一开始，这个人物就与民间朴

① 《隋唐演义》上册，上海古籍出版社，1981年，第58页。

素的道德感及对“发迹变泰”的期待和艳羡心理联系在一起，因此有关他的小说并不特别在意他在历史进程中所扮演的角色及相应的历史地位，而是关注他在获得这一角色与地位过程中的性格与个人行为，话本小说中《赵太祖龙虎君臣会》、《赵太祖千里送京娘》等都是如此。至迟在元末明初，还出现了一部以他为主人公并有相当篇幅的小说。在14世纪朝鲜汉语教科书《朴通事谚解》中，记录了两个人的对话：

“我两个部前买文书去来。”

“买甚么文书去？”

“买《赵太祖飞龙记》、《唐三藏西游记》去。”

“买时买四书、六经也好。既读孔圣之书，必达周公之理。要怎么那一等平话？”

“《西游记》热闹，闷时节好看。”①

从这一段对话可以看出，《赵太祖飞龙传》已有单行本流通，受欢迎的程度不在《西游记》平话之下。可惜这部《飞龙传》没有以本来的面目保存下来，但是它的内容很可能沉积在清代乾隆年间吴璿所编《飞龙全传》中。据吴璿自己在序中说，他的《飞龙全传》是根据旧本修改编撰而成的。证之以小说中的一些描写，可知他所言不虚。

上面提到，《飞龙全传》曾与《西游记》并传，而值得注意的是，这部小说中有一些描写与《西游记》十分接近，这应该不是偶然的，而是它们共生并存的遗痕。如第一回中罗彦威引俗语“皇帝轮流做，明年到我家”，这也正是孙悟空大闹天宫的口号；第七回中，张员外送给赵匡胤“神煞棍棒”，这根神棒可放可收，变化莫测，与孙悟空的金箍棒相类；第十四回专吃童男童女的妖精，《西游记》中也出现过。至于小说在散体叙述中，夹杂着人物的韵体道白，也与《西游记》有一致之处。

从小说的具体描写来，《飞龙全传》从赵匡胤年青时写起，止于陈桥驿兵变，他黄袍加身，登上帝位，既充分展示他了浪迹江湖、行侠仗义的一代豪侠风范，也具体描写了他投奔周世宗柴荣后，南征北战，屡建奇勋，终于被部将拥立为帝。从一个不甘卑微的小人物到“飞龙在天”的真命天子，赵匡胤的人生经历是一个典型的发迹变泰过程。作者将这一开国皇帝市民化了，尤其是在前半部分——这也是小说写得最有声有色的部分。刚出场时，虽然

① 刘荫柏编：《西游记研究资料》，上海古籍出版社，1990年，第249页。

作者就不断描写他的"真龙"本性,但实际上他却是个"日日在大名府招灾惹祸,任意横行"的市井小混混,以致他"来到十字路口,只见那些经商客旅,三教九流,见了匡胤,一个个面战心惊,头疼胆怯。有一人道:'三年不见赵大舍,地方恁般无事;今日回来,只怕又要不宁了。'"(第三回)且看第二、三回描写赵匡胤游妓院的描写,当时他因戏骑泥马,被判充军,投靠到大名府总兵府上,心闷无聊,得知当地有一位"有识有守"的妓女韩素梅,就要去会会。见到这位"风流标致的女子,轻盈窈窕的佳人"时,他当下决定在此"盘桓一宵",与素梅曲尽欢娱。次日,听说韩通来了,素梅吓得面如土色,赵匡胤听说此人"凶恶异常,横行无比",声称"俺赵匡胤是个打光棍的行手,凭你什么三头六臂,伏虎降龙的手段,若遇了俺时,须叫他走了进来,扒了出去!"一场恶斗就势展开——

……匡胤见他势头来得凶猛,侧身闪过,复手也还一拳。韩通也便躲过。两个登时交手,扑扑的一齐跳出房来,就在天井中间,各自丢开架子,拳手相交,一场好打。……匡胤见他有跌扑之意,就乘势抢将进去,使一个披脚的势子,把韩通一扫,扑的倒在地下。一把按住,提起拳头如雨点一般,将他上下尽情乱打。韩通在地大叫道:"打得好,打得好!"匡胤喝道:"你这死囚!还是要死,还是要活?若要活时,叫我三声祖爷爷,还叫素梅三声祖奶奶,我便饶你去活;若是不叫,管取你立走黄泉,早早去见阎罗老子。"韩通道:"红脸的,你且莫要动手,我和你商量:俺们一般的都是江湖上好汉,今日在你跟前输了锐气,也只是胜败之常;若要在养汉婆娘面前赔口,叫我日后怎好见人?这是断断不能。"匡胤听说,把二目睁圆,喝声道:"韩通,你不叫么?"又把拳头照面上一顿的打,直打得韩通受痛不过,只得叫声:"祖爷爷,我与你有甚冤仇,把我这等毒打?"匡胤又喝道:"你这不怕死的贼囚,怎么只叫得我?快快叫了素梅,我便饶你的命。"韩通无奈,只得叫一声道:"我的祖太太,我平日从不曾犯你的戒,也算得成全你苦守清名,怎么今日袖手旁观,不则一声?忒觉忍心害义。望你方便一声,解劝解劝。"……匡胤叫道:"韩通,你且听着,我有话分付你:你今快快离了大名,速往别处存身便罢;倘若再在此间担搁,俺便早晚必来取你的狗命,决不再饶。"韩通听了,心下又羞又气……即时出了院子,离了大名,抱头鼠窜的望着平阳而去。(第三回)[①]

① 《飞龙全传》,人民文学出版社,1981年,第19—20页。

如果不是作者随时点明赵匡胤的身份，单看这一段描写，其实不过是两个市井强人为争风吃醋的打架斗殴，与历史小说所应表现的重点即国家大事全无关系。但正是在这种市井生活气息浓郁的情节中，作者还原了“真命天子”的普通人心理，使得历史人物具有了更为现实的品格。至于具体描写，此书也有值得称道的地方。仍以上面引述的段落为例，当韩通闯来时，赵匡胤先叫丫鬟收拾好家具，单剩下两张交椅，与素梅并肩坐下，既表现了他沉着冷静的性格，也为将要出现的不测局面作了铺垫。而韩通则是未见其人，先闻其恶言恶语，同样显示了他的霸道本性。而语言的通俗，也贴近人物性格。赵匡胤初见韩素梅时，说的是“闻知美人芳名冠郡，贤德超凡，因此特来相访。今蒙不拒，幸甚，幸甚！”“美人有意，我岂无情？既蒙雅爱，感佩不浅。”一派温文尔雅。而对韩通，却是粗豪鲁直，气势逼人。一个角色，两种语言，反映出作者利用语言表现人物复杂性格的艺术水准。

除了赵匡胤，《飞龙全传》还塑造了柴荣、郑恩、陶三春等性格各异的人物形象。如谨小慎微、精于计算的柴荣，衬托着赵匡胤的雄才大略；而豪爽鲁莽的郑恩，与《水浒传》中的李逵、《隋唐演义》中的程咬金属于一类人物；郑恩相貌丑陋的妻子陶三春，却以其同样的豪爽奔放的性格，迥异于小说戏曲中常见的闺秀形象，颇受民间喜爱。

以宋太祖为主人公的小说，清咸丰年间还出过一本《宋太祖三下南唐》，叙赵匡胤平定南唐的故事，但此书人妖并存，夸张失度，殊不足道。

2. 关于杨家将的小说

杨家将的故事是宋元以来小说家和戏曲家很感兴趣的一个题材，早在南宋时就已广泛流传。《醉翁谈录》中记载的小说话本《杨令公》、《五郎为僧》等，应是杨家将小说较早的作品，可惜没有以本来面目流传下来。元明杂剧中的《谢天吾诈拆清风府》、《昊天塔孟良盗骨》、《八大王开诏救忠臣》、《杨六郎调兵破天阵》、《焦光赞活捉萧天佑》等，从另一角度说明了这一题材受欢迎的程度，也反映了小说、戏曲共生互动的规律性现象。

明代历史演义的繁荣，在杨家将题材上也有体现，其中最引人注目的是万历年间出现了一部描写杨家将故事的章回小说《新编全像杨家府世代忠勇演义志传》，即《杨家府演义》。此书八卷五十八则，前有“万历丙午长至日秦淮墨客”序，每卷卷首也题“秦淮墨客校阅，烟波钓叟参订”。这个“秦淮墨客”可能就是作者或最后整理者。

《杨家府演义》虽然将整个情节置于一个历史的框架中，但实际上大部分内容都是虚构的，从本质上说，这是一部以历史演义模式展开的英雄传奇。

而书中的那些虚构，因为有着悠久的民间传说传统，反映了宋元以来民间的爱国情绪，尽管从艺术上存在许多粗陋的地方，在民间仍然受到广泛的欢迎。

小说的情节结构十分简单，基于“华夷之辨”和“忠奸斗争”的思想，作品为忠君爱国的杨家将设计了内外两条交错在一起的矛盾。对外，杨继业子孙五代，前仆后继，英勇抗击辽和西夏；对内，他们几代人屡受奸臣迫害。双重矛盾不断突出了杨家将忠君爱国的高贵品质，体现了主流意识向民间的渗透及其在民间的变异。主流意识表现在上述情节框架中，而民间变异则表现在具体描写当中，后者主要有三个方面比较突出。

首先，小说除了着力塑造了杨继业五代英烈外，还描写了孟良、焦赞等草莽英雄，这些草莽英雄赋予了小说以民间的豪放不羁精神。实际上，这种草莽英雄的出现在英雄传奇小说中有类型化的特点，前面提到的“说唐”系列中有单雄信、程咬金等，下面要介绍的“说岳”系列中有牛皋等。这些人物相映成趣，反映了民间的审美趣味与精神追求。

其次，小说浓墨重彩地描写了杨门女将佘太君、穆桂英、杨宣娘等女英雄群像，这在中国古代小说中是极为少见的。这些内容可能是《杨家府演义》距史实最远的部分，却也是民间最津津乐道的部分，其文化意义可能更大于文学意义。

再次，小说没有采取大团圆的结局，最后一则《怀玉举家上太行》描写杨怀玉面临奸佞，选择了离开：

> 周王曰：“汝不回去，甘为背逆之臣以负朝廷乎？”怀玉曰：“恕臣诳言之罪，略有苦情，一一启殿下听之：若以理论，非臣等负朝廷，乃朝廷负臣家也。始祖继业，王侁排陷狼牙，撞李陵之碑而死；七郎遭逢仁美万箭攒身而亡；六郎被王、谢之害，充军充徒。迨及狄青、张茂，吾祖、吾父贬职削官。圣主不明，词章之臣，密迩亲信；枕戈之士，辽隔情疏，不得自达。谗言一入，臣等性命须臾悬于刀头。此时圣主未尝少思臣等交兵争斗之苦而加矜恤，岂臣造为虚谬之谈以欺殿下乎？”
>
> ……
>
> 怀玉回到山上，命手下伐木作室，耕种田地，自食其力。又出一告示，晓谕家兵不许下山掳掠民财，为一清白百姓，遗留芳声于后代，“使人皆称我家是个忠臣，退隐岩穴而非叛乱贼臣，不归王化者也”。[①]

---

① 《杨家府演义》，上海古籍出版社，1980年，第300—302页。

表面看是退隐，实际上是出于一种义愤的不合作，而地点选择在“太行山”，却无法排除“不归王化”甚至“叛乱”的嫌疑。这与其说是杨怀玉选择的结果，不如说是民间感情意向使然。

杨家将系统的小说，明代还有一部五十回的《全像按鉴演义南北两宋志传》，作者可能是熊大木。此书与《杨家府演义》主体情节轮廓相近，但细节与文字多有出入；而前十余回重点描写的呼延赞更不见于《杨家府演义》。这可能是杨家将题材在发展过程中衍生、融摄其他人物与故事的结果。清代的《说呼全传》、《五虎平西前传》、《五虎平南后传》、《万花楼杨包狄演义》等，都是由此而来。其中如李雨堂（西湖散人）撰《万花楼杨包狄演义》，将本无关联的狄青平西、包公断案和杨家将故事融为一体，体现了世俗的阅读趣味对历史传说的取舍与偏爱。

3.**《说岳全传》**

岳飞的故事同样在民间流传已久，小说、戏曲多有相关作品，如元杂剧《秦太师东窗记》、《宋大将岳飞精忠》和明代传奇《精忠记》等。明中叶以后陆续出现了几部以岳飞为主人公的章回小说，较早的有熊大木的《新刊大宋中兴通俗演义》（又名《岳武穆精忠传》，八卷八十则，刊于明嘉靖三十一年〔1552〕）。另有“邹元标编订”的《岳武穆精忠传》、于华玉的《岳武穆精忠报国传》等，与《新刊大宋中兴通俗演义》一脉相承。清代乾隆年间“钱彩编次，金丰增订”的八十回《说岳全传》，是这一题材的总结。

《说岳全传》从岳飞的青少年时代写起，描写了这位民族英雄历经磨难的成长历程。而重点则是叙述岳飞抗金的故事，作者大力渲染了他在危急关头，担当中流砥柱，肩负起拯救国家的重任。但最后，由于奸佞当道，岳飞功败垂成，惨遭杀害。作品接下来虽然描写了岳飞后人直捣黄龙，平定金国，岳飞的冤狱也得到昭雪，秦桧等奸臣则受到惩罚，但这只是为了抚慰读者的一种虚构。

由于岳飞的故事有深厚的民间传说基础，因此，书中的一些描写富于感染力。如第二十二回“岳母刺字”一段：

> 安人即便带了媳妇一同出来，在神圣家庙之前，焚香点烛。拜过天地祖宗，然后叫孩儿跪着，媳妇磨墨。岳飞便跪下道：“母亲有何吩咐？”安人道：“做娘的见你不受叛贼之聘，甘守清贫，不贪浊富，是极好的了。但恐我死之后，又有那些不肖之徒前来勾引，倘我儿一时失志，做出些不忠之事，岂不把半世芳名丧于一旦？故我今日祝告天地祖宗，要在你背上刺下‘精忠报国’四字。但愿你做个忠臣，我做娘的死后，那些来来

往往的人，道：‘好个安人，教子成名，尽忠报国，流芳百世！’我就含笑于九泉矣。”岳飞道：“圣人云：‘身体发肤，受之父母，不敢毁伤。’母亲严训，孩儿自能领遵，免刺字罢！”安人道：“胡说！倘然你日后做些不肖事情出来，那时拿到官司，吃敲吃打，你也好对那官府说‘身体发肤，受之父母，不敢毁伤’么？”岳飞道：“母亲说得有理，就与孩儿刺字罢。”就将衣服脱下半边。安人取笔，先在岳飞背上正脊之中写了“精忠报国”四字，然后将绣花针拿在手中，在他背上一刺，只见岳飞的肉一耸。安人道：“我儿痛么？”岳飞道：“母亲刺也不曾刺，怎么问孩儿痛不痛？”安人流泪道：“我儿！你恐怕做娘的手软，故说不痛。”就咬着牙根而刺。刺完，将醋墨涂上了，便永远不褪色的了。①

这一故事在民间口口相传，早已成为一种精神的象征。而“岳飞的肉一耸”与岳母的“咬着牙根而刺”，这种看上去并不起眼的细节，则使人物崇高的品质更加动人。

值得注意的是，许多英雄传奇作品都具有悲剧的意味。《水浒传》如此，《杨家府演义》如此，《说岳全传》更是如此。由于英雄传奇一般赋予了英雄崇高的人格与非凡的本领，这种悲剧意味就更强。不过，明清小说家在把握这种悲剧性时，往往表现出思想上的局限，《说岳全传》在这方面似乎更为严重些。且不说作者一开始就为忠奸斗争安排了一个前世因果的叙事框架，有可能弱化了小说的道德感；在具体描写中，也显示出这种思想局限导致的艺术缺陷。如第六十一回《东窗下夫妻设计　风波亭父子归神》岳飞遇难前，倪狱官除夕送酒到牢房。听到外面下雨，岳飞想起道悦禅师的偈言，预感“朝廷要去我了”——

忽见禁子走来，轻轻的向倪完耳边说了几句。倪完吃了一惊，不觉耳红面赤。岳爷道：“为着何事，这等惊慌？”倪完料瞒不过，只得跪下禀道：“现有圣旨下了！”岳爷道：“敢是要去我了？”倪完道：“果有此旨意，只是小官等怎敢！”岳爷道：“这是朝廷之命，怎敢有违？但是岳云、张宪犹恐有变，你可去叫他两个出来，我自有处置。”倪完即唤心腹去报知王能、李直，一面请到岳云、张宪。岳爷道：“朝廷旨意下来，未知吉凶。可一同绑了，好去接旨。”岳云道：“恐怕朝廷要去我们父子，怎么绑了去？”岳爷道：“犯官接旨，自然要绑了去。”岳爷就亲自动手，将二人绑了，然

① 《说岳全传》，上海古籍出版社，1979年，第163—165页。

后自己也叫禁子绑起，问道：“在那里接旨？”倪完道：“在风波亭上。”岳爷道：“罢了，罢了！那道悦和尚的偈言，有一句：‘留意风波。’我只道是扬子江中的风波，谁知牢中也有什么‘风波亭’！不想我三人，今日死于这个地方！”岳云、张宪道：“我们血战功劳，反要去我们，我们何不打出去？”岳爷喝道：“胡说！自古忠臣不怕死。大丈夫视死如归，何足惧哉！且在冥冥之中，看那奸臣受用到几时！”就大踏步走到风波亭上。两边禁子不由分说，拿起麻绳来，将岳爷父子三人勒死于亭上。[①]

岳飞屈死风波亭，是小说最悲壮的一幕。作者描写岳飞对陪他饮酒的倪完说：“恩公请便罢！我想恩公一家，自然也有封岁的酒席，省得尊嫂等候。”看似闲笔，却通过这种体贴人心的话语表现了英雄的温情；而将岳飞之死安排在淅漓的雨中，也构成了一种凄凉的氛围。但是，作者为了突出岳飞之忠，又特意描写他在临终前写信安抚施全、牛皋等，以免他们再“做出事来，岂不坏了我的忠名”。后来他又亲自捆绑岳云，从容就义。

显然，这种描写是对《水浒传》宋江结局的模仿。既然前面用了许多笔墨表现奸臣的阴险和君王的昏庸，所谓的“忠”就多了一种无奈。

四、时事小说系列

由于晚明社会的剧烈动荡，人们对现实政治的关注空前提高，一批时事小说应运而生。时事小说在题材内容与艺术形式上都与历史演义相近，即也是从宏大叙事的角度展开重大的政治、军事冲突，只不过在时效性上与历史演义有所不同：后者所表现的基本上都是已进入历史叙事中的既往事件，而时事小说反映的则是当下的事件。

从小说史上看，写本朝或当下政治的作品也偶尔有之，但都不足以形成一种小说创作的时尚或流派，而明末清初不然，在很短的时间内，时事小说突然形成了一个小说创作热点。当时的时事小说有三个重点题材，一是刺魏小说，反映魏忠贤阉党把持朝政而终至灭亡的故事，如《警世阴阳梦》、《魏忠贤小说斥奸书》、《皇明中兴圣烈传》等；二是反映辽东战事的小说，如《近报丛谭平虏传》、《辽海丹忠录》等；三是剿闯小说，如《新编剿闯通俗小说》、《定鼎奇闻》、《铁冠图演义》等。也有个别作品力图全面反映明清之际的政治、军事冲突，如《樵史通俗演义》。

---

① 《说岳全传》，上海古籍出版社，1979年，第491—492页。

就小说而言，这批作品的艺术水平虽然在时过境迁后不太为人看好，但是在小说的题材类型上，却有明显的创新意义。如上所述，它们与传统的历史演义有所区别，在注重史实的准确性外，更强调政见的表达和题材的时效性，由此形成的历史真实与主观情感的矛盾及其与传闻、虚构的关系，为中国古代小说提出了新的课题。只可惜当时的小说家由于思想观念仍然为传统思维方式所制约，还不习惯从复杂的人性角度来处理尖锐政治斗争的素材，更不具备对社会矛盾作深刻分析的能力，所以，并没有很好地解决上述问题。

从另一方面说，也许时事本身并不适合成为小说的题材。一个比较重大的事件经过了必要的沉淀，可能人们对它的认识才会更加充分，《梼杌闲评》的相对成功正说明了这一点。清初出现的这部小说在此前刺魏小说的基础上，又融入了世情小说的一些笔法，一定程度上改变了时事小说过于质实的面貌，丰富了背景与人物心理的描写，从而使政治性的内容在生活化的氛围中显得更为真实可信。[①] 如客印月早年所嫁匪人，婚姻不幸；入宫后，权势与贪欲使她变得心狠手毒，衬托着魏忠贤由无赖流氓变为贪婪、狠毒的奸臣的过程。此书另一个引人注目的特点是，在整个情节中，反面人物占据着中心位置。作品在表现魏忠贤及其爪牙李永贞、田尔耕、崔呈秀之流的恶劣品质与阴暗心理方面，多有入木三分的描写。而主人公的“浊化”[②]，在此前有《金瓶梅》，在此后则有《官场现形记》之类，它们显然与《三国演义》、《水浒传》以及《红楼梦》等主人公基本上为正面人物的小说不同，批判的色彩更为突出。当然，与中国古代其他小说的讽喻性描写一样，《梼杌闲评》的社会批判还是以道德劝惩为基点的，而这也与它融入世情小说的描写联系在一起。当然，传统世情描写的融入，在增强了现实的可信度外，其世俗伦理的简单化倾向和对历史叙述传统的疏离，多少冲淡了此书作为时事小说的政治批判意味。换句话说，两种题材类型的融合，也许并不像我们想象的，只有正面的作用。

---

① 参见欧阳健：《〈梼杌闲评〉的实事和虚构》，见其《古小说研究论》，巴蜀书社，1997年。

② 崔子恩在《李渔小说论稿》（中国社会科学出版社，1989年）中曾论及清初拟话本小说中人物形象的“浊化”问题，见该书第123—126页。

第二节　神怪小说与其他题材类型的合流及哲理化

中国古代小说与神话有着密切的关系，加上佛教和道教的影响，非现实形象构成始终是小说家最基本的艺术方式之一，神怪也成为小说最常见的题材之一。明代《西游记》的成功更带动了神怪小说创作的大量涌现，其中有一部分作品宗教色彩较浓，有的甚至只是宗教人物与故事的最粗略的小说化而已。而在发展过程中，神怪小说还与其他小说流派相结合，例如在上面介绍英雄传奇小说中，如《杨家府演义》、《说岳全传》等，都有不少神怪描写；而以神怪小说为主体的合流，也有一些较有影响的作品，如《封神演义》就是神怪小说与历史演义的结合之作。另有一些神怪小说则向哲理化方向发展，如《西游补》等。以下即对这几种神怪小说分别加以介绍。

一、宗教性的神怪小说

宗教是神怪小说产生的一个重要基础，因此，宗教性的神怪小说本来是神怪小说的主流，魏晋南北朝时期的志怪小说就是如此。而随着神怪小说的艺术化，神怪往往成为小说非现实形象构成方式的表象，至少对于《西游记》等作品来说，尽管宗教色彩仍然十分明显，但神怪在很大程度上可以视为作者的艺术创造。不过，达到这种艺术水平的作品并不是很多，明代的神怪小说中还有不少更偏于宗教性，或者只是宗教的世俗化。

宗教性的神怪小说有源于佛教的，也有源于道教的。

源于佛教的神怪小说有《南海观音出身传》、《二十四尊得道罗汉传》、《东渡记》等。

《南海观音出身传》是明代万历时的小说家朱鼎臣所编，他编辑的作品还有《唐三藏西游释厄传》。《南海观音出身传》叙述观音出身故事，略谓须弥山西林国妙庄王有妙清、妙音、妙善三女。妙善自幼即立志修道，因不从父亲招赘之命，被囚禁于后花园。后经王后说情，至白雀寺修行。寺尼受王命，百般折磨妙善，欲逼其回宫。妙善在诸神帮助下，坚持修行。妙庄王复命火烧白雀寺，妙善刺血化作红雨灭之。无论妙庄王如何引诱、威逼，妙善终不改其志。妙庄王怒斩其首，尸却为虎衔救。妙善魂游地府，普度众鬼；还魂后，受太白金星指点，至香山修道，历经九年，修成正果，名观世音。而玉皇以妙庄王杀人放火之罪，降疾其身，妙善化为凡身前往救治，又在妙庄王被魔受难之际，救得君臣返国。最后，妙庄王一家团聚，敬佛修行，同归净土。书中所写观音出身，不见于佛典，当出于民间传说。其间阑入太白金星、玉皇大帝，未必经道徒染指，应该也是民间诸教混融思想的表现。

源于道教的神怪小说则有《八仙出处东游记》、《五显灵官大帝华光天王传》、《北方真武祖师玄天上帝出身志传》等，明代后期邓志谟的《铁树记》、《咒枣记》、《飞剑记》等，也属于道教小说。

《八仙出处东游记》为明代吴元泰所编，叙八仙得道成仙之事。其中吕洞宾的形象最为突出，除了叙述吕洞宾在民间流传甚广的“调戏白牡丹”等故事，还有一个贯穿线索是吕洞宾与汉钟离弈棋斗气，分别下凡助辽侵宋和助宋破阵。另一个重要情节则是八仙在赴蟠桃宴的归途中，各以法宝投海浮渡，与四海龙王大战。从文体上看，《八仙出处东游记》分为五十则，每则都比较短小，结构上似通俗小说与文言小说的结合。如《洞宾店遇云房》一则：

> 洞宾姓吕名岩，字洞宾，号纯阳子，乃东华真人之后身也。原因东华度化钟离之时，误有寻你作师之语，故其后降凡，钟离果为其师，而度之。一云其为华阳真人后身，以其喜顶华阳巾也。洞宾为唐蒲州永乐县人，祖渭，礼部侍郎，父谊，海州刺史。贞元十四年四月十四日巳时生。初母就妊时，异香满室，天乐并奏，有白鹤自天而下，飞入帐中不见……[①]

这种体例绝类传记，而“一云其为华阳真人后身”之类，对主要人物不加定论，也不是小说家笔法。全书叙述简略，乏于描写。比较而言，题“钱塘雉衡山人编次”《韩湘子全传》，以三十回篇幅专叙八仙之一韩湘子学道经过及其超度韩愈等人的事迹，文笔略为细致——在《东游记》中，有关韩湘子的正面描写只有两回。

《北方真武祖师玄天上帝出身志传》为余象斗所编，这部小说在艺术上并没有什么值得称道的地方，但内容却比较别致。按照人们通常的信仰，玉帝是民间信仰的主神，高高在上。可是，在这部小说中，玉帝却对凡间刘天君家琼花宝树心生羡慕，竟以三魂之一魂投生刘家为后，名为长生。护树的七宝如来当不起玉帝后身的供养，化为道人劝其修行返真。长生终于醒悟，修行二十年，先后转世三次，均为诸国太子，因感酒色财气之累，得妙乐天尊

---

① 《四游记》，北方文艺出版社，1985年，第36页。

点化，复归天界，封为荡魔天尊，后又受封北方真武大将军，前往下界除邪灭妖，使得人民安宁，宇宙清肃，民感其恩，为立庙扬子江武当山，以奉香火。作品最后写道：

> 武当山祖师大显威灵，逢难救难，遇危救危，四海风平波息，民感神恩。人家孝子顺孙，求伊父母，无子求嗣者，无有不验。名扬两京一十三省，进香祈福者，不计其数。有虔心者，半空中自然飘飘然飞大红缎，张挂于身上，名曰挂彩。天下万民，不论男妇小儿，或有一步一拜者，纷纷然而来，口念无量寿佛。万感万应。至今二百余载，香火如初，永受朝拜，天下太平。①

此种笔墨，颇类信徒自神其教口吻，也表明了小说的宗教意味还比较浓厚。

除了佛、道二教的小说，还有一些表现其他民间信仰的。如明万历间出版的题“南州散人吴还初编”《天妃娘妈传》，三十二回，记叙了明代有关天妃（即妈祖）的民间传说与信仰。而《关帝历代显圣志传》则是关帝信仰的集中体现。

另外，还有一些是汇聚各种宗教为一书的。如明末清初时人徐道的《历代神仙通鉴》，就将儒、释、道三教神灵汇为一书，其中甚至还有耶稣的传说。

二、与历史演义合流的神怪小说

一百回的《封神演义》是《西游记》之外最重要的神怪小说。此书成书年代可能略晚于《西游记》，日本内阁文库藏有明万历年间的舒载阳刻本，题“钟山逸叟许仲琳编辑”，这也许是现存最早的版本。但此书的演变过程却极为漫长，元代《武王伐纣平话》首次完整地以小说的形式，描写殷周交替的过程，已初步具备了《封神演义》的轮廓。虽然这是一部讲史话本，但从作品的一开始就融入了怪异的描写，成为《封神演义》的一个重要来源。

武王伐纣的历史是《封神演义》的基本情节框架。从历史的角度看，这部小说也有值得重视的思想价值，主要是因为它的基本情节触及了中国伦理道德中一个重要命题，即武王伐纣既是反抗暴政的正义之举，又是以下犯上的弑君叛逆行为。作者从总的思想倾向上是偏于前者的，但后者仍然是作品挥之不去的阴影。周文王被囚七年，毫无怨君之心，反而认为是自己“愆尤”所致。临终前，还告诫儿子姬发：“我死之后，吾儿年幼，恐妄听他人

---

① 《四游记》，北方文艺出版社，1985年，第361页。

之言，肆行征伐，纵天子不德，亦不得造次妄为，以成臣弑君之名。”（第二十九回）同样，武王也始终坚守这一立场，最后在“与天下诸侯，陈兵商郊，观政於商，俟其自改”（第六十七回）的名义下，才同意出兵。于是，小说中出现了一些很滑稽的场面，每当两军对阵，武王一方总要先向敌方行礼，只要敌方责以纲常伦理，他们总是面红耳赤。直至姜子牙包围纣王，也是行了君臣之礼；纣王在摘星楼自焚后，武王还大为悲伤，“以天子之礼葬之”。这与《武王伐纣平话》的描写迥然不同，后者干净利索多了：“武王并众文武，尽言无道不仁之君，据此合斩万段，未报民恨。言罢，一声响亮，于大白旗下，殷交一斧斩了纣王，万言（民）咸乐。”这种变化反映出小说从民间创作向文人创作发展的轨迹。

为了超越上述思想矛盾，强调伐纣的合理性、正义性，《封神演义》极力描写纣王的残暴，他沉湎酒色，听信谗言，宠信群小，杀戮忠臣，又设炮烙，置肉林，造虿盆，剖孕妇，敲胫骨，为政不仁，作恶多端，致使朝政日非，民怨鼎沸，诸侯侧目。相反，周文王治下的西岐，却是“民丰物阜，市井安闲”、“行人让路，夜不闭户，路不拾遗”的王道乐土。在此基础上，反复阐述了“天下者，非一人之天下，乃天下人之天下”的道理。从而表明武王伐纣，是有道伐无道，是顺应历史发展潮流的，是合乎人心、顺乎民意的正义之举。

与此同时，《封神演义》还企图利用各种传统的思想资源消解思想上的矛盾。这表现在，小说第一回就写了纣王在女娲圣像前的无礼，渎神必致惩罚，是纣王毁灭的开始。同时，作者又将“女性祸水”作为小说的另一条基本线索。由于纣王冒犯了女娲，女娲遂遣狐狸精幻化为妲己去惑乱君心，致其败政亡国。另外，《封神演义》还渲染“气数论”，即所谓“成汤气数已尽，周室天命当兴”的宿命观念，在这一观念下，众神魔投入商周之争，都是应天命而到人间历“劫数”、求“正果”的，他们的命运早已注定，所以最后也善恶无别地都入了“封神榜”。

如果说在思想上，《封神演义》无法摆脱当时语境下的道德悖论，在艺术上却是比较放得开的。其中最精彩的可能还是那些神魔描写。例如有关哪吒的第十二、十三、十四回，就极富想象力地塑造了一个少年英雄的形象。而此后的情节，在大的历史框架中，也充满神怪斗法的故事。且看第十二回《陈塘关哪吒出世》中“哪吒闹海”的一段描写：

> 话说哪吒同家将出关，约行一里之馀，天热难行。哪吒走得汗流满面……猛然的见那壁厢清波滚滚，绿水滔滔，真是两岸垂杨风习习，崖傍乱石水潺潺。哪吒立起身来，走到河边，叫家将：“我方才走出关来，

热极了，一身是汗。如今且在石上洗一个澡。”家将曰：“公子仔细，只怕老爷回来，可早些回去。”哪吒曰：“不妨。”脱了衣裳，坐在石上，把七尺混天绫放在水里，蘸水洗澡。不知这河是九湾河，乃东海口上，哪吒将此宝放在水中，把水俱映红了。摆一摆，江河晃动；摇一摇，乾坤动撼。哪吒洗澡，不觉那水晶宫已晃的乱响……夜叉分水大叫曰：“那孩子将甚么作怪东西，把河水映红，宫殿摇动？”哪吒回头一看，见水底一物，面如蓝靛，发似硃砂，巨口獠牙，手持大斧。哪吒曰：“你那畜生，是个甚东西，也说话？”夜叉大怒：“吾奉主公点差巡海夜叉，怎骂我是畜生！”分水一跃，跳上岸来，望哪吒顶上一斧劈来。哪吒正赤身站立，见夜叉来得勇猛，将身躲过，把右手套的乾坤圈，望空中一举。此宝原系昆仑山玉虚宫所赐太乙真人镇金光洞之物。夜叉那里经得起，那宝打将下来，正落在夜叉头上，只打的脑浆迸流，即死于岸上。哪吒笑曰：“把我的乾坤圈都污了。”复到石上坐下，洗那圈子。水晶宫如何经得起此二宝震撼，险些儿把宫殿俱晃倒了……只见波浪中现一水兽，兽上坐一人，全装服色，挺戟骁雄，大叫曰：“是甚人打死我巡海夜叉李艮？”哪吒曰：“是我。”敖丙一见问曰：“你是谁人？”哪吒答曰：“我乃陈塘关李靖第三子哪吒是也。俺父亲镇守此间，乃一镇之主。我在此避暑洗澡，与他无干，他来骂我，我打死了他也无妨。”三太子敖丙大惊曰：“好泼贼！夜叉李艮，乃天王殿差，你敢大胆将他打死，尚敢撒泼乱言！”太子将画戟便刺，来取哪吒。哪吒手无寸铁，把头一低，攒将过去：“少待动手，你是何人？通个姓名！我有道理。”敖丙曰：“孤乃东海龙君三太子敖丙是也。”哪吒笑曰：“你原来是敖光之子。你妄自尊大，若恼了我，连你那老泥鳅都拿出来，把皮也剥了他的。”三太子大叫一声：“气杀我！好泼贼这等无礼！”又一戟刺来，哪吒急了，把七尺混天绫望空一展，似火块千团，往下一裹，将三太子裹下逼水兽来。哪吒抢一步赶上去，一脚踏住敖丙的颈项，提起乾坤圈照顶门一下，把三太子的元身打出，是一条龙，在地上挺直。哪吒曰：“打出这小龙的本像来了，也罢，把他的筋抽去做一条龙筋绦，与俺父亲束甲。”哪吒把三太子的筋抽了，径带进关来。①

这一段描写，设想甚奇，将一个少年英雄胆大妄为的性格表现得活灵活现。当时的汤显祖有诗称“我儿最喜说哪吒”，说明了这一情节的童话意韵。其

① 《封神演义》上册，人民文学出版社，1973年，第109—111页。

他如土行孙的地行术以及“千里眼”、“顺风耳”等奇思妙想，对读者也极有吸引力。

明代万历时罗懋登的《三宝太监西洋记通俗演义》也是一部耐人寻味的作品。这部一百回的小说叙述的是明初郑和下西洋的故事。由于科技发展水平的局限，海洋在很长时间都是阻隔人们了解未知世界的天然屏障，郑和七下西洋从西太平洋穿越印度洋，直达西亚和非洲东岸，逼近大西洋，第一次远距离地打破了这种屏障，很自然地成为人们想象的寄托。收录在明末茅元仪《武备志》中的《郑和航海图》记载了530多个地名，其中外域地名有300个，最远的东非海岸有16个。而在《西洋记》中，也描写了数十个国家与地区，其中可考的国家有爪哇、古俚、苏门答剌、柯枝、大葛兰、小葛兰等，更多的是不可考的或虚中带实的，如金莲宝象国、宾童龙国、罗斛国、女儿国等。如果从其异国想象的形成来看，则既有于史有据的，也有凭空虚构的。而所谓于史有据，并不仅只那些可考的国家，也包括那些从外在描写上看掺杂着虚构的国家。事实上，即使是虚构，也不尽出自小说家的幻想，在一些史料笔记中，原本就多有此类描写。如《西洋记》第三十一回写到金莲宝象国有一妖女，其头会飞：

原是本国有这等一个妇人，面貌、身体俱与人无异，只是眼无瞳人。到夜来撇了身体，其头会飞，飞到那里，就要害人。专一要吃小娃娃的秽物，小娃娃受了他的妖气，命不能存。到了五更鼓，其头又飞将回来，合在身子上，又是个妇人。①

这一妖怪早就见载于元代汪大渊《岛夷志略》中，明代郑和随行马欢的《瀛涯胜览》和费信的《星槎胜览》以及张燮的《东西洋考》等许多文献，也有记载。诸书大同小异，兹据《岛夷志略》之《宾童龙》条引述，以资对比：

其尸头蛮女子害人甚于占城，故民多庙事而血祭之。蛮亦父母胎生，与女子不异，特眼中无瞳人，遇夜则飞头食人粪尖。头飞去，若人以纸或布掩其项，则头归不接而死。凡人居其地大便后，必用水净浣，否则蛮食其粪，即逐臭与人同睡。倘有所犯，则肠肚皆为所食，精神尽为所夺而死矣。②

---

① 《三宝太监西洋记通俗演义》上册，上海古籍出版社，1985年，第409页。

② 《岛夷志略校释》，中华书局，1981年，第63—64。

据赵景深考证,《西洋记》的写作,大量地参考了《瀛涯胜览》、《星槎胜览》等[1],从这一角度看,小说的虚诞描写也仍然是"记实性"的,它比较全面地反映了当时中国人对异域的认知水平。

与此相关,传统的"山海经模式"、佛教的观念以及明代神魔小说的新发展、主要是《西游记》所发展的降妖伏魔模式,也为《西洋记》提供了异国想象的文学基础。作品中的不少虚构国度,如第四十六回《元帅亲进女儿国 南军误饮子母水》有关"女儿国"的描写,遥承《山海经》而近袭《西游记》。因此,在这部小说中,新旧杂陈的特点很明显。

《西洋记》的立意在于显扬明王朝的声威,因此,宝船一路历尽艰险,大体上也是按照所谓"有中国才有夷狄,中国为君为父,夷狄为臣为子"的观念来铺展"安远抚夷"、威慑海外的故事。先民对殊方绝域的新奇感,几乎完全被华夏正统的自负感消融了。究其实质,则是由于明中叶以后国势衰弱,以致抚今追昔,将往日盛事尽情渲染,在虚幻地翦除各国妖魔的胜利中,不断获得心理平衡。

清代的《女仙外史》、《希夷梦》、《归莲梦》等也多少有些历史的影子,不过,这几部小说不以历史为中心,而只是假托一点历史原由,肆意杜撰,艺术上大抵缺乏创意。如《女仙外史》将唐赛儿起义和明代靖难之变拉扯在一起,虽有"褒忠殛叛"的主题,但着力处却在神妖斗法。《希夷梦》的特殊之处是将全部描写置于梦境之下,实为《枕中记》、《南柯太守传》之类的扩充,但以四十回篇幅,采用这一叙事结构却有些轻重失当。《归莲梦》在历史、神怪之外,又加进了一些才子佳人的成分,融而未合,显示出历史类神怪小说渐入末流。

三、神怪小说的哲理化与概念化

非现实形象构成在表现人生哲理方面自有其传统,而《西游记》中的一些描写使这种哲理的表现从规模上、深度上以及技巧上都有所提高;事实上,《西游记》飞扬生动的想象可以作多方面的解读,其中一种饶有意味的解读就是将其视作一部反映人生成长过程的哲理小说。如果说,对《西游记》的这种理解犹有未契,那么,《西游记》的续书《西游补》、《后西游记》就更为鲜明地体现了神怪小说哲理化的特点。

---

① 参见赵景深:《三宝太监西洋记》《〈西洋记〉与〈西洋朝贡〉》,见其《中国小说丛考》,齐鲁书社,1983年,第264—300页。

《西游补》，十六回，作者是明末董说，但也有不同看法。这部小说与一般续书不同，它不是从《西游记》的结尾接续的，而是从《西游记》中的“三调芭蕉扇”之后补插的，但创作性极强，并不受制于原作。略谓取经四众过火焰山之后，孙行者化斋，为鲭鱼精所迷，撞入虚幻的“青青世界”，复经“万镜楼台”，来到“未来世界”。忽而化为虞美人，忽而充当阎罗王。最后，得到虚空主人的呼唤，孙悟空才醒悟了，打杀了迷惑人的鲭鱼精。全书想象之奔放卓异，不在《西游记》之下。

在具体内容上，《西游补》有很鲜明的讽喻现实的描写。如作者在叙及孙悟空充当阎罗王审判秦桧时，通过判官的口指责说：“如今天下有两样待宰相的：一样是吃饭穿衣娱妻弄子的臭人，他待宰相到身，以为华藻自身之地，以为惊耀乡里之地，以为奴仆诈人之地；一样是卖国倾朝，谨具平天冠，奉申白玉玺，他待宰相到身，以为揽政事之地，以为制天子之地，以为恣刑赏之地。”而秦桧受刑时，竟然叫屈道：“今日这个人脓酒忒不快活。咳！爷爷，后边做秦桧的也多，现今做秦桧的也不少，只管叫秦桧独独受苦怎的？”孙悟空说：“谁叫你做现今秦桧的师长，后边秦桧的规模！”小说对科举制度的不良影响也有讥讽，如第四回中叙放榜时：

> 顷刻间，便有千万人，挤挤拥拥，叫叫呼呼，齐来看榜。初时但有喧闹之声，继之以哭泣之声，继之以怒骂之声；须臾，一簇人儿各自走散：也有呆坐石上的，也有丢碎鸳鸯瓦砚；也有首发如蓬，被父母师长打赶；也有开了亲身匣，取出玉琴焚之，痛哭一场；也有拔床头剑自杀，被一女子夺住；也有低头呆想，把自家廷对文字三回而读；也有大笑拍案叫“命，命，命”；也有垂头吐红血；也有几个长者费些买春钱，替一人解闷；也有独自吟诗，忽然吟一句，把脚乱踢石头；也有不许僮仆报榜上无名者；也有外假气闷，内露笑容，若曰应得者；也有真悲真愤，强作喜容笑面。独有一班榜上有名之人：或换新衣新履；或强作不笑之面；或壁上写字；或看自家试文，读一千遍，袖之而出；或替人悼叹；或故意说试官不济；或强他人看刊榜，他人心虽不欲，勉强看完；或高谈阔论，话今年一榜大公；或自陈除夜梦谶；或云这番文字不得意。[①]

这一段速写式的场面，写尽了士子们的神态。作者还借李老君的口感叹说：“哀哉！一班无耳无目，无舌无鼻，无手无脚，无心无肺，无骨无筋，无血无

① 《西游补》，上海古籍出版社，1983年，第16—17页。

气之人，名曰秀才；百年只用一张纸，盖棺却无两句书！做的文字，更有蹊跷……你道这个文章叫做什么？原来叫做‘纱帽文章’！”这种议论可以说是蒲松龄、吴敬梓讽刺科举制弊端的先声。

但《西游补》并非写实之作，书中取譬设喻，驰骋想象，有着更深的寓意。全书将整个情节置于“万镜楼台”中，视世事为虚幻，意在打破迷障，警醒世人。即以上面所引第四回为例，回目是“一窦开时迷万镜　物形现处我形亡”，其中哲理，自非那些局中人所能参透。

如果说《西游补》中的哲理寓意主要还是一种思想观念，《后西游记》的哲理寓意就更为显豁，它已外化为作者进行情节设计、形象描写的直接方式。此书描写的是唐僧等取回真经，却没有取回真解，致使天下以讹传讹。于是有唐半偈、小行者、猪一戒、小沙弥等再度西游，重赴灵山，求取真解。经过了不满山、解脱山、十恶山等地，战胜了缺陷大王、文明天王、造化小儿等妖魔，终于取回了真解。这些妖魔与原著相比，象征性更强，不少描写颇能揭示出传统文化的特点及人生哲理，描写也生动有趣。如第三十回《造化弄人　平心脱套》叙小行者与“造化小儿”、“阴、阳二妖”发生冲突，造化小儿对他说“我也儿意”，小行者声称“要跳不出，除非与你一般，也是个小儿。若是个顶天立地的汉子，哪里圈得他住?”于是，造化小儿用“名圈”、“利圈”乃至酒、色、财、气四圈等投向小行者，小行者均跳出，最后却被一个“好胜圈儿”套住。这时，李老君出来解释：

> 李老君道：“若论你这贼猴子，自家弄聪明，逞本事，就叫你糊糊涂涂在这圈子里坐一世才好，只怕误了你师父的求解善缘。与你说明白了吧，造化小儿那有什么圈儿套你，都是你自家的圈儿自套自。”小行者道：“这圈儿分明是他套在我身上，怎反说是我自套自?”李老君道：“圈儿虽是他的，被套的却不是他。他把名利圈套你，你不是名利之人，自然套你不住；他把酒、色、财、气圈儿套你，你无酒、色、财、气之累，自然轻轻跳出；他把贪、嗔、痴、爱圈儿套你，你无贪、嗔、痴、爱之心，所以一跳即出。如今这个圈儿我仔细看来，却是个好胜圈儿，你这泼猴子拿着铁棒，上不知有天，下不知有地，自道是个人物，一味好胜。今套入这个好胜圈儿，真是如胶似漆，莫说你会跳，就跳遍了三十三天也不能跳出。不是你自套，却是那个套你?”小行者听了，吓得哑口无言。李老君道：“你也不必着惊，好胜不过一念耳。”小行者闻之大悟，因叹说道：“我只道好胜人方能胜于人，今未必胜于人，转受此好胜之累。罢罢罢！如今世道，只好呆着脸皮让人一分过日子。”因把铁棒变小了，收在耳中，就

> 要别老君，下到造化山去。老君道："你下去做甚么？"小行者道："有甚么做，不过见造化小儿，下个礼，求他除去圈儿，放我师父出来。"老君道："你既转了好胜之念，又何必求他，你今再跳跳这个圈儿看！"小行者真个又跳一跳，已跳出圈儿之外。①

这一段描写，就是将人生各种欲望具象化为"造化小儿"手中的圈子，使哲理寓意直观地呈现出来。

清乾隆年间李百川的《绿野仙踪》并不是单纯的神怪小说，作品叙述明代嘉靖年间，士子冷于冰在奸臣严嵩时自感仕进无门，心灰意冷，立志修行，在火龙真人指点下，学成道术，能腾云驾雾、呼风唤雨、画符念咒、土遁缩地。于是周行天下，广积阴功，斩妖除怪，救济众生。他先后度脱灵猿、大盗、狐女、农夫等成仙，又协助忠良参倒奸相，诛灭叛逆，终至功德圆满，敕封普惠真人，位列金仙。在冷于冰求仙行道的过程中，小说不仅描写了朝野内外激烈的忠奸之争，表现了作者对现实的不满和愤慨，而且还为冷于冰安排了一个对比性的人物温如玉，寄托自己对人生的看法。温如玉为已故总督之子，他纵情声色，以至倾家荡产，沦为乞丐。冷于冰将其度进仙列，他却凡心未泯，在幻境中依然沉迷于淫欲中，终为冷于冰杖杀。一冷一温，昭示出不同的人生道路。

从形象构成的角度看，写实的内容是《绿野仙踪》的主要情节线索，但这一情节线索却串连着大量非现实的描写；后者在全书的思想结构中同样占有重要的位置，尤其是小说极为突出的人生哲理寓意，如果没有非现实的描写，是难以令人印象深刻的。

与哲理化相关，还有一些神怪小说在形象塑造中以概念化的方式更直白地表现对社会人生的认识。清初刘璋的《斩鬼传》就是这样的作品。此书十回，其中描写了各色鬼物，大多是就性格命名，如第四回中的龌龊鬼、仔细鬼，都是吝啬、贪鄙之辈。一次，二鬼正在商议，龌龊鬼——

> 整整想了半夜，饿的龌龊饥馁难当，只得问仔细鬼道："老弟，我们饥了。不然将我引来的狗杀了，你老哥请你吃了如何？"仔细鬼道："原来老哥还未曾吃饭么？哎，我们只顾想计策，就忘了这事！此时火已封了，怎么处？"低头想道："有了，有了！昨日剩下两个半烧饼，还有一碗死鸡儿熬白菜，如不见外，权且充饥如何？"龌龊鬼道："使得，使得。"于

① 《后西游记》，浙江文艺出版社，1985年，第345—346页。

是搬将出来，放在桌上。仔细鬼陪着吃了一个，龌龊鬼止得一个半烧饼到肚，只是恰有许多芝麻落下，龌龊鬼要吃了，又恐仔细鬼笑话。眉头一皱，计上心来。于是一面用指头在桌上画抵，一面说道："我想钟馗这厮，他定要从悭吝山过，过了悭吝山，就是抽筋河了，过了抽筋河，就是敝村了。"桌上画一道，沾得几颗芝麻到手，因推润指，就将芝麻吃了。吃了又画，画了又吃，须臾吃的干干净净。只见桌缝中还有几颗不能出来，又生一计，桌上一拍，大恨道："我们并不理他，他怎么还要来灭俺们？我若拿住他时，碎尸万段！"果然溅将出来，又如前吃了。正吃中间，仔细鬼看着一阵心疼。你道为何？他见桌上芝麻，已是主人之物，不想又被龌龊鬼设计吃了，所以心疼起来，龌龊鬼见他心疼，心下也明白了，只得作谢起身去了。且说仔细鬼疼了一会，转过气来，大恨道："他何尝是商议计策？分明是叨扰我。不免明日也到他家商议，自然要还我的席了！"于是连夜饭也没吃……[①]

概念化的命名、脸谱化的描写，正是这类作品的特点。类似的还有《平鬼传》以及更晚些时候的《何典》。

第三节　才子佳人小说:中篇体制的限度

才子佳人小说是清初小说的热门题材，《玉娇梨》、《平山冷燕》、《好逑传》等堪称此类小说的代表。[②]

就题材而言，才子佳人的故事源渊有自，至少在宋元以后的小说、戏曲中，这一类作品屡见不鲜。但作为一时之风尚，清初才子佳人小说的成批涌现，还是小说史上一个值得特别关注的现象。从逻辑上说，才子佳人小说的大量涌现当然是晚明小说、戏曲"以情反理"思潮演变的结果。但是，题材的由市井细民转为才子佳人，应该与小说发展的文人化进程有更为密切的关系。问题在于，无论是才子佳人题材，还是文人的介入小说创作，都不是这

① 《古本平话小说集》下册，人民文学出版社，1984年，第533—534页。按，《古本小说集成》影印吴晓铃藏本《斩鬼传》与此本文字出入甚多，如"不然将我引来的狗杀了，你老哥请你吃了如何？"吴本作"我有带来的一包狗粪，请你如何？"等等。

② 孙楷第《中国通俗小说书目》(人民文学出版社，1982年)"才子佳人"类收有书目75部。而据大塚秀高《中国通俗小说书目改定稿》(日本汲古书院，1984年)，一些才子佳人小说多次刊刻，仅《平山冷燕》现存版本就有29种之多。

一时期才出现的新鲜事，而普通市民也依然是小说的消费主体。所以，热门题材的兴起恐怕除了通常人们所关注的政治、经济以及社会意识形态的影响外，还有小说作为消费文化的原因。题材的消长往往被视为流派的演进，这自然没有错，但消费文化本身周期性的波动也是促成题材变化的一个不应忽视的原因。所以，才子佳人小说普遍采用了此前不多见的相当于中篇小说的体制或规模，一般在十六回至二十回之间，十万字左右，这是一种比较适合批量化生产的形式。[①]

在小说史上，还有两类小说较多地采用了中篇体制，一是明清时期的一些艳情小说，二是前面提到的时事小说。不言而喻，中篇的体制较短篇小说容量有所扩大，而相对于长篇小说来说，结构又较为容易。但是，中篇小说的这种体制上的优势，似乎没有被当时的小说充分利用，往往成为适应市场需要的快捷方式，使得作者缺乏对题材的提炼，导致这一体式在小说史上没有出现一流的作品。我们看到，许多中篇的才子佳人小说，尽管篇幅比短篇小说加长了，但叙事的模式化倾向也相当明显。一般来说，这些小说中的才子佳人，大多以诗为媒，互生怜才惜玉之情，并由此私订终身，其间虽有权贵为恶、小人拨乱，结局却是金榜题名、洞房花烛的大团圆。情节的模式化既是才子佳人小说易为读者轻松接受的长处，也是它因缺少实质性变化而最终失去读者的短处。而中篇体制的优势也在这种模式化中消耗殆尽。

从发展上看，明清之际比较著名的有《玉娇梨》、《平山冷燕》、《好逑传》、《金云翘传》、《定情人》等。这些小说的人物设置大多比较单纯，占据情节中心的角色实际上只有三类：才子、佳人和所谓"小人"。而从叙述角度看，则往往可以分作才子和佳人两类。

从才子角度展开的作品如《定情人》，此书十六回，不署撰人。书叙成都才子双星是已故礼部侍郎之子，他对婚姻自有一套看法：

> 天地既生了我一个双不夜，世界中便自有一个才美兼全的佳人与我双不夜作配。况我双不夜胸中又读了几卷诗书，笔下又写得出几篇文字，两只眼睛，又认得出妍媸好歹，怎肯匆匆草草，娶一个语言无味，面目可憎的丑妇，朝夕与之相对？
>
> 今蒙众媒引见，诸女子虽尽是二八佳人，翠眉蝉鬓，然觌面相亲，奈吾情不动何！吾情既不为其人而动，则其人必非吾定情之人。……小

---

① 参见陈大康：《通俗小说的历史轨迹》，湖南出版社，1993年，第191—196页。

弟若不遇定情之人，情愿一世孤单，决不肯自弃，我双不夜之少年才美，拥脂粉而在衾裯中做聋瞶人，虚度此生也。[①]

因此，他无意于媒人提亲，而决心外出自访“情人”。在山阴，与义父江章之女蕊珠相恋，历经坎坷，终于成就美满姻缘。

《好逑传》，十八回，题“名教中人编次”，将才子佳人的爱情与政治矛盾结合在一起，使情节更为复杂。小说描写御史铁英因参侯沙利强夺民女被诬下狱。其子铁中玉进京省亲，闯入公侯府，救出民女。铁英得以昭雪，升都察院，而侯沙利则受到惩处。原籍山东历城的兵部侍郎水居一，因荐边将失机被削职充军，其弟水运谋夺兄产，逼侄女冰心嫁学士之子过其祖。冰心不从，沉着应对，终被骗遭劫。恰值铁中玉过历城，路遇相救。二人互相敬慕，虽曾同居一室，却严守礼教。直到皇后验明冰心确系处女，二人始奉旨完婚。

从佳人角度展开的作品则如《玉娇梨》，此书二十回，题“荑荻散人编次”，叙金陵太常卿白太玄之女红玉才貌又全，有意以诗择婿，才子苏友白赋诗相应，诗稿却为恶少张轨如所窃，幸被识破。红玉与友白约为婚姻，友白赴京应试，得遇另一才女卢梦梨，亦相互倾慕，几经曲折，苏友白“一夫二妻”，与白红玉、卢梦梨美满团圆。《平山冷燕》，二十回，作者不详。情节与《玉娇梨》相近，唯同时叙述两对才子佳人即所谓平（如衡）、山（黛）、冷（绛雪）、燕（白颔）的婚姻，其中同样有小人窃才子之诗之类情节。这两部书都由佳人写起而称颂其才。

实际上，才子佳人小说的一个引人注目的地方，就在于它们描写了一批有才有貌的女性形象。如《平山冷燕》中的山黛、冷绛雪的诗才压过群臣；《好逑传》中水冰心的胆识、才能超过了男子。《平山冷燕》中燕白颔感叹地对平如衡说：“天地既以山川秀气尽付美人，却又生我辈男子何用？”“如此闺秀，自是山川灵气所钟。”不但如此，这些女性开始尝试在婚姻中掌握自己的命运。而这也是她们得到才子赏识的原因，《玉娇梨》中苏友白就说：“有才无色，算不得佳人；有色无才，算不得佳人；即有才有色，而与我苏友白无一段脉脉相关之情，亦算不得我苏友白的佳人。”

在上面提到的几部作品中，有的在才子佳人的婚恋故事中，穿插了社会矛盾与政治斗争。随着才子佳人小说的大量创作，一些小说家也希望突破才子佳人的框框，更多地引入世情描写的内容。比较突出的有《金云翘传》，

① 《定情人》，春风文艺出版社，1983年，第3、6页。

此书二十回,题“青心才人编次”。它不同于一般的才子佳人小说,主人公王翠翘在历史上确有其人,并见于各类小说中,如王世贞辑《续艳异编》中的《王翘儿传》、周清源《西湖二集》中的《胡少保平倭战功》等,都是以她的经历为题材的。在《金云翘传》中,王翠翘与书生金重相恋,金重去辽阳奔丧,而翠翘父罹罪入狱,翠翘卖身救父,被售入妓院,后为无锡书生束生纳为妾。束生正妻宦氏察觉,将翠翘劫回无锡,送进府中为奴。翠翘不堪凌虐,逃至尼庵栖身,又再次流落为娼,终遇海盗徐海。徐海为翠翘一一报仇。在翠翘规劝下,徐海向督府投降,竟被杀。翠翘则配给永顺军长,过钱塘江投水自杀,被尼姑觉缘救起。后仍与金重结为夫妇,其妹翠云已代姊嫁金重,姊妹共事一夫以终。此书才子佳人故事只是一个框架,其间通过一个女性的不幸遭遇,展示了较宽广的社会环境;结构类似于《蔡瑞虹忍辱报仇》,而内容则更为丰富。

雍、乾及稍后的一段时间,才子佳人小说虽续有创作,但成就与影响已不如清初。如“镜湖逸叟”(陈朗)的《雪月梅传》,篇幅较前期才子佳人小说增长,多至五十回,书叙嘉靖年间金陵书生岑秀,才略过人,中举后奉命征讨倭寇,大获全胜,又先后迎娶许雪姐、王月娥、何小梅。之前,分别描写小梅、雪姐等各自遭遇的不幸,融入了世情、神怪、历史等内容,表现了才子佳人小说的变化。但由于才子佳人题材本身的纤弱,并不足以承担更为复杂的内容,因此,类似的创作可能只是反映了才子佳人小说的拘促。

在思想上,清初才子佳人小说可以说是一种折中主义的表现。晚明露骨的情欲表现,被更为含蓄的感情描写所代替。很难说这是一种进步或是倒退,我们无法分辨,究竟是理性的枷锁束缚了情感的抒发,还是对情感的肯定借助理性的保护向知识阶层蔓延。因为一方面,才子佳人确实不如此前小说中常见的市民那么放肆无忌;另一方面,这些知书达理的才子佳人为了个人的感情追求,有时竟也达到了不顾一切的地步,不能不令人刮目相看。比如《定情人》中才子双星以游学为名,外出寻访佳人的那种热情,绝对不是生活中读书人敢于轻易尝试的举动。推崇“才情”,反抗世俗,提倡任性而为,表彰坚贞执著,这是才子佳人小说共同的精神诉求。尽管如此,才子佳人小说并没有引起社会的强烈反弹,即便也遭遇过禁毁与非议,也多是一般性的指责与压制,不像《金瓶梅》之类所受到的那么严厉。原因就在于才子佳人小说往往都以“发乎情,止乎礼”相标榜,没有突破当时社会道德标准的底线。李渔的短篇小说《合影楼》就很形象地体现了这种折中主义的倾向。小说编造了一个道学先生与一个风流才子结为亲家的喜剧故事,故事的主人公当然是才子佳人，而玉成这对才子佳人奇特姻缘的则是一个通达的人，据作者称，此人“既不喜风流，又不讲道学。听了迂腐的话，也不见攒眉；闻了鄙亵之言，也未尝洗耳”；由于他对情节发展的起着主导作用，显然是作者思想观念在作品中的体现。

由于这种平衡与协调过于概念化，不同程度地造成小说描写的失真。本来，小说的艺术世界并不一定要与现实世界雷同，才子佳人小说家也表现出了他们在想象与编造故事情节方面的优秀才能；事实上，才子佳人小说一般都编排得情节曲折，连翩而至的误会、巧合等，增强了作品的可读性。正如烟水散人在《赛花铃题辞》所说：“予谓稗家小史，非奇不传。然所谓奇者，不奇于凭虚驾幻，谈天说鬼，而奇于笔端变化，跌宕波澜。”但中国古代的读者更习惯从真实可信的角度去要求小说——这从《红楼梦》第五十四回中贾母对才子佳人小说的批评可见一斑。这位阅历丰富的老太太认为才子佳人小说家“何尝知道那世宦读书人家儿的道理”。所以，才子佳人小说的衰落，从折中主义的角度看，是成也萧何、败也萧何的。当然，如前所述，消费周期的转变同样是重要的原因。

不过，才子佳人小说的小说史意义不只体现在这些小说本身的写作上，从某种意义上，它也是世情小说向《红楼梦》递进的一环。从艺术形式上看，才子佳人小说的文雅化，是文人小说特点的一个表现，对后来的文人小说自有其影响。更重要的当然还是内容，才子佳人小说是对世情小说自《金瓶梅》以后滥情化的一个反拨，如上所述，才子佳人小说强调“情”的价值与力量，对女性也表现了前所未有的尊重甚至推崇，而这两方面也正是《红楼梦》的精神命脉。

第四节　家庭小说的主题：惧内及其他

在小说史上，以《金瓶梅》为代表的作品自鲁迅以来被称为“世情小说”。对《金瓶梅》而言，这样的概括也许是合适的，因为它的描写内容虽然以西门庆一家为中心，但同时触及了相当广泛的社会层面。而继《金瓶梅》之后出现的一些以家庭为中心的长篇小说，并没有拓展反映现实的广度，只有个别的作品如《姑妄言》是特例。相反，小说家们更着力于家庭问题自身的表现，因此，这些作品称为“家庭小说”可能更合乎实际。从另一个角度说，其他体裁、题材的作品也多有世情方面的描写，比如话本小说、才子佳人小说中都不乏精彩的世情内容。所以，又有人用“人情小说”概称《金瓶梅》、才子佳人小说、《红楼梦》等，这一概念的过于宽泛，也不利于对小说类型的探讨。有鉴于此，本书对《金瓶梅》沿用“世情小说”的概念，因为在它产生的时代，这一概念可以清晰地表明其有别于历史演义、英雄传奇、神怪小说的题材特点。同时认为，《金瓶梅》的传统在明代后期开始分化，这表现在三个方面，一是世情的描写开始渗透到各种题材类型中，如前面提到的《梼杌闲评》之类时事小说中也有明显的世情内容；二是大量艳情小说的出现，将《金瓶梅》中的部分描写发挥成小说的主体；三是家庭小说作为一种小说类型的特点更加清晰，从《醒世姻缘传》、《醋葫芦》到《林兰香》、《姑妄言》、《红楼梦》、《歧路灯》等，家庭小说蔚为大观，并呈现出多姿多彩的局面。大多数作品都关注夫妻关系问题，尤其突出“惧内”的主题，也有的涉及了子女教育问题。至于《红楼梦》的内涵更为丰富，后面将以专章论述。

在古代小说中，爱情题材的作品层出不穷，这些作品往往以男女主人公结合作为情节的终点，但在家庭小说中，婚姻仅仅是开始。应该说，这对小说创作来说，是一个值得重视的发展。因为两性关系的进一步展开，意味着作者要从更深的角度去表现人性。而正如托尔斯泰所说的：“幸福的家庭都是相似的，不幸的家庭各有各的不幸”，幸福的家庭相安无事，不易展开小说所需要的情节冲突，而不幸的家庭正好相反，“不幸”无论是作为表现还是作为结果，都必然呈现激烈的矛盾。因此，在这些小说中，通常更能揭示婚姻制度的不合理与人的精神世界的扭曲。

一、《醒世姻缘传》

西周生的《醒世姻缘传》就呈现了尖锐的夫妻冲突，他是从因果报应的角度来解释婚姻关系的。在小说的《引起》中，他说：“只见某人的妻子善会持家，孝顺翁姑，敬待夫子，和睦妯娌，诸凡处事井井有条。这等夫妻乃是前世中或是同心合意的朋友，或是恩爱相合的知己，或是义侠来报我之恩，或是负逋来偿我之债，或是前生原是夫妻，或异世本来兄弟。这等匹偶将来，这叫做好姻缘，自然恩情美满，妻淑夫贤，如鱼得水，似漆投胶。又有那前世中以强欺弱，弱者饮恨吞声；以众暴寡，寡者莫敢谁何。或设计以图财，或使奸而陷命，大怨大仇，势不能报，今世皆配为夫妻。”作品描写的狄希陈、薛素姐夫妻便是这样的恶姻缘。第一回起叙述晁源因在围场射杀一只狐仙，屡遭狐仙报复。后又纵妾凌妻，致使发妻计氏自缢身亡。他自己也因淫人妻子而身首离异。至第二十三回起，转入今世姻缘，晁源转世为狄希陈，狐仙转世为薛素姐，计氏转世为童寄姐，她们分别嫁与狄希陈为妻妾，为报前世之仇，百般虐待折磨狄希陈。素姐和狄希陈本来有“六十年的冤家厮守”，才能“报复前仇”（第一百回），后经神僧超度，才得消释冤愆。

在小说中，薛素姐是一个极其凶悍的女人，她对狄希陈经常施以残酷的折磨。如第四十八回中，狄希陈顶撞了薛素姐一句：

> 素姐跑上前把狄希陈脸上兜脸两耳拐子，丢丢秀秀的个美人，谁知那手就合木头一般，打的那狄希陈半边脸就似那猴腚一般通红，发面馍馍一般暄肿。狄希陈着了极，捞了那打玉兰的鞭子待去打他，倒没打的他成，被他夺在手内，一把手采倒在地，使腚坐着头，从上往下鞭打。狄希陈一片声叫爹叫娘的：“来救人！”[①]

类似这样的描写在小说中举不胜举，如“这素姐起的身，一个搜风巴掌打在狄希陈脸上，外边的人都道是天上打了个霹雳，都仰着脸看天”（第五十七回），有时打得狄希陈“只有一口油气，丝来线去的呼吸”（第九十五回），更有甚者，她竟“把熨斗的炭火，尽数从衣领中倾在衣服之内，烧得个狄希陈就似落在滚汤地狱里的一样”（第九十七回）。

这种凶悍的描写显然带有夸张的特点，但是，就总体而言，这部小说的描写还是非常现实的，作品对日常家庭生活的描写相当细密真实。如第四十八回薛素姐的父亲到狄家来：

> 狄宾梁教人定菜暖酒，要留薛教授吃饭。狄周媳妇领了人在厨房料理，妆了一碗白煮鸡，还待等煎出藕来，两道齐上。及至装完了藕，那碗里的鸡少了一半，急得狄周媳妇只是暴跳，说道：“这可是谁吃了这半碗？满眼看着，这是件挡戗的东西，这可怎么处？再没见人来，就只是小玉兰来走了一遭，没的就是他？”狄周媳妇正嗐哝着，不料素姐正从厨房窗下走过，听见说是小玉兰偷了鸡吃，素姐扯脖子带脸通红的把小玉兰叫到房中，把衣裳剥脱了个精光，拿着根鞭子，象打春牛的一般，齐头子的鞭打，打的个小玉兰杀狼地动的叫唤。
>
> 狄婆子说：“薛亲家外头坐着，家里把丫头打的乔声怪气的叫唤，甚么道理？”叫狄周媳妇：“你到后头看看。有甚么不是，已是打了这一顿，饶了他罢。”狄周媳妇走到跟前，问说：“怎么来？大嫂你这们生气？”素姐说：“怎么来！不长进，不争气，带了这们偷馋抹嘴的丫头来，叫贼淫

---

① 《醒世姻缘传》中册，齐鲁书社，1980年，第629页。

妇私窠子们屄声颡气的！我一顿打杀他，叫他合私窠子们对了！”狄周媳妇说：“大嫂，你好没要紧！厨屋里盛就了一碗鸡，我只回了回头就不见了半碗。我说：‘再没人来，只有小玉兰来走了一遭，没的就是他？’我就只多嘴了这句，谁还说第二句来？娘说叫你饶了他罢哩。”素姐不听便罢，听了越发狠打起来……[1]

冲突的起因不过是少了半碗鸡，但这种琐细的生活矛盾却是情节流程的关键性要素。接下来，薛素姐暴打狄希陈，以及薛家为此产生的争执，都是这一情节的延续。而正是在这种生活场景中，我们可以清晰地看到作者对人物心理、性格和关系的刻画。

这部小说的意义其实不只在家庭，它对农村社会生活的描写也是对章回小说题材的一个大拓展。《金瓶梅》描写的是商人家庭，稍后的《红楼梦》描写的是贵族家庭，而本书描写的却是乡绅家庭。农村的生活背景构成了小说的一大特色，如第十九回写晁大舍与唐氏私通，情节进展的开头就是与农村生活特点与方式联系在一起的：

晁大舍出完了丧，谢完了纸，带领了仆从，出到雍山庄上看人收麦……

从晁大舍到了庄上，那唐氏起初也躲躲藏藏不十分出头露相，但小人家又没有个男女走动，脱不得要自己掏火，自己打水，上碾子，推豆腐，怎在那一间房里藏躲得住？晁大舍又曾撞见了两次，晓得房客里面有这个美人，不出来也出来，不站住也站住，或在井上看他打水，或在碾房看他推碾，故意与他扳话接舌……

一日，因起初割麦，煮肉，蒸馍馍，犒劳那些佃户……

一日，场里捆住不曾抖开的麦子，不见了二十多个，季春江着实查考起来，领了长工到房客家挨门搜简……

五月十六日是刘埠街上的集，一去一来有五十里路，小鸦儿每常去做生意，也便就在埠头住下，好次日又赶流红的集上做活，说过是那日不回来了。唐氏进在厨房内，遇便与晁大舍递了手势……

晁源将次收完了麦子，也绝不提起来到庄上已将两月，也不进城去看看母亲，也便不想珍哥还在监里，恋住了三个风狂，再不提起收拾回

---

① 《醒世姻缘传》中册，齐鲁书社，1980年，第625—626页。

去……[1]

从上述描写可以看出，作者对农村生活是相当熟悉的，而且很自然地将其处理成情节发展的时间性因素与背景。

《〈醒世姻缘传〉凡例》："本传造句涉俚，用字多鄙，惟用东方土音从事。"因此，这部小说有浓郁的山东地方特色，特别是人物口语，通俗生动，活灵活现。如在上面引述的第四十八回写薛素姐虐打丫头：

> 老狄婆子自家走到跟前，说道："素姐，你休这等的。丫头就有不是，已是打这一顿了。我说饶了罢，你越发打的狠了。你二位爹都在外头坐着，是图好听么？"素姐双眉直竖，两眼圆睁，说道："你没的扯那臭淡！丫头纵着他偷馋抹嘴，没的是好么？忒也'曹州兵备，管的恁宽'！打杀了，我替他偿命！没的累着你那腿哩！"老婆子道："素姐，你醉了么？我是你婆婆呀。你是对你婆说的话么？"素姐说："我认的你是婆婆，我没说甚么；我要不认你是婆婆，我可还有三句话哩！"狄婆子折身回去，一边说道："前生，前生，这是我半辈子积泊的！"素姐说："你前生前生，我待不见你后世后世的哩！"依旧把那丫头毒打不止。[2]

老狄婆子的无奈和薛素姐的无礼，通过各自的语言，表现得极为鲜明。

《醒世姻缘传》结构也很特殊，两世姻缘的描写其实有一定的独立性，互相衬托，深化了主题。具体的章回中，也有一些与一般的章回小说不尽相同的地方。如全书之前，有一个《引起》，这一独立于章回之外的段落完全是议论性的，相当于扩大了的话本小说的"入话"，为全书的内容从思想上作了一个铺垫。在第二十三回转入今世姻缘的描写时，先讲述了两个小故事，说明明水镇(村)本来古风淳朴，这相当于话本小说的"头回"，为下面的恶姻缘作反衬。接下来的第二十四回，又用了一回篇幅，叙述明水的风土人情。在章回小说中，很少看到如此长篇大段的环境描写。

二、《醋葫芦》

《醋葫芦》与《醒世姻缘传》一样，突出了女性的悍妒。书中描写都氏百般限制丈夫成珪的行动自由，对成珪为延续香火而纳妾之事极为妒忌，以致犯下"欺夫压主"、"尽卖奴婢"、"伪娶实女"、"毒打翠苔"等罪(这些都是阴间

---

① 《醒世姻缘传》上册，齐鲁书社，1980年，第237—248页。

② 《醒世姻缘传》中册，齐鲁书社，1980年，第626—627页。

十王为其定的罪名),这种种罪过,都源于她的“吃醋”。只是《醋葫芦》有意无意忽略了人物性格形成的原因。无论都氏之妒,还是成珪之惧,几乎都是从一开始就表现出来了,这种类型化的人物性格实际上是受某种观念所左右的,其主体就是小说家所体现出来的男性话语。而当男性几乎掌握了所有的话语霸权时,女性的妒悍就被以夸张的语调叙述着。例如在第十五回,成珪请来一个画家为他们夫妇画像。画家按男左女右的惯例画出草稿,遭到都氏的反对,她提出不以旧例为法,要求女左男右。画家唯恐后人讥其“失了款式”,想了个两全之策,改一般的肖像写真为行乐图,成珪走在前面,居左边,都氏随在后面,却居右侧,“又不失款,且不失座次”。但这毕竟只是图画中的象征性易位。在现实生活中,一个女人要反抗传统,绝非这么简单。悍妒如都氏,面对丈夫要纳妾的事,也无法阻止。所以,她所能做的,除了对丈夫严加看管外,只能是费尽心机地为丈夫找来一个所谓不能过性生活的“石女”。这一不近情理的描写反映的其实是性爱中的排他性心理。而从作者的角度来说,则是从反面突出都氏之妒超出常人,并由此获得一种戏谑的效果。

实际上,《醋葫芦》的作者显然很擅长制造戏谑的阅读效果。从一开始,小说对成珪惧内的描写就是夸张的、戏谑的。如第一回叙及成珪出门,都要“点香限刻,计路途远近,方敢出门”。而当成珪因延误回家时间而极为紧张时,作者偏描写都氏笑脸相迎。不但点香之举已有所夸张,“化险为夷”的结果更形成了一种鲜明的反差,有强烈的喜剧效果。而这些夸张性的描写很大程度上其实是男性的一种自虐想象。

从《醋葫芦》作者的创作意图来看,有一点是很明显的,那就是通过自己编造的故事,达到一种具有普遍意义的说教,也就是改变所谓男人惧内、女人欺夫的世风。所以小说第一回就有评语称:“此公颇有疗妒之志”。作者从几个方面展开了“疗妒”的描写。先是周智的直言劝谏,接着就是做疗妒膳,然后又是成珪假意出家,可以说是无所不用其极;但书中男主人公的种种努力都被妒女都氏识破,并招致更严厉的迫害。最后的“疗妒”是依靠了神灵对都氏的惩处。这也表明当小说家把女性的悍妒夸张到了极点时,他们实际上是给自己出了一个难题。因为他们没有正确认识与对待产生“妒”的根源,也就不可能从根本上找到“疗妒”的方法。

值得一提的是,明清之际出现了一大批描写悍妇题材的小说和戏剧,如上面介绍的《醒世姻缘传》、《狮吼记》、《疗妒羹》以及《聊斋志异》中的一些篇目,等等。所以,对这些作品,我们不应孤立地看待。当小说创作与其他文体一同构成了一种具有时代特点的文学现象时，无论从创作上还是接受上，都有了新的特点，即使一个小说家不具备对某种生活现象的审美判断，他也会在时代风气的裹挟下，从中找到自己创作的位置。对接受者来说也是如此，他有机会从不同的创作中看到同一生活现象的不同描写，直到他感到厌倦，感到需要一个新的题材来满足自己。当然，到《醋葫芦》为止，家庭小说远没有走到尽头，相反，《醒世姻缘传》和《醋葫芦》主要还只是围绕夫妻的感情关系做文章，还没有触及更多的家庭成员的关系，没有触及家庭与社会的关系，没有触及家庭成员不同的精神世界。也就是说，家庭小说到《红楼梦》，还有很长的路要走。

三、《林兰香》

这里，特别值得一提的是《林兰香》。这部小说前面的《序》也反映了它创作的前提：

> 近世小说脍炙人口者，曰《三国志》，曰《水浒传》，曰《西游记》，曰《金瓶梅》。皆各擅其奇，以自成为一家。惟其自成一家也，故见者从而奇之，使有能合四家而为之一家者，不更可奇乎？偶于坊友处睹《林兰香》一部，始阅之索然，再阅之憬然，终阅之怃然，其立局命意俱见于开卷自叙之中，既不及贬，亦不及褒。所爱者有《三国》之计谋而未邻于谲诡，有《水浒》之放浪而未流于猖狂，有《西游》之鬼神而未出于荒诞，有《金瓶》之粉腻而未及于妖淫，是盖集四家之奇以自成为一家之奇者也。或曰："子非奇士，性不好奇，兹乃以奇为言，不惮见哂于通人耶？"答曰："《三国》以利奇而人奇之，《水浒》以怪奇而人奇之，《西游》以神奇而人奇之，《金瓶》以乱奇而人奇之。今《林兰香》师四家之正，戒四家之邪，而我奇之，是人皆以奇为奇，而我以不奇为奇也，奚见哂为？"坊友是其言，遂书于卷首。[①]

尽管这可能是出版者自抬身价的夸大，但也说明这部小说在创作时有意从诸多小说类型中寻求突破的追求。

这确实是一部具有过渡意义的小说。全书六十四回，规模远在一般才子佳人小说之上。书名取耿朗妻妾林云屏、燕梦卿（兰即梦卿）、任香儿名各一字，显系模仿《金瓶梅》。但内容以耿朗一家的盛衰为情节主干，又与《红

---

① 《林兰香》，春风文艺出版社，1985年。

楼梦》相通。作品既生动地描写了一批市井人物，又成功地刻画了几位女性形象，亦在此二书之间。

《林兰香》中女主人公燕梦卿的形象颇有深度，作者有意将其塑造为一个谨守闺范妇道的典范，又揭示了她为此所遭遇的种种精神痛苦。她既深谙世故，又富有才情，上下莫不爱重，却始终不得丈夫欢心，以致抑郁而死。第十三回《任香儿被底谗言　宣爱娘花间丽句》有这样一段描写：

> 耿朗看完说道："他两人既如此能诗，明日到得咱家，正可称闺中诗友。"耿朗此时喜笑非常，来到香儿房里，将上项事告知香儿。香儿道："宣家姐姐之会作诗，已曾听见说过。若燕家姐姐之会作与否，今日方知。但不知作诗有何用处？"耿朗道："这个难讲。但临风对月，咏雪吟花。亦足以畅叙幽情。"香儿道："我想妇女们又不应考，何必学习诗文？燕家姐姐的和韵诗幸而遇着自家姊妹，倘若是游冶浪子假作，岂不惹人讪笑？燕家姐姐乃细心人，为何想不到此？就是宣家姐姐，亦未免多事。况且妇女们笔迹言语，若被那些轻薄子弟得了去，有多少不便处！"耿朗听了，半晌不言语……因想道：妇人最忌有才有名。有才未免自是，有名未免欺人。我若不裁抑二三，恐将来与林、宣、任三人不能相下。此皆香儿浸润之所动也。[①]

耿朗虽有怜香惜玉之心，却无爱才重情之意，他不是西门庆，也不是贾宝玉。燕梦卿的悲剧从本质上说是传统的道德观念与现实社会格格不入的结果。与此相关，耿朗妻妾五房，作者对这一大家庭复杂人际关系的细致描写，也可以说上承《金瓶梅》而下启《红楼梦》。

在艺术上，《林兰香》也有独到之处，作者善于在作品中作前后呼应，使全书的结构具有一种整体性。如上面所引耿朗认为"妇人最忌有才有名"，在第二十九回又经他人之口重新提起。又如第十六回写道：

> 却说耿朗一日无事，在梦卿房内夜话。是时乃宣德四年九月中旬，清商淡淡，良夜迢迢，桂魄一庭，菊香满座。春畹行酒，便坐小饮。耿朗道："饮香醪，看名卉，已是人生快事，况又国色相对，各在芳龄、志愿足矣，又何求哉！"梦卿听了，低头不语。耿朗道："卿何心事，忽忽不乐？"梦卿道："妾以鄙弱之质得侍君子，私心自幸，有何不喜？惟愿上则尊祖敬宗，以作九个叔叔领袖。下则修身齐家，以为后世子孙法度。若美酒

---

① 《林兰香》，春风文艺出版社，1985年，第100—101页。

名花，只不过博一时之趣。益处不少，损处亦多。若不知检点，则费时失事，灭性伤生，在所难免。”耿朗道：“我于花酒虽则留心，绝不致太过。又得卿不时提撕，想将来亦不至受损。卿与我名虽夫妇，实同朋友矣。”①

接下来是一大段“淑女规夫”。而在第三十回，作者又写道：

又过数日，秋雨晚作，梦卿方倚窗听芭蕉碎响。耿朗突然而至，且道：“知二娘寂寞，特来赏雨。”梦卿即命夏亭秋阶条几设榻，青裳丹棘行酒烹茶。耿朗连饮数杯，因笑道：“饮香醪，看名卉，已是人生快事。况又国色相对，各在芳龄，志愿足矣！今日必须如中秋夜，醉而后止。”梦卿道：“中秋好月，今日好雨。须畅怀以看菊花洗妆也。”耿朗见无别项言语，乃畅意大饮。须臾秉烛，花气越香，雨声渐大，因戏梦卿道：“吾为卿洗妆何如?”梦卿笑而不答。于是乘醉便移待香儿、彩云的谑浪狎邪，以待梦卿，梦卿亦受而不辞。次早欢洽如昨，色笑依常。因半个月不曾进房，走在各处一看，见东套间衣架上搭着一件染过衣服，便是中秋夜酒污的，只道梦卿有意又要借此谏劝，幡然变色，茶不饮，汤不用，怏怏然走了出去。梦卿看见这光景，茫然不知所以。及至看及绿绣，乃悟道：“何人之多疑以至于此!”因令侍女将衣收过，永不穿用。②

耿朗故意将当初说过的话重复一遍，“见无别项言语”则是针对“淑女规夫”而来。尽管燕梦卿有委曲求全之意，但耿朗却无法排除心底的疑虑。人物在相同情景下的不同心理与言行，在前后对比中表现得更为鲜明。

四、《姑妄言》

《姑妄言》无论从内容还是从形式上看，都是一部很特殊的作品。这部目前被认定为曹去晶创作于清代雍正初年的长篇章回小说，从未见于文献记载，虽有残本曾偶显真容，但也未引起足够的重视。直到 20 世纪 90 年代，藏于俄罗斯的全抄本终于问世，立刻受到普遍的关注。

《姑妄言》确实值得关注，这首先是由于它在文体上十分独特。尽管这部小说也采用了章回小说的形式，但具体结构却与众不同。全书近百万字，除引文一卷，共计二十四回，但每回的篇幅却长达三、四万字，远比一般章回

---

① 《林兰香》，春风文艺出版社，1985 年，第 124—125 页。

② 同上书，第 233—234 页。

小说一回万余字左右要多，这可以说是章回小说中的一个特例。与此相关，此书的回目由双标题构成，即在通常的对偶回目外，另加一联作为附题，这也不见于其他章回小说。

这种结构与小说的叙述有很大的关系。首卷的《引文》题为《秦淮旧迹　瞽妓遗踪》，主要介绍故事发生地南京秦淮河的情况，由瞽妓引出所谓两世姻缘的故事，形式上则是大段的议论。接下来的第一回《引神寓意　借梦开端》则与《儒林外史》等小说前面的"楔子"相似。其中叙及明朝万历年间，南京应天府的闲汉到听（字图说，合谐"道听途说"）梦见城隍断案，将汉至明朝嘉靖年间十殿阎君悬而未决的疑案，依情据理，分别审判，各受报应。如李林甫转世为阮大铖，秦桧转世为马士英，明成祖永乐转世为李自成，忠于建文皇帝而被永乐杀害的诸大臣转世为史可法等明末忠臣，等等。另有一白氏女子和四个男子的未了情案，也被判各自转世，再了前缘。显然，这一描写是"司马貌阴司断案"之类故事的翻版。所不同的是，这一断案展开了两条线索，一条是以历史人物为中心，反映明清之际的政治斗争；另一条则以世情描写为中心，表现钟情、宦萼、贾文物、童自大四个家庭复杂的矛盾。两者在时空上交错展开，构成了小说富于跳跃的情节叙述。

《姑妄言》的内容较之此前的世情小说更为丰富。第一回回前评语说：

> 此一部书内，忠臣孝子，友兄恭弟，义夫节妇，烈女贞姑，义士仁人，英雄豪杰，清官廉吏，文人墨士，商贾匠役，富翁显宦，剑侠术士，黄冠缁流，仙狐厉鬼，苗蛮獠猡，回回巫人，寡妇孤儿，谄父恶兄，逆子凶弟，良朋损友，帮闲梨园，赌贼闲汉，至于淫僧异道，比丘尼，马泊六，坏媒人，滥淫妇，娈童妓女，污吏赃官，凶徒暴客，淫婢恶奴，佣人乞丐，逆珰巨寇，不可屈指。世间所有之人，所有之事，无一不备。余阅稗官小说不下千部，未有如此之全者。[①]

从思想上说，也相当驳杂，既有对历史的回顾、政治的批判，也有对世情的刻画、欲望的暴露。为将上述丰富的内容和驳杂的思想统一在一部完整的小说中，作者在结构上确实费尽了心机，上面提到的那个"城隍断案"为全书定下一个因果报应的框架，在结尾处，童、宦、贾等人又同梦城隍神解释前世孽缘，以作呼应。除此之外，他还描写了一个笑和尚和一个哭道士，这类似于《红楼梦》中的"一僧一道"，同样起到了在思想上总结全书的作用。而在全

① 《姑妄言》，《思无邪汇宝》本，台湾大英百科股份有限公司，1994 年，第 100 页。

书的布局和情节的穿插、过渡等安排上，作者用力尤多。金圣叹曾特别赞赏地提到《水浒传》列传式的结构，如果说在《水浒传》中，一些主要人物的列传式写法还有一定的独立性或单元性，那么，《姑妄言》就显得稍微复杂些，书中第二十一回回前评就指出：

> 此一部书中，一个人有一个小传。有先叙来历而后叙其事者，有前后叙事而中段叙其来历者，有事将叙完而末后始出来历者，有叙他人之事内中带出此人来历者，种种不一，非细心观之，不能见也。[1]

例如第三回先叙富家公子祁辛慕钱贵之名，特来相访，遭到拒绝。在叙述完了这一段经历后，作者写道："且听我说这祁辛的出处并结果的事，便知钱贵的慧心了。"然后才原原本本地交代了祁辛的情况，并以类似传记的方式开头："当是这个膏粱公子，姓祁名辛，祖籍原是山东莱州府人氏……"在描写了"祁公子撇了自己的娇妻美妾，去淫他人之妇，送了性命，反把妻妾被人去受用，还贴赔了一分大家私做了嫁妆"后，又写钱贵得知祁辛的这一番事，想起他的旧情，惨叹了几声，对丫环代目道："我向日之言何如？"代目道："姑娘真好慧心，我辈浅人，如何得知？"[2]与前面的描写相呼应。

不过，由于作者的兴趣比较多地集中在情欲描写中，这在很大程度上干扰了全书主旨的表现，或者说纷乱的情欲本身就是作品的一个缺乏引导与思考深度的中心。即如上面所举祁辛故事，作者也明言"与正传无干"，但仍不嫌枝蔓地展开。又如第八回肆意描写阮大铖府上的淫乱，对此，作者的解释是："阮大铖做了一生坏人，子烝其妻，兄淫其妹，女私其仆，娘宠其奴，也就是天公暗暗的报应他了。"而这种简单的因果报应，实不足以揭示人物复杂的心理与情节内在的发展动力。

当然，《姑妄言》在对世情的描写上，也有不少可圈可点的地方。如第二回描写竹思宽、黄氏夫妇十分吝啬：

> 他只夫妻两口，又无多人，间或买斤肉来，何妨公明正气收拾来吃？他生怕有人来看见，抢去吃了一般，弄一个小广锅，在床后马桶根下炒熟，拣好的落起些来藏了，余的剩出来，关了房门，两口子如做贼似的，忙忙偷吃了才开门。等竹清外边去了，他将那所藏之肉拿出来独享，每每如此。

---

① 《姑妄言》，《思无邪汇宝》本，台湾大英百科股份有限公司，1994年，第2549页。

② 同上书，第376—398页。

一日他生辰，他哥哥家送了四斤肉、两尾鱼、两只鸡、两盘面与他来做生日，他哥哥、嫂子、侄儿、侄妇都来拜寿。竹清陪着大舅、内侄在堂屋里坐，这黄氏把那肉割了有四两，炒了一盘。将那鸡头、鸡翅膀、鸡脚去了，下了炒做一盘，鱼尾巴去下小半截来做一盘，别的忙忙收起。将些白水着些盐下了一撮面，每人刚有大半碗，叫拿出去款待哥哥、侄儿。他嫂子看不过，说道："姑奶奶，外边三个大人，这一点子那里够吃？少还罢了，你凑四个盘子也好看些，不尴不尬，三个成个甚么样子？"他艴然曰："谁不叫他送四样来的？他只送了三样，那一样叫我那里变去？"他嫂子道："不论片粉也罢，或韭菜、白菜之类，那能值几个钱？添一盘便了。"黄氏皱着眉道："可怜见的，家里要半个刮沙的钱也没有，拿甚么去买？"他嫂子又道："那肉还多哩，再割些下来，做不得一盘么？"他听了，由不得那眼泪扑簌簌往下滴，道："先割那一块，比割我身上肉还疼呢，还叫我割。你们不是来替我做生日，是要来送我死了。"他嫂子见他这个光景，也不好再说，任他拿了出去。竹清把盘子品字放了，只陪着舅子、内侄吃完了那半碗面，也不叫添，也不再让，众人只得放箸。还剩了些骨头鱼刺之类，他忙忙收进，藏在抽屉内。他嫂子也知机，料想坐着也没用，决无再留他们吃的事了，肚里有些饥饿，就带着媳妇要家去。黄氏心中暗喜，也并不假留一声，送到门口，看他坐上了轿，见轿夫抬起来了，他才说道："我要收拾饭待嫂子呢，你又不肯大坐坐，空空的回去。"他嫂子微微含笑而去。[①]

这一段描写貌似夸张，实际上却入木三分地写出了吝啬鬼的真实心理与日常表现，所以书中夹批反复提醒读者"看书者勿形容太过，此类人世竟有之"，"余竟见过此等人此等事，并非谬语"。如果与小说史上同类形象对比，其细致深刻，是不在《儒林外史》描写严监生之下的。

在妻妾关系的描写上，《姑妄言》中有些描写则与《醒世姻缘传》、《醋葫芦》属同一风格，作者特别突出了宦萼、贾文物和童百万三个官宦子弟妻室的凶悍和他们的惧内，描写夸张，效果戏谑，虽也反映了一时风气，但特色不明显。倒是对女主人公钱贵，作者既赋予她美丽姿容，又将其写成瞽妓，美中不足，别有一番意味。

---

① 《姑妄言》，《思无邪汇宝》本，台湾大英百科股份有限公司，1994年，第201—204页。

五、《歧路灯》

《歧路灯》的作者李绿园是一个学问博洽的通儒，他十分关心社会风气的问题，而且很显然，他把社会风气的好坏与家庭联系在一起。因此，他在自己的小说中展示了家庭小说另一个重要的主题：教育。作者李绿园以一百零八回的篇幅，描写宦门子弟谭绍闻如何堕落败家，又如何改过自新、重光门第的故事。略谓河南开封贡生谭孝移，为人端正谨慎，家教甚严。临终时嘱咐其子谭绍闻用心读书，亲近正人——这也是全书的宗旨。时绍闻未及弱冠，同辈子弟多生于宦门，浮华浪荡，诱使绍闻吃酒赌博，绍闻受父命尚有节制。谭父去世后，绍闻再无约束，渐染恶习，吃喝嫖赌，无所不为，并因此屡受欺骗，以致作奸犯科，入狱候审。家人倾家荡产，救其出狱。为偿债，绍闻伐尽祖坟林木，遭族人不容，亦为世人耻笑。后颠沛流离，备尝辛酸，乃迷途知返，立志悔过。始闭门谢客，潜心攻读，后至国子监肄业。幸赖族兄提携，抗倭立功，得授知县。绍闻常以平生遭遇戒其子篑初。篑初随父读书，考场屡捷。后钦点翰林，重光门第。

《歧路灯》的成功之处，不仅在于它在小说史上第一次完整地叙述了一个“浪子回头”的故事，从而塑造了谭绍闻这一独具特色的艺术形象，同时也在于在展示谭绍闻性格的变化时，全面地涉及了当时社会生活的方方面面。其中对如官吏的贪腐、士人的无聊、市井无赖的奸猾等等，都有深刻描写。而作者在描写这些内容时，本着写实的态度，没有刻意追求小说情节的生动曲折。所以，在章回小说的发展中，《歧路灯》又体现了一种新的创作倾向，就是戏剧性情节的淡化和生活化场景的强化。

在结构上也是如此，因为不过于强调情节的奇巧，所以在叙述中也就不故布疑阵，有意设置悬念。最典型的是在章回之间的安排上，如第九回结尾处，叙谭孝移因想着要回祥符，睡梦中只见大树折了一枝，儿子端福摔了，如果按照章回小说的惯例，这里当作“未知摔下来的是谁，且听下回分解”，“未知端福摔下，毕竟性命如何，且听下回分解”之类，而《歧路灯》却直写其所做噩梦：

> 德喜儿听得哼哼怪声，来到床边，急以手摇将起来。喊道：“老爷醒一醒。”孝移捉住德喜手哭道：“儿呀，你过来了？好！好！”德喜急道：“小的是德喜。老爷想是做什么恶梦，作速醒醒！”这孝移方觉少醒些。说道：“只是梦便罢。”
>
> 孝移起来，坐到椅子上如呆。德喜取茶，不吃。烫了一碗莲粉，吃

了几匙儿放下。[1]

并没有用上述章回小说的套语。第十回开篇,也只是承接此午睡噩梦平铺直叙而已。又如第二十一回结尾"但绍闻虽然有酒,一时良心难昧;况且游荡场里,尚未曾久惯,忽然一定要走。只得放他坐车回城",第二十二回开头"话说谭绍闻回家,次日无事",衔接也极为自然。

需要补充说明的是,在才子佳人小说和家庭小说流行之时,还出现了大批的色情小说,这反映了小说商品化以后的一种不良倾向。由于它们充满了诱惑性的描写,颇受一些人的欢迎。《肉蒲团》的作者就在此书的序中声称:"这部小说惹看极矣。吾之书成之后,普天之下无一人不买,无一人不读,所不买不读者惟道学先生耳。然而真道学先生未有不买不读者,独有一种假道学,要以方正欺人,不敢买去读耳。抑又有说:彼虽不敢自买,未必不倩人代买读之。虽不敢明读,未必不背人私读耳。"这虽属夸张之词,但多少也说明了这类小说受欢迎的程度。清代《吴江雪》第九回还从小说创作的全局谈到了色情小说的传播:

> 原来小说有三等:其一,贤人怀着匡君济世之才,其所作都是惊天动地,流传天下,垂训千古;其次,英雄失态,狂歌当泣,嬉笑怒骂,不过借来抒写自己这一腔块磊不平之气,这是中等的了;还有一等的,无非说牝说牡,动人春兴的。这样小说,世间极多,买者亦复不少,书贾借以觅利,观者借以破愁;还有少年子弟,看了春心荡漾,竟尔饮酒宿娼,偷香窃玉,无所不至。[2]

关于色情小说的文化学意义,这里不作评介,但这类小说在小说史上的意义,却也有值得关注的地方。在中国古代小说史上,有一个耐人寻味的现象,那就是小说作品的艺术地位与小说文体的创新有时并不完全一致,换句话说,在一些所谓的二、三流小说中,我们经常可以看到甚至比一流小说更高明的叙述方式。比如有的艳情小说品味不高,总体水平有限,在描写上却时有别出一格之处。如《痴婆子传》不登大雅之堂,但这篇小说的叙事与文体均有不同寻常处。作品以作者与郑卫故墟之老妇的对话开始,并使这一对话贯穿始终,引导出老妇回忆一生与十三个男子的性爱体验,又将其分作

① 《歧路灯》上册,中州书画社,1980 年,第 100 页。

② 《吴江雪》,见《明清言情小说大观》上册,华夏出版社,1993 年,第 167 页。

两大段落，构成全篇开阖自如的叙事主干。小说既以“传”名篇，又出于传主本人讲述，体式上接近自传体小说，这在中国古代小说中是少有的。与此相关，全篇的情节都因作者的回忆呈现为一种倒叙。这种倒叙与魏晋志怪小说就常见的人物在垂死复苏后回述经历有所不同：后者多为心灵感受，时间一般也比较短暂；而《痴婆子传》涉及人物一生，倒叙意味更强。同时，倒叙者为女性，这一性别角度的第一人称叙事，在古代小说中更为罕见。但是，由于色情小说在内容上挑战了主流价值观与社会道德底线，因此，在当时的流传只能是受压抑的，这必然制约了它们在小说史上的地位与实际影响。

第三章　短篇白话小说的新发展

明代后期，文人独立创作短篇白话小说已成为这一类小说的主体。如果说明代的同类作品与早期的话本小说还多有相似之处，可以称之为“拟话本”的话，那么，清代的短篇白话小说就从形式上出现了一些明显的变化，在精神上也更多地向文人的思想、情趣靠拢。所以，对这一时期的短篇白话小说再用“拟话本”来指称，可能问题会更大。主要是这一概念还可能预设了一个标准，即以传统的话本小说作为白话短篇小说的正宗。当小说创作已远离书场，成为纯粹的书面文学时，这一标准有时显得专横无理。诸多小说史著对清初白话短篇小说的轻视和抹杀就是一例。[①] 而如果我们不是仅仅从“拟”话本的角度，同时也从这些小说自身的创作特点出发，应该可以对它们作出更恰当的分析和评价。

第一节　编纂与传播：世俗文化对文人精神的裹挟

世俗文化是一种复杂的文化集合。在形成背景、表现形态和价值取向等方面，与文人精神都有所不同。大体上，世俗文化是一种群体文化；而文人精神则更多地带有个性特点，至少在外观上是如此。同时，世俗文化往往以现实物质利益为目标，具有很突出的功利性和享乐性；而文人精神则更偏向于文化本体和道德理想的探求。由于社会经济文化的发展，世俗文化和

---

① 以诸选本为例，吴晓铃等编《话本选》(人民文学出版社版)共选作品 38 篇，其中清初只有 3 篇；上海古籍出版社编《古代白话小说选》(同社出版)50 篇作品中，清初只也占 3 篇；何满子编《古代白话短篇小说选集》(上海古籍出版社版)20 篇中，清初为 2 篇，平均不足十分之一。而且各本序言都强调了脱离生活、充斥说教，是清初拟话本走上末路的表现和原因。

文人精神及其关系都不是一成不变的。明中后期，世俗文化在商品经济和心学思潮的双重推动下，曾表现出波澜壮阔的态势。清初，在经历巨大的社会变动之时之后，世俗文化既承其余绪，犹有发展，又有所沉淀和收敛。比较明显的事实是，不少文学作品仍极力褒扬人情却又不再肆意煽情。与之相应的，文人精神也义帜重张。顾炎武、黄宗羲等人对明末士风的批判堪称这一倾向的代表。不过，这种批判并不是对明末单纯的反动，他们同时倡导的"工商皆本"思想，就是以商品经济的发展为依托的。所以，在世俗文化和文人精神两个层次，实际上都出现了一种双向交流和互为牵制的局面。而要透视清初社会思潮的这一脉动过程，当时涌现的大批短篇白话小说，可以说是最生动的例证。

白话小说原本是世俗文化的产物，它凭借商业化的渠道，广为传播，造成了巨大的社会文化效益，文人精神被裹挟进来实属必然。从文人的角度说，冠冕堂皇的理由是，应当借助小说的影响传播"精神文明"。特别是明清易代，冲击了许多文人的梦想，对社会的责任不再表现为用世热情，而较多地转向对人的道德品质进行深入的考量。所以，很多小说家执著地强调小说的劝惩作用。例如《清夜钟》的作者自序就宣示了这一点：

> 余偶有撰著，盖借谐谈说法，将以明忠孝之铎，唤省奸回；振贤哲之铃，惊回顽薄。名之曰《清夜钟》。[①]

《娱目醒心编》前有自娱轩主人的序，说得更全面而有代表性：

> 稗史之行于天下者，不知几何矣。或作诙奇诡谲之词，或为艳丽淫邪之说。其事未必尽真，其言未必尽雅。方展卷时，非不惊魂眩魄。然人心入于正难，入于邪易。虽其中亦有一二规戒之语，正如长卿作赋，劝百而讽一，流弊所及，每使少年英俊之士，非慕其豪放，即迷于艳情。人心风俗之坏，未必不由于此。可胜叹哉！至若因果报应之书，非不足以劝人，无如侃侃之论，人所厌闻，不以为释老之异教，即以为经生之常谈。读未数行，卷而弃之矣，又何益欤？
>
> ……(草亭老人)名其编曰《娱目醒心》。考必典核，语必醇正。其间可惊可愕、可敬可慕之事，千态万状，如蛟龙变化，不可测识。能使悲者流涕，喜者起舞，无一迂拘尘腐之辞，而无不处处引人于忠孝节义之途。既可娱目，即以醒心，而因果报应之理，隐寓于惊魂眩魄之内，俾阅

① 丁锡根编：《中国历代小说序跋集》中册，人民文学出版社，1996年，第809页。

者渐入于圣贤之域而不自知，于人心风俗，不无有补焉。[1]

重要的是，当小说的劝惩作用不但作为旗子、也作为幌子为全社会所认同，文人参与小说创作的心理障碍就不复存在了。

不过，源于书场的白话短篇小说，作为作者—接受者双向交流的产物，来自接受者一方的影响历经数百年的积累，已形成了一种编创—接受定势。换言之，文人作家在创作之初就面临了如何对待前此小说创作经验的问题。而小说的吸引力并不全在于它的说教功能，文人精神也不是单一的。如果文人精神可以划分不同层次，那么被裹挟进来的恰是最易与世俗文化结合的那部分，如寒儒意识、社会批判意识、情欲意识等。随着文化普及程度的日益提高，注定了有一大批文人只能屈身于世俗社会。他们的才华无法在主流文化中得以施展，只好转向"文备众体"的小说，借以抒愤自娱、驰骋情思。《豆棚闲话》天空啸鹤《叙》即称小说作者"卖不去一肚诗云子曰，无妨别显神通"。余怀在《一家言全集序》中则提到："世之腐儒，犹谓李子不为经国之大业，而为破道之小言。"对于这种批评，杜浚《十二楼序》引李渔的回答是："吾于诗文非不究心，而得志愉快，终不敢以稗官为末技。"这既是对小说文体的自觉肯定，同时也是对自身文化角色的清醒认识。

清初白话短篇小说的编纂出版有几种情形。一是翻印明代和当代作品。除了《今古奇观》这样著名的选本，还有不少改头换面之作。如明代《欢喜冤家》，清初改名为《贪欢报》、《欢喜奇观》及删节本《艳镜》等出版；陈树基编《西湖拾遗》，实际上是明末《西湖二集》和清初《西湖佳话》的汇编；还有《八段锦》，也是辑录明《古今小说》和清初《一片情》等而成；《四巧说》则是选编了《八洞天》和《照世杯》中的四篇作品。翻印之作文字略有增删，情节则多一仍其旧。

与上述情形相关的是抄改。所不同的是它不是完全照搬，而是有较多的改动。如《西湖佳话》中的《雷峰怪迹》选自《警世通言》中的《白娘子永镇雷峰塔》，但有所改动。《二刻醒世恒言》则抄改了《西湖二集》、《石点头》的某些作品。直到清中叶的《娱目醒心编》，还抄改了《古今小说》、《石点头》等的作品。

再一种情形也是主要的情形乃是清人的独创。根据有关书目加以统计，现存清初白话短篇小说集约有三十余部。[2] 这些小说集单部的分量都

---

① 丁锡根编：《中国历代小说序跋集》中册，人民文学出版社，1996 年，第 826—827 页。

② 清初白话短篇小说集的实际数量不易统计。是否有亡佚失传者姑且不论，另有若干作品创作在明清之际，具体时间则不详。石昌渝《中国小说源流论》（三联书店，1994 年）所列顺治到乾隆主要作品为 31 种。

不如明代的小说集大,但总和却超过了宋元以来同类作品,无论如何是一个不应忽视的创作群。

清人的独立创作是在明末文人创作的基础上发展起来的。无论从创作思想还是从小说体例看都是如此。例如明末《西湖二集》各篇俱以“西湖”为背景,《欢喜冤家》“演说二十四回以纪一年节序”,初步显示了短篇小说编撰的统一构思。而清代作家这方面的创作意图更明确。李渔的《十二楼》,篇篇俱以“楼”为中心,就表明它不是随意创作的简单汇编;《连城璧》辰集和巳集是两个独立的短篇,但在辰集结尾处,作者说:“这一回是处常的了,还有一回处变的,就在下面,另有一般分解。”在巳集开篇则说:“前面那一回讲的是命了,这一回却说个相字。”表明了作者创作的连贯性。《豆棚闲话》围绕“豆棚”叙述故事、展开情节,也极为别致。更值得注意的是《生绡剪》,这部小说集的作者署名有十五人,显然是多位作者的合集。而这一合集不同于以前那种由一位作家不分时代先后的搜罗编辑,它很可能是若干作家为了同一目的的有计划创作。这种情形实际上在明末也已初见端倪。峥霄馆刊《皇明十六家小品》上有一则“征文启事”称“刊《型世言二集》,征海内异闻”。如果说这还可能只是征集小说素材的话,那么,《生绡剪》在组织形式上就更进了一步。就征稿而言,这也并非特例。清初刊《资治新书》初集卷首载李渔《征文小启》云:“名稿远赐,乞邮致金陵翼圣堂书坊。稿送荒斋,必不沉搁。”可为旁证。

大量的翻印和抄改曾被认为是话本小说衰落的表现。其实,从小说的传播来说,上述现象是很自然的。值得注意的倒是,清初新产生的白话短篇小说在后世很少有这样的幸运。按照国外一项文学社会学的调查,新出版的书二十年后99%会被淘汰①。对古代小说的流传很难作出这样的精确统计,据版本著录较多的大塚秀高《增补中国通俗小说书目》,清代白话短篇小说集几乎只有极少初期版本,许多只有一种甚至孤本抄本,与著名长篇章回小说的不断翻刻印行形成鲜明对比,甚至也比不上当时流行的才子佳人小说的版本之多。烟水散人的《珍珠舶》就只有一种抄本传世,而他的才子佳人小说《合浦珠》则中外公私皆有收藏;《云仙笑》也只有一种完整刻本传世,如此书作者天花主人即天花藏主人,其《玉娇梨》版本竟不下三十余种。一般来说,文学史总是偏爱开创者。一个清代诗人尽管可能写出比唐人更精美的诗,也难以使其获得唐诗那样的广泛流传。清初白话短篇小说传播有

---

① 参见张英进编:《现当代西方文艺社会学探索》,海峡文艺出版社,1987年,第8页。

限，也与其后出且多效颦之作有关吧？事实上，在清初白话短篇小说集中，版本稍多的正是那些有所创新的作品，李渔曾为其作品盗版之多而苦恼；《豆棚闲话》、《西湖佳话》的版本不在少数，也因为它们较有新意或适应了某种特殊的阅读需要。

从作者的角度看，清初小说家也越来越清楚地认识到了白话短篇小说的当代性质，因此，清初白话短篇小说的时代特征较之早期话本小说更鲜明。后者的创作与流传往往经历了很长的时间，而清初白话短篇小说则不然，它们一般是在极短的时间内创作出来的，如《豆棚闲话》据书中的评语乃是“不数日而成”。在取材上，也尽量贴近现实。据统计，“三言”中的明代故事仅占23%左右[①]，其他多为前朝旧事。而清初短篇白话小说则不然，如《醉醒石》除第六回所写“李微化虎”取自唐代外，其余十四篇都写的是明代故事。《连城璧》十八篇全为明代故事，都较接近当代。有的小说还带有一定的时效性，如《清夜钟》今存十篇均取材于明代，第一回、第四回写明末时事，所据事件发生的时间极短；《云仙笑》中则有以天启、崇祯为背景的；《生绡剪》故事也较集中于明末，且有以清初为背景的；石成金的《雨花香》、《通天乐》则以“新刻近事”相标榜。贴近时代的选材，决定了它们的“当下性”，大约也是这些小说在时过境迁后就流传不广的原因之一。

与此同时，清初小说家松懈了以往小说家自命的历史责任感。他们不再简单地把小说当成“野史”，而更多地将其视为自己的精神寄托和展示自己社会认识的工具。李渔的不少小说在开篇即以第一人称“予”、“我”、“觉世稗官”等出面引述自己的诗作、介绍自己的经历、发表自己的见解。大约因为同样的原因，在早期话本小说创作中，征引前人诗词的惯例[②]，在清初白话短篇小说中明显减少。另一个典型的例子是石成金《雨花香》、《通天乐》在诸篇小说后，还附录他的《惺斋十乐》、《莫愁诗》、《武略私议》、《恤农现德》等诗文，文人精神与世俗文学相伴而行、相映成趣。

所以，在创作中，这些小说家更注重独创性。早期话本小说往往历经本事记录、艺人敷演、文人加工三个阶段，或者说其中通常包含三种文学成分。而清初短篇白话小说虽然仍有一些作品与以前的话本小说一样，有可考的本事出处，如《醒梦骈言》十二回俱依《聊斋志异》改编，但更多的作品一无依傍，完全出于作者的独立构思。李渔在《连城璧》酉集头回故事后就特别声

① 参见缪咏禾：《冯梦龙与三言》，辽宁教育出版社，1993年，第25页。

② 参见拙文《三言署名诗词述考》，日本《中国古典小说研究》第一号，1996年。

明:“这一个是区区目击的,乃崇祯九年之事。”《十二楼·合影楼》结尾处说:“这段逸事出在《胡氏笔谈》,但系抄本,不曾刊板行世,所以见者甚少。”所谓《胡氏笔谈》不过是为自己“胡编乱造”张本罢了。《生绡剪》第四回结尾说:“这一篇事,载在《吴太虚家抄》。”大概也反映了同样的狡黠。从小说发展的角度看,独立构思、自行创作无疑是一个进步。

事实上,清初的小说家是很善于编故事的。他们可能缺乏早期话本作者那样的世俗生活经验,因而无法在展示原生态的生活场景方面,表现出充分的素材积累。但他们有广博的知识,有丰富的技巧,加之他们的创作理念又往往不为“真”所左右,因此,他们敢于突破现实生活的束缚,大胆地构造自己的艺术世界。尽管其间可能有牵强附会的地方,却在作者的精心编织下,形成了独立自足的形象体系。《八洞天》作者序就明确地以女娲补天标榜,宣称他所创造的是“克如人愿”的“别一洞天”。同一作者的《五色石》也表现了同样的机趣,例如其中的《二桥春》首叙“二桥”营造,以“双虹圃”的优美景色,既烘托人物的自然环境,又隐喻两位佳人,还关合情节的发展,虽不尽合理,但构思缜密,用心精巧,足当补之。李渔小说更是匠心独运,构思出一个个精致圆满的艺术天地。例如《连城璧》之《谭楚玉戏里传情　刘藐姑曲终死节》描写谭、刘二人的爱情,李渔在作品中巧妙地创建了戏曲传统与小说情节的同构关系,强化了作品的戏剧效果。一方面,他将戏曲角色融入人物的性格刻画中;另一方面,又利用情节的相似,营造特定的情景,最突出的是设计了一个与《荆钗记》“投江”一样的情节,前后两次出现,化悲为喜,使戏曲延伸小说的情感内涵,增强读者对作品的认同。更重要的是,李渔在小说情节的设计与观念的表达上,将戏曲的虚设世界与如梦如幻般的人生相对应。无论是谭楚玉的投身戏班,还是刘藐姑的投江自尽,他们的人生都像是一出自编自导的戏剧;而在舞台上,才有他们期待的真实人生。两人假戏真做,戏里传情:“做到风流的去处,那些偷香窃玉之状,偎红依翠之情,竟像从他骨髓里透露出来,都是戏中所未有的,一般人看了无不动情;做到苦楚的去处,那怨天恨地之辞,伤心刻骨之语,竟像从他心窝里面发泄出来,都是刻本所未载的,一般人听了,无不堕泪。”因为他们不只是在演戏,更是在演自己,以致“把精神命脉都透露出来”了。所以,当刘绛仙指责女儿把舞台上的夫妻认作现实中的夫妻是在做梦时,刘藐姑回答道:“我当初只因不知道理,也只说做的是戏,开口就叫他丈夫。如今叫熟了口,一时改正不来,只得要将错就错,认定他做丈夫了。”从小说的实际描写来看,这种人生与戏剧的重叠,也使小说获得了独特的审美情趣。前半段,谭、刘二人借戏真做,可以说是在戏剧中寻找生活，欢快中略带着现实的苦涩；后半段，他们时来运转，母女相认就在眼前，谭楚玉却道："若还遽然与他相见，这出团圆的戏，就做得冷静了。"于是，特意安排了另一场戏中戏，让刘绛仙在《荆钗记》中再受感动。这可以说又是在生活中制造戏剧了，忧伤中平添了一种欢乐。而无论苦与乐，都处在真假虚实之间。前半段假中有真，后半段真中带假。其间多少寄寓了一些人生如梦、人生如戏的况味，有一点"世界大戏场，人生小舞台"的思想，从而使作品有了一点值得回味的余地。在小说的结尾处，叙及谭楚玉听了莫渔翁一番傲世之论，决意归隐，作者还有这样一段议论：

> 谭楚玉原是有些根器的人，当初做戏的时节，看见上台之际十分闹热，真是千人拭目、万户倾心，及至戏完之后，锣鼓一歇，那些看戏的人，竟象要与他绝交的一般，头也不回，都散去了。可见天地之间，没有做不了的戏文，没有看不了的闹热，所以他那点富贵之心，还不十分着紧；如今又被莫渔翁点化一番，只当梦醒之时，又遇一场棒喝，岂有复迷之理？①

不过，这种戏梦人生的理论在小说中是点到即止的，李渔追求的主要还是戏剧性的效果，与曹雪芹"假作真时真亦假，无为有处有还无"的命意相比，他对"真"与"假"的领悟与表现都还停留在表面。尽管他也有丰富的阅历、微妙的体验、高超的技巧，但他非常清楚小说世界与现实人生的距离，就是观众与舞台的距离。所以，他更乐意写那种也许不深刻，但肯定好看的小说。

对于小说创作本身，文人作家也在无奈中获得了一种满足。小说取名《生绡剪》、《珍珠舶》、《连城璧》等，就都带有孤芳自赏性质。《珍珠舶》作者自序称："若夫余之所传，实堪警世。"这种自豪其实也是文人精神的一种反映。因而，文人的文化优越感和自负感取代书会才人天真的卖弄，在小说中每每有所体现。他们经常嘲讽不学无术之人。如《鸳鸯针》卷三《真文章从来波折　假面目占尽风骚》极力讽刺胸无点墨的假名士；《五色石》卷六《选琴瑟》中有一篇文字"诮那定别字、念别字的可笑处"：

> 先生口授，讹以传讹。声音相类，别字遂多。"也应"则有"野鹰"之差错，"奇峰"则有"奇风"之揣摩。若乃誊写之间，又见笔画之失。"乌""焉"莫辨，"根""银"不白。非讹于声，乃谬于迹。尤可怪者，字迹本同，

① 《连城璧》，上海古籍出版社，1992年，第17页。

> 疑一作两，分之不通。“鞶”为“般”“革”，“暴”为“曰”“恭”。斯皆手录之混淆，更闻口诵之奇绝。不知“毋”之当作“无”，不知“说”之或作“悦”。“乐”“乐”罔分，“恶”“恶”无别。非但“阕”之读“葵”，岂徒“腊”之读“猎”。至于句不能断，愈使听者难堪。既闻“特其柄”之绝倒，又闻“古其风”之笑谈。或添五以成六，或减四以为三。颠倒若斯，尚不自觉。招彼村童，妄居塾学。只可欺负贩之小儿，奈何向班门而冒托。①

正是借小说嘲讽文化水平的低下。《八洞天》中《正交情》也有类似态度。《人中画》中《风流配》则与当时流行的才子佳人小说同一机杼，篇中用诗极多，实不能免借小说显扬才情之讥。

与此相对应，小说的知识含量与精确性有所提高，早期话本那种叙述的随机性、即时性被书面化写作的严谨和深思熟虑所取代。有的作品涉及历史，往往很注意细节的真实，如《十二楼·鹤归楼》第三回开头提到“宋朝纳币之例，起于××年间”，看样子就是作者故意留下空缺，以待查考的。这样的谨慎态度大概只有文人作家才有。而对他们熟知的历史则会不厌其烦地加以介绍，如《清夜钟》第一回叙明代覆灭事，其中就有高密度的历史材料。这种情况的发生并不一定是作者炫耀博学多识，而只是文人禀性的流露。不过，要借助世俗文化的载体来表现文人的才学，总归是一件难堪的事。所以，有时对小说文体的认同，也就标志着一位小说家所达到的水平。例如当李渔不只是把小说与经史著述相提并论，而是充分肯定了前者的独特价值，他的创作就少了那种文人的忸怩作态。

在小说类型上，也有一些变化。早期话本小说题材广泛，烟粉、灵怪、传奇、公案等无奇不有。其中凶杀、奸情等极具刺激性的内容和发迹变泰之类离奇故事，尤为当时的小说家津津乐道。而文人作家更关注的是常态生活中的世道人心。例如爱情题材虽然一如既往地受欢迎，但着力表现的也不是人物的感情冲动，而是这种冲动的文化心理内涵，与当时流行的才子佳人小说思想旨趣基本一致。

毋庸讳言，世俗文化对文人精神的裹挟，有时就是文人向世俗的屈从。尤其是当商业化已经顽强左右小说创作时，趋俗媚俗差不多成了小说的普遍特点，区别只在多少而已。表面看，则似乎又有雅与俗的二水分流。高雅者或以风流自赏，或以劝世自命，这是大多数；低俗者则沉迷世俗趣味，这在

---

① 引自《笔炼阁小说十种》，浙江文艺出版社，1985年，第101页。

色情小说中最为突出，如《载花船》、《弁而钗》等。像《一片情》等书名就表明了迎合时尚的目的，与《清夜钟》、《鸳鸯针》等的取意俨然分庭抗礼。这说明，任何一种文化的发展都不是单一的。值得注意的是，有不少小说家还致力调和二者的关系，如《云仙笑》中《厚德报》结尾处，作者声称："我这些说话，不但是劝世良言，直又是新翻刻的一部致富奇书。"作者靡然从俗，又欲以俗化俗，可谓用心良苦。

第二节　抒愤与开拓：文人作家对世俗文化的矫正

一旦文人精神被裹挟进来，势必成为世俗文化发展变化的催化剂。文人作家与书会才人的区别主要不在于他们的文化修养，而在于他们认识社会与人生的角度及表现方式、在于他们的文化关怀与使命感。从这一角度说，清初白话短篇小说在显示出对世俗文化进行矫正的勇气和实力时，才具有真正的特点和价值。

劝惩与娱乐是白话小说发展中形成的两大基本功能。如果还要细分的话，宋元时期更偏于娱乐性，而明中后期则突出了劝惩意义。清初白话短篇小说继承这一传统，但有所变化。从社会文化学的角度看，劝惩与娱乐主要是群体意志与需求的反映。而文人投身小说创作还必然使作家的个性意识随时表现出来。就劝惩而言，明中后期白话短篇小说并不限于道德层面，一般的人生经验也足以喻世警世醒世，如《沈小官一鸟害七命》、《一文钱小隙造奇冤》等的劝人忍辱戒忿。而清代白话短篇小说有不少作品强化了道德层面的意义。如《警寤钟》分述仁厚、忠义、孝悌、节烈四事；《八洞天》各篇命义都取自儒家经典，其故事也多用传统道德规范来观照现实人生，以致屡作有悖常情的描写，如男性义仆溢乳育主、善良太监生出胡须等等。诸如此类，是清初白话短篇小说经常为人诟病的地方。但是，清初白话短篇小说也并不像许多论者所批评的那样，只是一味地教训。其中也往往因作者态度不同而有所区别。如《五色石》中不但正面人物事事如意，皆大欢喜，其中恶妻逆子之类，也多悔过自新，得以善终，体现出作者宽厚仁慈的情怀并不为极端的社会理念所左右。另一方面，传统的"发愤著述说"在明代经李贽等人引入小说理论后，得到了文人小说家的广泛认同，明末周清源作《西湖二集》即以此张本。明清易代，悲凉之雾，遍被华林，这种创作意识更为强烈，不少清初小说家遂将道德劝惩承诺升华为一种义愤。因此，他们笔下的道德内涵更具有重大的现实意义。如《清夜钟》成书于明清易代之际，作者自称："余偶有撰著，盖借谐谈说法，将以明忠孝之铎，唤省奸回；振贤哲之铃，惊回顽薄。"他所关心的道德问题不同于早期话本中的日常道德问题，而具有伦理纲常的重大性质，是剧烈的社会冲突的反映。如第一回《贞臣慷慨杀身　烈妇从容就义》正面讴歌甲申之变前后的忠臣烈妇，谴责那些误国背君、丧心丧节的达官贵人，激愤之情，溢于言表。其他几回也多如此。类似的作品在当时并不鲜见，《醉醒石》第二、五回都表彰了忠臣临难、视死如归的品节；《十二楼》中《奉先楼》据作者称，他所写"这场义举，是鼎革以来第一件可传之事"，也带有鲜明的时代特点；《八洞天》中《劝匪躬》则描写了文字狱的严酷，表现了民族反抗情绪。如此书作者确为明末清初具有反清复明思想的文人徐述夔，这种现实针对性尤堪瞩目。

同样，娱乐之于清初文人小说家，也不只是一种社会功能的体现。对他们来说，娱乐还离不开自我的遣兴逞才。说到底，他们从事小说创作是在失去了诗文的经典写作和淡化了史的意识后的一种良心游戏。而对市民生活的陌生，也使他们更多地依托内心深处的创作冲动，在精神领域展开幻想的翅膀，作轻松自在的游历和探险。李渔小说虚化现实，消弭冲突，致力创造一种欢畅风趣的轻喜剧气氛，就是这种新的娱乐风格的典型体现。

如果从新的角度来审视文人作家对白话短篇小说内容的拓展和开掘，那么，我们不难发现其中散发出的新的思想意识。概括地说，有以下几方面：

首先，对社会问题描写的广度和深度有所提高，思考的自觉性也有所加强。如"三言"中很少知识分子题材的作品，仅有的若干篇也未见深刻。而清初白话短篇小说中就有不少是正面表现知识分子的，尤专注于科举制度与士人品德。如《鸳鸯针》集中表现科举制度下不同儒生的形象，就是一种拓展。其中卷一《打关节生死结冤家　做人情始终全佛法》揭露科场弊端，令人扼腕；《人中画·自作孽》描写老秀才科举道路上的坎坷，充满辛酸与不平；《云仙笑》中《拙书生礼斗登高第》意在批评有才无德的学子，赞扬诚朴的书生；《醉醒石》、《清夜钟》中也各有数篇写到不同类型的知识分子。在描写这些知识分子的作品中，不仅有对他们所处社会环境的生动展示，还有对他们内心世界的冷静解剖。如《鸳鸯针》卷一对徐鹏子等待发榜、看榜及看榜之后复杂心理的表现：

不几日终了场，传是明早发榜了。那徐鹏子夫妻两口那里睡得着，听见打了五更，心下疑鬼猜神的就如热锅上蚂蚁，那里由得自己！约莫打过五更一会了，还不见动惮，又渐次东方发白了，听得路上闹烘烘的。此时，身子也拴不住，两只脚只管要往门外走。一开了门，只见报喜的人，跑得好快，通不到自家门首略停一停。问他解元是甚人，还要跟着那人走了几间门面，方才肯说。鹏子道："事有可疑了！天已大明，且到榜下去看一看。"来到榜棚下，单看那下面"春秋"两字。见了第三名就是《春秋》，着字儿看将上去，也是仁和人，上面却是丁全。心下想道："这人是《春秋》中平日极不通的，为何倒中了？且自由他，看后面。"着从前直看到榜末，又从榜末直看到前，着行细读，并不见有自家名字在上面。此时身子已似软瘫了的，眼泪不好淌出来，只往肚子里擀，靠着那榜篷柱子，失了魂的一般，痴痴迷迷。到得看榜人渐渐稀了，自家也觉得不好意思，只得转头闷闷而归。那一路来一步做了两步，好不难行。①

这一描写将举子望报的焦灼心态，表现得异常细致深刻。

还有的作品有着更深的思想意义，如《照世杯》中《七松园弄假成真》就触及了文人的生存方式问题，它围绕苏州才子阮兰江的亲身阅历，一波三折地展示了才子们在追求爱情过程中的悲酸与欢欣，并折射出才子心态与社会价值观念的变迁，符合作者通过小说把握世态风俗的用意。阮江兰因艳羡西施，所以决意去山阴探访名姝。他的这一行为在才子佳人小说中是有先例可循的，比如在《定情人》中，四川才子双星也不肯草草决定婚姻，于是以游学为名，"自去寻亲"，经湖广，至闽浙，终于在山阴找到足以定己之情的"当对"者。才子们的这种豪迈举动，想必不是生活中的读书人敢于轻易尝试的，因而是带有明显浪漫主义特点的理想化描写。从小说史上看，它实际上继承了晚明文学"以情反理"的精神。尽管才子们不如此前小说中的市井之辈那么放肆无忌，但为了个人的感情追求，知书达理的他们居然也跳出书斋，云游天下，不能不令人刮目相看。可以说，推崇"才情"，反抗世俗，提倡任性而为，弘扬坚贞执著，是才子佳人小说共同的精神诉求，也是它们的价值所在。《七松园弄假成真》的篇首诗说"有情不遂莫若死"，就是对这种"情"的表彰。不过，强烈的主体性，也使得才子们由情感追求的执著转为精神的迷狂。在迷狂的精神世界里，不管遇到多少波折、障碍，才子们总能排除万难，去争取胜利。然而在现实生活中并没有那么多才貌双全的佳人可

① 《鸳鸯针》，春风文艺出版社，1985 年，第 11 页。

以让才子如愿以偿。当才子佳人小说还处于方兴未艾之际,《七松园弄假成真》却清醒地挑破了才子们的美梦,确实是它不同流俗的地方。那个激情满怀的阮兰江,终于看到一些女子在做诗会。这正是他梦寐以求的情境,没想到他抖擞精神闯进雅集,却成了众美人的"嬉笑之具"。她们假意邀请他加入诗社,将其灌醉,又唤侍女"涂他一个花脸","侍女争各拿了朱笔、墨笔,不管横七竖八,把阮江兰清清白白赛安岳、似六郎的容颜,倏忽便要配享冷庙中的瘟神痘使。仆役们走来,抬头拽脚,直送到街上"。请看他是如何从梦中醒来的:

> 那街道都是青石铺成的,阮江兰浓睡到日夕方醒,醉眼朦胧,只道眠在美人白玉床上。渐渐身子寒冷,揉一揉眼,周围一望,才知帐顶就是天面,席褥就是地皮。惊骇道:"我如何拦街睡着?"立起身来,正要踏步归寓,早拥上无数顽皮孩童,拿着荆条,拾起瓦片,望着阮江兰打来。有几个喊道:"疯子! 疯子!"又有几个喊道:"小鬼! 小鬼!"阮江兰不知他们是玩是笑,奈被打不过,只得抱头鼠窜。[①]

这一段充满辛酸、也充满讽刺意味的描写,象征性极强,堪称作品的点睛之笔。我们知道,清代女子结诗社的情形十分普遍,这也成为才子佳人小说常见的场面,《红楼梦》中的描写尤为生动。不过,在大多数时候,那种诗酒风流的情景,只能是才子们的梦想,而《七松园弄假成真》揭示了它的真相,正是其过人之处。遗憾的是,这篇小说的后半部分描写阮兰江终于在妓女畹娘那里得到了真爱。让失意的才子在风尘中找到了知己,是才子佳人小说退潮后接踵而至的狭邪小说共有的模式,而一篇短小的《七松园弄假成真》,几乎可以说就昭示了小说史的这一转折。

除了题材的开拓外,对题材的开掘也引人注目。如《珍珠舶》卷一所写蒋云诱奸商人赵相之母及妻终得报应事,颇有与"三言"名篇《蒋兴哥重会珍珠衫》相通处;而其中对赵母矛盾心理的表现,又令人想到《石点头》中《瞿凤奴情愆死盖》对孀妇方氏的描写,曲尽人情,十分深刻。即使在所谓色情小说里,有时也有对人性的精微剖析,如《一片情》对婚姻问题从人性的立场所作的描写就较有新意,作者认为"男情女欲"都是人之常情,因而赞成错配老夫或枯守空房的少艾、所嫁非人的丽人以及寡妇等都有追求性爱的权利。其细致入微的观察与描写,颇堪圈点。

---

① 《照世杯》,上海古籍出版社,1985年,第6页。

其次，反传统的逆向思维。李渔在《闲情偶寄》卷四中曾声称自己“性又不喜雷同，好为矫异”。在创作上则“不效美妇一颦，不拾名流一唾，当世耳目为我一新”[①]。所以，在小说的命题立意上，他刻意追求新奇，喜作翻案文章。如《连城璧》卯集写清官自恃清廉而固执断案，险些酿成不白之冤，表明清官之误，甚于贪官；辰集认为才子配佳人是“理之变”，美妻配丑夫才是“理之常”。作品的构思即从这种出人意表的观点展开。此书外编卷五又公然肯定同性恋，把它视为三纲的异常方式，也算五伦中夫妇一伦。明末以来，南风颇盛。小说中也多有以此为题材的，如《弁而钗》四篇都是写这种变态之情的。李渔和而不同，曲为之说，显示出他的机巧。

艾衲居士的《豆棚闲话》，力图“解豁三千年之惑”，更是充满了翻案文章。作者对一些历史故事作了新的解释，力图在对历史人物的全新诠释中，探讨人物可能被历史粉饰或遮蔽的真实心理，别开生面而又不失情理。如第一则把介之推不愿出仕说成是被妒妻所纠缠；第二则“唐突西施”，把人人艳说的范蠡西施爱情故事，写成了丑陋的阴谋。更具现实意义的则是《首阳山叔齐变节》。伯夷、叔齐是历史上著名的节义之士，他们认为武王伐纣是以臣弑君的叛逆行为，在周灭商后，耻食周粟，退隐首阳山，采薇蕨而食，以致饿死山中。在传统文化的语境中，他们是坚守正义、不畏强权的象征。所以《论语》中有“伯夷、叔齐饿于首阳之下，民到于今称之”的感叹。后世的文学作品，对他们也倍加歌颂。例如明代的《封神演义》就单立一回《首阳山夷齐阻兵》，描写他们在武王军前慷慨陈词，叙及二人耻食周粟事，更沿袭《论语》式的赞扬：“至今人皆啧啧称之，千古犹有余馨。”而在《首阳山叔齐变节》中，作者竟以嘲戏的笔调描写叔齐耐不住饥饿与寂寞，下山归顺周朝去了。义士的崇高形象遭到了彻底的颠覆和无情的亵渎。

这种逆向思维并非凭空产生的。古代文人本来就有作翻案文章的习惯，如王安石的名篇《读孟尝君传》，就将历代传颂的养客之士，讥讽为鸡鸣狗盗之徒的领袖；而在元代散曲中，对圣贤的嘲戏成为一种时尚；明中后期的通俗文学中，诋君毁圣、轻蔑权威的思想风气更达到了高潮。李贽声称：“天幸生我大胆，凡昔人之所忻艳以为贤者，余多以为假，多以为迂腐不才而不切于用；其所鄙者、弃者、唾且骂者，余皆的以为可托国托家而托身也。其是非大戾昔人如此，非大胆而何？”[②]而冯梦龙则在《广笑府序》中说，无论是

① 李渔：《与陈学山少宰书》，见《李渔全集》卷三，浙江古籍出版社，1992年，第9页。

② 《焚书》卷六《四言长篇》，中华书局，1975年，第226页。

尧与舜、汤与武之类帝王，还是龙逢、比干之类忠臣烈士，乃至儒、释、道三教的神灵，无一不可以肆意嘲笑。他还提到“也有什么巢父许由夷与齐，只这般唧唧哝哝的，我也那里工夫笑着你”[①]。这种前所未有的放肆，不但冲击了以往高高在上的偶像，也瓦解了种种清规戒律，使人们的精神世界得到极大的解放。清初的贾凫西的《木皮词》也是一个很独特的作品，作者声称“人只道俺是口角雌黄，张长李短。可那里晓得俺是皮里春秋，扶弱抑强”[②]。于是，他以睥睨一切的眼光解构传统的历史叙述。其中，对武王伐纣就给予了充分肯定，而对夷、齐“倡仁人义士之正论”，却并不以为然。在这一点上，《豆棚闲话》与《木皮词》是心有灵犀、一脉相承的。

再次，作家思想情趣的表现。李渔的小说在这方面同样比较典型。他是一位喜剧感很强的作家，这一点在他的小说中有充分的体现。同时，他的小说形象还浸淫着他的自我意识。《十二楼·闻过楼》就是一篇极为特殊的作品，其中明显地寄寓了李渔的人格理想。情节的淡化以及明显的编造痕迹，使这篇小说更像一篇言志抒怀的散文。[③]

《西湖佳话》的编撰也体现出文人墨客的雅趣。据郑振铎介绍，此书刻本中有彩色套印西湖全图及十景图的，极工致。书前东谷老人序亦称：“今而后有慕西子湖而不得亲睹者庶几披图一览，即可当卧游云尔。”表明此书之作，近乎游览指南。因此，它突出的是“佳话”。主要是与西湖名人名胜有关的风流韵事，而很少话本小说常见的凶杀奸情之类。所以，它可以在“三言”中选取《白娘子永镇雷峰塔》，却不选另一篇也很著名的“西湖小说”《沈小官一鸟害七命》。[④] 其编撰与明代田汝成编《西湖游览志》及《志余》实俱同样的情怀。此书还极少生硬的道德说教，行文也往往在平淡中见高雅，如《梅屿恨迹》的开头结尾，为主人公小青之恨作解释，寥寥数语，淡入淡出，极有韵致。

另外，清初白话短篇小说中的一些议论情理兼备，有时还带有明末小品文的风格，显示了文人的审美趣味，也为小说增色生辉不少。如李渔《十二楼·夏宜楼》中有一段关于荷花的议论：

---

① 《中国历代笑话集成》第一卷，时代文艺出版社，1996 年，第 542 页。

② 《贾凫西木皮词校注》，齐鲁书社，1982 年，第 16 页。

③ 参见沈新林：《论李渔小说中的自我形象》，《明清小说研究》1989 年第 4 期。黄强《李渔研究》（浙江古籍出版社，1996 年）中对沈作提出异议，但也肯定《三与楼》、《闻过楼》是李渔的自寓之作。

④ 据《七修类稿》卷四十载“沈鸟儿”已成杭州俗语，可知此作也当为人熟悉。

世间可爱的花卉不知几千百种，独有荷花一件更比诸卉不同：不但多色，又且多姿；不但有香，又且有韵；不但娱神悦目，到后来变作莲藕，又能解渴充饥。古人说他是“花之君子”，我又替他别取一号，叫做“花之美人”。这一种美人，不但在偎红倚翠、握雨携云的时节方才用得他着，竟是个荆钗裙布之妻，箕帚蘋蘩之妇，既可生男育女，又能宜室宜家。自少至老，没有一日空闲、一时懒惰。开花放蕊的时节，是他当令之秋，那些好处都不消说得，只说他前乎此者与后乎此者。自从出水之际，就能点缀绿波，雅称荷钱之号。未经发蕊之先，便可饮漱清香，无愧碧筒之誉。花瓣一落，早露莲房。荷叶虽枯，犹能适用。这些妙处，虽是他的绪余，却也可矜可贵。比不得寻常花卉，不到开放之际，毫不觉其可亲，一到花残絮舞之后，就把他当了弃物。古人云：“弄花一年，看花十日。”①

这样的议论妙语连珠，不常见于小说中，却与李渔的小品文《芙蕖》无论在思理意绪上、还是在遣词造句上，都如出一辙。《豆棚闲话》第六、九则等处对豆棚景致的描写，亦声色并作，清润可喜，韵味无穷，不及细摘。

在思想风格上，与早期话本的驳杂乃至浑沌不同，清初白话短篇小说在明晰清澈中又有流于单纯的一面，立意也更加显豁，概念化成为不少作品的特点。这里说“特点”而不像习惯上说“弊病”，是因为这种概念化不一定就是思想的简单化，而可能与某种艺术追求联系在一起。如李渔小说习惯借鉴戏曲角色的特点，将人物类型化，在《十二楼·合影楼》中，他就描写了两个闲住的缙绅，一姓屠，一姓管。姓屠的由黄甲起家，官至观察之职；姓管的由乡贡起家，官至提举之职。他们是一门之婿，“才情学术，都是一般，只有心性各别。管提举古板执拘，是个道学先生；屠观察跌荡豪华，是个风流才子”。而他们的儿女就在他们的强烈反对与阻挠下，结成了美满的姻缘，从中调停的路子又不偏不倚，恰好在两者之间；他们的矛盾与协调，正是李渔所着意表现的戏剧冲突，从本质上说，则是他思想的反映。李渔在他的《慎鸾交》传奇中，也塑造了一位风流道学的典型——华秀实，此人一上场便声称：

小生外似风流，心偏持重。也知好色，但不好桑间之色；亦解钟情，却不钟偷外之情。我看世上有才有德之人，判然分作两种：崇尚风流

① 《十二楼》，上海古籍出版社，1992年，第40页。

者，力排道学；宗道学者，酷诋风流。据我看来，名教之中不无乐地，闲情之内也尽有天机，毕竟要使道学、风流合而为一，方才算得个学士文人。①

《合影楼》其实正是这一观念的翻版。这种概念化、象征性的人物在早期话本小说中是不多见的，它与文人作家追求主题的明快是一致的。这甚至在人物的命名上也可以看出，如《十二笑》中的崔命儿即"催命儿"，巫晨新即"无诚心"，墨震金即"没正经"等。类似的命名明代小说已偶尔有之，至李渔等人的作品以及《红楼梦》等中则时常可见，表明这也是文人小说的一个惯例。

另一方面，白话短篇小说变得更富于隐喻性。即使简单的情节也有丰富的题外之旨，例如《醉醒石》中有一篇《高才生傲世失原形》，描写一个才子李微以恃才傲物、愤世嫉俗，变为猛虎。这一故事出自唐人小说《宣室志》，但作者有所发挥，通过变形将文人怀才不遇、心高气傲的精神状态表现得异常鲜明。

关键在于作者的态度，比如《豆棚闲话》就突出了一个"闲"字。即使是在《首阳山叔齐变节》这样的取材于历史的作品中，作者却并不像历史小说家那样渴求"以史为鉴"的思考，也没有话本小说常有的道德教训和正言说论，他始终在轻松随意地说闲话、抒闲情、寄闲趣。豆棚下，既有书场的热闹，又有书院的氛围；既以新奇的故事取悦大众，又以高贵的精神诉求迎合在野的文人。由于排除了任何功利的目的，处处表现出一种乡间的、自然的游戏心态，因而体现了难得的平等交流和宽容。所以，与《豆棚闲话》中的其他作品一样，这篇小说也采用了灵活的叙述角度，叙述者与接受者间的讨论，构成了一种众声喧哗的思想表现方式。他们营造出一个共同的意识，就是不在圣贤面前缩手缩脚。对他们来说，历史情境的重现与其说是为了还原历史的本真，不如说是要表达一种对自我的肯定。只有当神圣的东西不再具有居高临下的姿态时，每个人的精神才可能获得前所未有的解放。《豆棚闲话》的最后一篇《陈斋长论地谈天》，作者在虚拟的儒、释、道思想交锋中，让所有执其一端的人都感到兴味索然，表明了作者善于消解却无意建构的思想特点，这反而使作品带有了些许现代小说自由开放的意趣。

这里还有一个问题值得专门提出来讨论，那里是在很多小说、包括话本

① 《慎鸾交》第二出《送远》。

小说中广泛存在的因果报应问题。在清代短篇白话小说中，作为道德教训思想基础之一的因果报应观念，发生了微妙的变化。我们可以以《人中画》中的《狭路逢》为例。这篇小说描写湖广商人李天造丧妻后，携子春荣外出做生意。遇风浪船覆落水，幸而得救。春荣则逆流而上，为季寡妇收留，认为义子。天造在苏州帮助一个生意折本的商人傅星摆脱了纠葛，又委托他去芜湖贩卖货物。傅星售得银两，念及因负债外出，女儿被乡宦掠为人质，竟卷款而去。后来，春荣参加科考，途中救护了一位遭受欺凌的少女，此女正是傅星之女。傅星归来，遂令女儿与春荣结亲，而天造也在神明帮助下，得与春荣重逢，并与季寡妇再婚。作品也强调了天道赏罚与因果报应的思想。耐人寻味的是，小说结束时，不但李天造自此之后，一家和顺，傅星也暖衣饱食，安享晚年。这种让负心之人居然也能得到善终的描写，与此前小说热衷渲染因果报应之惨烈，迥异其趣。

事实上，一些清代小说家开始不那么依赖因果报应这一情节布局中的惯例因素。他们也会描写因果报应，赏善罚恶的观念也没有改变，但是，在不少清代小说中，那种毫厘不爽的报应有时不过是传统小说谋篇布局的惯性思维的体现，因而可能只具有装饰性的意义。与此相关，在描写"善有善报"时，清代小说家虽然照例是写得喜气洋洋的，对"恶有恶报"，却不再刻意渲染了。如李渔的《谭楚玉戏里传情》中那个逼婚的富翁，原是个毁人婚姻、致人死命的小人，非但没有如《杜十娘怒沉百宝箱》中角色性质相近的那个孙富一样受到死的报复，反而得到了受害者谭楚玉的格外宽容，他说："若非此公一激之力，不但姻缘不能成，就连小弟，此时还依旧是个梨园，岂能飞黄腾达至此？此公非小弟之仇人，乃小弟之恩人也。"另一部清代话本小说集《鸳鸯针》表现得更为明显，它的第一卷《打关节生死结冤家　做人情始终全佛法》写主人公徐鹏子屡经小人陷害，等到权柄在握，却"一味以德报怨，全不记怀冤仇二字"，原谅了几乎置他于死地的恶人。第二卷《轻财色真强盗说法　出生死大义侠传心》中的主人公时大来同样饱受折磨，但后来同样表现了一种宽容大度。作品特意为作恶多端的贪官任某安排了一个貌美心善的女儿，又让他的宿敌侠客风髯子与其女成婚，并接来同住，更可谓"相逢一笑泯恩仇"，完全没有通俗小说中常见的那种除恶务尽的愤激情绪。

而在宽容的同时，清代小说家对现实的认识也更平实了。还是在《狭路逢》中，作者在写了傅星卷款而去时，就细致地展现了他内心的矛盾：

> 这夜事在心头，翻来覆去只是睡不着。心下想道："我一生从未曾见这些银子，今日既到我手，却又交还别人，几时再得他来？况我女儿

又当在别人家受苦,若拿这银子回去,赎了女儿,招个女婿,教他做个生意,养我下半世,岂不是晚年之福?若硁硁然执了小信,回去交还他,他不过称我一声好人。难道肯将这银子分些与我不成?"又想道:"只是李老爱我一片美情,我如何负他?若欲负他的银,恐天理难容。"又想一想道:"天下之财,养天下之人,那有定属?前日在他,便是他的;今日在我,便是我的。若定然该是他的,他就不该托我,今既托我,自是他误。我既到手,再要还他,岂非又是我误?况且李老尚有千金在手,还是个财主,不至穷苦,假如他桐油不长,两处只卖得千金,他也罢了。我这财主是落得做的。"又想道:"是便是这等,只是日后怎好相见?"又想道:"人世如大海一般,你东我西,那里还得相见?"①

经过这种反复算计,傅星才决定悄然而去。初衷既是为了救女,符合人之常情;救女之后,又以银赠婿,也算物归原主。因为没有挖空心思的恶意侵吞,所以在事情暴露时,亲情自然而然地就成了那一点道德瑕疵的涂改液。作者通过李春荣、李天造之口,从多方面为傅星辩护:"此事乃小婿与令爱婚姻有分,故幻出一段机缘,岳父若不如此,何能凑合?""亲翁虽负于我,然培植小儿一段高谊也可相偿了。"是非感当然还在,但对人物行为的看法却圆转多了。

这种平实的描写并不是偶然的,《八洞天》中有一篇《正交情》,也写了一个叫甄奉桂的人为贪财而忘恩负义,后来他多食厚味而患背疽,又误信医生之言,多吃人参进补,以致发胀而死。从报应的角度说,这是因为他"坏了心肝五脏,故得此忌症"。但作者又进一步解释说:"他若不曾掘藏,到底做豆腐,那里有厚味吃,不到得生此症。纵然生此症,那里吃得起人参,也不到得为医生所误。"显然,所谓果报不爽在作者那里是另有符合现实逻辑的理解的。这正如同样写了很多因果报应故事的纪昀所说的那样:"君疑因果有爽耶?夫好色者必病,嗜博者必贫,势也;劫财者必诛,杀人者必抵,理也。"(《阅微草堂笔记》卷八)不把由因得果这一生活中常见的现象神秘化,而认为它是势所必然、理所应得的,体现的其实是一种现实的因果论。

由于这些小说采用了宽容的态度和平视的眼光,使小说朴实无华的叙述更逼近了人性的真实。换言之,因果报应的柔性化,也可以说是人们正确认识自我与社会的一个开始。从这一角度看,清代话本小说衰落的原因,绝

---

① 《中国古代珍稀本小说》第九册,春风文艺出版社,1994年,第70页。

不仅仅是道德教训的加重，毋宁说是相反，正是上述因果报应的柔性化，稀释了话本小说道德教训的强度，使小说内在的情节张力得到舒缓甚至瓦解，这应该说是一种进步。问题是，这种张力本来是与话本小说体制相适合的一种叙事策略。当一种传统受到挑战，理应有另一种更令人信服的思想武器出来填充，清代小说家只走了前一步，还没有迈出后一步，这可能才是话本小说衰落的一个原因。

第三节　圆熟与超越：小说文体的新变及局限

清初白话短篇小说在文体上有不少创新，也有一定的局限。这种新变及局限在很大程度上是由于白话短篇小说作为世俗文化的产物与文人精神载体之间的磨合、游移造成的。

就总体而言，清初短篇白话小说是话本体制发展到圆熟阶段的产物。因此，在小说的形式结构上，表现得游刃有余。与此相对应的、也是更值得注意的是，清初短篇白话小说对传统话本体制的超越，这种超越使之获得了更大的自由，从而更充分地发挥了短篇小说的特长。

小说文体的明显变化是体制的灵活，表现之一则是短篇小说的章回化。如《载花船》四回叙一故事，《十二楼》、《照世杯》等都对短篇小说进行了分回标目。有一种流行的观点认为，这反映了白话短篇小说向中篇小说的过渡。其实，所谓短篇与中篇，本来很难划一条鸿沟。《珍珠舶》每篇分三回，江苏古籍出版社《中国话本大系》校点者即断为中篇，而类似的作品甚至更长的，却又多有称为短篇的。实际上，若以篇幅论，清初许多小说即使在一集中也并无一定之规。《连城璧》丑集颇短而午集甚长；《十二楼》中长者如《拂云楼》分六回，短者如《夺锦楼》仅一回。这些长短不一的篇什，在作者的创作态度和方法上自无区别。相比之下，以才子佳人小说为代表的中篇小说则多在十至二十回之间。当时，题署“天花(藏)主人”和“烟水散人”的中、短篇小说各有若干，作者俱是因事命篇、随物赋形的，绝无拉长截短之意；若以情节段落论，也有耐人寻味之处。标准的章回应是一个独立的情节单元，清初短篇白话小说中这样的章回自然不少。但也并不都如此，《照世杯》每篇正文有若干俪句标题，内容却长短不一，只是貌似章回而已。《四巧说》之《赛他山》据其《七松园弄假成真》改编，整饬标题，分为六“段”。是书其他三篇出自《八洞天》，《八洞天》原无章回，至此也被分别标出六“段”；而各段题目又只见于书前总目，篇中并未划分。可见，这种分段只是为了便于阅读。从小说史的发展来看，短篇小说的分回在早期话本中就已存在，《醉翁谈录》中提到小说可分数千回自然是夸张之词，但《碾玉观音》等作品也确有分回的痕迹。不过，早期话本小说中的分回主要是建立在说书分回讲述基础上的；而清初白话短篇小说的章回化则与它的书面化联系在一起。例如李渔在分回处常有“看官们看到此处，也要略停慧眼，稍掬愁眉，替他存想存想”、“暂抑谈锋，以停倦目”之类话，显然是为了方便阅读而设置段落。当然，这样做也是为获得一种更好的阅读效果，李渔在《十二楼・夏宜楼》中就说过：“做小说者偏要故意迟迟，分一回另说。……比一口气做成的，又好看多少。”值得注意的是，短篇小说一旦章回化，又会产生其独立的文体意义。

众所周知，话本的体制大体可分为入话及头回和正话，它们相互映衬，连成一体。一旦分出章回，就容易失去照应。而且以一头回对若干回正话，比例上也更形悬殊。所以，许多小说干脆取消了头回，如《人中画》每篇分二至四回不等，一篇之前无头回，而各回之前却有篇首诗词，这相当于有几个“准篇首”。当然，也有另一种情况，《娱目醒心编》多分两回，头回与正话各占一回，如卷九《赔遗金暗中获隽　拒美色眼下登科》头回正话，各叙一事，俱见标题。实际上头回即篇中第一回具有了与正话即第二回同等的地位；而第二回又自有回前诗，相当于入话，换言之，只此一回，亦符合话本惯例。这种畸轻畸重就是固守原有体制造成的。其实，头回之有无，也正如其他外部特征一样，并不是那么重要的；重要的是体制活性化。事实上，现存宋元话本在体制的完整性上，恐怕还比不上明末的一些“拟话本”如“二拍”之类。但没有人会怀疑前者比后者更接近说书艺术的本来面目。因为，也许正是那种不完整性为说书人提供了即兴发挥、施展自己雄辩口才的机会。而过于完整的体制与描写则是书面化初起阶段的表征，一旦发展到圆熟时，就孕育出新的变化。李渔在《连城璧》之《谭楚玉》即声称：“别回小说，都要在本事之前另说一桩小事，做个引子；独有这回不同，不须为主邀宾，只消借母形子，就从粪土之中，说到灵芝上去，也觉得文法一新。”正可见出这种求新意识。同样，如《西湖佳话》、《雨花香》等的开篇就进入正话，也是在圆熟中超越出来的。

在叙述上，清初白话短篇小说也有一些值得注意的变化。首先，叙述者的身份和地位有所不同。早期话本的叙述者是以“说话人”的面目出现的，其叙述风格是讲述式的，与听众保持着一种平等的交流。而清初白话短篇小说的叙述者通常带有“著作者”的口吻，叙述风格是记述式的，因而较少讲述时的临场特点。虽然平等的交流依然是理想的叙述语调，但文人的自说自话、高谈阔论乃至居高临下的宣讲却不时流露出来。最典型的是议论的大量增加。这一点在"二拍"、《西湖二集》等明末文人白话短篇小说中已有体现。而清初白话短篇小说更为普遍和突出。他们甚至以此自豪。《肉蒲团》第五回回末评云："从来小说家，止有叙事，并无议论。即有议论，旁在本事未叙之先，敷衍一段做个冒头。一到入题之后，即忙忙说去，犹恐散乱难收，岂能于交锋对垒之时，作挥麈谈玄之事。"这其实就反映了当时小说家的态度与实践。其议论之多，随处可见。而且与明人议论主要用于揭示主题、突出劝惩不尽相同，清初小说家多喜欢借议论阐发自己的思想情趣。如《十二楼· 夺锦楼》在一番通达的议论后，李渔说："这番议论，无人敢道，须让我辈胆大者言之。"正表明他的议论不同于早期话本中的议论多以"公论"出之。同书《萃雅楼》开篇关于"雅俗"的大段议论，也表现了李渔的清谈兴致。这种夹叙夹议使得清初白话短篇小说的文人特性发挥得淋漓尽致。

其次，是叙述方式的变化。早期话本的作者虽然有"书会才人"一说，但基本上被重叠在叙述者即"说话人"中，因此叙述层次只包括"叙述者——人物"两方面，至多有时在引用诗词评论时，加上完全外在的"前人"、"当时有人"之类。而清初白话短篇小说却不这么简单。一方面，在有的小说中，"隐含作家"从叙述者中凸现出来[①]。如李渔小说中李渔本人就经常以第一人称"我"出现在作品中。另一方面，则是叙述者有时又从"隐含作家"分离出去。如《豆棚闲话》的叙述层次就更为复杂。以其中第一则《介子推火封妒妇》为例，一开始有一个"主叙述者"（"我"即艾衲）介绍叙述背景；接下来就是"次叙述者"（"老成人"）与"听众"（"后生"）的对谈；在对谈中，"次叙述者"又引出了"第三层叙述者"即作品中的山东蒙师和山西驴夫。故事由此得以逐步展开。叙述者的多层次及虚拟听众的进入作品叙述层面，瓦解了"主叙述者"体现的权力话语，丰富了作品的叙述语调。如同书第七则开篇就对第六则正面叙述的故事提出了委婉的批评；而第十二则陈斋长的长篇大论被不少学者认为是作者思想的表露，其实，就在篇尾，作者又通过"听众"将其斥为"迂腐"，令读者莫衷一是。这种复杂内涵是以前话本的单一叙述所不可能具备的。

在叙述具体情节时，早期话本由于说书的特性，常用正叙法，依次介绍

---

① 关于"隐含作家"，参见韦恩·布斯《小说修辞学》（广西人民出版社，1987 年中译本）第六章的论述。

故事的原委。而清初白话短篇小说不再拘泥于自然时间的先后,《十二楼·夏宜楼》中先叙瞿吉人对詹小姐及其周围的事十分清楚,然后才叙述他购卖千里镜事,就是标准的倒叙。这样的倒叙在早期话本中是难得一见的。对于素材的剪裁,清初白话短篇小说也相当灵活。一般说来,早期话本,情节集中,细节丰满。"三言"中涉及苏轼的几篇小说皆是如此。而《西湖佳话》中《六桥才迹》也是以苏轼为主人公的,但它更像一篇传记,没有通常小说中必备的生动细节和情节高潮。不过,说这是个缺点,还不如说是文人小说的一个特点,至少对这部"佳话"体小说来说是如此。

在叙述语言方面,通常所谓的"韵散结合"也有所变化。早期话本中韵文极多,功能也各有不同。除了人物诗词外,还可以用于评论、点题、抒情、写景、状物、图貌等。清初白话短篇小说中的韵文明显减少[①],尤其是套语更为稀少。同时,韵文的功能也大大弱化了,主要集中在评论方面。如《醉醒石》某些篇目用诗并不少,但功能几乎都是为了点明思想、评论人事的。

至于语言风格,清初白话短篇小说固然也继承了以往白话小说的成就,保持和发展了通俗活泼的一面,但更突出的则是它的知识化、书面化、艺术化。语言知识化的一个突出表现是文人小说家习用成语、典故和具有文人特点的比喻,这一点甚至在小说的题目上也可以看出。当时,例如《八洞天》各篇在通常的对句标题外,又另立三字标题,卷一《补南陔》、卷四《续在原》都取意于《诗经》,卷八《劝匪躬》之"匪躬"则语出《易·蹇》;《五色石》诸题亦多类此,殊非一般读者所能明了。在具体行文中,更是成语典故层出不穷。这样的语言,文人阅读,自可会心;俗众翻看,就多有不便了。

与此相关,清初白话短篇小说更适合阅读而不适合演说。也就是说,白话短篇小说已从言语艺术蜕变为地地道道的语言艺术。例如长句式的运用时常可见,《五色石》卷六《选琴瑟》开头有这样一句"如今待在下说个不打诳语的媒人,不怕面试的妻子,自己不能择婿、有人代他择婿的妇翁,始初被人冒名、终能自显其名的女婿,与众官听",长达30余字,口头讲说,是不易听清的。同书《虎豹变》中又有《哀角文》、《戒掷骰文》两篇长赋,显然也更适于阅读。

小说语言从本质上说都是艺术语言,而清初白话短篇小说在语言的艺术化方面也有一些新的特点。一般来说,叙述语言更加雅致纯正,有时甚至接近文言的风格,与早期话本那种扣紧生活本真的火爆热烈殊不相类。人

---

① 参见陈大康:《论元明中篇传奇小说》,《文学遗产》1998年第3期。

物语言也往往因作者观念与修养的不同而表现出不同特点。如《十二楼·夺锦楼》中小江夫妇吵架,你一言我一语,完全以对句出之:

> 夫妻二口就不觉四目交睁,两声齐发。一边说:"我至戚之外,那里来这两门野亲?"一边道:"我喜盒之旁,何故增这许多牢食?"小江对着边氏说:"我家主公不发回书,谁敢收他一盘一盒?"边氏指着小江说:"我家主婆不许动手,谁敢接他一线一丝?"丈夫又问妻子说:"在家从父,出嫁从夫。若论在家的女儿,也该是我父亲为政。若论出嫁的妻子,也该是我丈夫为政。你有甚么道理,辄敢胡行?"妻子又问丈夫说:"娶媳由父,嫁女由母。若还是娶媳妇,就该由你做主。如今是嫁女儿,自然由我做主。你是何人,敢来搀越?"两边争竞不已,竟要厮打起来。①

这种语言很像戏剧的宾白,与李渔的小说是"无声戏"的思想是联系在一起的。这又表明小说语言的发展其实是个性化的一个表现。事实上,早期话本的语言个性化的特点是不明显的,它主要体现的是说书人的共性。类似李渔小说语言的那种幽默风格是不易在早期话本中看到的。

从接受的角度看,清初白话短篇小说更适合于品味、体会,而不是简单的"看官听说"。至少,对那些知识含量较高的作品来说,浮面的故事并不总是精彩纷呈、引人入胜的。代之而起的巧比妙喻、意象思维,却可能代表了作者和作品的个性。然而,也正在这当中潜伏着它的始料未及的危机。

第四节 短篇白话小说的变体与迷失

清中叶以后,短篇白话小说在经历了数百年的发展后,仿佛突然消失了,再也没有出现过"三言二拍"、李渔、艾衲居士这样的作家作品了。我们只是偶尔还能从某些原本不引人注目的地区,发现若干别致的作品。

刘省三的《跻春台》就是这样一部作品,这部小说集被认为是话本小说最后的值得一提的作品。这部小说集与此前的话本小说在体制上有一些明显的差别,最突出的是其中的作品穿插了大量的韵文,这些韵文多为人物的道白,很有可能是一种说唱形式的遗传。如《双金钏》叙常怀德、方淑英婚恋

---

① 《十二楼》,上海古籍出版社,1992年,第40页。

事。其中在描写怀德之父出资修建祠堂后，告竣之日，合族齐集，浩然站在中堂朗诵祖宗出世源由和祠中所悬条规：

常浩然立中堂一言禀告，尊一声阖族人细听根苗。
想始祖出世来费力不少，保太祖开基业一品当朝。
……
后生辈你与我快放火炮，常浩然整衣冠亲写报条。
大齐家站过来忙把喜道，吩咐了管厨司快上酒肴。

这一大套说词其实并非都是常浩然的道白，前后都有叙述人的口吻。而在母亲故去后，常怀德也有一大段哭词：

我的妈呀我的娘，为何死得这们忙？
丢下你儿全不想，孤孤单单怎下场？
去年儿把十岁上，出林笋子未成行，
年小要人来抚养，好似鸡儿怎离娘？
……
妈也，娘呀！
这阵哭得咽喉涨，我妈怎的不起床？
儿要与妈一路往，免在阳世受凄凉。

而当方淑英之父得知淑英以金钏资助穷书生常浩然时，与妻子发生口角，淑英连忙出来劝解道：

奴在闺中正清净，忽听堂前闹昏昏。
耳贴壁间仔细听，原来为的奴婚姻。
不顾羞耻升堂问。爹妈为何怒生嗔？
"就为我儿姻亲，与你妈闹嘴，不怕忧死人哟！"
闻言双膝来跪定，爹爹听儿说分明。
"我儿有话只管说来，何必跪倒？"
从前对亲多喜幸，两家说来都甘心。
公公在朝为股肱，宦门公子结朱陈，
个个都说儿命好，状元媳妇甚尊荣。
不幸公公废了命，可恨族长太无情，
将他家财都耗尽，常家公子才受贫。
并非嫖赌行不正，爹爹嫌他为何因？

“非我安心嫌他，只怕我儿嫁去难过日子。”
女儿原是菜籽命，肥土瘦土一般生。
培养得好必茂盛，不会栽培少收成。
公子年轻品端正，一得栽培便翻身。
爹爹呀！
既有银钱把水进，何不周济姓常人？
送他学堂读孔圣，一举成名天下闻！①

这里的韵文则是人物的应答之词。上述韵文，句式不尽相同，作用也有区别，而篇幅一般较长，风格俚俗，在以前的话本小说中是不多见的。

但《跻春台》也不是独立于小说史之外的作品，如其中的《心中人》就是从传奇小说《心坚金石传》演变出来的。出自明代陶辅编撰的《花影集》的《心坚金石传》叙述的是元代书生李彦直与妓女张丽容的爱情悲剧。李彦直与张丽容以诗传情，私订终身，并争得家长首肯。婚期将至时，丽容却被本路参政阿鲁台强征献予右相。彦直父子奔走上下，谋之万端，终莫能脱。丽容被送京路上，彦直徒步追随三千余里，终夜号泣，以致气绝而死，丽容也自缢于舟中。阿鲁台大怒，命人焚其尸，唯心不灰。其中有一小物如人形，其色如金，其坚如玉。衣冠眉发，纤悉皆具，宛然一李彦直。阿鲁台叹玩不已，又命人并发彦直尸焚之，其中也有一个金石般的张丽容。小说着重描写了李彦直执著专一，对张丽容以死抵御强暴的坚贞行为也寄予了强烈的同情。二人精诚所至，竟在心中凝聚成坚如金石的对方形象，而当两个人之像合为一处时，又化为血水。《心中人》的改动很大，在内容与形式上都别具一格。作品的男主人公胡长春的父亲是穷教书匠，张流莺的父亲张锦川是普通的医生，两人自幼定亲。没想到张锦川在给一过路官的妾看病时，此妾为官员正妻陷害致死，而张锦川蒙冤入狱。流莺卖身为奴，营救父亲。又乘便会晤长春，二人对天盟誓，永不负约另婚。谁知正德皇帝出诏选美，县官为图高官重任，欲献流莺。接下来的情节就与《心坚金石传》基本相仿。从作品的叙述可以看得出来，作者在改编原作时，大量增加了这一对情人的出身背景描写，强化了他们作为普通人的感情基础，为后面的悲剧作了更充分的铺垫。同时，作者还突出了流莺的反抗性。如面对县官的威逼，流莺说：

大老爷呀！奴的心与金石同坚同固，不怕他掀天势王法如炉。奴

① 《跻春台》，江苏古籍出版社，1993年，第1—18页。

已曾将此身置之外度，你就有三尺剑难把心诛。

由于通篇作品韵散相间，这一段话可能是由艺人演唱出来，其果决的语意，在现场表现当更为强烈。同样，长春在追随流莺进京的过程中，作者也通过人物的韵白，将其悲愤渲染到了极点：

> 想起我贤德妻肝肠痛断，不由我这一阵心如箭穿。自幼儿结姻亲遂我心愿，谁不称天生的一对凤鸾。那知妻卖了身又遭磨难，进县来偏遇着天杀昏官。……昏官呀，昏官！做此事你胜如把我头砍，做此事你犹似挖我心肝。昏官呀昏官，倘将妻献宫帏去把君伴，我情愿破性命去到阴间。拉昏官到三曹前来对案，我要你千万劫难把身翻。[①]

这种悲痛欲绝的控诉，较之《心坚金石传》简洁的叙述更富于感染力。而有了如此感人的渲染，后面的“心坚金石”描写也显得更具震撼力。遗憾的是，这篇小说的结尾加上了一个大团圆的尾巴：历尽苦难的情人，居然一个投生皇宫，成为公主；另一个投生相国府，理所当然地成为了驸马，“以结前缘”。

据新近发现，清末还有一些类似《跻春台》这样的作品[②]，但无论如何，从宋元话本小说发展而来的短篇白话小说已无可挽回地衰落了。

最难回答的问题是：为什么白话短篇小说没有直接发展为现代短篇小说？甚至连时间上的联系也似乎不存在。本来，这样的契机并非不存在。例如《豆棚闲话》与鲁迅的《故事新编》无论是古史传说的取材与翻案、还是油滑而又不失严肃的表现方式，都存在某种精神联系。[③] 然而，乾隆末期出现的《娱目醒心编》，似乎就为同类小说画上了句号。

很多研究者把清初白话短篇小说的迷失归咎于它的说教性。其实，就具体作品而言，有说教内容的未必低劣，一无教训的也不一定高明。何况说教并不是清初白话短篇小说唯一的内容，还有不少小说不仅有意淡化了说教，而且在开拓题材内涵上作了可贵的努力。联系整个白话小说发展来看，

---

① 《跻春台》，江苏古籍出版社，1993年，第315、316页。

② 参见竺青：《稀见清代白话小说集残卷五种述略》和《稀见清末白话小说集残卷考述》两文介绍了稀见清末白话小说集残卷《辅化篇》、《大愿船》、《保命救劫录》、《救劫保命丹》、《济险舟》、《照胆台》、《救生船》、《萃美集》等与《跻春台》属同类作品，他认为这些小说编创宗旨、叙事体制、艺术风格相同，组成了清末川刻白话短篇小说的作品“集群”，形成了清代小说史上地域特色鲜明的一个流派，在这些作品背后，活跃着一个目前学术界知之甚少的作家群体。两文分别刊于《上海师范大学学报》2005年第1期和《中国古代小说研究》第一辑，人民文学出版社，2005年6月。

③ 韩南《中国白话小说史》(浙江古籍出版社，1989年中译本)较早地指出了这一点，可资参考。

长篇小说在《儒林外史》、《红楼梦》后，也呈衰落之势。换言之，小说的颓势是全局性的，不独白话短篇小说为然。所以，孙楷第在《李笠翁与〈十二楼〉》中就曾结合清代士人志趣的专注于朴学来说明小说的低微。

另一个常被提及的原因是清初白话短篇小说的“拟话本”性质。从清初白话短篇小说作者的文体自觉意识来看，他们确实没有创造出一种全新的——如果有全新的话——白话短篇小说文体。就这一点而言，说他们在模拟传统话本，当然是实情。但是，只要话本文体没有发展到穷途末路，在文体意义上的“拟”就不构成其衰落的直接的和必然的原因。事实上，清初说书艺术还是很有市场的。如果从相反的角度看，清初白话短篇小说的“拟话本”，“拟”得还不如明代一些同类小说多，恐怕也说得通。所以，如果我们坚持要用“拟话本”的概念，从小说发展方面来说，至少应明确两点。首先，话本的可拟性，即它在内容选材、叙述方式等方面客观存在的可以模仿、效法的地方。提出这一点，是因为通常所说的话本直接关联着说书艺术，而后者具有许多不可拟因素，如表演性等。其次，“拟话本”作者模拟行为的动机、方式、程度和效果，这些具体而微的差别也往往被研究者忽视。而事实上，这当中可能正包含着一个小说家的个性。毋庸讳言，清初白话短篇小说在体制上确实存在着先天不足。在实际创作中，类似李渔、艾衲居士等人的富有创意的作品并不多见。其间尚有《雨花香》、《通天乐》这样的作品，满足于题旨故事的陈述，几乎失去了对文体的关注，类似于白话笔记。稍后的《娱目醒心编》则代表了固守话本体制、毫无革新意识的创作倾向，是从清初白话短篇小说已经取得的成就上的倒退；再往后的《跻春台》尽管命题行文皆不累赘，内容也富于生活气息，但在文体形式上仍无实质性突破。白话短篇小说终于淡出文坛，实非偶然。

不过，更重要的原因也许是由于话本小说原属市民文学，创作者和接受者都以普通市民为主，而清初白话短篇小说的作者基本上是文人作家，但文人又不大可能成为它们的主要接受者，他们也许更愿意欣赏当时一度中兴了的文言小说如《聊斋志异》、《阅微草堂笔记》之类。清乾隆间曾衍东写过一部文言小说集《小豆棚》。在自序中，他反复强调一个“闲”字。光绪时项震新则在此书的《叙》中径称其为《小豆棚闲话》，说《豆棚闲话》“自出机杼，成一家言”，而《小豆棚》“其义类颇相似”，且在其上。这足以证明文人的审美情趣仍顽强地左右着他们对小说评判的价值标准，即使是《豆棚闲话》这样的文人精神极为鲜明的优秀作品，也在这一标准下相形见绌。

因此，文人精神虽然被裹挟进了小说，却不足以改变它的世俗性质。如前所述，文人精神的一个核心因素是个性化的思维。而在清初白话短篇小说中，那种如同吴敬梓、曹雪芹所具有并且成功地加以表现了的个人化的挫折、失意、忧伤、忏悔等情感，还没有从群体的喜怒哀乐中凸现出来。传统话本早已形成的故事性叙事定势，也使文人小说家还不习惯借此短小篇幅思考重大的人生哲学问题，因而文人的强项没有得到充分的表现。究其实质，这些小说家本身也是边缘化人物，他们未能跻身上层，又不甘于下层，游移两途却不能左右逢源。应当说，小说文本的意义在他们手中还是有所强化，但就总体而言，世俗文化所关心的道德改良并没有提高到精英文化所强调的类似《儒林外史》、《红楼梦》中那样的终极关怀，偶尔流露的忧世伤时也总是被道德说教模式含摄，丰富的人文信息在小说中往往成了一种叙事过程中可有可无的点缀和卖弄，而文人创作心理上的缺陷却在小说中扩大了，例如有意无意地回避矛盾等；与此相对的是，通俗小说本来具有的情感浓度与原生态的勃勃生机却不同程度地受到了损害，表层的娱乐性弱化更加剧了它与大众的疏离。所以，清初白话短篇小说从一开始就面临着一个矛盾，即文人精神与世俗载体的矛盾。文人创作的白话短篇小说无法深入市民社会，也无法深入文人群体本身。这大概就是它应运而生又无疾而终的宿命吧？

第四章　文言小说的中兴

虽然宋以后文言小说的创作持续不断，也出现了一些新的发展变化，但与白话小说蓬勃兴起的局面相比，文言小说没有引起广泛的注意。从文体上看，文言小说最有意义的进展本身没有离开白话小说的影响，如前面论及的传奇小说的世俗化等特点就是如此；而白话小说却在创作中涵盖着文言小说，短篇白话小说以文言小说为本事出处就是明显的表现。在这种背景下，文言小说的进一步发展就受到了很大的制约，如继续向白话小说靠拢，无异于取消自己存在的价值；如回归传统的文言小说，文化背景与小说的接受群体及其阅读习惯都发生了很大的变化，也就是说失去了完全回归的可能。可能的选择是，在形式上更多地回归文言小说的传统，而在内容上尽可能地贴近时代与社会。《聊斋志异》走的正是这一条道路。它获得了巨大的成功，并由此带动了文言小说的中兴。无论从创作数量上，还是从持续的时间上，或是从社会影响上，清初开始的文言小说热潮，都成为同时期小说创作不可忽视的现象。

第一节　《聊斋志异》：乡村知识分子的精神世界

文言小说家中，大多是一些有功名的士大夫，他们的活动范围主要是官场或文人的社交圈中；而白话小说家，大多是生活在市井的下层文人。蒲松龄则不同，他的一生几乎很少离开乡村。因此，他的小说所展现的也是一个乡村知识分子的精神世界。

一、蒲松龄的立场与情趣

《聊斋志异》中有一篇《绛妃》，是蒲松龄以第一人称口吻自叙“经历”之作，其中写道：

癸亥岁，余馆于毕刺史公之绰然堂。公家花木最盛，暇辄从公杖履，得恣游赏。一日，眺览既归，倦极思寝，解屦登床。梦二女郎，被服艳丽，近请曰："有所奉托，敢屈移玉。"余愕然起，问："谁相见召？"曰："绛妃耳。"恍惚不解所谓，遽从之去。……酒数行，余辞曰："臣饮少辄醉，惧有愆仪。教命云何？幸释疑虑。"妃不言，但以巨杯促饮。余屡请命，乃言："妾，花神也。合家细弱，依栖于此，屡被封家婢子，横见摧残。今欲背城借一，烦君属檄草耳。"……余素迟钝，此时觉文思若涌。少间，稿脱，争持去，启呈绛妃。妃展阅一过，颇谓不疵，遂复送余归。醒而忆之，情事宛然。[1]

紧接着是一大篇《讨封氏檄》。所谓封氏即风神与花神的矛盾，唐代郑还古《博异志》中已有描写，而蒲松龄将自己引入小说中，是一种自展才情的游戏笔墨。无独有偶，蒲松龄在一篇题为《狐梦》的小说中又写道：

余友毕怡庵，倜傥不群，豪纵自喜。貌丰肥，多髭。士林知名。尝以故至叔刺史公之别业，休憩楼上。传言楼中故多狐。毕每读《青凤传》，心辄向往，恨不一遇。因于楼上，摄想凝思，既而归斋，日已寖暮。

果然，毕怡庵做了一个梦，梦中与狐女欢会，其间狐女与毕有一段对话：

怅然良久，曰："君视我孰如青凤？"曰："殆过之。"曰："我自惭弗如。然聊斋与君文字交，请烦作小传，未必千载下无爱忆如君者。"

最后，蒲松龄写道："康熙二十一年腊月十九日，毕子与余抵足绰然堂，细述其异。余曰：'有狐若此，则聊斋之笔墨有光荣矣。'遂志之。"[2]这篇小说同样表现了蒲松龄在小说写作上的随意，这种随意是小说文体成熟后，小说家在创作中的一种自由心态。

蒲松龄，字留仙，号柳泉居士，是生活在山东淄川蒲家庄的一个乡村知识分子。他出生于一个衰落的书香门第，从小热衷功名，却屡试不中，穷愁潦倒，其中所感受的耻辱，令他刻骨铭心。在他的一生中，除了在三十一岁时曾应朋友孙蕙的邀请，做过一年幕僚外，大部分时间都是坐馆教书。这种

① 《聊斋志异》(会校会注会评本)第二册，上海古籍出版社，1986年，第739—740页。本书所引《聊斋志异》悉依此本。

② 《聊斋志异》第二册，第618—622页。

简单的经历使蒲松龄虽与缙绅名流有所接触，但更多的却是与普通乡民交往。这一点从蒲松龄的著述也可以看出，他曾经写过不少俚曲与杂著，如《日用俗字》、《农桑经》、《婚嫁全书》、《药祟书》、《历字文》等，这些著作表明蒲松龄面向大众的文化关怀，也构成了他与其他小说家不同的精神品格。

应当说，蒲松龄的身份与小说创作和传播的主流都有一定的距离。清代有一个流传很广的传说，称蒲松龄完成《聊斋志异》，王士祯欲以重金市其稿，蒲坚不与，因加评骘而还之。[①] 这一传说虽不可信，但揆情度理，产生的根源却说明蒲松龄的身份至少是难以让《聊斋志异》传世的。换言之，对小说史而言，这部文言小说在清代山东农村的产生，其实是有一定偶然性的。而它还是出现了，并大量传播开来，又表明文言小说仍然有着广阔而深厚的土壤，显示着一种必然性。

蒲松龄才华过人却久困乡间，一腔孤愤，百无聊赖，只得寄托于荒诞无稽的鬼狐故事。在这一点上，他是中国古代小说家共有的寒儒意识的典型体现者。然而，寒而不酸，卑而不陋，却又使他最终超越了个人的孤寂，将丰富的情感升华为自由奔放的想象。从具体创作来看，《聊斋志异》继承了历代文言小说，特别是志怪、传奇的成就，但又有所创新。与志怪相比，它的文学创作意识更明确；而与唐传奇相比，它则有更丰厚的民间文学基础，同时又饱含了作者的创作激情。

《聊斋志异》近500篇作品，题材丰富，举凡各种社会现象、现实问题、人生哲理，在这部小说集中都有不同反映；最为突出的则是描写了士人的精神世界，其中有关科举制度的弊端及其对社会、尤其是对文人心理造成的严重影响，因为与蒲松龄的亲身经历密切相关，所以是他着力表现的题材之一。如《贾奉雉》中，“才名冠一时”的贾奉雉，屡试不第。经人劝告，乃将以往试卷中的拙劣文句连缀成篇，竟高中经魁，说明考场上标准的颠倒。《司文郎》则写一瞽僧（原为前朝名家），能嗅出文章优劣，考试结果却与其判断相反。瞽僧感叹说：“仆虽盲于目，而不盲于鼻；帘中人并鼻盲矣。”而这位“帘中人”的文章更为拙劣，瞽僧嗅后，忽向壁大呕，下气如雷，称“初不知而骤嗅之，刺于鼻，棘于腹，膀胱所不能容，直自下部出矣”！这迹近恶谑的描写，讽刺了

① 此事《三借庐笔谈》卷十、《新世说》卷六、《桐阴清话》卷一、知不足斋本《聊斋志异·例言》、金坛王氏分类选刊本《聊斋志异》宋允睿跋文等都有记述。《冷庐杂识》卷六、鲁迅《小说旧闻钞》等则认为此说不足信。但蒲松龄在《简王阮亭司寇》中，确曾感谢过王的评点，并希望借助王“游扬而传流”。他还有《次韵答王司寇阮亭先生见赠》等诗表明这一文字交。

考官一窍不通。

如果说《贾奉雉》、《司文郎》中的描写还可能出于一种考场失利者的发泄，那么，蒲松龄对科举士子如痴如狂的精神状态的刻画，则更具深度。《叶生》就展示了一个屡试不第的士子痛苦的灵魂。作品中的叶生在乡试失败后，“形销骨立，痴若木偶”，病故后魂从知己，以平生制艺才学授徒，使之中亚魁，“使天下人知半生沦落，非战之罪也”。后来，“生入北闱，竟领乡荐”。及至衣锦还乡，才知自己早已亡故，叶生“怃然惆怅”，“扑地而灭”。这一描写形象地表现了士子怀才不遇以致死不瞑目的抑郁，抒发了作者强烈的同情。《王子安》也是如此，作品描写困于场屋的名士王子安在等待放榜时为狐仙戏弄的迷狂心理。在精神错乱中，他误以为自己已中进士，自念不可不出耀乡里，丑态百出。篇末蒲松龄有一段议论：

> 秀才入闱，有七似焉：初入时，白足提篮，似丐。唱名时，官呵隶骂，似囚。其归号舍也，孔孔伸头，房房露脚，似秋末之冷蜂。其出场也，神情惝怳，天地异色，似出笼之病鸟。迨望报也，草木皆惊，梦想亦幻。时作一得志想，则顷刻而楼阁俱成；作一失志想，则瞬息而骸骨已朽。此际行坐难安，则似被絷之猱。忽然而飞骑传人，报条无我，此时神色猝变，嗒然若死，则似饵毒之蝇，弄之亦不觉也。初失志，心灰意败，大骂司衡无目，笔墨无灵，势必举案头物而尽炬之；炬之不已，而碎踏之；踏之不已，而投之浊流。从此披发入山，面向石壁，再有以“且夫”、“尝谓”之文进我者，定当操戈逐之。无何，日渐远，气渐平，技又渐痒；遂似破卵之鸠，只得衔木营巢，从新另抱矣。如此情况，当局者痛哭欲死，而自旁观者视之，其可笑孰甚焉……①

这一番议论，是对士子的嘲讽；由于作者就是个中人，这其实也是作者的一种自嘲；其中“大骂司衡无目”、“披发入山”正是《贾奉雉》、《司文郎》的内容，所以，这种自嘲又反映了蒲松龄在精神上的超越姿态。也正是因为如此，蒲松龄还从整个社会的角度审视了科举制度的影响，如《胡四娘》叙述在程生功名得遂前，众人对其妻子胡四娘百般揶揄冷落，甚至兄弟的婚宴也未予邀请。而一旦程生高中的信函寄达，“兄弟发视，相顾失色。筵中诸眷客始请见四娘，姊妹惴惴，惟恐四娘衔恨不至。无何，翩然竟来。申贺者，捉坐者，寒暄者，喧杂满屋。耳有听，听四娘；目有视，视四娘；口有道，道四娘也”。

① 《聊斋志异》第三册，第1231页。

这一前倨后恭的态度变化，针砭了世态炎凉的风气。

从小说史上看，在蒲松龄之前的小说虽然也有一些涉及到科举制度问题，如“三言”中的《老门生三世报恩》之类，但总体来说，还很不全面，相关作品的焦点也多集中于士子个人的命运上，像《聊斋志异》这样从不同层面展开对此一问题的描写，蒲松龄实有拓展之功。

尽管在科举道路上抑郁苦闷，但蒲松龄仍然对生活充满了一种津津有味的热爱，这主要表现在他那些描写爱情的作品中，如《娇娜》、《连城》、《阿宝》、《婴宁》、《青凤》等。在这些作品中，作者精心塑造了许多志诚朴实的男子，他们那种痴迷情态，令人感叹不已；至于由花妖狐精幻化的少女们，更是聪明善良、美丽多情，具有明显的理想色彩。

在《娇娜》中，书生孔雪笠对狐女娇娜有爱慕之意，却与另一狐女松娘结了婚。一次，孔生奋不顾身从鬼物的魔爪中营救娇娜，被暴雷震毙；娇娜获救后，不顾男女大防，与孔生口吻相接，将丹丸度入其口中，使孔生死而复生。对于这种纯真的情谊，蒲松龄赞叹道：“余于孔生，不羡其得艳妻，而羡其得腻友也。观其容可以忘饥，听其声可以解颐。得此良友，时一谈宴，则色授魂与，尤胜于颠倒衣裳矣。”这一段评论很典型地表现了蒲松龄的观念，虽然在潜意识中，他没有也不可能摆脱男性中心的叙事立场，但在描写男女之情时，他看重的是感情上的、精神上的交流与满足，在当时仍然是不可多得的新思想。

《瑞云》中的贺生与瑞云追求的就是这样一种知己之爱。名妓瑞云对达官贵人、富商公子极为冷淡，却对“痴情”的穷书生贺生寄予厚爱。瑞云忽生“奇疾”，变得“丑状如鬼”，贺生却不改初衷，为瑞云赎身，并娶为妻室，他说：“人生所重者知己。卿盛时犹能知我，我岂以衰故忘卿哉。”在当时的社会背景下，这是一种非常可贵的思想。观念一致而描写更为曲折的还有《连城》，这篇小说设计了一个奇特而又具有象征性的情节，当连城一病不起时，西域头陀所开处方需男子胸前肉一钱合药服，由连城父亲选定的未婚夫、盐商之子王化成却对连父笑道：“痴老翁，欲我剜心头肉也?”表现得极其冷漠。而当连城父公开盟誓“有能割肉者妻之”，乔生慷慨割肉相救。连城病愈后，连父在王化成的逼迫下不得已违约，愿以千金酬谢乔生，乔生正色道：“仆所以不爱膺肉者，聊以报知己耳，岂货肉哉?”正是由于有这种强烈的知己之爱，乔生与连城终于超越生死，结成了美满的姻缘。

作为一个知识分子，蒲松龄还表现了一种对知识与智慧的推崇，尤其是一些仙女狐妖被写得很是聪明灵慧，也就是所谓“解颐良友”，如《仙人岛》、

《翩翩》、《狐谐》、《嘉平公子》等。以《仙人岛》为例，篇中描写了一个自视甚高的士子为仙女调侃、嘲谑的有趣场面：

……酒数行，一垂髫女自内出，仅十余龄，而姿态秀曼，笑依芳云肘下，秋波流动。桓曰："女子不在闺中，出作何务？"乃顾客曰："此绿云，即仆幼女。颇惠，能记典、坟矣。"……桓因谓："王郎天才，宿构必富，可使鄙人得闻教乎？"王即慨然诵近体一作，顾盼自雄，中二句云："一身剩有须眉在，小饮能令块磊消。"邻叟再三诵之。芳云低告曰："上句是孙行者离火云洞，下句是猪八戒过子母河也。"一座抚掌。桓请其他，王述《水鸟》诗云："潴头鸣格磔……"忽忘下句。甫一沉吟，芳云向妹呫呫耳语，遂掩口而笑。绿云告父曰："渠为姊夫续下句矣。云：'狗腚响弸巴。'"合席粲然。王有惭色。桓顾芳云，怒之以目。王色稍定，桓复请其文艺。王意世外人必不知八股业，乃炫其冠军之作，题为"孝哉闵子骞"二句，破云："圣人赞大贤之孝……"绿云顾父曰："圣人无字门人者，'孝哉……'一句，即是人言。"王闻之，意兴索然。桓笑曰："童子何知！不在此，只论文耳。"王乃复诵，每数句，姊妹必相耳语，似是月旦之词，但嚅嗫不可辨。王诵至佳处，兼述文宗评语，有云："字字痛切。"绿云告父曰："姊云：'宜删"切"字。'"众都不解。桓恐其语嫚，不敢研诘。王诵毕，又述总评，有云："羯鼓一挝，则万花齐落。"芳云又掩口语妹，两人皆笑不可仰。绿云又告曰："姊云：'羯鼓当是四挝。'"众又不解。绿云启口欲言。芳云忍笑诃之曰："婢子敢言，打煞矣！"众大疑，互有猜论。绿云不能忍，乃曰："去'切'字，言'痛'则'不通'。鼓四挝，其声云'不通又不通'也。"众大笑。……王初以才名自诩，目中实无千古，至此，神气沮丧，徒有汗淫。①

在兰心蕙质的少女面前，文人的浅薄、孤陋显得极为可笑。对于足以才学自高乡里的知识分子来说，蒲松龄的这种写法同样表现了一种自嘲的精神。

实际上，蒲松龄并不是一个孤芳自赏的人，相反，长期的乡间生活，使他对民众的疾苦感同身受，一些作品在揭露了官场的黑暗腐败方面，也表现出了与民众息息相通的情感。如《梦狼》描写白姓老人梦中到了做县令的儿子的衙署，所见都是吃人豺狼，阶下白骨堆积如山，是"苛政猛于虎"的形象化表现。正是出于对民众的同情，蒲松龄还进一步地颂扬了被压迫者的反抗，

① 《聊斋志异》第三册，第949—951页。

这在《席方平》中表现得最为突出。席方平为受凌辱的父亲入冥府伸冤，城隍、郡司、冥王各级衙门无不贪贿、暴虐，席方平屡受酷刑，却抱定复仇意志，威武不屈，终于使诸官受到惩处。在《伍秋月》最后的“异史氏曰”，蒲松龄说：“余欲上言定律：‘凡杀公役者，罪减平人三等。’盖此辈无有不可杀者也。故能诛锄蠹役者，即为循良；即稍苛之，不可谓虐。”这种言论更典型地体现了民众的意志。

除了对权势者直截了当的批判，蒲松龄还表现了一种博大的人道主义胸怀，这使得他对社会黑暗的揭露更具人性的力量与思想的深度，《公孙九娘》正是这方面的杰作——它可能也是中国古代小说中最好的鬼故事之一。这篇作品叙述莱阳生与公孙九娘鬼魂的一段短暂而哀怨的婚恋。清初山东曾爆发于七起义，遭到清政府残酷镇压，作品即以此为背景，一开始就描写“于七一案，连坐被诛者，栖霞、莱阳两县最多。一日俘数百人，尽戮于演武场中，碧血满地，白骨撑天”。莱阳生偶入鬼村，遇见死于此案的亲故，并结识公孙九娘。这些死于非命的冤魂，虽与生人有别，却具有与正常人一样的情感，也渴望着幸福的生活。莱阳生与公孙九娘成亲的花烛之夜，本该是欢天喜地的场面，公孙九娘却充满幽怨地追述往事，哽咽不成眠。作者以两首绝句渲染了悲怆动人的感情：

> 昔日罗裳化作尘，空将业果恨前身。十年露冷枫林月，此夜初逢画阁春。
>
> 白杨风雨绕孤坟，谁想阳台更作云？忽启镂金箱里看，血腥犹染旧罗裙。①

这种超越生死的生活欲望，是对残酷现实的悲愤控诉。

不过，蒲松龄对民众生活的关怀，更多地是从道德层面展开的。蒲松龄素以文章风范为乡邑敬重，因此，“假神道以设教，证因果于鬼狐”也是他创作的一个基本理念。其中既有因疾恶如仇而近乎斥责的作品，也有为表彰美德而倾心颂扬的作品。比较而言，前者往往情节单纯，人物有时概念化，如《曾友于》、《骂鸭》、《种梨》、《杜小雷》等皆是；而后者却波澜起伏，人物性格也较为复杂，如《红玉》中刻画了一个美丽善良、与男子患难与共的女性形象，《张诚》中则通过兄弟之谊赞美了孝悌，由于作品将道德品质与人物的命运联系在一起，避免了空洞的说教，平实感人。

---

① 《聊斋志异》第二册，第481页。

从总体上看,《聊斋志异》反映了一个下层知识分子同情民众、欣赏自我、玩味人生的立场和情趣,这种文化品格的积极的、全面的展示,而不是随意的、零散的流露,是蒲松龄对文言小说的重要贡献。

二、文体与叙事

《聊斋志异》在文体上并不单一,其中有不少类似于笔记、杂录的作品,但代表其特点与成就的还是小说。表面上看,《聊斋志异》与以前的志怪小说、传奇小说没有什么区别,实际上,由于创作的背景、作者的动机、作品的内涵等等都大不相同,它在文体上还是有所变化的;这种变化从小说史的角度说,就是蒲松龄对文言小说传统的发扬光大。《聊斋志异》最早的评论家之一冯镇峦在《读聊斋杂说》中就曾用"以传记体叙小说之事"概括《聊斋志异》的文体特点,而鲁迅则概括为"用传奇法而以志怪"。这两种说法有一个共同的地方,就是都顾及了文体演进的历时性因素。

那么,蒲松龄是如何在前代文言小说创作的基础上融会贯通的呢?冯镇峦的说法原本是针对纪昀批评《聊斋志异》"一书而兼二体"而提出的,他认为:"《聊斋》以传记体叙小说之事,仿《史》、《汉》遗法,一书兼二体,弊实有之,然非此精神不出,所以通人爱之,俗人亦爱之,竟传矣,虽有乖体例可也。纪公《阅微草堂》四种,颇无二者之病,然文字力量精神,别是一种,其生趣不逮矣。"这一评论结合作者的"精神"来把握小说的文体特点,洵为卓见。

如上所述,蒲松龄在《聊斋志异》中鲜明地表现了一个乡村知识分子的独特立场与情趣,这不仅体现在作品的思想内涵方面,也构成了作品的艺术想象与叙事的基础。例如在历代诗歌的意象中,菊花被赋予了淡泊名利、安贫乐道的高洁品格,屈原的"夕餐秋菊之落英"、陶渊明的"采菊东篱下,悠然见南山"都是咏菊名句。但蒲松龄从现实出发,在《黄英》中,描写主人公黄英精于种菊、卖菊,认为"自食其力不为贫,贩花为业不为俗",作者将黄英写成菊花精,表明了他对清高节操的新认识。

《婴宁》中狐女婴宁也是作者之所钟爱的人物,婴宁自幼生活在远离尘世的优美环境中,培养了一种无拘无束、憨直任性的性格,她爱花爱笑,一片天真。但在嫁到人世间后,却迫于种种清规戒律,渐渐失去了美丽的笑容。在小说的结尾处,作者写婴宁生一子,"在怀抱中,不畏生人,见人辄笑,亦大有母风",表明这种天真的嬉笑,源自纯朴的人性。因此,婴宁的可爱在于她具有这种未受世俗污染的人性,而她的"矢不复笑"则是一种人生的悲哀。"婴宁"之名,源自《庄子·大宗师》:"其为物,无不将也,无不迎也;无不毁也，无不成也，其名撄宁。撄宁也者，撄而后宁者也。”在庄子那里，所谓“撄宁”是指对成败得失无动于衷的精神境界，蒲松龄则将之引申为自然纯真的天性，而这篇小说对婴宁的所有描写都是围绕这一思想展开的。

《聊斋志异》中一些描写情爱的小说有着相似的结构，男主人公多为风流儒雅的书生，他们贫寒失意，却得到花妖、狐魅或仙女的垂青，这些美丽多情的女性，自荐枕席，来去匆匆，既能带给落寞书生精神上的抚慰，又不会造成任何现实的压力与负担。尽管这未必是蒲松龄个人内心的企盼，但多少也反映了他所属的阶层的自我意识。以《凤仙》为例，篇中描写刘赤水少颖秀，父母早亡，遂以游荡自废。后来得遇狐女凤仙，凤仙以世态炎凉激励刘赤水：

> ……旋出一镜付之曰：“欲见妾，当于书卷中觅之；不然，相见无期矣。”言已，不见。怊怅而归。视镜，则凤仙背立其中，如望去人于百步之外者。因念所嘱，谢客下帷。一日，见镜中人忽现正面，盈盈欲笑，益重爱之。无人时，辄以共对。月余，锐志渐衰，游恒忘返。归见镜影，惨然若涕；隔日再视，则背立如初矣：始悟为己之废学也。乃闭户研读，昼夜不辍；月余，则影复向外。自此验之：每有事荒废，则其容戚；数日攻苦，则其容笑。于是朝夕悬之，如对师保。如此二年，一举而捷。喜曰：“今可以对我凤仙矣！”揽镜视之，见画黛弯长，瓠犀微露，喜容可掬，宛在目前。爱极，停睇不已。忽镜中人笑曰：“‘影里情郎，画中爱宠’，今之谓矣。”惊喜四顾，则凤仙已在座右。[①]

对此，作品后面有“异史氏曰”：“嗟乎！冷暖之态，仙凡固无殊哉！‘少不努力，老大徒伤’。惜无好胜佳人，作镜影悲笑耳。吾愿恒河沙数仙人，并遣娇女昏嫁人间，则贫穷海中，少苦众生矣。”可见作者的上述幻想性描写正是出于士子的一种共同感受与愿望。

正是由于《聊斋志异》具有深刻的精神基础与内在的情感逻辑，因此，在具体的幻想与叙事手法中，它才能展现出比以往的志怪、传奇小说更灵活的姿态。这不仅反映在非现实与现实的表面结合上，例如《花姑子》中的香獐精“气息肌肤，无处不香”，《阿纤》中的鼠精阿纤，“窈窕秀弱”，“寡言少怒”，《绿衣女》中的蜜蜂精绿衣女“绿衣长裙，宛妙不已”，“腰细殆不容掬”，善歌，“声细如蝇”，等等，无不与她们的动物“本性”相符。蒲松龄的这些描写固然

---

① 《聊斋志异》第三册，第1181—1182页。

比前人的更为细致，但他的真正成就，或者说《聊斋志异》文体展现出来的最主要的艺术魅力，却在鲁迅所说的"出于幻域，顿入人间"的转换中。

《荷花三娘子》就写得夭矫多变，摇曳多姿。士人宗相若，为狐女所惑，备极亲爱。后听僧言置净坛贴符以收狐，方欲投釜汤烈火烹煮，追念情好，怆然感动，又释放之。狐女感恩图报，先以灵药救宗于病危中，复为其觅一良匹。宗遵嘱于南湖采得红莲一枝，并依教以蜡火爇其蒂，于是，宗"一回头，化为姝丽"；当宗"捉臂牵之，随手而下，化为怪石，高尺许，面面玲珑"。宗携供案上，焚香再拜而祝之。"平旦视之，即又非石，纱帔一袭，遥闻芗泽，展视领衿，犹存余腻。宗覆衾拥之而卧。暮起挑灯，既返，则垂髫人在枕上。"由是两情甚谐，相悦成婚。六七年后，女以"夙业偿满"，向宗告别，才说"我去矣"，飞去已高于顶。"宗跃起，急曳之，捉得履。履脱及地，化为石燕，色红于丹朱，内外莹彻，若水精然。"后来宗检视女"初来时所着冰縠帔尚在。每一忆念，抱呼'三娘子'，则宛然女郎，欢容笑黛，并肖生平，但不语耳"。婚恋中，花妖变化莫测，或为红莲，或为姝丽，或为怪石，或为纱帔，奇思妙想，委婉动人。

《石清虚》也是如此。这篇小说描写邢云飞好石，偶渔于河，得奇石，如获异珍。此石"四面玲珑，峰峦叠秀"，"每值天欲雨，则孔孔生云，遥望如塞新絮"。于是有势豪率健仆，强夺而去，仆负石至河滨，失手堕诸河。豪出金雇善泅者，百计冥搜，竟不可见。而"邢至落石处，临流於邑，但见河水清澈，则石固在水中"。奇石失而复得，邢倍加珍惜，却又有老叟上门，自称石为其家故物，并指明特征，邢无以对，但执不与。叟能于邢不察觉中，操纵石之来去，邢知其神，愿减三年寿数以留石。此后，又有盗贼入室，窃石而去。邢数年后，始从市场发现，索回。不久，再遭某尚书掠夺，以致入狱。后尚书以罪削职，其家人窃石出售，邢以两贯市归。邢至八十九岁，自治葬具，嘱子必以石殉，及卒，子遵遗教，瘗石墓中。半年许，贼发墓劫石去。盗墓者虽被絷送到官，官亦爱玩欲得之，命寄诸库。吏举石，石忽堕地，碎为数十余片。全篇情节围绕石的出没得失串联各色人等，跌宕起伏，极富吸引力。

《聊斋志异》的精彩名篇在情节安排上大都首尾完具，但也有一些截取生活片断加以描写，表现了文言小说长短自如的特点，如《镜听》：

> 益都郑氏兄弟，皆文学士。大郑早知名，父母尝过爱之，又因子并及其妇；二郑落拓，不甚为父母所欢，遂恶次妇，至不齿礼。冷暖相形，颇存芥蒂。次妇每谓二郑："等男子耳，何遂不能为妻子争气？"遂摈弗与同宿。于是二郑感愤，勤心锐思，亦遂知名。父母稍稍优顾之，然终

杀于兄。

次妇望夫綦切,是岁大比,窃于除夜以镜听卜。有二人初起,相推为戏,云:“汝也凉凉去!”妇归,凶吉不可解,亦置之。闱后,兄弟皆归。时暑气犹盛,两妇在厨下炊饭饷耕,其热正苦。忽有报骑登门,报大郑捷。母入厨唤大妇曰:“大男中式矣!汝可凉凉去。”次妇忿恻,泣且炊。俄又有报二郑捷者。次妇力掷饼杖而起,曰:“侬也凉凉去!”此时中情所激,不觉出之于口;既而思之,始知镜听之验也。[①]

这一片断虽不如上文所介绍的《胡四娘》完整,但同样深刻地揭露了科举考试对人情世态乃至家庭关系的恶劣影响。

在另外的场合,蒲松龄又似乎有意打破文言小说篇幅短小带来的拘谨。例如《王桂庵》和《寄生》就是连环短篇。《王桂庵》叙世家子王桂庵偶然遇到一位“船家”女,一见钟情,却失之交臂。他如痴如醉,因思成梦,又因梦找到了意中人芸娘。殊料一句戏言,芸娘愤而投江。芸娘为人所救,生子寄生。二人最后巧遇而团圆。作品对王桂庵的痴情有细致的描写,起初,他“屡以金赀动人”,受到芸娘的嘲讽,说他是“双瞳如豆”。经过芸娘的仔细观察,知其并非轻佻之辈,王桂庵说:“非以卿故,昏娶固已久矣!”正表明了他情动于衷的执著。有其父必有其子,《寄生》就描写了王桂庵子寄生(字王孙)的痴情。虽然《寄生》的情节稍复杂,寄生一夫二妻,故有两条线索交替展开,而与其中之一五可的姻缘则与王桂庵一样,是因梦而发展的。所不同的是,寄生本来并未见过五可,却因梦起情,终与其结为连理。对于寄生的痴情,篇末“异史氏”赞曰:“父痴于情,子遂几为情死。所谓情种,其王孙之谓与?不有善梦之父,何生离魂之子哉!”[②]《王桂庵》和《寄生》前后呼应,在文言小说的创作中实不多见。

在叙事中,蒲松龄文笔的精细,也有过于前人处。即以上面提到的《王桂庵》为例,其中叙及王与芸娘初识时:

邻舟有榜人女,绣履其中,风姿韵绝。王窥既久,女若不觉。王朗吟“洛阳女儿对门居”,故使女闻。女似解其为己者,略举首一斜瞬之,俯首绣如故。王神志益驰,以金一锭投之,堕女襟上。女拾弃之,金落岸边。王拾归,益怪之,又以金钏掷之,堕足下;女操业不顾。无何,榜

---

① 《聊斋志异》第三册,第938—939页。

② 《聊斋志异》第四册,第1644页。

人自他归。王恐其见钏研诘，心急甚；女从容以双钩覆蔽之。榜人解缆径去。[①]

芸娘对王桂庵以金钏挑逗看似不以为意，却又为其遮掩，其间细节描写，大可玩味。后来芸娘与王桂庵再会时追述往事时说："妾家仅可自给，然傥来物颇不贵视之。笑君双瞳如豆，屡以金赀动人。初闻吟声，知为风雅士，又疑为儇薄子作荡妇挑之也。使父见金钏，君死无地矣。妾怜才心切否?"就说明了其中深意。同时，对前文的呼应，也显示出作者构思之细密。

作为白话小说已广为流行时代的文言小说，《聊斋志异》的成功还与蒲松龄对文言的驾驭有关。从总体上看，文言以简洁见长，这也是《聊斋志异》语言的一个基本特点。例如在《红玉》中，有这样一段：

一夜，相如坐月下，忽见东邻女自墙上来窥。视之，美。近之，微笑。招以手，不来亦不去。固请之，乃梯而过，遂共寝处。[②]

此种语言，要言不烦，以至将复杂的心理过程简化为一连串的动作。又如在《细柳》中，高生壮年殂谢，妻子细柳独自抚养和教育两个孩子。前室所生的长福，娇惰冥顽，不肯读书，细柳就强迫他去牧猪。在体验了劳动的艰辛后，他哀求母亲准其复读，小说只写"母返身向壁，置不闻"。直到长福饱经风霜后，事实表明他确已悔改，细柳才让他复读。而长福果然勤奋攻读，终于有所长进。这时，细柳才对长福说："我不冒恶名，汝何以有今日？人皆谓我忍，但泪浮枕簟，而人不知耳！"至此，我们回过头来再看"返身向壁"的细节，就能进一步领会其中深意。作者当然不是要写所谓后母的狠心，细柳是迫不得已才采取这种看似冷酷的态度的，也许她是不忍看长福衣衫褡裢褴褛的可怜相，也许她是唯恐长福的哭泣软化了自己的心肠，火候未到就答应了他的要求，以致前功尽弃，也许她这时内心斗争十分激烈，盈盈热泪就要夺眶而出，因此，她不得不"返身向壁"。这一典型细节，非常符合旧时代贤妻良母的性格特征，表现了她作为母亲对儿子的深情和期望，也表现了她忍辱负重、坚毅不拔的个性，而这一切只有寥寥七个字，足见作者文笔之深细。

当然，《聊斋志异》并非一味地精简，实际上，这部小说集中的名篇佳作，语言最精彩之处还是与传统的意境、神韵之类相联系的优雅从容。如《婴宁》中对婴宁生活环境的描写：

---

① 《聊斋志异》第四册，第 1632 页。

② 《聊斋志异》第一册，第 276 页。

约三十余里，乱山合沓，空翠爽肌，寂无人行，止有鸟道。遥望谷底，丛花乱树中，隐隐有小里落。下山入村，见舍宇无多，皆茅屋，而意甚修雅。北向一家，门前皆丝柳，墙内桃杏尤繁，间以修竹，野鸟格磔其中。①

这一充满诗情画意的山村，正是婴宁天真纯朴性格的绝好陪衬。

如上所述，蒲松龄长期生活在民间，因此《聊斋志异》也吸收了很多口语，从而形成了一种华朴兼擅、清新活泼的语言风格。如《寄生》中媒媪知寄生相思成疾，笑曰："痴公子！前日人趁汝来，而故却之；今日汝求人，而能必遂耶？虽然，尚可为力。早与老身谋，即许京都皇子，能夺还也。"王桂庵恐以唐突见拒，媪曰："谚云：'先炊者先餐。'何疑也！"这种语言，生活气息甚浓，活现了媒媪的口吻。更生动的是《翩翩》中的一段对话：

一日，有少妇笑入，曰："翩翩小鬼头快活死！薛姑子好梦，几时做得？"女迎笑曰："花城娘子，贵趾久弗涉，今日西南风紧，吹送来也！小哥子抱得未？"曰："又一小婢子。"女笑曰："花娘子瓦窨哉！那弗将来？"曰："方呜之，睡却矣。"于是坐以款饮。又顾生曰："小郎君焚好香也。"生视之，年二十有三四，绰有余妍，心好之。剥果误落案下，俯地假拾果，阴捻翘凤。……城笑曰："而家小郎子，大不端好！若弗是醋葫芦娘子，恐跳迹入云霄去。"女亦哂曰："薄幸儿，便直得寒冻杀！"②

这一段对话令人如闻其声，将二仙女开朗的性格表现得栩栩如生。

第二节 《新齐谐》和《阅微草堂笔记》

《新齐谐》和《阅微草堂笔记》是《聊斋志异》之外另两部有广泛影响的文言小说，《阅微草堂笔记》卷十六《姑妄听之二》提到"《新齐谐》，即《子不语》之改名"，可知其创作在《新齐谐》后。这两部小说表现形式与思想内涵上，都具有各自独特的智慧风貌。

---

① 《聊斋志异》第一册，第149页。

② 同上书，第433—434页。

一、才子之思理

袁枚是清代著名诗人、诗论家。二十三岁中举，乾隆四年(1739)中进士，选翰林院庶吉士。乾隆七年后历任溧水、江浦、沭阳、江宁等地知县。四十岁辞官，居于江宁，得小仓山之隋氏旧园，改为随园，优游其中近五十年。他的《新齐谐》既以"子不语"标榜，说明了其"志怪"性质。后因见元人已有此书名，复改为《新齐谐》，用《庄子·逍遥游》"齐谐者，志怪者也"句意。在《新齐谐》自序中，袁枚声称："文史外无以自娱，乃广采游心骇耳之事，妄言妄听，记而存之……以妄驱庸，以骇起惰。"①

与其他志怪小说的创作有相似之处，《新齐谐》的故事也多采自传闻，其中有些作品与早期志怪小说也有相似之处；但还有不少作品，并无怪异，却在简略的叙事中，表现饶有趣味的情思。如《沙弥思老虎》：

> 五台山某禅师收一沙弥，年甫三岁。五台山最高，师徒在山顶修行，从不一下山。后十余年，禅师同弟子下山，沙弥见牛马鸡犬，皆不识也，师因指而告之曰："此牛也，可以耕田；此马也，可以骑；此鸡、犬也，可以报晓，可以守门。"沙弥唯唯。少顷，一少年女子走过，沙弥惊问："此又是何物？"师虑其动心，正色告之曰："此名老虎，人近之者，必遭咬死，尸骨无存。"沙弥唯唯。
>
> 晚间上山，师问："汝今日在山下所见之物，可有心上思想他的否？"曰："一切物我都不想，只想那吃人的老虎，心上总觉舍他不得。"②

这一故事流传甚广，颇多异说，反映了人的正常欲望的觉醒。

《新齐谐》中还有一些作品揭露了社会的不合理与荒谬，如《全姑》中的县令将一对恋人抓来各打四十杖，并命人把少女头发剪掉，鞋子扒去。后来得知二人竟结为夫妻，大怒，再次把二人抓来，将男子打死，女子发官卖，还振振有词："全姑美，不加杖，人道我好色；陈某富，不加杖，人道我得钱。"这种不近人情的行为，是以"他人皮肉博自己声名"的卑劣心理的反映。

更能表现袁枚思想与创作特点的还是那些寓言化的作品，如《两神相殴》叙常州孝廉钟悟一生行善，晚年无子，且衣食不周，意郁郁不乐。病临危，谓其妻曰："我死，慎毋置我棺中。我有不平事，将诉冥王。或有灵应，亦

---

① 《新齐谐·续新齐谐》，人民文学出版社，1996年，首页。

② 同上书，第599—600页。

未可知。”后果复苏，自述在阴间乃知有李（理）、素（数）二王，而一路之上，或因“受冤未报”，或因“逆党未除”，或因“夫妇错配”，乃至历史奇冤，不一而足。钟方悟世事不平者，所在多有。

> 行少顷，闻途中喝道而至曰：“素王来。”李王迎上，各在舆中交谈。始而絮语，继而忿争，哓哓不可辨。再后两神下车，挥拳相殴。李渐不胜，群鬼从而助之，我亦奋身相救，终不能胜。李神怒云：“汝等从我上奏玉皇，听候处分。”随即腾云而起，二神俱不见。
>
> 少顷俱下，云中有霞帔而宫装者二仙女相随来，手持金尊玉杯，传诏曰：“玉帝管三十六天事，无暇听些些小讼。今赠二神天酒一尊，共十杯。有能多饮者，便直其事。”李神大喜，自称“我量素佳”。踊跃持饮，至三杯，便捧腹欲吐。素神饮毕七杯，尚无醉色。仙女曰：“汝等勿行，且俟我复命后再行。”
>
> 须臾，又下，颁玉帝诏曰：“理不胜数，自古皆然。观此酒量，汝等便该明晓。要知世上凡一切神鬼圣贤，英雄才子，时花美女，珠玉锦绣，名书法画，或得宠逢时，或遭凶受劫，素王掌管七分，李王掌管三分。素王因量大，故往往饮醉，颠倒乱行。我三十六天日食星陨，尚被素王把持擅权，我不能作主，而况李王乎！然毕竟李王能饮三杯，则人心天理，美恶是非，终有三分公道，直到万古千秋，绵绵不断……”①

这一故事设喻立譬，概念化倾向极为明显，反映了袁枚对社会问题的基本认识。另有一篇《麒麟喊冤》以同样的方式表现了袁枚对学术文化的认识。篇中的邱生幼习时文，屡试不第，怒曰：“宋儒误我！”乃尽烧其《讲章》、《语录》，而从事于考据之学，奉郑康成、孔颖达为圣人，而渺视程、朱。后竟在游学过峨嵋山时，为白额虎衔入深谷中，得进“文明殿”。篇中对汉、宋两派极尽挖苦之能事，如以“稻桶”讽喻“道统”之类。殿上罗列书籍百万，而《诗》、《书》、《周易》，并不以“经”名，其中既无汉儒注疏，也无收宋儒注疏。这使邱生十分困惑，在汉学、宋儒间不知所从。神则劝其“顺天者昌”，说是“明祖登极，又聘宋金华四先生等讲学，皆考亭之小门生也，一脉相传。颁行《四书大全》，通行天下，捆缚聪明才智之人，一遵其说，不读他书。杨升庵有言：‘虫有应声者。今之儒生，皆宋儒之应声虫也。’子不作应声虫，安得拾取科名，上报君父乎？”

---

① 《新齐谐·续新齐谐》，人民文学出版社，1996年，第61—62页。

邱曰:“然则上帝亦好时文八股耶?”古衣冠者大笑曰:“上帝非秀才,安用时文!不特帝所无时文,即嫏嬛洞、二酉山亦从无此腐烂之物。细字小板古书,亦无此恶模样。”……

邱问:“上帝何好?”曰:“好诗文。”问:“何以知之?”曰:“汝试想上帝白玉楼成,何以不召老成人马季常、井大春作记,而召一少年佻㑊之李长吉耶?海上仙龛,芙蓉城主,何以不召周、程、张、朱聚徒讲学者居之,而召一好酒及色之白居易、豪纵不羁之石曼卿耶?”

邱恍然大悟,乃再拜曰:“如神人所言,某将弃汉学、宋学而从事于诗文何如?”神曰:“子又误矣!人之资性,各有短长。著作之才,水也,果有本源,自成江河。考据讲学,火也,胸中无物,必附物而后有所表彰,如火之必附于薪炭也。子天性中本无所有,焉得不首鼠两端?且子既精汉学矣,试问帝王所食之米何名?”邱不能答。神曰:“康成之注释‘溲溲’云:‘舂之播之,使趋于凿。粟一石为粝,舂一斗为粺,又去八升为凿,又去九升为侍御。侍御者,王所食也。’子试思米舂至八九次,其粝粺糠粃将何所归?天故专生此一流飧糠核而饱稊稗之人,或琐屑考据,或迂阔讲学,各就所长,自成一队。常见孔圣、如来、老聃空中相遇,彼此微笑,一拱而过,绝不交言,此天地之所以为大也。”

邱闻之,色若死灰,意流连不出。[1]

这可以说是一篇非常独特的“学术小说”,这样的“志怪”在以前的同类小说中是没有过的,它实际上并非真正的“志怪”,而是借“怪”发议论而已。

从总体上看,《新齐谐》文笔朴实自然而有时流于率意芜杂,思想活泼而有时流于肤浅直露。与《聊斋志异》相比,袁枚没有蒲松龄的对人生的执著,却自有其情思理趣;与下面我们要介绍的《阅微草堂笔记》相比,袁枚没有纪昀的博学多识,却也少了些迂腐拘谨。因此,《新齐谐》虽难得大众的欢迎,但可以博文人才士的欣赏。

二、位高望重者的人文关怀

《阅微草堂笔记》的作者纪昀,字晓岚,三十一岁中进士,官至礼部尚书,曾主持纂修《四库全书》,身份、地位与蒲松龄迥然不同,这决定了他在小说创作中与蒲氏不同的旨趣。事实上,纪昀曾有机会读过《聊斋志异》,他对

---

① 《新齐谐·续新齐谐》,人民文学出版社,1996年,第668—669页。

《聊斋志异》"一书而兼二体"的创作方法不以为然。在他看来,《聊斋志异》中"燕昵之词,媟狎之态,细微曲折,摹绘如生。使出自言,似无此理;使出作者代言,则何从而闻见之?"[①]他认为这种描写是"才子之笔",而"非著书者之笔也"。所以,纪昀在创作方法上,追摹魏晋南北朝志怪小说质朴简淡的文风,重实录而少铺陈,多议论而少描写。如卷九《如我是闻(三)》中有一条记载:

故城刁飞万言,其乡有与狐女生子者,其父母怒谇之。狐女泣涕曰:"舅姑见逐,义难抗拒,但子未离乳,当且携去耳。"越两岁余,忽抱子诣其夫曰:"儿已长,今还汝。"其夫遵父母戒,掉首不与语。狐女太息抱之去。此狐殊有人理。但抱去之儿,不知作何究竟。将人所生者即为人,庐居火食,混迹闾阎欤?抑妖所生者即为妖,幻化通灵,潜踪墟墓欤?或虽为妖,而犹承父姓,长育子孙,在非妖非人之界欤?虽为人而犹依母党,往来窟穴,在亦人亦妖之间欤?惜见首不见尾,竟莫得而质之。[②]

这一故事与《聊斋志异》中《红玉》的基本情节结构有相近之处,但后者将此故事敷演成了一篇曲折动人的小说,而本篇却只在略陈事实后,纠缠于一些无意义的问题,显示出纪昀的兴趣所在。即使有所展开,如以早已成熟的小说标准来审视,纪昀的创作仍有所不足。如《阅微草堂笔记》卷三《滦阳消夏录(三)》有这样一个故事:

甲见乙妇而艳之,语于丙。丙曰:"其夫粗悍,可图也。如不吝挥金,吾能为君了此事。"乃择邑子冶荡者,饵以金而属之曰:"尔白昼潜匿乙家,而故使乙闻。待就执,则自承欲盗。白昼非盗时,尔容貌衣服无盗状,必疑奸,勿承也。官再鞫而后承,罪不过枷杖。当设策使不竟其狱,无所苦也。"邑子如所教,狱果不竟。然乙竟出其妇。丙虑其悔,教妇家讼乙,又阴赂证佐,使不胜。乃恚而别嫁其女。乙亦决绝,听其嫁。甲重价买为妾。丙又教邑子反噬甲,发其阴谋,而教甲赂息。计前后干没千金矣。适闻家庙社会,力修供具赛神,将以祈福。先一夕,庙祝梦神曰:"某金自何来?乃盛仪以飨我。明日来,慎勿令入庙。非礼之祀,鬼神且不受,况非义之祀乎?"丙至,庙祝以神语拒之。怒弗信,甫至阶,

① 《阅微草堂笔记》下册,上海古籍出版社,1980年,第472页。

② 《阅微草堂笔记》上册,上海古籍出版社,1980年,第185—186页。

舁者颠蹶，供具悉毁，乃悚然返。后岁余，甲死。邑子以同谋之故，时往来丙家，因诱其女逃去，丙亦气结死。妇携资改适。女至德州，人诘得奸状，牒送回籍，杖而官卖。时丙奸已露，乙憾甚，乃鬻产赎得女，使荐枕三夕，而转售于人。或曰，丙死时，乙尚未娶，丙妇因嫁焉。此故为快心之谈，无是事也。邑子后为丐，女流落为娼，则实有之。[①]

这个故事的情节相当复杂，展开描写，绝不下于一篇话本小说（实际上，其基本情节有与宋元话本《简帖和尚》相似之处）。但是，纪昀却坚守文言小说的基本或初级形态，只是"粗陈梗概"而已，甚至连人物的姓名都省略了，也就是说，他所着眼的不是人物的性格鲜明，也不是情节的曲折动人，而是事件所可能包含的最直接的、浅表的思想意义，即以本篇论，最后几句，实为强调因果报应而发，而这也正是作者简述其事的意图。

当然，这并不是说《阅微草堂笔记》在艺术上一无是处，相反，从传统文言小说的角度看，此书也有较为明显的优点。这主要表现在两方面，首先，《阅微草堂笔记》的语言简洁流畅，平易自然。如卷十二《槐西杂志（二）》：

余校勘秘籍，凡四至避暑山庄：丁未以冬、戊申以秋、己酉以夏、壬子以春，四时之胜胥览焉。每泛舟至文津阁，山容水意，皆出天然，树色泉声，都非尘境；阴晴朝暮，千态万状，虽一鸟一花，亦皆入画。其尤异者，细草沿坡带谷，皆茸茸如绿罽，高不数寸，齐如裁剪，无一茎参差长短者。苑丁谓之规矩草。出宫墙才数步，即鬖髿滋蔓矣。岂非天生嘉卉，以待宸游哉！[②]

此篇虽非小说，但语言于简约见意趣，反映了纪昀文笔高雅隽永的特点。再如卷十六《姑妄听之（二）》：

刘东堂言，狂生某者，性悖妄，诋訾今古，高自位置。有指摘其诗文一字者，衔之次骨，或至相殴。值河间岁试，同寓十数人，或相识，或不相识，夏夜散坐庭院纳凉，狂生纵意高谈。众畏其唇吻，皆缄口不答。惟树后坐一人，抗词与辩，连抵其隙，理屈词穷，怒问："子为谁？"暗中应曰："仆焦王相也。"（河间之宿儒）骇问："子不久死耶？"笑应曰："仆如不死，敢捋虎须耶？"狂生跳掷叫号，绕墙寻觅，惟闻笑声吃吃，或在木杪，

---

① 《阅微草堂笔记》上册，上海古籍出版社，1980年，第55页。

② 同上书，第267页。

或在檐端而已。[①]

作者在从容不迫的叙事中,对狂悖自傲之徒施以辛辣的讽刺。

其次,《阅微草堂笔记》颇重理趣,意蕴悠远,如此书卷一《滦阳消夏录(一)》:

> 爱堂先生言:闻有老学究夜行,忽遇其亡友。学究素刚直,亦不怖畏,问:"君何往?"曰:"吾为冥吏,至南村有所勾摄,适同路耳。"因并行,至一破屋。鬼曰:"此文士庐也。"问何以知之。曰:"凡人白昼营营,性灵汩没。唯睡时一念不生,元神朗澈,胸中所读之书,字字皆吐光芒,自百窍而出,其状缥渺缤纷,烂如锦绣。学如郑孔,文如屈宋班马者,上烛霄汉,与星月争辉;次者数丈,次者数尺,以渐而差,极下者亦荧荧如一灯,照映户牖;人不能见,惟鬼神见之耳。此室上光芒高七八尺,以是而知。"学究问:"我读书一生,睡中光芒当几许?"鬼嗫嚅良久曰:"昨过君塾,君方昼寝,见君胸中高头讲章一部,墨卷五六百篇,经文七八十篇,策略三四十篇,字字化为黑烟,笼罩屋上。诸生诵读之声,如在浓云密雾中,实未见光芒,不敢妄语。"学究怒叱之,鬼大笑而去。[②]

文中将两类读书人作了有趣的对比,隽思妙语,令人解颐。

对于《阅微草堂笔记》的创作,纪昀的门生盛时彦对其"灼然与才子之笔,分路而扬镳"的"著书者之笔"多有肯定,指出:

> 至于辨析名理,妙极精微;引据古义,具有根柢,则学问见焉。叙述剪裁,贯穿映带,如云容水态,迥出天机,则文章亦见焉……夫著书必取熔经义,而后宗旨正;必参酌史裁,而后条理明;必博涉诸子百家,而后变化尽。譬大匠之造宫室,千楹广厦,与数椽小筑,其结构一也。故不明著书之理者,虽诂经评史,不杂则陋;明著书之理者,虽稗官脞史,亦具有体制。[③]

这一段评论表明,在叙事中,《阅微草堂笔记》特重思想内涵的揭示。如卷二十三《滦阳续录(五)》有一个故事,开篇先有一段议论,为正文定下基调:

> 饮食男女,人生之大欲存焉。干名义,渎伦常,败风俗,皆王法之所

---

① 《阅微草堂笔记》下册,上海古籍出版社,1980年,第414页。

② 《阅微草堂笔记》上册,上海古籍出版社,1980年,第2页。

③ 《阅微草堂笔记》下册,上海古籍出版社,1980年,第472页。

必禁也。若痴儿呆女，情有所钟，实非大悖于礼者，似不必苛以深文。

然后方叙述故事，某公以气节严正自任，尝指小婢配小奴，二人遂往来出入不相避。一日为某公所见，斥为淫奔。众言儿女嬉戏，实无所染。某公坚称：于律谋而未行，仅减一等。减则可，免则不可。卒并杖之。自此恶其无礼，故稽其婚期，二人郁悒成疾，不半载内先后死。其父母哀之，乞合葬，某公怒而不允。后某公殁时，口喃喃似与人语，不甚可辨，惟非我不可，于礼不可二语，言之十余度，了了分明。在此故事后，又是一大段议论：

> 夫男女非有行媒，不相知名，古礼也。某公于孩稚之时，即先定婚姻，使明知为他日之夫妇，朝夕聚处，而欲其无情，必不能也。"内言不出于阃，外言不入于阃"，古礼也。某公僮婢无多，不能使各治其事；时时亲相授受，而欲其不通一语，又必不能也。其本不正，故其末不端。是二人之越礼，实主人有以成之。乃操之已蹙，处之过当，死者之心能甘乎？冤魄为厉，犹以"于礼不可"为词，其斯以为讲学家乎？[①]

这种议论之辞，与话本小说的劝惩性议论大不相同，它是作者基本思想观念的流露。

《阅微草堂笔记》的上述优点与纪昀的文化修养、身份地位有关：他才学过人，下笔自不肯草率；而他作为《四库全书》之总纂官，当然也更乐于表现他的思考。所以，与此前的文言小说相比，《阅微草堂笔记》显示了更为自觉的人文关怀，这种人文关怀不仅仅是"不乖风教"、"有益劝惩"而已，也是一种思想文化的态度与取向。他对伪道学的讽刺和揭露就是这种人文关怀的体现。正如鲁迅在《中国小说史略》中称此书"于宋儒之苛察，特有违言，书中有触即发，与见于《四库总目提要》中者正等。且于不情之论，世间习而不察者，亦每设疑难，揭其拘迂，此先后诸作家所未有者也"。如卷四《滦阳消夏录(四)》记叙了一故事，称某公以道学自任，在佛寺经阁下向人"盛谈《西铭》万物一体之理，满座拱听，不觉入夜。忽阁上厉声叱曰：'时方饥疫，百姓颇有死亡。汝为乡宦，既不思早倡义举，施粥舍药，即应趁此良夜，闭户安眠，尚不失为自了汉。乃虚谈高论，在此讲民胞物与，不知讲至天明，还可作饭餐、可作药服否？且击汝一砖，听汝再讲邪不胜正！忽一城砖飞下，声若霹雳，杯盘几案俱碎"。这是借所谓妖物揭露空谈道学的不切实用，而篇尾

① 《阅微草堂笔记》下册，上海古籍出版社，1980年，第534—535页。

写“某公仓皇走出，曰：‘不信程朱之学，此妖之所以为妖欤！’徐步太息而去”[1]，更辛辣地讽刺了某公的冥顽不化。

《阅微草堂笔记》对道学家的批判，反映了作者反对空谈、提倡经世致用的崇实精神，在卷一《滦阳消夏录(一)》中有一个故事，叙一官在冥府面对阎王，公服昂然入，自称所至但饮一杯水，今无愧鬼神。王哂曰：“设官以治民，下至驿丞闸官，皆有利弊之当理，但不要钱即为好官，植木偶于堂，并水不饮，不更胜公乎？”官又辩曰：“某虽无功，亦无罪。”王曰：“公一生处处求自全，某狱某狱，避嫌疑而不言，非负民乎？某事某事，畏烦重而不举，非负国乎？三载考绩之谓何？无功即有罪矣。”官大踧踖，锋棱顿减。[2] 这一描写，对不求有功、但求无过的庸官加以了尖锐的嘲讽，正说明作者注重实际的思想。

同时，《阅微草堂笔记》对道学家的虚伪也有所揭露。如卷四《滦阳消夏录(四)》写道：

> 有两塾师邻村居，皆以道学自任。一日相邀会讲，生徒侍坐者十余人，方辩论性天，剖析理欲，严词正色，如对圣贤。忽微风飒然，吹片纸落阶下，旋舞不止。生徒拾视之，则二人谋夺一寡妇田，往来密商之札也。[3]

虽然文辞简略，但对“古貌不古心”的伪道学却是辛辣的讽刺。

对于道学家的不近人情，《阅微草堂笔记》也多有批判。前引以气节自任而致婢奴以死的某公即属此例，类似的还有卷九《如是我闻(三)》中的记载：

> 吴惠叔言，医者某生，素谨厚。一夜，有老媪持金钏一双，就买堕胎药，医者大骇，峻拒之。次夕，又添持珠花两枝来。医者益骇，力挥去。越半载余，忽梦为冥司所拘，言有诉其杀人者。至则一披发女子，项勒红巾，泣陈乞药不与状。医者曰：“药以活人，岂敢杀人以渔利。汝自以奸败，于我何尤？”女子曰：“我乞药时，孕未成形，傥得堕之，我可不死，是破一无知之血块，而全一待尽之命也。既不得药，不能不产，以致子遭扼杀，受诸痛苦，我亦见逼而就缢，是汝欲全一命，反戕两命矣。罪不

---

① 《阅微草堂笔记》上册，上海古籍出版社，1980年，第71页。

② 同上书，第5页。

③ 《阅微草堂笔记》下册，上海古籍出版社，1980年，第78页。

归汝，反归谁乎？”冥官喟然曰：“汝之所言，酌乎事势；彼所执者，则理也。宋以来，固执一理而不揆事势之利害者，独此人也哉？汝且休矣！”拊几有声，医者悚然而寤。[1]

篇中对宋以来道学家固执一理、不通权变有深刻的揭露。卷十三《槐西杂志(三)》也记叙了“吴惠叔”所讲述的故事，称太湖有渔户嫁女者，舟至波心，风浪陡作，舵师失措，已攲仄欲沉，众皆相抱哭，突新妇破帘出，一手把舵，一手牵篷索，折戗飞行，直抵婿家，吉时犹未过也。或有以越礼讥者。吴惠叔说：“此本渔户女，日日船头持篙橹，不能责以必为宋伯姬也。”纪昀显然认同吴惠叔的平情之论，而对道学家总喜作有悖人情之常的苛论不以为然，指出：“讲学家动以一死责人，非通论也。”[2]

《阅微草堂笔记》的思想内涵极为复杂，并不只有反道学一面，但这确实是它最突出的地方，因为书中可能有大量的因果报应的内容，没有什么新意，而反道学思想与乾隆时期的社会思潮则是联系在一起的，特别是乾隆对程朱道学的否定态度，对纪昀的思想有着直接的影响。钱穆曾说：“四库馆臣做《四库全书提要》，对程朱宋学，均滥肆漫骂。此非敢显背朝廷功令，实是逆探朝廷意志，而为奉迎。”[3]纪昀也是如此。就这一点而言，《阅微草堂笔记》是有着鲜明时代特色的小说，这也是它与其他文言小说不同的地方。事实上，这可能也是影响此书文体特点的一个关键，毕竟这类主题与题材可能都不适合小说化的表现，至少以事带论的写法更能鲜明地表现作者的观点。

第三节　乾隆嘉庆时期的其他文言小说

在上面提到的三部文言小说中，《聊斋志异》的影响最大，因此从乾隆年间起，就出现了对它的模仿之作，这一模仿热潮一直持续到同治、光绪年间。

沈起凤的《谐铎》成书于清乾隆年间，一百二十篇作品，在编排上两两相对，与一般文言小说的编排有所不同，如“狐媚”与“虎痴”、“侠妓教忠”与“雏伶尽孝”、“菜花三娘子”与“草鞋四相公”、“梦里家园”与“命中姻眷”、“芙蓉

---

① 《阅微草堂笔记》下册，上海古籍出版社，1980年，第200页。
② 同上书，第294页。
③ 钱穆：《国史大纲》下册，商务印书馆，1996年，第862页。

城香姑子”与“扫帚村钝秀才”，等等。这种编排方式，表明了作者注重作品观赏性的创作特点。

在内容上，《谐铎》往往借神怪讽喻社会，机锋所向，尤在浇薄世风。如《棺中鬼手》讽刺贪官至死仍贪得无厌的丑态，文意直白，与蒲松龄笔下《梦狼》、《夏雪》等命意相同。《桃夭村》叙蒋生从贾人马某泛海，飘至一处：

忽见小绣车数十队，蜂拥而来。粗钗俊粉，媸妍不一。中有一女子，凹面挛耳，齞唇历齿，而珠围翠裹，类富贵家女。抹巾障袖，强作媚态。生与马皆失笑。末有一车，上坐龆齿女郎，荆钗压鬓，布衣饰体；而一种天姿，玉蕊琼英，未能方喻。生异之，与马尾缀其后。轮轴喧阗，风驰电发，至一公署，纷纷下车而入。生殊不解，询之土人。曰：“此名桃夭村。每当仲春男女婚嫁之时，官兹土者，先录民间女子，以面目定其高下；再录民间男子，试其文艺优劣，定为次序；然后合男女两案，以甲配甲，以乙配乙，故女貌男才，相当相对。今日女科场，明日即男闱矣。先生倘无室，何不一随喜？”生唯唯，与马赁屋而居。因思车中女郎，其面貌当居第一；自念文才卓荦，亦岂作第二人想？倘得天缘有在，真不负四海求凰之愿。而马亦注念女郎，欲赶闱就试。商诸生，生笑曰：“君素不谙此，何必插标卖钱账簿耶？”马执意欲行，生不能阻。

明日，入场扃试，生文不加点，顷刻而成；马草草涂鸦而已。

试毕归寓，即有一人传主试命，索青蚨三百贯，许冠一军。生怒曰：“无论客囊羞涩，不足以餍老饕，即使黄金满屋，岂肯借钱神力，令文章短气哉！”其人羞惭而退。马蹑其后，出橐中金予之。

案发，马竟冠军，而生忝然居殿。生叹曰：“文字无权，固不足惜；但失佳人而获丑妇，奈何！”

亡何，主试者以次配合，命女之居殿者，赘生于家。生意必前所见凹面挛耳，齞唇历齿者。及揭巾视之，黛色凝香，容光闪烁，即龆齿女郎也。生细诘之。曰：“妾家贫，卖珠补屋，日且不遑；而主试者，索妾重赂，许作案元，被妾叱之使去，因此怀嫌，缀名案尾。”生笑曰：“塞翁失马，焉知非福。使予以三百贯钱，列名高等，安得今夕与玉人相对耶？”女亦笑曰：“是非倒置，世态尽然。惟守其素者，终能邀福耳。”生大叹服。

翌日，就马称贺。马形神沮丧，不作一词。盖所娶冠军之女，即前所见抹巾障袖，而强作媚态者也。笑鞫其故。此女以千金献主试，列名第一，而马亦夤缘案首，故适得此宝。生笑曰：“邀重名而失厚实，此君自取，夫何尤?”马郁郁不得意，居半载，浮海而归。生笃于伉俪，竟家于海外，不复反矣。[①]

这种美丑颠倒的情形，与《聊斋志异》中《罗刹海市》如出一辙。又如《泄气生员》叙学使某公奉命督学西安，临行往辞某尚书，“尚书下气偶泄，稍起座，某公疑有所嘱，急叩之。尚书曰：‘无他，下气通耳。’某公唯唯，以为‘夏器通’必座师心腹人，谨记之”。士子夏器通正赖此意外得中。篇中众生员嘲笑夏器通，有“即学使两眼盲，触鼻亦知香臭”之句，与《聊斋志异》之《司文郎》极为相似。要之，《谐铎》中大多此种寓言性描写，嬉笑怒骂，痛快淋漓，但缺少《聊斋志异》中委婉曲折的风神韵致。而书中大量篇目充斥诗文、滥用典故，也脱离了小说的趣味。

和邦额的《夜谭随录》受《聊斋志异》影响表现在对鬼狐题材的热衷上，其中有些作品直接因袭《聊斋志异》而来，如《秀姑》之于《聊斋志异》中的《粉蝶》等。但作者在《自序》中说：“予今年四十有四矣，未尝遇怪，而每喜与二三友朋，于酒觞茶榻间灭烛谈鬼，坐月说狐，稍涉匪夷，辄为记载，日久成帙，聊以自娱。”这种以“自娱”为目的的创作态度与蒲松龄的“孤愤”抒发，是有一定距离的。不过，由于作者是满族人，同所叙又多涉北京风俗，与文康及其《儿女英雄传》等，构成了清代小说的一道独特景观。书中有些描写，也较细致感人。如《谭九》篇，描写谭九借宿于贫民家中，夜晚得见此家已亡故的婆、媳、孙三人，表现了乾隆年间京城一带下层人民惨淡、困苦的生活。其中描写亡妇见谭九就灯吸烟，向谭九索要烟囊，并说：“近以窘迫，不有此物已半年矣，那得有烟具?”细致入微，令人感慨。谭九后来买了纸烟具和烟，在其墓前，祝而焚之，反映了作者对贫苦民众的同情。结尾有议论：“鬼而贫也，尚有阳世以为不时之需；人而贫也，其将告助于谁氏耶?”又将这种同情提升了一层。

长白浩歌子的《萤窗异草》也是乾隆时出现的一部文言小说集，据梅鹤山人《萤窗异草初编序》中说：“其书大旨，酷摹《聊斋》，新颖处骎骎乎升堂入室。”但浩歌子在创作中实有不拘守旧传统的变化。如《定州狱》是一篇公案小说，叙述定州村民娶美妇，密于防闲，不准归宁。其娘家村中演戏侑神，接妇归。“民固雅不欲，淹留未久”，便“往促之归”。而其妇贪观剧，甚不愿归。村民乃潜身到其妻看戏处，暗中脱其一履而去，“计俟其晨归，痛辱之以泄积

---

① 《谐铎》，人民文学出版社，1985年，第59—60页。

忿”。当其妻失鞋，疑为轻狂者所为，不胜愧悔，连夜回家。村民故意斥责：“不从我言，致出予丑，虽醢汝身，不足泄忿矣！”其妻惶恐，悬梁自缢。村民惊恐，将妻尸投邻寺井中，又去岳家接妻，竟控于官。而其妻为汲水僧所救，适一少年经过，杀僧占女。最后州牧胡公巧妙破案。从作品的情节看，由一只鞋引出一连串命案，与“三言”中《沈小官一鸟害七命》、《一文钱小隙造奇冤》之类十分相似。在具体描写上，人物的性格刻画也很鲜明，如村民的心理就表现得活灵活现，他因为妻子貌美而严加管束，对妻子回娘家极不情愿，而对其恋恋不归，碍于礼数，“民不能强，遂悻悻自去”。由“悻悻”导致“自愤”，终于“大恚”，以致在妻子回来时，“痛辱之以泄积忿”，而在妻子自缢后，“大怖且悔”，“思妇之情好，不禁怅惋”。这一心理发展过程合情合理，描写得极为真切。村民的语言也很生动，在妻子不肯回家时，他说：“贱骨朵不念枕席情，只图欢笑，吾必辱之！”而在妻子赶回来时，又百般奚落：“予以汝从优人逝矣，竟归耶？”“大好戏文，诘朝闻将复演，汝何遽归？”等等。[①] 要之，从取材到描写，本篇都表现出了与传统的文言小说不尽相同的意趣。

《聊斋志异》所带来的文言小说中兴一直持续到晚清，宣鼎的《夜雨秋灯录》也是效法《聊斋志异》的一部小说集。从宣鼎《自序》“樵歌牧唱，有时上献刍荛；鬼董狐谐，无语不关讽劝”看，他的小说创作理念并无多少创新。不过，宣鼎很善于铺叙情节，有时也能使作品呈现出引人入胜的魅力与复杂的意蕴。如《雅赚》先概述郑板桥“为秀才时，三至邗江，售书卖画，无识者，落拓可怜。后举于乡，旋登甲榜，声名大震。再至邗江，则争索先生墨妙者，户外履常满。先生固寒士，至是益盛自宝重，非重价不与”。商人某甲，出身微贱，赋性尤鄙，郑板桥轻蔑其人，“虽重值，誓不允所请”。而“某甲自顾厅事，无先生尺楮零缣，私衷羞恧，百计求之，终不得”。出人意料的是，这个商人最终却用计赚得了郑板桥的墨宝。原来，他深知郑板桥自命高雅，就投其所好，特地营建了一个与世隔绝的精雅茅屋，当郑板桥散步至此时：

> 始见主人出，则东坡角巾，王恭鹤氅，羊叔子之缓带，白香山之飞云履，手执麈尾，翩然而来，老叟也。彼此略叙述，语颇投契。问叟名氏，曰：“老夫甄姓，西川人，流寓于此。人以老夫太怪，遂名曰怪叟。”问“富儿绝迹”四字何意，曰：“扬城富儿，近颇好雅，闻老夫居址，小有花草，争来窥瞰。但此辈满身金银气，一入冷境，必多不利，或失足堕溪水，或花

① 《萤窗异草》，重庆出版社，1996年，第225—229页。

刺勾破衣，或遭守门花庞啮破足，或为树杪雀粪污俊庞。所尤奇者：一日，富儿甫坐定，承尘鼠迹，空隙破瓦堕，正中其额，血淋漓，乃委顿去。自是相戒，不敢入吾室。遂以为额，志实也。先生清贫则已，若亦富人，恐于先生亦大不利。”先生叹曰：“仆生平亦最恶此辈者。幸福命高，未曾一作富人，得安稳入高斋，领雅教，何幸如之！”

……

交月余，渐与谈诗词，皆得妙谛，惟绝口不论书画。先生一日不能忍，告叟曰：“翁亦知某善书画乎？”曰：“不知。”曰：“自信沉迷于此，已三折肱。近今士大夫，颇有嗜痂癖，争致拙作，甚非易事。翁素壁既空空，何不以素楮，使献所长，亦藉酬东道谊。”曰：“劝君且进一杯，呼儿磨墨。楮先生藏之已久，实满眼无一佳士如先生者，故素壁犹虚。顷既相逢，何敢失之交臂？”先生投袂而起，视斋中笔墨纸砚已就，即为挥毫，顷刻十余帧，然后一一书款。①

由于直到最后，才真相大白，因此，情节的发展令人回味。一方面是俗商为附庸风雅而改弦更张，言谈举止变得一派高雅；一方面是郑板桥不辨真伪，求雅避俗却终落俗套。作者在篇末的议论中称：“人道某甲赚板桥，余道板桥赚某甲。”其实，无论是谁“赚”了谁，都表明了小说情节内涵具有不同的解读可能性。

《麻疯女邱丽玉》也是《夜雨秋灯录》中颇受好评的作品，这篇作品将前人有关麻风病的记载，改造为一个哀婉动人的爱情故事。②

另外，《夜雨秋灯录》在文体上也小有变化。如《父子神枪》：

枪炮者，火器也，弁士行伍者习之，轰击凫雁者亦习之，往往行伍多不及猎凫雁者，何故？盖一则敷衍耳目，绳亮焰发，便能饱食国家饷。一则弋获飞走为生，枵腹而出，伏于湖滨，凝神息虑，专注如承丈人蜩，如射大夫雉，如兔起鹘落，鲜有不技精而进于神者。此中有人，正未可忽。

泗州大圣庙前，戈叟名辽，其子名继辽……③

《假五通神》：

---

① 《夜雨秋灯录》，黄山书社，1987年，第17—18页。

② 参见占骁勇：《清代志怪传奇小说集研究》，华中科技大学出版社，2003年，第266—292页。

③ 《夜雨秋灯录》，黄山书社，1987年，第116—117页。

南人之崇奉五通，犹北人之信狐也。客有贩卖阿芙蓉发籍者，往来齐楚间非一日，阿堵充豫，乃纳粟为九品官，在籍候铨。虽煌煌章服，腰佩玉，腕跳脱，襟洋表，面架墨晶镜，而烟霞营生不肯弃，以故富且贵，居然缙绅矣。

客姓万，乳名佳儿，遂名曰佳，字颗珠……[①]

《郝腾蛟》：

床头夜叉啼，河东狮子吼，能令铁铮铮汉子丧胆寒心，恨无杜兰香重到人间耳。然每闻吾乡父老谭郝总兵事，未尝不须眉欲动。

总兵，登州武世家，姓郝，名腾蛟，字春霆……[②]

《古剑头》：

篆刻家，牙石竹根，无不捉刀，惟玉章坚硬，辄见之生畏。或曰："蟾蜍肪涂之，软如蜡；金钢石钻之，烂如泥。"试之，均不验。

歙有方生雪蓬，刀法得家传……[③]

这些作品的开篇在传统文言小说大多采用的传记式开头前，均加上一小段议论，起到了提纲挈领的作用。

李庆辰的《醉茶志怪》与《夜雨秋灯录》大体同时，他在《自叙》称"一编志异，留仙叟才迥过人；五种传奇，文达公言能警世"，可见其受《聊斋志异》和《阅微草堂笔记》的影响。例如在描写人物语言方面，《醉茶志怪》有的篇目不减《聊斋志异》风致。如《杜生》叙二狐化为美女勾引杜生：

至案前，夺生所读书。生握其腕，曰："尔辈何人，得毋妖魅？"长者曰："诚然，将噬尔狂生！"生曰："予有长矛，何畏妖魅！"女掩口笑曰："尔有矛，侬有盾。"以袖拂生面，兰麝喷溢。生无语，似情动。少者曳裾曰："姊姊可速行，毋令人厌弃也。"长者唾曰："小蹄子！尔要去便去，休缠人。"少者笑曰："我去！我去！勿阻隔汝等云雨。"[④]

这一段对话活灵活现，令人想到《聊斋志异》中《翩翩》二仙女的语言。又如《阿菱》，叙王生与狐女阿菱相恋，二人初次相会时有这样一段对话：

---

① 《夜雨秋灯录》，黄山书社，1987 年，第 147—148 页。

② 同上书，第 160 页。

③ 同上书，第 250 页。

④ 《醉茶志怪》，齐鲁书社，1988 年，第 110 页。

……生问:"女郎年几何?"女云:"十四。"生云:"小我一岁。"女云:"小一岁便如何?"生云:"此后好呼唤耳。"女云:"谁是尔婢子,辄便呼唤?"生云:"称呼耳。"女云:"何以相称?得毋夜郎自大耶!"生云:"不敢!不敢!卿须呼我为郎。"女笑云:"我以为兄也,侬最怕狼,不便相呼。"生云:"不呼郎,呼我为甚?"女掩口云:"不呼尔为狼,则呼为犬!"生云:"无故奚落人,当罚尔!"遽前夺其帕,女笑声嗤嗤,掷帕于地。[①]

这一番交谈,轻松活泼,如闻其声,也令人想到《聊斋志异》中《婴宁》的描写。

除了上述作品,清代文言小说集还有许仲元的《三异笔谈》、俞鸿渐的《印雪轩随笔》、俞樾的《右台仙馆笔记》、金捧阊的《客窗偶笔》、梁恭辰的《池上草堂笔记》、许奉恩的《里乘》、王韬的《淞隐漫录》等。

从小说史上看,清代出现的文言小说中兴并没有在小说的文体与小说的叙事上有全面超越前人的创造,大多数作品还是以思想情趣和文学语言吸引着有一定文化水平的读者。只有像《聊斋志异》这样在情节安排与人物塑造上也格外用心的作品,才打破了特定的读者界限——《聊斋志异》被其他通俗说唱文体改编就说明了这一点,获得了更广泛的影响。

① 《醉茶志怪》,齐鲁书社,1988年,第225—226页。

第五章 《红楼梦》

在中国古代小说史上，没有一部小说有《红楼梦》这么重要，即使人们有理由质疑对它的过度阐释，或不承认它是中国小说的最高峰，大多数人还是相信，这部小说是中国小说一座辉煌的里程碑。最值得关注的是，《红楼梦》自问世之日起，就成为中国文化发展的新的精神资源，在它以后、特别是近百余年，几乎所有重要的文化事件，都可以看到这部小说的影子。因此，这也就成为把握《红楼梦》的基础。也就是说，作为小说的《红楼梦》必然与作为文化现象的《红楼梦》有着密不可分的联系。

第一节 曹雪芹的写作理由与《红楼梦》的性质及其时代意义

自从《金瓶梅》问世后，小说家开始把目光转向家庭。但是，就创作而言，《金瓶梅》还是一部从世代累积型向文人独创型过渡的作品，这不仅在作品的叙事中造成了诸多矛盾，更重要的是作者的个性因素还受到多方面的牵制。当作者对他所描写的题材缺乏深刻的感受时，他恐怕更多地需要求助于外在情节的夸张性表现。这部小说为人诟病的性描写很大程度上即是由此造成的。而被认为“深得《金瓶》壸奥”的《红楼梦》显然与此不同。《红楼梦》的题材与作者关系之密切，在小说史上是空前的。尽管我们不能把书中的贾府等同于现实中的曹家，但有种种迹象表明，曹雪芹的创作与他的亲身经历与感受有着千丝万缕的联系。这种联系绝不只是表现在情节与素材上，更值得重视的是作者对描写对象的充沛的感情体验，使他在创作中流露出难以遏制的忧伤和忏悔；而这恰是此前小说所缺乏的，甚至也是整个传统文化所少见的。

在庚辰本《红楼梦》的开篇，有这样一段表白：

> 作者自云：因曾历过一番梦幻之后，故将真事隐去，而借"通灵"之说，撰此《石头记》一书也。故曰"甄士隐"云云。但书中所记何事何人？自又云："今风尘碌碌，一事无成，忽念及当日所有之女子，一一细考较去，觉其行止见识，皆出于我之上。何我堂堂须眉，诚不若此裙钗哉？实愧则有余，悔又无益之大无(可)如何之日也！当此，则自欲将已往所赖天恩祖德，锦衣纨袴之时，饫甘餍肥之日，皆(背)父兄教育之恩，负师友规谈之德，以至今日一技无成，半生潦倒之罪，编述一集，以告天下人：我之罪固不免，然闺阁中本自历历有人，万不可因我之不肖，自护己短，一并使其泯灭也。虽今日之茅椽蓬牖，瓦灶绳床，其晨夕风露，堦柳庭花，亦未有防我之襟怀笔墨。虽我未学，下笔无文，又何妨用假语村言，敷演出一段故事来，亦可使闺阁昭传，复可(以)悦世(人)之目，破人愁闷，不亦宜乎？"[①]

这是曹雪芹写作小说的理由。孤立地看，这一理由并没有什么特殊之处，但如果放在小说史上来看，就完全不同了。此前的小说更多地是强调写作的"羽翼信史"和道德劝惩的功能。而曹雪芹却声称他的写作只是为了几个普通女性；同时，又表明小说的内容与自己的经历、而且是自己的"过失"有关。怀着强烈的追悔之意，叙述以往的人生历程，这种写作理由从一开始就决定了《红楼梦》的与众不同。

自从20世纪"新红学"产生以来，经过近百年的研究，人们现在多半相信，曹雪芹创作《红楼梦》与他的家世、生平有很大关系。曹雪芹的祖先是汉人，明代后期入了满洲正白旗，身份是"包衣"，即满洲贵族的家奴。但曹家在康熙朝已是煊赫一时的贵族世家，从他的曾祖曹玺开始，直到他的父辈曹頫，世袭江宁织造(有时兼任苏州织造、两淮巡盐御史)达六十年。康熙六次"南巡"，有四次以织造府为行宫。令人想到《红楼梦》第十六回赵嬷嬷的话："还有如今现在江南的甄家，嗳哟哟，好势派！独他家接驾四次。"[②]不过，由于各种现在还不完全清楚的政治矛盾，雍正五年，曹頫被削去官职，曹家也被查抄了。曹家因此急遽败落，并由南京迁回北京。曹雪芹的生卒年还有

---

① 《脂砚斋重评石头记》第一册，人民文学出版社，1975年影印本，第3—4页。

② 《红楼梦》上册，人民文学出版社，1996年，第210页。此本为中国艺术研究院红楼梦研究所校注，以《脂砚斋重评石头记》(庚辰本)为底本，以各脂评本、抄本和程甲、乙本参校。本书除特别注明外，《红楼梦》引文悉依此本。

争论，按照他生于1715年的说法，抄家之时，曹雪芹已有十三岁，也就是说，他可能正经历了曹家盛极而衰的过程。少年时在南京有过一段“锦衣纨袴、饫甘餍肥”的生活，晚年则住在北京，贫困到“举家食粥酒常赊”（敦诚诗）的地步。家境的败落和个人地位的巨大变化，使他对社会与人生有了更清醒的认识，从而在“茅椽蓬牖，瓦灶绳床”的艰苦环境中，创作出了《红楼梦》。

新红学强调《红楼梦》的自传性，在后来的“红学”研究中也受到了一些人的讥讽，特别是到了上个世纪50年代，意识形态的转型使得“红学”成为一个很容易操纵、可轻可重的话题。[①] 轻者不过是对一部小说的重新解读，重者牵涉到知识分子改造与国家意识形态的重建。应当说，这两方面的效果都达到了。但是，在这场运动中，人们似乎没有特别顾及胡适等人当初强调自传说的背景。在上个世纪20年代，对个性与“自然主义”的宣传，其实是自传说产生的一个不应忽视的理论基础。

另一个背景则由于小说史研究的不深入，更没有被触及，那就是在清代小说乃至整个文学创作中，作家自我意识在叙事文学中的新体现。事实上，像曹雪芹这样从自己的生平经历中取材的创作在清代即使不能说形成了一种潮流，也绝不是偶然的现象。即使是在《聊斋志异》这样的文言小说中，也可以看出比以前同类小说鲜明的作者心理。如上一章所述，在蒲松龄的心中，科场上的失意是他难以排遣的痛苦。从十九岁初应童子试起，直到七十一岁高龄，才援例出贡，在很多诗文中，他都抒发了“落拓名场五十秋”的羞辱与悲愤。而小说更成了寄寓这种情感的形象载体。在《叶生》中，蒲松龄满怀沉痛地描写了一个死不甘心的士子，终于借鬼魂扬眉吐气。所以，清代冯镇峦在对这篇小说的评语中，极有见地地说：“余谓此篇即聊斋自作小传，故言之痛心。”

而在一些通俗小说中，作者的思想旨趣乃至自我形象表现得更为明显。如李渔的《十二楼》之《闻过楼》中，开篇的入话，他就引用了自己的诗十余首，还记述了写作的情感动机。这些诗又见于他的诗文集《一家言》中，并非专为小说杜撰。像这样将自己的诗文作品融入小说的叙述体制中，在以前的小说中是绝无仅有的。不但如此，在一些作品的情节中及人物身上，李渔还加进了自己的生平经历，寄寓着自己的思想感情。李渔素喜置造园亭，迫于生计，却不得不将惨淡经营的园林转卖他人。在《十二楼》之《三与楼》中，开篇李渔就引用了见于自己诗文集的《卖楼》、《卖楼徙居旧宅》诗，并说“这

---

① 有关这次红学风波，可参看孙玉明：《红学：1954》，北京图书馆出版社，2004年。

首绝句与这首律诗，乃明朝一位高人为卖楼别产而作。卖楼是桩苦事，正该嗟叹不已”。正因为李渔经历过卖楼的辛酸，所以在小说中才以极大的同情表现了那个“高人”虞素臣的可贵品质和他造楼之雅与卖楼之苦。前人说“文中虞素臣，即是笠翁自寓”[①]，并非凿空之论。

后面将要介绍的吴敬梓的生平与思想对《儒林外史》同样有着举足轻重的作用。小说中，主要的正面人物之一杜少卿鄙薄功名的言行就与吴敬梓的思想旨趣息息相通。而在一些基本情节上，杜少卿与吴敬梓之间也多有关合：吴敬梓袭父祖业有金二万余，但素不习治生，性复豪爽，遇贫即施，不择其人，以致家道衰落；杜少卿也是如此。吴敬梓三十三岁移居南京，买宅秦淮河畔；杜少卿也从家乡迁往南京，住在秦淮河旁。1736 年，吴敬梓没有应荐到北京参加博学鸿词科的廷试，其中虽有身体不适的客观原因，但从他的内心来说，也有辞征辟的思想根源，他在诗文中就对一些亲友的应鸿博试寄寓了微讽与悲悯，同时，连诸生籍也放弃了；而杜少卿则装病辞征辟，并抛弃秀才籍。吴敬梓积极赞助在南京修复先贤祠（祀吴泰伯以下五百余人）；杜少卿也热心支持在南京建泰伯祠。[②] 所以，清人金和即在《儒林外史跋》中指出“书中杜少卿乃先生自况”。

稍后一些的夏敬渠的《野叟曝言》也是这样的代表。夏敬渠将自己的经历熔铸为小说情节，书中主人公名文白，乃析“夏”字为二，实即夏敬渠的自况。[③] 黄瀚的《白鱼亭》更为特殊，这部很少为人提及的长篇小说有一个值得关注的地方，就是作者将自己直接写进了作品中。在书中，黄瀚是一个才华横溢的贤士，他受到书中的好官易自修的赏识，得授翰林院著作郎，后又官至护国佑军掌文院礼部大学士，济国济民，荫福妻子。虽然这都不过是生平坎坷、穷愁著书的作者的白日梦而已[④]，但无论如何，当小说成了小说家自我情感的实实在在的载体时，小说从本质上就与以前的仅仅充当着单纯的消费文化与普遍性社会意识的体现有所不同。

这种在叙事文学中融入作家自我形象的创作方法，不只在小说中存在，在戏曲中也有。因此，它们构成了《红楼梦》写作与传播的一个特殊的背景。

---

① 孙楷第：《李笠翁与〈十二楼〉》，见《李渔全集》第 20 卷，1992 年。另外，沈新林《论李渔小说中的自我形象》（见沈氏《李渔新论》，苏州大学出版社，1997 年）也专门论述了李渔小说的自我形象问题。

② 参见李汉秋：《〈儒林外史〉研究》，华东师范大学出版社，2001 年，第 115 页。

③ 参见王琼玲：《清代四大才学小说》甲编，台湾商务印书馆，1997 年。

④ 参见竺青：《黄瀚》，见《中国通俗小说家评传》，中州古籍出版社，1993 年。

这里有必要特别提到从清初开始的忆语体文学的勃兴。所谓忆语体文学主要指清初以来颇为流行的回忆性散文。虽然类似的创作前人也有，明代归有光更以此类散文的写作见长，但到明清之际，此种写作才成为一种风气。比较早一点的作品有张岱的《陶庵梦忆》、余怀的《板桥杂记》等，他们都是明代遗民，在对往日富丽生活的眷恋中，寄托着故国之思。稍后的叶绍袁有《窈闻》和《续窈闻》以及《亡室沈安人传》等，寄寓了作者对亡妻和早夭的爱女的哀悼之情；叶绍袁的妻子沈宜修生前也曾作《季女琼章传》，怀念亡女，写得真切感人。更为著名的忆语体作品是冒辟疆的《影梅庵忆语》，其中描写冒辟疆与董小宛的爱情故事，细腻感人。类似的作品还有陈裴之的《香畹楼忆语》、蒋坦的《秋灯琐忆》等。再晚些时候，还有沈复的《浮生六记》。这些忆语体作品大都以青年女性为主人公，并表现了对女性的特殊的敬重。而由于女性的亡故，它们也往往具有浓重的悲剧色彩。其中有些作品中的描写与《红楼梦》有相近的地方，如沈宜修称自己是"实实写出，岂效才人作小说欺世邪?"与曹雪芹表明的创作态度一样；叶绍袁将所悼念的女性描写为成仙作佛了，《红楼梦》中关于晴雯成为芙蓉神的构想与此一致；《窈闻》中提到记人生死的"秘册"，也令人想到《红楼梦》太虚幻境里的"册子"；《续窈闻》中才女叶小鸾说自己曾"戏捐粉盒葬花魂"，则与林黛玉的"葬花魂"相似；叶绍袁说自己的幻想是"梦生于想，岂真足凭"，"不敢欺人，亦不祈人信，以为真有，虽群口交羡，无救我女之亡"，曹雪芹写贾宝玉对晴雯成为芙蓉神一事也说"听小婢之言，似涉无稽；以浊玉之思，则深为有据"，也是出于相同思想感情。至于有人认为《红楼梦》中的林黛玉即董小宛的化身，固不足为训。但从忆语体的感情特征上看，两者也未必没有相通之处。

实际上，在曹雪芹的心理中，也有很强烈的怀旧气质。在有关曹雪芹的并不多的直接记述中，我们可以很容易地发现，他是一位十分敏感的小说家。敦诚在《赠曹雪芹》中称他"废馆颓楼梦旧家"，在《寄怀曹雪芹》中称他"扬州旧梦久已觉"；敦敏则在《赠芹圃》中称他"秦淮风月忆繁华"，在《偶过明君养石轩》中称他"秦淮旧梦人犹在"，等等。至于《红楼梦》开篇中"忽念及当日所有之女子"云云，更清楚地表明了他强烈的怀旧气质。

如果从更宽广的范围看，这种对"当日女子"的怀恋，也具有一定的普遍性。郑板桥有一首[贺新郎]《赠王一姐》词：

> 竹马相过日，还记汝、云鬟覆颈，胭脂点额。阿母扶携翁负背，幼作儿郎妆饰。小则小，寸心怜惜。放学归来犹未晚。向红楼、存问春消息。问我索，画眉笔。

廿年湖海长为客，都付与、风吹梦杳，雨荒云隔。今日重逢深院里，一种温存犹昔。添多少、周旋形迹。回首当年娇小态，但片言、微忤容颜赤。只此意，最难得。①

词中所表达的感情有很多地方与曹雪芹、《红楼梦》相似相通。且不说其中有“红楼”二字，郑、王也是表亲（王一姐据说是郑板桥的表姐），那种两小无猜的甜蜜，即如宝黛爱情一样的美好。“放学归来犹未晚”，正是宝玉从家塾回来的情景，在《红楼梦》第二回中，我们就看到了这样的描写：“其暴虐浮躁，顽劣憨痴，种种异常。只一放了学，进去见了那些女儿们，其温厚和平，聪敏文雅，竟又变了一个。”特别是“但片言、微忤容颜赤”，简直就是宝黛间“肯露娇嗔爱始真”的写照。曹雪芹将这一感情特点写得如此细腻，可能也是因为“只此意，最难得”吧。郑板桥还有一些情词也表达了同一感情，如[踏莎行]《无题》：“中表姻亲，诗文情愫，十年幼小娇相护。不须燕子引人行，画堂到得重重户。　　颠倒思量，朦胧劫数，藕丝不断莲心苦。分明一见怕销魂，却愁不到销魂处。”有的则不能确证是否写给同一人。如[酷相思]《本意》：“分明背地情千缕，翻恼从教诉。奈花间乍遇言辞阻，半句也何曾吐，一字也何曾吐。”[虞美人]《无题》：“盈盈十五人儿小，惯是将人恼。撩他花下去围棋，故意推他劲敌让他欺。”都有曹雪芹在《红楼梦》中所表现的同样的情怀。而这种对初恋的怀念，在后来的龚自珍所作的诗词中也有感人的抒写，如他的[百字令]《投袁大琴南》：

深情似海，问相逢初度，是何年纪？依约而今还记取，不是前生夙世！放学花前，题诗石上，春水园亭里。逢君一笑，世间无此欢喜！（乃十二岁时情事）

无奈苍狗看云，红羊数劫，惘惘休提起。客气渐多真意少，汩没心灵何已！千古声名，百年担负，事事违初意。心头搁住，儿时那种情味。②

十二岁时的“深情似海”、“放学”后的题诗，以及“客气渐多真意少，汩没心灵何已”，都可看做上引郑板桥词的翻版。“心头搁住，儿时那种情味”，当然也是因为“只此意，最难得”。“前生夙世”很容易产生“灵河畔神话”式的想象，而“千古声名，百年担负，事事违初意”，就与曹雪芹“一技无成，半生潦倒之

① 《郑板桥集》，上海古籍出版社，1979年，第123页。

② 《龚自珍全集》下册，中华书局，1959年，第564页。

罪”的告白相同了。据说龚自珍也是恋爱着他的一个表妹(但也有人疑其为妓),后来此女未婚早逝,龚自珍还写了一组诗追悼,即《己亥杂诗》一八二至一九七首,其中如:“昔年诗卷驻精魂,强续狂游拭涕痕”,“花神祠与水仙祠,欲定源流愧未知。但向西泠添石刻,骈文撰出女郎碑”,“女儿魂魄完复完,湖山秀气还复还。炉香瓶卉残复残,他生重见艰复艰”等诗句,情动于衷,令人联想到《红楼梦》“诗魂”、“花神”、“女儿诔”之类描写。

由此可见,曹雪芹的追忆闺中密友,其实反映了饱经沧桑的男性共有的感情与心态;而作为一个写作理由,则表现了一种具有强烈感情色彩的审视生活的角度。由于曹雪芹选择的文体是小说,所以其情感内涵比一般的散文或诗词来得更丰富、更曲折。

曾经有一种担心,认为强调自传色彩会降低《红楼梦》的价值,这完全是多余的,中外文学史上,有自传色彩的名著并不鲜见。其实,从文学创作的一般规律来说,作品带有不同程度的个人色彩是很自然的事。鲁迅并不完全赞同《红楼梦》是曹雪芹的自叙传,但他指出:“作品大抵是作者借别人以叙自己,或以自己推测别人的东西。”[①]就《红楼梦》而言,其中的描写未必都是曹雪芹的家世,却仍然有可能包含了曹雪芹的生活体验或了解,所以甲戌本第十六回有一条脂批说,作者“借省亲事写南巡,出脱心中多少忆昔感今”。王妃省亲,本无其事。但南巡接驾,却是曹家盛典,二者在排场、心态等方面,自可相通。重要的是,从小说史上看,在《红楼梦》以前的小说,自觉地从自己的生活经历与感受中取材,还缺乏更多的可资效法的成功经验。由于早期的白话小说往往具有集体创作的性质,小说家个人的因素在作品中表现得就更不充分。而如上所述,这种情形在清代有了明显的变化。从这一角度说,肯定了《红楼梦》有某些自传色彩,实际上也等于肯定了这部杰作所具有的时代意义的一个方面,因为这意味着小说创作进入了一个新的精神领域;而题材贴近小说家的亲身经历,与作者以旁观者态度的记叙不同,必然赋予作品一种更充沛的感情色彩。英国小说家狄更斯的《大卫·科波菲尔》也有一定的自传色彩(在对女性的态度上,此书甚至与《红楼梦》有相似之处),法国文学史家卡扎明评论说:“对过去的回忆也加深了他的积极的仁爱精神的含义。”[②]曹雪芹也是如此,对往事的追忆,使他对美好的东西倍加珍惜,而对它的毁灭也更加悲痛,这也正是《红楼梦》比历史上其他小说

---

① 鲁迅:《三闲集·怎么写》,见《鲁迅全集》第4卷,人民文学出版社,1981年,第24页。

② 《狄更斯评论集》,上海译文出版社,1982年,第108页。

的感情力度更强的原因所在。

当然，从亲身经历取材也可能由于过于强烈的主观性，削弱小说的客观性与真实性。而曹雪芹清醒的创作理念使他的作品避免了这种缺陷。

曹雪芹非常强调作品的真实性，他说自己的小说"至若离合悲欢，兴衰际遇，则又追踪蹑迹，不敢稍加穿凿，徒为供人之目而反失其真传者"。尽管曹雪芹之前的小说家也重视真实性，但那种真实性往往是与历史相联系的。同时，受市场的左右，中国小说家又总是矜奇尚异，以"奇书"相标榜。而曹雪芹则不然，他在第一回开宗明义就声称自己所写只不过是些"家庭闺阁琐事"。当然，曹雪芹也意识到了虚构的重要，他在创作中"将真事隐去"，"用假语村言"，就是一种自觉的艺术提炼、改造的过程。不过，对曹雪芹来说，这一过程不只是简单的虚构，同时也是对待社会人生的哲学态度，也就是他所说的"假作真时真亦假，无为有处有还无"，它反映了曹雪芹对"真"与"假"辩证关系的领悟。

曹雪芹还借书中人物之口说：

> 据我看来，第一件，无朝代年纪可考；第二件，并无大贤大忠理朝廷治风俗的善政，其中只不过几个异样女子，或情或痴，或小才微善，亦无班姑、蔡女之德能。我纵抄去，恐世人不爱看呢。[1]

这里，曹雪芹实际上把自己的作品与以"野史"自居和以"奇书"自诩这两种最普遍的小说创作倾向划清了界限。显然，这意味着观念的转变。正是在这种观念支配下，曹雪芹又强调了自己是"大旨谈情"。他所说的"谈情"不是单纯的男女之情的表现，而是对人的精神心理的探究。

总之，对往事的回忆使《红楼梦》拥有了一种与其他小说不同的叙事起点。《红楼梦》之前的章回小说很少以当代人物或故事为题材，但即便是历史演义小说，所采取的叙事时间也不是过去式的，因为只有以个人的见闻为基础，回忆性的叙述才有可能存在。但曹雪芹对过去的记忆与其说是对自己家族辉煌历史的怀恋，不如说是对一种生命体验的追索。因此，他的创作才超越了个人狭小的心灵空间，而在更广大深邃的精神世界里，再现了一出悲喜交加的故事。这就是为什么小说一开始即遥承古代神话，将主人公的命运置于飘渺的岁月中的原因。这种描写不但在艺术上为忧伤的情节创造了一个恰到好处的审美距离，也极大地提升了小说的思维水平，使之摆脱了

---

① 《红楼梦》上册，第5页。

一般小说就事论事的叙事习惯,而令接受者有可能随着作者如泣如诉的描写,感受到中华文明具体而微的流动。

第二节 “末世感”与“悲金悼玉”

虽然《红楼梦》的情节只是围绕一个家庭展开的,但它的意蕴却相当的丰厚。概而言之,则有两条线索,一是贾府的衰落,二是宝黛钗的婚恋。这两条线索并不是孤立存在的,因为有了前者,宝黛钗的婚恋不同于一般的才子佳人小说,而在与社会问题的广泛联系中,获得了更深刻的现实意义;因为有了后者,贾府的衰落也不同于《金瓶梅》等小说已写过的在简单的因果报应框架下的盛衰过程,而在与人生问题的深入联系中,具有了更沉重的生命内涵。

性别问题无疑在《红楼梦》中占有重要的位置,可以说是作者现实体验与历史观照的一个出发点,所谓“千红一窟(哭)”、“万艳同杯(悲)”。性别在这部小说中至少有两层意思。一是现实生活中的女性问题,一是具有哲理意义的人生问题。曹雪芹在开篇就表明了他描写女性的意图,作品中的女性形象各具性格特征,但结局都是不幸的,其中包含了作者深刻的怜悯。不过,曹雪芹并没有为自己的感情所左右,而是进一步揭示了造成这种种不幸的个人的与社会的原因。《红楼梦》对女性的这种同情,不但远远超越了《三国演义》、《水浒传》那种对女性的轻蔑与糟践,就是描写了众多优美女性形象的蒲松龄也无法相比,因为在后者的笔下还流露着过于明显的男性中心主义思想。例如在一篇题为《嫦娥》的小说结尾,蒲松龄称:“然室有仙人,幸能极我之乐,消我之灾,长我之生,而不我之死。”女性生命的意义要完全通过男性才能得到实现与认可。而曹雪芹不然,他对女性的同情是基于对女性的一种格外尊重。这又使得《红楼梦》中的女性描写另具一层象征意味。比如贾宝玉,他的思想认识就是与他对女性的感受联系在一起的。最初,他认为“女儿是水作的骨肉,男人是泥作的骨肉”(第二回),“凡山川日月之精秀,只钟于女儿,须眉男子不过是些渣滓浊沫而已”(第二十回)。所以,他对女性的膜拜达到了登峰造极的地步,声称:“这女儿两个字,极尊贵、极清净的,比那阿弥陀佛、元始天尊的这两个宝号还更尊荣无对的呢!”(第二回)这样的思想虽然不是他的发明,《古今词话》里就记载宋谢希孟也说过“天地英灵之气,不钟于男子,而钟于妇人”的话,但由于贾宝玉的执著,使得这一观点几乎成了他接人待物的基本立场。不言而喻,这种观点是幼稚的。但看得出来,作者宁愿肯定这种幼稚的观点,也不愿肯定貌似成熟、实际上却是被扭曲的人性。所以,后来贾宝玉也不断调整着自己的看法。当宝钗等人劝他致力功名时,他感到好好的清白女子,也学得沽名钓誉,是“真真有负天地钟灵毓秀之德了”(第三十六回)。后来,他更发现生活中有不少女子并不那么可爱,深感困惑:“奇怪,奇怪,怎么这些人,只一嫁了汉子,染了男人的气味,就这样混账起来,比男人更可杀了!”进而认定“凡女儿个个是好的了,女人个个是坏的了”(第七十七回)。在宝玉眼里,所谓男人不过是世俗之恶的体现,而“染了男人的气味”不过是善良本性的恶质化。

正是基于作者对人性的认识,《红楼梦》又深刻地表现了理想与现实的矛盾。从大的方面看,太虚幻境与荣宁二府就是理想与现实的一种折射,而大观园则是二者的交汇。从小的方面看,人物的设置也隐约反映了这样的矛盾。小说在第五回有一个暧昧而又具有象征意味的描写,贾宝玉在梦中呼唤一个名叫“兼美”的女性,一旦醒来,他就不得不在林黛玉与薛宝钗之间作出选择。这种选择并不是西方式的“灵”与“肉”的选择,虽然作者也有意突出了林黛玉的灵性与薛宝钗的容貌,但其中还有中国传统的“才”与“德”的选择,所谓“可叹停机德,堪怜咏絮才”(第五回,金陵十二钗册子上薛、林二人的判语),“空对着,山中高士晶莹雪;终不忘,世外仙姝寂寞林”(《红楼梦曲子》)。在现实中,才与德间的抉择也许比灵与肉间的抉择更折磨人,因为它们并不是矛盾的关系。因此,可以说,《红楼梦》所创造出来的艺术形象,深刻地展示了当时中国人的精神困境,这是它最值得珍视的思想价值之一。

当理想与现实的矛盾达到无法排解的程度时,悲剧就不可避免地发生了。最先明确指出《红楼梦》这一性质的是王国维。虽然他的《红楼梦评论》对《红楼梦》的解读有许多牵强的地方,但对这部小说基本性质的把握却是准确的。

悲剧的一个表现是《红楼梦》中浓重的末世感。比如书中经常有这样的字句,王熙凤的判词是“凡鸟偏从末世来”,探春的判词是“生于末世运偏消”。在脂评当中,也经常有类似的批语,如第二回冷子兴演说时夹批反复提醒读者:“记清此句,可知书中之荣府已是末世了。”“作者之意原只写末世。”“此已是贾府之末世了。”十八回批语也有“又补出当日宁荣在世之事,所谓此是末世之时也”等等。可见,末世感是作者有意强调并给读者留下了深刻印象的。显然这不只是字句的问题,而是作者对生活的一种领悟。中国古代本来就有“君子之泽，五世而斩”的说法，《红楼梦》中贾府由盛而衰的过程实际上是这一规律性现象的反映。所以，我们在《红楼梦》中看到了种种衰败的症候，既有令旧时代正统人士痛心疾首的所谓“牝鸡司晨，唯家之索”的现象，也有“一代不如一代”的事实；既有“一个个象乌眼鸡似的”的争斗，也有对“抄家”的不祥预感。腐朽、虚伪是这一家庭的基本特征，而年青人所珍视的美好感情也成了痛苦的牺牲品。不过，《红楼梦》的意义并不只是描写了一家一族的兴衰荣枯，由于作者对社会生活的深刻认识和准确描写，小说中的末世感也昭示了整个社会的衰败。后四十回中所谓“兰桂齐芳”、“家道复初”是高鹗续补的结果，从作者的本意来说，他所设想的“白茫茫大地真干净”却是彻底的否定或绝望。

曹雪芹深厚的悲剧意识一方面来自现实生活的感悟，另一方面也来自他对人的生命与人生意义的思索。这一层意思在小说中被从正反两个方面作了揭示。从反面来说，小说最初的命意可能就与此有关。《红楼梦》第十二回中一个道士给正在妄动邪念的贾瑞送来一面“风月宝鉴”，并叮嘱他不可照正面，只照反面。贾瑞向反面一照，只见一个骷髅儿立在里面。他很生气，就不听劝告地照了照正面，“只见凤姐站在里面招手叫他。贾瑞心中一喜，荡悠悠的觉得进了镜子……”当然，他因此而死了。从《红楼梦》原名《风月宝鉴》可以看出作者对这一构想是很重视的。实际上，曹雪芹是有所借鉴的。唐谷神子《博异志·敬元颖》写到有人堕井溺死：

> 仲躬异之，闲乃窥于井上。忽见水影中一女子面，年状少丽，依时样妆饰，以目仲躬。仲躬凝睇之，则红袂半掩其面微笑。妖冶之姿，出于世表。仲躬神魂恍惚，若不支持然，乃叹曰：“斯乃溺人之由也。”[①]

后来井枯竭，获古铜镜一枚，名“夷则之镜”。《史记·律书》云：“夷则者，言阴气之贼万物也。”可见，所谓“夷则之镜”主要表示女色溺人，而这正好也是“风月宝鉴”的本义，也就是己卯本脂批所指出的：“好知青冢骷髅骨，就是红楼掩面人。”另外，佛教的“马郎妇”故事也很流行[②]，同样是以骷髅和红颜象征着人类的死亡与情欲。实际上，类似的意象在中国古代诗文中也屡见不鲜。

---

① 《博异志·集异记》，中华书局，1980年，第2页。

② 马郎妇故事的记载很多。唐李复言《续玄怪录》中“锁骨菩萨”事是其远因，宋志磐撰《佛祖统纪》四十一叙马郎妇故事即由此敷演而来，此后成为禅宗习用的话头。小说戏曲也多有用为题材的。

唐代诗人杜甫的五古《玉华宫》、刘禹锡的《和乐天题真娘墓》都抒写了“美人黄土”的感慨。宋人将这一意象表现得更惊心动魄，苏轼曾作过一首《髑髅赞》云：“黄沙枯髑髅，本是桃李面。而今不忍看，当时恨不见。业风相鼓转，巧色美倩盼。无师无眼禅，看便成一片。”黄庭坚也有一道《髑髅颂》：“黄沙枯髑髅，本是桃李面。如今不忍看，当时恨不见。业风相鼓击，美目巧笑倩。无脚又无眼，著便成一片。”此外，还有吴文英的词[思佳客]《赋半面女髑髅》等，都在青春不可恃的感叹中，有一种佛教的对色相的了悟。实际上，南宋初年著名的宗杲禅师，也有一篇《半面女髑髅赞》，其中说：“十分春色，谁人不爱。视此三分，可以为戒。”就是希望借此劝谕世人悟出色即是空的道理。不过，当这种思想与自己的亲身经历联系在一起时，就不是轻易可以超脱的。

陆游八十四岁时作《春游》，其三曰：“沈家园里花如绵，半是当年识放翁。也信美人终作土，不堪幽梦太匆匆。”就在“美人黄土”思想中寄托了自己的爱情悲剧。

“美人黄土”的诗歌意象在元代又有所变化，杨维桢《城西美人歌》颇有代表性：

> 长城嬉春春半强，杏花满城散余香。城西美人恋春阳，引客五马青丝缰。美人有似真珠浆，和气解消冰炭肠。前朝丞相灵山堂，双双石郎立道傍。当时门前走犬马，今日丘垄登牛羊。美人兮美人，舞燕燕，歌莺莺，蜻蜓蛱蝶争飞扬。城东老人为我开锦障，金盘荐我生槟榔。美人兮美人，吹玉笛，弹红桑，为我再进黄金觞。旧时美人已黄土，莫惜秉烛添红妆。①

诗中以“美人”为象征，极力渲染了市井生活的繁华富丽，在结尾点出“黄土”，作为及时行乐的鼓励。

当这种感情与国破家亡这样的巨变密切相关时，其意义又更深厚了。如前面提到的《板桥杂记》中则屡用此语抒写沧桑之感，如“楼馆劫灰，美人尘土。盛衰感慨，岂复有过此者乎！”“嗟呼！俯仰岁月之间，诸君皆埋骨青山，美人亦栖身黄土。河山邈矣，能不悲哉！”又如顾贞观[金缕曲]《秋暮登雨花台》：

> 此恨君知否？问何年、香消南国，美人黄土。结绮新妆看未竟，莫

---

① 《杨维桢诗集》，浙江古籍出版社，1994年，第24页。

报诸军飞渡。待领略、倾城一顾。若使金瓯常怕缺，纵繁华、千载成虚负。琼树曲，倩谁谱。重来庾信哀难诉。是耶非。乌衣朱雀，旧时门户。如此江山刚换得，才子几篇词赋。吊不尽、人间今古。试上雨花台上望，但寒烟，衰草秋无数，听嚓唳，雁行度。[①]

这是顾贞观登上雨花台，借南朝陈后主事，慨叹兴亡。正是由于“美人黄土”意象的反复运用，近代王国维在词中将其喻为“千秋诗料”[②]。

可见，“美人黄土”是传统文化中常见的一个思想，而曹雪芹在继承与运用这一意象时，却入乎宗教，出乎宗教，没有堕入否定生命的虚无中，当然也不是一般地抒发红颜薄命的感慨，而是在在表现出了一种对青春、对生命的深深眷恋，可以说这也是作者创作这部椎心泣血的悲剧作品的一个心理基础。对人的生命的珍视，在这种鲜明的对比中得到了无以复加的突出。在所谓“皮肤滥淫”之外，他更多地从正面渲染了“美人黄土”的思想。如书中对宝黛命运的感叹，常有“昨日黄土陇头送白骨，今宵红灯帐底卧鸳鸯”（《好了歌注》），“黄土垄中，女儿命薄”（《芙蓉女儿诔》）等字句，寄予了作者的无限同情和忧伤。

如果从更广大的范围来考察，这可能也不只是中国文学家才意识到并加以表现了的主题。钱锺书在《管锥编》中曾提到古代欧洲艺术中也多有此类意象，如“欧洲十七世纪又尚双面画像，正面为其人小照，转画幅之背，则赫然示髑髅相，所以自儆生死无常、繁华不实”，与《红楼梦》“不谋而合”。[③]而最早传入中国的欧洲小说之一、并被当时的人认为是“外国《红楼梦》”的《茶花女》[④]在开篇描写了亚猛为情侣马克迁墓，而马克的尸骨已腐烂，作者特别提到“此即当年坐油壁车脸如朝霞之马克也”。这种令人毛骨悚然的“美人黄土”对比，与《红楼梦》中的传统意象可以说也有异曲同工之妙。只不过曹雪芹的描写更含蓄，也更深刻。不少红学家相信，曹雪芹是在旧稿

---

① 张秉成：《弹指词笺注》，北京出版社，2000年，第315页。

② 王国维：《青玉案》，见《王国维文集》，北京燕山出版社，1997年，第595页。

③ 《管锥编》第一册，中华书局，1979年，第34页。〔德〕莫芝宜佳《〈管锥编〉与杜甫新解》一书在钱著的基础上，又补充了若干欧洲镜中美女成髑髅的事例。她认为《红楼梦》的画面象征是爱情与生命幻觉的佛教观念，而欧洲的却产生于对末日审判的恐惧和对冥府的关切，参见此书中译本，河北教育出版社，1998年，第131页。

④ 林纾译：《茶花女遗事》。此书的翻译在中国翻译史上具有里程碑的意义，它使中国人认识到外国也有《红楼梦》式的优秀小说。参见郭延礼：《中国近代翻译文学概论》，湖北教育出版社，1998年，第266—271页。

《风月宝鉴》的基础上写作《红楼梦》的。果如此，则曹雪芹在扬弃旧意象的同时，实际上也完成了一次文化史上的飞跃。他更愿意展示的是对人生的思索，而不只是一种惊心动魄的对比。从这一角度看，《红楼梦》具有人类共同的精神价值，而这种价值又是与中华文明的特点和发展联系在一起的。

无论是“末世感”，还是“悲金悼玉”，在《红楼梦》中都不是空洞的概念，它是与具体的人物描写联系在一起的。

《红楼梦》中描写的贾府是一个完整的社会单元。这个社会单元是围绕着贾氏大家庭而构建的，其成员可以分为主系和副系两支，主系成员是以嫡长子为核心的家庭正式成员，在贾府中就是以荣宁二府为主的贾氏族人及寄居在贾府的各种姻亲；副系则包括媵妾和奴婢两个层次。媵妾地位低下，是“半个主子”，实际上是另一种奴婢，第六十回芳官与赵姨娘争吵，就说“姨奶奶犯不着来骂我，我又不是姨奶奶家买的。‘梅香拜把子——都是奴几’呢！”而奴婢并不是家庭成员，只是家庭的附属，但按照《红楼梦》的写法，奴婢也是一个大家庭存在的社会基础。至少在表面上，“贾府风俗，年高伏侍过父母的家人，比年轻的主子还有体面”，小说中曾写尤氏、凤姐等站着，而赖大的母亲等几个“老妈妈”却可以坐着（第四十三回）。而有些小姐的大丫头被称为“副小姐”（第七十七回，周瑞家骂迎春的大丫头司棋“你如今不是副小姐了”）。

曹雪芹不但描写了一个大家庭的复杂人物关系，更描写了这种关系中所潜藏的更为复杂的矛盾，例如第四十六回叙贾赦欲纳贾母的丫环鸳鸯为妾，其妻邢夫人与王熙凤商量。精明的王熙凤虽认为此事必遭贾母严斥，但又不敢得罪邢夫人，于是阳奉阴违，在不得不卷入矛盾后，又巧妙地摆脱出来，致使邢夫人受到贾母责骂。至第七十一回，贾母八十寿庆，邢夫人还借机向王熙凤发难。这一矛盾在奴婢间也引起了强烈的反应，不仅鸳鸯刚烈地拒绝，甚至影响到仆人间的关系，“只因贾母近来不大作兴邢夫人，所以连这边的人也减了威势。凡贾政这边有些体面的人，那边各各皆虎视眈眈”。这一情节涉及贾母、贾赦、邢夫人、王熙凤、平儿、鸳鸯等上述主、副系各色人等，并间接写到了宝玉在贾府中的地位等，充分表现了《红楼梦》在日常生活中表现复杂矛盾的能力。

与此相关，《红楼梦》进一步描写了这一大家族衰落的多种表现与必然趋势。小说一开始就通过冷子兴演说荣国府，说明了贾府衰落的原因：

> 如今生齿日繁，事务日盛，主仆上下，安富尊荣者尽多，运筹谋画者无一；其日用排场费用，又不能将就省俭，如今外面的架子虽未甚倒，内

囊却也尽上来了。这还是小事。更有一件大事：谁知这样钟鸣鼎食之家，翰墨诗书之族，如今的儿孙，竟一代不如一代了！"①

这当然还不是全部原因，如上所述，家庭内部的尖锐矛盾也是导致贾府衰落的一个内因，用小说中探春的话说："咱们倒是一家子亲骨肉呢，一个个不像乌眼鸡，恨不得你吃了我，我吃了你！"（第七十五回）"可知这样大族人家，若从外头杀来，一时是杀不死的，这是古人曾说的'百足之虫，死而不僵'，必须先从家里自杀自灭起来，才能一败涂地！"（第七十四回）

不过，至少在表面上，这个大家族还维持着"富而好礼"的特点，如第二十四回，贾赦有病，贾母叫宝玉去探视。从人物关系上看，这是母亲关心儿子的病，却又是让孙子去的；从贾赦的角度说，是侄儿代表母亲前来问病；而对宝玉来说，则是奉祖母之命去询问伯父的病。所以作者描写宝玉"见了贾赦，不过是偶感些风寒，先述了贾母问的话，然后自己请了安。贾赦先站起来回了贾母话，次后便唤人来：'带哥儿进去太太屋里坐着。'宝玉退出，来至后面，进入上房。邢夫人见了他来，先倒站了起来，请过贾母安，宝玉方请安。邢夫人拉他上炕坐了，方问别人好，又命人倒茶来"。脂批连连称赞这一段描写"一丝不乱"、"好规矩"、"好层次，好礼法"。类似的描写在小说中俯拾皆是。

但是，这种礼法却是虚伪的，它掩盖了家庭尔虞我诈、勾心斗角的矛盾。上面提到的邢夫人向王熙凤发难，就是攻击王熙凤在贾母的寿庆日子严惩仆人是不懂礼行为，贾母一针见血地指出："这是大太太素日没好气，不敢发作，所以今儿拿着这个作法子，明是当着众人给凤儿没脸罢了。"（第七十一回）正因为礼法的虚伪，它就不再具有真正的约束力了。对于堕落者是如此，如贾珍、贾蓉在为贾敬办丧事期间，"为礼法所拘，不免在灵傍藉草枕块，恨苦居丧；人散后，仍乘空寻他小姨子们厮混"（第六十四回）。所以尤氏曾说："你们家下大小的人，只会讲外面的虚礼假体面，究竟作出来的事都够使的了。"（第七十五回）而对像贾宝玉这样在精神上另有追求的人来说，同样不为礼法所限。贾母曾向外人称道贾宝玉："可知你我这样人家的孩子们，凭他们有什么刁钻古怪的毛病儿，见了外人，必是要还出正经礼数来的。若他不还正经礼数，也断不容他刁钻去了。就是大人溺爱的，是他一则生的得人意，二则见人礼数竟比大人行出来的不错，使人见了可爱可怜，背地里所

---

① 《红楼梦》上册，第26页。

以才纵他一点子。”(第五十六回)但这也说明宝玉的所谓礼数是做给人看的,正如脂砚斋在第二十六回的一条批语中所说,宝玉是“重情不重礼”的。在怡红院中,宝玉并不讲主子的威仪,有时甚至没有主奴尊卑的界限,据他身边的小厮兴儿说:“有时见了我们,喜欢时没上没下,大家乱顽一阵;不喜欢各自走了,他也不理人。我们坐着卧着,见了他也不理,他也不责备。因此没人怕他,只管随便,都过的去。”(第六十六回)更有一回,几个小厮向宝玉索要赏赐,“一个上来解荷包,那一个就解扇囊,不容分说,将宝玉所佩之物尽行解去”(第十八回),这种情形是不可能出现在贾政、王夫人等人身边的。而当宝玉挨贾政毒打后,贾母要他只在园中静养,“那宝玉本就懒与士大夫诸男人接谈,又最厌峨冠礼服贺吊往还等事,今日得了这句话,越发得了意,不但将亲戚朋友一概杜绝了,而且连家庭中晨昏定省亦发都随他的便了,日日只在园中游卧,不过每日一清早到贾母王夫人处走走就回来了,却每每甘心为诸丫鬟充役,竟也得十分闲消日月”(第三十六回)。当一个大家庭的礼法失去了维系人心的力量,它的瓦解就是不可避免的了,用《红楼梦》中的话说,就是“天下没有不散的筵席”。

贾府的衰落给人一种沉闷的感觉,使曹雪芹倍感痛苦的是,在这一片沉闷空气中,另有一群年青的生命正在成为这一沉沦的牺牲。其中宝、黛、钗的婚恋构成了这一牺牲的最忧伤的篇章。《红楼梦》真切、细致地描写了他们的性格与感情追求。

贾宝玉的形象带有很突出的感性色彩,这种感性色彩不仅表现在他言行往往有违常理,缺乏清晰的逻辑线索,实际上也是由于曹雪芹对他的性格缺乏理性的把握,这当然不是作者思维水平所限,从根本上说,是宝玉的思想意识本身还处于萌生阶段。在第十九回,脂砚斋对宝玉有这样一段评语:

> 听其囫囵不解之言,察其幽微感触之心,审其痴妄委婉之意,皆今古未见之人,亦是未见之文字;说不得贤,说不得愚,说不得不肖,说不得善,说不得恶,说不得正大光明,说不得混账恶赖,说不得聪明才俊,说不得庸俗平□,说不得好色好淫,说不得情痴情种,恰恰只有一颦儿可对,令他人徒加评论,总未摸着他二人是何等脱胎,何等心臆,何等骨肉。[①]

这一评语表明用传统的人格定语是无法准确说明宝玉的精神品性的。不

① 朱一玄编:《红楼梦资料汇编》,南开大学出版社,1985年,第308页。

过，我们从《红楼梦》的描写中，可以看出宝玉身上具有时代特点的思想。比如他鄙弃世俗的观念，从心理上抗拒父辈从家族利益出发为他安排好的人生道路，否定读书做官的“仕途经济”，将士子们热衷的科举考试讥讽为“钓名饵禄之阶”，并斥责他们是“禄蠹”、“国贼”。他渴望自由，追求率性而为，感叹“我只恨我天天圈在家里，一点儿做不得主，行动就有人知道，不是这个拦就是那个劝的，能说不能行”（第四十七回）。林黛玉是他身边的女孩子中从没有劝他读书求功名的人，而黛玉与众不同的气质也深深吸引了他。

《红楼梦》第五回中有一个象征性的描写，宝玉去午睡，先至一个屋子，里边贴了幅《燃藜图》，又有一幅“世事洞明皆学问，人情练达即文章”的对联，宝玉忙说：“快出去！快出去！”当他来到另一间屋子，壁上是《海棠春睡图》，两边的对联写的是“嫩寒锁梦因春冷，芳气笼人是酒香”。宝玉含笑连说：“这里好！”这种选择反映了宝玉的情感意向与人生道路。随后展开的他与钗、黛二人的感情纠葛即与此有关。

钗、黛二人的差别在《红楼梦》中表现得十分鲜明，上面提到的在“金陵十二钗正册”中，作者就暗示两人一个以德容取胜，一个以才情见长；在与贾宝玉的爱情生活中，她们也分别代表了“木石前盟”和“金玉良缘”。前者是发自人的天性的、自然的、感情的；后者是源于世俗的、社会的、理性的。从两人的性格来看，也有极大的差别。对黛玉来说，爱情是她精神世界的主要内容，小说中第二十九回回目“痴情女情重愈斟情”，说的就是她以情为重的心理；而宝钗的心理则在第六十三回“寿怡红”她所掣花签上“任是无情也动人”的说明中得到了充分的揭示。在具体的表现上，敏感的黛玉有着强烈的自尊，表现得似乎总是很尖刻。比如第七回，周瑞家的给黛玉送花，黛玉见她手上只有两枝花，也不接花便问道：“还是单送我一人的，还是别的姑娘们都有呢？”周瑞家的道：“各位都有了，这两枝是姑娘的了。”黛玉冷笑道：“我就知道，别人不挑剩下的也不给我。”而在涉及爱情问题时，有时更是很刻薄。第二十九回，贾母看见一个金麒麟，一时想不起谁家的孩子也带着这么一个的。宝钗说是史湘云，探春笑道：“宝姐姐有心，不管什么他都记得。”林黛玉冷笑道：“他在别的上还有限，惟有这些人带的东西上越发留心。”对宝玉则经常是“使小性儿”，“歪派他”。黛玉的这些言行虽然显得有些不谙世故，但并不是浅薄的争闲斗气，而是她可贵的自尊心和珍惜爱情的自然流露。相比之下，宝钗却很会做人，她随分从时、端庄稳重、知书达礼、幽娴贞静，特别能迎合贾母、王夫人等长辈的欢心，而在与探春一同管理大观园时，还表现出了治家的本领。宝钗是大观园中唯一得到上上下下众口一词交相赞誉的人，贾母就对薛姨妈说过："提起姊妹，不是我当着姨太太的面奉承，千真万真，从我们家四个女孩儿算起，全不如宝丫头。"（第三十五回）宝钗曾对黛玉说过一番推心置腹的话：

> 你当我是谁，我也是个淘气的。从小七八岁上也够个人缠的。我们家也算是个读书人家，祖父手里也爱藏书。先时人口多，姊妹弟兄都在一处，都怕看正经书。弟兄们也有爱诗的，也有爱词的，诸如这些《西厢》《琵琶》以及"元人百种"，无所不有。他们是偷背着我们看，我们却也偷背着他们看。后来大人知道了，打的打，骂的骂，烧的烧，才丢开了。所以咱们女孩儿家不认得字的倒好。男人们读书不明理，尚且不如不读书的好，何况你我。就连作诗写字等事，原不是你我分内之事……你我只该做些针黹纺织的事才是，偏又认得了字，既认得了字，不过拣那正经的看也罢了，最怕见了些杂书，移了性情，就不可救了。（第四十二回）[①]

所以，宝钗是不可能像黛玉那样，与宝玉共读《西厢》的。当宝钗、湘云等劝宝玉在功名上努力，一向敬重女孩子的宝玉当场让她们难堪，袭人很不解地对宝玉说：宝钗"真真有涵养，心地宽大。谁知这一个反倒同他生分了。那林姑娘见你赌气不理他，你得赔多少不是呢"。宝玉道："林姑娘从来说过这些混帐话不曾？若他也说过这些混帐话，我早和他生分了。"（第三十二回）

在被认为是高鹗续补的后四十回中，有着心灵沟通的宝、黛，最终没能结成美满的姻缘，而宝钗虽然与宝玉结婚了，其实也是得非所爱。高鹗的续补也许与原著的具体描写有一定出入，但总体上还是符合曹雪芹的基本命意的。在第五回的《红楼梦曲子》中，有一支[终身误]：

> 都道是金玉良姻，俺只念木石前盟。空对着，山中高士晶莹雪；终不忘，世外仙姝寂寞林。叹人间，美中不足今方信。纵然是齐眉举案，到底意难平。[②]

在曹雪芹的心中，真正的悲剧可能并不一定是彻底的毁灭，而是"美中不足"式的、永远难以平复的缺憾。所谓"落了片白茫茫大地真干净"，可能也不一定是家破人亡，而是内心的无法填补的空虚。这是回忆性小说所可能达到的心理高度。

总之，《红楼梦》的情节主线是宝、黛、钗的爱情悲剧，但曹雪芹没有流于

---

① 《红楼梦》上册，第567—568页。

② 同上书，第82页。

一般言情小说的幼稚、肤浅，而是把对爱情理想的探索与对整个社会及其文化传统的反省结合起来，深刻揭示了当时贵族家庭内部和外部的种种矛盾冲突。一面是“悲金悼玉”、“情重愈斟情”的感伤，一面是“忽喇喇似大厦倾”的末世感，人性与人生的主题变奏，构成了深沉曲折的艺术之美。

第三节　结构与细节：小说叙事的精致化

家庭生活往往没有重大的矛盾冲突作中心情节，因此，以它为题材的小说在结构上比其他题材的作品更难。此前虽然已有《金瓶梅》的成功经验，但它的人物比《红楼梦》要简单得多，相应地结构也就单纯些。为了不使众多不同身份的人及日常生活琐事的描写显得散乱无绪，曹雪芹在创作中从不同方面构建自己的艺术殿堂。

一、完美的章回体

曹雪芹在自叙其创作过程时，特别提到了他曾“披阅十载，分出章回”。从《红楼梦》的实际看，“分出章回”不是简单地划分段落，而是对章回体制的完美运用。

回目是章回小说叙述语言的第一个层面，曹雪芹在回目的拟定上，总是字斟句酌，不仅对情节作了精确的概括，也表达了作者的感情，并体现着全书统一的风格。如第十二回《王熙凤毒设相思局　贾天祥正照风月鉴》，上下两句将本回的完整情节概括出来，而一个“毒”字，又显示了作者对王熙凤的态度；第十九回《情切切良宵花解语　意绵绵静日玉生香》，以充满诗意的词句，提炼了本回的情节与人物的感受；第三十一回《撕扇子作千金一笑　因麒麟伏白首双星》则不仅包含了本回的情节，还为后面的情节埋下了伏笔，表明了作者通盘考虑、周密设计全书的用意。

与《三国演义》之类章回小说不同，《红楼梦》所描写的是日常生活琐事，其间琐细的情节流程有时并不都具有“抄检大观园”这样较为独立的情节单元，如何拟目，其实有一定的随意性，而作者的主体意识也往往通过这看似随意、实则费尽心机的回目得以呈现。如第二十回《王熙凤正言弹妒意　林黛玉俏语谑娇音》，这一回的情节大致包括几个段落：

1. 李嬷嬷大闹
2. 麝月篦头

3. 贾环赖钱(依次展开宝钗、宝玉、赵姨娘、王熙凤的劝说与教训四小节)

4. 宝黛“交心”

5. 黛、湘戏谑

这五个段落在这一回情节中都没有主导性,也就是说它们中的任何情节都可以出现在回目中,但作者别有匠心地选择了现在的回目中这两个片断,其中“王熙凤正言弹妒意”只不过是“贾环赖钱”这一段情节中的一个小插曲,而作者却将其提升至突出的位置,而这两个片断确实相当精彩地折射出《红楼梦》全书的内容与风格。前一句反映了贾府复杂的家庭矛盾,后一句反映了宝黛钗的爱情纠葛,也就是说这一回目包括了小说内容的两个最主要的方面。同时,这一回目,前一句具有了一种紧张的气氛,后一句包含轻松的意味;前一句很世俗,后一句极天真。这样的回目,本身就耐人寻味。①

从本质上说,分回拟目反映的是小说家对社会生活进行提炼与审美性把握的能力。众所周知,为了吸引读者,白话小说还十分重视悬念的设置。一般来说,章回小说作者往往通过暂时阻断情节的流程,设置悬念,强化冲突的紧张性,以引起读者“欲知后事如何”的审美期待。这种事例,所在多有,不待举证。《红楼梦》不完全如此,第六十五回和第六十六回之间,叙述的情节是连贯的,上回结束处:

> 尤二姐笑道:“你们大家规矩,虽然你们小孩子进的去,然遇见小姐们,原该远远藏开。”兴儿摇手道:“不是,不是。那正经大礼,自然远远的藏开,自不必说。就藏开了,自己不敢出气,是生怕这气大了,吹倒了姓林的;气暖了,吹化了姓薛的。”说的满屋里都笑起来了。不知端详,且听下回分解。②

下回开篇处:

> 话说鲍二家的打他一下子,笑道:“原有些真的,叫你又编了这混话,越发没了捆儿。你倒不像跟二爷的人,这些混话倒像是宝玉那边的了。”③

---

① 清代陈其泰曾作《红楼梦回目拟改》,对《红楼梦》的回目多有批评,其中提到第十九回、第二十回回目“费解”,见《桐花凤阁评红楼梦辑录》,天津人民出版社,1981年,第40、95页。

② 《红楼梦》下册,第914页。

③ 同上书,第916页。

这两处上下都是兴儿“演说大观园”，评论宝、黛、钗等人，没有任何悬念，也不构成情节单元段落，但作者却没有像“冷子兴演说荣国府”那样，在一回中一气写来。实际上，在兴儿说完后，紧接着就有这样的叙述：

> ……大家正说话，只见隆儿又来了，说：“老爷有事，是件机密大事，要遣二爷往平安州去。不过三五日就起身，来回也得半月工夫。今日不能来了。请老奶奶早和二姨定了那事，明日爷来，好作定夺。”说着，带了兴儿回去了。
>
> 这里尤二姐命掩了门早睡，盘问他妹子一夜。至次日午后，贾琏方来了。[①]

如果作者为了追求悬念，他可以在隆儿提到“机密大事”时分回；为了情节段落的完整，也可以在“带了兴儿回去了”分回。然而，曹雪芹却没有那样做，我们无法确定作者一定要像现在这样写的理由，但即使是兴儿的议论，第六十五回是集中在王熙凤、黛玉、宝钗等人身上，而第六十六回就转到了宝玉及宝黛婚事上，其间之转折，正如古代词评家评词体中的“过片”时所说的：“不要断了曲意，须要承上接下”，但又要“能发起别意”[②]，在似断非断之间，展现出如生活本身一样自然、顺畅的流程。可以肯定的是，“在一般的情况下，对回与回之间的衔接的处理，曹雪芹是比较重视的，十分用心。他用以连接上回回尾和下回回首的方法也是比较巧妙的”[③]。

二、叙述层面与情节层面的结构

小说的结构是多方面的艺术表现形式，既有叙述层面的整体构思，也有情节层面的谋篇布局，而叙述层面与情节层面的结构也有多种多样的具体手法，《红楼梦》在这两方面的成就都颇值得称道。

先看叙述层面的结构，这是指作者在基本观念上为全书确立的叙述框架。如上所述，曹雪芹为《红楼梦》确立了一个回忆性的叙事框架，因此，在小说的开篇，他虚拟了一个“石兄”作为全书的叙述者，通过虚拟的这一叙述者，曹雪芹使作为小说家的自己从直接的叙述层面隐退，让回忆性的结构与叙述话语更清晰地展开。

---

① 《红楼梦》下册，第 917 页。

② 语见张炎《词源》、沈义父《乐府指迷》，见《词话丛编》第一册，中华书局，1981 年，第 258、279 页。

③ 刘世德：《〈红楼梦〉版本探微》，华东师范大学出版社，2003 年，第 223 页。

在叙述层面,《红楼梦》还利用传统的“楔子”的形式,为全书营建了一个象征与写实互补的结构。在明清章回小说中,“楔子”的功能主要有三种,一是点明主题,如《儒林外史》第一回的《说楔子敷陈大义　借名流隐括全文》、《儿女英雄传》“缘起首回”的《开宗明义闲评儿女英雄　引古证今演说人情天理》以及更晚些时候的《孽海花》、《老残游记》等都是如此。二是揭示人物,如《水浒传》第一回《张天师祈禳瘟疫　洪太尉误走妖魔》以及《梼杌闲评》、《说岳全传》、《镜花缘》等的开篇属于此类。三是说明创作意图,如《花月痕》、《二十年目睹之怪现状》等。而《红楼梦》的故事正文实际上从第六回才开始,此前的描写都可以看做是一个很大的楔子,它包括石头自述、灵河畔神话、甄士隐故事、冷子兴演说、太虚幻境等部分(其中交插了一些属于故事正文的片断)。这些部分,作者既说明了自己的创作意图,又揭示了主要人物,也提示了作品的主题,形成了一个总摄全书的观念性结构。这一观念性结构除了直接交代总的人物背景外,更具有鲜明的象征性。

首先,石头自述除了上面所说的叙述上的意义外,还体现了一种思想上的意义,按小说所写:

> 原来女娲氏炼石补天之时,于大荒山无稽崖炼成高经十二丈、方经二十四丈顽石三万六千五百零一块。娲皇氏只用了三万六千五百块,只单单剩了一块未用,便弃在此山青埂峰下。谁知此石自经煅炼之后,灵性已通,因见众石俱得补天,独自己无材不堪入选,遂自怨自叹,日夜悲号惭愧。①

紧接着,后面又有一首偈,其中感慨“无材可去补苍天”,甲戌本特有一侧批,称此句为“书之本旨”。有的研究者据此指出作者有所谓“补天”思想,其实,单就这一句偈语是很难也不必过度诠释的。值得玩味的是,“无材不堪入选”并不是古代文人经常感叹的怀才不遇,而是一种自轻自贱,它在现实中的翻版就是贾宝玉在纯美的女性世界“果觉自形污秽不堪”,就是他感叹的“天下竟有这等人物!如今看来,我竟成了泥猪癞狗了。……可知锦绣纱罗,也不过裹了我这根死木头;美酒羊羔,也不过填了我这粪窟泥沟。‘富贵’二字,不料遭我荼毒了!”(第七回)因此,那种与生俱来的“自怨自叹”,决定了主人公的人生态度。

其次,灵河畔神话赋予了宝、黛的爱情以一种美好的、也是超越世俗的

---

① 《红楼梦》上册,第2—3页。

品质。神瑛侍者对绛珠草的灌溉之恩与绛珠草的还泪之报，衬托出宝、黛间互相怜爱的现实情感必然是幽怨的，但也是坚定的，而这一“木石前盟”与世俗的“金玉良缘”的矛盾也就成为理想与现实的矛盾。

再次，甄士隐故事及一僧一道的出现，则赋予了小说深刻的哲学意味。尽管《好了歌》的思想相当消极，但“好”与“了”的意识与情节“盛”与“衰”的线索也构成了作品内在的思想结构，甄士隐对《好了歌》的解注则是后面情节的预示。而甄士隐与贾雨村的联袂而出，不只是体现了所谓“将真事隐去，用假语村言”的创作理念，也因此二人一出世、一入世的人生态度，反映了作者思想上的矛盾。

又次，太虚幻境作为一个虚幻的世界，与贾府的世俗伦理世界也构成了一种“真”与“幻”的对比。不过，由于前者完全是抽象的，而在抽象中曹雪芹没有将其与现实作对等的安排，因此，这二者并不是虚幻与现实的简单对应关系。相反，虚幻的因素被作者融入了大观园的描写中，也就是说，从结构的角度看，曹雪芹是把虚幻与现实置于同一时空下展开的。而大观园之所以具有虚幻的色彩，则是因为它的一波一折早在太虚幻境中注定了，太虚幻境对所有人物，特别是作者寄予深厚同情的年青女性，都是一个归宿。

以上的分析并不意味着曹雪芹在叙述层面的所有结构安排都是完美的，相反，其中也存在着他所生活的那个时代的肤浅。不过，这种肤浅一定程度上又在小说的情节层面得到了矫正或补充。

再看情节层面的结构，这是指作者在叙述具体的情节时的策略与技巧。在这一方面，作者同样采用了很多与当时读者的欣赏习惯相适应的古典化的安排，比如用小道具串连情节，第二十八回宝玉与蒋玉菡换汗巾，而宝玉的松花汗巾原是袭人的。后来宝玉又把琪官赠的大红汗巾结在袭人腰间。后四十回叙袭人与蒋玉菡成亲时，两条汗巾再次出现，就使前后情节相呼应。当然，曹雪芹在运用这种小道具时，有时还会强调它们在观念上的意义，如宝玉的玉在《红楼梦》中的时隐时现，就成为类似旧评点家所说的“草蛇灰线”，既勾连起情节，又因其引发不同的冲突而成为刻画人物的手段。与此相关，作者还从命运的观念出发，在小说中安排了大量的伏笔，也起到了勾连情节发展的作用。例如书中有许多暗示性的谜语或谶语，除了“楔子”中暗示人物命运的词曲外，在故事正文中，也常有这种谜语或谶语，如第二十二回，“制灯谜贾政悲谶语”，其中探春所制为：

阶下儿童仰面时，清明妆点最堪宜。游丝一断浑无力，莫向东风怨别离。[1]

这一灯谜就暗示了她将来的远嫁之悲。类似的伏笔有些略显牵强或过于概念化，但也有的是与实际的生活场景联系在一起的，因而别有一种艺术趣味。如第二十九回有一段描写贾母到清虚观"祷福"：

贾珍一时来回："神前拈了戏，头一本《白蛇记》。"贾母问："《白蛇记》是什么故事？"贾珍道："是汉高祖斩蛇方起首的故事。第二本是《满床笏》。"贾母笑道："这倒是第二本上？也罢了。神佛要这样，也只得罢了。"又问第三本，贾珍道："第三本是《南柯梦》。"贾母听了便不言语。[2]

贾母从这三出戏中领悟出贾府的命运，《白蛇记》象征了荣宁二公创业开基，《满床笏》则表明当下的贾府正如郭子仪七子八婿、满堂富贵。如果前两出戏都与贾府相符，那么第三本《南柯梦》则预示了贾府的一切也将如南柯一梦，万事俱空。贾母的不祥之感，正是作者有意安排的一个伏笔。

不过，《红楼梦》在结构上更值得称道的还是作者在谋篇布局中的精心设计。在第六回正式进入故事正文时，作者写道：

按荣府中一宅人合算起来，人口虽不多，从上至下也有三四百丁；虽事不多，一天也有一二十件，竟如乱麻一般，并无个头绪可作纲领。正寻思从那一件事自那一个人写起方妙，恰好忽从千里之外，芥荳之微，小小一个人家，因与荣府略有些瓜葛，这日正往荣府中来，因此便就此一家说来，倒还是头绪。[3]

这个人就是刘姥姥。刘姥姥并不是小说中的重要人物，她三进荣国府，固然有陪衬人物(如衬托贾母等)的作用，但更主要的作用还是结构上，她是作者有意安排的一个内视角，透过她的眼光，《红楼梦》依次展开了对荣国府、大观园的全景式描写。

对于《红楼梦》这样以日常生活琐事为主的小说来说，要使结构不散乱，最重要的还是以人物为中心，在这一点上，曹雪芹也表现了他过人的才华。如第十四回写王熙凤协理宁国府时，有一个仆人未到，她即令传来，正待处理，王兴媳妇来了，小说写道：

---

① 《红楼梦》上册，第303页。

② 同上书，第398页。

③ 同上书，第91页。

凤姐且不发放这人，却先问："王兴媳妇作什么？"王兴媳妇巴不得先问他完了事，连忙进去说："领牌取线，打车轿网络。"说着，将个帖儿递上去。凤姐命彩明念道："大轿两顶，小轿四顶，车四辆，共用大小络子若干根，用珠儿线若干斤。"凤姐听了，数目相合，便命彩明登记，取荣国府对牌掷下。王兴家的去了。

凤姐方欲说话时，见荣国府的四个执事人进来，都是要支取东西领牌来的。凤姐命彩明要了帖念过，听了一共四件，指两件说道："这两件开销错了，再算清了来取。"说着掷下帖子来。那二人扫兴而去。

凤姐因见张材家的在旁，因问："你有什么事？"张材家的忙取帖儿回说："就是方才车轿围作成，领取裁缝工银若干两。"凤姐听了，便收了帖子，命彩明登记。待王兴家的交过牌，得了买办的回押相符，然后方与张材家的去领。一面又命念那一个，是为宝玉外书房完竣，支买纸料糊裱。凤姐听了，即命收帖儿登记，待张材家的缴清，又发与这人去了。

凤姐便说道："明儿他也睡迷了，后儿我也睡迷了，将来都没了人了。本来要饶你，只是我头一次宽了，下次人就难管，不如现开发的好。"登时放下脸来，喝命："带出去，打二十板子！"一面又掷下宁国府对牌："出去说与来升，革他一月银米！"……①

在这一过程中，连插三事，既显示了王熙凤的干练，也避免了结构上的平铺直叙。

在细部结构上，《红楼梦》也富于变化。由于小说的情节主要发生在家庭，场景也多为室内，为了形成矛盾冲突与情感波澜，作者经常采用"隔墙有耳"的形式，推进情节的发展，即让一人在对话者不知情的情况下，有意或无意听到他们的对话，从而通过听者的心理反应，引发下一步的情节展开。据粗略统计，这种"隔墙有耳"的场面在《红楼梦》中出现过不下 30 次，却各不相同，极其自然。曹雪芹有时侧重写墙外听者，有时侧重写墙内说者，有时正面表现，有时事后点出，既表露出墙内的种种秘密，又将墙内情节加以延伸，内外结合，造成一种独特的、灵活自如的细部结构。如第二十七回，宝钗无意听到两个丫环的私话，却用"金蝉脱壳"的办法，使丫环误以为墙外听者是黛玉，表现了宝钗并不光明磊落的心地。第二十八回描写宝黛在王夫人处，贾母叫他们去吃饭，黛玉先走，宝钗叫宝玉同去，免得黛玉不自在。宝玉

① 《红楼梦》上册，第 184—185 页。

说："理他呢，过一会子就好了。"后来，黛玉借题发挥，两次重复"理他呢，过一会子就好了"，显见宝玉之语被她听到了，但却是暗写"隔墙有耳"。诸如此类，不一而足，可见曹雪芹笔势变化多端。

三、细节的艺术

结构主要还是外在的形式，《红楼梦》在细节上体现出的艺术精致化更是可圈可点。

《红楼梦》细节之细，细如发丝。第四十二回有一处写黛玉开玩笑后：

> 宝玉和黛玉使个眼色儿，黛玉会意，便走至里间将镜袱揭起，照了一照，只见两鬓略松了些，忙开了李纨的妆奁，拿出抿子来，对镜抿了两抿，仍旧收拾好了，方出来。[①]

当时众人皆大笑，湘云更从椅子背儿上摔倒，想必头发更乱，但宝玉独看黛玉，而黛玉也能心领神会，这一细节真切地表现了宝、黛与其他人不同的亲密关系。不但如此，在此回最后，宝钗又因黛玉取笑她，把黛玉按在炕上，便要拧她的脸。黛玉忙央告，言语中拉扯到前番说她胡看杂书的话(见上文所引)，便不好再和她厮闹，说道："怪不得老太太疼你，众人爱你伶俐，今儿我也怪疼你的了。过来，我替你把头发拢一拢。"黛玉果然转过身来，宝钗用手拢上去。长期因在黛玉、宝钗间难以自处的宝玉在旁看到这一情景，"不觉后悔不该令他抿上鬓去，也该留着，此时叫他替他抿去"。这样，一个抿发的生活细节，又表现了他们三人间的微妙关系，并与前文照应，成为全书的一个组成部分；这虽然可能是微不足道的部分，但却是《红楼梦》这株参天大树的枝枝叶叶，单独看未必重要，尽行删去，则没有了大树的婆娑姿态。

关键在于，《红楼梦》中的细节往往大有深意，与人物的身份、心理、性格和全书的主旨有着千丝万缕的联系。这里我们还可以看几处人物洗脸的细节，这也是最普通的日常生活细节，但在曹雪芹笔下，却各有不同含义。如第二十回描写宝玉就着湘云用过的残水洗脸，丫头说"还是这个毛病儿"，可见其一贯的心性与作派。第五十四回写宝玉洗手又从另一角度写出了他的地位：

> 那几个婆子虽吃酒斗牌，却不住出来打探，见宝玉来了，也都跟上了。来至花厅后廊上，只见那两个小丫头一个捧着小沐盆，一个搭着手

---

① 《红楼梦》上册，第570页。

巾，又拿着沤子壶在那里久等。秋纹先忙伸手向盆内试了一试，说道："你越大越粗心了，那里弄的这冷水。"小丫头笑道："姑娘瞧瞧这个天，我怕水冷，巴巴的倒的是滚水，这还冷了。"正说着，可巧见一个老婆子提着一壶滚水走来。小丫头便说："好奶奶，过来给我倒上些。"那婆子道："哥哥儿，这是老太太泡茶的，劝你走了舀去罢，那里就走大了脚。"秋纹道："凭你是谁的，你不给？我管把老太太茶吊子倒了洗手。"那婆子回头见是秋纹，忙提起壶来就倒。秋纹道："够了。你这么大年纪也没个见识，谁不知是老太太的水！要不着的人就敢要了。"婆子笑道："我眼花了，没认出这姑娘来。"宝玉洗了手，那小丫头子拿小壶倒了些沤子在他手内，宝玉沤了。秋纹麝月也趁热水洗了一回，沤了，跟进宝玉来。①

第五十五回写探春洗脸：

因探春才哭了，便有三四个小丫鬟捧了沐盆、巾帕、靶镜等物来。此时探春因盘膝坐在矮板榻上，那捧盆的丫鬟走至跟前，便双膝跪下，高捧沐盆；那两个小丫鬟，也都在旁屈膝捧着巾帕并靶镜脂粉之饰。平儿见待书不在这里，便忙上来与探春挽袖卸镯，又接过一条大手巾来，将探春面前衣襟掩了。探春方伸手向面盆中盥沐。②

第七十五回写尤氏洗脸：

尤氏出神无语。跟来的丫头媳妇们因问："奶奶今日中晌尚未洗脸，这会子趁便可净一净好？"尤氏点头。李纨忙命素云来取自己妆奁。素云一面取来，一面将自己的胭粉拿来，笑道："我们奶奶就少这个。奶奶不嫌脏，这是我的，能着用些。"李纨道："我虽没有，你就该往姑娘们那里取去。怎么公然拿出你的来。幸而是他，若是别人，岂不恼呢。"尤氏笑道："这又何妨。自来我凡过来，谁的没使过，今日忽然又嫌脏了？"一面说，一面盘膝坐在炕沿上。银蝶上来忙代为卸去腕镯戒指，又将一大袱手巾盖在下截，将衣裳护严。小丫鬟炒豆儿捧了一大盆温水走至尤氏跟前，只弯腰捧着。李纨道："怎么这样没规矩。"银蝶笑道："说一个个没机变的，说一个葫芦就是一个瓢。奶奶不过待咱们宽些，在家里不管怎样罢了，你就得了意，不管在家出外，当着亲戚也只随着便了。"

---

① 《红楼梦》上册，第736—737页。

② 同上书，第754—755页。

尤氏道:"你随他去罢,横竖洗了就完事了。"炒豆儿忙赶着跪下。尤氏笑道:"我们家下大小的人只会讲外面假礼假体面,究竟作出来的事都够使的了。"①

这三个盥洗的细节,就反映了三人不同的身份和心理,第一例中宝玉居然可以用贾母喝的水洗脸,丫环一句"要不着的人就敢要了",显示了"宝二爷"在家中的尊贵受宠的地位,而他的洗脸也最随意。相比之下,探春洗脸最讲礼数,这与她因庶出而自感深受歧视有关,特别是这一回中,赵姨娘的无理取闹,令她内心痛苦不堪,她很需要在日常生活中摆出自己的小姐身份。而尤氏当然没有这种必要,通过她的洗脸不但侧面写出了李纨的生活,更引出了对贾府礼法虚伪的批评。可见,《红楼梦》的细节确实耐人寻味,这正是此书令人百读不厌的原因。

从艺术上看,《红楼梦》的细节描写也有许多值得称道的地方。首先,书中的细节大多有很强的真实感。如第二十回有这样一段:

二人正说着,只见湘云走来,笑道:"二哥哥,林姐姐,你们天天一处顽,我好容易来了,也不理我一理儿。"黛玉笑道:"偏是咬舌子爱说话,连个'二'哥哥也叫不出来,只是'爱'哥哥'爱'哥哥的。回来赶围棋儿,又该你闹'幺爱三四五'了。"宝玉笑道:"你学惯了他,明儿连你还咬起来呢。"……湘云笑道:"这一辈子我自然比不上你。我只保佑着明儿得一个咬舌的林姐夫,时时刻刻你可听'爱''厄'去。阿弥陀佛,那才现在我眼里!"说的众人一笑,湘云忙回身跑了。②

这一描写就极为生动,令人有如闻其声之感。

其次,在细节描写上,作者一丝不苟,用笔极为深细。例如第二十三回有一段宝玉到父母房里的描写:

原来贾政和王夫人都在里间呢。赵姨娘打起帘子,宝玉躬身进去。只见贾政和王夫人对面坐在炕上说话,地下一溜椅子,迎春、探春、惜春、贾环四个人都坐在那里。一见他进来,惟有探春和惜春、贾环站了起来。……王夫人便拉他在身旁坐下。他姊弟三人依旧坐下。③

赵姨娘是妾,自不能像王夫人那样坐着说话。而宝玉进来后,弟妹都站起

---

① 《红楼梦》下册,第1040—1041页。

② 《红楼梦》上册,第277页。

③ 同上书,第310页。

来，只有迎春仍坐着，因为她是姐姐，所以不必站。而王夫人把宝玉拉在身旁坐下，与其他孩子坐在下面又有所不同。这种细致的笔法，显示了贾府日常礼法的讲究，也突出了宝玉所得到的特别宠爱。

另外，《红楼梦》中的细节描写还很富于画面感。最典型的是第四十回的欢笑场面的描写。当时，刘姥姥在大观园进餐时，被凤姐等戏弄，出尽洋相，众人哈哈大笑起来。作者就细致地刻画各人不同的笑态：

> 史湘云撑不住，一口饭都喷了出来；林黛玉笑岔了气，伏着桌子嗳哟；宝玉早滚到贾母怀里，贾母笑的搂着宝玉叫"心肝"；王夫人笑的用手指着凤姐儿，只说不出话来；薛姨妈也撑不住，口里茶喷了探春一裙子；探春手里的饭碗都合在迎春身上；惜春离了坐位，拉着他奶母叫揉一揉肠子。地下的无一个不弯腰屈背，也有躲出去蹲着笑去的，也有忍着笑上来替他姊妹换衣裳的，独有凤姐鸳鸯二人撑着，还只管让刘姥姥。①

这一段描写，如同一幅人物欢笑的动态速写，作者从人物的身份、性格出发，捕捉他们各自不同的神态面貌，刻画得栩栩如生。

从小说原初形态往往只是"粗陈梗概"，到英雄传奇、历史演义细节的夸张化，再到一些话本小说及世情小说细节描写的趋于真实，乃至《红楼梦》细节描写的精致化的变化，本身也构成了小说发展史的一个重要细节。

第四节　心理描写与抒情意味：叙事文学的艺术兼容性

中国古代小说，特别是通俗小说，为了迎合接受者的兴趣，特别追求情节的离奇巧合，其结果可能导致对人物塑造、尤其是人物心理刻画的疏略。《红楼梦》却以人物刻画为中心，在"大旨谈情"的主张下，对人物的心理作了深入的揭示；而抒情手法的运用，也充分表现了叙事文学的艺术兼容性。

一、宝、黛心理描写的异同

曹雪芹善于用各种手法写出人物不同的心理特征及其发展变化。以

① 《红楼梦》上册，第536页。

宝、黛二人为例，在小说中，他们的心理特征就很不相同。如第三回写二人初见时：

> 黛玉一见，便吃一大惊，心下想道："好生奇怪，倒像在那里见过一般，何等眼熟到如此！"……宝玉早已看见多了一个姊妹，便料定是林姑妈之女，忙来作揖。……因笑道："这个妹妹我曾见过的。"①

甲戌本此处有一眉批："黛玉见宝玉写一'惊'字，宝玉见黛玉写一'笑'字，一存于中，一发乎外，可见文于下笔必推敲的准稳，方才用字。"所谓"推敲的准稳"，就是对人物心理的准确把握。

在接下来的情节发展中，《红楼梦》更深刻地描写出了宝、黛二人多侧面、多层次的心理特征。大体上，黛玉的心理是复杂的、矛盾的。如第三十二回的描写：

> 宝玉又说："林妹妹不说这样混帐话，若说这话，我也和他生分了。"林黛玉听了这话，不觉又喜又惊，又悲又叹。所喜者，果然自己眼力不错，素日认他是个知己，果然是个知己；所惊者，他在人前一片私心称扬于我，其亲热厚密，竟不避嫌疑；所叹者，你既为我之知己，自然我亦可为你之知己矣；既你我为知己，则又何必有金玉之论哉；既有金玉之论，亦该你我有之，则又何必来一宝钗哉！所悲者，父母早逝，虽有铭心刻骨之言，无人为我主张。况近日每觉神思恍惚，病已渐成，医者更云气弱血亏，恐致劳怯之症。你我虽为知己，但恐自不能久待；你纵为我知己，奈我薄命何！想到此间，不禁滚下泪来。②

又如第三十四回宝玉让晴雯给黛玉送来手帕：

> 这里林黛玉体贴出手帕子的意思来，不觉神魂驰荡：宝玉这番苦心，能领会我这番苦意，又令我可喜；我这番苦意，不知将来如何，又令我可悲；忽然好好的送两块旧帕子来，若不是领我深意，单看了这帕子，又令我可笑；再想令人私相传递与我，又可惧；我自己每每好哭，想来也无味，又令我可愧。如此左思右想，一时五内沸然炙起。③

这两段心理描写，共同的地方是都描写了黛玉的左思右想、百感交集，这种

---

① 《红楼梦》上册，第48—49页。
② 同上书，第433—434页。
③ 同上书，第457页。

多侧面的心理特征与她无依无靠的孤女身份十分吻合。而宝玉不同，如第二十八回写黛玉葬花时：

> 不想宝玉在山坡上听见，先不过点头感叹；次后听到"侬今葬花人笑痴，他年葬侬知是谁"，"一朝春尽红颜老，花落人亡两不知"等句，不觉恸倒山坡之上，怀里兜的落花撒了一地。试想林黛玉的花颜月貌，将来亦到无可寻觅之时，宁不心碎肠断！既黛玉终归无可寻觅之时，推之于他人，如宝钗、香菱、袭人等，亦可到无可寻觅之时矣。宝钗等终归无可寻觅之时，则自己又安在哉？且自身尚不知何在何往，则斯处、斯园、斯花、斯柳，又不知当属谁姓矣！——因此一而二，二而三，反复推求了去，真不知此时此际欲为何等蠢物，杳无所知，逃大造，出尘网，使可解释这段悲伤。①

第五十八回也有一段类似的描写：

> 只见柳垂金线，桃吐丹霞，山石之后，一株大杏树，花已全落，叶稠阴翠，上面已结了豆子大小的许多小杏。宝玉因想道："能病了几天，竟把杏花辜负了！不觉倒'绿叶成荫子满枝'了！"因此仰望杏子不舍。又想起邢岫烟已择了夫婿一事，虽说是男女大事，不可不行，但未免又少了一个好女儿。不过两年，便也要"绿叶成荫子满枝"了。再过几日，这杏树子落枝空，再几年，岫烟未免乌发如银，红颜似槁了，因此不免伤心，只管对杏流泪叹息。正悲叹时，忽有一个雀儿飞来，落于枝上乱啼。宝玉又发了呆性，心下想道："这雀儿必定是杏花正开时他曾来过，今见无花空有子叶，故也乱啼。这声韵必是啼哭之声，可恨公冶长不在眼前，不能问他。但不知明年再发时，这个雀儿可还记得飞到这里来与杏花一会了？"②

上面关于宝玉的这两段心理描写也有一个共同的特点，就是突出宝玉"一而二，二而三，反复推求了去"的"呆性"，这里面没有黛玉式的矛盾，有的只是一点单纯和执著，这是宝玉在贾府因尊宠而养成的自我中心心理的反映。

在揭示人物心理的手法上，《红楼梦》也是丰富多彩的，有直接的心理分析，也有梦境的展示，更多的是言行的隐含。如第二十九回对宝、黛二人心理的描写就极为精彩，作者在分析宝、黛二人争吵时，有一段直接的心理

---

① 《红楼梦》上册，第373页。

② 同上书，第800页。

分析：

> 原来那宝玉自幼生成有一种下流痴病，况从幼时和黛玉耳鬓厮磨，心情相对；及如今稍明时事，又看了那些邪书僻传，凡远亲近友之家所见的那些闺英闱秀，皆未有稍及林黛玉者，所以早存了一段心事，只不好说出来，故每每或喜或怒，变尽法子暗中试探。那林黛玉偏生也是个有些痴病的，也每用假情试探。因你也将真心真意瞒了起来，只用假意，我也将真心真意瞒了起来，只用假意，如此两假相逢，终有一真。其间琐琐碎碎，难保不有口角之争。即如此刻，宝玉的心内想的是："别人不知我的心，还有可恕，难道你就不想我的心里眼里只有你！你不能为我烦恼，反来以这话奚落堵我。可见我心里一时一刻白有你，你竟心里没我。"心里这意思，只是口里说不出来。那林黛玉心里想着："你心里自然有我，虽有'金玉相对'之说，你岂是重这邪说不重我的。我便时常提这'金玉'，你只管了然自若无闻的，方见得是待我重，而毫无此心了。如何我只一提'金玉'的事，你就着急，可知你心里时时有'金玉'，见我一提，你又怕我多心，故意着急，安心哄我。"看来两个人原本是一个心，但都多生了枝叶，反弄成两个心了。那宝玉心中又想着："我不管怎么样都好，只要你随意，我便立刻因你死了也情愿。你知也罢，不知也罢，只由我的心，可见你方和我近，不和我远。"那林黛玉心里又想着："你只管你，你好我自好，你何必为我而自失。殊不知你失我自失。可见是你不叫我近你，有意叫我远你了。"如此看来，却都是求近之心，反弄成疏远之意。如此之话，皆他二人素习所存私心，也难备述。如今只述他们外面的形容。①

如此长篇的心理分析，在古代小说中是很少见的，它反映了曹雪芹对人物心理的准确把握；但在小说中，更多的还是"只述他们外面的形容"，即通过人物的言行表现人物的心理。还是在这一回，宝黛争吵后：

> 袭人见他脸都气黄了，眼眉都变了，从来没气的这样，便拉着他的手，笑道："你同妹妹拌嘴，不犯着砸他，倘或砸坏了，叫他心里脸上怎么过的去？"林黛玉一行哭着，一行听了这话说到自己心坎儿上来，可见宝玉连袭人不如，越发伤心大哭起来。心里一烦恼，方才吃的香薷饮解暑汤便承受不住，"哇"的一声都吐了出来。紫鹃忙上来用手帕子接住，登

---

① 《红楼梦》上册，第401—402页。

时一口一口的把一块手帕子吐湿。雪雁忙上来捶。紫鹃道："虽然生气，姑娘到底也该保重着些。才吃了药好些，这会子因和宝二爷拌嘴，又吐出来。倘或犯了病，宝二爷怎么过的去呢？"宝玉听了这话说到自己心坎儿上来，可见黛玉不如一紫鹃。又见林黛玉脸红头胀，一行啼哭，一行气凑，一行是泪，一行是汗，不胜怯弱。宝玉见了这般，又自己后悔方才不该同他较证，这会子他这样光景，我又替不了他。心里想着，也由不的滴下泪来了。①

我们不能不佩服曹雪芹笔法的高超，当人物陷入激烈的冲突时，如果停下来作直接的心理分析，势必阻断叙事的流畅，而人物又不可能有别的言行进一步表现他们怒气之下的真实心理，于是，曹雪芹就巧妙地让宝、黛二人各自的丫环说出他们的心理。

对于人物心理的准确把握与表现，使《红楼梦》的人物刻画达到了以前的小说所没有的深度。

二、《红楼梦》的诗美特征

与《红楼梦》的心理描写联系在一起，作者还赋予了小说强烈的抒情意味，使叙事文学与中国传统的诗歌艺术完美地融汇在一起。作为一种整体叙事风格，《红楼梦》的诗美特征体现在以下几方面。

首先，对人物命运的关注是《红楼梦》诗美的基础，其中包含的审美理想与真挚情感是这种诗美的核心。具体来说，它表现在作品对宝黛爱情以及大观园其他女儿悲剧命运的深刻描写中。如第五回中的《红楼梦曲子》中的[枉凝眉]：

一个是阆苑仙葩，一个是美玉无瑕。若说没奇缘，今生偏又遇着他；若说有奇缘，如何心事终虚化？一个枉自嗟呀，一个空劳牵挂。一个是水中月，一个是镜中花。想眼中能有多少泪珠儿，怎经得秋流到冬尽，春流到夏！②

这支曲子就集中体现了作者对宝黛爱情命运的深切同情，这是一种美好的，却又无望的，因而充满哀怨的感情，全书的相关描写可以说正是曲子的形象化，或者说，这支曲子是对那些描写的提炼与升华。

---

① 《红楼梦》上册，第402—403页。

② 同上书，第82页。

与此相关，曹雪芹还赋予了一些人物以诗的气质，从而达到以形传神的意境。宝玉在《芙蓉女儿诔》中，就有这样的句子："其为质则金玉不足喻其贵，其为性则冰雪不足喻其洁，其为神则星日不足喻其精，其为貌则花月不足喻其色。"曹雪芹刻画人物也是从质、性、神、貌四个方面下笔的。例如黛玉，小说就表现了她具有诗人般的敏感与才情。第二十六回叙黛玉在怡红院吃了闭门羹，十分伤感，"也不顾苍苔露冷，花径风寒，独立墙角边花阴之下，悲悲戚戚呜咽起来。原来这林黛玉秉绝代姿容，具希世俊美，不期这一哭，那附近柳枝花朵上的宿鸟栖鸦一闻此声，俱忒楞楞飞起远避"。这一描写极为哀婉，自非"沉鱼落雁，闭月羞花"的俗套可比。第七十回，宝琴让宝玉猜《桃花行》的作者是谁，宝玉看了，说"自然是潇湘子稿"，因为黛玉曾经离丧，才会写出"泪眼观花泪易干"、"憔悴花遮憔悴人"这样悲伤的诗句。

其次，《红楼梦》的描写中大量运用了诗的构想。比如晴雯死后，宝玉觉得像她那样美丽的少女绝不应该是平凡的离去，一个小丫环为了迎合宝玉的心理，说晴雯成了芙蓉仙子，宝玉不以为怪，反而深信不疑。这其实就是中国古代文学的一个传统，如曹植的《洛神赋》、白居易的《长恨歌》等，到前面提到忆语体文学中，都有将女子仙化、神化的倾向。正如一位英国文学批评家在评论司各特时所说的："在他的天性中，还有一种半带诗意的迷信原则，使得他倾向于相信鬼怪、传说、仙女、精灵等等。这种原则并不影响他的日常生活，或是他表面的信仰，但却频繁地在他的幻想中出现，而且由于频繁地出现，又影响了作为这种信仰的根源的那些模糊的、未充分表达的感情，而这种影响正是人性的素质。"①

在小说的一些具体描写中，也随处可见诗的构想方式。如第二十五回，宝玉一早起来，没有看见小红，便走出房门，东瞧西望，一抬头，只见西南角上游廊下栏杆上似有一个人倚在那里，"却恨面前有一株海棠花遮着，看不真切"，甲戌本此处有一双行夹批："余所谓此书之妙皆从诗词句中翻出者，皆系此等笔墨也。试问观者，此非'隔花人远天涯近'乎？"正道出曹雪芹的写作特点。类似的例子举不胜举，前面引述过的第五十八回，宝玉病后去看黛玉，面对杏树的花落叶稠、青杏满枝，感慨万千，就化用了苏轼的"花褪残红青杏小"、杜牧的"绿叶成荫子满枝"等诗句意境。有些描写未必有前人相应的诗句作映衬，但仔细品味，也一样是诗意充沛的。如第四十五回，宝玉夜访潇湘馆，黛玉正为凄凉欲绝的雨声而心有所感，宝玉的到来，正是"最难

① 《司各特研究》，外语教学与研究出版社，1982年，第56页。

风雨故人来”。于是，淅沥的秋雨，立刻变作了一种轻怜密爱的温馨。

即使是后四十回中，也继续了前八十回的诗意的叙事风格。例如黛玉死后，宝玉心想自己“那一日不想几遍，怎么从没梦过。想是他到天上去了，瞧我这凡夫俗子不能交通神明，所以梦都没有一个儿。我就在外间睡着，或者我从园里回来，他知道我的实心，肯与我梦里一见”。但依然什么也没有梦见，这表现了宝玉“空对着山中高士晶莹雪，终不忘世外仙姝寂寞林”的刻骨铭心的深情，立意上则既有“仙凡异路”、“人神道殊”的感慨，又有“悠悠生死别经年，魂魄不曾来入梦”的遗憾。

《红楼梦》中的诗的构想是有着深厚的传统的，这一传统不仅来自古代诗歌，也来自民间的审美趣味。如第十九回“意绵绵静日玉生香”，写宝玉闻到黛玉身上有一种奇香，令人想到李商隐“蓝田日暖玉生烟”的佳句。而接下来宝玉所编的小耗子偷“香芋”的故事，富有民间童话的风味，是对古代爱情文学中常有的“偷香窃玉”典故化腐朽为神奇的运用。

再次，《红楼梦》中有许多富于情韵的场景描写，与特定的生活场景及人物的心理状态相配合，构成了情景交融的艺术境界。如小说对潇湘馆的描写，与人物的命运一同变化，第二十六回：

> ……只见凤尾森森，龙吟细细。举目望门上一看，只见匾上写着“潇湘馆”三字。宝玉信步走入，只见湘帘垂地，悄无人声。走至窗前，觉得一缕幽香从碧纱窗中暗暗透出。①

这一段描写精练而生动，它是宝玉眼中、耳中、鼻中感受的潇湘馆，里面住着他所热爱的黛玉，所以一切显得那么恬静、优雅。同时，它作为黛玉生活的地方，又与黛玉的品性十分和谐。当然，这也是少男少女的“困发幽情”、爱意萌生的美好环境。但潇湘馆并不总是这么静好，第四十五回是这样写的：

> 不想日未落时天就变了，淅淅沥沥下起雨来。秋霖脉脉，阴晴不定，那天渐渐的黄昏，且阴的沉黑，兼着那雨滴竹梢，更觉凄凉。②

这就与李清照笔下“梧桐更兼细雨，到黄昏点点滴滴”的意境相似了，它不再是上面那个幽静的春景，而是令人感到孤寂的秋景，与黛玉渴望爱情却又深感无助的心境十分吻合。

到了后四十回，我们虽然欣赏不到脂批所说的与“凤尾森森，龙吟细细”

---

① 《红楼梦》上册，第353页。

② 同上书，第608页。

相对的“落叶萧萧，寒烟漠漠”式的笔墨，但也有值得称道的地方。当黛玉越来越感到爱情的无望时，第八十七回的潇湘馆又换了一番景象，已有了明显的寒意：

> 这里黛玉添了香，自己坐着。才要拿本书看，只听得园内的风自西边直透到东边，穿过树枝，都在那里唏溜哗喇不住的响。一回儿，檐下的铁马也只管叮叮当当的乱敲起来。[①]

“铁马”也是古代诗歌中常出现的一个意象，如元曲中“掩纱窗未思量杜宇先悲怆，上牙床正恓惶铁马儿越叮咛”（汤舜民），“碧纱窗外风弄雨昔留昔零打芭蕉，恼碎芳心近砌下啾啾唧唧寒蛩闹，惊回幽梦丁丁当当檐间铁马敲”（王和卿）等，此处化虚为实，同样感人。而当黛玉死后，第一百零八回，宝玉终于找了个机会偷偷来到潇湘馆，小说写道：

> 宝玉进得园来，只见满目凄凉，那些花木枯萎，更有几处亭馆，彩色久经剥落，远远望见一丛修竹，倒还茂盛。宝玉一想，说：“我自病时出园住在后边，一连几个月不准我到这里，瞬息荒凉。你看独有那几杆翠竹菁葱，这不是潇湘馆么！”[②]

这一描写非常含蓄，大观园一片凄凉，“衰草枯杨，曾为歌舞场”。可是作者却没有去正面写潇湘馆“蛛丝儿结满雕梁”。相反，他写的是在一片肃杀的气氛中，独有潇湘馆那竿翠竹依然青葱。由于这是宝玉远望所见，更有一种“人面不知何处去”的惆怅，达到“以乐景写哀，一倍增其哀”的艺术效果。

以上四段描写，都隐含着中国古代诗歌的意境，而它们的依次出现，又与人物的心情、命运乃至全书的悲剧气氛极为吻合，可以说是抒情艺术与叙事艺术的完美融合。而无论是叙事还是抒情，对《红楼梦》来说都不只是艺术手段或表现方式而已，它们实际上从不同方面，反映出一位伟大的小说家对传统的继承与对现实的认识。当我们读到那些既琐细又显然经过作者精心的艺术加工的故事时，一种在日常生活中领悟人生真谛的快感便油然而生。

---

① 《红楼梦》下册，第1222页。

② 同上书，第1461页。

第六章　思想化和才学化向小说创作的挑战

随着文人创作小说的日益普遍，文人的精神特点与思想趣味在小说创作中表现得日益鲜明，这在前面讨论的短篇白话小说和文言小说中都有反映，而章回小说以其篇幅漫长，创作投入也较大，体现得更集中、更突出。

第一节　《儒林外史》:对文化的反思

《儒林外史》是一部文人写文人的小说，它没有贯穿全书的主人公和主干情节，传奇性和戏剧化的描写让位于现实性和性格化的表现，这使《儒林外史》别具一格。作者吴敬梓——这也许是明清长篇小说中我们唯一清楚其创作过程和心态的作者——把自己的经历和情感熔铸在小说创作中，冷静地解剖了旧时文人或崇高或卑微或超脱或无奈的灵魂，从而对培养这种文人的文化乃至整个社会作了深入的分析和批判。这种分析和批判的深刻性，不但使清代人已有“慎毋读《儒林外史》，读竟乃觉日用酬酢之间无往而非《儒林外史》”的感叹(卧闲草堂本第三回评语)。就是在今天，它仍然可以作为窥探国人性格的镜鉴。

一、身世与创作

吴敬梓，安徽全椒人，后移家南京。他出身于一个世代书香的门第，“家声科第从来美”。明末清初以降，吴氏家族科第仕进，累世不绝，吴敬梓在《移家赋》中记述那种盛况:“五十年中，家门鼎盛”。吴敬梓从小接受了比较正规的应试教育，他的嗣父吴霖起曾任江苏赣榆县教谕，对他寄予了厚望。可以说，祖辈的荣耀，父辈的期待，使吴敬梓不可能不发愤读书，坚定地走科举的道路。然而，像大多数读书人一样，他在这条拥挤的道路上并没有获得预期的成功，相反，却感受到了刻骨铭心的屈辱。

更大的屈辱还是来自家族。吴霖起病逝后，吴敬梓目睹族人为侵夺财产，勾心斗角。而吴敬梓为人慷慨好施，不善治生，家境急剧败落，以致变卖田产。他在一首词中写道："田庐尽卖，乡里传为子弟戒。"[①]为了摆脱这种难堪的处境，吴敬梓在三十三岁时移居南京。在南京的生活极为艰难，有时甚至靠亲友周济度日。在困厄中，吴敬梓仍坚守一个儒者的追求，他研究儒家的经典，也对修复南京先贤祠表现了极大的热情，可以说，原始儒家的精神是他重要的精神支柱。而在现实社会，士人却沉迷于科举，执著于功名，令他深感痛心，发出了"如何父师训，专储制举才?"的质问。[②] 因此，他对八股文深恶痛绝。程晋芳说他"生平见才士，汲引如不及，独嫉时文士如仇，其尤工者，则尤嫉之"[③]。正是基于这种立场，吴敬梓开始创作《儒林外史》，将自己的所见所闻、所思所感，都融入到这部现实性很强的小说中。

在《儒林外史》中，我们可以看到很多与吴敬梓生平经历有关的描写。如乾隆元年(1736)，博学鸿词开试。吴敬梓经举荐，与从兄吴檠、挚友程廷祚参加了安庆院试，后因病不能赴京廷试。而赴京的吴檠和程廷祚参加了廷试，却未能取中。这使得吴敬梓冷静地思考此事，并在《儒林外史》中给予了相应的描写。不过，在书中杜少卿是主动辞谢征辟的，他认为："正为走出去做不出甚么事业，徒惹高人一笑，所以宁可不出去的好。"(第三十三回)

吴敬梓认为治经学才是一个儒者安身立命处，因此他著有研究《诗经》的《诗说》。[④] 《儒林外史》第三十四回叙及杜少卿论《诗经》，称"朱文公解经自立一说，也是要后人与诸儒参看。而今丢了诸儒，只依朱注，这是后人固陋，与朱子不相干"，并就《凯风》、《女曰鸡鸣》、《溱洧》等诗，提出了新的解释。

如上所述，吴敬梓曾参与修复南京奉祀吴泰伯以下五百人的先贤祠。《儒林外史》第三十七回详细描写了杜少卿等大祭泰伯祠的过程，表达了有助政教的愿望。

---

① 李汉秋辑校：《吴敬梓诗文集》卷四，人民文学出版社，2002年，第56页。

② 见王又曾：《书吴征君敏轩先生文木山房诗集后》注，引自李汉秋编：《儒林外史研究资料》，上海古籍出版社，1984年，第17页。

③ 程晋芳：《勉行堂文集·文木先生传》，同上书，第12页。

④ 很长时间以来，人们都以为吴敬梓《诗说》已散佚，周兴陆《吴敬梓〈诗说〉劫后复存》(《复旦大学学报》1999年第5期)揭示此书存于上海图书馆。此书现已由上海古籍出版社出版单行本，又收录于李汉秋辑校《吴敬梓诗文集》中。

除了个人的经历，吴敬梓还从他的交游以及其他见闻中取材。根据自金和《儒林外史跋》以来的考证，我们可以大致确定，《儒林外史》的不少人物形象，大都有原型，如：

虞博士——吴蒙泉；
庄绍光——程廷祚；
马二先生——冯粹中；
余大先生、余二先生——金榘、金两铭；
来霞士——王昆霞；
迟衡山——樊明征；
二娄——浙江梁家；
庄尚志——程绵庄；
凤鸣岐——甘凤池；
汤镇台——杨凯；
……

甚至一些市井小人物，也有原型：

鲍廷玺——王宁仲；
沈琼枝——张宛玉、沈琼如；
……

不言而喻，现实生活中的这些人物并不能等同于小说中的艺术形象，吴敬梓对原型与素材进行了深思熟虑的加工与发挥，使之成为他构建的艺术世界的一部分。例如小说中的虞博士被旧评点家认为是"书中第一人"。这一形象是以江宁府学教授吴蒙泉为原型的，吴敬梓《文木山房集》卷三有《赠家广文蒙泉先生》诗盛赞其人，今人李汉秋《儒林外史研究资料》在征引相关资料后称："吴培源的主要经历，如'少孤露'，中过进士，在南京做学官，进京候选后放了浙江地方官等，都为虞博士形象所摄取。但'襟怀冲淡'的品性在上举数诗中并不突出。"①

更重要的是，吴敬梓对儒林人物的表现，并不只是针对现实的，他还有一种反思传统文化的意思。因此，小说中还有大量描写取材于前代史籍，它们充实了作者从现实取材的描写，使作品中的人物更具有历史的深度。

---

① 李汉秋：《儒林外史研究资料》，上海古籍出版社，1984年，第202页。

从正面看,《儒林外史》开篇就塑造了元末诗人王冕的形象。这一形象在前代文献中,多有褒扬,吴敬梓看重其鄙弃科举、不慕荣利、洁身自好的高贵精神品质,一方面通过他的观点来“敷陈大义”,“隐括全文”,另一方面也是在“外史”展开前,树立一个理想人格的典范,从而将后面所写的人物置于历史的反衬中。

围绕泰伯祠的修建、祭祀,也极大地增加了小说的历史文化内涵。第三十三回迟衡山说:“我们这南京,古今第一个贤人是吴泰伯,却并不曾有个专祠……小弟意思要约些朋友,各捐几何,盖一所泰伯祠,春秋两仲,用古礼古乐致祭。借此大家习学礼乐,成就出些人才,也可以助一助政教。”泰伯是周太王的长子,周文王(姬昌)的伯父。当他知道太王有意传位给姬昌,就出奔江南,后来成为吴国始祖。吴敬梓实际上是将正面人物的精神世界引向了悠久的历史。但是,他同样很清楚,社会毕竟发生了重大的变化,在新的背景下,传统的精神资源正在无可挽回地流失。在小说的最后,作者有一段富于象征性的描写:

> 从冈子上踱到雨花台左首,望见泰伯祠的大殿,屋山头倒了半边。来到门前,五六个小孩子在那里踢球,两扇大门倒了一扇,睡在地下。两人走进去,三四个乡间的老妇人在那丹墀里挑荠菜,大殿上槅子都没了。又到后边,五间楼直桶桶的,楼板都没有一片。两个人前后走了一交,盖宽叹息道:“这样名胜的所在,而今破败至此,就没有一个人来修理。多少有钱的,拿着整千的银子去起盖僧房道院,那一个肯来修理圣贤的祠宇!”邻居老爹道:“当年迟先生买了多少的家伙,都是古老样范的,收在这楼底下几张大柜里,而今连柜也不见了!”盖宽道:“这些古事,提起来令人伤感,我们不如回去罢!”两人慢慢走了出来。①

这一描写,赋予了作品一种沧桑感,也就是说,吴敬梓的失望不只是对一时一地某一类人的失望,他的失望借助对历史的回溯,指向了文化的深层。

从反面看,《儒林外史》的描写更具有历史的包容性,我们甚至可以在小说中找到不少相关的情节就是取材于历史的。比如梅玖开始对周进十分无礼,但周进高中做官后,却冒充是周进的学生,还小心翼翼地将周进当年写的对联装裱起来,令人想到五代王定保《唐摭言·起自寒苦》中记述的一个著名故事:

---

① 《儒林外史》汇校汇评本,上海古籍出版社,1999年,第671页。

王播，少孤贫，尝客扬州惠昭寺木兰院，随僧斋餐。诸僧厌怠，播至，已饭矣。后二纪，播自重位出镇是邦，因访旧游，向之题已皆碧纱幕其上。播继以二绝句曰："二十年前此院游，木兰花发院新修。而今再到经行处，树老无花僧白头。""上堂已了各西东，惭愧阇黎饭后钟。二十年来尘扑面，如今始得碧纱笼。"①

又如伪侠客张铁臂"虚设人头会"故事，也见诸唐代笔记，如冯翊《桂苑丛谈·崔、张自称侠》：

后岁余，薄有资力。一夕，有非常人，装饰甚武，腰剑，手囊贮一物，流血于外。入门谓曰："此非张侠士居也？"曰："然。"张揖客甚谨，既坐，客曰："有一仇人，十年莫得，今夜获之，喜不可已。"指其囊曰："此其首也。"问张曰："有酒否？"张命酒饮之。客曰："此去三数里，有一义士，余欲报之，则平生恩仇毕矣。闻公气义，可假余十万缗。立欲酬之，是余愿矣。此后赴汤蹈火，为狗为鸡，无所惮。"张且不吝，深喜其说，乃倾囊烛下，筹其缣素中品之物，量而与之。客曰："快哉！无所恨也。"乃留囊首而去，期以却回。及期不至，五鼓绝声，东曦既驾，杳无踪迹。张虑以囊首彰露，且非己为，客既不来，计将安出？遣家人将欲埋之，开囊出之，乃豕首也。因方悟之而叹曰："虚其名，无其实，而见欺之若是，可不戒欤！"豪侠之气，自此而丧矣。②

《儒林外史》中的情节与此如出一辙。吴敬梓的这种取材，与话本小说利用文言小说作为本事出处有所不同，后者是将原作的故事当成情节的主体，而吴敬梓只是从原作中提取若干细节，作为其创作的构成要素。由于这种构成要素来自前代文献，拓展了小说的想象空间，从而使《儒林外史》的描写获得了一种深厚的历史感。

《儒林外史》的这种具有反讽意味的历史感还表现在人物对前代典范虚有其表的模拟上，这一点在娄三、娄四公子身上体现得最为明显。他们"因科名蹭蹬，不得早年中鼎甲，入翰林，激成了一肚子牢骚不平"。但由于二人为相门之后，现任通政的胞弟，家境较好。百无聊赖中，他们为博得声誉，便模仿信陵君、春申君的"礼贤好士"，开始了另一种追求。吴敬梓在第八回末尾，按章回小说惯例，故设悬念："有分教：公子好客，结多少硕彦名儒；相府

① 《唐五代笔记小说大观》，上海古籍出版社，2000年，第1635页。

② 同上书，第1561页。

开筵，常聚些布衣苇带。”接下来，他们先是听说有一个叫杨执中的，与他们一样对永乐有非议，以为必是一个读书君子，结果却是一个“老阿呆”；杨执中向二娄推荐权勿用，称其有“管乐的经纶，程朱的学问”，而他们最后找到的却是一个厚颜无耻的骗子。作者在描写他们寻访名士的过程，很容易使人联想到《三国演义》中刘备“三顾茅庐”的情形。事实上，这也是吴敬梓在描写时的有意模仿。人物自身行为的模仿与作者对历史叙述的模仿，双重模仿的重叠，使上述情节极具深度和讽刺意味。如果说《三国演义》中的描写体现了一种真正的理想追求的话，那么，二娄的“半世豪举，落得一场扫兴”，就在于他们毫无积极的人生目标，只是希望通过这种行为沽名钓誉，用貌似崇高的外表掩饰内心的空虚、猥琐。

《儒林外史》还有一个不太引人注目的人物丁言志，熟悉小说史的读者，对这个落魄到测字为生的“呆名士”居然跑到妓院去献诗求教的行为不会陌生，因为从才子佳人小说之后，小说家就将目光转向了青楼，寻找“风尘知己”成了持续到晚清的落魄才子的又一个梦想。但吴敬梓却冷静地描写了这样的情景：

> 丁言志也摇着扇子晃了出来，自心里想道：“堂客也会看诗，那十六楼不曾到过，何不把这几两测字积下的银子，也去到那里顽顽？”主意已定，回家带了一卷诗，换了几件半新不旧的衣服，戴一顶方巾，到来宾楼来。乌龟看见他像个呆子，问他来做甚么。丁言志道：“我来同你家姑娘谈谈诗。”乌龟道：“既然如此，且秤下箱钱。”乌龟拿着黄杆戥子，丁言志在腰里摸出一个包子来，散散碎碎，共有二两四钱五分头。乌龟道：“还差五钱五分。”丁言志道：“会了姑娘，再找你罢。”
>
> 丁言志自己上得楼来，看见聘娘在那里打棋谱，上前作了一个大揖。聘娘觉得好笑，请他坐下，问他来做甚么。丁言志道：“久仰姑娘最喜看诗，我有些拙作，特来请教。”聘娘道：“我们本院的规矩，诗句是不白看的，先要拿出花钱来再看。”丁言志在腰里摸了半天，摸出二十个铜钱来，放在花梨桌上。聘娘大笑道：“你这个钱，只好送给仪征丰家巷的捞毛的，不要玷污了我的桌子！快些收了回去买烧饼吃罢！”丁言志羞得脸上一红二白，低着头，卷了诗，揣在怀里，悄悄的下楼回家去了。（第五十四回）[①]

① 《儒林外史》汇校汇评本，上海古籍出版社，1999年，第659—660页。

这近乎冷酷的描写，表明了吴敬梓高于时代的觉悟。

实际上，从《儒林外史》的人物描写可以清楚地看出，吴敬梓已从“儒林”的世界超越了出来，他用充满温情的笔触描写了一批置身功名富贵圈外的下层人物，如牛老爹、卜老爹和鲍文卿等，用他们忠厚诚笃的品格反衬士人精神的贫乏。作者借向鼎的口称赞戏子鲍文卿说：“而今的人，可谓江河日下。这些中进士、做翰林的，和他说到传道穷经，他便说迂而无当；和他说到通今博古，他便说杂而不精；究竟事君交友的所在，全然看不得！不如我这鲍朋友，他虽生意是贱业，倒颇颇多君子之行。”（第二十六回）在《儒林外史》的最后，吴敬梓还描写了“市井四奇人”，虽然在他们身上仍然有着明显的文人禀性。但吴敬梓先将王冕这一自己心目中的精神楷模放在乡村，然后又表彰市井奇人，其实突出的是一种相同的思想旨趣：用朴素的生活对抗被世俗污染的人性。

二、“一代文人有厄”

《儒林外史》在第一回《说楔子》中，叙及王冕得知朱元璋制定了八股取士制度时说：“这个法却定的不好。将来读书人既有此一条荣身之路，把那文行出处都看得轻了。”他预言“一代文人有厄”，这就为全书的描写确定了一个基调。

小说以科举制度所引发的人们对功名富贵的态度为中心，展开了对各色士人精神状态的刻画，特别是通过对科举士子所处环境的细致描写，揭示了其精神心理的极度空虚与脆弱。首先上场的是一批热衷功名的举子，最突出的是周进和范进，他们二人虽然经历不尽相同，但有一点是共同的，那就是都在科举道路上挣扎了几十年。他们受到了来自社会的巨大压力，对周进而言，先是受到新进秀才梅玖的奚落，后来又被路过的举人王惠轻蔑，写出了这些士人间的挤压。而范进一直忍受着岳父胡屠户尖酸的嘲笑，反映出世俗社会的偏见。作者在描写中没有杜撰戏剧化的情节冲突，而是努力捕捉深入人物内心世界的日常言行。当王惠飞扬跋扈，大吃大喝时，周进在旁边只用“一碟老菜叶，一壶热水”下饭。而在王惠走后，“撒了一地的鸡骨头、鸭翅膀、鱼刺、瓜子壳”，“周进昏头昏脑，扫了一早晨”。这种生活化的场面，日积月累，足以让这个饱受压抑的人精神崩溃。所以就有了“周进撞号板”的精彩描写，一个“苦读了几十年书”的老秀才，连进贡院的机会都没有，教馆之职也失去了，只落得给商人记账的地步，一腔悲苦，不由得暴发出来，“一头撞在号板上，直僵僵不省人事”。这一极富代表性的情节，将科举士子的痛苦表现得淋漓尽致。而范进中举后的喜极而狂，迷失本性，与此有异曲同工之妙。他们的患得患失，写出了士子正是在长期的社会压力下，心灵被严重地扭曲。

与周进、范进不同，马纯上是另一类沉迷于科举的士人，他虽然也不得意，但却心态平和，执著地认为"举业二字，是从古及今人人必要做的"(第十三回)，"人生世上，除了这事，就没有第二件可以出头"(第十五回)。吴敬梓没有具体描写他的应试参考，而是突出他对八股文的选评，也就是说他要将自己的痴迷变成全社会的投入。为此，作品还叙述了他极为诚恳地勉励青年人去学习八股。

不但如此，小说还从本来与科举无缘的女性角度，描写了科举的危害。书中有个鲁编修认为："八股文章若做的好，随你做甚么东西，要诗就诗，要赋就赋，都是一鞭一条痕，一掴一掌血。若是八股文章欠讲究，任你做出甚么来，都是野狐禅，邪魔外道。"(第十一回)在他的影响下，女儿鲁小姐也在晓妆台畔、刺绣床前，摆满了一部一部的八股文。由于丈夫对八股"不甚在行"，她就盼子成龙。四岁小儿，就"每日拘着他在房里讲'四书'，读文章"，"或一天遇着那小儿子书背不熟，小姐就要督责他念到天亮……"(第十三回)。这看似平淡的描写，深刻地揭示出科举已渗透到了整个社会。

在现实社会，能够在科举中博得一点功名的毕竟是少数。于是，吴敬梓又描写了一批追求所谓"异路功名"的名士，他们也往往在理想与现实、内心与外表的矛盾中，贻人笑柄。小说第十七回中有一段富于象征性的描写，一批不得志的士人在一起讨论人生的理想：

> 浦墨卿道："三位先生，小弟有个疑难在此，诸公大家参一参。比如黄公同赵爷一般的年、月、日、时生的，一个中了进士，却是孤身一人；一个却是子孙满堂，不中进士。这两个人，还是那一个好？我们还是愿做那一个？"三位不曾言语。浦墨卿道："这话让匡先生先说，匡先生，你且说一说。"匡超人道："二者不可得兼，依小弟愚见，还是做赵先生的好。"众人一齐拍手道："有理，有理！"浦墨卿道："读书毕竟中进士是个了局，赵爷各样好了，到底差一个进士，不但我们说，就是他自己心里也不快活的是差着一个进士。而今又想中进士，又想象赵爷的全福，天也不肯！虽然世间也有这样人，但我们如今既设疑难，若只管说要合做两个人，就没的难了。如今依我的主意，只中进士，不要全福；只做黄公，不做赵爷，可是么？"支剑峰道："不是这样说。赵爷虽差着一个进士，而今他大公郎已经高进了，将来名登两榜，少不得封诰乃尊。难道儿子的进

士，当不得自己的进士不成？”……景兰江道：“众位先生所讲中进士，是为名？是为利？”众人道：“是为名。”景兰江道：“可知道赵爷虽不曾中进士，外边诗选上刻着他的诗几十处，行遍天下，那个不晓得有个赵雪斋先生？只怕比进士享名多着哩！”说罢，哈哈大笑。众人都一齐道：“这果然说的快畅！”一齐干了酒。匡超人听得，才知道天下还有这一种道理。①

在这些人心目中，无论中进士还是做名士，实质上都是为了名和利。

当然，假名士的举止作派也不尽相同。在书中另一个假名士杜慎卿看来，吟诗唱和是“雅的这样俗”。他连文人的最后一点“雅兴”也放弃了，用表面的风流潇洒掩盖内心的龌龊。对于这种人，作者极力揭露其虚伪。就是这个杜慎卿一面声称“妇人那有一个好的？小弟性情，是和妇人隔着三间屋就闻见他的臭气”，一面却迫不及待地纳妾；一面声称“小弟最厌的人，开口就是纱帽、中状元、做官”（第三十回），但一有机会就“加了贡，进京乡试”去了（第三十三回）。

最使吴敬梓痛心与痛恨的是一些本来比较纯朴的青年在这种不良的社会风气下的堕落。匡超人就是这样一个典型，作者用了近五回的篇幅描写了这个出身贫寒的读书青年由本分、勤奋变成利欲熏心的过程。在马二先生的教诲下，他一度把科举当做人生的唯一出路。考上秀才之后，却又受到一群斗方名士的影响，开始以名士自居，追名逐利。而衙吏潘三的教唆，则使他成了一个彻头彻尾的衣冠禽兽。他不讲任何道德操守，停妻再娶，诋友求荣，到处吹牛撒谎。可悲的是，当他是一个本分青年时，无以为生；而当他成了一个无耻之徒后，却在社会上如鱼得水。这前后对比，反映出的是社会的弊病。

通观《儒林外史》的描写，我们也可以看出，所谓“一代文人有厄”，并不只是文人被驱向了科举的道路。真正的灾难是文人精神的丧失。在这一点上，无论是周进、范进、马二先生之类举子，还是那些假名士，或是匡超人这样的招摇撞骗的人，都是这种灾难的牺牲品。

三、讽刺手法

尽管吴敬梓也塑造了一批正面的文人形象，但在总体上，他对自己所属

① 《儒林外史》汇校汇评本，上海古籍出版社，1999年，第224—225页。

的这一阶层却充满了失望的情绪。唯其如此，在艺术上，他较多地采用了讽刺的手法。虽然在《儒林外史》之前，讽刺作品间或有之，不过，以此作为一部长篇小说的最重要的艺术手法，从不同角度、不同层次上加以发挥，《儒林外史》在中国小说史上还是首屈一指的。

吴敬梓的讽刺描写是穷形尽相、入木三分的。第五、六回所写严监生之死，就是一个生动的例证：

> 晚间挤了一屋的人，桌上点着一盏灯；严监生喉咙里痰响得一进一出，一声不倒一声的，总不得断气，还把手从被单里拿出来，伸着两个指头。大侄子走上前来问道："二叔，你莫不是还有两个亲人不曾见面？"他就把头摇了两三摇。二侄子走上前来问道："二叔，莫不是还有两笔银子在那里，不曾吩咐明白？"他把两眼睁的的溜圆，把头又狠狠摇了几摇，越发指得紧了。奶妈抱着哥子插口道："老爷想是因两位舅爷不在跟前，故此记念。"他听了这话，把眼闭着摇头。那手只是指着不动……赵氏分开众人走上前道："爷，只有我能知道你的心事。你是为那灯盏里点的是两茎灯草，不放心，恐费了油；我如今挑掉一茎就是了。"说罢，忙走去挑掉一茎。众人看严监生时，点一点头，把手垂下，登时就没了气。①

严监生非常富有，却悭吝成性。为两根灯芯而死不瞑目，这一举动，虽属夸张，却也合乎情理，突出了他惜财如命的性格。

不过，如此辛辣的讽刺在以前的讽刺文学中时常可见，明清间的笑话集中也有不少类似的笑话，也就是说，这并不是吴敬梓的特别贡献。从思想深度上说，吴敬梓的讽刺是基于一种深刻的悲悯，这才是《儒林外史》异于前人的地方，也是其价值所在。

王玉辉的形象就是如此，这个深受礼教毒害的迂夫子，大女儿早已"守节在家里"，三女儿"出阁不上一年多"，也死了丈夫。这个女儿"哭得天愁地惨"，要"寻一条死路"，"跟着丈夫一处去"。公婆好言相劝，王玉辉却对亲家公婆说"亲家，我仔细想来，我这小女要殉节的真切，倒也由着他行罢"，并鼓励自己的女儿："我儿，你既如此，这是青史上留名的事，我难道反拦阻你？你竟是这样做罢。"几天以后，三女儿终于绝食而死。她母亲早已"伤心惨目，痛入心脾"，哭得死去活来。王玉辉竟"仰天大笑道：'死的好！死的好！'

---

① 《儒林外史》汇校汇评本，上海古籍出版社，1999年，第73—77页。

大笑着,走出房门去了”。(第四十八回)王玉辉的这种不近情理的言行,反映了宋明以来大量片面提倡“节妇烈女”的社会现实。——实际上,吴敬梓的这一描写也是有依据的。金兆燕《棕亭诗钞》卷四《古诗为新安烈妇汪氏作》中记述了同样的故事,其中写到汪氏在丈夫去世后,也决心殉夫:

> ……绝粒卧空床,酸风冷微躯。阿爷向女言:“汝志既坚决,所悲颓龄叟,顿使肝肠裂。”阿姊向妹言:“尔我命何屯?昔为三株树,今为霜草根。幸无太自苦,少慰泉下人。”阿兄前致词:“一言试告汝,守节与殉节,理一本自古。”女子启阿爷:“儿已有成言;此言不可食,勿复强迁延。”瞑目遂长逝,奄奄赴黄泉。闻者为叹息,见者为悲酸……[①]

汪氏父亲的态度似乎与王玉辉相同,也在肯定其志向,而金兆燕则是把此事作为一个理学的典范来咏赞的。同样,吴敬梓也并没有简单地嘲笑王玉辉。从理智上说,只要吴敬梓没有、事实上也不可能彻底否定礼教,他对王玉辉的举动就不会采取类似五四运动以后那样的批判态度。但是,有一点却是肯定的,吴敬梓充满同情,尊重现实。所以,他不仅通过其他人之口指斥王玉辉的糊涂,还写他在女儿的神主被送入烈女祠举行公祭时,“转觉心伤,辞了不肯来”。想出去散心,到了苏州虎丘,“见船上一个少年穿白的妇人,他又想起女儿,心里哽咽,那热泪直滚出来”。(第四十八回)这令人为之动容的描写,如实写出王玉辉劝女殉夫的言行与常情常理的悖谬、与内心深处情感的冲突,从而使客观上的讽刺具有了一种深刻的悲剧性。

在讽刺手法上,《儒林外史》也积累了不少成功的经验。吴敬梓特别喜欢用各种对比的描写,来达到讽刺的效果。

胡屠户在范进中举前后前倨后恭的态度,就形成了鲜明的对比。之前,他对范进经常是恶语相加,骂范进是“尖嘴猴腮”。中了举以后,范进的外貌并未发生变化,而胡屠户却夸他的女婿是“方面大耳”。这种前后矛盾的态度,揭示了胡屠户的市侩心理,揭露了人情冷暖、世态炎凉的世俗习气。而当范进中举后,他的态度陡然转变,最具讽刺意味的是,由于范进发疯,众人商议要范进平日最怕的人“来打他一嘴巴”,以便让他在惊吓中复原。这就自然地想到了胡屠户。而这一次他却“作难”了,他说:“虽然是我女婿,如今却做了老爷,就是天上的星宿。天上的星宿是打不得的。我听得斋公们说,打了天上的星宿,阎王就要拿去打一百铁棍,发在十八层地狱,永不得翻身。

---

① 李汉秋:《儒林外史研究资料》,上海古籍出版社,1984年,第231页。

我却是不敢做这样的事!”然而,不打又不行,胡屠户在众人的怂恿下,只得喝了两碗酒壮胆,一巴掌打醒了范进。不过,胡屠父“不觉那只手隐隐的疼将起来,自己看时,把个巴掌仰着,再也弯不过来”。(第三回)这一夸张性细节,将其趋炎附势的心理表现得栩栩如生。

人物言行的对比也是《儒林外史》实现讽刺目的常用的手段。作品中的严贡生是一个恶劣的乡绅,他利用自己的士人身份和与官府的关系,讹诈、欺压百姓,却自夸地说:“小弟只是一个为人率真,在乡里之间,从不晓得占人寸丝半粟的便宜……”话音未落,家中小厮跑来说:“早上关的那口猪,那人来讨了,在家里吵哩。”原来他家的一头小猪误入邻家,他声称寻回来“不利市”,逼人家买下。待邻家养到一百多斤了,又错走进他家来,他又把猪关了不还,还把来讨猪的邻居打折了腿。(第四、五回)吴敬梓就是用他的实际行为,戳穿他的谎言,造成强烈的讽刺效果。

第二十回写匡超人吹嘘自己是一个有名的选家也极具讽刺意味。他声称:“此五省读书的人,家家隆重的是小弟,都在书案上,香火蜡烛,供着‘先儒匡子之神位’。”有人指出:“先生,你此言误矣!所谓‘先儒’者,乃已经去世之儒者,今先生尚在,何得如此称呼?”匡超人红着脸强辩道:“不然!所谓‘先儒’者,乃先生之谓也!”但读者对他得意忘形、自暴其短的吹嘘,却已忍俊不禁了。

四、叙事与结构

作为思想性很强的长篇小说,《儒林外史》在叙事与结构上也有特色。吴敬梓不追求情节的曲折生动,而是力求其内涵的丰富,在看似散文化的叙述中,展示出人物深隐的精神世界。

前面提到的马二先生痴迷于八股文,是《儒林外史》所嘲讽的对象。但是,从个人品质上说,马二先生并没有什么缺陷,相反,他的敦厚仁慈、慷慨仗义等品格,吴敬梓还给予了正面的描写。不过,当他的急人之难表现为迂腐地勉励别人钻研八股时,那一点仁慈宽厚又成了他卑琐的精神世界的写照。所以,吴敬梓充满沉痛地描写了他的麻木不仁,“马二先生游西湖”堪称古代小说最经典的片断之一。这一段描写没有什么情节冲突,完全是平铺直叙地写他的游湖经历。吴敬梓先简单地介绍了一下西湖的景点,为下文作铺垫。接下来,就写马二先生上路了:

> 马二先生独自一个,带了几个钱,步出钱塘门,在茶亭里吃了几碗茶,到西湖沿上牌楼跟前坐下。见那一船一船乡下妇女来烧香的,都梳

着挑鬓头,也有穿蓝的,也有穿青绿衣裳的,年纪小的都穿些红绸单裙子。也有模样生的好些的,都是一个大团白脸,两个大高颧骨;也有许多疤、麻、疥、癞的。一顿饭时,就来了有五六船。那些女人后面都跟着自己的汉子,掮着一把伞,手里拿着一个衣包,上了岸散往各庙里去了。马二先生看了一遍,不在意里,起来又走了里把多路。望着湖沿上接连着几个酒店,挂着透肥的羊肉,柜台上盘子里盛着滚热的蹄子、海参、糟鸭、鲜鱼,锅里煮着馄饨,蒸笼上蒸着极大的馒头。马二先生没有钱买了吃,喉咙里咽唾沫,只得走进一个面店,十六个钱吃了一碗面。肚里不饱,又走到间壁一个茶室吃了一碗茶,买了两个钱处片嚼嚼,倒觉得有些滋味。吃完了出来,看见西湖沿上柳阴下系着两只船,那船上女客在那里换衣裳:一个脱去玄色外套,换了一件水田披风;一个脱去天青外套,换了一件玉色绣的八团衣服;一个中年的脱去宝蓝缎衫,换了一件天青缎二色金的绣衫。那些跟从的女客,十几个人也都换了衣裳。这三位女客,一位跟前一个丫鬟,手持黑纱团香扇替他遮着日头,缓步上岸,那头上珍珠的白光,直射多远,裙上环佩丁丁当当的响。马二先生低着头走了过去,不曾仰视。①

当他走进一间茶室:

里面是三间大楼,楼上供的是仁宗皇帝的御书,马二先生吓了一跳,慌忙整一整头巾,理一理宝蓝直裰,在靴桶内拿出一把扇子来当了笏板,恭恭敬敬朝着楼上,扬尘舞蹈,拜了五拜。拜毕起来,定一定神,照旧在茶桌子上坐下。傍边有个花园,卖茶的人说是布政司房里的人在此请客,不好进去。那厨房却在外面,那热汤汤的燕窝、海参,一碗碗在跟前捧过去,马二先生又羡慕了一番。②

到了"慈禅寺":

马二先生走了进去,一个大宽展的院落,地下都是水磨的砖,才进二道山门,两边廊上都是几十层极高的阶级。那些富贵人家的女客,成群逐队,里里外外,来往不绝,都穿的是锦绣衣服,风吹起来,身上的香一阵阵的扑人鼻子。马二先生身子又长,戴一顶高方巾,一幅乌黑的脸,捵着个肚子,穿着一双厚底破靴,横着身子乱跑,只管在人窝子里

---

① 《儒林外史》汇校汇评本,上海古籍出版社,1999年,第185—186页。

② 同上书,第187页。

撞。女人也不看他，他也不看女人。前前后后跑了一交，又出来坐在那茶亭内，——上面一个横匾，金书“南屏”两字，——吃了一碗茶。柜上摆着许多碟子：橘饼、芝麻糖、粽子、烧饼、处片、黑枣、煮栗子。马二先生每样买了几个钱的，不论好歹，吃了一饱。[①]

这几段描写相当琐细，反映出马二先生的木讷、呆板，他对游湖毫无感觉，所到之处，只有各种食品对他还有吸引力。第二天的游历依然如此，作者写他不知道李清照等才女，心想“这些甚么人？料想不是管功名的了，我不如去罢”。而路过书店，看到报单上写：“处州马纯上先生精选《三科程墨持运》于此发卖。”就满心欢喜。直到终于面对“天下第一个真山真水的景致”时，脱口而出的赞叹却是《中庸》里的句子：“真‘载华岳而不重，振河海而不泄，万物载焉！’”

在晚明的小品文中，我们可以看到很多关于西湖的精美描写，在袁宏道、张岱等人笔下，西湖是他们的文人雅趣与自由心境的写照。而马二先生的游西湖，却折射出他因醉心举业而变得精神麻木，丧失了对美的感知与鉴赏能力。在这里，吴敬梓没有借助任何小说家常用的手法，只是由类似纪实的笔法，按照马二先生的行程，逐步地揭示出他的头脑冬烘、心灵荒芜。

关于《儒林外史》的结构，有种种观点，鲁迅在《中国小说史略》中说此书“无主干，仅驱使各种人物，行列而来，事与其来俱起，亦与其去俱讫，虽云长篇，颇同短制”。胡适则认为：“《儒林外史》没有布局，全是一段一段的短篇小品连缀起来，拆开来，每段自成一篇；斗拢来，可长至无穷。这个体裁最容易学，又最方便，因此，这种一段一段没有总结构的小说体裁就成了近代讽刺小说的普通法式。”后来，吴组缃又提出“连环短篇说”，认为这是“一种特殊的崭新形式”。这些说法分别描述了《儒林外史》结构的特点，也指出了其小说史意义。关键在于，《儒林外史》的结构是与小说思想化的倾向联系在一起的。所以，一方面它的结构看上去是散漫的、随意的，另一方面又有内在的思想线索。闲斋老人在《儒林外史序》中有一段名言：

其书以功名富贵为一篇之骨：有心艳功名富贵而媚人下人者；有倚仗功名富贵而骄人傲人者；有假托无意功名富贵，自以为高，被人看破耻笑者；终乃以辞却功名富贵，品地最上一层为中流砥柱。[②]

---

① 《儒林外史》汇校汇评本，上海古籍出版社，1999年，第187—188页。

② 同上书，第687页。

这一说法也许并不全面，但是，它揭示出《儒林外史》的人物塑造有一个思想中心，这也是吴敬梓在第一回“隐括全文”、“敷陈大义”的意图所在。正是由于有这样一个思想中心，尽管小说中没有贯穿始终的主要人物，也没有前呼后应的主干情节线索，但在事随人生、人由事见的叙述中，我们还是可以看到作者在结构上的用意。甚至吴敬梓因袭章回小说的套路而力图使松散的结构联系起来的做法，也有自己的特点。如同《水浒传》有“排座次”，《封神演义》有“封神榜”等一样，《儒林外史》中也有“祭泰伯祠”。这一描写在小说中同样也有统率全局的意义；不过，如上所述，“祭泰伯祠”对《儒林外史》而言，更重要的还是思想上的意义，它既表现了吴敬梓对原始儒家思想的一种向往与追求，也表现了由于这种向往与追求不切实际而产生的落寞。

第二节　才学小说的深与浅

《儒林外史》表现出的思想化的倾向，并不是文人小说的唯一特点。文人小说家作为知识分子的本性使他们不由自主地、有时更是有意地在小说中显扬自己的才学，清中叶学术空前发展的文化背景使得这种小说的知识化也成为了小说创作的时代特征。从小说类型的角度说，这些小说其实比较模糊，有的具有历史小说的特点，有的则带有神怪小说的内容；大多采用章回小说的形式，有的却用文言写成。不过，无论从内容还是从形式上看，它们又具有共同的特点，即前面所说的思想化与知识化。尽管它们在思想的实质上有很大差别，思想的程度上深浅不一，思想的表现上也不尽相同，而且对知识的掌握、旨趣与叙写同样存在差异，但作为共同的写作倾向，还是构成了清中叶小说创作文人化的一个重要趋势，值得关注。

《野叟曝言》、《蟫史》、《燕山外史》以及后面将重点介绍的《镜花缘》等是才学小说的代表作。

一、《野叟曝言》

《野叟曝言》的作者夏敬渠，据光绪《江阴县志》记载：“英敏绩学，通经史，旁及诸子百家，礼乐兵刑、天文算数之学，靡不淹贯……生平足迹几遍海内，所交尽贤豪。著有《纲目举正》、《经史余论》、《全史约编》、《学古编》，诗文集若干卷。”可见是个颇有才学的人。而《野叟曝言》从书名看就与此前的小说命名方式有所不同。“野叟”，指村野老人，实际上也是文人追求的一种精神象征。如白居易《秋池独泛》中的“皮上有野叟，手中持酒卮。半酣箕踞坐，自问身为谁”，关汉卿《闲适》中的“共山僧野叟闲吟和”，都以“野叟”作为寄托。以此冠书名，显示了小说家的创作主体性，而这种主体性的指向正是在野的文人学士。

在野的只是他们的社会角色，从文化心理上，夏敬渠却以淹博的学者身份，用小说的形式对社会问题提出了自己的见解，他称之为“曝言”。一百五十四回的《野叟曝言》以“奋武揆文天下无双正士，熔经铸史人间第一奇书”二十字分卷，前句指的是主人公文素臣，在第一回，作者这样介绍他：

> 且说文素臣这人，是铮铮铁汉，落落奇才，吟遍江山，胸罗星斗。说他不求宦达，却见理如漆雕；说他不会风流，却多情如宋玉；挥毫作赋，则颉颃相如；抵掌谈兵，则伯仲诸葛。力能扛鼎，退然如不胜衣；勇可屠龙，凛然若将陨谷。旁通历数，下视一行；间涉岐黄，肩随仲景。以朋友为性命，奉名教若神明。真是极有血性的真儒，不识炎凉的名士。他平生有一段大本领，是止崇正学，不信异端；有一副大手眼，是解人所不能解，言人所不能言。①

第一百一十二回又通过飞娘之口说：“天生文爷这人，不特为皇上，为东宫，还为万世百姓，要他除灭佛老，开出尧、舜、禹、汤时世界。”而“熔经铸史”句，则是就小说而言。此书的《凡例》称：“是书之叙事说理、谈经论史、教孝劝忠、运筹决策，艺之兵、诗、医、算，情之喜、怒，哀、惧，讲道学、辟邪说、描春态、纵谐谑，无一不臻顶壁一层。至文法之设相、布局、映伏、钩绾，犹有余事，为古今说部所不能仿佛，诚不愧人间第一奇书之目。”而文素臣实有作者的影子——从小说一开始的表白，即可看出作者的自负，这种自负如果与曹雪芹“无材可去补苍天”的感叹对看，显得尤其突出。

《野叟曝言》以明代中期成化至正德年间的史事为背景，钱静方的《小说丛考》指出：“书中朝臣、外臣名氏，皆与正史关合。有合二人之名为一人者，有分一人之名为二人者。相臣安吉，即万安、刘吉也。太监靳直，即汪直、刘瑾也。……日本木秀宽吉夫妇，即关白丰臣秀吉也。……文素臣一生事业，皆采取当时诸大臣之武功文德，合而为一人有也。”但《野叟曝言》没有按照严格的历史小说形态展开叙事，大量描写似有所本，实多虚构。按照小说的设定，那是一个君暗臣昧、内外交困、民不聊生的“危急存亡之秋”（第九十九

---

① 《野叟曝言》，人民文学出版社，1997年，第7页。

回）。只有在这样的时代，才更能显示出作者所寄寓的理想。科场失利的文素臣，有机会直接面对皇帝，在奏对之时，他坦荡直言，怒斥奸臣，未被采纳，反而获罪。从此云游天下，结交义士，并率领他们建立了征苗、卫宫、诛藩、救劫、迎銮、靖虏、平浙、剿倭等一系列奇功伟业。不但如此，他还卫圣道，遏邪说，辟佛老，诛淫僧，除妖道，驱恶鬼，怀柔远夷，拯危扶倾，使危机四伏的国家在精神面貌上也焕然一新。与此同时，他个人也姬妾罗列，儿孙成群，六世同堂，崇为太师，封妻荫子，光宗耀祖。正如全书最后所说，文素臣"功德之大，古今无偶"，因而也备享"古今无偶之福祉"。

如果从上述内容来看，《野叟曝言》并没有太多新的东西，不过是将其他小说用相对较短的篇幅所描写的故事拉长了、充实了而已。实际上，在第四十九、五十回，作者描写太玄以幻术导文素臣入梦，但这一源自志怪、传奇的"黄粱梦"模式，还是构成了小说情节的一个参照；只不过作者将这一梦坐实了，在全书结束时，文素臣又一次入梦，"眼见武士取心凶悍之状，亦不甚惊怪"，因为他见到的是人人心中都以孔子为偶像。

不过，作者的立意显然又比以前的小说更远大，他关心的其实不是人物的命运，而是整个国家、民族、文化的命运。为此，《野叟曝言》展开了一个此前任何小说都不曾有过的广阔的空间描写——《西游记》的空间也是广阔的，但那是虚幻的，而《野叟曝言》中的空间却是实有的。文素臣在游历各地时，自江西至福建，历台湾，回福州，出建宁，抵铅山，复经南京，过淮安，到莱州。后来更巡视九边，从华北的太原、榆林，到西北的宁夏、甘肃，再到西南的四川、云南、贵州、广西，遍及天下。他当然不是一般的游历，而是时时在考察各地的风土民情，以便整饬河山。比如第六十五回叙及他到台湾时，想到的是："这台湾孤悬海外，山深箐密，若中国有事，亦一盗贼之窟。"这种处处以国家为虑的心理，反映了作者博大的胸襟。然而，这种博大的胸襟在大多数时候又转化为一种儒家文化的狂想，于是，我们看到，在主人公东破日本、北平蒙古、南服印度的过程中，这些拜佛之国纷纷崇尚儒术。第一百四十七回叙文素臣之好友景日京，"领兵航海而来，征伏欧罗巴洲二十馀国，建国号曰大人文国。本国（热而玛尼国）与意大里、亚波而、都瓦尔、依西把尼亚，各率附属小国，降附大人文国主，受其节制。俱秉天朝正朔，亦如中国之制，除灭佛、老，独宗孔圣，颁下衣冠礼制，用夏变夷"。整个欧罗巴洲七十二国，皆知慕义，派出使臣朝贡中国。一个君明臣贤、内圣外王、正教昌明、万国来朝的盛世，就这样建立起来了。

这种文化狂想出于对儒学衰微的一种忧虑，既不深刻，显然更不适合小说。所以，我们在小说中，经常看到许多迂阔、生硬的议论。

与此相关，小说中还充斥了大量的有关经、史以及自然科学的议论。如第七十八回，作者几乎用了整整一回的篇幅写文素臣与玉麟等人讨论《三国志》；第八十七回文素臣又大段大段地向太子讲解《中庸》；最可笑的是，第七、八回文素臣纳璇姑为妾，却大讲三角算法、勾股定理，甚至在其腹上大画天行地心，讲起星辰运行来。他说：

> 我生平有四件事略有所长，欲得同志切磋，学成时传之其人。如今历算之法得了你，要算一个传人了。我还有诗学、医宗、兵法三项，俱有心得，未遇解人，将来再娶三个慧姬，每人传与一业，每日在闺中焚香啜茗，不是论诗，就是谈兵，不是讲医，就是推算，追三百之风雅，穷八门之神奇，研《素问》之精华，阐《周髀》之奥妙，则尘世之功名富贵，悉付之浮云太虚耳。[①]

文素臣的这一人生理想，在《野叟曝言》中，就变成了喋喋不休的才学展示。

而在适合小说的想象方面，《野叟曝言》却很平庸。很难想象，这部充满正言谠论的小说，同时也充斥着色情描写。匪夷所思的是，作者将这种描写统一到了上面所说的文化狂想中。在小说中，无论是昏君，还是僧道、苗夷、倭人，所有作者贬低的人物，无不性情淫荡，而文素臣之所以能所向披靡，战无不胜，一个重要原因也在于他善于以"淫"克"淫"。有关这方面的描写，与一般的色情小说已毫无二致，稍有不同的只不过是《野叟曝言》将性事与国事联系在了一起。当非我族类不仅在战场称臣，在床上也心悦诚服时，小说家的精神自慰也达到了顶点。不过，如果说《野叟曝言》只是一个落魄士子个人的幻想，那是低估了它，至少夏敬渠的幻想超越了才子佳人小说的那种自我陶醉，他是在为一个正在衰落的文化招魂。

需要补充说明的是，作为一个小说家，夏敬渠的文笔也颇有精彩之处。如第三回写文素臣落入水中的情形：

> 素臣抢上船头，不期立脚不稳，斜扑湖中。一阵浪花将他身子一卷，竟如旋风作势，愈转愈紧，霎时间已深入湖底。无奈西湖荇藻交横，下面泥极松浮，根叶荡漾，手足无可支搭。方知空明处乃是水底，不敢向下钻去，但从黑层层处用力冒将起来。才得透顶，又是浪头兜盖，身

---

① 《野叟曝言》，人民文学出版社，1997年，第95页。

子一滚，重新坠下数尺。如是者十余次，力竭体重，渐渐挣扎不来。①

这一段描写相当细致真切。又如第一百回写“奸徒出首害忠臣”：

难民中有一人细看素臣，素臣亦似认得他的，那人便正是计多。计多当时虽想不起，过后寻思，明是那年在县打官司的白又李，却如何尚在此地，又有家眷同船？想了些时，也就丢下了。直到奉旨缉拿文素臣之时，在赌场中赌输了钱，与同赌戴秃子一路回家，叹着苦气道：“老天真没眼睛，那些财主们一毫策划没有，却像圈猪一样养得肥头胖脑，我们这样有算计、会摆划的人，偏穷得像老鼠一般，嘴都饿尖了！连日赌钱，掷出的就是叉！老戴，你也输急了，若有本事挖墙撬壁，便做他一帐也罢。”戴秃道：“我也常想过，但一做了贼，便过继与捕快做了爷伯老子，日长时久，受不尽许多忤逆。我们是做惯硬汉的，可肯伏这气的吗？如今有一桩好买卖，只要运气高，便平地进一注大财，连芝麻大的官儿还都有分，只可惜没这福气。丰城县是个僻地，那人也未必到我这地方来。”计多道：“你莫非指着文白那桩事吗？他是天下第一个忠臣，你想出首他，良心何在？”戴秃笑道：“你又几时学讲道学，说起良心来了？乌珠眼见了白银子，便爹妈也顾他不得，还顾甚忠臣奸臣！你还想挖墙撬壁哩，那才是有良心的事！”计多也笑道：“我是大概而论，若说到银子，便也把良心撩开，他要做忠臣，我要做财主，各适其适了。我看那图形，狠像一个人，只是名姓不同。”

……

戴秃道：“那年他坐的船，是哈叭狗曲四的，只消去问他，就知他家眷下落了。”计多道：“这想头有理，有了他家眷下落，就连这三千两赏银都有分了。”两人忙赶至曲家根问，曲四道：“隔年的皇历，好一本子冷帐，闲着手要捉虱子，没工夫去揭他了。”戴秃道：“若你记得起，计大哥要请你吃一醉哩，休挺那死话。”曲四是个酒徒，听着酒字，心便浑了，笑道：“你们且坐一坐，待我细细想来。”想了一会道：“有了，有了。那男人不知他姓名，那女人是前任任老爷的小姐，在浴日山口起岸的。”计多恍然大悟：文素臣便是白又李，白又李便是孙盛。②

上文对这些“奸徒”口吻心理的刻画也活灵活现。以这样的笔墨，本来应该

① 《野叟曝言》，人民文学出版社，1997年，第27页。

② 同上书，第1200—1202页。

可以写出富于感染力的作品来，然而，夏敬渠没有这样做，这或许是一种遗憾。与下面我们要介绍的两位可能根本就没有此种才能的小说家相比，这种遗憾更明显。

二、《蟫史》和《燕山外史》

鲁迅在《中国小说史略》中，对《蟫史》的评价是“惟以其文体为他人所未试，足称独步而已”。这一评价同样适用于《燕山外史》，这两部小说，前者是用古奥文言撰写的长篇章回小说，后者是用三万余言骈体文撰写的小说，这两种语体的长篇规模的小说，在中国小说史上，都是绝无仅有的。

屠绅是江苏江阴人，乾隆年间进士，曾任云南师宗县知县、广州同知等职。这种功名与官职，在小说家中是不多见的。据杜陵男子所撰《蟫史》序文称：

> 《蟫史》一书，磊砢山房主人所撰也。主人少矜吐凤之才，长擅裔龙之藻，字传蝌蚪，奇古能摹；雅注虫鱼，纤微必录。百家备采，勤如酿蜜之蜂；一线能穿，巧似贯珠之蚁。生来结习，长耽邺架之书；诡道前身，本是羽陵之蠹。钻研既久，穿穴弥工。笔墨通灵，似食惯神仙之字；心思结撰，遂衍成稗史之编。①

对学问的耽溺，成为影响他小说创作趣味的一个重要原因。

《蟫史》主要内容是描写清军围剿少数民族（主要是苗族）起义军的战争，其间穿插了一些神魔斗法描写。小说的主人公是书生桑蠋生，他因乘船落水，求归无望，竟欲自杀，为二渔民所救，二人指责其既不惜生，又不思报国。桑蠋生经此开导，得见现为指挥的甘鼎，大谈用兵之道。甘鼎大喜，引之为股肱，并在其参谋之下，大败倭寇。后来，甘鼎又镇压了石湾民变，平定青、黄、赤、黑、白五苗叛乱，并与抚军区星合击交址，抵达交址王宫，擒交址王。最后，甘鼎功成身退，桑蠋生衣锦还乡。这些冲突，既有现实的影子，也有神怪小说的传统，还引入了一些所谓西方异术，同时，又掺杂了一些类似《野叟曝言》式以性事代战事的描写，从总体上说是凌乱驳杂的。此外，在小说中，也加进了不少炫学的内容，如有关算学、织锦回文诗等，作者也在小说中不惜篇幅，津津乐道。

《蟫史》的情节是有所本的，书中甘鼎是以清代平苗将军傅鼐为原型，而

---

① 《蟫史》，人民文学出版社，1992 年，第 3 页。

桑蠋生则多少寄托了屠绅本人的希望。这种创作特点与清代小说多从小说家亲身感受出发的趋势是一致的，但从实际描写看，实不出《野叟曝言》的范围。其中的神怪内容虽荒诞不经，未必不能吸引当时的读者，而行文的诘屈聱牙，难以卒读，却背离了小说作为大众文学的特性，可以说是一个失败的尝试。

陈球《燕山外史》采用骈文来写小说，与清代骈体文的复苏有一定联系。陈球在《燕山外史凡例》中就自称："球在总角时，即喜读六朝诸体。长于本朝诸四六家，尤所研究。"从文学史的角度说，骈文在乾嘉时期的繁盛，有与桐城派古文抗衡的意味，也是袁枚等性灵派人士倡导真情的一种载体。

《燕山外史》是据明代传奇小说《窦生传》改编的，原文不足1500字，《燕山外史》作了不少发挥，略谓窦生偶因避雨于爱姑家檐下，与爱姑一见钟情。此后，常光顾其家，并以重金相诱，爱姑不为所动。窦生竟相思成疾，爱姑得知，深受感动，乃以身相许。事为窦父所察，逼窦生赴早年定亲之山东岳父家成亲。后窦生回乡，适值父丧，丧满即为岳父催返山东，窦生携爱姑同往。而窦妻甚为悍，百般虐待爱姑，窦生于心不忍，遂同爱姑乘夜逃离。值唐赛儿乱，二人仓皇相失，姑就尼庵匿迹，生阻兵火，复回归妻家，而其妻厌贫求去。窦生后与爱姑团聚，锐志功名，出官为宦，而前妻改嫁后，丈夫病故，生、姑不计前嫌，宽容家中。但此妇仍不改其淫，与人私通，终为人所杀。这一故事情节曲折，其间的感情追求和人生苦难，足以发挥成一篇描写婚恋、家庭题材的佳作。不过，陈球却意不在叙事。在《燕山外史》中，他特意附上《窦生传》原文，使读者一开始就对情节了其大概，然后可以从容欣赏其文采。如《窦生传》叙避雨，行文简洁如下：

> 一日春游遇雨，趋避檐下，有老妪款招入室。询为李姓嫠妇。无食无儿。有女名爱姑，年十五，殊色也。一见心醉。[①]

在《燕山外史》中，这一段是这样的：

> 俄见云浓似墨，雨润如酥。密若散丝，郭巾易折；骤能破块，谢屐难投。而乃随出谷之流莺，偶穿芳迳；与寻巢之旅燕，聊托茅檐。止水何心，闲云无意，不过芳踪暂憩，非同逐浪之青萍；岂知春色难关，忽见出墙之红杏。尔时爱姑运阶前之甓，方储甘霖；剪宅畔之蔬，将供晚饭。久托蜗居于深巷，素知无客造庐；忽闻犬吠于隔垣，始觉有人窥户。盈

---

① 《燕山外史》，春风文艺出版社，1987年，第78页。

盈不语，脉脉含羞，墙及肩高，趋无可避；室如斗大，退不能藏。生也才窥半面，即惊花月妆成；及睹全身，更骇天仙化就。姿容绰约，宛遇唐环；体韵轻盈，恍逢赵燕。娉婷轶众，不须春黛双描；袅娜动人，何待秋波一转。出其不意，顿乱人怀；何以为情，浑难自主。[①]

虽然由"老妪招入"改成了直接相见，但并无重大情节变化，而文彩华美，则大大超过本文。

在某些地方，还可以看出《燕山外史》受白话小说的影响，如一开始的"四座勿喧，且听不才之饶舌"云云，甚至有说书人的口吻。但从全篇来看，则诚如有的研究者指出的那样，陈球的叙述方式，完全是平铺直叙，对于关目之设置、针线之埋伏、倒叙、伏笔等小说技巧，几乎全数阙如。尤其是三万余言中，竟无任何人物对话，人物个性难以得到生动的表现。因此，《燕山外史》除了文采可取之外，其余实乏善可陈。[②]

第三节 《镜花缘》：小说的内涵与外延

李汝珍的《镜花缘》也是清代长篇小说中较有特色的一部。它把神话与现实融为一体，亦庄亦谐、惟妙惟肖地表现了当时的社会面貌与人们的精神生活。不过，作者逞才使性，以游戏之笔在作品中引入了一些非小说的内容，在一定程度上改变了小说固有的文体特征。或者更准确点说，它以章回小说的形式，兼容了诸多文体要素，再次印证了中国小说并非一种单纯的虚构性叙事文学的特殊性质。从思想化与知识化的小说创作倾向上说，《镜花缘》也可以说是表现得最鲜明的一部作品。

一、符号化的神话

《镜花缘》开篇用六回描写武则天乘醉下诏，责令百花在寒冬时节开放。众花神不敢违抗，只得开放，却因"逞艳于非时之候"，遭到天谴，贬谪人间，其中百花仙子托生为秀才唐敖之女小山。这一开篇相当于一些章回小说中的"楔子"，表明在此书中女性形象的重要。在接下来的描写，可以分为两个部分，前半部分可以说是这部小说中最值得称道的部分，作者着重叙述了因

---

① 《燕山外史》，春风文艺出版社，1987年，第83—84页。

② 参见王琼玲：《清代四大才学小说》，台湾商务印书馆，1997年，第368页。

曾与徐敬业结交而仕途蹇滞的唐敖，心灰意冷，随妻兄林之洋泛海出游，经舵工多九公向导，游历了三十余国，见识了海外世界的奇人异事，终有所悟，遁入仙山小蓬莱。小山海外寻父是一个过渡，她在小蓬莱看到父亲信札，并从泣红亭碑上得知众花神降生人世后的名姓，乃遵父命，改名唐闺臣，回国应考。后半部分就描写武则天大开女试，由众花神托生的百名女子均被录取，她们宴戏赋咏，论学说艺，各显其能。而唐闺臣再去小蓬莱寻父，也入山不返。此时徐敬业、骆宾王等，起兵反对武则天，打破了武家军的酒、色、财、气四座关，唐中宗复辟，仍尊武则天为"则天大圣皇帝"。武则天复下诏，再开女试。

《镜花缘》结构松散，内涵驳杂，对社会的讽喻往往冲口而发，并无《儒林外史》那样的主旨，但观点的尖刻却也不遑多让。就这一点而言，《镜花缘》同样体现了一种小说创作中的思想化倾向。这种思想化与小说非现实形象构成手段相结合，为《镜花缘》创造了独特的艺术世界。

在小说艺术性最强的部分，李汝珍继承和发扬了古代神话的传统，将其作为一种符号化的文学语言，表达自己对社会、人生的认识。

唐、林二人到的第一个国家是"君子国"，《山海经》的《海外东经》有记述：

> 君子国在其北，衣冠带剑，食兽，使二大虎在旁，其人好让不争。[①]

《博物志》也提到君子国"好礼让不争"，《镜花缘》即就此一点发挥，将其描写成了个"礼义之邦"。这里的人民，"耕者让畔，行者让路"，"士庶人等，无论富贵贫贱，举止言谈，莫不恭而有礼，也不愧'君子'二字"。互相谦让，已经到了不可思议的地步：

> 只见有一隶卒在那里买物，手中拿著货物道："老兄如此高货，却讨恁般贱价，教小弟买去，如何能安！务求将价加增，方好遵教。若再过谦，那是有意不肯赏光交易了。"唐敖听了，因暗暗说道："九公，凡买物，只有卖者讨价，买者还价。今卖者虽讨过价，那买者并不还价，却要添价。此等言谈，倒也罕闻。据此看来，那'好让不争'四字，竟有几分意思了。"只听卖货人答道："既承照顾，敢不仰体！但适才妄讨大价，已觉厚颜；不意老兄反说货高价贱，岂不更教小弟惭愧？况敝货并非'言无二价'，其中颇有虚头。俗云：'漫天要价，就地还钱'。今老兄不但不

① 袁珂：《山海经校注》，上海古籍出版社，1983年，第254页。

减，反要加增，如此克己，只好请到别家交易，小弟实难遵命。”唐敖道：“‘漫天要价，就地还钱’，原是买物之人向来俗谈；至‘并非言无二价，其中颇有虚头’，亦是买者之话。不意今皆出于卖者之口，倒也有趣。”只听隶卒又说道：“老兄以高货讨贱价，反说小弟克己，岂不失了‘忠恕之道’？凡事总要彼此无欺，方为公允。试问那个腹中无算盘，小弟又安能受人之愚哩。”谈之许久，卖货人执意不增。隶卒赌气，照数付价，拿了一半货物。刚要举步，卖货人那里肯依，只说“价多货少”，拦住不放。路旁走过两个老翁，作好作歹，从公评定，令隶卒照价拿了八折货物，这才交易而去。（第十一回）[①]

虽然事属夸张，但细按文理，作者并无调侃之意。与吴敬梓在《儒林外史》中抬出泰伯一样，李汝珍描写君子国的吴之和、吴之祥为泰伯之后，说明其“好让不争”的精神源头正是泰伯。而作者又通过这二人之口，对讲风水、好争讼、合婚算命、大办满月等等不良风俗加以批判。由于描写不全面，君子国并不是作者构想的一个“乌托邦”，却是与现实形成对比的一面镜子。

在更多的场合，李汝珍借助神话形象，直接讽喻社会。如《山海经·海外东经》称：“毛民之国，在其北，为人身生毛。”《神异经》上也有“八荒之中有毛人焉，长七八尺，皆如人形，身及头上皆有毛，如猕猴，毛长尺余”的记载。这些记载，只是记录怪异，并无思想寓意。而《镜花缘》第十五回却说毛民国之人“原来他们当日也同常人一样，后来因他生性鄙吝，一毛不拔，死后冥官投其所好，所以给他一身长毛。那知久而久之，别处凡有鄙吝一毛不拔的，也托生此地，因此日见其多”，增加了对鄙吝之人的讥讽。

两面国在《文献通考》中的记载是“东女国于唐时内附，又阴附吐番，故其时号为两面国”，只是一种轻蔑的称号。但《镜花缘》将这一说法具象化，唐敖说：“原要看看两面是何形状，谁知他们个个头戴浩然巾，都把脑后遮住，只露一张正面，却把那面藏了，因此并未看见两面。小弟上去问问风俗，彼此一经交谈，他们那种和颜悦色、满面谦恭光景，令人不觉可爱可亲，与别处迥不相同。”“小弟暗暗走到此人身后，悄悄把他浩然巾揭起。不意里面藏著一张恶脸，鼠眼鹰鼻，满面横肉。他见了小弟，把扫帚眉一皱，血盆口一张，伸出一条长舌，喷出一股毒气，霎时阴风惨惨，黑雾漫漫。小弟一见，不觉大叫一声：‘吓杀我了！’”[②]作者用这种鲜明的对比，揭露现实社会一些人

① 《镜花缘》上册，人民文学出版社，1955年，第65—66页。

② 同上书，第177—178页。

欺贫爱富、上谄下骄、口蜜腹剑的丑恶嘴脸。

在中国古代神话与小说中，有关女儿国的记载和描写比较多。《山海经·海外西经》记载：

> 女子国在巫咸北，两女子居，水周之。一曰居一门中。[①]

《大荒西经》又记载：

> 大荒之中，有龙山，日月所入。有三泽水，名曰三淖，昆吾之所食也。有人衣青，以袂蔽面，名曰女丑之尸。有女子之国。[②]

在《西游记》中，更有女儿国的精彩描写。《镜花缘》中的女儿国有所不同，它同样成为作者表现其思想观念的一个象征。李汝珍想象了一个以女性为中心的社会，在这里“男子反穿衣裙，作为妇人，以治内事；女子反穿靴帽，作为男人，以治外事”（第三十二回）。而为了反衬传统社会给女性带来的侮辱与损害，李汝珍虚构了女儿国强纳林之洋为妃的描写。第三十三至第三十四回的情节最离奇，林之洋被几个“力大无穷”的宫娥强行换上女性装扮：

> ……又有几个中年宫娥走来，都是身高体壮，满嘴胡须。内中一个白须宫娥，手拿针线，走到床前跪下道：“禀娘娘：奉命穿耳。”早有四个宫娥上来，紧紧扶住。那白须宫娥上前，先把右耳用指将那穿针之处碾了几碾，登时一针穿过。林之洋大叫一声：“疼杀俺了！”望后一仰，幸亏宫娥扶住。又把左耳用手碾了几碾，也是一针直过。林之洋只疼的喊叫连声。两耳穿过，用些铅粉涂上，揉了几揉，戴了一副八宝金环。白须宫娥把事办毕退去。接著有个黑须宫人，手拿一匹白绫，也向床前跪下道：“禀娘娘：奉命缠足。”又上来两个宫娥，都跪在地下，扶住“金莲”，把绫袜脱去。那黑须宫娥取了一个矮凳，坐在下面，将白绫从中撕开，先把林之洋右足放在自己膝盖上，用些白矾洒在脚缝内，将五个脚指紧紧靠在一处，又将脚面用力曲作弯弓一般，即用白绫缠裹；才缠了两层，就有宫娥拿著针线上来密密缝口：一面狠缠，一面密缝。林之洋身旁既有四个宫娥紧紧靠定，又被两个宫娥把脚扶住，丝毫不能转动。及至缠完，只觉脚上如炭火烧的一般，阵阵疼痛。不觉一阵心酸，放声大哭道：“坑死俺了！”两足缠过，众宫娥草草做了一双软底大红鞋替他穿上。

---

① 袁珂：《山海经校注》，上海古籍出版社，1983年，第220页。

② 同上书，第400页。

……

不知不觉，那足上腐烂的血肉都已变成脓水，业已流尽，只剩几根枯骨，两足甚觉瘦小；头上乌云，用各种头油，业已搽的光鉴；身上每日用香汤熏洗，也都打磨干净；那两道浓眉，也修的弯弯如新月一般；再加朱唇点上血脂，映著一张粉面，满头朱翠，却也窈窕。国王不时命人来看。这日保母启奏："足已缠好。"国王亲自上楼看了一遍，见他面似桃花，腰如弱柳，眼含秋水，眉似远山。越看越喜，不觉忖道："如此佳人，当日把他误作男装，若非孤家看出，岂非埋没人才。"因从身边取出一挂真珠手串，替他亲自戴上。众官人搀著万福叩谢。国王拉起，携手并肩坐下，又将金莲细细观玩；头上身上，各处闻了一遍，抚摸半晌，不知怎样才好。[①]

在这种极尽夸张之能事的描写中，李汝珍痛斥了社会对女性的凌虐。他所设计的反常情节，就是要让男性设身处地体会女性穿耳、缠足之类的痛苦。此种寓意，不但是古代神话中的女儿国所不具备的，也与《西游记》中对女儿国的描写大异其趣，显示出作者驾驭想象的能力。

作为一种知识化的小说，《镜花缘》对不学无术也多有讽刺。《山海经·海外西经》记载："白民之国，在龙鱼北，白身被发，有乘黄，其状如狐，其背上有角，乘之寿二千岁。"《镜花缘》第二十一回也从"白"入手，写此国之人个个面白如玉，看上去"天姿聪慧，博览群书"，教书先生戴着眼镜，学生"品貌绝美，衣帽鲜明"，堂上"诗书满架，笔墨如林"，这一派上邦气象令人小心翼翼，而实际上，白民国的先生却多念"白"字，错误百出。他们竟然把《孟子》的"幼吾幼，以及人之幼"读成"切吾切，以反人之切"。这种夸张的描写，讽刺了他们虚有其表，实胸无点墨。

《山海经·大荒西经》提到"有国名曰淑士，颛顼之子"，没有任何进一步的说明。《镜花缘》第二十三回却描写了一个淑士国，到处充满了酸腐的气息。在酒店里，无论是酒保还是客人，说出话来都是"之乎者也"，一派酸文。

除此之外，对其他各种社会不良现象，作者多加以揶揄、挖苦。如通过翼民国人头长五尺的形象，嘲笑了那些"爱戴高帽，喜欢奉承"的人；通过长臂国的人手臂之长，讽刺贪婪敛财、到处伸手搜刮的人；通过穿胸国的人胸部前后溃烂相通，讽刺心术不正、暗怀鬼胎的人，等等。

---

① 《镜花缘》上册，人民文学出版社，1955 年，第 236—237、241 页。

在李汝珍所表达的社会批判意识方面，有两点是比较集中和突出的，其一是他对女性社会地位的看法。除了上面提到的女儿国的描写，在小说的其他情节中，也多有与女性问题有关的，其中有一些更是从正面表现女性可以与男子一样读书应考，参与朝政。小说第六十八回，枝兰音、黎红薇、卢紫萱等送阴若花回女儿国做太子，三人商议道："将来若花姐姐做了国王，我们同心协力，各矢忠诚：或定礼制乐，或兴利剔弊，或除暴安良，或举贤去佞，或敬慎刑名，或留心案牍，扶佐他做一国贤君，自己也落个'女名臣'的美号，日后史册流芳，岂非千秋佳话！"①这一番话，是现实社会中的女性所不可能想象的。虽然李汝珍未必像一些论著所说的那样，达到了追求男女平等的思想高度，但是，他从正反两方面针对女性受歧视、受压迫的不合理现象的批判态度，在"男尊女卑"十分顽强的社会背景下，无疑是有进步意义的。

科举制度与教育问题，是李汝珍描写较多的另一方面。他描写黑齿国的科举考试，"总是关节夤缘，非为故旧，即因钱财，所举真才不及一半"，才华出众的卢亭亭和黎红红，因为既无钱财，又无势力，只能名落孙山，抨击了科场"有贝之'财'，胜于无贝之'才'"的舞弊之风。作者还借唐敖之口感叹道："世人只知纱帽底下好题诗，那晓得草野中每每埋没许多鸿儒。"第六十七回写众才女等候放榜的情景，则折射出科举制度对士人心灵的巨大影响：

> 不觉个个发慌，人人胆落，究竟不知谁在八名之内；一时害怕起来，不独面目更色，那鼻涕眼泪也就落个不止。小春、婉如见众人这宗样子，再想想自己文字，由不得不怕：只觉身上一阵冰冷，那股寒气直从头顶心冒将出来；三十六个牙齿登时一对一对撕打；浑身抖战筛糠，连椅子也摇动起来。婉如一面抖著，一面说道："这……这……这样乱抖，俺……俺……可受不住了！"小春也抖著道："你……你……你受不住，我……我……我又何曾受得住！今……今……今日这命要送在……在此处了！"
>
> ……
>
> 不多时，只见多九公跑的满脸是汗，走到厅前，望著众人说了一声"恭……"，那个"喜"字不曾说完，只是吁吁气喘，说不出话来。小春一面抖著，同田凤翾把九公搀进厅房，坐在椅上，丫环送了两杯茶，喘的略觉好些。小春滴著泪向九公道："甥……甥女可有分么？"多九公一面喘

---

① 《镜花缘》下册，人民文学出版社，1955年，第502页。

著，把头点了两点。婉如也滴泪道："九……九公！俺呢？"多九公也把头点了两点。

……

众人连忙收拾。谁知小春、婉如忽然不见，四处找寻，好容易才从茅厕找了出来。原来二人却立在净桶旁边，你望著我，我望著你，倒象疯颠一般，只管大笑；见了众人，这才把笑止住。[1]

这种忽哭忽笑、又悲又喜，考验着士子的神经。小春、婉如二人虽没有到《儒林外史》中周进、范进的程度，但也处于崩溃的边缘。不过，除了批判性描写，李汝珍也有正面的思考。在淑士国，他虽然对他们的酸腐不以为然，但同时也借此国老者之口，提出了科举的新鲜思路："考试之例，各有不同：或以通经，或以明史，或以词赋，或以诗文，或以策论，或以书启，或以乐律，或以音韵，或以刑法，或以历算，或以书画，或以医卜。只要精通其一，皆可取得一顶头巾、一领青衫。"（第二十四回）[2]应该说，这是一种极为通达的文化观念。

在小说史上，没有任何一部作品表现了如此驳杂的思想内容。而要表现这样的思想内容，李汝珍很恰当地采用了游历型叙事的结构。从《西游记》到《后西游记》以及《东渡记》等作品，已尝试过通过人物的"游历"展开一种具有较大伸缩性的艺术空间。而在艺术想象上，李汝珍也采取了一个很简便的方法，即从古代神话中借用某些形象因素，加以适当的发挥。

二、知识的趣味

李汝珍的时代是讲学问、重知识的时代，这是《镜花缘》思想批判与文化观念的出发点。不过，乾嘉考据学存在着脱离现实的现象，而嘉道之际经世致用的学风重新抬头。李汝珍的描写正反映了这种转变。

乾嘉考据学派治学领域广泛，尤其小学，在音韵、训诂等方面贡献卓著。李汝珍曾受业于凌廷堪，凌是乾嘉考据学分支扬州学派的代表人物。他还与扬州学派著名学者阮元、洪亮吉、孙星衍及许桂林、许乔林等有深浅不一的关系。正是在这样的背景下，李汝珍对音韵学也作了深入的钻研，著有《李氏音鉴》、《受子谱》等学术著作，其中《李氏音鉴》在音韵学方面的成绩，颇为有关学者肯定。余集在《李氏音鉴》的序言中就说："大兴李子松石，少

① 《镜花缘》下册，人民文学出版社，1955年，第490、491、494—495页。

② 《镜花缘》上册，人民文学出版社，1955年，第169页。

而颖异，读书不屑屑章句帖括之学，以其暇旁及杂流，如壬遁、星卜、象纬、篆隶之类，靡不日涉以博其趣。而于音韵之学，尤能穷源索隐，心领神悟。”李汝珍在音韵方面的研究在《镜花缘》中有所反映。例如第十五回至第十九回，写多九公、唐敖在黑齿国与两少女卢亭亭和黎红红讨论古音、反切和古书注解；第二十八回至第三十一回，又写他们在歧舌国学习音韵，其中记录了一份字母表，被认为就是《李氏音鉴》的提纲。在第十七回中，卢亭亭说："读书必先识字，要识字必先知音。若不先将其音辨明，一概似是而非，其义何能分别？可见字音一道，乃读书人不可忽略的。"[①]这一说法与乾嘉学者的观点如出一辙。事实上，由文字音训以求义理，是考据学家共同信奉的原则和追求的目的。

《镜花缘》还表现了一个极为宽广的文化意识。第二十三回，李汝珍借林之洋的口开玩笑地说：

> 这部《少子》乃圣朝太平之世出的，是俺天朝读书人做的，——这人就是老子后裔。老子做的是《道德经》，讲的都是元虚奥妙；他这《少子》虽以游戏为事，却暗寓劝善之意，不外"风人之旨"，上面载著诸子百家，人物花鸟，书画琴棋，医卜星相，音韵算法，无一不备；还有各样灯谜，诸般酒令，以及双陆、马吊、射鹄、蹴球、斗草、投壶，各种百戏之类，件件都可解得睡魔，也可令人喷饭。[②]

这其实就是李汝珍的夫子自道，他将自己比附为老子后裔，而《少子》是《老子》的戏谑仿称，指的就是《镜花缘》。

确实，在《镜花缘》中，除了经学、音韵学等之外，各类知识无所不包，无奇不有。李汝珍的《受子谱》共搜集二百余局围棋谱，在《镜花缘》第七十三回，也专门有"看围棋"、"谈弈谱"的描写。书中涉及行医治病的描写有十几处，其中有不少具体的病理和药理分析，还开列了一些药方。据陆以湉《冷庐杂识》卷四说："《镜花缘》说部征引浩博，所载单方，以之治病辄效"，说明李汝珍对医学也很精通。另外，有关数学的知识，在小说中也有较多的描写。诸如此类，不胜枚举，表现出李汝珍作为一个知识型小说家的眼界与学养。

如上所述，李汝珍的学术思想又折射出清代学术由纯考据向经世致用

---

① 《镜花缘》上册，人民文学出版社，1955年，第112页。

② 同上书，第163—164页。

方向的发展。例如治水问题是清代中叶学者普遍关心的一个问题，《镜花缘》第三十六回叙及女儿国屡受洪涝之灾，唐敖经过仔细考察，提出了治理的办法，他说：

> 连日细看此河受病处，就是前日所说那个"疏"字缺了。以彼处形势而论：两边堤岸，高如山陵，而河身既高且浅，形像如盘，受水无多，以至为患。这总是水大之时，惟恐冲决漫溢，且顾目前之急，不是筑堤，就是培岸。及至水小，并不预为设法挑挖疏通；到了水势略大，又复培壅。以致年复一年，河身日见其高。若以目前形状而论，就如以浴盆置于屋脊之上，一经漫溢，以高临下，四处皆为受水之区，平地即成泽国。若要安稳，必须将这浴盆埋在地中。盆低地高，既不畏其冲决，再加处处深挑，以盘形变成釜形，受水既多，自然可免漫溢之患了……
>
> 凡河有淤沙，如欲借其水势顺溜刷淤，那个河形必须如矢之直，其淤始能顺溜而下。昨看那边河道到了刷淤之处，河路不直，多有弯曲，其淤遇弯即停，何能顺溜而下？再者：刷淤之处，其河不但要直，并且还要由宽至窄，由高到低，其淤始得走而不滞。假如西边之淤要使之东去，其西边口面如宽二十丈，必须由西至东，渐渐收缩，不过数丈。是宽处之淤，使由窄路而出，再能西高东低，自然势急水溜，到了出口时，就如万马奔腾一般，其淤自能一去无余。今那边刷淤之处，不但处处弯曲，而且由窄至宽，事机先已颠倒，其意以为越宽越畅；那知水由窄处流到宽处，业已散漫无力，何能刷淤？无怪越积越厚，水无去路了。①

他的这些分析，令女儿国国舅深为叹服，连连称赞："天朝贵人留心时务，识见高明"，"贵人高论，胜如读《河渠书》、《沟洫志》"。在治河的过程中，唐敖还指导工匠制造工具，并亲临工地，指点监工，早起晚归，日夜辛勤，当地百姓，人人感仰，为他立生祠纪念。李汝珍任砀山县丞时，曾负责治河，上述描写应与他的亲身经历有关，也表明他与经世致用学风同一步调。

虽然李汝珍学富五车，但与一般的学问家不同，特别是当他选择了小说这种文体时，他既在小说中表现出自己的渊博知识，也通过知识改变了小说的面貌。说是改变，其实从某种意义上也是恢复。由于《镜花缘》内容的驳杂，使得小说的内涵不同于以情节、人物为中心的小说，而呈现出一种杂体小说的特点。这种杂体小说兼容了各方面的思想，从内容上更接近早期"子

---

① 《镜花缘》上册，人民文学出版社，1955 年，第 254—256 页。

部”小说的特点。

另一方面,《镜花缘》作为一部小说,在知识的表现上也突出一种趣味的主导作用,至少具有李汝珍所认为的趣味。如第十七回,两个女孩子向多九公问学,多九公开始很轻视她们,但两个女孩子提出的音韵学问题和《论语》等经典的注疏问题,却使他张口结舌。其中紫衣女子听了,望着红衣女子轻轻笑道:“若以本题而论,岂非‘吴郡大老倚闾满盈’么?”至第十九回,多九公才猛然醒悟道:“我们被这女子骂了! 按反切而论:‘吴郡’是个‘问’字,‘大老’是个‘道’字,‘倚闾’是个‘于’字,‘满盈’是个‘盲’字。他因请教反切,我们都回不知,所以他说:‘岂非问道于盲’么!”唐敖说:“今日受了此女耻笑,将来务要学会韵学。”在大篇幅的讨论音韵学问题中,点缀这样的戏谑,正是为了增加小说的趣味。

又如,第五十一回描写一个山大王有意纳妾,其夫人道:“你不讨妾则已,若要讨妾,必须替我先讨男妾,我才依哩。我这男妾,古人叫做‘面首’。面哩,取其貌美;首哩,取其发美。这个故典并非是我杜撰,自古就有了。”山大王说:“这点小事,夫人何必讲究考据。况此中狠有风味,就是杜撰,亦有何妨。夫人要讨男妾,要置面首,无不遵命。”这里的“考据”,也是戏谑之词。

与此相关,《镜花缘》以女性为中心的描写,实际上也起到了柔化生硬的知识叙述的作用,用林之洋的话说:“海外女子这等淘气,将来到了女儿国,他们成群打伙,聚在一处,更不知怎样利害。”(第十九回)。请看第八十回的猜谜描写:

> 紫芝道:“你们再打这个灯谜,——我才做的,如有人打著,就以丽娟姐姐画的这把扇子为赠。——叫做‘嫁个丈夫是乌龟’。”兰芝道:“大家好好猜谜,何苦你又瞎吵!”紫芝道:“我原是出谜,怎么说我瞎吵? 少刻有人打了,你才知做的好哩。”题花道:“妹妹这谜,果然有趣,实在妙极!”紫芝望著兰芝道:“姐姐! 如何? 这难道是我自己赞的?”因向题花道:“姐姐既猜著,何不说出呢?”题花道:“正是,闹了半日,我还未曾请教:毕竟打的是甚么?”紫芝道:“呸! 我倒忘了! 真闹糊涂了! 打《论语》一句,姐姐请猜罢。”题花道:“好啊! 有个《论语》,倒底好捉摸些;不然,虽说打的总在天地以内,究竟散漫些。”紫芝道:“你还是谈天,还是打谜?”题花道:“我天也要谈,谜也要打。你不信,且把你这透新鲜的先打了,可是‘适蔡’?”紫芝道:“你真是我亲姐姐,对我心路!”题花把扇子夺过道:“我出个北方谜儿你们猜:‘使女择焉’,打《孟子》一句。”紫芝道:“春辉姐姐:你看妹子这谜做的怎样? 你们也没说好的,也没说坏

的，我倒白送了一把扇子。"春辉道："我倒有评论哩，你看可能插进嘴去？题花妹妹刚打著了，又是一句《左传》；他刚说完，你又接上。"春辉说著，不觉掩口笑道："这题花妹妹真要疯了，你这'使女择焉'，可是'决汝……'"话未说完，又笑个不了，"……可是'汉'哪？"一面笑著，只说："该打！该打！疯了！疯了！"[①]

这一回所写谜语，制作巧妙，颇具匠心。与《红楼梦》写谜语暗示人物性格与命运不同，李汝珍只是介绍谜语本身，但他用女孩子的调笑打趣引出，口吻鲜活，另有一种趣味。

实际上，在很多时候，李汝珍并不追求小说情节的吸引人或人物性格的鲜明，而是将知识本身的趣味性作为取舍的中心。如第四十一回《观奇图喜遇佳文　述御旨欣逢盛典》，用了几乎一整回的篇幅展示与讲解苏蕙的织绵回文《璇玑图》。苏氏《璇玑图》构思奇特，设计巧妙，在排成横竖各二十九行的方阵共八百四十一个字中，可以顺读、回读、横读、斜读、交互读、蛇行读、退一字读、重一字读、间一句读、左右旋读，纵横反复，皆成诗章。唐代武则天曾为它作序，推崇备至，谓其"才情之妙，超古迈今"。明代胡应麟《诗薮》外编卷四称："苏若兰璇玑诗，宛转反复，相生不穷，古今诧为绝唱。"《璇玑图》虽属文字游戏，但由于原诗读法失传，解读赏析，别有趣味，而本书既以武则天等女性为核心人物，将此图援入作品，自是顺理成章。

从小说文体的角度看，李汝珍在《镜花缘》引入神话的形象构成方式，又将各种知识纳入小说的叙事框架中，从内涵上打破了章回小说的惯例，而与早期小说观念有某种相通。李汝珍在《镜花缘》的最后说：

小说家言，何关轻重！消磨了三十多年层层心血，算不得大千世界小小文章。自家做来做去，原觉得口吻生花；他人看了又看，也必定拈花微笑：是亦缘也。正是：

镜光能照真才子，花样全翻旧稗官。[②]

在这里，我们可以看到李汝珍作为一个小说家对于文体创新的自负。

---

① 《镜花缘》下册，人民文学出版社，1955 年，第 592—593 页。按，《论语》中"适蔡"指"到蔡国去"。但"适"又有出嫁之意，而"蔡"也可指占卜用的大龟。而《孟子》中的"决汝汉"本指"挖掘汝、汉二水"，但"决"又有决择之意，"汝汉"从字面也可解为"你的丈夫"。

② 《镜花缘》下册，人民文学出版社，1955 年，第 760 页。

实际上，显才扬学是小说创作、特别是通俗小说创作的传统。作为《镜花缘》艺术之源的《山海经》、《博物志》之类以“博物”相尚的作品，都自觉或不自觉地夸耀知识见闻。这种心理也应当会影响他们的记述，即从夸耀心理出发而加以虚构夸饰。而唐代传奇的“文备众体”，史才、诗笔、议论互见，也有自我表现的意图。到了宋元说话人那里，更是利用各种机会显示自己的博学多识。在罗烨的《醉翁谈录·舌耕叙引》中，就有这样的自夸之词："夫小说者，虽为末学，尤务多闻。非庸常浅识之流，有博览该通之理。……论才词有欧、苏、黄、陈佳句；说古诗是李、杜、韩、柳篇章。"篇末诗又称："小说纷纷皆有之，须凭实学是根基。开天辟地通经史，博古明今历传奇……"这些当然不只是简单的自吹自擂，而是深入影响了说话与话本小说的艺术形式，这在后来文人小说家创作的短篇白话小说中还可以看到。前面提到《镜花缘》中有专门写围棋的段落，其实在话本小说中也有类似的情形，例如凌濛初《二刻拍案惊奇》中的《小道人一着饶天下　女棋童两局注终身》就详述了“围棋三十二法”的名称。

与才学小说最接近的还是才子佳人小说。明清之际，出现了一大批“才子型”的小说家，他们给小说创作带来了一种新的面貌，最为突出的就是在小说中流露出以才学自高的倾向。不过，他们所表现的才学还比较狭隘，主要是诗才，外加一点自视甚高的经邦济国之才。而才学小说则是小说这一传统的登峰造极。这与清代学术的发展有密切关系，才学小说大都出现于乾隆、嘉庆、道光时期，而这一时期也正是学术发展的一个高潮。屠绅、夏敬渠以及李汝珍等，生活的区域都在扬州周围，扬州学派可能就对他们的创作产生了一定的影响。

无论是在才学的范围上还是在程度上，才学小说为小说尝试了另一种叙事模式，它们在思想内涵上反映了文人小说家的精神趣味与社会理想，但与现实生活的疏离也造成了其中某些小说感染力的减弱。这或许也可以看做是文人创作小说在艺术上走到了极点，除非有某种新的思想与文学上的刺激，在他们的笔下，已很难为小说再开创一个新的局面了。

第七章　文人精神的衰退与回归世俗

清代中叶以后，小说创作呈现出衰落的局面。这不只是就数量而言的，事实上，考虑到其他古代小说仍广泛地传播，小说在社会文化生活中的地位并没有降低。但是，从小说创作的质量上看，这以后相当长的一段时间内，确实没有出现过小说史上的一流名作。如果从内涵上说，一度相当突出的文人精神开始在小说中呈衰退之势，李渔式的机趣和吴敬梓式的思考都变得平淡了。这可能也有其必然性，毕竟小说、特别是通俗小说从产生之日起，就是大众、主要是市民的娱乐方式，文人化固然提高了小说的品格，但也不可避免地削弱了它的大众娱乐文化性质。所以，清中叶的小说创作又出现了一种回归世俗的倾向。问题是，无论是小说本身的文体特点，还是大众本身的娱乐需求与思想旨趣，也发生了变化，回归世俗也成为了一种浅层次上的漫延，较少表现出宋元说话艺术当中那种富于活力的生机。

第一节　小说原创性的减退与续书、仿作

小说创作中针对名著的续补、模仿、改编、扩充不是一般的创作，它同时也是一种小说史现象。虽然从小说史上看，续、仿、改、扩的现象古已有之，《搜神后记》、《续玄怪录》之类小说集就是如此，不过，它们在情节上并不联属，所以与后来的续、仿、改、扩还是有所不同。《金瓶梅》从《水浒传》的衍生，应当是续、仿、改、扩较早的成功范例。到了清代中叶以后，续、仿、改、扩几乎就成了小说编创的主要形式之一。

一、对名著的续、仿、改、扩是一种小说史现象

对名著的续、仿、改、扩几乎是不可避免的事。如同唐诗在前，宋诗或模

仿、或创新，都无法回避唐诗及其所奠定的以近体诗为主要载体的诗美理想与艺术技巧这一伟大存在。小说也一样，不用说文言小说，在经历了宋元迄明的发展，通俗小说也早已从体制、题材到具体手法，都形成了相当成熟与完备的传统。换言之，清代小说家从构思之初，同样不得不面对前人的创作成就以及由此造成的叙事与接受的定势。所以，从广义上说，清代小说对前代小说多半都有续、仿、改、扩之意。连《红楼梦》前人尚且说是"深得《金瓶梅》壸奥"，遑论其他？

但我们这里要介绍的主要还是狭义的续、仿、改、扩，也就是直接承续前人创作的那一类作品。这些续、仿、改、扩之作虽然在艺术上成就并不均衡，多数可以说不成功，但也有部分作品在原作的基础上别开生面，在小说史上独具一格。它们分布甚广，小说史的名著差不多都被续、仿、改、扩了；持续时间长，可以说与整个清代小说史相始终。[①] 因此，续、仿、改、扩在清代小说的创作中，确实是一种规律性现象。如果仅就单一的作品而言，我们无法超越原著的范围来讨论这些作品的价值，从而往往导致对这些作品的忽视。但是，如果我们将其作为一种规律性现象来考察，就有可能发掘出其中蕴藏的小说创作特点及清代小说特殊的历史地位。

续、仿、改、扩的对象主要是长篇名著，短篇小说的改编有一些，续作就很少。而早期的续书多是延续性的、补充性的，下编第二章介绍过的《西游补》、《后西游记》就是这样的作品。但是，清代中叶以后，小说的续、仿、改、扩有了一些新的特点，一是出于对原著的不满而续改的作品增加了，二是出现了许多对本朝作品的续、仿、改、扩之作。

还有一类续仿之作是因对原著不满，愤而改作者。明清之际的《水浒后传》就是这样的作品，此书作者陈忱在明清易代时，以明遗民自居，绝意仕进。《水浒后传》是他晚年所作，描写梁山未死英雄阮小七、李俊、燕青等在受招安后，因无法忍受贪官污吏、土豪劣绅的欺凌压迫，再次聚义，反抗贪官恶霸，抗击金兵，最后到海外创立基业，并受到宋朝册封的故事。作品非常突出地将忠奸斗争与抗金斗争交织在一起描写，表现了强烈的民族主义情感；虽然抗金的内容在原著中也有一些，但没有此书中这样大的比重，特别是描写李俊等立国海岛，暗合郑成功拥兵台湾抗清之事，使此续书有了鲜明

---

① 据李忠昌在《古代小说续书漫话》(辽宁教育出版社，1993 年)中按《中国通俗小说总目提要》著录统计，续书约有 150 部，主要产生于清代。

的时代意义。[①]

还有一部《水浒传》续书是《后水浒传》，作者署名为“青莲室主人”，叙梁山好汉纷纷转世投生。宋江转世杨么，卢俊义转世王魔，各路豪杰齐至洞庭湖君山聚义，杨么、王摩被举为大头领。杨么率义军四处征战，诛杀恶官，声势日盛，终为岳飞所败。刘廷玑《在园杂志》卷三评论说：

> 近来词客稗官家，每见前人有书盛行于世，即袭其名，著为后书副之，取其易行，竟成习套。有后以续前者，有后以证前者，甚有后与前绝不相类者，亦有狗尾续貂者……前如《水浒》一书，《后水浒》则二书：一为李俊立国海岛，花荣、徐宁之子共佐成业，应高宗“却上金鳌背上行”之谶，犹不失忠君爱国之旨；一为宋江转世杨么，卢俊义转世王魔，一片邪污之谈，文词乖谬，尚狗尾之不若也。[②]

这一评论就《水浒后传》而言，大体符合实际；就《后水浒传》而言，则略嫌苛刻。后者前有采虹桥上客《序》，其中写道：

> 当此之际，虽有贤臣能将吐胆竭忠，亦莫如之何矣！况妒贤嫉能，犹瞽惑不已。正如人之半身气血已枯，萎如槁木，而只一手一足尚不知惜，犹听信谗谀，日移日促，希图一日之安，即至沉晦丧亡，惟恐盗贼之侵，绝不悔自无才之失算也！……杨么之孝义可嘉，马霳之血性难泯，郃元一味真心，孙本百般好义，至于何能、袁武、贺云龙，皆抱孙吴之雄才大略。设朝廷有识，使之当恢复之任，吾见唾手燕云，数人之功，又岂在武穆下哉！奈何君王不德，使一体之人，皆成敌国；岂不令人叹息，千古兴嗟宋室之无人也！[③]

这一直斥“君王不德”的言论，极为大胆。或许这正是它被刘廷玑们挞伐的原因。而对水浒故事来说，其实也表明了一种新的立场，尽管《后水浒传》的描写并不成功。

在不满原著，续而改之的作品中，清中叶俞万春《荡寇志》最为有名。俞万春在书前说明了自己的态度：

> 这一部书，名唤作《荡寇志》。看官，你道这书为何而作？缘施耐庵

① 胡适曾指出，《水浒后传》“乃是很沉痛地寄托他亡国之思、种族之感的书”，见胡适《水浒续集两种序》，载胡适《中国文学史》（曹伯言编）下册，中华书局，1998年，第732页。

② 《在园杂志》，中华书局，2005年，第124—125页。

③ 丁锡根编著：《中国历代小说序跋集》下册，人民文学出版社，1996年，第1514页。

先生《水浒传》并不以宋江为忠义。众位只须看他一路笔意，无一字不描写宋江的奸恶。其所以称他忠义者，正为口里忠义，心里强盗，愈形出大奸大恶也。圣叹先生批得明明白白：忠于何在？义于何在？总而言之，既是忠义必不做强盗，既是强盗必不算忠义。乃有罗贯中者，忽撰出一部《后水浒》来，竟说得宋江是真忠真义。从此天下后世做强盗的，无不看了宋江的样：心里强盗，口里忠义。杀人放火也叫忠义，打家劫舍也叫忠义，戕官拒捕、攻城陷邑也叫忠义。看官你想，这唤做什么说话？真是邪说淫辞，坏人心术，贻害无穷。此等书，若容他存留人间，成何事体！莫道小说闲书不关紧要，须知越是小说闲书越发播传得快，茶坊酒肆，灯前月下，人人喜说，个个爱听。他这部书既已刊刻行世，在下亦不能禁止他。因想当年宋江，并没有受招安、平方腊的话，只有被张叔夜擒拿正法一句话。如今他既妄造伪言，抹煞真事。我亦何妨提明真事，破他伪言，使天下后世深明盗贼、忠义之辨，丝毫不容假借。[①]

这一番话从多方面说明了《荡寇志》产生的小说史背景。如果我们把《水浒传》的演变及其在后世的影响，包括评点和续书的出现等，看成一脉相承的小说史现象，那么，《荡寇志》的出现就不是偶然的，它既是水浒故事特殊题材所蕴含的思想矛盾不断发酵的结果，也是金圣叹评点《水浒传》的从理论到实践的进一步衍生，同时也是小说传播加剧、影响日益扩大的产物。

俞万春与金圣叹一样，对宋江及其反叛行为深恶痛绝。所以他的《荡寇志》紧接金圣叹腰斩过的七十回本《水浒传》，从七十一回写起，描写宋江等为张叔夜擒拿正法即所谓"荡寇"的故事。不过，书中叙述的陈希真父女受高太尉迫害以致弃家出亡的故事也颇能动人。从艺术上看，陈丽卿、刘慧娘一武一文两个女性形象，刻画得也性格鲜明。由于受当时中西文化交流的影响，此书还穿插了一些西方器械，甚至还有"洋鬼子"出场，也为小说点缀了时代色彩。

而对本朝小说续、仿、改、扩最多的，当属《红楼梦》。有关作品数十余种，其中更有在对《红楼梦》续、仿、改、扩基础上的再度续、仿、改、扩，如《儿女英雄传》从观念上有对《红楼梦》的精神内涵加以改造的意思，由于它的颇具特色，后来又出现了对《儿女英雄传》的仿作，这种不断的续、仿、改、扩，宛若水中涟漪，层层展开，构成了小说史上的独特景观。

---

① 《荡寇志》，人民文学出版社，1981年，第1页。

如果与小说原著相比，大量续、仿、改、扩之作的出现，从总体上意味着小说原创性的降低。因为对一个小说家来说，在前人的基础上创作，毕竟比匠心独运的想象来得容易些。但是，如果从传播的角度看，则续、仿、改、扩之作既是原著的一种延伸，也是续、仿、改、扩之作的作者对依附性价值的一种判断和实践。所以，续、仿、改、扩之作产生的原因，除了文学创作本身的规律性外——如对名著的模仿自古已然，还与小说的商业化传播有很大关系。名著成功的背后，意味着可观的商业利益，而读者对原作意犹未尽的阅读快感和对原作人物命运的关注、好奇，必然促使书商有意识地去组织这方面的书稿。虽然这方面的史料很少，我们通常看到的只是这些小说作者的自诩，但如果不是有意搭名著的"顺风车"，一个小说家有什么真正的理由一定要心甘情愿地带上镣铐跳舞呢？特别是到了《济公传》、《施公案》之类情节结构本来就具有极大开放性的作品，一续再续，连续不断，几乎就完全是商业性质的文学行为了。当一部小说可以自由抻长时，小说史仿佛失去了尽头。当然，它也就可以随时打住了，除非有某种契机使它改变原来的轨道。

即使只从续、仿、改、扩来看，契机也是存在的。实际上并非所有的续、仿、改、扩都是亦步亦趋地接续原著，有的不过是希望借助原著的巨大影响，旧瓶装新酒，叙写自己对社会生活的新认识。这种旧瓶装新酒式的续书，在清末民初表现得尤为普遍。如吴趼人的《新石头记》共四十回，前半部写宝玉在北京、天津等"野蛮世界"中的遭遇，揭露清末社会的腐败；后半部则写宝玉进入"文明世界"的经历与见闻，表达了作者对现代科技的推崇与改造社会的愿望。类似的还有《新西游记》、《新三国志》等。在这些作品中，南武野蛮的《新石头记》也许最具象征意义。这部小说更叙及黛玉原来没有死，去日本留学后在"大同学校"担任英文与哲学教授。宝玉从上海到日本找到黛玉，黛玉却不再以儿女私情为念，劝宝玉也在日本留学，以便将来回国开导民智、唤醒同胞。后来大清皇后和日本皇帝赐婚，已返老还童的宝、黛终于结合了。从内容上看，这部作品新旧并陈，既有维新的意识，也有传统尊君主、大团圆的心理。从形式上看，则仍旧沿袭着章回小说的体制[①]。虽然这一时期的章回小说已经有了报刊作为新的载体，但体制上基本没有变化。也就是说，尽管在旧的形式中可以加进新的内容，却不足以促成文体的本质

① 章回小说体制的变化，可参看陈美林等著《章回小说史》（浙江古籍出版社，1998年）第六章第二节《章回小说的变异》。

性改变，何况其中的内容还并不是全新的。真正的“小说界革命”有待于社会文化的全面革命。

总之，续、仿、改、扩之作在清代的大量出现，不应简单地看成创作力的衰退，它实际上也昭示着中国古代小说在接续中发展的内在规律。对一部具体的小说来说，它的艺术生命不仅存在于作品的接受过程中，也存在于对它的不断效仿中。一系列这样的效仿，就构成了小说史最为清晰的线索。当然，小说史不是单线发展的，它还受制于整个社会文化的变化。当晚清旧瓶装新酒式的作品大量涌现时，清代小说才在小说史上真正完成了自己的全部使命。

二、《红楼梦》的续书

如上所述，在续、仿、改、扩之作中，以《红楼梦》为出发点的作品最多[①]，这表明了《红楼梦》的实际影响，也从一个侧面表明了世情题材仍是小说创作的兴奋点。由于这些小说不是单纯的创作，除了续补《红楼梦》外，还有的同时针对其他续书，构成了一个以《红楼梦》为中心的、通过小说这一文体展开的精神对话，而这可能才是这些作品从总体上不应被忽视的原因。

《红楼梦》续书大多是围绕宝黛婚姻的结局来做文章的，由于程高本的《红楼梦》是以悲剧形式结尾的，这不太符合传统小说的叙事模式及其相应的接受习惯，因此，这些续书往往通过林黛玉的复生、转世，改变原著既定的人物命运。

逍遥子的《后红楼梦》、秦子忱的《续红楼梦》、归锄子的《红楼梦补》等都描写了林黛玉的死而复生。在《后红楼梦》中，一僧一道乃是妖人，贾政救回被他们拐走的宝玉。而黛玉也从棺中复苏，一心向道，对宝玉却十分冷淡。宝玉因此极为郁闷，又误听傻大姐说黛玉要嫁他人，几欲吐血身亡。几经波折，宝玉终于得偿所愿。与原著相比，此书中的黛玉表现得极有主见。秦子忱的《续红楼梦》详述贾府逝世人物魂归仙界和地府的过程，宝、黛、钗的儿女之情也得到了长辈的成全，一床三好，而宝玉则中了进士，点了翰林，官登极品。类似的还有梦梦先生的《红楼圆梦》叙黛玉还魂，得朝廷降旨与宝玉成亲，“薛氏着即离异归宗，毋任鹊巢鸠占，致干察究”（第四回）。黛玉“正位”后，捐弃前嫌，求圣命封宝钗为淑人，亲迎归府。归锄子的《红楼梦补》作于《后红楼梦》、《续红楼梦》等之后，“补恨”意识更为突出。犀脊山樵在《序》

---

① 参见赵建忠：《红楼梦续书研究》，天津古籍出版社，1997年。

中称：

> 归锄子乃从新旧接续之处，截断横流，独出机杼，结撰此书，以快读者之心，以悦读者之目。余因之而重有感矣！夫前书乃不得志于时者之所为也。荣府群艳，以王夫人为之主，乃王夫人意中，则以宝钗为淑女，而袭人为良婢也。然宝钗有先奸后娶之讥，袭人首导宝玉以淫，是淑者不淑，而良者不良，譬诸人主，所谓忠者不忠，贤者不贤也。又王夫人意中疑黛玉与宝玉有私，而晴雯以妖媚惑主，乃黛玉临终有"我身干净"之言，晴雯临终有"悔不当初"之语，是私固无私，惑亦未惑，譬诸人臣，所谓忠而见疑，信而被谤也。归锄子有感于此，故为之雪其冤而补其阙，务令黛玉正位中宫，而晴雯左右辅弼，以一吐其胸中郁郁不平之气。斯真炼石补天之妙手也！其他如香菱，如鸳鸯如玉钏，如小红，如万儿，如龄官，一切实命不犹之人，慈悲普渡，俾世间更无一怨旷之嗟。此元人所云"愿天下有情人都成眷属"，即圣贤所云"王如好色与百姓同之"者也。前书事事缺陷，此书事事圆满，快心悦目，孰有过于此乎？[①]

所以在第一回，作者就称要"将《红楼梦》截去后二十回；补其缺陷，使天下后世有情的，都成了眷属"。书中黛玉复活后被送回扬州，宝玉为寻找黛玉离家出走。在神仙的帮助下，与黛玉再次相会，终成良缘。潇湘馆发现巨大藏金，黛玉利用这笔天赐财富振兴贾府。宝钗则因为宝玉出走，一病不起，附魂于刚刚去世的张员外女儿，与宝玉再结良缘。

另外还有一些续书则描写宝黛等人身后的故事，如在海圃主人的《续红楼梦》中，宝钗产下一子，取名为贾茂。贾茂偶遇贾雨村、甄士隐，知道自己实为通灵玉，奉玉帝之命下凡，助朝廷立国，与前世沉湎于温柔乡大不相同。陈少海的《红楼复梦》中，宝玉转世为祝梦玉，黛玉转世为松彩芝。宝玉与十二钗互定盟约，共结情缘，得遂心愿。不过，此书又叙十二金钗以宝钗为帅，众女为将，平定番邦，这样的描写就有些莫名其妙了。王兰沚的《绮楼重梦》叙宝玉的转世为宝钗之子小钰，黛玉转世为湘云之女舜华，小钰通过殿试，成为将帅，带兵讨伐倭国，凯旋回朝，贾府得以复兴。皇帝命将舜华等四人通配给小钰做夫妻。

上述续书无论从什么角度展开描写，有一点是共同的，那就是它们大多力图以"大团圆"的结局，弥合《红楼梦》悲剧情节给人们心理上造成的难以

---

① 《红楼梦补》，北京大学出版社，1988年，第2—3页。

释怀的痛惜。而正是这一至关重要的思想倾向，决定了它们永远无法达到《红楼梦》所达到的高度。如花痴主人在《红楼幻梦》自序中就说到，由于《红楼梦》“欢洽之情太少，愁绪之情苦多”，“阅之伤心，适足令人酸鼻”，为了“使世人破涕为欢，开颜作笑”，“于是幻作宝玉贵、黛玉华、晴雯生、妙玉存、湘莲回、三姐复、鸳鸯尚在、袭人未去，诸般乐事，畅快人心，使读者解颐喷饭，无少欷歔”。这种不顾现实、也有违原著叙事逻辑的编造，与《红楼梦》的深刻描写是不可同日而语的。也许，正如托尔斯泰在《安娜·卡列尼娜》开篇所说：幸福的家庭都是一样的，不幸的家庭各有各的不幸。如果说《红楼梦》写出了一个大家庭的不幸，并由此奠定了它在中国小说史上的特殊地位，那么，众多的《红楼梦》续书只是围绕“幸福”来做文章，就不可能摆脱千篇一律的怪圈，从而也就不可能以独特的文学价值赢得读者广泛的青睐。

耐人寻味的是，这些续、仿、改、扩之作，如果单从艺术上说，例如从它们对语言的运用、情节的设计等方面说，其实水平并不算低，不少甚至可以说在平均线之上；如果它们不是出现在《红楼梦》之后，而是出现在明代某个时候，很可能成为小说史上值得称道的作品。事实上，这些续书的作者有较强的文体意识，也不乏小说创新意识。例如秦子忱《续红楼梦》前《凡例》称：

> 书内诸人一切语言口吻，悉本前书，概用习俗之方言。如“昨儿晚上”、“今儿早起”、“明儿晌午”，不得换“昨夜”、“今晨”、“明午”也；又如“适才”之为“刚才儿”，“究竟”之为“归根儿”，“一日、两日”之为“一天、两天”，“此时、彼时”之为“这会子、那会子”皆是也。以一概百，可以类推。盖士君子散处四方，虽习俗口头之方言亦有各省之不同者，故例此则以便观览，非敢饶舌也。[①]

陈少海的《红楼复梦》前有《凡例》称：

> 此书共计百回，事繁而杂，如提九莲灯，本于一线，不似他书头绪一多不遑自顾。
>
> 凡小说内才子必遭颠沛，佳人定遇恶魔，花园月夜，香阁红楼，为勾引藏奸之所；再不然公子逃难，小姐改妆，或遭官刑，或遇强盗，或寄迹尼庵，或羁楼异域，而逃难之才子，有逃必有遇合，所遇者定系佳人才女，极人世艰难困苦，淋漓尽致，夫然后才子必中状元、作巡按，报仇雪

① 《续红楼梦》，北京大学出版社，1988年，第4页。

恨，聚佳人而团圆。凡小说中，舍此数项，无从设想。此书百回，另成格局。①

比起以前的很多小说家来，他们对小说文体与题材的把握是相当自觉的。具体描写，也不无可圈可点之处。如秦子忱《续红楼梦》第二十卷中的一段：

[贾母]说毕，又往下首一看，坐的乃是史湘云，由不得叹了一口气，道："嗳！我的云丫头倒怪可怜见儿的，我从小儿瞧她，我只说他是一个有福气的，长的模样儿纯纯厚厚的，说个话儿豁豁绰绰的，那知道他的命倒比别人不及呢！"说的史湘云眼圈儿一红，早流下泪来。贾夫人见了，忙用别话打岔。

贾母也会过意来，乃向探春笑道："你女婿人儿怎么样？今年多大年纪了？"探春笑道："今年二十一岁了，书也读了好些，字儿写的也好，只是打心里不爱念书，爱的是拉弓跑马的这些事。"贾母听了笑道："是哦，武将家的公子，多一半儿都不爱念书，老鹳窝里原没有凤凰的，只要认得几个字儿，不是个白眼窝也就罢了……"②

其中写贾母口吻，极为生动贴切。又如归锄子《红楼梦补》第二十六回描写宝黛成亲时，宝钗的丫环莺儿的痛苦心理：

这一天宝玉做亲，莺儿看见益增凄楚，也不出去瞧戏，闷坐在自己屋里。到晚上孤灯相对，只听内外鼓乐之声不绝，想起他姑娘，心中伤感，走出外间设灵之所，连穗帐都已除去，一室空空，棺柩又远停铁槛寺，呆呆站了一会，仍回房内。……此时莺儿住的屋子冷静，犹如从前宝玉同宝钗做亲的时候，那边潇湘馆里没有一个人去走动的光景。讲到宝玉娶的宝钗，哄宝玉说是林姑娘，莺儿是知道的，想林姑娘也受过委曲。宝玉出去做了和尚，一辈子不回来倒也罢了，那知把我姑娘怄死，他和尚做不成回来，仍旧娶了林姑娘。虽然是各人的缘分，但我姑娘不能死而复生，这冤苦好比沉于海底。我在这里住一天，看了他们，增一天的怨气。就便离了这地方，也活得无趣味，不如寻个自尽，找着姑娘同在阴司里过日子，倒比阳间还自在些……

……

莺儿自向黛玉磕头道喜。黛玉见他面容惨淡眼带泪痕，心上甚是

① 《续红楼梦》，北京大学出版社，1988年，第4页。

② 同上书，第258页。

可怜他，把好言劝慰一番，叫他挪了过来，别孤孤凄凄的一个人在那里尽管伤心。那莺儿并不是个糊涂人，虽然痛他姑娘，却不能怨恨到黛玉身上，今见黛玉如此待他，也甚感激，便改口叫奶奶道："我来服事奶奶愿意，就不愿伺候别人。奶奶这里难道短了我这个丫头，也不过可怜着我。我求奶奶说个情，送我到一个地方去就感戴不尽。"黛玉道："你想到那里去呢？"莺儿道："我要去跟四姑娘。"黛玉已明白莺儿心事，便道："你要跟四姑娘不难，且到这里来住几天，等我和四姑娘说了，叫你过去就是。"当下叫老婆子跟莺儿去把他的东西搬了来，说："不要你伺候别人，闲着到园子里去逛逛，再撅些柳枝子来编几个花篮给我瞧瞧。"莺儿笑笑，引着老婆子去搬他的东西，只得权在潇湘馆住下。[①]

这一描写也真切动人，显示出作者的艺术水平。

尽管如此，由于续书大多刻意模仿，而又改变了原著最基本的精神命脉，因而注定只能成为小说发展中的泡沫，这在一定程度上也是清代小说创作的缩影。

三、《儿女英雄传》

《儿女英雄传》中曾提到《品花宝鉴》，而《品花宝鉴》刊行于道光二十九年（1849），故《儿女英雄传》当成于这之后。此书的作者文康，生卒年未详，满族镶红旗人，是大学士勒保次孙。勒保在乾隆、嘉庆年间曾任陕甘等地总督及武英殿大学士、军机大臣等职。文康本人"以赀为理藩院郎中，出为郡守，洊擢观察，丁忧旋里，特起为驻藏大臣，以疾不果行，遂卒于家"[②]。晚年诸子不肖，家道中落，遂著此书以自遣。

文康所经历的政治、家庭的衰落，与曹雪芹的家世有相近之处，但思想却迥然不同。他批评曹雪芹"不知合假托的那贾府有甚的牢不可解的怨毒，所以才把他家不曾留得一个完人，道着一句好话"（第三十四回）。所以，在自创的小说中，就极力描写一个五伦全备的完美家庭。

文康既不满意《水浒传》中梁山好汉的"好勇斗狠"，又认为《红楼梦》"谈空谈色，半是宣淫"，为此，他树立了"儿女英雄"的理想人格。在小说的《缘起》中，他提出"有了英雄至性，才成就得儿女心肠；有了儿女真情，才作得出

---

① 《红楼梦补》，北京大学出版社，1988年，第290—291页。

② 马从善：《儿女英雄传序》，引自丁锡根编：《中国历代小说序跋集》下册，人民文学出版社，1996年，第1592页。

英雄事业”，而他乃是“作一场儿女英雄公案，成一篇人情天理文章，点缀太平盛世”。小说的男主人公安骥，字龙媒，是世族旧家子弟。他因父亲安学海为上司所陷，乃千里救父，夜宿能仁寺遇难，幸得侠女十三妹相救。又由十三妹做主，与同时被救出的村女张金凤结成姻缘。十三妹即何玉凤。她也因父亲中军别将何杞为大将军纪献唐所害，避居他乡，伺机复仇。后来得知仇人已诛后，自己也嫁给了安骥。此后的何玉凤，与先前“十三妹”的侠义面目不同，不但善于理家敛财，又热衷功名，鼓励丈夫“奋志成名，力求上进”。而安骥果然连中举人、进士，官运亨通，“辨了些疑难大案，政声载道，位极人臣”，“金、玉姊妹各生一子，安老夫妻寿登期颐，子贵孙荣”（第四十回）。这一父严母慈、子孝媳贤、全家和睦安详的景象，正是文康所谓“人情天理”的表现。

《儿女英雄传》中最突出的可能是侠女十三妹的形象，这是作者心目中的满汉妇女的典范，她既有豪爽大方的女侠风度，又秉承了传统闺范中女性相夫持家的传统。她曾经侠气冲天，为了养母，勇劫不义之财；路见不平，则拔刀相助。她曾对张金凤说：“你这话更可不必。你我不幸托生个女孩儿，不能在世界上轰轰烈烈作番事业，也得有个人味儿。有个人味儿，就是乞婆丐妇，也是天人；没些人味儿，让他紫诰金闺，也同狗彘。”这种口气，在古代小说中确实是罕见的。不过，婚后的何玉凤，就像换了一个人，第三十回她有一大篇劝丈夫读书上进的话：

> 公子听了这话，便有些受不住，不似先前那等柔和了。只见他沉着脸，垂着眼皮儿，闭着嘴，从鼻子里“吭”了一声，把身子挪了一挪，歪着头儿向何小姐道：“听得进去便怎么样！听不进去便怎么样？我倒请问其目！”他那意思，想着要把乾纲振起来，熏他一熏，料想今日之下的十三妹也不好怎样。再不想这位十三妹可是熏得动的？他却也不怎样，只把嗓子提高了一调，说道：“听得进去，莫讲咱们屋里这点儿小事儿，便是侍奉公婆，应酬亲友，支持门户，约束家人，筹画银钱，以至料量薪水米盐这些事，都交给我姊妹两个。侍奉公婆是我两个的第一件事，但有不周，许你责备；支持外面是我的事，料理里面是他的事。公婆只乐得安养，你只一意读书。但能如此，我姊妹纵然给你暖足搔背，扫地拂尘，也甘心情愿，还一定体贴得你周到，侍奉的你殷勤。听不进去，我两个又有甚么法儿呢？左是这个院子，我两个便退避三舍，搬到那三间南倒座去同住，尽着你在这屋里嘲风弄月，诗酒风流，我两个绝不敢来过问，白日里便在上屋去侍奉公婆，晚间回房作些针黹，乐得消磨岁月，免

得到头来既误了你，还对不住公婆，落了褒贬。”[①]

如果说还有什么与众不同的，就是她还敢于当着“站着一地的丫鬟仆妇”的场合，教训丈夫。但在旧的伦理道德与行侠仗义、儿女情长乃至后二者之间，却有矛盾的地方，以致如鲁迅在《中国小说史略》所说：“遂致性格失常，言动绝异，矫揉之态，触目皆是矣。”

《儿女英雄传》值得称道的可能同样也在于文康对小说文体的把握上。书中有不少作者的提示，表明了他对全书结构的用意。如第二十九回他说：“这部书前半部演到龙凤合配，弓砚双圆。看事迹，已是笔酣墨饱；论文章，毕竟不曾写到安龙媒正传。”说明他心目中的小说重点，是为安骥作传。在第三十三回开头，他又说：

> 这书虽说是种消闲笔墨，无当于文，也要小小有些章法。譬如画家画树，本干枝节，次第穿插，布置了当，仍须绚染烘托一番，才有生趣。如书中的安水心、佟儒人，其本也；安龙媒、金玉姊妹，其干也，皆正文也。邓家父女、张老夫妻、佟舅太太诸人，其枝节也，皆旁文也。这班人自开卷第一回直写到上回，才算一一的穿插布置妥贴，自然还须加一番烘托绚染，才完得这一篇造因结果的文章。[②]

由此可见，对作品的谋篇布局，文康是有通盘考虑的。

文康还很喜欢在小说中与拟想的读者对话，而在插入这种议论时，他总是力图使之与小说的叙述相配合。如第十六回叙及褚一官起身去取纸笔时，他写道：

> 列公，趁他取纸的这个当儿，说书的打个岔。你看这十三妹，从第四回书就出了头，无名无姓，直到第八回，他才自己说了句人称他作十三妹，究竟也不知他姓某名谁，甚么来历。这书演到第十六回了，好容易盼到安老爷知道他的根底，这可要听听他的姓名了，又出了这等一个西洋法子，要闹甚么笔谈，岂不惹听书的心烦性躁么？
>
> 列公，且耐性安心，少烦勿躁。这也不是我说书的定要如此，这稗官野史虽说是个顽意儿，其为法则，则与文章家一也：必先分出个正传、附传，主位、宾位，伏笔、应笔，虚写、实写，然后才得有个间架结构。即如这段书，是十三妹的正传，十三妹为主位，安老爷为宾位，如邓、褚诸

---

① 《儿女英雄传》，人民文学出版社，1983年，第580—581页。

② 同上书，第636页。

人，并宾位也占不着，只算个“愿为小相焉”。但这十三妹的正传都在后文，此时若纵笔大书，就占了后文地步，到了正传写来，便没些些气势，味同嚼蜡。若竟不先伏一笔，直待后文无端的写来，这又叫作“没来由”，又叫作“无端半空伸一脚”，为文章家最忌。然则此地断不能不虚写一番，虚写一番，又断非照那稗官家的“附耳过来，如此如此”八个大字的故套可以了事，所以才把这文章的筋脉放在后面去，魂魄提向前头来。作者也煞费一番笔墨！然虽如此，列公却又切莫认作不过一番空谈，后面自有实事，把他轻轻放过去。要听他这段虚文合后面的实事，却是逐句逐字针锋相对。列公乐得破分许精神，寻些须趣味也！[1]

待上面的议论写完了，文康又以一句“剪断残言，却说那褚一官取了纸笔墨砚来”，引回到叙述中来，使议论与小说的整体相融无间。

《儿女英雄传》最受人赞赏的还是其中的语言。例如在第五回末，写恶和尚要拿刀刺向安骥——

只听噗！“嗳呀”！咕咚！当啷啷！三个人里头先倒了一个。[2]

这一描写十分简洁，到了下一回开头，作者就作了一番解释，原来是十三妹在紧要关头赶来营救，用铁弹子打向那和尚，“谁想他的身子蹲得快，那白光儿来得更快，噗的一声，一个铁弹子正着在左眼上……只疼得他‘哎哟’一声，‘咕咚’往后便倒。‘当啷啷’，手里的刀子也扔了”。作者就用这几个象声词，精确生动地将那危急的场面传达出来了。

在人物语言方面，《儿女英雄传》也令人如闻其声。如第九回叙十三妹救助安骥、张金凤和张老夫妻后，要安排他们上路，提到鬼不可怕：

张老听了，先说道：“姑娘的话也有个不信的？可是说的咧！不过怕来个人儿闯见，闹饥荒。鬼可怕他作傢啥呀？我们作庄稼的，到了青苗在地的时候，那一夜不到地里守庄稼去，谁见有个鬼耶？”安公子接着说道：“是啊！鬼神者，二气之良能也。以二气言，则鬼者，阴之灵也；神者，阳之灵也。以一气言，则引而伸者为神，返而归者为鬼，其实一物而已。怕他则甚！怕他则甚！——只是姑娘，到底怎样打发我们上路？”[3]

同样是说鬼，张老与安骥口吻全然不同，显示出两人的不同身份与性格。

---

① 《儿女英雄传》，人民文学出版社，1983年，第269—270页。

② 同上书，第137—138页。

③ 同上书，第85页。

《儿女英雄传》的语言艺术与作者的审美趣味是联系在一起的。比如第二十八回写安骥与何玉凤成亲时，有这样一段：

> 你道他因甚的笑将起来？原来他因被这位新娘磨得没法儿了，心想，这要不作一篇偏锋文章，大约断入不了这位大宗师的眼。便站在当地向姑娘说道："你只把身子赖在这两扇门上，大约今日是不放心这两扇门。果然如此，我倒给你出个主意，你索兴开开门出去。"不想这句话才把新姑娘的话逼出来。他把头一抬，眉一挑，眼一睁，说："啊？你叫我出了这门到那里去？"
>
> 公子道："你出了这屋门，便出房门，出了房门，便出院门，出了院门，便出大门。"姑娘益发着恼。说道；"你吼待轰我出大门去？我是公婆娶来的，我妹子请来的，只怕你轰我不动！"公子道："非轰也。你出了大门，便向正东青龙方，奔东南巽地，那里有我家一个大大的场院，场院里有高高的一座土台儿，土台儿上有深深的一眼井……"
>
> 姑娘不觉大怒，说道："哇！安龙媒！我平日何等待你，亏了你那些儿？今日才得进门，坏了你家那桩事？你叫我去跳井？"公子道："少安无躁，往下再听。那口井边也埋着一个碌碡，那碌碡上也有个关眼儿。你还用你那两个小指头儿扣住那关眼儿，把他提了来，顶上这两扇门，管保你就可以放心睡觉了。"姑娘听了这话，追想前情，回思旧景，眉头儿一逗，腮颊儿一红，不觉变嗔为喜，嫣焉一笑。只就这一笑里，二人便同入罗帏，成就了百年大礼。①

在现实生活中，这样的对话是不太可能发生的，但作者却通过人物性格不同的语言特点所造成的喜剧冲突，构成了一个趣味盎然的场景。所以胡适的《儿女英雄传序》中说："《儿女英雄传》的最大长处在于说话的生动与风趣，为了这点子语言上的风趣，我们真愿意轻轻地放过这书内容上的许多陋见与腐气了。"

第二节　狭邪小说中的"自恋"

在才子佳人小说的热潮消退后，狭邪小说应运而生，如《品花宝鉴》、《花

---

① 《儿女英雄传》，人民文学出版社，1983年，第528页。

月痕》、《青楼梦》等。这两类小说最明显的变化就是，作为小说男主人公的才子身份没有变化，但女主人公却从贵族小姐变成了青楼妓女，在这种转变中，我们可以感受到文人小说家挥之不去的“自恋”情结。当他们从才子佳人的“飞花艳想”中清醒过来时，并没有认真地反思自己的社会角色，而是将梦想换了一个场所继续展开，这个地方就是青楼妓馆。寻找风尘知己，并在寻找的过程中把自怨自艾的感慨书写得比梦想更淋漓尽致。但是，这并不是狭邪小说的全部内涵，在梦想位移的同时，一些作品也因而触及了比才子佳人小说更广阔的社会背景。如果说才子佳人小说中的才子们寄意于飞黄腾达，矛盾往往被引向忠奸冲突，狭邪小说正面表现的实际上是才子们的生存问题，矛盾大多与世俗社会的人际摩擦有关。从这一角度看，从才子佳人小说到狭邪小说，反映了文人精神衰退与回归世俗的另一路径。应该说，这一路径由于贴近了近代都市的发展步伐，因此，对小说史来说，是有某种积极意义的。

狭邪小说的产生除了小说史内在的原因外，也有社会文化与政治的原因。明清以来戏曲的持续发展，使优伶业兴旺发达起来，与优伶的交往成为文人精神生活的一个组成部分。而清初曾经严禁官绅狎妓，娼妓业一度得到一定程度的控制；一些达官贵人及其子弟和文人士大夫转而以扮演旦角的伶人为狎玩对象，导致了优伶业的繁荣。特别是在嘉庆年间，据邱炜萲《菽园赘谈》记载：“京师狎优之风，冠绝天下，朝贵名公，不相避忌，互成惯熟。”到了乾隆时期，娼妓业重新兴起，特别是到了道光、咸丰二朝，娼妓业更在一些大都市出现了畸形繁荣的局面。如关于北京的娼妓业，就有这样的记载：

> 咸丰时，妓风大炽，胭脂、石头等胡同，家悬纱灯，门揭红帖，每过午，香车络绎，游客如云，呼酒送客之声，彻夜震耳。士大夫相习成风，恬不知怪，身败名裂，且有因之褫官者。[①]

《品花宝鉴》、《花月痕》等狭邪小说的出现，也是这种社会现实的反映。

《品花宝鉴》六十回，被认为是狭邪小说的开山之作。刊印于咸丰二年(1852)，作者陈森，长期以做幕僚为生，道光中居北京，常出入于优伶之间。此书描写青年才子梅子玉与男伶杜琴言的同性恋故事，兼及其他才士、名伶的风流韵事。主人公分别名“玉”、“言”，或有“寓言”之意；但从全书来看，其

① 徐柯：《清稗类钞》第十一册“娼妓类”，中华书局，1986年，第5155页。

实并无特别深隐内涵。

《品花宝鉴》的贡献主要是丰富了小说史的题材内容，其中最为突出的当然是对乾嘉时期戏曲繁荣局面的描写，从戏班戏子、戏园布局、演出实况、场内买卖到“堂会”、“传差”等，无不有生动、具体的表现。同时，对京城人情世态的描写，也有他书所未及者，如第五十一回对“缝穷婆”的描写等。而陈森的叙述水平也在一般小说作者之上，如第六回写梅子玉看琴官演《惊梦》的情景：

> 子玉倒有些不放心，恐琴官也未必压得下这苏惠芳，且先聚精会神等着。上场门口，帘子一掀，琴官已经见过二次，这面目记得逼真的了。手锣响处，莲步移时，香风已到，正如八月十五月圆夜，龙宫赛宝，宝气上腾，月光下接，似云非云的，结成了一个五彩祥云华盖，其光华色艳非世间之物可比。这一道光射将过来，把子玉的眼光分作几处，在他遍身旋绕，几至聚不拢来，愈看愈不分明。幸亏听得他唱起来，就从“梦回莺啭”，一字字听去，听到“一生爱好是天然”、“良辰美景奈何天”等处，觉得一缕幽香，从琴官口中摇漾出来，幽怨分明，心情毕露，真有天仙化人之妙。再听下去，到“一例、一例里神仙眷，甚良缘，把青春抛的远”，便字字打入子玉心坎，几乎流下泪来，只得勉强忍住再看那柳梦梅出场，唱到“忍耐温存一晌眠”，聘才问道：“何如?”子玉并未听见，魂灵儿倒像附在小生身上，同了琴官进去了。偏有那李元茂冒冒失失走过来，把子玉一拍，道：“这就是琴官，你说好不好?”倒把子玉唬了一跳。众人都也看得出神。①

这一描写，将戏曲演出与人物的感受融为一体，颇见工力。实际上，在小说的叙述技巧方面，陈森对前代作品多有继承与发展。如第三回写魏聘才初到京城戏园中看戏，“遍看联锦班的报子……见一个戏园写着三乐园，是联珠班。进去看时，见两旁楼上楼下及中间池子里，人都坐满了……望着那边楼上，有一班像些京官模样，背后站着许多跟班。又见戏房门口帘子里，有几个小旦……远远看那些小旦时，也有斯文的，也有伶俐的，也有淘气的……又见一个闲空雅座内，来了一个人。这个人好个高大身材，一个青黑的脸，穿着银针海龙裘……只见一群小旦蜂拥而至，把这一个大官座也挤得满满的了。见那人的神气好不飞扬跋扈，顾盼自豪……正在看他们时，觉得

---

① 《品花宝鉴》，上海古籍出版社，1990年，第91页。

自己身旁,又来了两个人。回头一看:一个是胖子,一个生得黑瘦……忽见那个热闹官座里,有一个相公,望着这边,少顷走了过来……”整个这一大段情节,完全从魏聘才的旁观写出。在内视点的运用上,比金圣叹所称赞的《水浒传》中“全从小二眼中写出”有过之无不及。关键在于,这种与人物的观感联系在一起的叙述,比纯客观的介绍更丰富。又如本书在前面的章节中曾提到《西游补》、《鸳鸯针》中对举子望报心态的描写,《品花宝鉴》中也有类似的场面,第三十二回写“众名士萧斋等报捷”,就将整个传报过程细致地展示出来,足见作者对其情形的熟悉与表现能力。

魏秀仁的《花月痕》将焦点对准了青楼,这部五十二回的小说描写了韦痴珠和刘秋痕、韩荷生和杜采秋两对才子和名妓的爱情故事。作者采用了对比式的结构展开人物描写:一条线索描写韦痴珠与刘秋痕的悲剧命运,韦痴珠文采风流,倾动一时,却怀才不遇,最后贫病而死;而刘秋痕也因鸨母作恶,未能与痴珠成亲,自缢殉情。另一条线索则带有理想色彩,韩荷生才兼文武,通过做幕宾,参机要,步入仕途,屡建奇功,并因战绩卓著而封侯,杜采秋也随之封为一品夫人。魏秀仁一生科场蹭蹬,穷愁潦倒,韦痴珠、韩荷生分别寄托了他的感慨与愿望。

在情调上,《花月痕》颇受《红楼梦》的影响,在第二十五回“影中影快谈《红楼梦》”,作者特意通过人物之口对《红楼梦》大加评论,并指出《红楼补梦》、《红楼复梦》等续书中的园林描写与人物缠绵悱恻感情的表现,都有《红楼梦》的影子。当然,由于人物身份不同,其心理又别有一种苦楚,如第三十八回:

> (痴珠)吃了早饭,便来秋心院,只见院中静悄悄的,步入里间。秋痕头也没梳,手拿一本书,歪在一个靠枕上看,抬头瞥见痴珠,坐起笑道:“你来么?”就走下地来。痴珠也笑道:“荷生去了,我无聊得狠。”秋痕携着痴珠的手道:“天下事都要翻转来看,譬如你当初不认得荷生,他走他的路,你自然不想着他。就是我……”说到这一句,便和痴珠坐下,噎着咽喉,说不下去了。痴珠惨然。
>
> 停一会,秋痕又说道:“我没爹没妈,孤苦伶仃一个人,又堕在火坑,死了自然是干净。你怎好……”说到这三字,竟哭起来。痴珠道:“怎的?”秋痕便咽道:“痴珠,痴珠!你也该晓得,梧仙是心已粉碎,肠已寸断了!”痴珠忍不住也掉下泪。①

---

① 《花月痕》,人民文学出版社,1982年,第309—310页。

这一场面与《红楼梦》描写宝玉到潇湘馆似是而非，其间不同之处就在人物卑微身份所带来的悲哀。就这一点而言，《花月痕》自有独到的价值。

《花月痕》小说文本穿插的众多诗词中，大量直接引用魏秀仁的旧作。蒋瑞藻《小说考证》卷八引《小奢摩馆脞录》云：

> 子安早岁负文名，长而游四方，所交多一时名士。喜为狭邪游，所作诗词骈俪，尤富丽瑰缛。中年以后，乃折节学道，治程朱学最邃，言行不苟，乡里以长者称，一时言程朱者宗之。晚岁则事事为身后志墓计，学行益高，唯时念及早岁所为诗词，不忍割弃，乃托名眠鹤主人，成《花月痕》说部十六卷，以前所作诗词，尽行填入，流传世间，即今所传本也。①

而这些诗作不是简单地如传统白话小说那样，在于刻画肖像、写景状物或发表议论，也不是纯粹为了增强小说的美学风貌，而是涉及到整部《花月痕》小说的题材来源、人物原型及主题寄寓等关键问题。通过小说情节、用诗与魏秀仁经历的比对，我们可以发现小说中的一些描写，实与魏秀仁密切相关。魏秀仁与妓女刘梧仙（字秋痕）、水芙蓉（字采秋）的真实情事，均被魏秀仁如实写入《花月痕》小说，甚至连两位女主角的名字"秋痕"、"采秋"，都未作丝毫改动。而小说中引用的他的相关诗作，也是他在生活中为此二人所作。因此，这种引用是一种自恋。也正因为如此，"痴珠"与"秋痕"的苦恋，被描摹得酣畅淋漓、入木三分。其中包含了魏秀仁独特的体验。②

《花月痕》作为文人小说的文本特点除了诗词外，还多有表现。例如书中插入议论的方式就较其他章回小说突出，如第二十二回末尾：

> 看官听着：千古说个才难，其实才不难于生，实难于遇。有能用才之人，竹头木屑皆是真才；倘遇着不能用才之人，杞梓楩楠都成朽木！而且天之生才，亦厄于数，有生在千人共睹的地方，雨露培成之后，干霄蔽日，便辇去为梁为栋，此是顺的；有生在深岩穷谷，必待大匠搜访出来，这便受了无数风饕雪餮，才获披云见日，此也算是顺的；至如参天黛色，生在人迹不到的去处，任其性之所近，却成个偃蹇支离，不中绳尺，到年深日久，生气一尽，偃仆山中，也与草木一般朽腐。王荆公所谓"神

① 《小说考证》，上海古籍出版社，1984年，第278—279页。

② 参见潘建国：《〈花月痕〉小说引诗及本事新考》，见其《古代小说文献丛考》，中华书局，2006年，第187页。

奇之产，销藏委翳于蒿藜榛莽之间，而山农野老不复知为瑞也”，这真是冤！在天何尝不一样的生成他？怎奈他自己得了逆数，君相无可如何，天地亦无可如何！你要崛强，不肯低首下心听凭气数，这便自寻苦恼了！①

按照章回小说的叙事惯例，在回末通常是设置悬念，以利下一回展开描写，而这里却以议论结尾，反映了作者强化观念意识表达的愿望。而议论中对“才不难于生，实难于遇”的感慨，反映的也正是他心中的郁闷。

在人物性格方面，这种文人的思想情趣也表现得很明显。如第二回提到痴珠曾上《平倭十策》，第三十一回又叙及秋痕为痴珠曾提到要作《鸦片叹》乐府而写了篇序，痴珠则说：“我是不止说这个，还有几多时事，通要编成乐府哩。头一题是《黄雾漫》，第二题是《官兵来》，第三题是《胥吏尊》，第四题是《钞币弊》，第五题是《铜钱荒》，第六题是《羊头烂》，第七题是《鸦片叹》，第八题是《卖女哀》。”这都流露出作者对时事政治的关注。同样，书中也有一些炫耀才学的内容，如第二十一回，痴珠引经据典，大谈髻、眉、缠足、首饰等的演变，用荷生的话说：“痴珠今日开了书厨。”这种描写与才学小说有相似之处，不过，在狭邪小说中，才学的品味降低。上面提到的《品花宝鉴》也是如此，如此书第三十八回也大谈学问，其中虽然也有金石版本、音韵易理之学，但作者借人物之口更津津乐道的还是虱子见于何书为古、历代文词诗赋中的美人描写、缠足之始与尺寸之类。这也可以说是一种趣味的趋俗。

俞达的《青楼梦》，六十四回，刻意模仿《红楼梦》。《红楼梦》有所谓正册、副册、又副册，合为三十六钗，而《青楼梦》中就凑出了三十六妓。主人公金挹香以自己的才情博得了众名妓的青睐，并娶其中五人为妻妾，同时，他又花钱捐官，在仕途上也很顺畅，实现了“游花国，护美人，采芹香，掇巍科，任政事，报亲恩，全友谊，敦琴瑟，抚子女，睦亲邻，谢繁华，求道德”（第一回）的理想。这种过于完美的人生道路，表现出来的其实是一种极为平庸的人生哲学。在小说最后一回，作者写主人公金挹香在书店看到名为《青楼梦》的书，“便向铺中借了一部，细细的一看，却原来这做书的人就是挹香的好朋友。这个人姓俞，他与挹香性情一般无二，其潇洒风流，也是大同小异。所以，挹香慕道后，便来将其一生之事着意描摹，半为挹香记事，半为自己写照……挹香看了做书的人，又看书中人，谁知就是挹香自己，众美人姓名，与

① 《花月痕》，人民文学出版社，1982年，第181—182页。

着自己所为所作,一笔不错,一事不紊”。可见书中的金挹香也是作者的自况。

狭邪小说就其创作宗旨来说,是文人小说家“自恋”心理的反映。在这一点上,它甚至超不过一篇短小的话本小说如《众名妓春风吊柳七》的内涵,但它们对世俗社会、都市生活的描写,却也可以说是古代小说朝近代化方向伸出的一支小小的触角;这到了《海上花列传》中,就表现得更明显了。

第三节 侠义与公案的分与合

在清代中叶以后,更接近传统通俗小说的是《三侠五义》。本来武侠和公案就是通俗小说的重要题材,数百年来,层出不穷,《三侠五义》则是二者合流的代表作。从小说的旨趣上看,它也与入清以来小说文人化气息越来越重不同,更符合下层民众的心理与审美习惯。

《施公案》、《彭公案》、《三侠五义》、《小五义》、《永庆升平》前后传,《圣朝鼎盛万年清》、《七剑十三侠》、《李公案》等相继涌现,而且一续再续,如《施公案》续至十集,《彭公案》续至十七集,《七侠五义》则续至二十四集,公案侠义小说的流行,构成了古代小说史最后一个热点。

一、侠义与公案的源流

在古代叙事文学中,侠义、公案源远流长,自成系列。

司马迁《史记》中的《游侠列传》和《刺客列传》就专门记述了侠义之士。《史记》突出了侠“以武犯禁”,“其行虽不轨于正义,然其言必信,其行必果,已诺必诚,不爱其躯,赴士之厄困,既已存亡死生矣,而不矜其能,羞伐其德”的精神特点,而刺客则还有“士为知己者死”的献身精神。对游侠和刺客,司马迁都强调了他们的“义”,如称游侠“设取予然诺,千里诵义……要以功见言信,侠客之义又曷可少哉!”而赞刺客“自曹沫至荆轲五人,此其义或成或不成,然其立意较然,不欺其志,名垂后世,岂妄也哉!”

小说中的侠客形象也早就出现了,如《搜神记》中的《干将莫邪》就有一个光彩照人的豪侠之士。唐代游侠之风大盛,传奇小说中的侠客形象也大量涌现,如牛僧孺《郭元振》中的郭元振、蒋防《霍小玉传》中的黄衫客、薛调《无双传》中的古押衙、杜光庭《虬髯客传》中的虬髯客等,都体现了扶危济困、助弱抑强的豪侠精神。豪侠精神影响之大的另一个表现是,出现了一批女侠，如袁郊《红线》中的红线、裴铏《聂隐娘》中的聂隐娘等。

宋元说话中的豪侠表现得更充分，在“小说”中，“朴刀”、“杆棒”中就有一些豪侠。明代英雄传奇和历史演义中的行侠仗义描写就举不胜举了，其中自以《水浒传》最为突出。《隋史遗文》等隋唐系列小说中的秦琼、单雄信、程咬金等草莽英雄见义勇为、恩仇必报，也具有江湖侠客的精神。

至于公案方面，在早期的小说中也有一些相关内容。如《搜神记》中的“东海孝妇”、“侯周杀兄”等即属此类。唐代，审案断狱的记载散见于许多小说集中，如张鷟的《朝野佥载》、牛肃的《纪闻》等，都记载了一些公案故事。宋元说话“小说”类中的“公案”，标志着这一小说类型的成熟，如《错斩崔宁》、《简帖和尚》、《合同文字记》、《三现身包龙图断冤》、《错认尸》、《金鳗记》等，都是典型的公案小说。它们大多涉及奸淫偷盗、谋财害命等普通民事案件，在揭露昏官胡乱断狱、草菅人命同时，往往赞美清官断案神明。

明代中叶以后，公案小说全盛时期，出现了《包龙图判百家公案》、《龙图公案》、《皇明诸司公案》、《郭青螺六省听讼录新民公案》、《海刚峰先生居官公案传》、《古今律条公案》、《国朝宪台折狱苏冤神明公案》、《国朝名公神断详刑公案》等一系列公案短篇故事专集。其中包拯、郭青螺、海瑞等清官形象成为“箭垛式”的清官形象。不过，这些作品大多是一些清正官吏判案异闻的分类汇编，叙事简率。以包公故事为例，其中有的既见于话本小说中，也见于下面我们介绍的《三侠五义》中，但明代《百家公案》、《龙图公案》在文字上就相对简单些，仅可说是粗陈梗概的。当然，明代公案集所表现出的对普通民事案件的关心，显示了这些小说的世俗品格。同时，清官们秉公执法，敢于抗上，明敏断狱，为民除害，也体现了下层民众的愿望。这种现实精神成为公案小说流行的基础，也为清代的公案小说所继承。

二、侠义与公案的合流之作：《三侠五义》

侠义小说实际上表达的是期待通过个人的力量解决社会问题，公案小说则表达的是在体制内解决社会问题。而在现实生活中，有时单凭某一种力量是难以达到这样的目的的。从另一个角度说，清官所面对的问题，既有一般的奸恶之徒，也有势力越来越强的江湖好汉与秘密社会；而如何将后者制服，使之纳入体制内，就成为一种现实的需要。清官的刚正不阿、明察秋毫与侠客的武艺高超、敢作敢为相互补充，构成了民众心目中最理想的政治结构。清官有了侠客的支持，安邦定国、主持正义就更有力量；侠客有了清官的依靠，行侠仗义、除暴安良的行为才名正言顺。对侠义小说和公案小说来说，经历了长期的演变，在各自的领域中也难以有新的发展，因此，使侠义、公案合流，不仅是现实的要求，也是小说发展的必然。

《施公案》问世，是中国公案小说与侠义小说合流的标志。这部小说成书于嘉庆初，主人公施仕纶，即康熙年间施世纶，曾任扬州、江宁知府、漕运总督等官，《清史稿》有传。据清陈康祺《郎潜纪闻二笔》卷四云：

> 少时即闻乡里父老言施世纶为清官。入都后则闻院曲盲词，有演唱其政绩者。盖由小说中刻有《施公案》一书，比公为宋之包孝肃、明之海忠介，故俗口流传，至今不泯也……公平生得力在"不侮鳏寡，不畏强御"二语。盖二百年茅檐妇孺之口，不尽无凭也。[①]

《施公案》从施仕纶做扬州府江都县令写起，到升任通州仓上总督时止。此书的《序》称"采其实事数十条，表而出之，使天下后世知施公之为人，且使为官者知以施公为法也"。但大量情节，都是出于虚构。有趣的是，《施公案》对施仕纶外貌的描写，没有小说类似的清官形象那样仪表堂堂，反而突出了他的貌不惊人，如第一百四十回写他"长脸，细白麻子，三绺微须，萝菔花左眼，缺耳，凸背，小鸡胸，细瞧左膀不得劲。头里看他走路，就是踮脚。身材瘦小，不甚威风……"而他也没有其他清官的那种威风，有时甚至会做出些出乖露丑的举动来。这种笔墨，抹去了清官神圣的光环，让施仕纶接近普通人而多了一份亲和力。

除了一般的公案内容外，此书引人注目地塑造了侠客黄天霸的形象。此人原来闯荡江湖，行刺施公被擒，于是"改邪归正"，改名施忠，由一个除暴安良的"侠客"变成了施仕纶的得力助手。实际上，不只侠客归顺了朝廷，清官形象的忠君意识也大大强化了。从此，清官率领侠客铲恶锄奸，成为侠义公案小说共同的主题。

《三侠五义》刊刻于光绪初年，它是根据道光年间说书艺人石玉昆说唱的《包公案》改编而成的。《三侠五义》前二十几回，主要写包公故事；后七十余回，重点写侠义故事。近代学者俞樾认为此书第一回"狸猫换太子"事"殊涉不经"，遂"援据史传，订正俗说"，重撰第一回。又以三侠即南侠展昭、北侠欧阳春、双侠丁兆兰丁兆蕙，实为四侠，增以小侠艾虎、黑妖狐智化、小诸葛沈仲元共为七侠；原五鼠即钻天鼠卢方、彻地鼠韩彰、穿山鼠徐庆、翻江鼠蒋平、锦毛鼠白玉堂，仍为五义士；改书名为《七侠五义》。

---

① 《郎潜纪闻二笔》，中华书局，1984年，第387年。

包公形象在宋元话本小说中就已出现,《合同文字记》、《三现身包龙图断冤》是最早的包公断案故事。而在元杂剧中,现存的“包公戏”就有《陈州粜米》、《合同文字》、《盆儿鬼》、《蝴蝶梦》、《鲁斋郎》,《灰阑记》等十余种。1967年上海嘉定出土的明成化说唱词话中与包公有关的有《包待制出身传》、《包龙图陈州粜米记》、《仁宗认母传》、《包龙图断歪乌盆传》、《包龙图断曹国舅公案传》、《张文贵传》、《包龙图断白虎精传》、《师官受妻刘都赛上元十五夜看灯传》八种,明代中后期,还出现了《包龙图百家公案》和《龙图公案》两部以包公为主人公的小说集。《三侠五义》对包公的描写就是在这一丰厚的民间文学基础上展开的。其中包公出身、断乌盆案、断仁宗生母李妃案等,都吸取了前代作品的精华,并将其定型。

《三侠五义》以“狸猫换太子”的故事开篇,从社会上层写起,不仅有居高临下、顺势展开的作用,而且一开始就突出了包公的忠君爱国,为后面的故事定下了一个崇高的基调。此后所写包公断各种奇案冤狱以及铡庞昱、葛登云和为李太后伸冤等故事,不断强化了他不畏强暴、疾恶如仇、处事干练的形象。

通过包公赶考遇难,引出南侠展昭,从第三回“英雄初救难”到第五十七回“包相保贤豪”,展昭是小说中最重要的一个人物。此后,北侠欧阳春和三侠中的另一位黑妖狐智化先后出场,五义中的彻地鼠韩彰、翻江鼠蒋平及丁兆兰等人也穿插其间。这些侠义之士,虽然都见义勇为,但性格却各不相同。其中展昭出场最多,他武功高强,行事妥帖,曾四救包公,并辅佐包公办案;又有金龙寺杀凶僧,天昌镇拿刺客以及收王朝等四义士、周济田忠之妻等义举。作品在第十三回,称赞他“真是行侠作义之人,到处随遇而安,非是他务必要拔树搜根,只因见了不平之事,他便放不下,仿佛与自己的事一般,因此才不愧那个侠字”。与展昭相比,《三侠五义》中描写北侠欧阳春的笔墨虽不算多,但其形象同样深受读者喜爱。欧阳春为人爽直稳重,因为看透了官场的是非,最后弃官行侠,在思想上与展昭有所不同。

在观念上,《三侠五义》既体现了下层民众的愿望,又强调了对社会规范的遵循。书中的豪侠武艺高超、智慧过人、敢作敢当,具有强烈的英雄气概和独立的人格力量。但第四十八回叙锦毛鼠白玉堂大闹东京后,当义士面见宋仁宗时,这些江湖好汉却一个个“心中乱跳”、“匍匐在地”、“觳觫战栗”,连响当当的“钻天鼠”、“翻江鼠”也被改成了莫名其妙的“盘桅鼠”、“混江鼠”。卢方更是一大早就披上罪衣罪裙。包公见了,吩咐不必,卢方道:“罪民等今日朝见天颜,理宜奉公守法。若临期再穿,未免简慢,不是敬君上之理。”义士们一时间变得如此驯良顺服，反映了正统观念的影响。

《三侠五义》是一部评书体小说，在审美趣味、艺术笔法、文体结构上，也有不少值得注意的特点与成就。例如第四十三回描写作为包公对立面的“老贼”庞吉与众人一起吃河豚，席间有人中毒栽倒。众人不得不慌忙用翡翠玉闹龙瓶、羊脂玉荷叶碗舀来粪汤，竞相喝以解毒。这一近乎恶谑的场面，就表现了市民的仇视权贵的心理。

《三侠五义》的描写也颇细致传神，如第三回写包公与展昭初次见面时的情景：

> 包公随便要一角酒、两样菜。包兴斟上酒，包公刚才要饮，只见对面桌上来了一个道人，坐下要了一角酒，且自出神，拿起壶来不向杯中斟，花喇喇倒了一桌子。见他(口十害)声叹气，似有心事的一般。包公正在纳闷，又见从外进来一人，武生打扮，叠暴着英雄精神，面带着侠气。道人见了，连忙站起，只称：“恩公请坐。”那人也不坐下，从怀中掏出一锭大银，递给道人，道：“将此银暂且拿去，等晚间再见。”那道人接过银子，爬在地下，磕了一个头，出店去了。[1]

这一段行文干净利索，将展昭慷慨助人的豪爽简洁明快地刻画了出来。而道人斟酒洒在桌上的细节，则把他心事重重的样子表现得极为鲜明。

在场面的展开上，《三侠五义》还善于把生活的真实场景如实地描绘出来。如第八回写一老婆子请医生为儿媳妇看病，医生说出病为气恼所致：

> 婆子闻听，不由的吃惊：“先生真是神仙，谁说不是气恼上得的呢！待我细细告诉先生。只因我儿子在陈大户家做长工，素日多亏大户帮些银钱。那一天，忽然我儿子拿了两个元宝回来……”说至此处，只听东屋妇人道：“此事不必说了。”公孙策忙说道：“用药必须说明，我听的确，下药方能见效。”婆子道：“孩子，你养你的病，这怕甚么？”又说道：“我见元宝不免生疑，便问这元宝从何而来。我儿子说，只因大户与七里村张有道之妻不大清楚。这一天陈大户到张家去了，可巧叫他男人撞见，因此大户要害他男人，给我儿两个元宝。”说至此，东屋妇人又道：“母亲不消说了，此事如何说得！”婆子道：“儿呀，先生也不是外人，说明了好用药呀。”公孙策道：“正是，正是，若不说明，药断不灵。”婆子接说：“给我儿两个元宝，正叫他找甚么东西的。原是我媳妇劝他不依，后来

---

① 《三侠五义》，中华书局，1996年，第18—19页。

跪在地下央求。谁知我不肖的儿子不但不听，反将媳妇踢了几脚，揣起元宝，赌气走了未回。后来果然听说张有道死了。又听见说接三的那日，晚上棺材里连响了三阵，仿佛乍尸的一般，连和尚都唬跑了，因此我媳妇更加忧闷。这便是得病的原由。”①

这一描写里外兼顾、面面俱到，给人以真切的感觉。

《三侠五义》中的人物语言也绘声绘色，十分生动。如第六回太监总管杨忠带领包公进玉宸宫镇妖除邪。开始，他瞧不起包公，一路称为老黑，又叫老包。来到昭德门，说道："进了此门，就是内廷了。想不到你七品前程如此造化！今日对了圣心，派你入宫，将来回家到乡里说古去罢。是不是？老黑呀！"可是，当包公查勘怪异时，鬼魂附上杨忠之体，说明真相，之后：

> 不多时，只见杨忠张牙欠嘴，仿佛睡醒的一般，瞧见包公仍在那边端坐，不由悄悄地道："老黑，你没见甚么动静，咱家怎生回覆圣旨？"包公道："鬼已审明，只是你贪睡不醒，叫我在此呆等。"杨忠闻听诧异，道："甚么鬼？"包公道："女鬼。"杨忠道："女鬼是谁？"包公道："名叫寇珠。"杨忠闻听，只唬得惊异不止，暗自思道："寇珠之事算来将近二十年之久，他竟如何知道？"连忙陪笑，道："寇珠他为甚么事在此作祟呢？"包公道："你是奉旨，同我进宫除邪，谁知你贪睡。我已将鬼审明，只好明日见了圣上，我奏我的，你说你的便了。"杨忠闻听，不由着急，道："嗳呀！包……包先生，包……包老爷，我的亲亲的包……包大哥，你这不把我毁透了吗？可是你说的，圣上命我同你进宫；归齐我不知道，睡着了，这是甚么差使眼儿呢？怎的了！可见你老人家就不疼人了。过后就真没有用我们的地方了？瞧你老爷们这个劲儿，立刻给我个眼里插棒槌，也要我们搁得住吓！好包先生，你告诉我，我明日送你个小巴狗儿，这么短的小嘴儿。"包公见他央求可怜，方告诉他道："明日见了圣上，就说：'审明了女鬼，系金华宫承御寇珠含冤负屈，来求超度他的冤魂。臣等业已相许，以后再不作祟。'"杨忠听毕，记在心头，并谢了包公，如敬神的一般。他也不敢言语亵渎了。②

这一段描写虽然有些荒诞，但杨忠前倨后恭的性格，却通过他的语言，非常风趣地传达了出来。

---

① 《三侠五义》，中华书局，1996 年，第 56—57 页。

② 同上书，第 45—46 页。

作为章回小说,《三侠五义》在结构上也有创新,第九十五回末叙蒋平解救欲自杀的小童。这自然是章回小说惯常设置悬念的地方。但第九十六回却是这样开头的:

> 且说蒋爷救了小童,竟奔卧虎沟而来,这是甚么原故?小童到底说的甚么?蒋爷如何就给银子呢?列位不知,此回书是为交代蒋平。这回把蒋平交代完了,再说小童的正文,又省得后来再为叙写。①

事实上,上一回完全没有写小童为何自杀,当蒋平问他时,小说只以一句"小童未语,先就落下泪来,把已往情由,滔滔不断,述了一遍",就带了过去。下回开头却先叙蒋平奔卧虎沟而去。之后,才用较长的篇幅补叙小童的事,直叙至他与蒋平的相会。这一段补叙完全是倒叙的形式,这在章回小说中是较少见的。

由于《三侠五义》在内容上集此前侠义、公案之大成,艺术上也较成功,因此影响很大,有不少续书。比较有名的是《小五义》和《续小五义》,它们大体延续《三侠五义》的风格,情节曲折,人物形象如蒋平、艾虎、徐良等人,亦有颇出色的描写。

三、《清风闸》

《清风闸》是一部很奇特的小说。据李斗《扬州画舫录》卷十一记载,它的作者名叫浦琳,少孤,乞食城中,夜宿火房。及长,有邻妇为之媒妁,香奁甚盛,遂为街市洒扫,不复为乞儿。逾年,又有一茶炉老妇授其呼卢术,挟之以往,百无一失。由是积金赁屋,与妇为邻。妇有侄以评话为生,每日皆演习于妇家,浦琳耳濡已久,以评话不难学,而各说部皆人熟闻,乃以己所历之境,假名皮五,撰为《清风闸》故事。养气定辞,审音辨物,揣摩一时亡命小家妇女口吻气息,闻者欢噱,进而毛发尽悚,遂成绝技。

如果这一记载是可信的,则《清风闸》是一部少见的与作者经历有关的评话(主人公名"皮五",实为"浦"字的反切)②。当然,浦琳并不是在为自己作传,《清风闸》的情节仍然借用了传统的公案故事结构。略谓宋仁宗年间,安徽定远县书吏孙大理,妻汤氏重病身亡,孙大理以女儿孝姑年幼,又娶寡妇强氏为妻,并收留一乞儿孝继为螟蛉子。但孝继与强氏通奸,杀害大理,

---

① 《三侠五义》,中华书局,1996年,第557页。

② 参见董国炎:《论市井小说的深化发展——从〈清风闸〉到〈皮五辣子〉》,《明清小说研究》2006年第3期。

弃尸井中，填而砌灶，谎称大理突发疯病，投身清风闸下。县官昏庸，未予深究。强氏与孝继姘居，将孝姑嫁于市井无赖皮五。皮五得大理阴魂相助，赌赢一笔钱，又因掘藏而成巨富。后来，包拯巡视江南，路过定远，孝姑上堂鸣冤，包公明察秋毫，严惩凶手。皮五为报恩建包公祠。皮五、孝姑积德得善终。

这一故事的框架与《警世通言》中《三现身包龙图断冤》极为相近，其源头甚至可以追溯到宋元说话。但《清风闸》更突出的内容却是生动地描写了清代扬州市井社会的生活场景。通过皮五的活动，串连起各色人等，展开了一幅多姿多彩的众生相。其中皮五的形象尤为此前小说所未见的艺术形象，他泼辣佯狂，在嬉笑怒骂之间，戏耍群奸、捉弄权贵、嘲讽宵小。在皮五的言行举止中，体现了下层市民的道德意识与审美趣味。如第十七回写皮五去各店铺强索年货，他先到糟坊：

> 远远看见糟坊内柜台上很为热闹：张老爹、李老爹，站了一柜。众人看见皮五爷前来说话："我们回头拢你。"一拱而散。
>
> 五爷进来，向柜台上人说："家门清净，人口平安！"五爷说："我有个当包，代我查查！"伙计说："你有个什么当包？"五爷说："有一把戥子，暂押在你店里，怎说没有耶？"伙计无奈，代他转查出来了，犹如骆驼长牙齿——变了象，旋即用算盘一算，共欠七钱三分半。"代我把纸条字毁去，当包今日我赎，代我把账簿上写十二月二十五日，一并收清。拿过去吧！我们这主顾可好么，二十五日还账。伙计，好的很！仍押两坛酒过年，正月清账。"伙计不依："放你娘的屁，一个钱不把，还要押两坛过年！"两下争闹，东家出来了，他就口软了："押二十斤罢。"东家说："老五呀！今日收账了，明年把我吧！这个没砣尊戥，明年再押罢！"五爷不依，又有做好做歹的，送十斤酒与他罢。酒把式拿了一个坛子来打酒，报数一、二、三、四、五、六、七、八、九、十。五爷说："伙计，打准了！错数了吧？十、九、八、七、六、五、四、三、二、一。"柜上人说："不好了，满出来了，东家师父！"大家说："不要送你二十斤，天从人愿！"于是，吩咐师父代皮五爷将酒家去。[1]

接下来，所到之处，无不得手，鱼、肉等年货居然靠这种手段办齐了。正如回目所写，"到年就过年，遇货就打货"，完全是一种无赖的行为。不过，作者无

---

① 《清风闸》，《古本小说集成》影印吴晓铃藏本，第223—224页。

意将皮五写成反面人物，他只是客观地记录了一种市井之徒的生活方式。而这一生活方式因为很为当时当地的接受者所熟悉，在叙述中又充满笑料和噱头，因此在书场上也大受欢迎。后来有一位说书艺人龚午亭长年演说《清风闸》，皮五辣子的形象更为充实和鲜明。

从艺术上说，《清风闸》的贡献可能主要在语言上。作品的人物语言口语化特点明显，生活气息浓厚，作者的记述中则依托说书习惯，未加过多描写——那种描写很可能有待现场表演时发挥。如《清风闸》第二回有这样一段：

> 话说孙大理见旁边邻居成双作对，他看见巷内有两位奶奶谈心。
> 叫了一声："妹子呀！我倒有好些时不看见你了。"
> 叫了一声："姐姐！我是去年有了喜。"
> "我就不晓得，少礼，少礼！你瞒着我们是何道理？"
> "我是去年腊月初八日生产的，怪道叫个腊狗子呢！"
> "妹妹，妹夫待你可好么？"
> "好得很呢！他见我动了气，不是倒茶，就是装烟，还要时刻汰化我，生怕我气出病来，还要代我捶捶扭扭，百般殷勤。晚上还要我先睡，代我把衣裳盖得好好的，被内还要汰化。他因为我身子虚弱，气不得的，恐有点差迟，大为不便，所以每日总要汰化我笑起来才罢。"
> "妹妹，你修了来的，夫妻就这么好，是前生福气。我家这一个该杀的，他就不死！一天烧酒吃到晚，醉熏熏的，就像死人一般，连推都推不醒。他天天在外吃酒，赌钱，还想他被内恩情！连我穿的衣服首饰，一齐都当完了，叫我连娘家都去不得了。一个该死剥皮的、砍万刀的，早早死了，让我好另寻头路。我修的来世嫁个好丈夫！"①

两个妇女的这一段对话，毫无雕饰，将二人各自的性格表现得极为生动。值得注意的是，上面的对话，如果不加标点与分段，是一气呵成的，这种省略了主语的大段对话，文言小说虽时常可见，但白话小说中，由于对话加长，是很少用这种方式的，而类似的情形在现当代小说就屡见不鲜了。

① 《清风闸》，《古本小说集成》影印吴晓铃藏本，第11—12页。

第八章　小说观念变化中的晚清小说

本章所讨论的晚清小说主要是清代末年至民国建立前的小说，这是明清小说发展过程中最后一个高潮。1902 年，梁启超在《新小说》创刊号上发表的《新中国未来记》标志着近代意义的“新小说”的诞生和中国小说史新纪元的到来。由于晚清小说数量巨大，除“单行本”外，大量作品散见于数以千计的报刊上，因此，晚清小说的创作究竟有多少，很难作一个精确的统计。江苏社会科学院明清小说研究中心编《中国通俗小说总目提要》收晚清小说 662 种，王继权编《中国近代小说目录》著录 6400 余种，日本樽本照雄编《新编清末民初小说目录》则著录创作小说 7466 种，翻译小说 2545 种，合计 10011 种，可谓空前的繁荣。而随着小说观念的转变，人们普遍重视小说在社会变革中的作用，使小说的社会意义得到极大的提高，批判性明显加强；同时，随着报刊的创办发行，小说借助这一新的媒体，定期地、批量化地创作。而为了商业化的需要，迎合读者口味的题材作品被不断炮制，侦探小说、黑幕小说、鸳鸯蝴蝶派小说等层出不穷。观念的显豁和创作的随意，是这一时期小说的共同倾向。

第一节　小说观念的变化与小说创作态势

1840 年鸦片战争的爆发，对中国历史来说，是一个重要的转折点，接踵而至的 1860 年第二次鸦片战争，1884 年至 1885 年中法战争，1894 年甲午中日战争，1900 年庚子事变，这一连串的事件使中国人的尊严不断地被挫败，也引起了中国人对社会变革的思考。从总体上看，这种思考在小说界的反映要迟缓得多，在上一章中，我们介绍的公案、侠义、狭邪等小说，基本上还是在传统小说的格局中盘旋。但细微的变化也渐次出现了，如韩南指出，中国近代小说不是派生的,“恰恰相反,最优秀的19世纪作者既富有创造力,又充满实践精神”。从现代小说叙述学入手,韩南发现了文康的《儿女英雄传》的“个人化叙事”,称之为“在以前的中国小说里,还不曾有过如此生机勃勃、肆意渲染、滔滔不绝的叙事者”。他还称赞《花月痕》是“个人化的口头叙事者的著名小说”[①],事实上,《花月痕》等小说在近代也产生过重大的影响。不过,更明显的变化还是《海上花列传》。

一、《海上花列传》的意义

《海上花列传》,六十四回,作者韩邦庆(1856—1894),字子云,号太仙,松江(今属上海)人,科举不第,曾长期旅居上海,常为《申报》撰稿,并创办个人的文艺期刊《海上奇书》,由《申报》馆代售。《海上花列传》即从光绪十八年(1892)二月起在《海上奇书》创刊号上连载,每期二回,共刊十五期三十回。两年后,全书才汇为一册以石印本行世。这种陆续刊发,最后又以石印本出版的形式,与此前的章回小说在创作与出版方式上有所不同。我们无法考察在《海上花列传》刊登过程中,韩邦庆的创作究竟有没有受到接受者的影响。但在此书前的《例言》中,我们可以看出他是一个文体自觉意识相当突出的小说家,对小说的构思全局与前后照应尤为关注,如:

> 全书笔法自谓从《儒林外史》脱化出来,惟穿插藏闪之法,则为从来说部所未有。一波未平,一波又起,或竟接连起十余波,忽东忽西,忽南忽北,随手叙来并无一事完,全部并无一丝挂漏;阅之觉其背面无文字处尚有许多文字,虽未明明叙出,而可以意会得之。此穿插之法也。劈空而来,使阅者茫然不解其如何缘故,急欲观后文,而后文又舍而叙他事矣;及他事叙毕,再叙明其缘故,而其缘故仍未尽明,直至全体尽露,乃知前文所叙并无半个闲字。此藏闪之法也。
>
> 合传之体有三难:一曰无雷同,一书百十人,其性情、言语、面目、行为,此与彼稍有相仿,即是雷同。一曰无矛盾。一人而前后数见,前与后稍有不符,即是矛盾。一曰无挂漏,写一人而无结局,挂漏也;叙一事而无收场,亦挂漏也。知是三者,而后可与言说部。[②]

更值得重视的是《海上花列传》的内容远比一般的狭邪小说深刻。韩邦庆在

---

① 参见韩南:《中国近代小说的兴起》,上海教育出版社,2004年,第14—15页。

② 《海上花列传》,人民文学出版社,1982年,第2—3页。

《海上花列传》第一回说明了自己的创作目的是："只因海上自通商以来，南部烟花日新月盛，凡冶游子弟倾覆流离于狎邪者，不知凡几。虽有父兄，禁之不可；虽有师友，谏之不从。此岂其冥顽不灵哉，独不得一过来人为之现身说法耳。方其目挑心许，百样绸缪，当局者津津乎若有味焉；一经描摹出来，便觉令人欲呕，其有不爽然若失，废然自返者乎？花也怜侬具菩提心，运广长舌，写照传神，属辞比事，点缀渲染，跃跃如生，却绝无半个淫亵秽污字样，盖总不离警觉提撕之旨云。"[①]书中也确有不少描写揭示了娼家的奸诈与嫖客的堕落过程，从而给人以警示作用。但是，此书的意义不只在劝诫上，当韩邦庆的《海上花列传》极为鲜明地把乡下人到上海"闯世界"作为具有象征意义的事件来描写时，城市就不只是一个喧嚣的场景了，它确确实实是一种新的文化。小说的开篇就有一个象征性的描写，作为作者化身的"花也怜侬"梦中坠落至上海华洋交界的陆家石桥：

> ……刚至桥堍，突然有一个后生，穿着月白竹布箭衣，金酱宁绸马褂，从桥下直冲上来。花也怜侬让避不及，对面一撞，那后生扑故地跌了一交，跌得满身淋漓的泥浆水。那后生一骨碌爬起来，拉住花也怜侬乱嚷乱骂，花也怜侬向他分说，也不听见。当时有青布号衣中国巡捕过来查问。后生道："我叫赵朴斋，要到咸瓜街浪去，陆里晓得个冒失鬼，奔得来跌我一交。耐看我马褂浪烂泥，要俚赔个啘！"花也怜侬正要回言，只见巡捕道："耐自家也匆小心啘，放俚去罢。"赵朴斋还咕哝了两句，没奈何放开手，眼睁睁地看着花也怜侬扬长自去。
>
> 看的人挤满了路口，有说的，有笑的。赵朴斋抖抖衣襟，发极道："教我那份去见我娘舅嗄？"巡捕也笑起来，道："耐去茶馆里拿手巾来揩揩哩。"一句提醒了赵朴斋，即在桥堍近水台茶馆占着个靠街的座儿，脱下马褂。等到堂倌舀面水来，朴斋绞把手巾，细细的擦那马褂，擦得没一些痕迹，方才穿上。呷一口茶，会帐起身，径至咸瓜街中市。[②]

这个冒冒失失撞进十里洋场的乡下青年，实际上象征着传统农业文明向现代都市文明的介入。所以，传统的道德批判在韩邦庆那里，渐次让位于"个人感受"——一种在城市社会环境中形成的特殊心理与价值观念。[③] 它使

---

① 《海上花列传》，人民文学出版社，1982年，第1页。

② 同上书，第3页。

③ 王德威曾指出《海上花列传》"预言上海行将崛起的都市风貌"，"试图以一种真正对话方式，进行一场美德与诱惑的辩证"。参见其《想像中国的方法》，三联书店，1998年，第13、31页。

我们想到欧洲都市化为现实主义作家提供的关于某人到大城市去寻求出路，却只落得惨败结局的主题。[1] 当赵朴斋到上海投靠舅舅洪善卿，因流连青楼而沦落至拉洋车为生；当赵母携赵朴斋之妹二宝来上海寻赵朴斋，二宝也为上海的繁华所诱，成为妓女。赵氏兄妹的堕落，就在中国小说史上，第一次将都市与欲望的主题展现出来；尽管这种展现还不彻底，如同当时中国社会本身的新旧羼杂一样。

与此同时，《海上花列传》还描写了众多的人物，特别是刻画了一批性格各异的妓女形象。作者并不刻意追求描写的社会面的广阔，在《例言》中，他就说：

> 或谓书中专叙妓家，不及他事，未免令阅者生厌否？仆谓不然，小说作法与制艺同：连章题要包括，如《三国》演说汉、魏间事，兴亡掌故瞭如指掌，而不嫌其简略；枯窘题要生发，如《水浒》之强盗、《儒林》之文士、《红楼》之闺娃，一意到底，颠倒敷陈，而不嫌其琐碎。彼有以忠孝、神仙、英雄、儿女、赃官、剧盗、恶鬼、妖狐以至琴棋书画、医卜星相萃于一书，自谓五花八门，贯通淹博，不知正见其才之窘耳。[2]

不知道他所批评的是"才学小说"，还是普遍现象，但看得出来，韩邦庆是将更多的努力放在"一意到底，颠倒敷陈"上。因此，在同类人物的描写上，他力图写出有深度的、性格各异的人物来。书中的妓女，如沈小红、张蕙贞、周双玉、赵二宝等，或娇憨，或泼辣，或怯懦，或放荡，或老练，或幼稚，无不栩栩如生。作者对于这些妓女形象，超越了简单的道德评价，而是细致地揭示了她们在不幸命运中的内心挣扎。如赵二宝与史三公子相约白头，却久盼不至，不得不继续挂牌卖笑，受到无赖的恣意凌辱，表现了人物的精神苦楚。

《海上花列传》的描写也很精细，如第三十八回《史公馆痴心成好事 山家园雅集庆良辰》叙赵二宝去了史公馆，赵朴斋想探个究竟：

> 朴斋满心忐忑，终夜无眠，复和母亲商议，买许多水蜜桃、鲜荔枝，装盒盛筐，赍往探望。叫把东洋车，拉过大桥堍，迤逦问到史公馆门首，果然是高大洋房，两旁栏凳上列坐四五个方面大耳、挺胸凸肚的，皆穿乌皮快靴，似乎军官打扮。朴斋呐呐然道达来意，那军官手执油搭扇，只顾招风，全然不睬。朴斋鞠躬鹄立，待命良久，忽一个军官回过头来

---

① 参见伊恩·P. 瓦特：《小说的兴起》，三联书店中译本，1992年，第202页。

② 《海上花列传》，人民文学出版社，1982年，第3页。

喝道："外头去等来浪！"朴斋喏喏，退出墙下，对着满街太阳，逼得面红吻燥。幸而昨日叫局的那人，牵了匹马，缓缓而归。朴斋上前拱手，求他通知小王。那人把朴斋略瞟一眼，竟去不顾。

一会儿，却有一个十三四岁孩子飞奔出来，一路喊问："姓赵个来浪陆里？"朴斋不好接应，悄地望内窥探。那军官复瞪目喝道："喊哉呀！"朴斋方喏喏提筐欲行。孩子拉住问道："耐阿是姓赵？"朴斋连应："是个。"孩子道："跟我来。"

朴斋跟定那孩子，踅进头门，只见里面一片二亩广阔的院子，遍地尽种奇花异卉，上边正屋是三层楼，两傍厢房并系平屋。朴斋踅过一条五色鹅卵石路，从厢房廊下穿去，隐约玻璃窗内有许多人，科头跣足，阔论高谈。孩子引朴斋一直兜转正屋，后面另有一座平屋。小王已在帘下相迎。朴斋慌忙趋见，放下那筐，作一个揖。小王让朴斋卧房里坐，并道："故歇勿曾下楼，宽宽衣吃筒烟，正好。"

孩子送上一钟便茶。小王令孩子去打听，道："下楼仔末拨个信。"孩子应声出外。小王因说起："三老爷倒喜欢耐妹子，说耐妹子像是人家人。倘然对景仔，真真是耐个运气。"朴斋只是喏喏。小王更约略教导些见面规矩，朴斋都领会了。

适值孩子隔窗叫唤，小王知道三公子必已下楼，教朴斋坐来浪，匆匆跑去；须臾跑来，掀帘招手。朴斋仍提了筐，跟定小王，绕出正屋帘前。小王接取那筐，带领谒见。三公子踞坐中间炕上，满面笑容，傍侍两个秃发书童。朴斋叫声"三老爷"，侧行而前，叩首打千。三公子颔首而已。小王附近禀说两句，三公子蹙頞向朴斋道："送啥礼嘎。"朴斋不则一声。三公子目视小王。小王即掇只矮脚酒杌，放在下首，令朴斋坐下。①

这一段描写，将赵朴斋的拘谨和史公馆的排场都表现得十分鲜明。

《海上花列传》除了叙述语言，人物对话基本上都是采用吴语。这为吴语以外的读者阅读造成了较大的障碍。但是，韩邦庆采用吴语，有几点值得注意。首先，这是他的创新意识的体现。他说："曹雪芹撰《石头记》皆操京语，我书安见不可以操吴语？……文人游戏三昧，更何妨自我作古，得以生面别开？"对于这一点，胡适曾给予很高的评价，认为《海上花列传》的方言写

① 《海上花列传》，人民文学出版社，1982年，第317—318页。

作是"有意的主张，有计划的文学革命"。他说："方言的文学所以可贵，正因为方言最能表现人的神理。通俗的白话固然远胜于古文，但终不如方言的能表现说话的人的神情口气。""如果从今以后有各地的方言文学继续起来供给中国新文学的新材料、新血液、新生命，——那么，韩子云与他的《海上花列传》真可以说是给中国文学开了一个新局面了。"不管韩邦庆的创新成功与否，他敢于尝试的精神是难能可贵的。其次，他采用吴语不仅与小说所写的"海上"相吻合，也适应了特定的读者群。明确定位作品的接受者，是小说艺术整体风格的一部分。再次，《海上花列传》用吴语，不是一个偶然的现象，同时及稍后，《海上繁华梦》、《九尾龟》等一批吴语小说的崛起，与当时中国社会格局的发展是步调一致的。

实际上，随着上海的发展，"十里洋场"所展现的新的城市面貌与生活方式开始成为小说描写的对象或背景，一批以上海为背景的小说应运而生。这些小说的狭邪内容连接着古代小说，而有关都市的描写则连接着近现代小说。

与韩邦庆的《海上花列传》一样，孙家振在《海上繁华梦・自序》中也宣称："仆自花丛选梦以来，十数年于兹矣，见夫人迷途而不知返者，岁不知其凡几，未尝不心焉伤之。因作是书，如释氏之现身说法，冀当世阅者或有所悟，勿负作者一片婆心。"所以，他也是以批判的眼光揭露了上海妓院里的种种欺诈行径。书中描写杜少枚迷恋妓女巫楚云与颜如玉，有意迎娶，但巫、颜二人却意在骗财，对杜少枚并无真情。杜少枚遂沉湎于赌场，屡屡受骗，后经朋友规劝，翻然悔悟。这一基本内容固然有警醒痴迷的作用，但杜少枚明珠暗投的感情经历，超越了狭邪小说的"自恋"迷障，可能是更值得关注的进步。

张春帆的《九尾龟》有一百九十二回，在暴露花花世界的黑暗方面，比上面两部作品又有过之而无不及。作者反复指出"上海那些堂子里头的风气，一天一天的愈染愈深；那班倌人们的人品，便也愈趋愈下"（第一百五十九回）。他还借人物之口说："堂子里的人，果然一个个丧尽良心"，"倌人看待客人，纯是一个假字"（第二十六回）。书中的妓女，几乎都以骗钱为目的，面对这些作者称之为"九尾神狐、通天魑魅"的妓女，只有像书中的主人公章秋谷这样的"花柳惯家，温柔名手"，才能周旋其间。作者声称自己"并不是闲着笔墨，旷着功夫，却做那嫖界的指南，花丛的历史"（第三十三回）。这种表白却多少也说明了小说的内容。不过，《九尾龟》的语言生动、情节曲折，在当时还是很受到欢迎的，甚至还出现了《九尾狐》、《九尾鳖》之类模仿之作。

“海上”系列的小说还有袁祖志的《海上闻见录》(1895)、抽丝主人的《海上名妓四大金刚奇书》(1898)、二春居士的《海天鸿雪记》(1899)等,这表明上海作为一个新兴大都会的崛起,引起了小说家的普遍兴趣。在这些作品中,我们可以看到,人们的日常生活已经与各种新的物质文明联系在一起,从水果点心、玻璃器皿、洋灯、电报、东洋车、轮船等,到各式各样的商人、掮客、投机者以及洋人、巡捕等,构成了一个五光十色的新兴都市背景。从这一意义上说,《海上花列传》确实是得风气之先的作品。

需要补充说明的是,即使是在传统小说的题材范围内,中国古代小说自身的变化也隐约可见。例如吟梅山人的《兰花梦奇传》,成书于咸丰、光绪年间,受《红楼梦》等小说的影响,又兼有英雄、神魔、公案、狭邪等小说的内容。主人公松宝珠自幼女扮男装,十五岁中进士、点探花,十八岁挂帅平南,屡建奇勋,封为公主,这本是许多明清小说戏曲中都可以看到的故事。然而,尽管松宝珠智勇兼备,品貌端正,性格温和,在嫁给状元许文卿后,却饱受许文卿的肆意凌辱,十九岁即含恨身亡。松宝珠的不幸与许文卿为占有欲与嫉妒心理所扭曲的人格,都使得这部小说的人物刻画达到了此前同类小说所没有的境界。但是,正如中国古代社会缓慢的演变一样,单靠自身的力量,古代小说向现代小说的发展还有很长的路要走。

二、小说界革命

如果说《海上花列传》基本上还是从传统小说的体系内向外的突破,还不可避免地带有明显的旧时代烙印,那么,晚清小说观念的变化,则为小说的质变提供了一种理论前提。

1897年康有为、梁启超、谭嗣同等维新变法的失败,意味着在当时的社会背景下,进行自上而下的政治变革是行不通的。一些先进的知识分子开始把目光转向思想文化的变革上,而思想文化的变革又首先落实到了文学、特别是小说上。

我们知道,明中叶以后,李贽、金圣叹、张竹坡、毛宗岗等小说理论家的出现,对清代前期小说创作的繁荣有重要的意义;但他们的理论还带有明显的经验性特点,在基本理念上,还没有摆脱传统儒家政教理论的束缚。而晚清小说观念转变的同时,却开始对小说进行专门的、系统的批判性研究。

梁启超在《新小说》特辟了“论说”专栏,专门刊载从新的角度、主要是西方文学理论,阐述小说的文章,明确提出了自己的理论追求即“为中国说部创一新境界,如论文学上小说之价值,社会上小说之势力,东西各国小说学进化之历史及小说家之功德，中国小说界革命之必要及其方法等"，其中重要的论文有《本馆附印说部缘起》、《论小说与群治之关系》、《论文学与小说之关系》、《论文学上小说之位置》、《论写情小说于新社会之关系》及《小说丛话》等。影响最大的是 1902 年梁启超的《论小说与群治之关系》，此文正式提出"小说界革命"的主张，将一向被视为"小道"而"君子弗为"的小说提到了"文学之最上乘"的崇高地位；正因如此，小说也就被赋予改造社会的重任。梁启超说：

> 今日欲改良群治，必自小说界革命始；欲新民，必自新小说始，欲新道德，必新小说；欲新宗教，必新小说；欲新政治，必新小说；欲新风俗，必新小说；欲新学艺，必新小说；乃至欲新人心，欲新人格，必新小说。①

此文还广泛涉及了小说艺术特性等问题，他认为，小说"常导人游于他境界，而变换其常触常受之空气者也"，并有熏、浸、刺、提四种艺术感染力。这些说法都超越了传统的小说理论，不但为重新审视古代小说提供了一个理论基础，更为小说创作摆脱旧的小说模式、适应新的社会需要作了一种舆论准备。

梁启超倡导的小说界革命，在当时由于得到了很多人的响应，楚卿、松岑、夏穗卿、天生、觉我等人纷纷发表文章，加以引申和补充。如楚卿说：

> 小说者，实文学之最上乘也。世界而无文学则已耳，国民而无文学思想则已耳，苟其有之，则小说家之位置，顾可等闲视哉！②

《新世界小说社报发刊词》中则有"小说势力之伟大，几几乎能造成世界矣"的今天看来有些夸张的说法。③ 可见，高度评价小说的地位，已成为晚清时期文学家们的共识。而"小说界革命"一时间也成为文坛的热点。

三、西方小说的影响

随着"小说界革命"的深入，西方小说大量译介进来，这是晚清小说创作不同于以前古代小说的一个全新的文学背景。

---

① 陈平原、夏晓虹编：《二十世纪中国小说理论资料》第一卷，北京大学出版社，1989 年，第 33 页。

② 《论文学上小说之位置》，原载《新小说》第 7 号（1903），见陈平原、夏晓虹编：《二十世纪中国小说理论资料》第一卷，北京大学出版社，1989 年，第 61 页。

③ 陈平原、夏晓虹编：《二十世纪中国小说理论资料》第一卷，北京大学出版社，1989 年，第 184 页。

如果从当时小说出版的总量来看，翻译小说与创作小说相比占有明显的优势，在这种前提下，西方小说的内涵与体制开始影响中国小说的品格。正如阿英在《晚清小说史》中所说的："就各方面统计，翻译书的数量，占总数量的三分之二，虽然其间真优秀的并不多。而中国的创作，也就是在这汹涌的输入情形之下，受到了很大的影响。"

西方小说对晚清小说的影响是全方位的。首先，西方小说的鲜明的民主、自由等思想意识和强烈的政治色彩与作用受到梁启超等人的格外关注甚至有意夸大。一大批所谓政治小说被译介进来。如1894年，上海广学会刊行了美国传教士李提摩太节译的《百年一觉》，此书是美国小说家毕拉密(Edward Bellamy，1850—1898，今通译贝拉米)的空想社会主义政治小说作品。另外，较有影响的还有梁启超译的《佳人奇遇》(1899)、吴超译的《比律宾志士独立传》(1902)、独立苍茫子译的《游侠风云录》(1903)、亡国遗民译的《多少头颅》(1904)、陈鸿璧译的《苏格兰独立记》(1906)、汤红绂译的《旅顺双杰传》(1909)等。这些作品大都以争取民主、反抗专制为主题，大量刊行，形成了很大的声势，刺激了晚清小说家对现实政治问题的关注，直接描写了当下社会的主要矛盾与社会冲突。如梁启超的《新中国未来记》意在通过小说的形式宣传维新派从君主立宪过渡到民主共和，实现中国强盛统一的政治主张。他在此书的《绪言》中就说："兹编之作，专欲发表区区政见"，"似说部非说部，似稗史非稗史，似论著非论著，不知成何种文体，自顾良自失笑"。严格地说，此书只是借小说之名与形所写的政论。题署中国男儿轩辕正裔译述的《瓜分惨祸预言记》也是一部政治小说，它以想象的方式描写了中国被瓜分的剧烈动荡，同样是概念化很强的作品。署名犹太遗民万古恨著、震旦女士自由花译的《自由结婚》，卷首《弁言》就称此书"全书以男女两少年为主，约分三期：首期以儿女之天性，观察社会之腐败；次期以学生之资格，振刷学界之精神；末期以英雄之本领，建立国家之大业"。虽然最后一部分内容传本中没有，但作品救世之热情，仍溢于言表。实际上，当时的政治小说，有不少作品都描写了主人公志向远大，胸怀世界，他们憧憬"自由民主"，并付诸行动。尽管这些小说在艺术上还显得很粗糙，有很强的概念化特点，不过，书中的内容和情感是此前的小说所没有、也不可能有的，却顺应了时代的要求，因而具有特殊的感染力。

甲午战争的失败，使很多国人猛醒，开始反省清朝的腐败衰弱；而西方强大的科技，也受到有识之士的推崇。在这种背景下，外国的"科学小说"大量译介，成为改良派启迪民智的一种重要方式。如逸儒译凡尔纳的《八十日环游记》(1900)、梁启超译佛林玛里安的《世界末日记》(1902)、鲁迅译凡尔纳的《月界旅行》(1903)、海天独啸子译押川春浪的《空中飞艇》(1903)、杨德森译爱斯克洛提斯的《梦游二十一世纪》(1903)、吴趼人译菊地幽芳的《电术奇谈》(1905)、周桂笙译凡尔纳的《地心旅行》(1906)等。这些作品展示的严谨的科学思维与开阔的想象力,吸引了很多憧憬变革的读者,人们自觉或不自觉地拿科学小说与中国古代的志怪小说相比较,很自然地将后者视为迷信、愚昧的产物。

除了政治小说、科学小说外,一些比较优秀的外国小说名著也开始译介进来。1899年,林纾与他通晓法语的朋友王寿昌一同翻译了《巴黎茶花女遗事》。这部被誉为外国《红楼梦》的小说刊行后,在当时不胫而走,引起了广泛的共鸣。而外国小说不同的叙述特点也引起了人们的注意,如有人在翻译《鲁宾孙漂流记》时,即注意到该书与中国传统小说不同的叙述方式:"原书全为鲁宾孙自叙之语,盖日记体例也,与中国小说体例全然不同。若改为中国小说体例,则费事而且无味。中国事事物物皆当革新,小说何独不然!故仍原书日记体例译之。"[①]重要的是,外国优秀小说作品的译介,一定程度上改变了中国知识分子对外国文学的轻视态度。

在外国小说的译介中,有一类作品也很引人注目,那就是侦探小说。美国的爱伦·坡、英国的柯南道尔都先后传入我国。如1896年,上海《时务报》发表了由张坤德译出的柯南道尔的《歇洛克·呵尔唔斯笔记》数则,其时距原作在英国问世不过几年。中国小说从来没有与外国小说保持如此密切的联系。随后,侦探小说在晚清风行一时。关于这一点,阿英也指出:"当时的译家,与侦探小说不发生关系的,到后来简直可以说是没有。如果说当时翻译小说有千种,翻译侦探占五百部以上。"

侦探小说虽然思想内涵与政治小说不可同日而语,艺术价值也逊色于《巴黎茶花女遗事》等优秀小说,但它对中国小说影响之大,却有鲜明的代表性。在古代小说史上,公案小说源远流长,一些公案小说虽然也有侦察过程,但从总的来说,是以清官审案、断狱为中心的。西方侦探小说的传入,使传统犯罪题材突破了公案小说的旧有叙事模式,成为晚清小说创作的一个热点。因此,晚清时期的小说家们对侦探小说给予了很高的评价。如在《新小说》第十三号(1905)的《小说丛话》中,定一说:"吾喜读泰西小说,吾尤喜

---

① 《〈鲁宾孙漂流记〉译者识语》,原载《大陆报》第一卷第一号(1902),见陈平原、夏晓虹编:《二十世纪中国小说理论资料》第一卷,第49页。

泰西之侦探小说。千变万化，骇人听闻，皆出人意外者。”侠人说：“唯侦探一门，为西洋小说家专长，中国叙此等事，往往凿空不近人情，且亦无此层出不穷境界，真瞠乎其后矣。”在吕侠的侦探小说《血帕》中，还通过人物之口说：“中国小说之美，不让西人，且有过之者。独侦探小说一种，殆让西人以独步。”这些评价，包括对侦探小说艺术手法的肯定，事实上都超出了对具体小说类型的评价与肯定，是与对中国古代小说与西方小说的整体评价与肯定联系在一起的。有时，甚至更超出了小说的范围，如周桂笙 1904 年在《〈歇洛克复生侦探案〉弁言》中分析西方侦探小说产生的原因时说：“泰西各国，最尊人权，涉讼者例得请人为辩护，故苟非证据确凿，不能妄入人罪。此侦探学之作用所由广也。”而中国“刑律讼狱，大异泰西各国”，“至于内地谳案，动以刑求，暗无天日者，更不必论。如是，复安用侦探之劳其心血哉！”刘半农在《〈福尔摩斯侦探案全集〉跋》中，则强调了创作侦探小说应当具备人文与科学等各方面的知识。

正是由于晚清小说家如此高看侦探小说，他们不仅大量翻译西方侦探小说，也尝试创作了不少侦探小说。在早期的侦探小说中，我们可以很清晰地看出晚清小说家的学习与模仿。1903 年，知新室主人在翻译法国鲍福的侦探小说《毒蛇圈》时，称赞“其起笔处即就父母(女)问答之词，凭空落墨，恍如奇峰突兀，从天外飞来，又如燃放花炮，火星乱起。然细察之，皆有条理。自非能手，不敢出此”[①]。这种以人物对话开篇的方法，在中国古代小说中是罕见的。而不久，吴趼人在写作《九命奇冤》第一回“乱哄哄强盗作先声”时，就采用了这种以对话开头的、被作者自称为“没头没脑”的写法：

> “哙！伙计！到了地头了！你看大门紧闭，用甚么法子攻打？”“呸！蠢材！这区区两扇木门，还攻打不开么？来，来，来！拿我的铁锤来！”“砰訇！砰訇！好响呀！”“好了，好了！头门开了！——呀！这二门是个铁门，怎么处呢？”“轰！”“好了，好了！这响炮是林大哥到了。”“林大哥！这里两扇铁牢门，攻打不开呢！”“晤！俺老林横行江湖十多年，不信有攻不开的铁门，待俺看来。——呸！这个算甚么，快拿牛油柴草来，兄弟们一齐放火，铁烧热了，就软了！”“放火呀！”劈劈拍拍，一阵火星乱迸……[②]

---

① 《〈毒蛇圈〉译者识语》，原载《新小说》第 8 号(1903)，见陈平原、夏晓虹编：《二十世纪中国小说理论资料》第一卷，北京大学出版社，1989 年，第 94 页。

② 《九命奇冤》，见《晚清小说大系》，台湾广雅出版公司，1984 年，第 1 页。

可惜，吴趼人这一颇为人称道的创新精神没有充分体现在全书的基本内容上，从情节上看，《九命奇冤》更多地还是带有传统公案小说的特点。

西方小说的译介与西方小说理论的传入一同构成了中国小说创作的新的背景，从此，中国小说就在与西方小说的对比中展开。

四、小说的分类

上一节介绍了在西方小说的影响下，出现了一些新的小说类型。实际上，晚清小说的分类在小说史上是一个很引人注目的现象，许多小说家和小说理论家都热中于对小说进行分类。这种分类既有西方小说理论的影响，也与中国古代小说的传统相关；它既是对旧小说的一种清理，更是对新小说的一种规划；既有理论意义，也有实践意义。就其实践意义而言，则有以下几方面最为突出。

首先，它反映了当时的小说创作开始与古代小说区隔的文学观念。我们知道，无论是古代的文言小说，还是白话小说，分类都十分复杂，但晚清的小说理论家却对古代小说进行了新的分类，同时，也提出了一些古代小说所没有的新的分类。比如侠人指出："西洋小说分类甚精，中国则不然，仅可约举为英雄、儿女、鬼神三大派，然一书中仍相混杂。此中国之所短一。"[①]这一对中国小说的三分法，得到了当时不少人的认可，而他们往往又是对这些古代小说持批评态度的。还有一些从小说类型上批评古代小说的观点是指出古代小说中没有侦探小说、哲理小说等。

其次，晚清小说的分类，反映了小说创作全方位展开的态势。即以《新小说》为例，它先后开辟了历史小说、社会小说、政治小说、哲理小说、科学小说、冒险小说、侦探小说、法律小说、外交小说、写情小说、语怪小说、札记小说等栏目。在新小说报社创刊前刊发于《新民丛报》的《中国唯一之文学报〈新小说〉》中，还对这些小说类型作了界定，如"历史小说者，专以历史上事实为材料，而用演义体叙述之"，"政治小说者，著者欲借以吐露其所怀抱之政治思想也"，军事小说"专以养成国民尚武精神为主"，冒险小说"以激励国民远游冒险精神为主"，等等。其中有的是中国古代小说古已有之的，有的则是从西方译介过来的。这些分类，使晚清小说在一种不同于古代小说的类型观念下进行创作。而《中国唯一之文学报〈新小说〉》声明"以上各门不

---

① 陈平原、夏晓虹编：《二十世纪中国小说理论资料》第一卷，北京大学出版社，1989 年，第 76 页。

能每册具备，但每册最少必在八门以上”，又表明小说门类之全，也是刊物争取读者之道。①

再次，晚清小说的分类，也反映了小说创作适应社会需求的创作特点。例如，谴责小说之多，不同于此前古代小说题材的周期性变化，它可能主要受制于一种创作与接受趣味的自然消长更替，有时也有商业的需求；而对晚清小说来说，趣味与商业化的作用固然仍起作用，甚至作用更大了。但与此同时，社会政治与舆论对小说类型的影响也更加明显。

尽管晚清小说的分类十分琐细，但从小说史的角度看，却未必精当全面。这些分类大体上还是以题材为标准的，还没有深入到小说思想内涵与艺术特点中去。例如鲁迅在《中国小说史略》中，提出了“谴责小说”，尽管这一概念不足以概括晚清小说的全部成就，却相当精确地指明了这一类小说的内容与风格，也揭示了它与此前讽刺小说的关系。

总之，《海上花列传》等作品的出现，表明中国古代小说已在传统小说的格局内发生了与时俱进的变化；而小说观念的转变与西方小说的大量译介，更形成了一种新的小说创作环境，使小说创作的走向发生了转移，从而改变了清中叶以来小说创作不景气的局面。

第二节　报刊与小说创作方式的变化

晚清小说主要通过报刊首发与读者见面，这是一种与传统的小说版刻大不相同的传播方式，这种新的传播方式极大地影响了小说的创作。可以说，晚清后期小说从内容到形式，都与报刊有关。

鸦片战争以后，一些外国人开始在中国创办中文报刊，如同治十一年(1872)，英国商人美查在上海创办《申报》，同时还创办了月刊《瀛寰琐记》。申报馆是集报纸、文学期刊、画报(如《点石斋画报》)、出版印刷(如点石斋石印书局)、发行(如申昌书局)为一体的综合性出版企业。作为一家商业性的报纸，《申报》与西方传教士所办《万国公报》、《上海新报》等报刊不同，它以赢利为目标。为了更广泛地开拓市场，主办者延聘中国文人担任主编、编

---

① 陈平原、夏晓虹编：《二十世纪中国小说理论资料》第一卷，北京大学出版社，1989年，第42—46页。

辑，在内容上自觉地贴近市民社会。刊载小说也成为吸引读者的重要手段。《申报》创刊不久，登载了一些小说作品，如根据英国小说家斯威夫特《格列佛游记》中“小人国”摘译的《谈瀛小录》和根据美国小说家欧文《瑞普·凡·温克尔》翻译的《一睡七十年》等。《瀛寰琐记》上则连载了根据英国作家利顿的长篇小说《夜与晨》前半部翻译的《昕夕闲谈》。译者蠡勺居士为此书所作《昕夕闲谈小序》一方面沿袭传统小说理论批评的观点，指出“若夫小说则妆点雕饰，遂成奇规，嘻笑怒骂，无非至文。……其感人也必易，而其入人也必深矣。谁谓小说为小道哉？”强调了小说的重要；另一方面又高度评价了“西国名士”的作品，为近代译介外国小说，同时将中国小说纳入世界小说的格局开了先河。1895 年五月初二傅兰雅还在《申报》和《万国公报》发布《求著时新小说启》，这可以说是小说界革命的先声，也彰显了报纸在推动小说创作中的作用：

> 窃以感动人心，变易风俗，莫如小说推行广速，传之不久，辄能家喻户晓，习气不难为之一变。今中华积弊最重大者，计有三端，一鸦片，一时文，一缠足。若不设法更改，终非富强之兆。兹欲请中华人士愿本国兴盛者，撰著新趣小说，合显此三事之大害，并袪各弊之妙法，立案演说，结构成编，贯穿为部，使人阅之心为感动，力为革除。辞句以浅明为要，语意以趣雅为宗，虽妇人幼子，皆能得而明之。述事务取近今易有，切莫抄袭旧套，立意毋尚希奇古怪，免使骇目惊心……果有嘉作，足动人心，亦当印行问世，并拟请其常撰同类之书，以为恒业。[①]

不久，出现了一些小说专业杂志。1902 年，《新小说》在日本横滨创刊，次年改在上海出版。据《新小说》称：“本报宗旨，专在借小说家言，以发起国民政治思想，激励其爱国精神。一切淫猥鄙野之言，有伤德育者，在所必摒。”[②]《新小说》是当时一份很有代表性的小说刊物，刊载过《新中国未来记》、《二十年目睹之怪现状》、《九命奇冤》、《痛史》、《东欧女豪杰》、《黄绣球》、《回天绮谈》、《海底旅行》、《世界末日记》、《毒蛇圈》、《电术奇谈》等有影响的作品。

自《新小说》创刊以后，小说报刊大量涌现，如《绣像小说》、《月月小说》、《小说林》、《新新小说》等，它们的创办，极大地促进了小说的变革及创作的

---

① 韩南：《中国近代小说的兴起》，上海教育出版社，第 158 页；并参见此书《新小说前的新小说——傅兰雅的小说竞赛》一章。

② 新小说报社：《中国唯一之文学报〈新小说〉》，见陈平原、夏晓虹编：《二十世纪中国小说理论资料》第一卷，北京大学出版社，1989 年，第 41 页。

繁荣。从1902年到1907年的六年中,共发表创作小说629部(篇),其中有417篇首先发表在报刊杂志上,占发表总数的66%强。[①] 以吴趼人为例,除了《恨海》先出版过单行本,其他作品均是先在报刊上发表。

报刊的发展形成了一批新型的小说家。这些新型的小说家多半是从科举士子改变过来的。当时有人指出:

> 十年前之世界为八股世界,近则忽变为小说世界。盖昔之肆力于八股者,今则斗心角智,无不以小说家自命。于是小说之书日见其多,著小说之人日见其夥,略通虚字者无不握管而著小说。[②]

由于这些小说家受过良好的传统文化教育,同时又初步具备新的专业知识,他们开始逐步脱离了传统士人的人生轨道,不论是作为报刊的编辑,还是商业化城市中一般的以文谋生的职业文人,都表现了一种新的生活方式与精神追求。如王韬(1828—1897)也曾参加过科举考试,但为生活所迫,很早就放弃科举,应英国人麦都思之聘,入墨海书馆任编缉并译书。1874年,他创办《循环日报》,首开中国人办报和以报刊论政的风气,倡导"变法",成为改良主义的先驱。他淡化了士人身份的认同,自称"天南遁叟、淞北逸民、欧西经师、日东诗祖",表明了思想解放、视野开阔的态度。在美查的约请下,创作出版了《淞隐漫录》。表面看,这是一部传统的文言小说,但它先是在《点石斋画报》上配图连载的,随后又结集出版单行本,其创作与传播方式都不同于传统的文言小说。

实际上,报刊在推动新型小说家的出现方面,显示了一种前所未有的积极主动姿态。如前引《申报》的《求著时新小说启》,就不仅列出了奖金数额,而且对优胜者许以"请其常撰同类之书,以为恒业"。这可以说是通过征文,有意识地发现新型的职业小说家。王韬在香港编《循环日报》时也指出:"西国之为日报主笔者,必精其选,非绝伦超群者,不得预其列。"而对一般报人也有较高要求,"顾秉笔之人,不可不慎加遴选。其间或非通材,未免识小而遗大,然犹其细焉者也;至其挟私讦人,自快其忿,则品斯下矣,士君子当摈之而不齿"。[③] 这虽然是从报刊从业者角度着眼的,但同样可以说明相关的新型小说家。

---

① 参见郭浩帆:《中国近代四大小说杂志研究》,当代中国出版社,2003年。

② 寅半生:《〈小说闲评〉叙》,原载《游戏世界》第一期(1906),见陈平原、夏晓虹编:《二十世纪中国小说理论资料》第一卷,北京大学出版社,1989年,第182页。

③ 王韬:《弢园文录外编》卷七《论日报渐行于中土》,中华书局,1959年,第206—207页。

报刊的发展也培养了新的小说接受群体与接受方式。近代都市的繁荣，造就大批市民，他们有比较稳定的收入与闲暇，形成了自己的文化需求。而报刊的兴起，打破了传统的文化格局，使知识、信息、娱乐的传播以前所未有的广泛性得到开发。小说作为公众文化活动的一部分，被民众所接受。定期、定量地从报刊上阅读小说，也成为一种精神生活的习惯。

小说创作主体与接受方式的变化，势必直接影响小说的创作。晚清小说在体制上、内容上的变化，都与报刊作为小说的新载体有关。有趣的是，传统的章回体就非常适合报刊的逐回连载。不过，由于刊期的间隔，章回小说的情节单元性被更鲜明地突出出来了，这在一程度上使章回小说固有的结构被瓦解。如李伯元的《文明小史》，共六十回，前十三回，围绕湖南永顺府中西交往中的磨擦，展开了对官吏、士人冲突的描写，内容比较完整，结构也统一；但接下来的第十四回至第二十回，笔墨却转到了江南吴江县，描写贾子猷（假自由）、贾平泉（假平权）、贾革命（假革命），因科举失意而改从新学的过程，转入了另一个主题；再到后来，故事更为散乱，跳跃性极强。这很可能是由随写随刊造成的，开始也许还有一初步构思，随后就仓促应付了。吴沃尧的《糊涂世界》最初也是以连载小说形式刊于光绪三十二年（1906）上海的《世界繁华报》，连载了九回，而当年由上海世界繁华报馆出版单行本仅收了十二回，题"《糊涂世界》上卷"。这部小说在总体结构上也具有随意性，而未有全璧同样可能是因为未能完成写作计划，甚至没有完整计划。

至于小说的内容与整个社会舆论的互动，也更为密切。社会关注的热点很自然地也成为小说的热门题材，或主导着小说家的创作思维，小说的时效性、针对性都明显增强。

第三节　小说体制中的"短"

晚清小说中的长篇小说主要还是采用章回小说的体制，其中固然有许多真正意义上的长篇小说，但是也有不少章回小说，篇幅虽长，内部体制又具有短篇小说的某些特点，即是以单元性很强的情节串联成一部大书。这在那些所谓"现形记"之类的作品中表现得最为明显。同时，晚清短篇小说也相当繁盛，这是以往小说史很少专门讨论的，本节也略加介绍。

一、流动视角与批判眼光

晚清后期出现了一批以“现形记”、“怪现状”、“现在记”以及“史”、“世界”命名的小说，这些小说非常典型地体现了当时章回小说在创作体制上的特点，那就是在叙事上多采用散点流动的透视角度，以批判的眼光展开对现实的动态描写。

鲁迅在评论《儒林外史》时，说它“虽云长篇，颇同短制”，这一特点，在“现形记”之类小说中表现得更为突出。《二十年目睹之怪现状》就是这样一部作品，小说通过主人公“九死一生”即作者本人在二十年中的经历见闻，举凡贪官污吏、奸商买办、流氓恶棍等等，都纳入了小说的艺术世界中。全书描写了一百余件“怪现状”，它们从不同角度反映了当时社会的各个侧面。就情节本身而言，大多是可以独立的。

李伯元的《文明小史》的结构由整而散，全书也具有散点、流动的透视特点。如前所述，此书前二十回，结构较完整，随后的描写却越来越放开，从湖南到江南，以致时而山东，时而安徽，时而两江，人物变换，情节独立。从结构上说固然有所不足，但作品的这种布局也从更大的范围描写了“文明”的现状。

《负曝闲谈》也是如此，这部三十回的小说除了少数人物在若干回连续出场(如维新人物黄子文从第十四回登场到第二十回隐退)，多数人物及故事只占一、两回，江、浙、沪、粤、京等地点和士人、乡绅、官吏等人物交替出现，晚清社会的方方面面都有所描写。在结构上，此书回与回之前的转换，有时也类似于某些话本小说头回与正话间的关系，如第二十四回开篇语是：“上回书说小不要脸桐讹人的那些故事，这回再说他父亲老不要脸桐。”第二十七回开篇语是：“上回书说了军机的乐处，如今再说军机苦处。”这样的套语就屡见于话本小说头回叙毕、正话开始之处。

当然，上述作品作为长篇小说，作者在结构上也作过一些程度不同的串连，比如《二十年目睹之怪现状》以“九死一生”的见闻作为贯穿线索，《老残游记》则从“老残”的经历依次展开。即以后者为例，在描写玉贤这个“清官”的暴虐时，作者就是通过“老残”的游历逐渐展开的。在省城，他听到的是一些官员对玉贤毁誉参半的议论，引起了他的好奇；接下来，他沿路打听那玉贤的政绩，客店的老董、卖油盐杂货的老人以及另一个客店的伙计，他们对玉贤的态度却慢慢变化，越接近曹州府城，人们的紧张越明显；等到老残到了那里，“竟是一口同声说好”；最后，老残终于搞明白了，玉贤表面上是一个清官，实际上却无比残暴。作者正是通过抽丝剥茧的叙述手法，让读者透过现象看到本质。从结构上说，虽然缺乏情节的内在联系，但观念上还是表现出了统一的思路或叙述态度。而对社会的不合理加以严厉的批判，正是这些小说普遍的思想倾向。

《二十年目睹之怪现状》就表现了明显的批判意识。小说的第九十九回通过一个名叫卜士仁（"不是人"谐音）之口说：

> 至于官，是拿钱捐来的，钱多官就大点，钱少官就小点；你要做大官小官，只要问你的钱有多少。至于说是做官的规矩，那不过是叩头、请安、站班，却都要历练出来的……至于骨子里头，第一个秘诀是要巴结：只要人家巴结不到的，你巴结得到；人家做不出的，你做得出。我明给你说穿了，你此刻没有娶亲，没有老婆；如果有了老婆，上司叫你老婆进去当差，你送了进去，那是有缺的马上可以过班，候补的马上可以得缺，不消说的了。次一等的，是上司叫你呵□□，你便马上遵命，还要在这□□上头加点恭维话，这也是升官的吉兆。你不要说做这些事难为情，你须知他也有上司，他巴结起上司来，也是和你巴结他一般的，没甚难为情……总而言之：大家都是一样，没甚难为情。你千万记着"不怕难为情"五个字的秘诀，做官是一定得法的。如果心中存了"难为情"三个字，那是非但不能做官，连官场的气味也闻不得一闻的了。[①]

这段诛心之论，正是作者对当时官场的最刻薄的讽刺。苟才正是这样一个典型，此人打听得总督最得宠的五姨太太刚刚死去，竟在寡媳面前行了见皇帝和元日祭祖时才行的大礼，哀求她"屈节顺从"，去做总督的姨太太。在苟才夫妇一再催逼下，儿媳在丈夫神主面前放声大哭：

> 哭得伤心过度了，忽然晕厥过去。吓的众人七手八脚，先把他抬到床上，掐人中，灌开水，灌姜汤，一泡子乱救，才救了过来。一醒了，便一咕噜爬起来坐着，叫声："姨妈！我此刻不伤心了。甚么三贞九烈，都是哄人的说话；甚么断鼻割耳，都是古人的呆气！唱一出戏出来，也要听戏的人懂得，那唱戏的才有精神，有意思；戏台下坐了一班又瞎又聋的，他还尽着在台上拚命的唱，不是个呆子么！叫他们预备香蜡，我要脱孝了。几时叫我进去，叫他们快快回我。"苟才此时还在房外等候消息，听了这话，连忙走近门口垂手道："宪太太再将息两天，等把哭的嗓子养好

---

① 《二十年目睹之怪现状》，人民文学出版社，1959年，第926页。

了,就好进去。"(第八十九回)[①]

而这样一个"行止龌龊,无耻之尤"的人,居然一度官居要职,做到了"宦囊盈满"的程度。

二、短篇小说

晚清的短篇小说既有文言的,也有白话的,除了《淞隐漫录》等时被提及,大量作品已湮没无闻了。但考虑到现代小说创作是从短篇小说开始的,而现代短篇小说的源头又被简单地追溯到西方小说,晚清短篇小说仍有重新审视的必要。

从内容上说,晚清后期的短篇小说与长篇小说一样,具有鲜明的时代特点。如无名氏的《痛定痛》[②]通过一个叫慕新的老人之口,用尖锐的口吻揭露了清兵入主中原的大屠杀,表现了当时"驱除鞑奴,恢复中华"的革命主张。作品发表于 1903 年,其思想的激进,令人惊讶。又如天僇生的《学究教育谈》[③],通过一个私塾先生在废科举后,难以适应新式教育,以致愧恨而死,表现了文化转型在基层的表现。而《地方自治》[④]则通过一个车夫被"眼架金镜,口衔锡茄,身披雨衣,足踏革履的豪客"所欺凌,反映了所谓"新裁判所"在冠冕堂皇的"地方自治"、"爱国"等新名词下,已成为压迫民众的机构。

由于短篇小说篇幅短小,创作较长篇迅捷,题材也更为丰富,因此,从反映当时社会的广阔性上看,多有章回小说所不及处。如柴崖的《吃大菜》[⑤]描写一个布铺的伙计李四爱上了装饰品部的同事密斯雅丽,而这个密斯雅丽却又与饰品部的掌柜勾搭在一起。作品生动地刻画了李四追求密斯雅丽并忌恨掌柜的心理,特别是他硬着头皮请密斯雅丽吃大菜时的紧张心理,描绘得活灵活现。卓呆的《入场券》[⑥]描写运动会场上,两个师范生无票混入场内,还冒领他人误交给收券员的十元钱。出场后,得意洋洋地说:"凭空送来十元,我们昨夜的一台花酒,仿佛是人家请我的,竟不作是我请人家的了。"看上去没有什么重大的事件,但师范生的品行如此,恐怕却是作者所深

---

① 《二十年目睹之怪现状》,人民文学出版社,1959 年,第 830 页。

② 于润琦主编:《清末民初小说书系·社会卷》上册,中国文联出版公司,1997 年,第 36—44 页。

③ 同上书,第 81—84 页。

④ 于润琦主编:《清末民初小说书系·警世卷》,中国文联出版公司,1997 年,第 3—5 页。

⑤ 于润琦主编:《清末民初小说书系·滑稽卷》,中国文联出版公司,1997 年,第 26—31 页。

⑥ 于润琦主编:《清末民初小说书系·社会卷》上册,中国文联出版公司,1997 年,第 1—2 页。

以为忧的。除此之外，晚清社会的各个阶层，如军阀、政客、豪绅、商贩、教员、农民、渔夫、妓女、流氓、盗贼，等等，短篇小说均有描写，构成了一幅全面而真实的社会画卷。

而在体制上，无论是文言的还是白话的，都与以前的短篇小说有所不同。例如署名"萧然郁生"的《彼何人斯》开篇先有一段告白：

> 诸君，诸君，毋阅此小说！此小说不能助诸君之趣味，不能资诸君之消遣，恐适足以增诸君无穷之感喟，而被其激刺也。盖予曾闻于亲自经历过来人语，又将见蹈其亲看经历过来人所语之境界，予不忍不为大同告。①

这一告白表明了作者特殊的创作态度。作品以第一人称的口吻，叙述了浙江面临的外国强迫借款筑路的局面，作者认为这是关乎国家主权独立的大事，并着重描写了一个东北乞丐参与拒款的义举，歌颂了下层民众的爱国热情，显示出文言小说的新境界。又如发表于 1908 年《月月小说》上的《爱芩小传》②，叙爱芩成长经历，内容不足为奇，但全篇分为三章（从情节看，或许刊于一期的并不完整，作者另有续文），这种分章形式，未见于传统文言小说，而其情节安排则与同时的白话小说相近。

白话短篇小说变化更为明显。表面看，传统的话本小说体制仍对当时的短篇白话小说有影响，吴趼人《黑籍冤魂》在开篇声称小说所写是"近日亲眼看见一件事"后，接着写道："凡作小说的，每每先作一个引子，把这件事，引起那件事。我这回虽是短篇小说，未免也学着样儿，先诌一个引子，以博诸公一笑。"所谓"引子"，相当于话本小说的"头回"。这篇小说的"头回"作者明言是一段"虚构的故事"，叙述的是年羹尧入藏，用罗汉像铸铜钱，最终招致佛的报复，借向中国输入鸦片而索债。紧接着这一故事，作者自称某一夜被一个人绊了一跤，这个人就是作品正文的主人公，一个垂死的鸦片鬼。鸦片鬼形容枯槁，交给作者一份"残缺"的册子，"原来是这个人自叙一生的历史，是个白话体裁"，小说的正话主体部分就是引用这篇"册子"，它记述了此人染上鸦片烟瘾后家破人亡的经历。请看最后描写此人沦落为人力车夫后，巧遇被卖给人家做童养媳的女儿的一段：

---

① 于润琦主编：《清末民初小说书系・警世卷》，中国文联出版公司，1997 年，第 10—12 页。

② 于润琦主编：《清末民初小说书系・言情卷》上册，中国文联出版公司，1997 年，第 15—20 页。

……我留神对那小清倌人一看，不觉大惊，原来不是别人，正是我的女儿。正待叫时，那车已辚辚然去了。我连忙拉了空车，飞也似的赶了上去，好在走不多路，到了东尚仁门口，便下车进巷去了。我便撇下空车跟了进去，对那小清倌人叫了一声"阿宝"。原来这"阿宝"是我女儿的小名，我叫了一声，他也看我一眼，好像是不认得我了。我便道："阿宝，你不认得我了吗？你不是说到人家做养媳妇的吗？为甚么到了这些地方来？"我说话未完，那娘姨便抢着道："你是甚么人？甚么阿宝阿宝，你只怕眼见鬼了！"一面说，一面搀着那小清倌人急急而行。我跟在后面道："阿宝是我的女儿，见了面如何不叫，甚么鬼不鬼！"那娘姨便大声叫道："阿大叔，有人拆梢啊！"前面便有一个鳖腿跑了过来道："那个拆梢？"……我要跟进去，这鳖腿挡住要撵我，我便哭喊起来，死命要进去，见见女儿的面，谁知里面一拥，出来了六七个人，把我一顿毒打，打得周身疼痛。无可奈何，只得跑了出来，谁知我的空车早不见了，也不知是碍路违章被巡捕拉去？也不知是被别人偷了去？当夜我也不敢回车寓里去，只得到老北门城门洞里挨了一夜。到了次日，我便得了个伤寒病，又下烟痢。①

那本"册子"到这里就"残缺"了。这里的"残缺"有两层意义，一是它实际上与作者前面交代被此人绊了一跤的描写相衔接，在叙述时间上形成一种颠倒，这是传统的话本小说所未见的叙述方式；二是残缺本身也打破了传统的话本小说追求完整的叙述惯例，使读者有回味的空间。加上正文主体的第一人称叙述角度，不但与"说话人"的口吻有别，更增强了作品的真实性和感染力，甚至在不知车的去向上也可以看出第一人称叙述的自我限制。整个叙述平实自然，没有任何人为的起承转合与刻意设置的悬念。至于白话语言本身，也比话本小说中的白话更接近现代汉语。因此，这篇小说可以说从总体上体现了小说叙述方式的变革。

吴趼人的另一篇《查功课》也很有特点，这篇小说写的是督署深夜突然搜查学生宿舍，一通乱翻，毫无收获。督署不说明搜查的目的，教员等也蒙在鼓里，直到最后几个学生各自说出自己收藏的《民报》，读者才明白这实际上是一次政治搜查。全篇几乎没有什么叙述语言，完全是由对话构成的，在简单得不能再简单的叙述与对话中，却将当时严峻的政治形势生动地表现出来了：

---

① 于润琦主编：《清末民初小说书系·社会卷》上册，中国文联出版公司，1997年，第59—60页。

……

又蒙眬，又忙乱，穿衣，着履，剔灯。

北京学生曰："这是那儿来的事？"

广东学生曰："一头雾水。"

苏州学生曰："到底为仔倽事体介？"

江北学生曰："只是辣块说起的？"

……

翻箱，倒箧，掀被，揭褥，拆帐，开抽屉，撬地板。

"没有，没有。"

"没有，没有。"

"想是谣言。"

"准是谣言。"

"禀复去罢。"

"禀复去罢。"

……

监督、提调、教员各归房，学生散。

甲学生问："你的呢？"

乙曰："在裤档里。"

"你的呢？"

"也在裤档里。"

……

一人曰："我的却在袖里。"

众曰："冒险，冒险，一把臂就破露了。"

"拿来看是什么？"

"是《民报》"

"你的呢？"

"也是《民报》。"

"他的呢？"

"也是《民报》。"

"统共有多少？"

"四十份。"①

① 于润琦主编：《清末民初小说书系·社会卷》上册，中国文联出版公司，1997年，第65—68页。

小说由电话铃声开篇，只写了搜查前后的片断，无论是取材的角度，还是简洁的表现方式，都迥异于古代小说。

五四以后的一些小说家如鲁迅、刘半农、叶圣陶等，都曾阅读过晚清小说，因此，说晚清小说在古代小说与现代小说的关联中，是非常重要的一环，并不为过。

第四节 晚清小说中的中国社会

晚清社会，内外矛盾都十分尖锐，社会处于急剧的变化中，晚清小说相当充分地表现了这种变化。很多小说史著在将晚清小说与此前的古典小说相比时，总会批评这时的小说内容肤浅、艺术粗糙。例如鲁迅在《中国小说史略》中论及“谴责小说”与《儒林外史》的区别时，就有这样的批评。这一批评是恰如其分的。但是，在进行这种批评时，我们也不能忘记这样的基本事实，那就是所谓“谴责小说”是以空前尖锐的社会批判意识和时效性对当下的政治问题进行了广泛的揭露。正是这种特点，使得它们不大可能产生精雕细刻的作品。但是，从小说史的意义上说，这些作品有着不可忽视的贡献。事实上，如果没有这些作品，我们今天可能已无法真切地感受那个飞速发展的时代。重要的是，这些小说揭示了那个时代的命题。不言而喻，这样的时代命题也是丰富多彩的，本节将从晚清小说比较突出的四个方面展开：一是作为叙事中心的“官场”，这实际上是晚清小说家对传统社会的一种批评；二是作为叙事对象的“商场”，这实际上是晚清小说家对近代化进程的一种记录；三是世界格局中的国家形象，这实际上是晚清小说家基于传统与近代化进程中的社会，从世界范围内对国家及国家命运的新认识；四是文化、人格的审视，这实际上是晚清小说家对社会发展深层问题的思考。

一、作为叙事中心的“官场”

中国古代社会是所谓“官本位”的，但是，并没有多少小说集中地描写了官场的情形，因此，《官场现形记》以“官场”为主要描写对象的选择，与《儒林外史》以“儒林”为主要描写对象的选择有着同样的意义。晚清以前的小说也经常描写社会政治的黑暗，但那些小说往往以朝代兴亡、民生疾苦为中心；受传统伦理观念的制约，在矛盾冲突上也多采用忠奸斗争的叙事模式。而谴责小说则将官吏问题上升到国家、民族命运的高度来认识，目的是要引起人们改良社会的愿望。因此，对相关现象的描写也更为深刻。

《官场现形记》的最后一回，作者虚拟了一个创作场景，表明以“官场”为中心的写作目的：

> 上帝可怜中国贫弱到这步田地，一心要想救救中国。然而中国四万万多人，一时那能够统通救得。因此便想到一个提纲挈领的法子，说：中国一向是专制政体，普天下的百姓都是怕官的，只要官怎么，百姓就怎么，所谓上行下效。为此拿定了主意，想把这些做官的先陶熔到一个程度，好等他们出去，整躬率物，出身加民。又想：中国的官，大大小小，何止几千百个；至于他们的坏处，很像是一个先生教出来的。因此就悟出一个新法子来：摹仿学堂里先生教学生的法子，编几本教科书教导他们。并且仿照世界各国普通的教法：从初等小学堂，一层一层的上去，由是而高等小学堂、中学堂、高等学堂。等到到了高等卒业之后，然后再放他们出去做官，自然都是好官。二十年之后，天下还愁不太平吗。①

这部“教科书”的“前半部是专门指摘他们做官的坏处，好叫他们读了知过必改；后半部方是教导他们做官的法子”。不幸的是，因“失火”，“后半部”被焚毁了，只剩得前半部，也就是现在我们看到的《官场现形记》。

《官场现形记》前面署名“茂苑惜秋生”的序也说：

> 官之位高矣，官之名贵矣，官之权大矣，官之威重矣，五尺童子皆能知之。古之人，士、农、工、商，分为四民，各事其事，各业其业，上无所扰，亦下无所争。其后选举之法兴，则登进之途杂，士废其读，农废其耕，工废其技，商废其业，皆注意于“官”之一字。盖官者，有士、农、工、商之利，而无士、农、工、商之劳者也。天下爱之至深者，谋之必善；慕之至切者，求之必工。于是乎有脂韦滑稽者，有夤缘奔竞者，而官之流品已极紊乱……若官者，辅天子则不足，压百姓则有余……于是，官之气愈张，官之焰愈烈……国衰而官强，国贫而官富。孝、弟、忠、信之旧，败于官之身，礼、义、廉、耻之遗，坏于官之手。而官之所以为人诟病，为人轻褻者，盖非一朝一夕之故，其所由来者渐矣！②

从李伯元的表白与“茂苑惜秋生”的序可以看出，晚清小说家们着力描写官

---

① 《官场现形记》，人民文学出版社，1957年，第1072页。

② 丁锡根编：《中国历代小说序跋集》下册，人民文学出版社，1996年，第1717—1719页。

场，不仅表明了一种政治态度，也有叙述上的意义，所谓“提纲挈领”，不只是改良社会的捷径，也是叙述上的角度。在他们看来，通过对“官场”的描写，是能够达到概括整个社会的作用的，而且由于中国社会制度的延续性，这样的概括还具有历史意义。

从实际描写看，《官场现形记》通过官场展示全社会的特点体现得也很充分。作为官场中心的北京，在小说的整个空间结构中，也占据了叙述的焦点，其中既有从地方向北京的聚焦，也有从北京向地方的辐射。小说第一回的描写就颇具匠心，它从陕西同州府朝邑县的一个村庄写起，也就是以中国社会的最基层为起点，通过出身世代务农之家的赵温参加科举考试，逐级向上展开，一直写到京城。接下来的情节，涉及了江西、山东、山西、直隶、河南、江苏、浙江、安徽、湖北、湖南等地，而几乎所有涉及外地的描写，又都与北京有着程度不等的关系。这样，就构成了一个从中央到地方的官场网络，官场的种种丑恶现象也得以逐步揭露。

如果说官员的贪腐、昏庸在此前的古代小说中也有所描写，晚清小说不过描写得更细致，那么，后者从全局的角度揭露官场的黑暗，就超越了对个别官员品质的批判。而从刻画的深度上，晚清小说也有了新的发展。例如清官是古代小说中经常出现的一类形象，而《老残游记》却偏偏描写了清官之害。在这部小说中，有一个叫刚弼的官员，坚不受贿，而且据此简单地认定“打点”者必定是杀人真凶，以致无辜者被处以严刑。这表明官场的问题，不仅是官员个人的问题，可能也与制度有关。

二、作为叙事对象的“商场”

近代商业的发展，使“商场”成为小说叙事的对象，这具有多方面的意义。

首先，小说展开了以近代通商口岸城市为中心的描写。上海当然是最为突出的。如蘧园所著三十回《负曝闲谈》描写了20世纪初上海的景象，第七回中有这样一段：

> ……不多一刻，听见门外车辚辚，马萧萧，一大堆人嘻嘻哈哈，踱将进来。为头一个，穿着雪青湖绉夹衫，登着乌靴，紫巍巍的一张面孔，好部浓须，口里衔了一支东西，那东西在那里出烟呢。冯正帆不胜稀罕，忙问陈毓俊，毓俊说：“这是雪茄，出在吕宋的，所以又叫吕宋烟。”冯正帆不提防今日倒晓得一个典故。那老头儿后面跟着几个年轻的，都穿的很华丽，就在他二人对面坐下，少停高谈阔论起来。只听那老者大发

议论道："上海张园一带，栽着许多树木，夏天在边上走，不见天日，可以算它东京帝国城；大马路商务最盛，可以算它英国伦敦；四马路是著名繁华之地，可以算它法国巴黎；黄埔江可以算它泰晤士河，苏州河可以算它尼罗河。"几个年轻的一齐拍手道妙。一个年轻的说道："上海商务，是要算繁盛的了；天下四大码头，英国伦敦、法国巴黎、美国纽约、中国上海，这是确凿不移的。"冯正帆听了半天，没有一句懂得的，觉得发烦的很。①

类似的描写在很多小说中都出现过。除上海外，其他城市也可始呈现出来。《蜃楼志》是一部描写广东贸易活动的小说。在此前的古代小说中，广东还是一个很少被正面表现的区域，"三言"中的《蒋兴哥重会珍珠衫》叙及的蒋兴哥到广东做生意，只是一种简单的交代，而《蜃楼志》就将广东得风气之先的海外贸易及其在中国社会的相应反映作为正面题材。

其次，商业活动在小说中也得到了正面的描写。作品对乾嘉时期粤东洋行买办与地方官吏兴风作浪的种种表现，作了深入的揭示。书中洋行商人周旋于官吏与洋商之间，往往贿赂官吏，勒索商人，居中牟利，发家致富。小说的第一回即从粤东首富、十三洋行总办苏万魁读到官府的如下告示展开：

监督粤海关税务赫为晓谕事：照得海关贸易，内商涌集，外舶纷来，原以上筹国课，下济民生也。讵有商人苏万魁等，蠹国肥家，瞒官舞弊。欺鬼子之言语不通，货物则混行评价；度内商之客居不久，买卖则任意刁难。而且纳税则以多报少，用银则纹贱番昂，一切羡余都归私囊。本关部访闻既确，尔诸商罪恶难逃。但不教而诛，恐伤好生之德，苟自新有路，庶开赎罪之端。尚各心回，毋徒脐噬。特谕。②

这一告示正是官商之间微妙关系的写照，也为全书确定了一个大的背景。正是这个苏万魁，"一切货物都是鬼子船载来，听凭行家报税发卖三江两湖及各省客商，是粤中绝大的生意"，大获其利，却被粤海监督赫广大敲榨，无故遭受毒打，以致花了三十万两银子才赎得自由。当然，赫广大也通过勒索商人聚敛财富。至第十八回他家被抄，其富有已令人惊叹。《蜃楼志》对官商关系的描写，为晚清小说同一题材作了初步的尝试。

---

① 《负曝闲谈》，上海古籍出版社，1985年，第33页。

② 《蜃楼志》，上海古籍出版社，1994年，第1页。

又如吴趼人1907年至1908年间创作的十回小说《发财秘诀》，从书名也可以看出其描写的中心，作品叙述小贩区丙到香港贩“料泡”，数月间竟赚了五万两银子，后又贩“窑货小人儿”，成了富翁，并在香港和广州两处开店。在这部小说中区丙是一个不光彩的角色，他为了个人利益，无所不为。如他利用广州店铺的便利，为洋人打听些海防洋务，以此换取丰厚的酬金。而当“洋兵进城，吓得众百姓鸡飞狗走，只有丙记洋货店早早得了信息。到了此时，同阿巨给他一个做记号的物件，挂在门首，安然无事，乐得又发了注洋财”（第三回）。无论是区丙敢冒风险的商人精神，还是他为追金逐利而出卖国家利益，都带有鲜明的时代特点。而就对商业活动本身的描写来看，此书也远非《转运汉巧遇洞庭红》之类明代涉及商业活动的小说可比。

再次，与商品经济相适应的社会风尚与观念也在晚清小说中得到了生动的描写。吴趼人的《二十年目睹之怪现状》在开篇就作了这样的交代：

> 上海地方，为商贾麕集之区，中外杂处，人烟稠密，轮舶往来，百货输转。加以苏扬各地之烟花，亦都图上海富商大贾之多，一时买棹而来，环聚于四马路一带，高张艳帜，炫异争奇。那上等的，自有那一班王孙公子去问津；那下等的，也有那些逐臭之夫，垂涎着要尝鼎一脔。于是乎把六十年前的一片芦苇滩头，变做了中国第一个热闹的所在。唉！繁华到极，便容易沦于虚浮。久而久之，凡在上海来来往往的人，开口便讲应酬，闭口也讲应酬。人生世上，这“应酬”两个字，本来是免不了的；争奈这些人所讲的应酬，与平常的应酬不同，所讲的不是嫖经，便是赌局，花天酒地，闹个不休，车水马龙，日无暇晷。还有那些本是手头空乏的，虽是空着心儿，也要充作大老官模样，去逐队嬉游，好象除了征逐之外，别无正事似的。所以那“空心大老官”，居然成为上海的土产物。这还是小事。还有许多骗局、拐局、赌局，一切希奇古怪，梦想不到的事，都在上海出现，于是乎又把六十年前民风淳朴的地方，变了个轻浮险诈的逋逃薮。①

而在日常生活中，我们也可以看到商业社会人们生活方式与观念的变化。如《负曝闲谈》第六回：

> 却说江裴度跟着那人，一气赶回行里，其时已有十二点钟模样。自来火（指煤气灯）半明不灭，江裴度把它拧亮了，急将电报新编一个一个

① 《二十年目睹之怪现状》，人民文学出版社，1959年，第1—2页。

> 字的翻出来，方知道什么地方倒了一座银行，他行里也关倒十多万。江裴度正如一瓢凉水从顶门上直灌下来，口内无言。
>
> ……走进外间，看见他娶的那位姨太太，正低着头在灯底弄什么呢。听见脚步声音，回头一看，便问道："回来了，替我买的东西在什么地方？"江裴度一楞道："什么？"他姨太太道："就是外国缎子，颜色漂亮不漂亮？花头新鲜不新鲜？"江裴度啐了一口道："还顾得买外国缎子哩！我们的身家性命都要不保了！"他姨太太道："什么身家性命，什么保不保，我都不管，我的东西是不能少的。"江裴度又好气，又好笑，随手一屁股坐在躺椅上，两只眼睛直勾勾的对她瞧着。停了一会，他姨太太又发话道："我给个信给你，这下半月是跑马汛，马车呢倒不用愁，已经叫人包好了，就少一件出色的行头，你明后天无论如何总要替我去买。要不然，我自己会到洋货铺里去看定了货色，记上你的帐，不怕他们不相信！"江裴度恨极，说："你们这种人，不管人家死活，一味要装自己的场面，真正可恶！"他姨太太道："这个场面，是装你的场面，难道还是装我的场面么？"江裴度听了诧异道："怎么说是装我的场面？"他姨太太道："你是个有体面的大买办，要是你家里的人出来，拖一片挂一块，那还像什么样？"江裴度道："装你的场面也罢，装我的场面也罢，到那个时候再看吧。"他姨太太方始无言。[①]

这是此前的小说所看不到的情景。

虽然古代白话小说最初是产生于市井社会的一种商业化娱乐活动，但由于传统的抑商政策与文化心理的影响，商人作为负面形象在小说中出现得远比正面的多，刻画得也更为细致。晚清小说中"商场"作为叙事对象的意义在于小说家开始真正打破了"重本抑末"的偏见。尽管不少商人仍然可能是作为负面形象出现的，但这种负面的描写却不一定出于简单的道德评判，商业活动本身的规则同样是衡量人物的一个标准。例如在《二十年目睹之怪现状》第二十八回中，就描写了上海的一奸商，打着"京都同仁堂"的招牌卖假丸药。在同仁堂准备告其侵权时，又狡猾地另换招牌。重要的是，"商场"在田园、官场之外，展现了一个超越传统道德文化视野的新天地。

三、世界格局中的国家形象

无论是对传统官场社会的新认识，还是对近代化转型的初步描写，晚清

---

① 《负曝闲谈》，上海古籍出版社，1985 年，第 27—28 页。

小说家与前代小说家相比，在思想观念上都有一个新的变化，那就是他们眼中的中国，不再是一个简单的朝代或君王政治，而是基于世界民族之林的国家形象，因此，国家的命运在晚清小说家笔下表现得相当突出。

刘鹗的《老残游记》虽然篇幅不大，却具有极为宏观的眼光。他在《自叙》中说："吾人生今之时，有身世之感情，有家国之感情，有社会之感情，有种教之感情。其感情愈深者，其哭泣愈痛：此鸿都百炼生所以有《老残游记》之作也。"这种复杂的感情具有鲜明的近代意识，与古代小说家的忠君爱国思想立场是不同的。在小说的第一回中，刘鹗还描写了人物的一个梦，梦中有一只帆船在洪波巨浪之中，好不危险：

> ……原来船身长有二十三四丈，原是只很大的船。船主坐在舵楼之上，楼下四人专管转舵的事。前后六枝桅杆，挂着六扇旧帆，又有两枝新桅，挂着一扇簇新的帆，一扇半新不旧的帆，算来这船便有八枝桅了。船身吃载很重，想那舱里一定装的各项货物。船面上坐的人口，男男女女，不计其数，却无篷窗等件遮盖风日，——同那天津到北京火车的三等客位一样。——面上有北风吹着，身上有浪花溅着，又湿又寒，又饥又怕。看这船上的人都有民不聊生的气象。那八扇帆下，备有两人专管绳脚的事。船头及船帮上有许多的人，仿佛水手的打扮。
>
> 这船虽有二十三四丈长，却是破坏的地方不少：东边有一块，约有三丈长短，已经破坏，浪花直灌进去；那旁，仍在东边，又有一块，约长一丈，水波亦渐渐浸入；其余的地方，无一处没有伤痕。那八个管帆的却是认真的在那里管，只是各人管各人的帆，仿佛在八只船上似的，彼此不相关照……①

很明显，这只大船就是"大清"的象征。我们看到，在船上"那水手只管在那坐船的男男女女队里乱窜，不知所做何事。用远镜仔细看去，方知道他在那里搜他们男男女女所带的干粮，并剥那些人身上穿的衣服"。这当然是指清政府的官吏盘剥百姓，而"又有一种人在那里高谈阔论的演说"，号召人们起来反抗，"赶紧去打那个掌舵的"，"把这些管船的一个一个杀了"，这影射的就是当时的革命党人。作者态度也很明显，他通过老残之口说：

> 依我看来，驾驶的人并未曾错，只因两个缘故，所以把这船就弄的狼狈不堪了。怎么两个缘故呢？一则他们是走太平洋的，只会过太平

---

① 《老残游记》，人民文学出版社，1982 年，第 6 页。

日子，若遇风平浪静的时候，他驾驶的情状亦有操纵自如之妙，不意今日遇见这大的风浪，所以都毛了手脚。二则他们未曾预备方针。平常晴天的时候，照着老法子去走，又有日月星辰可看，所以南北东西尚还不大很错。这就叫做“靠天吃饭”。那知遇了这阴天，日月星辰都被云气遮了，所以他们就没了依傍。心里不是不想望好处去做，只是不知东南西北，所以越走越错。为今之计，依章兄法子，驾只渔艇，追将上去，他的船重，我们的船轻，一定追得上的。到了之后，送他一个罗盘，他有了方向，便会走了。再将这有风浪与无风浪时驾驶不同之处，告知船主，他们依了我们的话，岂不立刻就登彼岸了吗？①

不难看出，刘鹗是反对用革命的办法解决中国社会的危机与乱象的，在他看来，在现行的体制下，有目的地进行一些改良，社会成本最低，效果最好，甚至可能也是唯一的办法，这就是洋务派的主张。而洋务派也行不通，当他们送去罗盘时，水手与演说家竟然异口同声地指责他们“用的是外国向盘，一定是洋鬼子差遣来的汉奸”。不管刘鹗的政治态度如何，在小说中运用象征的手法，提炼社会问题，表现国家命运，却是一个值得称道的创造。这种象征在明代诗人刘基笔下也出现过，但由于后者是诗歌，描写要简略得多，而刘鹗不然，在他的象征中，更具体地融入了他对中国社会的认识，

正是出于对国家命运的关注，晚清小说从历史与现实两个角度展开相应的描写。晚清的历史小说十分兴盛，但这些历史小说有着鲜明的时代针对性，如吴趼人《痛史》记叙文天祥等忠臣义士奋勇抗元的故事。但作者强化民族矛盾，却不是简单地复述历史，而是寄寓了晚清时期有识之士对国家命运的忧虑，而这是以前的历史演义小说所不具备的思想感情。作者在第一回有这样一段议论：

鸿钧既判，两仪遂分。大地之上，列为五洲；每洲之中，万国并立。五洲之说，古时虽未曾发明，然国度是一向有的。既有了国度，就有竞争。优胜劣败，取乱侮亡，自不必说。但是各国之人，苟能各认定其祖国，生为某国之人，即死为某国之鬼，任凭敌人如何强暴，如何笼络，我总不肯昧了良心，忘了根本，去媚外人。如此则虽敌人十二分强盛，总不能灭我之国。他若是一定要灭我之国，除非先将我国内之人，杀净杀绝，一个不留，他方才能够得我的一片绝无人烟的土地。

---

① 《老残游记》，人民文学出版社，1982年，第7页。

看官，莫笑我这一片是呆话，以为从来中外古今历史，总没有全国人死尽方才亡国的。不知不是这样讲，只要全国人都有志气，存了个必要如此，方肯亡国的心，他那国就不会亡了。纵使果然是如此亡法，将来历史上叙起这些话来，还有多少光荣呢！

看官，我并不是在这里说呆话，也不是要说激烈话。我是恼着我们中国人，没有血性的太多，往往把自己祖国的江山，甘心双手去奉与敌人。还要带了敌人去杀戮自己同国的人，非但绝无一点恻隐羞恶之心，而且还自以为荣耀。这种人的心肝，我实在不懂他是用甚么材料造成的。所以我要将这些人的事迹，记些出来，也是借古鉴今的意思。①

这种"借古鉴今"的创作理念，在当时的历史小说中是很有代表性的。陈墨涛的《海上魂》不仅题材与《痛史》相同，也是表彰文天祥的，立意则在激发民族感情，"兴复中国"。痛哭生第二撰《仇史》明确继承了《痛史》的精神，称："是书专欲使我四万万同胞，洞悉前明亡国之惨状，充溢其排外思想，复我三百余年之大仇，故名曰《仇史》。"

在现实方面，很多晚清小说描写了清朝所面临的战争或战争危险。1900年问世的《中东大战演义》就描写了中日甲午战争的全过程，对于甲午战争失败的耻辱，作者表现了极其沉重的心情，也歌颂了"致远"舰管带邓世昌、平壤守将左宝贵等为国捐躯的英勇事迹。从第二十二回起，作者还着力描写了黑旗军统帅刘永福率领台湾军民抗击倭寇占领台湾的斗争。虽然《中东大战演义》的艺术成就并不突出，但作为一部从战争角度反映国家命运的小说，还是有着重要的时代意义。在此书的最后，作者写道："中日既立商约之后，共敦和睦，中国深耻为倭所败，乃将各政事大修，参以西法，又开卢汉铁路，创立银行，设办邮政，政治一新，四方民人，皆升平之世，至今外邦未敢犯，想必将来益加强盛，威震五洲矣。识者谓中国不有此败，未必鼎新革故，改章变通，此亦天假日人，以成中国自强之道也。"表现了作者的一种期待。

署名"轩辕正裔"著的《瓜分惨祸预言记》则将中国面临的被瓜分危险表现了出来："满洲、蒙古归俄罗斯；山东、北京归德意志；河南归比利时；四川、陕西、两湖、三江归英吉利；浙江归意大利；福建归日本；广西、云南、贵州归法兰西；广东东半归葡萄牙，西半归法兰西；那山西便归满洲人；其余西藏属

① 《痛史》，华夏出版社，1995年，第1页。

英，高丽属日……”(第四回)陈天华的《狮子吼》也是如此，小说用想象的笔法，描写野蛮人以及蚕食国、鲸吞国、狐媚国对混沌国的欺凌与瓜分。虽然这些作品艺术性也并不高，但它们所具有的眼光与忧患意识是此前的古代小说所不曾有的。《狮子吼》所描写的睡狮猛醒，驱逐虎狼，则是一种重振国威的呼唤。

曾朴的《孽海花》涉及中法战争、中日甲午战争，不过，作者没有正面描写战争的具体过程，而是通过战争在官僚士大夫阶层中引起的反应，展示出战争更深层的社会意义。如第二十五回概述了中日交战中清军的失利。当时，两国军队正在朝鲜对峙，湖南巡抚珏斋主动请缨出征，但到达战区后，却迟迟不肯出击。回目“七擒七纵巡抚吹牛”，早已在叙述层面表现了作者的讥讽之意。因此，小说中描写他声称：“本帅在先的意思，何尝不想杀敌致果，气吞东海呢！后来在操兵之余，专读《孙子兵法》，读到第三卷《谋攻篇》，颇有心得，彻悟孙子所说‘不战而屈人之兵’的道理，完全和孟子‘仁者无敌’的精神是一贯的，所以我的用兵更上了一层。仰体天地好生之德，不愿多杀人为战功，只要有确实把握的三大捷，约毙日兵三五千人，就可借军威以行仁政，使日人不战自溃。今天发布的告示和免死牌，就是这个战略的发端。”这种所谓“儒将”的自欺欺人之谈，暴露了清政府的虚弱本质。从文化角度思考国家的命运，是《孽海花》超过其他小说的地方。

四、文化的冲突

晚清时期是一个前所未有的中外文化交流的高潮期，这种交流也在小说中得到了反映。前面提到过的《文明小史》实际上就力图展示西方文明深入中国内地后引起的种种反应。其中既有对湖南愚昧守旧、贪婪腐朽官僚的讽刺，也有对所谓维新人物的揭露。如果说官员们在洋人面前的奴颜婢膝之类表现在许多小说中都有描写，《文明小史》所描写的由于洋人要来开矿而引起的乡民的骚乱，就更耐人寻味。在第二回中，乡民听说此事：

> 有的说：“我的家在山上，这一定要拆我的房子了！”一个说：“我的田在山上，这一定要没我的田地的了！”又一个说：“我几百年的祖坟都在山上，这一来岂不要刨坟见棺，翻尸掏骨吗?”还有个说：“我虽不住山上，却是住在山脚底下，大门紧对着山。就是他们在那里动土，倘有一长半短，岂不于我的风水也有关碍？大家须想个抵挡他的法子才好！”当下便有人说：“甚么抵挡不抵挡，先到西门外打死了外国人，除了后患，看他还开得成矿开不成矿?”又有人说：“先去拆掉本府衙门，打死瘟

官，看他还能把我们的地方卖给外国人不能？横竖考也没得考，大家拼着去干，岂不结了吗？”于是你一句，我一句，人多口杂，早闹得沸反盈天。①

这里的冲突已不是简单的爱国、卖国，而涉及了更深层次的生活方式、文化观念了。

《孽海花》产生的时代稍晚一些，而描写对象又以士大夫为主，因此涉及的文化问题更直接，也更深刻。王韬曾说：“时在咸丰初元，国家方讳言洋务……不谓不及十年，而其局大变也。今则几于人人皆知洋务矣。凡属洋务人员，例可获优缺，擢高官；而每为上游所器重，侧席咨求；其在同僚中，亦以识洋务为荣，嚣嚣然自鸣得意。于是钻营奔竞，几以洋务为终南捷径。”②这种观念的改变，在《孽海花》中，就得到了生动的反映。第二回描写金沟得中状元，却有人教导他：“现在是五洲万国交通时代，从前多少词章考据的学问，是不尽可以用世的。昔孔子翻百二十国之宝书，我看现在读书，最好能通外国语言文字，晓得他所以富强的缘故，一切声、光、化、电的学问，轮船、枪炮的制造，一件件都要学会他，那才算得个经济！”“你现在清华高贵，算得中国第一流人物，若能周知四国，通达时务，岂不更上一层呢！我现在认得一位徐雪岑先生，是学贯天人，中西合撰的大儒，一个令郎，字忠华，年纪与你不相上下，并不考究应试学问，天天是讲着西学哩！”第三回，又描写他到了上海：

席间众人议论风生，多是说着西国政治艺学。雯青在旁默听，茫无把握，暗暗惭愧，想道：“我虽中个状元，自以为名满天下，那晓得到了此地，听着许多海外学问，真是梦想没有到哩！从今看来，那科名鼎甲是靠不住的，总要学些西法，识些洋务，派入总理衙门当一个差，才能够有出息哩！”想得出神，侍者送上补丁，没有看见，众人招呼他，方才觉着。③

让一个自古以来文人憧憬的状元，感到前所未有的精神窘迫，显示出社会风气的变化。

实际上，一般人所感受的外国文化的冲击，首先是与“洋人”交往中语言

① 《文明小史》，上海文化出版社，1956年，第12页。

② 王韬：《弢园文录外编》卷二，中华书局，1959年，第32页。

③ 《孽海花》，上海古籍出版社，1979年，第12页。

的障碍。而官僚、士大夫、商人等面对所谓“洋文”(基本上指的就是“英文”)的无奈与窘迫是晚清小说中屡屡出现的细节,《官场现形记》、《二十年目睹之怪现状》等小说经常写到日常公务或商务活动中的“洋文”。如《官场现形记》第五十八回就描写有人拿合同底子送请窦世豪过目,“满纸洋文,写的花花绿绿的。窦世豪不认得,发到洋务局叫翻译去翻译好”;《二十年目睹之怪现状》第五十五回也写到除了一个叫劳佛的人,“没有一个懂得外国话,认得外国字的”。

由于不通洋文,免不了出乖露丑,这也成为小说家嘲讽的现象。《官场现形记》第三十一回就有一节叙“说洋活哨官遭殴打”:

> 你不会外国话,不理他也就罢了,偏偏这位龙总爷又要充内行,不晓得从那里学会的,别的话一句不会说,单单会说“亦司”一句。洋人打着外国话问他:“你可是来接我的不是?”龙都司接了一声“亦司”。洋人又问:“既然派你来接我,为甚么不早来?你可是偷懒不来?”龙都司又答应了一声“亦司”。洋人听了他“亦司亦司”,心上愈觉不高兴。又问他道:“你不来接我,如今天下雨,你可是有心要弄坏我的行李不是?”这时候,我们懂得外国话,都在旁边替他发急。谁知他不慌不忙又答应了一声“亦司”。洋人可就不答应了。他手里本来有根棍子的,举起棍子兜头就打……等到头已打破,他嘴里还在那里“亦司亦司”。

正是在这样的背景下,学习“洋文”也成为一时之风气。按照《官场现形记》第三十二回所写,“现在的英文学堂满街都是”。在南武野蛮的《新石头记》中,《红楼梦》中的林黛玉也在留学之后,当起英文教师了。而《孽海花》的第九回,专有“怜香伴爱妾学洋文”的描写,这个所谓“爱妾”,名叫傅彩云,是小说中最重要的女性角色。书中所写的她的性格转变,深刻反映出中国社会的重大异动。在结识金雯青后,她从名妓到公使夫人,身份有了根本性的改变。而欧风美雨的洗礼,使她有了以前的妓女不可能产生的思想。在出国的船上,俄国女革命者夏雅丽强烈的自由、反抗精神无疑对她有所影响,也为她与金雯青的潜在矛盾埋下了伏笔。金雯青很鄙夷夏雅丽,说:“男的还罢了,怎么女人家不谨守闺门,也出来胡闹?”“不过我中国妇女素来守礼,不愿跟他们学。”(第十回)但傅彩云却不像他想的那样,她在欧洲上流社会的交际圈如鱼得水,不仅外貌打扮得“果然是蔷薇娘肖象、茶花女化身了”,行为上也变得狂荡不羁。所以,当回国之后,金雯青指责她行为不检时,她公然说:“你们看着姨娘,本不过是个玩意儿,好的时,抱在怀里,放在膝上,宝呀贝呀的捧；一不好，赶出的，发配的，送人的，道儿多着呢……当初讨我时候，就没有指望我什么三从四德，七贞九烈，这会儿做出点儿不如你意的事情，也没什么稀罕……若说要我改邪归正，阿呀！江山可改，本性难移。老实说，只怕你也没有叫我死心塌地守着你的本事嘎！”（第二十一回）当金雯青死后，她更坦然地表示要脱离金家：“陆大人说我没天良，其实我正为了天良发现，才一点不装假……我何尝不想给老爷挣口气，图一个好名儿呢！可是天生就我这一副爱热闹寻快活的坏脾气，事到临头，自个儿也做不了主。……不如直截了当，让我走路，好歹死活，不干姓金的事，至多我一个人背着个没天良的罪名，我觉得天良上倒安稳得多呢。”（第二十六回）这种放肆的性格，在古代小说中的女性身上是从未见过的，反映了在西方个性解放思潮影响下妇女观念的改变。

上述几个方面当然不能代表晚清社会的全部；从描写的水平上说，这几方面也有差别。就“官场”而言，虽然晚清小说家与古代小说家的立场不完全相同，但后者对官吏制度毕竟作过全方位的、不同程度的展示，因此，晚清小说家在这方面有所参照，描写自然深入些。就“商场”而言，这是一个正在发展中的社会现象，晚清小说家对近代化进程的把握也带有尝试性，相对而言，这方面的描写就较为肤浅一些。而对国家形象的认识，对小说来说，是一个全新的角度，它超越了一般朝代更替的历史叙述，带有比较鲜明的感性、直观色彩。至于文化、人格的审视，这是社会发展的更为深层次的问题，全面的思考也是到了五四前后才真正开始，晚清小说家在这方面的表现，同样是初步的，甚至是矛盾的。如果说晚清小说在展现社会发展变化方面还有欠缺的话，最重要的可能是还较少涉及广大的农村，后来鲁迅在描写农村社会的变化方面的杰出贡献，也是近、现代小说的一个关键差别。

余　论　小说观与小说史的回顾与期待

在结束了中国古代小说史的叙述之后，不妨回顾一下小说史研究的学术史及相关的理论问题。

中国小说史作为一门学科的建立是20世纪以后的事，它之所以能够建立，实际上与西方小说理论的传入有很大关系。由于中国古代有着悠久的历史文化传统，西方小说理论更深的影响也许不在历史叙述的方式上，而是在小说的解读方式与具体评价上。以夏志清的《中国古典小说导论》为例，这是一部在海内外都有广泛影响的著作。在此书中，夏志清经常用欧洲文学作品与中国小说相比，考虑到这本书是用英文写作、向美国读者介绍中国古典小说，这样的比较是自然的和必要的。但是，下面的论述也许就不那么简单了。在谈及《蒋兴哥重会珍珠衫》这篇小说时，夏志清这样写道：

> 假如中国古典小说能以此为楷模，集中笔墨于主要人物和场景，集中表现人物的内心活动和道德理解，而不是仅仅着力于纷繁的事件，它们本来是可以达到堪与西方以《克莱弗丝公主》为嚆矢，以《安娜·卡列尼娜》为最高峰的爱情或奸情小说相媲美的水平。中国通俗小说中充满了荒诞，而《珍珠衫》则是其中经过变异的独一无二的奇迹，如果当时沿着它的模式发展下去，中国小说的传统一定会变得更加优秀。①

由于夏志清认定这篇作品在中国通俗小说中是最出色的，并有意识地把它与《金瓶梅》、《红楼梦》作了比较，所以，这其实也代表了他对中国小说的一个历史判断。问题并不在于这种判断是否正确，而在于它所体现出来的思路，那就是以西方小说作为这种判断的标准，即夏志清在本书《导论》中所说的："除非我们以西方小说的尺度来考察，我们将无法给予中国小说以完全

① 夏志清：《中国古典小说导论》，安徽文艺出版社中译本，1988年，第359页。

公正的评价。”[①]这一“以西例律我国小说”的思路与标准或隐或显地贯穿在整个20世纪的中国古代小说研究中，也成为小说史的一条潜在的逻辑线索。因此，为了小说史研究的进一步展开，有必要对此进行全面的反思。

第一节 “以西例律我国小说”之背景与流变

“以西例律我国小说”出自《新小说》1905年刊《小说丛话》中定一之语。他将中国小说与西方小说相比时，指出中国缺少西方小说中所有的政治小说、侦探小说、科学小说，而他认为这是“小说全体之关键”。这种按照西方小说的标准来衡量和要求中国小说的批评观念与方法在当时十分流行，并一直影响了后来的小说研究，而“以西例律我国小说”则成为这一现象最精确的概括。

作为一种文学现象，“以西例律我国小说”从根本上说是与近代西学东渐和社会改革的思潮联系在一起的。光绪五年(1879)黄遵宪就主张“中国必变从西法”[②]。而对“西学”、“西法”的态度，国人的态度也由深恶耻言逐渐变为以之为炫奇之媒[③]。辛亥革命后，对西方文明的推崇达到了高潮。如陈独秀在《法兰西人与近世文明》中认为中国、印度代表的东洋文明“未能脱古代文明之窠臼”，而西洋文明才是真正的“近世文明”。[④] 常乃直(燕生)在《东方文明与西方文明》中更例举了中国固有文明的五个“弊端”，说明中国固有文明“很欠完备”，“非走西方文明的路不可”。[⑤]

而早在《国闻报》1897年发表的著名的《本馆附印说部缘起》中，论者就

---

① 《中国古典小说导论》中译本，安徽文艺出版社，1988年，6页。

② 《已亥杂诗》自注，《人境庐诗草笺注》，古典文学出版社，1957年，第295页。

③ 梁启超说过，同治元年至光绪十年(1862—1884)间“朝士皆耻言西学，有谈者，诋为汉奸，不齿士类，盖西法萌芽，而俗尚深恶”。而到1895年后，才有转变。“马江败后，识者渐知西法不能尽拒，谈洋务者亦不以为深耻，然大臣未解，恶者尚多。”见《戊戌政变记》，《饮冰室专集》三，第21页。汤震也说：“昔以西学为集矢之的，今则以西学为炫奇之媒；昔以西学为徒隶之事，今则以西学为仕宦之挚矣。”见《危言》卷一《中学》。

④ 《青年杂志》第一卷第一号，1915年9月。见陈崧编《“五四”前后东西文化问题论战文选》，中国社会出版社，1989年，第4页。

⑤ 《国民》第一卷第三号，1920年10月1日。引自上书。

相信“欧、美、东瀛，其开化之时，往往得小说之助”[①]。这一观点后来被梁启超、康有为等很多人反复强调、不断发挥。小说一时成了社会改良的核心问题。在这样的背景下，对传统小说的批评自然成了整个社会批判的一部分。邱炜萲的《小说与民智关系》就痛斥古代小说“其弊足以毒害吾国家”[②]。衡南劫火仙《小说之势力》则在极力推崇欧美小说益国利民的同时，批评中国古代小说之腐坏为害。[③] 梁启超在著名的《论小说与群治之关系》中更将小说看成“吾中国群治腐败之总根源”[④]。知新主人（周桂笙）在《小说丛话》中进一步从身份、辱骂、诲淫、公德、图画等方面，一一论证了中国小说不如外国之处。[⑤] 而萧然郁生的小说《乌托邦游记》甚至虚构了一个小说图书室，里面的小说按等级分层摆放，中国小说大多任意乱堆在地上，以示轻贱。

五四前后，这种中西小说间的抑扬不断升级。钱玄同1917年在《新青年》上发表致陈独秀的信，其中对旧小说只肯定了《水浒》、《红楼梦》、《儒林外史》，说“而返观中国之小说戏剧，与欧洲殆不可同日而语”[⑥]。他在次年《新青年》上给胡适的信中，又强调“中国小说没有一部好的，没有一部应该读的”[⑦]。他之所以说得这样绝对，很大程度上是因为“要祛除国人的迂谬心理”。这种对中国小说全盘否定的态度在当时是很有代表性的。如静观《读〈晨报小说〉第一集》中说：“中国的小说本是不成体统的。旧时回目小说虽然也有几篇不朽的作品，能够使人感出强烈的情感，但是头绪纷繁，叫人看着捉摸不定，精彩的地方被繁琐的情节掩遮过去。至于短篇的作品，则非香艳体的小品文字，即聊斋式的纪事文章，不是言怪，便是述怪，千篇一律，互相模仿，仿佛一个工厂里制成同样的出品。”“所以严格讲起来，竟可以说中国以前没有一篇真正的文学作品。”[⑧]由于五四时期对传统文化的全面反思与批判，处于传统文化最下层的小说被否定，似乎比别的方面更容易为人

---

① 陈平原、夏晓虹编：《二十世纪中国小说理论资料》第一卷，北京大学出版社，1989年，第12页。以下凡引自此书者简称陈编。另外，北京大学出版社稍后又出版了由严家炎编《二十世纪中国小说理论资料》第二卷、吴福辉编第三卷、钱理群编第四卷，后文多有征引，注中概简称严编、吴编、钱编。

② 陈编，第31页。

③ 陈编，第32页。

④ 陈编，第36页。

⑤ 陈编，第86页。

⑥ 严编，第24页。

⑦ 严编，第34页。

⑧ 严编，第177、178页。

接受。

当然,“以西例律我国小说”现象的产生,也有文学内部的原因。如果从整个古代文学的研究来看,二十世纪的古代诗歌、散文甚至戏曲领域,似乎都没有出现过如小说界这样严重的“以西例律我国小说”的现象。究其原因,大约是因为一方面传统诗文主要采用文言文,在近代面临全面的革新,语体与文体比较容易剥离,也就不存在“以今律古”的问题;另一方面,古代诗文理论本身也很成熟、完满,形成了一整套与诗文相适应的审美标准与创作思想,不会轻易在“以外律中”中退却。而古代曲学也早已成为一门体系完备周详的专门之学,戏曲自身的特殊性更成了维护其独立性的天然屏障。所以,虽然在近代,戏曲也曾与小说一同受到过类似“以西例律我国小说”的评判,但至迟在20世纪中期,就享受起所谓与斯坦尼斯拉夫斯基、布莱希特体系同等的尊荣了。

小说则不然。古代小说发展至清代后期已呈衰落之势。而与之形成鲜明对照的是,翻译小说却大量涌现。1908年徐念慈统计,上一年小说出版中,“著作者十不得一,翻译者十常居八九”①。尽管创作水平之低并不意味着文体之劣,但两相对照,确实也给否定古代小说的观点提供了一个难以辩驳的文化背景。同时,由于传统小说理论缺乏理论的自觉性、严密性、系统性,加之对传统文论和史传理论的严重依附,使小说的整体认识不全面,所探讨的问题也不深入。以致直到乾隆年间,四库馆臣还将小说列在史部,而完全无视通俗小说的存在。当小说被捧为“文学之最上乘”后,传统小说不但难膺其赏,反而在这种“最上乘”的文体期许下,愈形浅陋。而在此基础上产生的传统小说理论不但不曾为小说营造良好的生存环境,更无法适应小说发展的新要求,从而为西方小说观念的乘虚而入留下了巨大的空隙。所以,陈钧在《小说通义》中就说中国小说“由来虽久,著作虽多,而历数千年,至今从未有能阐明其微旨,与确当不易之界说者。以视西人之列小说于文学四种之一,诚不可同日而语矣。今欲明定其界说,固不得不藉助于西人之

---

① 陈编,第311页。按,徐念慈的说法可能主要是一种印象或感受。阿英在《晚清小说史》中也曾说晚清“翻译多于创作”。但据日本学者樽本照雄考察清末民初小说目录数据,实际情况却是“创作多于翻译”(参见其《清末民初的翻译小说》,见王宏志编《翻译与创作》,北京大学出版社,2000年)。又据欧阳健统计,从道光二十年(1840)至光绪二十六年(1900),一共出版小说133部,平均每年2.2部,而从光绪二十七年(1901)至宣统三年(1911)的十年中,却产生了通俗白话小说529部,平均每年48部(参见其《晚清小说史》,浙江古籍出版社,1997年,第2页)。不过,徐氏的印象虽不准确,恐怕也反映了中外小说在现实中的影响。

论也”。他认为《聊斋志异》之类,“不得目为小说,以其篇幅既短,结构、人物、环境等多不完善,仅供读者以事实而已也”[1],正是从“西人之论”得出的看法[2]。而反对“以西例律我国小说”的人,有时也因为缺少必要的理论依托而显得软弱无力。如熊润桐 1924 年就曾著文反对一些人“拿西洋文学中的什么主义去贴在《红楼梦》的面上”,他指出《红楼梦》不同于西方的“浪漫主义”或“自然主义”,不为无见。但在具体分析中,则只是简单地列举了《红楼梦》中的片言只语,缺乏令人信服的理论创见与深度。[3]

“以西例律我国小说”的发展也是有一个过程的。作为一种文学批评的方法,它的出现首先隐含了两个前所未有的重要观念。一个是与固有的小说批评不同,“中国”事实上成为了不可或缺的关键词。从《本馆附印说部缘起》中开口闭口“无论亚洲、欧洲、美洲、非洲之地”,我们就可以感受到一种从未有过的宏通眼光。而中国古代小说也就在中西有别的意义上被凸显出来。尤其是晚清的学者,他们讨论的往往还属于“本朝”小说,中西区别显得更为突出。在此之前小说的评论则只有古今、雅俗之分。

与此相关,在进化论思想的影响下,古今之别也被赋予了新的意义。其中的时间感基本上被进步与落后所含摄,“西学”逐渐变成了“新学”。特别是民国以后的学者,他们所说的中西之别,几乎就是古今之别。如汪淑潜在《新旧问题》明确说:“所谓新者无他,即外来之西洋文化也;所谓旧者无他,即中国固有之文化也。”[4]而中国古代小说当然是属于“旧”的范畴,以今范古之论极为普遍,它从时间上就为中国小说设定了一个被替代的理由。

不过,最早接触西方小说的人对小说的看法其实还是与旧的小说观纠缠在一起的。如《本馆附印说部缘起》中,虽纵论古今中外,但落实到对小说的基本认识,仍然是在强调小说“入人之深,行世之远,几几出于经史上”,与冯梦龙、袁宏道之流的见解并无二致。实际上,当梁启超们提出小说是“文学最上乘”的观点时,并没有引述西方人的原话。在很大程度上,这一说法

---

① 严编,第 300、301 页。

② 程华平《中国小说戏曲理论的近代转型》一书还提到了一个值得注意的现象,他统计了 90 余位近代小说理论批评家,发现他们有出国经历的将近一半。参见此书第 287 页,华东师范大学出版社,2001 年。

③ 中国艺术研究院红楼梦研究所编:《红楼梦研究稀见资料汇编》上册,人民文学出版社,2001 年。

④ 《青年杂志》第一卷第一号,1915 年 9 月。见陈崧编:《“五四”前后东西文化问题论战文选》,中国社会科学出版社,1985 年,第 10 页。

虽然是顺应了改革的要求，但也与传统小说观念的重视社会教化功能等有着内在联系，或者说只是强调得更突出而已。所以，它也很自然地为社会所接受，并没有形成强烈的文化冲突。正如君实在《小说之概念》一文中就指出，随着西方小说输入，国人对小说的看法有所改变，最突出的是视小说为通俗教育之利器。“但质言之，仍不过儆世劝俗之意味而已。”①

不但如此，在早期的言论中，有些人实际上是以看待中国小说的习惯来看西方小说的。如 1872 年蠡勺居士所作《〈昕夕闲谈〉小叙》，与人们常见的明代小说之序，无论格式还是基本理念，都没有什么区别，无非也是强调小说有“启发良心惩创逸志之微旨”②。从这样的观点出发，本来是不会导致对中国小说的否定的。只有在对小说的社会教育功能有了不同的解释后，这种否定才逐渐展开。这也就是梁启超们将国民精神的塑造，从传统的道德层面引向政治层面，进而导致否定古代小说的实质。因此，最初对中国古代小说的否定主要是基于对小说内容的批判。如商务印书馆主人《本馆编印〈绣像小说〉缘起》中说：“支那建国最古，作者如林，然非怪谬荒诞之言，即记污秽邪淫之事。求其稍裨于国、稍利于民者，几几乎百不获一。”所以，他才主张“远摭泰西之良规，近挹海东之余韵”，以改变中国小说的面貌。③

在贬低中国小说的声浪中，并非没有唱反调的。如燕南尚生《〈新评水浒传〉叙》就痛斥“中国无好小说”之论。不过，他在极力推崇《水浒传》时，强调它是社会小说、政治小说、伦理小说、冒险小说等，其实也是在用这些西方小说类型来抬高中国小说，是“以西例律我国小说”的另一种表现。正如吴宓 1920 年发表的《红楼梦新谈》所说的“若以西国文学之格律衡《石头记》，处处合拍，且尚觉佳胜”④。这种论证在后来也形成了一种思维模式，即在中国小说中寻找与西方小说共同的东西，从而以此来肯定中国小说并不输于西方小说。有时候，它从另一面遮蔽了中国小说自身的特点。

如果说，“以西例律我国小说”最初只是出于一种现实的要求，到了黄人、徐念慈、王国维等人，则开始尝试运用西方美学理论来研究小说的价值与特点。这些人对西方理论的接触与运用还是表面的，但由于得风气之先，又不乏理论的敏感，因而也得出了一些颇具启发性的见解，如王国维在著名

---

① 严编，第 65 页。

② 陈编，第 541 页。

③ 陈编，第 52 页。

④ 中国艺术研究院红楼梦研究所编：《红楼梦研究稀见资料汇编》上册，人民文学出版社，2001 年，第 20 页。

的《红楼梦评论》中对《红楼梦》悲剧性的体认。不过，他之称赞《红楼梦》，很大程度上是因为他认为这部小说“大背于吾国人之精神”，这一出发点使他的评论无法摆脱牵强附会的弊病。相比之下，胡适虽然受过了西方科学方法的熏陶，但他更习惯用传统方法来研究小说。所以，他在中国小说史学科的建立中的贡献是相当正面的。一方面他真正将古代小说作为科学研究的对象来对待，为小说史成为一门学科提供了前提条件；另一方面，他对传统方法的采纳，又为阐发中国小说的实际特点提供了可能。不过，由于他更热衷于具体问题的考证，在中国小说研究的理论上没有大的建树。而此时西方小说理论仍在不断引进，至清华小说研究会1921年编《短篇小说作法》的出版[①]，可以说标志着西方小说理论在中国传播的系统化、应用化。这本书表现出相当完整的小说文体思想，举例基本上是西方的，很少与中国小说实际相联系。但如果依据它所提出的原理，对中国小说也存在着一种威胁。如在论述小说的“情感”时，书中说：“愤激在小说里要算是最难用的一样情感。”“所以不能在小说里表现他的情感——愤激。”[②]而众所周知，“发愤著书”恰是自明代以来中国小说家所提倡的。

到了1930年代，小说理论的第一位问题仍然是：什么是现代的新小说？就连古典小说的学者也无例外地在思考这方面的问题。俞平伯的《谈中国小说》[③]等就体现了这样的思考。但正如有学者指出的，这些“绝非一般意义上的古典小说研究，都是从小说的走向上着眼，条分缕析地追溯中国旧小说的种种缺欠，指出现代标准的小说的种种条件。这种理论重心的转移，表明了一种不可抗拒的大势”[④]。又如胡怀琛《中国小说的起源及其演变》中指出现代小说的八个特质，也就是现代小说与中国原有小说的区别。其中“结构无妨平淡，不必曲折离奇”、“注意于人物描写的逼真，和环境与人物配置的适宜”等项[⑤]，本来并不是古代小说所没有的，它们的提出实际上还是反映了一种偏见。

不过，1930年代最重要的还是典型理论的广泛运用，它表明以刻画“人物”为中心的写实小说被视为小说创作中的“正格”，而人物典型化的理论、环境与人物关系的理论，特别是恩格斯的“典型环境与典型性格”的理论也

---

① 北京共和印刷局，1921年。

② 严编，第151页。

③ 《小说月报》第十九卷第二号，1928年2月10日。

④ 参见吴编之《前言》。

⑤ 吴编，第262页。

成为最有影响力的小说理论。[①] 这一理论在此后的几十年中几乎成了评价中国古代小说的不二法门，小说人物论也成了小说研究的主流。如1947年就有人撰文认为中国小说中只有“类型人物”，而缺乏“典型人物”。[②] 但正面的评价也很快就出现了。如胡绳1948年在《评姚雪垠的几本小说》中说：“《水浒》与《红楼梦》在典型人物的创造上得到巨大成功，因为这些典型是和封建专制主义的统治下的官逼民反的历史现实，是和封建地主官僚过着腐朽的寄生生活的历史现实紧相结合着的，是从这种历史现实中产生出来的。”[③]但是，这一理论在后来被机械地运用，却带来了对中国古代小说新一轮的扭曲和否定，因为古代小说通常是被认为只重情节不重人物的。同时，典型化理论又经常被概念化、简单化，也妨碍了对小说艺术成就的整体把握；特别是典型化理论过强的意识形态化，更导致了对小说评价的扭曲，对《红楼梦》中宝黛钗形象的分析以及对《水浒传》中宋江形象的分析，都曾左右了对这些小说的基本认识。当然，由于典型理论的意识形态化，它也一定程度上模糊了中西之别。不过，这种模糊其实就是西方小说观念对中国小说特点的笼罩。

当1940年代大众化、通俗化成为一种时尚时，“欧化”才受到了第一次广泛的质疑。章回小说一度盛行开来。虽然有不少人轻视或批评这一形式，但相应的，古代小说也因此获得了一次从文体上重新审视的机会。可惜，同样由于意识形态的制约，1940年代的通俗化只能算是一次对传统小说不彻底的反思。如孙犁1946年在《说书》一文中，基于革命文艺的立场，充分肯定了宋人话本的优良传统，即叙述现实生活里的故事，而且善于编故事，并用群众的语言写作，内容有教育意义。他进而说：“平话小说脉脉相承的历史，可以说是人民文学的主流。”[④]后来，这也成为了小说史的一条主线。

在谈到“以西例律我国小说”的发展时，我们还应注意这样一个事实，那就是鸦片战争后，文化论战此起彼伏，从学校科举之争到中学西学之争，从旧学新学之争，到文言白话之争，环环相扣，从未间断。然而这一系列论战似乎并未都在小说观上得到应有的、充分的体现。事实上，在“中体西用”的

---

① 参见吴福辉：《深化中的变异：三十年代中国小说理论及小说》，《上海文论》1991年5期。

② 袁圣时：《中西小说之比较》，见《中国比较文学研究资料》，北京大学出版社，1989年。

③ 钱编，第528页。

④ 钱编，第416页。

论争中，在整理国故的热潮中，在为东方文明辩护的声浪中，古代小说始终是不入流的。随着中西文化的论争经历的所谓从中上西下到中西对等再到西上中下的过程[①]，中国小说的地位也可以说是每况愈下。当然，也有个别学者在这方面作了一些努力，如1919年下半年起，文化论坛便发生了关于新旧调和问题的论战。章士钊、陈嘉年、伧父等纷纷主张折中、调和，而《新青年》、《新潮》、《每周评论》等则批判调和论。在这场论战中，有一位学者将其引向了古代小说的评价，这就是吴宓。他在《论新文化运动》一文中认为提倡新文化，不应该反对旧文化，而主张融会东西两大文明以建立新文化。他说："何者为新？何者为旧？此至难判定者也。原夫天理，人情，物象，古今不变，东西皆同……旧者不必是，新者未必非，然反是则尤不可。"[②]在此基础上，吴宓又尝试对中国古代小说重新评价。但是，在新文化的语境下，调和论已经成了守旧的代名词，新的评价在理论上就先天不足，因而难以贯彻下去。

尽管"以西例律我国小说"有愈演愈烈之势，但也一直存在着分歧与摇摆。张天翼1943年发表的《"且听下回分解"及其他》是一篇很有特色的文章。在谈到所谓旧小说与现代小说或外国小说的比较时，张反复强调自己无法评判优劣。虽然他仍然倾向于现代小说，但是他明智地说，各人总有各人的读书口味，所以有人喜欢旧小说这是很自然的事。这种对个性与特点的迁就显然有助于对古代小说作出恰如其分的评价。后来，张写过几篇有较大影响的古代小说研究论文如《读〈儒林外史〉》等，不是偶然的。张文的另一个值得注意的观点是，他说旧小说定型的写法，是源于一种定型的人生看法。[③] 如果与梁启超们把国民性的问题归咎于小说，那么，张差不多是反过来看的，即是中国社会与文化的特点造成了小说的特点。这同样提供了一种可能，即通过对中国文化的客观认识，达到对中国小说的客观认识。问题是，对整个中国文化的客观认识，比对中国小说的客观认识要更为复杂和困难。

第二节　知识结构的双重欠缺与角度偏差

"以西例律我国小说"产生的原因固然有上述社会背景与文学发展等方

① 参见昌切：《清末民初的思想主脉》第四章，东方出版社，1999年。

② 陈崧编：《五四前后东西文化问题论战文选》，中国社会科学出版社，1985年，第557页。

③ 钱编，第205页。

面的原因，但是有关学者知识结构的双重欠缺也是一个不可忽视的原因，由此导致的角度偏差更直接影响了小说观的科学性与小说史的准确性。

首先，20 世纪初的学人对西方小说的了解其实是很有限乃至不准确的，不少观点缺少实证性与逻辑性。出于社会改革的需要，一些文学成就并不那么突出的小说家如福禄特尔（伏尔泰）因其启蒙思想而获得极高的评价，而托尔斯泰也是被当做政治小说家与伏尔泰等并称，他的说教色彩甚浓的小说如《托氏宗教小说》等就优先译介进来。所以，很多西方小说名著还没有完整地出现在当时学人的视野中。1905 年，在《小说丛话》中，侠人坦承："余不通西文，未能读西人所著小说，仅据一二译出之本读之。"虽然他本人意在为中国小说唱赞歌，但这种对西方小说的了解方式与程度，在当时却具有相当的代表性。连通英、法两国之文的知新主人在历数自己所读中外小说后，也深有感慨地说："以吾二十年中所睹，仅得此区区者，顾欲评骘优劣，判别高下，不其难哉？"[①]而翻译的规模与水平是制约当时学人眼界的关键。1918 年，周作人仍撰文指出，讲"新小说"二十多年了，但却毫无成绩。原因在于中国人不肯模仿不会模仿，而翻译不够也是一个原因。"除却一二种摘译的小仲马《茶花女遗事》、托尔斯泰《心狱》外，别无世界名著。"[②]既然对西方小说的了解主要基于部分作品不完整的印象，在以这种印象作为证据时，就难免产生偏差。[③] 前面提到的侠人就根据《茶花女遗事》等仅为一小册子，认定中国小说比西方小说繁富。而当时一些人热衷发表的对西方小说的类型评论以及对西方小说的褒扬，同样不可避免地带有很大的主观性、随意性。

不但如此，早期学人所采之"西例"在很大程度上其实是中国眼光中的"西例"。所谓"凡删者删之，益者益之，窜易者窜易之，务使合于我国民之思想习惯"[④]。周作人也在《论"黑幕"》中指出中国古代小说是"闲书"："欧洲文学的小说与中国闲书的小说，根本全不相同，译了进来，原希望可以纠正若干旧来的谬想，岂知反被旧思想同化了去。所以译了《迦茵小传》，当泰西《非烟传》、《红楼梦》看；译了《鬼山狼侠传》，当泰西《虬髯客传》、《七侠五义》

---

① 陈编，第 75、86 页。

② 严编，第 57 页。

③ 关于近代西方小说"接受中的误解"，可参看陈平原：《二十世纪中国小说史》第一卷第二章，北京大学出版社，1989 年。

④ 海天独啸子：《〈空中飞艇〉弁言》，见陈编，第 91 页。

看。……”[①]这样就形成了一个思维的怪圈：一方面是对中国古代小说的否定，另一方面又不自觉地将西方小说纳入传统的接受习惯与心理中。这恐怕也是“以西例律我国小说”发展到后来，又出现了借“西例”抬高中国小说的倾向的原因。

与此相关的，20 世纪前期的学人对西方小说理论更是略知皮毛而已。吴宓 1924 年在《哈米顿〈小说法程〉中译本序》中谈到西洋文学的翻译时说：“即西洋小说格律法程之专书，亦未见有翻译绍介或撮取编述之者，虽有一二种，亦皆止于短篇小说，是可憾也。”[②]关键在于，这些理论方面的译著总体上还显得相当粗浅。在实践中，人们已经习惯用这种粗浅的西方理论随意评论中国小说。如有论者盛赞《金瓶梅》是一部现实主义的杰作，称“用西方现实主义理论检验它，它具备了各种现实主义因素，而且是成熟的”[③]。问题是，现实主义在西方原本是与表达高度主观感受的浪漫主义相对的一场运动，艺术上的现实主义一词通常指描绘底层人民生活的作品，并隐含着对社会环境的批评，以 19 世纪中后期欧美小说为代表。如果充分考虑这种理论背景，西方文论的普适性以及由此“检验”中国小说的合理性、必要性，都值得进一步思考。例如英国学者福斯特的《小说面面观》是在中国有广泛影响的一本小说理论著作，其中有“扁形人物”、“圆形人物”的提法，一些学者即借以描述了中国小说人物塑造由扁到圆的过程。但扁、圆人物本身是不同的人物类型，在福斯特那里并没有简单的高下之分，也就是说，这一理论未必能很贴切地用于中国古代小说的人物分析。

与对“西例”一知半解相对应的是，20 世纪前期的学人对中国古代小说的了解同样存在欠缺。从一开始，一些人就对西方小说可能带给中国文学的冲击有所担心。如 1902 年《新民丛报》刊《中国唯一之文学报〈新小说〉》中即昭示：“本报所登载各篇，著、译各半，但一切精心结构，务求不损中国文学名誉。”[④]但这种维护并不总是具有小说史知识的支撑。他们对中国古代小说创作及其发展的了解其实很有限。被简化乃至误解了的中国小说史在西例面前越发显得孤陋局促。今天看来，当时一些颇有影响的判断实际上是完全没有小说史的论证的。如认为“中国小说无短篇小说”，已有违小说

---

① 严编，第 72 页。

② 严编，第 361 页。

③ 应锦襄等：《世界文学格局中的中国小说》，北京大学出版社，1997 年，第 52 页。

④ 陈编，第 41 页。

史的实际，即便从“短篇小说者，人生横断面之某一角的表现也”的褊狭观点出发，只要记得《聊斋志异》中还有《镜听》、《王子安》等的精彩描写，大约也不会轻易得出上述结论；同样，如果考虑到林冲、李瓶儿、王熙凤等人的性格变化，也不会简单地说：“人物个性随时间、环境之变动而发展，动的人物也，欧西小说中恒有之……而吾国旧来作家则鲜注意及之。《儒林外史》中写匡超人是‘动的人物’仅有之例。”[①]

造成上述小说史知识上欠缺的原因其实并不复杂。从中国古代小说传播史来看，小说一直被轻视。早期的学者即使有所接触，也往往并不是光明正大或严肃认真的，而小说史的研究还远远没有全面展开。所以，只有少数名著例外。在20世纪前期以来的中西小说比较中，我们可以发现一个有趣的现象，《红楼梦》几乎成了所有批评家抵御“以西例律我国小说”最有效的杀毒软件，当然也成了一些人论证中西小说相通的最有力的论据。问题在于，《红楼梦》在中国小说史上并不是凭空出现的，而仅仅依据名著建立起来的小说观与小说史观至少是不完整的。与此相关，还有一个被忽视的问题是，小说史是一种历时性的文学现象，尤其中国古代小说的发展，体式繁多，历史悠久，仅仅从一种固定的观点或者说共时性的角度出发加以评判，不但抹杀了中西差异，也抹杀了古今差异。

正是因为知识结构的双重欠缺，在20世初以来经常可以看到许多对中西小说似是而非、大而无当的比较。如“西国小说，多述一人一事；中国小说，多述数人数事”[②]，只要考虑到晚清西方小说多节译，我们就不会对这样的评论感到意外。[③] 而所谓“各国文学史，皆以小说占一大部分，且其发达甚早。而吾国独不尔”[④]，实际上也暴露了论者对中国小说历史的无知或轻视。

就实际影响而言，“以西例律我国小说”直接导致了小说史的割裂。郁达夫在1926年出版的《小说论》中认为“中国现代的小说，实际上是属于欧

---

① 袁圣时：《中西小说之比较》，见《中国比较文学研究资料》，北京大学出版社，1989年。

② 徐念慈：《〈小说林〉缘起》，见陈编，第235页。《小说丛话》曼殊语也有类似的说法，见陈编，第72页。

③ 参见陈平原：《二十世纪中国小说史》第一卷，第69页，北京大学出版社，1989年。另外郭延礼《中国近代翻译文学概论》第33—38页也有对近代以意译和译述为主要翻译方式的论述，湖北教育出版社，1998年。

④ 《小说丛话》慧庵语，见陈编，第66页。

洲的文学系统的”，而现代小说也就是“中国小说的世界化”。[1] 另一个小说家欧阳山在《我写大众小说的经过》中也坚持说：“外国花了几百年工夫培植出长篇小说、短篇小说、戏剧、诗等等文学样式来，中国是没有的。”[2]虽然中国现代小说与欧洲小说有密不可分的关系，但当时的小说家自觉不自觉地借鉴古代小说，也是不争的事实。[3]

由于知识结构上的双重欠缺也造成了一系列角度上的偏差。比如，由于对社会变革的强烈关注，所谓“政治小说”也备受重视，研究者自然而然地以此作为标准来衡量古代小说。不言而喻，符合这一尺度的古代小说是罕见的。而当有的学者从政治小说的高度把《水浒传》视为我国小说第一流的杰作时，一方面可能是对这部小说在小说史上的地位的误解，另一方面也因此导致了对小说中更为精彩的描写的忽视。实际上，在强调政治小说的意义时，小说文体的特点变得不重要了。如梁启超称西洋及日本“著书之人，皆一时之大政论家，寄托书中之人物，以写自己之政见，固不得专以小说目之”[4]，20 世纪小说史研究对古代小说政治性的强调与这一见解实际上是一脉相承的。

同样，对西方的盲目崇拜，也导致了小说评价上的不恰当的比较。例如晚清学者对西方的侦探小说推崇备至。而在这一热潮中，中国古代公案小说就成了最受攻击的对象之一。其实，侦探小说与公案小说本来是不同类型的作品，由于思维特点的不同、法律文化的不同，它们之间固然存在一定的可比性，但这种可比性不应该只是导向高下之分。

还有一个偏差很明显。众所周知，从魏晋志怪到唐传奇，再到明清的“神魔小说”，中国古代存在着一个源远流长的非现实形象构成传统。但是，近代以来的学者，从宣传科学、反对迷信的立场出发，将古代小说中的非现实形象构成作品统统视为“鬼神”类，加以否定。如棠《中国小说家向多托言鬼神最阻人群慧力之进步》一文，就盛赞西方小说“从未有组织鬼神不经之说以求怪幻者”，他批评《西游记》、《聊斋志异》等作品，满纸皆山精石灵，幻形变相，“无斯须裨益于人群慧力之进步”。[5] 这不但昧于对这些小说的具体分析，更忽视了小说艺术发展的过程，轻易地抛弃了一种富于表现力的艺

---

① 严编，第 418 页。

② 《抗战文艺》第 7 卷第 1 期，1941 年 1 月 1 日。见钱编，第 70 页。

③ 参见拙文《吴组缃小说的艺术个性》，《文学评论》1995 年第 2 期。

④ 《饮冰室自由书》，见陈编，第 23 页。

⑤ 陈编，第 297 页。

术方式。耐人寻味的是,20 世纪 40、50 年代以后,从西方移植过来的“浪漫主义”常常又成了这类小说的桂冠,但其中同样存在着对古代小说的简单化评判。

需要进一步指出的是,“以西例律我国小说”基本上是在一种单向的文化交流下呈现出来的。当时,很少有中国小说在西方传播,因此,中国学者也就不可能从另一方面听到不同的声音。19 世纪歌德对《好逑传》等二流小说的称赞被很多人津津乐道。但这种称赞在 20 世纪初似乎还并不为国人所知。[①] 所以虽然歌德可以称赞中国道德的纯净高尚,刘半农却说了相反的话。他 1918 年 1 月 18 日在北京大学文科研究所小说科作的演讲《通俗小说之积极教训与消极教训》中极力称赞外国文学的人道,不正面表现暴力,而“中国却不然,种种奸淫惨杀之事尽可在大庭广众之中高谈阔论”[②]。其实,简单的道德评价往往是某种文化偏见的反映[③]。

1933 年 3 月 1 日《现代》2 卷 5 期上有一篇美国人勃克夫人(赛珍珠)的文章《东方,西方与小说》,谈及东西方小说不同的发展路径及特点。这并不是一篇很精深的论文,但其中有些看法恐怕是中国学者所不可能具有的。比如她同样也认为中国小说对于背景不很留意,也没有真正的情节,“一般的讲,简直没有一处我们可以指定了说这是动作的峰点,或是最大的纷乱……没有峰点,没有收场,除了那环绕着一个主要角色(假如有的话)的事情以外,简直没有重要的结构,次要的结构也不一定有”,这是被西洋的批评家看做是中国小说缺点的。但赛珍珠提醒人们,只要你读惯了,其中就有一件极明显的好处在。因为“在这种没有形式的小说里,就特别象征着人生。人生也是没有结构的……这一种断片的感想,是中国小说最先给我们的”。因此,东西方小说的结局也不同,中国小说不追求故事的收场,它留给读者更多的想象。所以,她认为如果养成了中国人的口味,再读西洋小说,就很明显的是味同嚼蜡了。[④]

值得注意的是,“以西例律我国小说”表现出来的误解也并不完全是一种知识欠缺,也反映着对小说解读的方式与深度。如林纾《〈红礁画浆录〉译

---

① 陈铨 1936 年在商务印书馆出版的《中德文学研究》一书,也许是较早介绍这方面情况的专著。

② 严编,第 50 页。

③ 关于这一点,可参看刘绍铭:《英美文学批评家笔下的中国小说》,见《中国比较文学学科理论的垦拓》,北京大学出版社,1998 年。

④ 吴编,第 198、199 页。

作剩语》中说:“故西人小说,即奇恣荒眇,其中非寓以哲理,即参以阅历,无苟然之作。……若《封神传》、《西游记》者,则真谓之无关系。”[①]但至少对《西游记》来说,现代学者的研究表明,它也并非如林纾所谓是与哲理、政治无关的“苟然”之作。又如郑振铎在《〈俄罗斯名家短篇小说集〉序》中与俄罗斯文学作比较时说,中国文学“最乏于真的精神”,“是非人的文学,是不切于人生关系的文学,是不能表现个性的文学”。[②] 他对西例的了解大大超过了晚清学人,同时,也是一位出色的中国小说史研究者。事实上,郑对中国古代小说如《金瓶梅》等在人性描写上的成就即给予过高度的评价。这表明“以西例律我国小说”已经成为了一种根深蒂固的偏见。而偏见之所以通行无阻,则是由于理论思考的深度不够。比如所谓“真的精神”,就是一个很值得推敲的说法。中国小说对“真”的强调其实是很突出的,只不过中国古代小说家一般不把“真”作为一个单独的指标提出来,而往往与“理”相联系,如无碍居士(冯梦龙?)《警世通言叙》中所说的“事真而理不赝,即事赝而理亦真”。只要深入到这些具体而微的细节中去,我们就会发现,“以西例律我国小说”的误区不仅在于指鹿为马,还在于以偏概全。所以,吴宓在《论新文化运动》中指出:“欲谈文学,必须著译专书。今报纸零篇,连类而及,区区数行之中,而欲畅言一国一时代文学,岂易事哉?”[③]不过,吴宓始料不及的是,即便是专著,如果不从观念与方法上加以改变,偏见仍然是不可避免的,甚至会被放大。

第三节 “以西例律我国小说”的文体偏见与正面效应

“以西例律我国小说”在20世纪的流行,造成了一系列对中国古代小说文体的偏见。直到20世纪90年代,我们还可以在一些名家的宏论中看到这样的观点:“中国传统小说,虽然数量不少,实在只有讲史和传奇(包括烟粉、灵怪、公案等)两个类型。而外国小说却有更多的类型,例如政治小说、科幻小说等等,都是中国所没有的。在各种类型小说的故事情节、主题

① 陈编,第167页。

② 严编,第94页。

③ 陈崧编:《“五四”前后东西文化问题论战文选》,中国社会科学出版社,1985年,第564页。

思想、描写技巧各个方面，外国小说都显得更繁富、深刻、高明。”“中国传统小说的创作方法，永远是按照编年排日的次序以叙述故事情节的发展。不会用倒叙、插叙，推理、分析，旁白、独白种种艺术手法。碰到一个故事需要追溯前情或补述旁事的时候，只会用话分两头，且说……，或这且按下不提，再说……这一类公式化的结构。”[①]这一批评很有代表性。说这番话的施蛰存其实对中国小说也有过相当正面的评论，这足以证明“以西例律我国小说”影响之深远。

对中国小说文体的否定从一开始也是与对其内容的否定联系在一起的。20 世纪初的改革家们武断地认为，中国小说的题材或类型不外乎“英雄”、“儿女”、“鬼神”三大派，前引《小说丛话》中梁启超、侠人、定一等都有类似的说法。这种简单的三分法将中国小说基本上都归入了所谓诲怪、诲淫、诲盗之列，认为它们在内容上有明显缺限，在类型上也显得贫乏。而在他们看来，西方小说却是题材广泛，类型也丰富多彩。“譬如‘短篇小说’，吾国第于‘小说’之上，增‘短篇’二字以形容字别之，而西人则各类皆有专名，如 Romance，Novelette，Story，Tale，Fable 等皆是也。”[②]所以，他们热衷为小说贴上名目繁多的标签。关键在于，他们认为“新小说之意境，与旧小说之体裁，往往不能相容”[③]。何况，以报刊为主的传播形式也使得采用旧的小说文体精雕细琢变得不切实际。文体改革的呼声自然应运而生。

如前所述，在西方小说传入之初，实际上也存在着“以中例律外国小说”的情况。如林纾在《〈黑奴吁天录〉例言》中就说“是书开场、伏脉、接笋、结穴，处处均得古文家义法”[④]。但是，这种了无新意的叙事理论显然不足以解释西方小说。当时，虽然也出现了一批《小说原理》、《论文学上小说之位置》之类力图从宏观把握小说文体特点的文章，但所讨论的基本上还是“繁简”、“雅俗”、“虚实”这样的传统命题，也不至于对中国小说的文体形成强大的冲击。到了 20 世纪 20、30 年代，一批新的小说作法、小说通义、小说概论、小说学讲义著作陆续问世，表明小说文体开始受到广泛的重视。而这些小说理论主要是从西方移植过来的。当时影响最大的还有商务印书馆 1924 年出版的由华林一译哈米顿（Clayton Hamilton）著《小说法程》和次年

---

① 施蛰存：《中国近代文学大系・翻译文学集・导言》，上海书店，1990 年。

② 紫英：《新庵谐铎》，见陈编，第 253 页。

③ 《〈新小说〉第一号》，见陈编，第 39 页。

④ 陈编，第 27 页。

出版的由汤澄波译 Bliss Perry 著《小说的研究》，它们成为当时中国小说理论的基本依据。严家炎在《二十世纪中国小说理论资料》第二卷的《前言》中指出，五四时介绍了西方以“人物、情节、环境”为小说三元素的理论，“它对中国性格小说的发展起到了重要的作用，从根本上打破了传统小说片面重视故事情节的旧格局，从此，‘小说重在情状真切，不重情节离奇’，就成为人们可以接受的新观念”。清华小说研究社的《短篇小说作法》、郁达夫的《小说论》、沈雁冰的《小说研究 ABC》等，都接受了这种新的三分法理论。西方小说理论的兴盛，意味着对中国小说的批评从思想层面向文体层面的深入，而古代小说一旦在文体层面纳入了西方小说的分析与评价体系，要得到客观的认识势必更加困难了。

正因为如此，我们看到，即使是像俞平伯这样精研中国古代小说、卓然成家的学者，也无法摆脱“以西例律我国小说”这一预设的理论前提。例如在《谈中国小说》一文中，他正确地指出中国“古之小说本非今之小说”，因此，“我们用今日所谓小说之标准去衡量古之小说，而发见种种的有趣的龃龉”。包括短篇与长篇这样看似简单的分类观念，俞平伯也认为“这套外国衣裳，我们穿起来怪不合式”。他说：“中国文学受西洋的影响决不能没有限制”，同时，“古人的滥调固不宜采用，但有许多色彩为中国小说的基本调子，不该完全抛弃”。不过，在具体论述中，俞平伯还是用所谓“三分法”把中国古代小说批评得几乎一无是处。他认为“注重环境之作品为近代西洋之产物，中国古时殆无此项成绩，可以除开”。而人物描写，无论文言小说还是白话小说均十分简单，只有《水浒传》、《红楼梦》是例外，但“若讲起结构，中国小说在此方面更劣于描写，几乎无全璧，即大家赏识的《红楼梦》，细考校去，亦是一塌糊涂”[1]。接着，俞氏还历数了中国古代小说结构上任意起讫、无意味的延长、无限制的连缀、不调和的混合等弊病。

在对中国古代小说文体加以批评的意见中，最为突出的有以下两个方面。

首先一点是认为中国小说缺少描写。这涉及到社会、背景、人物、心理等不同层面。瞿世英《小说的研究》中在回顾中国小说的历史后说：“中国小说的缺点，在不能描写，不能刻画，结果作品中没有个性存在，无明了的人格。读者只能知道一件事或许多件事，而不能了解作品中的人。”[2]杨振声

---

① 吴编，第 35、28 页。

② 严编，第 274 页。

在《〈玉君〉自序》中说:"《水浒》、《红楼》等长篇小说,都是偏于横面的写法,所以写了个全社会,写来又是那么长,作者终身只能作一部。如西洋长篇小说的体裁,从纵面写下去的在中国几乎没有。"①不过,吴宓并不同意这种说法,他认为"纵写横写之小说,中西各皆有之"。这不只是一种事实的揭示,更表现了一种态度。所以,他对《红楼梦》的评论也是从"小说之正宗"、"实足媲美且凌驾欧美而无愧"这样鲜明的立场出发的。② 可惜,这样的反驳在当时不啻空谷足音。

认为中国小说缺少描写的另外一个重要方面是从西洋小说的心理分析出发,认为中国古代小说乏于心理描写。1903 年,璱斋就在《小说丛话》中引英国文豪"小说之程度愈高,则写内面之事情愈多,写外面之生活愈少"观点,称"持此以料拣中国小说,则惟《红楼梦》得其一二耳,余皆不足于是也"。③ 现代小说家张恨水,通过"林译小说"看到了外国小说描写手法之长,他认为"尤其心理方面,这是中国小说所寡有的"④。随着小说研究的深入,这种看法有所改变。如茅盾 1940 年在《关于〈新水浒〉——一部利用旧形式的长篇小说》中,就说:"大众能够领受的旧小说,便是或多或少有些心理描写的;并且心理描写越深刻的作品,越为大众所喜爱。《三国演义》与《水浒》就是富有深刻的心理描写。问题是在于你的心理描写是具有丰富的形象性的呢,或是只把抽象的概念来堆砌。搬弄一些抽象的词句,只能算是心理的叙述,不是描写。"⑤不过,我们至今仍不时看到一些论文还在费劲地论证中国小说诸如《红楼梦》中有心理描写。这实际上还是掉在 20 世纪初的学者设下的陷阱中不能自拔。实际上,茅盾的思路是正确的。问题不在于有没有心理描写,而在于怎样描写。

其次,认为中国古代小说在结构上不如西方小说,也是"以西例律我国小说"的一个重要观点。如知新主人在《小说丛话》中征引时人见解称中国小说与外国小说有不同的阅读感受,"盖以中国小说,往往开宗明义,先定宗旨,或叙明主人翁来历,使阅者不必遍读其书,已能料其事迹之半;而外国小说,则往往一个闷葫芦,曲曲折折,直须阅至末页,方能打破也"⑥。其间高

---

① 严编,第 371 页。

② 严编,第 394 页。

③ 陈编,第 67 页。

④ 张恨水:《写作生涯回忆》,人民文学出版社,1982 年,第 8 页。

⑤ 钱编,第 57 页。

⑥ 陈编,86 页。

下优劣，不言自明。在《〈毒蛇圈〉译者识语》中，他还对中国小说备叙人物始末或普遍采用楔子、引子之类结构持批评态度，而极力推崇西方小说起笔即是人物对话，凭空落墨的写法。[①] 张恨水1928年在《长篇与短篇》中更明确地说："中国以前无纯小说之短篇小说，如《聊斋志异》，似短篇小说矣。然其结构，实笔记也。"[②]而在20世纪40年代初，由于章回小说在报刊上广为流行，曾一度引起人们对这一传统小说形式及相关作品的热烈讨论。但这种讨论由于从一开始就被置于与所谓"文艺小说"的对比性观照中，所以，章回小说的文体至多不过是站在被告席上得到一点辩护而已。如有人说："章回小说的形式实在不过是分章回，琐屑的写人物而已。这并不足称之为形式，就是有形式只可说是平铺直叙，散漫而无结构，有故事而无修辞。"[③]从上述言论可以看出，无论是文言小说，还是章回小说，都因结构而受到了非议，这也表明所谓结构问题其实也就是文体问题。

很显然，中国古代小说在长期的演变过程中，形成了一套自己独特的结构方式。分析起来，一部小说的结构通常包括不同层面、要素。例如在通俗小说的早期，说书艺人在自己的艺术实践中，创造了一系列适应表演伎艺与听众接受习惯的结构方式，在时空结构中所谓"花开两朵，各表一支"，在叙述节奏中以情节单元为中心，组织段落，并最终形成章回体制等，这些都不能简单地纳入"西例"当中去。从观念层面来看，一个小说作品，尤其是长篇小说，往往还具有外在的表层叙述结构与深层思想结构的相互配合。诸如因果报应、轮回、大团圆等，都可能成为中国小说结构的关键要素，这同样是无法简单地纳入"西例"中去的。另外，中国小说与古代其他文体也存在着相互影响的关系，在结构上也会有所体现，如小说的情节安排与人物设置都与戏剧有很大的关系，在某些小说家如李渔那里，这一点甚至成为一种鲜明的创作特色。抛开了这种种决定中国古代小说结构的基本条件与要素，是无法对它作出公正的分析与评价的。

值得注意的是，当"以西例律我国小说"发展到理论探讨阶段时，对中国小说特点的分析也开始提上了议事日程。1932年李何林《小说概论》就反映了小说不断"欧化"所产生的焦虑和极度矛盾心理。[④] 不但如此，一些学

---

① 陈编，第94页。

② 吴编，第48页。

③ 楚天阔：《过去，现在，未来》，《国民杂志》1942年10月号。见钱编，第162页。

④ 参见吴编《前言》。

者开始思考更为具体的问题。如施蛰存1937年在《小说中的对话》中提到在西洋小说被认为是“文学上的正格”时，有一种观点认为中国旧小说中常是对话与叙述连贯地写下去，没有引号或分行的标明，使读者看不清什么地方是对话、什么地方是叙述；而且动辄用“某生曰”或“某人说道”也不如西洋小说随时插入一点描写如“某人笑着说”、“某人沉思似地说”之类。这看上去是一个并不重要的问题，但也反映了西洋小说对中国小说影响之深，用施蛰存的话来说简直是“过继给西洋的传统了”。但是，施蛰存却从自己的创作体验出发，认为利用导引语和补注语会使对话与叙述的本体脱节，破坏小说的文体美。由此，他提出了一个更值得深思的问题，即所谓西洋式的正格的小说“到底它们比章回体，话本体，传奇体甚至笔记体的小说能多给读者若干好处呢？曹雪芹描写一个林黛玉，不曾应用心理分析法，也没有冗繁地记述对话，但林黛玉之心理，林黛玉之谈吐，每一个看过《红楼梦》的人都能想像得到，揣摹得出”①。虽然这一问题至今没有答案，却反映了中西小说交流真正值得重视的探讨方向。

无可否认，作为一种异质文化的引入和不同于以前的小说诠释模式，“以西例律我国小说”与中国古代小说也形成了互识互证，对新的小说观的建立，有不应否认的正面效应。正如本文第一节所说的，传统小说理论虽然在一些具体现象的分析方面做得比较细致，但即便是在什么是小说这样的基本问题上，都没有统一的认识。所以，“以西例律我国小说”在以西方小说作为参照系的同时，也为厘清古代小说的边界与特点提供了一个理论依据。具体来说，则有以下几方面的积极作用。

首先，传统小说观文体意识上的错综复杂不利于小说的分析。例如由于传统小说理论强调小说“羽翼经史”的作用，对小说内容的关注停留在道德劝惩或真伪虚实的问题上。而新的小说观从抬高小说的社会作用入手，以“泰西尤隆小说学”相标榜②，使小说、特别是通俗小说作为一种人类的审美活动，得到了充分的肯定，从而形成了真正意义上的小说本体论。

其次，尽管西方的理论在讨论中国古代小说的独特方面，有时显得有些隔膜，但“以西例律我国小说”也揭示出传统小说观所不注意的一些艺术特点。如上文所引茅盾对中国古代小说心理描写的肯定，其实就是受西方小说观念影响的一个结果。恰恰是因为有人依据西方小说否定中国古代小说

① 吴编，第471页。

② 康有为：《日本书目志》识语，见陈编，第13页。

存在心理描写，才迫使我们的研究者有可能去认真地审视这一被忽视的现象，从而发现中国古代小说在心理描写上与西方小说的异同。同样，由于西方小说理论的提示以及对西方小说相关现象的认识，诸如情节冲突、叙事模式、叙事角度等带有普遍性的小说形态问题，也都成了透视中国古代小说艺术特点的全新角度。

再次，"以西例律我国小说"还为中国传统的小说理论的改造与发展提供了有参考意义的借鉴。事实上，20世纪后期，中国古代小说评点开始受到越来越多的重视，不少小说评点所蕴涵的理论价值得到充分肯定。其间虽然有与"以西例律我国小说"类似的西方理论对中国小说评点的强行"收编"，但从正面的角度看，也不妨说是一种"激活"。1982年北京大学出版社出版的叶朗的《中国小说美学》就是较早的系统地将中国古代小说评点与西方小说理论相结合的著作。而在大洋彼岸，也有学者尝试以明清小说的评点作为阐释框架或出发点，如蒲安迪的《明代小说四大奇书》就是这方面值得重视的成果。

最重要的是，由于有了西方小说及理论的参照，中国小说的独特地位与特点逐渐得到了确立。尽管这种地位与特点常常被"西例"所笼罩，但放在整个小说史上看，古代小说仍然在20世纪登上了大雅之堂，与传统诗文等一起，成为中国文学最有价值的一部分。很难想象，没有近代社会文化观念的变革，没有西方小说观念的引进，中国小说究竟会向什么方向发展。

综上所述，由于"以西例律我国小说"所引起的文体偏见与正面效应是相伴而生的，这就为我们如何恰当地运用西方小说及理论作为评论古代小说的一个参照系，造成了一定的困难。而正确把握理论与实践的矛盾，正是中国古代小说研究深化的契机。

第四节　《中国小说史略》的学术理念与表述方式

虽然"以西例律我国小说"一直呈强劲态势，但并不意味着在现代意义上的小说史学科的建立过程中，传统学术完全无所作为。作为20世纪影响最大的小说史著，鲁迅的《中国小说史略》(以下简称《史略》)在"以西例律我国小说"的学术背景下，不单确立了小说史作为一门学科的地位与内涵，而且有着明显的纠偏意义。

1920年11月起，鲁迅先后在北京大学等校讲授中国小说史。稍后，他将讲义整理出版。这就是引导和影响了古代小说研究几代学人的《中国小说史略》。

《史略》的学术意义体现在两个方面。首先是它的学术史价值。也就是说,它打破了“中国之小说自来无史”的局面(《史略·序言》),使小说登上了学术的殿堂,小说史逐渐成为一门真正的学科。其次则是书中学术思想的科学价值。虽然时过境迁,小说史研究已有了长足的进步,但鲁迅的许多观点至今仍具有鲜活的生命力和深刻的启发性。而这两方面的意义都与鲁迅研究小说史的学术理念及表述方式密不可分。

所谓学术理念,是指学术研究的动机与基本思路。在鲁迅之前,古代小说的研究大体经历了两个阶段:一个是以序跋评点为主的传统小说理论阶段;再一个就是晚清至“五四”前的阶段,这时小说观念发生根本性转变,传统小说理论的思想体系与观点被颠覆,在小说被梁启超等人抬高为社会改良的法宝的同时,相当多的人对古代小说持完全否定的态度。至鲁迅,古代小说实际上是作为一个有待重新解读的文化现象摆在人们面前的。它不再被看成稗官野史或教化世人的工具,也不是毫无意义、仅供消遣的闲书。鲁迅说过:“我深恶先前的称小说为‘闲书’。”[①]那么,小说究竟是什么?鲁迅在《史略》中并没有如当时一般的小说史著那样,给出明确的定义。他首先梳理了小说的概念,并将其与对小说功能的历时性考察结合起来。如在第八篇中,他对“传奇”有这样的概括:

> 传奇者流,源盖出于志怪,然施之藻绘,扩其波澜,故所成就乃特异,其间虽亦或托讽喻以纾牢愁,谈祸福以寓惩劝,而大归则究在文采与意想,与昔之传鬼神明因果而外无他意者,甚异其趣矣。[②]

这实际上就从源流、创作方法、艺术功能等角度对“传奇”进行了界定。

鲁迅对小说的基本看法在他对具体作品的评论中也有所反映。他非常明确地反对把小说当成某种工具。如在分析《野叟曝言》时,他说“以小说为庋学问文章之具,与寓惩劝同意而异用者”,如分寸把握不当,“殊不足以称艺文”。他特别强调小说在与现实人生的关系中所表现出的独特感受和认识价值。为此,他提出了“写心说”,如称一些通俗小说是“为市井细民写心”(第二十七篇),突出了“心”字,即思想感情的表达。更值得注意的是,他还

---

① 鲁迅:《南腔北调集·我怎么做起小说来》,见《鲁迅全集》第4卷,1981年,第508页。
② 《鲁迅全集》第9卷,人民文学出版社,1981年,第70—71页。

根据不同作品的不同特点加以恰当的评论。对《西游记》，他既称赞它“使神魔皆有人情，精魅亦通世故”的描写，更肯定其令人“忘怀得失，独存赏鉴”的风格（第十七篇）；对《金瓶梅》则高度评价其对世情刻露尽相、幽伏含讥的表现（第十九篇）；对《红楼梦》，又仔细分析了主要人物的心理特征，如“悲凉之雾，遍被华林，然呼吸而领会之者，独宝玉而已”云云（第二十四篇），等等。因此，在鲁迅看来，小说是对社会人生多角度、多层面的透视。这在当时的小说研究中，是极为先进的。

在正确把握了小说的文体特征后，鲁迅又进一步对小说的分类作了认真的探索。这在小说史上也是有突破意义的。在鲁迅之前，小说的分类往往是对题材的简单概括。如《醉翁谈录》对“小说”一门，就分为烟粉、灵怪、传奇、朴刀、杆棒、公案、神仙等八类，有过于琐碎和夹缠不清之病。文言小说方面，如胡应麟《少室山房笔丛》分为六类，从现代小说观念上看，也有文体混淆的弊端。鲁迅在吸收传统小说理论分类为基础，又借鉴晚清以来小说理论分类的新方法（如“神怪小说”、“社会小说”、“历史小说”等提法在《史略》前已屡见不鲜），从纷繁的小说题材中，拈出志怪、传奇及神魔、世情、人情、狭邪、侠义、公案诸体。虽然其间并非没有可以商榷的余地，但他兼顾文体、题材和表现方法的学术理念，切合中国小说实际，足成一家之说。

更重要的是，鲁迅的小说分类是与他对小说史的宏观把握联系在一起的。比如“人情小说”之于“狭邪小说”、“讽刺小说”之于“谴责小说”等，演变之迹，都昭然若揭。鲁迅指出《聊斋志异》“用传奇法而以志怪”，也出于同样的学术理念和小说史观。

事实上，鲁迅小说史研究特别重视的就是对小说发展演变规律的揭示，这也是《史略》作为“史”而不仅仅是“作家作品通览”的长处。鲁迅在《中国小说的历史的变迁》开篇就说，他要“从倒行的杂乱的作品里寻出一条进行的线索来”，这正是《史略》的最基本的理念。在《史略》正式出版前，鲁迅曾印行了一册油印本的《小说史大略》。在那当中，《儒林外史》还是与晚清的《官场现形记》等相提并论，同归于“谴责小说”的。但在《史略》中，鲁迅指出：

> 寓讥弹于稗史者，晋唐已有，而明为盛，尤在人情小说中。然此类小说，大抵设一庸人，极形其陋劣之态，借以衬托俊士，显其才华，故往往大不近情，其用才比于“打诨”。若较胜之作，描写时亦刻深，讥刺之切，或逾锋刀，而《西游补》之外，每似集中于一人或一家，则又疑私怀怨毒，乃逞恶言，非于世事有不平，因抽毫而抨击矣。其近于呵斥全群者，

则有《钟馗捉鬼传》十回，疑尚是明人作，取诸色人，比之群鬼，一一抉剔，发其隐情，然词意浅露，已同嫚骂，所谓婉曲，实非所知。迨吴敬梓《儒林外史》出，乃秉持公心，指擿时弊，机锋所向，尤在士林；其文又戚而能谐，婉而多讽，于是说部中乃始有足称讽刺之书。[①]

这样就从讽刺小说的发展过程中确立了《儒林外史》的历史地位，并使之成为衡量"谴责小说的一个坐标"。而把某一作品置于同类作品的比较中，探索其特点进而为其准确定位，也是鲁迅的一个基本理念，它几乎贯穿于《史略》所有重要论断中。如《神异经》和《十洲记》皆题东方朔撰，鲁迅从它们文思深茂与浅薄的不同，认定前者为文人之笔，后者是方士所为。他强调《红楼梦》打破了传统的思想与写法，也是基于比较得出的深刻之论。

与二三十年代许多学者一样，鲁迅也笃信进化论的思想，这构成了《史略》的又一个重要理念。鲁迅描述了小说如何由"粗陈梗概"的初级阶段，到"有意为小说"的成形阶段，直至小说繁荣发展的阶段。此外，他总是高度肯定有创新精神的作品，而对模仿之作往往评价很低。鲁迅多次用到"拟"字，这既被用作揭示文体，如宋元有"拟话本"、明有"拟宋市人小说"、清有"拟晋唐小说"，又隐含价值判断，如他说宋人传奇"拟古且远不逮"(第十二篇)。

不过，鲁迅不是一个机械进化论者。他认为中国进化的情形还有两种特别现象。"一种是新的来了好久之后而旧的又回复过来，即是反复；一种是新的来了好久之后而旧的并不废去，即是羼杂。"(《中国小说的历史的变迁》)所以，他在透视小说史时，就贯彻了这样一种更符合实际的眼光，赋予了小说发展多角度的考察。鲁迅十分重视政治、文化在小说发展中的作用。这虽然难免有考虑不周之处，如他对神魔小说产生背景的分析，似乎就没有充分考虑非现实形象构成自身的艺术规律，但从总体上说，《史略》对政治、文化背景的阐述并不拘泥，仍不失为把握小说演变的一个途径。与此相关，鲁迅论述小说作品的产生还经常与接受者的欣赏心理联系起来，如人情小说泛滥文坛，"久亦稍厌，渐生别流"，就出现了《儿女英雄传》、《三侠五义》两股支流；侠义公案盛行后，拟作续书太多，"且多滥恶，而此道又衰落"(第二十七篇)。诸如此类，在观点上和方法上，都足资启发。

众所周知，鲁迅还是一个个性极强的作家。胡适、钱玄同等人曾批评《史略》论断太少。鲁迅在给胡适的回信中说："我自省太易流于感情于论，

① 《鲁迅全集》第9卷，人民文学出版社，1981年，第220页。

所以力避此事。”[①]但力避此事并不等于完全放弃，而是以更科学的态度，锤炼平稳精辟的见解，要言不烦，一语中的。因此，鲁迅在杂文中对纪昀讥刺宋儒并不十分高看（如《且介亭杂文·买〈小学大全〉记》；而在《史略》中，却对《阅微草堂笔记》这方面的内容给予过肯定的评价。这当然不是说鲁迅在《史略》中的论断就没有个性特点，实际上，《史略》中随处可见鲁迅的思想。例如，他特别重视真实性，这正是他高度评价《金瓶梅》、《红楼梦》等的原因；而对“大团圆”结局的嗤之以鼻，也与他在《论睁了眼看》等杂文中表现出来的对传统文化“瞒”与“骗”倾向的犀利批判一致。

总的来说，《史略》的论点发隐抉微，细致精当。这与鲁迅的充分准备分不开。他在谈到《史略》时就说过：“我都有我独立的准备。”（《华盖集续篇·不是信》）实际上，鲁迅的小说史研究自成系列。除《史略》外，有《古小说钩沉》、《唐宋传奇集》这样的作品考订，有《小说旧闻钞》这样的史料搜集，也有《破〈唐人说荟〉》、《宋民间之所谓小说及其后来》这样的专论。它们与《史略》相互补充，相得益彰。特别值得一提的是，鲁迅治学崇尚平实。如他不赞尚胡适等人“恃孤本秘笈，为惊人之具”，他用的都是“通行之本，易得之书”[②]，而在具体考证中，也适可而止。因为他觉得，有些问题，“只消常识，便得了然”（《二心集·关于(唐三藏取经诗话)的版本》），较之后世小说史研究一些走火入魔般的考证，《史略》的精神也是应当提倡和效法的。

上述《史略》之学术理念，总是要在具体表述中得到凸显与展开的。考察《史略》，很容易看出其间出现最频繁的批评用语是“文”与“意”（包括以它们为主干的词语），而且往往两者同列并举。这可以说是《史略》小说批评表述方式的重要特征。

与“文”相关者主要包括文、文采（文彩）、文笔、文辞等。如评《新齐谐》“其文屏去雕饰，反近自然”（第二十二篇），宋代志怪“既平实而乏文彩”（第十二篇），《铁花仙史》“文笔拙涩”（第二十篇），《飞燕外传》“文辞殊胜而已”（第四篇），等等。与“意”相关的一组用词主要有意、主意、立意、本意、意想、意度、意绪等。如评《六合内外琐言》“其体式为在先作家所未尝试，而意浅薄”（第二十二篇），宋市人小说“主意则在述市井间事”（第二十一篇），《南柯太守传》“立意与《枕中记》同”（第九篇），《续金瓶梅》“与神魔小说诸作家意想无甚异”（第十九篇），“惟著述本意，或在显扬幽隐，非为传奇”（第九篇），

---

① 见《鲁迅研究月刊》1990年第12期。

② 鲁迅：《致台静农》，见《鲁迅书信集》上卷，人民文学出版社，1981年，第319页。

等等。两相对举的则如评《龙图公案》“文意甚拙”(第二十七篇),《野叟曝言》“意既夸诞,文复无味”(第二十五篇),《西京杂记》“固亦意绪秀异,文笔可观者也”(第四篇),《好逑传》“其立意亦略如前二书,惟文辞较佳”(第二十篇),“故就文辞与意象以观《金瓶梅》,则不外描写世情”(第十九篇),等等。另外,有些批评用语虽未直标“文”、“意”,但在表述中的意思、用法明显相近,亦可分别归入上述两组。与“文”义近者如辞、笔、辞气等,与“意”义近者如旨、大旨、义旨、旨趣等。辞—意、命意—词气等对举者亦有见,兹不胪举。

如前所述,《史略》中的论断极为精审,这与鲁迅着重从“文”与“意”两方面概括作品特质,加以简赅明确的评说有关。就具体批评策略来说,鲁迅没有对上述术语作明确的定义,也没有给出理论上的规范。事实上,它们在中国古代诗文评及小说理论中早已出现并得到广泛运用。鲁迅之所以仍拈出这两组当时已显得“陈旧落后”的批评述语,或许正反映出他在小说史研究中面临的难题和立论的苦心。鲁迅对上述“以西例律我国小说”的风气早就有所警惕,也意识到胡适等人所谓“科学方法”与文学鉴赏疏离的缺失。尽管传统术语不甚明晰,但较之西方文论和“考证之眼”,却更容易契合中国古代小说的脉络和品性。尤其在小说史研究的草创阶段,特别需要能从大处着眼,全面把握小说创作的规律,并作出史的描述。而“文”与“意”对文言小说和白话小说皆能适用;既重文采,又重意想;一方面能紧扣作品,一方面又具有很大的伸缩性、包容性。鲁迅正是凭借传统术语大而化之的优势,充分发挥其高屋建瓴的识力和艺术感受力,以简驭繁,三言两语,直指核心,而不作过多的剥析、周旋。

大体上说,“意”相当于小说的主题层面,但又不仅仅是我们现在所说的“主题”。“意”可能体现在作者发表的感慨和直接的说教中,更可能表现在小说本身具体的叙述描写中。而意想、意度等则偏重于突出小说叙写与作者性情、识见及艺术修养的关系。《史略》没有空谈作品主题,而是化宽泛为灵活,从“意”延伸到小说内涵及其相关的各个方面。比如鲁迅屡屡提到小说中作者的“自寓”、“自叙”、“自况”、“自遣”等,将小说家的个人经历和感受与作品的精神底蕴联系在一起,在这种探怀而入的领会中,使作品之“意”与作者“本意”相互生发。在评论《红楼梦》续书时,他就说高鹗“其于雪芹萧条之感,偶或相通”,但“心志未灰”,与雪芹绝异,所以其补作“虽亦悲凉,而贾氏终于‘兰桂齐芳’,家业复起,殊不类茫茫白地,真成干净矣”。其他续书的不成功也在于“未契于作者本怀”。(第二十四篇)由此出发,鲁迅还多次提到“写实”与“理想”相互对立的关系,显示出“意”命题在操作中随物赋形的丰富和灵活。

在“文”的方面，与明清小说评点家探讨小说叙述的“文法”不同，鲁迅关注的主要是“文采”、“文笔”，也就是小说的叙述语言及其风格。在鲁迅看来，“文”是与小说的性质及功能相关联的。所以，他批评那种借小说以劝惩或谈经、说理、论史等导致的矫揉和生涩，对“文采斐然”的艺术表现则持肯定态度，尤其赞赏“平淡而近自然”的风格。

《史略》通过“文”与“意”来把握小说，却并没有将它们割裂开来，而是在对举中使之互相映照。鲁迅常以“叙事”、“记叙”、“构思”等专用语，带领出“文”、“意”分说的前提，以“叙事行文”、“造事遣辞”等显示“文”、“意”结合并出的情形。如评《耳邮》“记叙简雅，乃类《阅微》”（第二十二篇），《冥祥记》“叙述亦最委曲详尽”（第六篇），《西游补》“惟其造事遣辞，则丰赡多姿，恍惚善幻”（第十八篇），《品花宝鉴》“叙事行文，则欲以缠绵见长，风雅为主”（第二十六篇），等等。

所谓“叙述”、“记叙”、“构想”、“设事”等，指的是小说的写作构思和叙事安排。这些术语虽然也见诸传统小说理论，但鲁迅将其统摄进体大思精的《史略》，又使其呈现出独有的理论风貌。它们已不局限于作品的具体现成形态，更多的是向我们提示了一种结体成文、推进写作、形诸文辞的叙写力量。它指向小说创作的动态过程。这种叙写力量是“文”与“意”的依托和生长点，其表现就是“叙事行文”、“造事遣辞”，“文”与“意”不断实现。正因为如此，我们对“文”与“意”的分别与把握才成为可能。《史略》在具体表述时，往往先谈小说的“叙述”、“构想”，以及“叙事造文”、“造事遣辞”上的特点，加上特别提到的思之所至，“笔又足以达之”和“词不达意”正反两方面的情况，为“文”与“意”的开合提供一个立足点，而不至于成为二元对立式的简单分解。

“文”与“意”作为小说批评的关键词，与古代小说的生长有着相同的背景，因此，与后者亲切不隔。在《史略》中，它们是充分语境化了的，是鲁迅学术理念的独特的表述方式，也显示了传统思想资源与现代学术发展相结合的可能性。一切从中国古代小说的实际特点出发，并在此基础上构建起小说史研究的学科体系，这或许正是《史略》成就其典范意义，历久而弥新，至今仍能给我们带来诸多启发的重要原因。

总之，鲁迅以新的学术理念为基点，对中国古代小说的发展历程与类型特征作了宏通的论述。而在具体的表述方式上，他却没有采纳当时最流行的批评术语，而是以传统的“文”、“意”、“气”等概念及其衍生词为中心，对诸多作品加以精微的点评。这不但显示了传统思想资源与现代学术发展相结合的可能性,也为从中国古代小说实际特点出发,构建小说史研究的学科体系起到了示范作用。

第五节 重建小说史的坐标体系与叙述线索

如果小说史研究有可能创新的话,不断探索和重建小说史的坐标体系与叙述线索应该是努力的方向之一。

不管我们是否承认,小说史的叙述实际上都是以名著为坐标建构的。也正因为如此,上个世纪80年代"重写文学史"成为一种潮流时,名著在文学史研究中的作用首当其冲地受到了质疑。比较有代表性的观点是陈平原提出的"消解大家"[①]和郭英德提出的"悬置名著"[②]。

"消解大家"的目的是为了"注重进程";"悬置名著"的目的则是为了打破传统的英雄史观和等级思想,摆脱观念的束缚和先验的模式,直接面对明清时期活生生的小说史现象。作为小说史的叙述策略,这两种主张都自有其合理性与积极价值。不过,"大家"和"名著"是否必然会妨碍进程的描述与视野的展开呢?我们又真的可以完全摆脱"大家"和"名著"在小说史建构中的作用吗?

在中国古代文论中,有许多针对文学作品或作家的"第一"的说法,如"古今诗人,推思王及《古诗》为第一"、"义山佳处不可思议,实为唐人之冠"之类。这些感性色彩很强的判断,体现的实际上就是一种文学史观。因为确立了某某作品为第一,随之而来的就是它前后左右的安排布置,小说史也就自然形成了。我们可以对某种定位提出质疑,但却无法抛弃定位本身或隐或显地存在。否则,小说史的叙述就既无可能、也没有意义了。事实上,也确实不断有人挑战文学史的价值,而文学史并未因此消失,小说史也一样。

既然小说史无法否定,小说史的建立又必然依托大家、名著的定位作用,所以,"消解"之后也许可以"重组","悬置"久了也不妨"复位"。不言而喻,所谓重组与复位不是旧坐标体系的回归,而是在新的研究基础上的再

---

① 参见陈平原:《二十世纪中国小说史》"卷后语",北京大学出版社,1990年。

② 参见郭英德:《悬置名著》,《文学评论》1999年第2期。

建。在我的理解当中，小说史研究在某种意义上就是通过大家和名著的不断发现与诠释，对小说史现象进行的分析、归纳与描述。

为了更准确地说明问题，有一点也许有必要首先界定或澄清，那就是在小说史的写作范围内，“名著”不等于经典。简单地说，“名著”更多地体现的是文学作品的传播意义和小说史建构的功能意义，而经典则主要体现文学本身的价值。两者可以重叠，但不一定等同。换言之，我们不能以对待经典的眼光来看待名著。钱锺书在为香港版《宋诗选注》写的前言《模糊的铜镜》中，曾从选本的角度讲过文学作品的地位与小说史的关系：

> 选诗很像有些学会之类选举会长、理事等，有“终身制”、“分身制”。一首诗是历来选本都选进的，你若不选，就惹起是非，一首诗是近年来其他选本都选的，要是你不选人家也找岔子。正像上届的会长和理事，这届得保留名位；兄弟组织的会长和理事，本会也得拉上几个作为装点、或“统战”。所以老是那几首诗在历代和同时各种选本里出现。评选者的懒惰和懦怯或势力，巩固和扩大了作者的文名和诗名。这是构成小说史的一个小因素，也是文艺社会学里一个有趣的问题。

这段话从一个特定的角度说明了“名著”的产生过程。其实，从积极的方面看，又何尝不是如此。至少在操作上，名著的认定及其诠释往往是小说史研究的第一步或必经之路，而小说史的变革也是在不断建构—解构—重建名著坐标体系的过程中实现的。最明显的事实是，由于近代文化观念的转变，人们对小说、戏曲有了全新的认识，直接促成了原本不登大雅之堂的东西进入了小说史的序列，其中的一些重要作品则成为小说史的新坐标。

因此，自觉地站在当代学术发展的高度，重建小说史的坐标体系对于推动小说史研究的发展是非常必要的。就所谓“消解大家”和“悬置名著”而言，原本有着特定的学术前提，最主要的原因是由于上个世纪中叶单一的理论思维造成了对名著的独尊偏崇，特别是对名著某些特点的独尊偏崇，而由此产生的畸轻畸重的研究思路，导致了大量小说史现象的流失，妨碍了小说史丰富性、复杂性的全面展开。[①] 现在的问题是，为什么消解、悬置的说法提了多年，在总体上还是消而不解、悬而未置呢？事实上，《红楼梦》之类名著仍然是小说史研究中难以移易的重点。也许，我们不妨改变思路，换一种

---

① 关于这一点，陈大康、竺青等都作过精确的统计，参见《文学评论》1997 年第 5 期陈大康文、1999 年第 2 期竺青文。

眼光看待上述现象。换言之，名著之所以备受关注，自有其必然的、合理的学术理由；而从近年的研究来看，学界对名著诠释的角度与水平已有了明显的变化或提高；同时，名著一统天下的格局也有所改观。正是在这一新的学术背景下，我们有可能考虑重建小说史的坐标体系。

具体来说，首先，近几十年来，小说史研究的理论方法发生了重大的变化，多元化的思路已经打开，单一的意识形态霸权话语受到文化学、叙事学、接受美学等多种研究方法的挑战，小说史叙述的既定格局在作品诠释这一文学研究的基本层面日新月异的情况下，已具有了比早先只是从观念上意识到"重写小说史"的重要性更充分的、内在的变革动力。例如由于扬弃了"文学是阶级斗争的工具"这一庸俗社会学的机械理论，强调文学自身的特点与发展，文学与社会、政治的关系得到了更为全面的理解，人性的因素逐渐凸显，并成为了小说史的中心之一。在这种新的理论思维指引下，古代文学作品经过重新扫描，不断获得新的认识与评价，进而重新确立起它们在小说史上的地位。比如在唐传奇作品中，《郭翰》、《封陟》等往往是登不上一流作品的排行榜的，但它们在表现人性方面，确有其他作品不能替代的价值（《封陟》在表现"情"与"理"的矛盾上有过人之处）；在小说史的发展线索上，也有其独特的代表性（如《郭翰》显示了从神话到传奇的转变）。又比如，以往谈到宋元话本，往往对《错斩崔宁》、《碾玉观音》评价最高，这自然也有道理。而《金鳗记》在内涵上与表现上，实有超乎它们之上的地方；只是因为它设定了一个因果报应的框架，这篇作品很长一段时间不受重视。一旦拨开这一表层叙述结构的迷惑，我们完全可以给这篇作品更高的评价。

其次，在近几十年的研究中，资料的整理与新资料的发现，也为小说史研究打开了更广阔的新天地。上个世纪 80 年代初《歧路灯》的整理出版，使研究者在《儒林外史》、《红楼梦》等之外，注意到了清代前期章回小说另一种小说类型即家庭教育小说。而 90 年代《姑妄言》在海外的发现，也为分析清代章回小说的发展提供了又一新的重要样本。《型世言》的发现也是如此，在明代后期出现的话本小说编纂热潮中，它与"三言二拍"不同的题材取向与艺术风格，使小说史的叙述在它面前无法绕行。应当强调的是，失传作品再度发现的意义不只是为小说史增添了一些文本而已，如果将由于各种原因曾事实上被人们所忽视的作品考虑在内的话，大量作品在研究中的缺席，正是导致小说史坐标系单一、陈旧的原因之一。正如佛克马、蚁布思在《文学研究与文化参与》中所说："在影响经典的构成的诸多因素之中，文本的可得性(accessibility)也起到了重要的作用。非经典文本的不可得性阻碍或减慢了经典发生任何变化的速度。”[①]而今天，随着大量古本小说以各种形式整理出版，数码时代信息快捷的搜索方式又日益提高了“文本的可得性”，这就为重建名著的坐标体系提供了前所未有的便利条件。

再次，与前两点相关，小说史研究的空白不断填补，使传统名著独尊偏崇的地位有所改变，一大批以往被忽视、受冷落、遭误解的作家作品刮垢磨光，得到了更为客观的认识与评价。比如在以往的小说史中，李渔的作品基本上是被一带而过的，而近二十年，对他的深入研究改变了人们的简单化认识，使他在小说史上重新占有了一席之地。即使一些不太著名的小说，也因其独特的小说史价值，受到了应有的关注，如明清之际的时事小说总体水平不高，也可以说没有形成文学的经典著作，但在这一题材范围内，还是产生了若干有影响的作品，如《警世阴阳梦》、《梼杌闲评》等。这些小说一脉相承，自成系统，对它们与历史演义的关系、与同时世情小说的区别等等问题的分析，有助于把握这一时期小说发展的状况。

正是由于上述三个方面研究的进展，重建小说史的坐标体系可以说是水到渠成的事。如前所述，小说史的坐标体系从来就不是一成不变的。早在钟嵘撰《诗品》时，他就一面以三品铨叙作者，俨然公论；一面也坦承“三品升降，差非定制”。而将对古代作家与作品的重新认识与定位自觉地、有效地引入小说史的叙述，势必对小说史的面貌产生根本性的影响。比如当我们确认《红楼梦》打破了传统的思想与写法，是中国古代小说的高峰，依托这一判断所叙述的小说史必然是以《红楼梦》为中心的，其他小说则是这一高峰的铺垫与余波。但是郑振铎在《插图本中国文学史》中曾说过，《金瓶梅》的伟大更在《红楼梦》之上；俞平伯也在晚年说，很惋惜放弃了当年《红楼梦》应列二等的评价，把它抬成了一流作品[②]。如果这种意见得到认可，小说史的格局自然会有所不同。我相信，近二十年的古代文学研究，已初步具备了这种校正旧的坐标体系的可能性。

当然，任何名著的小说史功能意义都是有限度的，任何坐标体系也必然会存在盲区。当一部名著在过度诠释后，也就耗尽了它所具有的“文学史的权力”，甚至可能成为一种新的遮蔽。但是，这并不意味着可以取消名著的这一作用，因为重建坐标体系的意义还不止于小说史本身。上面提到近二十年来理论方法发生的重大变化，主要是从小说史的外部来说，实际上，很

---

① 佛克马、蚁布思：《文学研究与文化参与》，北京大学出版社，1996年，第49页。

② 《旧时月色》，《文学评论》1986年第2期。

多名著之所以成为名著，其存在的价值不在于它们被奉若圭臬，而在于对它们的不断求证、诠释，本身也是对理论思维的一种激活。由于名著、特别是经典"为我们提供在文学形式内部动作的范例"[1]，使它有可能成为原创性理论产生的基础，众所周知，巴赫金的"复调理论"等就是在分析陀思妥耶夫斯基小说特点的基础上产生的。而消解大家、悬置名著无疑可能失去这样的机会。反过来，对名著意义的理论诠释得越透彻，名著之间的学术空间也越大，名著对视域的遮蔽就越小。重要的是，重建的小说史坐标体系与前数十年的坐标体系的唯一性不同，它应当是立体的、多元的。而小说史写作由于坐标体系的不同，又可以构成小说史研究内部的一种对话关系，进而开掘小说史研究的深度，丰富小说史研究的张力。

与坐标体系的重建相关的是小说史叙述线索的重建，这既是坐标体系的延伸或实践，也是坐标体系得以构建或呈现的方式。在以往的小说史写作中，曾交替出现过一些叙述线索，如上个世纪五六十年代，现实主义与浪漫主义被看成是文学创作最重要的两种方法，因此文学史的描述也围绕这两条线索展开。此外，一度还出现过以民间文学、儒法斗争等为中心的文学史叙述线索。应该说，这些线索都有其对应的文学史现象，但过于单一的线索，也可能遮蔽或扭曲小说史的丰富性。用胡适的话说，"凡治史学，一切太整齐的系统，都是形迹可疑的，因为人事从来不会如此容易被装进一个太整齐的系统里去"[2]。

然而，线索单一、绝对导致的弊病同样并不意味着叙述线索在文学史研究中是不必要的。其实，只要我们清醒地意识到，文学史严格的说并不等同于文学自身演变的历史，它永远只是文学史家叙述的文学历史，我们对叙述线索的态度就可能更为科学。也就是说，叙述线索说到底不过是对历史的一种提纲挈领的把握，而不是历史的替代品。但如果没有这样一种提纲挈领，历史可能仅仅因为史料的残缺不全，就会显得杂乱无章。我们期待接近历史的本真，要做的却不是奢望恢复历史的原生态，而只是让历史以更简洁清晰的面貌得以呈现，叙述线索正是使这一目的得以实现的手段。

为了不使历史被人为地过滤得太多，我们现在要强调的同样是小说史叙述线索的多元性、立体性。比如，除了文以载道、现实主义、人道主义外，

---

① 乐黛云等编：《北美中国古典文学研究名家十年文选》，江苏人民出版社，1996年，第257页。

② 语见《胡适论学往来书信选》，河北人民出版社，1998年，第828页。

我们还可以引进叙事学、文体学、传播学、风格意象等等线索。不同的坐标体系可以引申出不同的叙述线索，不同的叙述线索又能使不同的坐标体系得到进一步的确认。比如陈大康著《明代小说史》，以商业文化与出版传播作为一条重要的小说史线索，就特别标举了所谓“熊大木模式”等不为人注意的小说史现象，显示出不同流俗的学术眼光。其实，对形象构成方式、情节类型、地域色彩等等的梳理，也都有可能成为小说史不同的叙述线索。

其实，历史上“经典”所经历的“危机”并不鲜见，前面提到的佛克马、蚁布思尽管似乎并不认同经典的作用，但也承认唯一可行的办法是对现有的由经典形成的参照系进行扩充或删减[①]。而我们完全可以从正面去理解名著的功能性意义，由于重建小说史的坐标体系与叙述线索是一个持续不断的过程，因此，它也是小说史研究的活力所在。

① 佛克马、蚁布思：《文学研究与文化参与》，北京大学出版社，1996 年，第 62 页。

参考书目

（本书目以小说史方面的著作为主，小说原著和小说作家、作品研究论著凡有所征引和参考时，已随文注明，兹不重复罗列。）

一、小说书目提要之属

《中国通俗小说书目》，孙楷第，作家出版社，1982 年。
《增补中国通俗小说书目》，〔日〕大塚秀高，汲古书院，1987 年。
《戏曲小说书录解题》，孙楷第，人民文学出版社，1990 年。
《日本东京所见中国小说书目》，孙楷第，人民文学出版社，1958 年。
《小说旁证》，孙楷第，人民文学出版社，2000 年。
《古小说简目》，程毅中，中华书局，1981 年。
《中国文言小说书目》，袁行霈、侯忠义，北京大学出版社，1981 年。
《伦敦所见中国小说书目提要》，柳存仁，书目文献出版社，1982 年。
《大谷本明清小说叙录》，刘镇伟等，大连出版社，1995 年。
《中国通俗小说总目提要》，江苏省社会科学院明清小说研究中心编，中国文联出版公司，1990 年。
《中国历代小说辞典》，第一卷侯忠义主编，云南人民出版社，1986 年。第二卷黄霖主编、第三卷苗壮主编、第四卷王继权主编，云南人民出版社，1993 年。
《中国古代小说大百科全书》，中国大百科全书出版社，1993 年。
《中国文言小说总目提要》，宁稼雨，齐鲁书社，1996 年。
《中国古代小说总目》（白话卷・文言卷・索引卷），石昌渝主编，山西教育出版社，2004 年。
《中国古代小说总目提要》，朱一玄、宁稼雨、陈桂声，人民文学出版社，2005 年。

《中国通俗小说鉴赏辞典》,周钧韬、欧阳健、萧相恺主编,南京大学出版社,1993年。
《中国通俗小说家评传》,周钧韬主编,中州古籍出版社,1993年。
《中国文言小说家评传》,萧相恺主编,中州古籍出版社,2004年。
《古本稀见小说汇考》,谭正璧,谭寻,浙江文艺出版社,1984年。
《唐五代志怪传奇叙录》,李剑国,南开大学出版社,1993年。
《宋代志怪传奇叙录》,李剑国,南开大学出版社,1997年。
《明末清初小说述录》,林辰,春风文艺出版社,1988年。
《中国禁毁小说大全》,李时人主编,黄山书社,1992年。
《中国禁毁小说百话》,李梦生,上海古籍出版社,1994年。
《珍本禁毁小说大观》,萧相恺,中州古籍出版社,1998年。
《明清稀见小说汇考》,薛亮,社会科学文献出版社,1999年。
《话本叙录》,陈桂声,珠海出版社,2001年。
《小说书坊录》,王清原等,北京图书馆出版社,2002年。
《五百种明清小说博览》张兵主编,上海辞书出版社,2005年。
《增补新编清末民初小说目录》,〔日〕樽本照雄,齐鲁书社,2002年。

二、小说文献之属

《小说考证》,蒋瑞藻,上海古籍出版社,1984年。
《中国历代小说序跋集》,丁锡根编,人民文学出版社,1996年。
《中国历代小说论著选》(上、下),黄霖、韩同文编,江西人民出版社,1982年。
《中国文言小说参考资料》,侯忠义编,北京大学出版社,1985年。
《隋唐五代小说研究资料》,程国赋编,上海古籍出版社,2005。
《元明清三代禁毁小说戏曲史料》,王利器编,上海古籍出版社,1981年。
《古典小说版本资料选编》(上、下),朱一玄编,山西人民出版社,1986年。
《明清小说资料选编》,朱一玄编,齐鲁书社,1990年。
《三言两拍资料》,谭正璧编,上海古籍出版社,1980年。
《水浒资料汇编》,马蹄疾编,中华书局,1980年。
《西游记研究资料》,刘荫柏编,上海古籍出版社,1990年。
《金瓶梅资料汇编》,侯忠义、王汝梅编,北京大学出版社,1988年。
《儒林外史研究资料》,李汉秋编,上海古籍出版社,1984年。
《红楼梦卷》,一粟编,中华书局,1963年。

《三国演义资料汇编》,朱一玄、刘毓忱编,南开大学出版社,2002年。
《西游记资料汇编》,朱一玄编,南开大学出版社,2002年。
《金瓶梅资料汇编》,朱一玄编,南开大学出版社,2002年。
《儒林外史资料汇编》,朱一玄、刘毓忱编,南开大学出版社,2002年。
《聊斋志异资料汇编》,朱一玄编,南开大学出版社,2002年。
《水浒传资料汇编》,朱一玄编,南开大学出版社,2002年。
《红楼梦资料汇编》,朱一玄编,南开大学出版社,2002年。
《二十世纪中国小说理论资料》第一卷,陈平原、夏晓虹编,北京大学出版社,1989年。
《中国古典小说研究资料汇编》,(台湾)天一出版社,1982年。

三、小说通史之属

《中国小说史略》,鲁迅,人民文学出版社,1975年。
《中国章回小说考证》,胡适,上海书店,1980年。
《中国小说史》,郭箴一,商务印书馆,1939年。
《中国小说研究》,胡怀琛,商务印书馆,1933年。
《中国小说的起源及其演变》,胡怀琛,正中书局,1934年。
《中国小说发达史》,谭正璧,光明书局,1935年。
《中国小说史》,北京大学中文系,人民文学出版社,1978年。
《中国小说史》,孟瑶,台北,传记文学出版社,1986年。
《中国古代小说演变史》,齐裕焜,敦煌文艺出版社,1990年。
《中国小说史》,徐君慧,广西教育出版社,1991年。
《中国古典小说导论》,夏志清,安徽文艺出版社,1988年。
《中国小说史漫稿》,李悔吾,湖北教育出版社,1992年。
《中国小说源流论》,石昌渝,三联书店,1994年。
《中国古典小说的文体独立》,董乃斌,中国社会科学出版社,1994年。
《中国古典小说史论》,杨义,中国社会科学出版社,1995年。
《中国小说发展史概论》,王恒展,山东教育出版社,1999年。
《中国散文小说史》,陈平原,上海人民出版社,2005年。
《中国古代小说艺术史》,刘上生,湖南师范大学出版社,1993年。
《中国小说艺术史》,孟昭连、宁宗一,浙江古籍出版社,2003年。
《古代小说评介丛书》,辽宁教育出版社,1993年。

四、小说断代史之属

《汉魏六朝小说史》,王枝忠,浙江古籍出版社,1997 年。
《隋唐五代小说史》,侯忠义,浙江古籍出版社,1997 年。
《唐代小说研究》,刘开荣,商务印书馆,1955 年。
《唐人小说研究》(全四集),王梦鸥,台湾艺文印书馆,1973 年。
《唐代小说史》,程毅中,人民文学出版社,2003 年。
《发迹变泰——宋人小说学论稿》,康来新,大安出版社,1996。
《宋元小说史》,萧相恺,浙江古籍出版社,1997 年。
《宋元小说研究》,程毅中,江苏古籍出版社,1998 年。
《通俗小说的历史轨迹》,陈大康,湖南出版社,1992 年。
《明代小说史》,齐裕焜,浙江古籍出版社,1997 年。
《明代小说史》,陈大康,上海文艺出版社,2000 年。
《明代小说》,黄霖、杨红彬,安徽教育出版社,2001 年。
《明清小说思潮》,董国炎,山西人民出版社,2004 年。
《清代小说》,李汉秋、胡益民,安徽教育出版社,1989 年。
《清代小说史》,张俊,浙江古籍出版社,1997 年。
《清代小说论稿》,林薇,北京广播学院出版社,2000 年。
《17 世纪中国通俗小说编年史》,李忠明,安徽大学出版社,2003 年。
《十七世纪白话小说编年叙录》,许振东,中国文联出版社,2003 年。
《17 世纪白话小说的创作与传播——以苏州地区为中心的研究》,许振东,中国社会科学出版社,2005 年。
《晚清小说史》,阿英,人民文学出版社,1980 年。
《晚清小说史》,欧阳健,浙江古籍出版社,1997 年。
《晚清小说研究》,林明德,台湾联经出版社,1988 年。
《晚清小说研究》,方正耀,华东师范大学出版社,1991 年。
《中国小说的近代变革》,袁进,中国社会科学出版社,1992 年。
《中国近代小说演变史》,武润婷,山东人民出版社,2000 年。
《中国近代小说的兴起》,〔美〕韩南,上海教育出版社,2004 年。
《晚清小说期刊史论》,王燕,吉林人民出版社,2002 年。
《中国近代小说编年》,陈大康,华东师范大学出版社,2002 年。

五、小说类别史之属

《中国文言小说史稿》,侯忠义、刘世林,北京大学出版社,1993 年。
《中国文言小说史》,吴志达,齐鲁书社,1994 年。
《文言小说审美发展史》,陈文新,武汉大学出版社,2002 年。
《笔记小说史》,苗壮,浙江古籍出版社,1998。
《中国笔记小说史》,吴礼仪,商务印书馆,1993 年。
《中国笔记小说史》,陈文新,台湾志一出版社,1995 年。
《中国志人小说史》,宁稼雨,辽宁人民出版社,1991 年。
《神怪小说史》,林辰,浙江古籍出版社,1998 年。
《中国神怪小说通史》,欧阳健,江苏教育出版社,1997 年。
《魏晋南北朝志怪小说研究》,王国良,台湾文史哲出版社,1984 年。
《六朝隋唐仙道类小说研究》,李丰楙,台湾学生书局,1986 年。
《唐前志怪小说史》,李剑国,天津教育出版社,2005 年。
《魏晋南北朝志怪小说通论》,张庆民,首都师范大学出版社,2000 年。
《传奇小说史》,薛洪勣,浙江古籍出版社,1998 年。
《唐人传奇》,李宗为,中华书局,1985 年。
《唐代小说的嬗变研究》,程国赋,广东人民出版社,1997 年。
《唐五代小说的文化阐释》,程国赋,人民文学出版社,2002 年。
《唐传奇笺证》,周绍良,人民文学出版社,2000 年。
《唐传奇新探》,卞孝萱,江苏教育出版社,2001 年。
《初唐传奇文钩沉》,陈珏,上海古籍出版社,2005 年。
《唐代非写实小说之类型研究》,李鹏飞,北京大学出版社,2004 年。
《唐代小说重写研究》,黄大宏,重庆出版社,2004 年。
《敦煌变文话本研究》,李骞,辽宁大学出版社,1987 年。
《敦煌文学源流》,张锡厚,作家出版社,2000 年。
《敦煌小说及其叙事艺术》,王昊,安徽人民出版社,2005 年。
《佛教与唐五代白话小说研究》,俞晓虹,人民出版社,2006 年。
《宋代文言小说研究》,赵章超,重庆出版社,2004 年。
《元明中篇传奇小说研究》,陈益源,华艺出版社,2002 年。
《明代志怪传奇小说研究》,陈国军,天津古籍出版社,2005 年。
《清代志怪传奇小说集研究》,占骁勇,华中科技大学出版社,2003 年。
《中国白话小说史》,〔美〕韩南,尹慧珉译,浙江古籍出版社,1989 年。

《古代白话小说形态发展史论》,鲁德才,南开大学出版社,2002年。
《章回小说史》,陈美林,浙江古籍出版社,1998年。
《明清之际章回小说研究》,莎日娜,北京师范大学出版社,2004年。
《明清章回小说流派研究》,陈文新,武汉大学出版社,2003年。
《明代小说四大奇书》,蒲安迪,中国和平出版社,1993年。
《世情小说史》,向楷,浙江古籍出版社,1998年。
《明清人情小说研究》,方正耀,华东师范大学出版社,1986年。
《明清世态人情小说史稿》,王增斌,中国文联出版公司,1998年。
《礼法与人情:明清家庭小说的文化研究》,段江丽,中华书局,2006。
《道教与神魔小说》,苟波,巴蜀书社,1999年。
《明清神魔小说研究》,胡胜,中国社会科学出版社,2002年。
《宋代话本研究》,乐蘅军,台湾大学文学院,1969年。
《话本小说概论》,胡士莹,中华书局,1980年。
《话本与才子佳人小说之研究》,胡万川,台北大安出版社,1994年。
《说书史话》,陈汝衡,人民文学出版社,1987年。
《话本小说史》,欧阳代发,武汉出版社,1994年。
《话本小说史》,萧欣桥,刘福元,浙江古籍出版社
《清初前期话本小说之研究》,徐志平,台湾学生书局,1998年。
《话本小说的历史与叙事》,王昕,中华书局,2002年。
《话本小说叙事研究》,罗小东,学苑出版社,2002年。
《话本小说文体研究》,王庆华,华东师范大学出版社,2006年。
《中国近代白话短篇小说研究》,〔日〕小野四平,上海古籍出版社,1997年。
《中国历史小说通史》,齐裕焜,江苏教育出版社,2000年。
《历史小说史》,欧阳健,浙江古籍出版社,2003年。
《明清历史演义小说艺术论》,纪德君,北京师范大学出版社,2000年。
《中国历史小说的艺术流变》,纪德君,中国社会科学出版社,2002年。
《中国武侠小说史》,刘荫柏,花山文艺出版社,1992年。
《中国公案小说史》,黄岩柏,辽宁人民出版社,1991年。
《中国公案小说艺术发展史》,孟犁野,警官教育出版社,1996年。
《侠义公案小说史》,曹亦冰,浙江古籍出版社,1998年。
《古代小说公案文化研究》,吕小蓬,中央编译出版社,2004年。
《中国古代公案小说史论》,苗怀明,南京大学出版社,2005年。
《才子佳人小说述林》,春风文艺出版社,1985年。

《才子佳人小说研究》,周建渝,文史哲出版社,1998年。
《才子佳人小说研究》,任明华,中国文联出版社,2002年。
《清初才子佳人小说叙事模式研究》,邱江宁,上海三联书店,2005年。
《中国才子佳人小说演变史》,苏建新,社会科学文献出版社,2005年。
《清代四大才学小说》,王琼玲,台湾商务印书馆,1997年。
《清代长篇讽刺小说研究》,〔韩〕吴淳邦,北京大学出版社,1995年。
《怪诞与讽刺——明清通俗小说诠释》,刘燕萍,学林出版社,2003年。
《清代女作家弹词小说论稿》,鲍震培,天津社会科学院出版社,2002年。
《明清小说续书研究》,高玉海,中国社会科学出版社,2004年。
《中国小说续书研究》,王旭川,学林出版社,2004年。
《晚清狭邪小说新论》,侯运华,河南大学出版社,2005年。
《乾隆时期自况性长篇小说研究》,王进驹,中国社会科学出版社,2006年。

六、小说及文献综论之属

《沧州集》,孙楷第,中华书局,1965年。
《沧州后集》,孙楷第,中华书局,1985年。
《戏曲小说丛考》,叶德均,中华书局,1979年。
《中国小说丛考》,赵景深,齐鲁书社,1980年。
《小说见闻录》,戴不凡,浙江人民出版,1980年。
《中国古典小说论集》,聂绀弩,上海古籍出版社,1981年。
《中国小说比较研究》,侯健,东大图书公司,1983年。
《郑振铎古典文学论文集》,郑振铎,上海古籍出版社,1984年。
《许政扬文存》,中华书局,1984年。
《小说闲谈》,阿英,上海古籍出版社,1985年。
《小说二谈》,阿英,上海古籍出版社,1985年。
《小说三谈》,阿英,上海古籍出版社,1979年。
《小说四谈》,阿英,上海古籍出版社,1981年。
《访书见闻录》,路工,上海古籍出版社,1985年。
《话本与古剧》,谭正璧,上海古籍出版社,1985年。
《明清小说探幽》,蔡国梁,浙江文艺出版社,1985年。
《说稗集》,吴组缃,北京大学出版社,1987年。
《中国小说史集稿》,马幼垣,台湾时报文化出版公司,1987年。
《中国的神话传说与古小说》,小南一郎,中华书局,1993年。

《中国小说世界》,〔日〕内田道夫,上海古籍出版社,1992年,
《中国小说史の研究》,〔日〕小川环树,东京岩波书店,1968年。
《献疑集》,章培恒,岳麓书社,1993年。
《宁宗一小说戏曲研究自选集》,天津古籍出版社,1994年。
《小说考信编》,徐朔方,上海古籍出版社,1997年。
《明清小说新考》,欧阳健,中国文联出版公司,1995年。
《古小说研究》,欧阳健,巴蜀书社,1997年。
《文学史学的明清小说研究》,袁世硕,齐鲁书社,1999年。
《明清小说论稿》,孙逊,上海古籍出版社,1986年。
《明清小说外围论》,于平,中国青年出版社,1999年。
《程毅中文存》,程毅中,中华书局,2006年。
《中国小说叙事模式的转变》,陈平原,上海人民出版社,1988年。
《中国古代小说艺术论》,鲁德才,百花文艺出版社,1987年。
《中国古代小说艺术教程》,张稔穰,山东教育出版社,1991年。
《中国古代小说文化研究》,王平,山东教育出版社,1996年。
《中国古代小说叙事研究》,王平,河北人民出版社,2001年。
《传奇的世界——中国古代小说创作模式研究》,陈惠琴,北京师范大学出版社,1999年。
《小说与艳情》,陈益源,学林出版社,2000年。
《吝啬鬼、泼妇、一夫多妻者——十八世纪中国小说中性与男女关系》,〔美〕马克梦,人民文学出版社,2001年。
《禁忌与放纵——明清艳情小说文化研究》,李明军,齐鲁书社,2005年。
《中国古代小说与宗教》,孙逊,复旦大学出版社,2000年。
《宗教民俗文献与小说母题》,王立,吉林人民出版社,2001年。
《佛经文学与古代小说母题比较研究》,王立,昆仑出版社,2006年。
《中国古代小说的原型与母题》,吴光正,社会科学文献出版社,2002年。
《明代宗教小说中的佛教“修行”观念》,宋珂君,中国社会科学出版社,2005年。
《巫文化视野中的中国古代小说》,万晴川,中国社会科学出版社,2003年。
《中国古代小说与方术文化》,万晴川,中国社会科学出版社,2005年。
《西域文化影响下的中古小说》,王青,中国社会科学出版社,2006年。
《岁时民俗与古小说研究》,李道和,天津古籍出版社,2004年。
《中国古代小说文体论》,宋常立,天津社会科学院出版社,2000年。

《中国古代小说戏曲关系论》，许并生，文化艺术出版社，2002年。
《元明小说戏曲关系研究》，涂秀虹，上海三联书店，2004年。
《中国古代白话小说戏曲传播论》，李玉莲，山西教育出版社，2005年。
《明清时期的小说传播》，宋莉华，中国社会科学出版社，2004年。
《诗与唐人小说》，崔际银，天津古籍出版社，2004年。
《中国古代文言小说总集研究》，秦川，上海古籍出版社，2005年。
《中国古代小说书目研究》，潘建国，上海古籍出版社，2005年。
《古代小说文献丛考》，潘建国，中华书局，2006年。
《竞争的话语：明清小说中的正统性、本真性及所生成之意义》，〔美〕艾梅兰，江苏人民出版社，2005年。
《古代小说与城市文化研究》，葛永海，复旦大学出版社，2004年。
《晚清小说与社会经济转型》，杨国明，东方出版中心，2005年。

七、小说理论及学术史之属

《中国小说美学》，叶朗，北京大学出版社，1982年。
《中国小说学通论》，宁宗一主编，安徽教育出版社，1997年。
《中国小说理论批评史》，陈谦豫，华东师范大学出版社，1989年。
《中国小说理论批评史》，刘良明，武汉大学出版社，1991年。
《中国小说理论史》，陈洪，安徽文艺出版社，1992年。
《中国小说理论史》，王汝梅、张羽，浙江古籍出版社，2001年。
《明清小说理论批评史》，王先霈、周伟民，花城出版社，1988年。
《唐代小说观念与小说兴起研究》，韩云波，四川民族出版社，2002年。
《明清之际小说评点学之研究》，林岗，北京大学出版社，1999年。
《中国小说评点研究》，谭帆，华东师范大学出版社，2001年。
《中国小说美学史》，韩进廉，河北大学出版社，2004年。
《中国古典小说理论史》，方正耀，华东师范大学出版社，2005年。
《晚清小说理论研究》，康来新，台湾大安出版社，1986年。
《晚清小说理论》，颜廷亮，中华书局，1996年。
《中国近代小说思想》，王旭川、马国辉，华东师范大学出版社，1997年。
《中国小说戏曲理论的近代转型》，程华平，华东师范大学出版社，2001年。
《近代小说理论批评流派研究》，刘良明等，武汉大学出版社，2004年。
《中国小说史学史长编》，胡从经，上海文艺出版社，1998年。
《中国小说研究史》，黄霖，浙江古籍出版社，2002年。

《中国古代小说研究》,齐裕焜、王子宽,福建人民出版社,2005 年。
《20 世纪中国古代文学研究史·小说卷》,黄霖、许建平等,东方出版中心,2006 年。

附 录 中国古代小说要目简释

李萌昀 编

文言小说部分

1.**《琐语》**

十一篇，又名《汲冢琐语》、《古文琐语》，西晋太康二年出土于汲郡战国魏王墓。约为战国初期至中期晋室或魏国史官之作。体例接近《国语》，为“诸国卜梦妖怪相书”(《晋书·束皙传》)。明胡应麟称其为“古今纪异之祖”。南宋时散佚。清代有严可均、洪颐煊、马国翰、王仁俊四家辑本。

2.**《山海经》**

十八卷，原本为战国中后期巫祝之士所作的若干种关于巫术、神话、地理博物的杂著，西汉末经刘歆校定为十八篇。古本有图，经文或为对古代巫图或地图的文字说明。明胡应麟称为“古今语怪之祖”，《四库全书总目》则谓“小说之最古者尔”。历代有杨慎、毕沅、郝懿行等校注本，现代有袁珂《山海经校注》。

3.**《穆天子传》**

六卷，撰人不详，西晋太康二年出土于汲郡战国魏王墓，故成书不晚于战国。前五卷记周穆王周游事，末卷叙周穆王妃盛姬殡葬事。晋人郭璞有注。清代有洪颐煊校本。现代有顾实《穆天子传西征讲疏》，郑文杰《穆天子传通解》，王贻梁、陈建敏《穆天子传汇校集释》。

4.**《燕丹子》**

三卷，撰人不详，约成书于秦汉时期。有《永乐大典》本、孙星衍校本。现代有中华书局1985年程毅中点校本。

5.**《神异经》**

一卷，旧题汉东方朔撰，盖假托也。胡应麟、四库馆臣、鲁迅等皆以为六朝人作，然东汉人著作已称引本书书名、故事，故本书似出西汉人之手。历代有《汉魏丛书》本、《广汉魏丛书》本、陶宪辑校本等。台湾王国良《神异经研究》所作校释、辑佚最善。

6.**《汉武故事》**

二卷，旧题汉班固撰，盖后人妄加也。历代多以为六朝人伪托，李剑国考证为西汉元延年间所作，流传中经后人增益。原书已散佚，有《续谈助》、《类说》、《说郛》等摘录本，黄庭鉴、洪颐煊、王仁俊、鲁迅等辑本。

7.**《列仙传》**

二卷，西汉刘向撰。刘向(前77？—前6)，字子政，本名更生，沛人，楚元王四世孙。官至光禄大夫、中垒校尉，成帝时总理校勘群书。好神仙黄白之术。著有《别录》、《说苑》、《新序》、《列女传》、《五经通义》等。《汉书》有传。历代有《道藏》本、王照圆校正本、胡珽校讹本等。

8.**《洞冥记》**

四卷，又名《汉武帝别国洞冥记》，东汉郭宪撰。历代颇疑为伪托，然未有具体证据。郭宪，字子横，汝南宋人。光武帝时博士，后迁光禄勋。好方术，家藏道书颇富。历代有《顾氏文房小说》本、《古今逸史》本、《汉魏丛书》本等。台湾王国良《汉武洞冥记研究》所作校释、辑佚最善。

9.**《海内十洲记》**

一卷，旧题汉东方朔撰，盖假托也。历代多以为六朝人伪撰，李剑国考证为东汉后期道教徒所作。历代有《顾氏文房小说》本、《古今逸史》本、《道藏》本等。台湾王国良《海内十洲记研究》所作校释、辑佚最善。

10.**《蜀王本纪》**

一卷，西汉扬雄撰。扬雄(前52—18)，字子云，蜀郡成都人。西汉末为给事黄门郎，新莽时为太中大夫。著有《法言》、《方言》、《太玄经》、《扬子云集》等。《汉书》有传。原书宋时已散佚。清人有严可均、王谟、洪颐煊、王仁俊等辑本。

11.**《汉武内传》**

三卷，撰人不详。本书因袭《汉武故事》、《洞冥记》、《十洲记》诸书，约为东汉末至曹魏间道教徒之作。有《道藏》本、钱熙祚校本等。

12.**《赵飞燕外传》**

一卷，旧题汉伶玄撰。书前自序称伶玄字子干，潞水人，官至淮南相。历代多以为伪书。成书时间有西汉、唐宋前、唐代、北宋等异说。有《顾氏文房小说》本、《说郛》本等。

13.**《列异传》**

三卷，三国魏曹丕撰。曹丕(187—226)，字子恒，沛国谯人。曹操次子。延康元年代汉自立，是为魏文帝。好文学，勤著述，有《典论》、《士操》、《魏文帝集》等。《三国志》有传。或题晋张华撰。张华(232—300)，字茂先，范阳方城人。仕魏为中书郎，入晋后官至司空。雅爱书籍，博物洽闻，著有《博物志》等。《晋书》有传。此书“序鬼物奇怪之事”(《隋书·经籍志》)，多汉以来异闻，间有魏文帝以后事。清姚振宗谓“张华续文帝书，而后人合之”。原书宋时已散佚，有鲁迅辑本。

14.**《笑林》**

三卷，三国魏邯郸淳撰。邯郸淳一名竺，字子叔，颍川人。博学多能，黄初时辟为给事中。原书已佚，有马国翰、鲁迅辑本。佚文有邯郸淳以后事，盖经后人附益。

15.**《博物志》**

十卷，晋张华撰。本书撰于晋惠帝时，以地理博物为主，兼收杂说异闻。资料多录自晋以前古书，亦有近世见闻。现存唐末宋初人周日用注、卢氏注。有《古今逸史》本、《士礼居丛书》本。现代有范宁《博物志校证》、台湾唐久宠《博物志校释》。

16.**《西京杂记》**

二卷，晋葛洪撰。葛洪(283—343)，字稚川，丹阳句容人，三国方士葛玄之侄孙。好神仙导养之法，晚年隐居罗浮山炼丹，自号抱朴子。著有《抱朴子》、《神仙传》、《肘后备急方》、《金匮药方》、《汉书抄》、《西京杂记》等。《晋书》有传。本书有卢文弨校本、《四部丛刊》本等。现代有上海古籍出版社《西京杂记校注》。

17.**《神仙传》**

十卷，晋葛洪撰。本书仿刘向《列仙传》而作，宣扬“仙化可得，神仙可学”之说。有《四库全书》本、《广汉魏丛书》本。王仁俊辑有佚文一卷。

18.**《神异记》**

晋王浮撰。王浮，西晋惠帝时五斗米道祭酒，与僧徒争论，造《老子化胡经》。原书早佚，有鲁迅辑本。

19.**《搜神记》**

三十卷，晋干宝撰。干宝(?—336)，字令升，原籍汝南郡新蔡，汉末时祖上定居海盐。少勤学，博览书记，以才器召为著作郎，领国史。《晋书》有传。干宝性好阴阳术数，撰集古今神祇灵异人物变化，名为《搜神记》，欲“发明神道之不诬”，兼以“游心寓目”。原书已佚，今本二十卷为明胡应麟辑本，谬误极多。有《秘册汇函》本、《学津讨原》本。现代有汪绍楹校注本。

20. **《拾遗记》**

十卷，晋王嘉撰，梁萧绮录。王嘉（？—385），字子年，陇西安阳人，一说洛阳人。滑稽好语笑，不食五谷，清虚服气。隐东阳谷，凿穴而居。屡征不起，好道之士无不宗师之。后被姚苌所杀。《晋书》有传。萧绮爵里不详，或与梁宗室萧统等同辈。今本前有萧绮《拾遗记序》，称“《拾遗记》者……凡十九卷，二百二十篇，皆为残缺。……今搜检残遗，合为一部，凡一十卷，序而录焉”，录即论赞之别名。有《古今逸史》本、《稗海》本等。现代有齐治平校注本。

21. **《语林》**

十卷，晋裴启撰。裴启正史无传。《世说新语·轻诋》注引《续晋阳秋》：“晋隆和中，河东裴启撰汉魏以来迄于今时言语应对之可称者，谓之《语林》。”《世说新语·文学》注引《裴氏家传》：“裴荣，字荣期，河东人。父稚，丰城令。荣期少有风姿才气，好论古今人物，撰《语林》数卷，号曰裴子。”荣与启当为一人。原书唐代已佚。有马国翰、王仁俊、鲁迅等辑本。现代有周楞伽辑注本。

22. **《郭子》**

三卷，晋郭澄之撰。郭澄之，字仲静，太原阳曲人。少有才思，机敏兼人。调补尚书郎，出为南康相。刘裕引为相国参军，位至相国从事中郎，封南丰侯。《晋书》有传。原书宋时已佚，有马国翰、鲁迅等辑本。现存佚文多为《世说新语》所收，实为《世说》之先导。

23. **《光世音应验记》**

一卷，南朝宋傅亮撰。《续光世音应验记》一卷，南朝宋张演撰。《系观世音应验记》一卷，南朝齐陆杲撰。此三书中土久佚，日本京都青莲院藏有镰仓时期钞本。傅亮（374—426），字季友，北地灵州人。通经史，善文辞。晋末官至中书令，入宋后转尚书仆射、中书监、尚书令。被文帝所杀。《晋书》、《南史》有传。晋人谢敷曾撰《光世音应验记》一卷十余事，以赠傅亮之父傅瑗。晋末此书散佚，傅亮根据记忆追记七事。张演，字景玄，吴郡吴人。曾任太子中舍人，早卒。张演曾见傅亮书，故作十条以续之。陆杲（459—532），字明霞，吴郡吴人。历仕齐、梁两代，素信佛法，著有《沙门传》。《梁书》、《南史》有传。陆杲为张演外孙，故为此书以续傅、张二书。此三书日本有牧田谛亮校注本，中国有孙昌武点校本、董志翘译注本。

24.《搜神后记》

十卷，南朝宋陶潜撰。陶潜(365—427)，字元亮，一名渊明，或曰字渊明，世称靖节先生，浔阳柴桑人。曾任彭泽令，后弃官归隐。有《陶渊明集》。《晋书》、《宋书》、《南史》有传。历代多以为伪托，然皆无确证。原书久佚，传世为明人辑本。有《秘册汇函》本、《津逮秘书》本等。现代有汪绍楹校注本。

25.《世说新语》

三卷，南朝宋刘义庆撰，南朝梁刘孝标注。刘义庆(403—444)，彭城人，宋宗室，袭封临川王。好文学，勤著述，多聚才学之士。本书外尚有《幽明录》、《宣验记》等。《宋书》、《南史》有传。本书记述汉末至南朝宋间世族名士之言行轶事，鲁迅谓其“记言则玄远冷峻，记行则高简瑰奇”。有唐写本残卷、宋绍兴八年董棻刻本等。现代有余嘉锡《世说新语笺疏》、徐震堮《世说新语校笺》。

26.《幽明录》

三十卷，南朝宋刘义庆撰。本书当系刘义庆门客集体纂辑，多采晋人书，亦载时闻。原书亡于南宋，有胡珽、王仁俊、鲁迅辑本。

27.《宣验记》

十三卷，南朝宋刘义庆撰。本书为“释氏辅教之书”，多记应验受报事。原书久佚，有鲁迅辑本。

28.《异苑》

十卷，南朝宋刘敬叔撰。刘敬叔，彭城人。少颖敏，有异才。晋末拜南平国郎中令，入宋为给事黄门郎、太常。约卒于泰始中。事迹散见《晋书》、《宋书》等。明胡震亨有《刘敬叔传》。本书或有佚脱窜乱，然大致完整。有《秘册汇函》本、《津逮秘书》本等。现代有范宁校点本。

29.《述异记》

南朝齐祖冲之撰。祖冲之(429—500)，字文远，范阳蓟人。先人祖台之曾撰《志怪》。冲之精通算学、历法，颇多发明，亦多著述。《南齐书》、《南史》有传。原书久佚，有鲁迅辑本。

30.《妒记》

二卷，南朝齐虞通之撰。虞通之，会稽余姚人。通易学，有文名。历仕宋、齐二朝。此书一名《妒妇记》。《宋书·后妃传》云：“宋世诸主，莫不严妒，太宗每疾之。湖熟令袁慆妻以妒忌赐死，使近臣虞通之撰《妒妇记》。”原书久佚，有鲁迅辑本。

31.《冥祥记》

十卷，南朝齐王琰撰。王琰，太原人。幼年受五戒，历仕齐、梁两朝。曾著文难范缜《神灭论》。原书久佚，有鲁迅辑本。

32.《俗说》

三卷，南朝梁沈约撰。沈约(441—513)，字休文，吴兴武康人。幼年孤贫，发愤向学。历仕宋、齐、梁三朝，官高位重，领袖文坛。诗文兼擅，著述繁富，有《晋书》、《宋书》、《齐纪》、《宋世文章志》等。《梁书》、《南史》有传。本书记东晋至宋逸闻杂事，有《世说》风致。原书久佚，有马国翰、鲁迅辑本。

33.《续齐谐记》

一卷，南朝梁吴均撰。吴均(469—520)，字叔庠，吴兴故鄣人。出身贫寒，好学有俊才，善诗文，世称“吴均体”。梁武帝时召待诏著作，累迁奉朝请。《梁书》、《南史》有传。本书是刘宋东阳无疑《齐谐记》之续作，《四库总目》称其为“小说之表表者”。有《顾氏文房小说》本、《古今逸史》本等。现代有台湾王国良《续齐谐记研究》本。

34.《殷芸小说》

十卷，南朝梁殷芸撰。殷芸(471—529)，字灌蔬，陈郡长平人。历仕齐、梁两朝，性洒脱倜傥，博洽多闻。本书系受梁武帝之命而撰，为第一部以“小说”命名之著作。余嘉锡称其“援据之博，盖不在刘孝标《世说》注以下，实六朝人所著小说中之较繁富者”。约亡于明初。有鲁迅、余嘉锡、周楞伽辑本。

35.《冤魂志》

三卷，隋颜之推撰。颜之推(531—591后)，字介，琅邪临沂人。早年博览群书，梁元帝时任散骑侍郎，奏舍人事。后携家奔北齐，齐亡入周。隋开皇中受太子召为东宫学士。著有《颜氏家训》等。本书为“释氏辅教之书”之代表，又名《还冤记》，敦煌残卷误题为《冥报记》。原书不传，传世皆为辑本。有敦煌写卷残本、《汉魏丛书》本等。现代有罗国威校注本，台湾有周法高辑本、王国良辑本。

36.《启颜录》

十卷，隋侯白撰。侯白，字君素，魏郡人。性滑稽，好学有捷才。好为俳谐杂说，所在之处，观者如市。开皇中举秀才，为儒林郎。原书已佚，有敦煌写本，王利器辑本，曹林娣、李泉辑注本。

37.《古镜记》

一卷，唐王度撰。王度，绛州龙门人，郡望太原祁县。隋末大儒王通、诗人王绩之兄。隋大业中任御史。约卒于唐武德年间。本篇应作于入唐以后;《虞初志》评语称其“荒寒峭远,黯然古色”。《太平广记》收录,改题《王度》,后世小说丛编皆从《广记》录出。

38.**《补江总白猿传》**

一卷,撰者不详。《崇文总目》云:“唐人恶欧阳询者为之。”可信。明李诩赞其“事甚悉而文亦佳”。《太平广记》收录,另有《顾氏文房小说》本。

39.**《游仙窟》**

一卷,唐张鷟撰。张鷟(658—730),字文成,号浮休子,深州陆泽人。高宗时登进士第,一生曾八举制科。历仕高宗、武后、中宗、睿宗、玄宗五朝。其文畅行于世,员半千誉其文辞“犹青铜钱,万选万中”,故时号青钱学士。存世著作有《龙筋凤髓判》、《朝野佥载》及《游仙窟》。新、旧《唐书》有传。此篇国内久佚,近世方从日本传回。有海宁陈氏《古佚小说丛刊》本、北新书局本、汪辟疆《唐人小说》本、方诗铭校注本等。

40.**《冥报记》**

二卷,唐唐临撰。唐临(600—659),字本德,京兆长安人。高宗朝历任刑部、兵部、度支、吏部尚书,后贬潮州刺史,卒于任。新旧《唐书》有传。本书受《观世音应验记》、《冥验记》之影响,专为弘明因果而作。原书中土久佚,然《法苑珠林》、《太平广记》等书颇多征引。有三卷古写本流传日本。1918年涵芬楼据高山寺本排印。现代有方诗铭辑校本。

41.**《任氏传》**

唐沈既济撰。沈既济,湖州德清人,一说苏州吴县人。博览群书,精于史学与传奇。德宗时曾任左拾遗、史馆修撰、礼部员外郎。卒赠太子少保。新、旧《唐书》有传。作者称《任氏传》之创作目的既是“志异”,又是“糅变化之理,察神人之际,著文章之美,传要妙之情”。唐陈翰《异闻集》、《太平广记》等收录。

42.**《枕中记》**

唐沈既济撰。唐李肇《国史补》称此篇为“庄生寓言之类……真良史才也”。有《文苑英华》本和《太平广记》本,颇多差异。

43.**《李娃传》**

白行简撰。白行简(776—826),字知退,小字阿怜,华州下邽人。白居易弟。元和二年进士。著有《天地阴阳交欢大乐赋》。新、旧《唐书》有传。本篇又题《节行倡李娃传》、《汧国夫人传》,《虞初志》评语称其“描画淋漓”、“摹情甚酷”。唐陈翰《异闻集》、《太平广记》等收录。

44.**《柳毅传》**

唐李朝威撰。李朝威,陇西人,生平事迹不详,约为贞元元和间人。本篇一名《洞庭灵姻传》。唐陈翰《异闻集》、《太平广记》等收录。《虞初志》评此篇"布阵遣辞,音响铿然,如入武库,戈戟森然"。

45.**《南柯太守传》**

唐李公佐撰。李公佐,字颛蒙,陇西人。尝举进士,大历中官庐州。作传奇五篇,南宋说话人至有以李公佐为艺名者。《太平广记》收录,改题《淳于棼》。明清近世小说丛编收录此篇时多改题《南柯记》。

46.**《古岳渎经》**

唐李公佐撰。唐陈翰《异闻集》、《太平广记》等收录。

47.**《莺莺传》**

唐元稹撰。元稹(779—831),字微之,世居京兆万年。贞元九年明经及第。诗与白居易齐名,世称"元白"。著有《元氏长庆集》、《元白继和集》、《三州倡和集》等。新、旧《唐书》有传。此篇作于贞元年间。《太平广记》收录,后世传本皆从《广记》录出,多改题《会真记》。

48.**《长恨歌传》**

唐陈鸿撰。陈鸿,字大亮。贞元二十一年进士。曾任太常博士、虞部员外郎,官至主客郎中。大中三年后犹在世。本篇作于元和元年冬十二月。时陈鸿与友人白居易、王质夫游,话及明皇旧事,居易作《长恨歌》,鸿作《长恨歌传》。有《太平广记》本、《文苑英华》本、《丽情集》本。

49.**《谢小娥传》**

唐李公佐撰。此篇作于元和十三年。《虞初志》袁石公评云:"是极痛极惨事,得一小娥翻出一段极奇极快事。"唐陈翰《异闻集》、《太平广记》等收录。

50.**《冯燕传》**

唐沈亚之撰。沈亚之(779? —832?),字下贤,湖州乌程人。元和十年进士。善文词,为时所重。有《沈下贤文集》。本篇载《沈下贤文集》卷四《杂著》。另收入《文苑英华》、《丽情集》等。《太平广记》本多脱误。

51.**《东阳夜怪录》**

唐王洙撰。王洙,字学源,琅琊人。元和十三年进士。本篇《太平广记》收录。《虞初志》评云:"所言姓字官衔,檃括意义,具有巧思。""谈诗论道,野兴苍然。"

52.**《霍小玉传》**

唐蒋防撰。蒋防,字子微,常州义兴人。才思敏捷,受李绅、元稹赏识,荐为右拾遗、右补阙、翰林学士。工诗文，尤长于传奇。明胡应麟赞此篇云：“唐人小说记闺阁事，绰有情事，此篇尤为唐人最精彩动人之传奇。”唐陈翰《异闻集》、《太平广记》等收录。

53.**《灵怪集》**

二卷，唐张荐撰。张荐(744—804)，字孝举，深洲陆泽人。张鷟孙。笃志好学，尤精史传。卒赠礼部尚书。著述颇富，有《宰辅传略》、《五服图记》、《江左寓居录》等。新、旧《唐书》有传。原书久佚，散见《类说》、《太平广记》等书。

54.**《集异记》**

三卷，唐薛用弱撰。薛用弱，字中胜，河东人。长庆中自礼部郎中出为光州刺史。本书约成于长庆四年。《四库总目提要》称其“叙述颇有文采，胜他小说之凡鄙……历代词人恒所引据，亦小说家之表表者”。今传二卷本和一卷本，皆残。《太平广记》等书征引较多。现代有中华书局点校本，所收殊欠谨严。

55.**《梅妃传》**

唐曹邺撰。曹邺，字邺之，桂林阳朔人。九试不第，大中四年方举进士。历太常博士、主客员外郎、祠部郎中、洋州刺史。此篇作于大中二年以前。有《说郛》本、《顾诗文房小说》本等。

56.**《大业拾遗记》**

一卷，撰者不详，约作于唐大中年间。本篇演隋炀帝后宫事，上承《洞冥记》、《拾遗记》一脉。有《百川学海》本、《说郛》本等。

57.**《无双传》**

唐薛调撰。薛调(830—872)，河中宝鼎人。大中八年进士。咸通间任户部员外郎、驾部郎中、充翰林学士。《丽情集》、《太平广记》等收录。

58.**《虬髯客传》**

唐裴铏撰。裴铏，咸通中为静海军节度使书记，乾符五年以御史大夫为成都节度副使。此篇本为《传奇》之一篇，后单行传世。有三本，《太平广记》本题《虬髯客》，《说郛》本题《扶余国主》，《顾氏文房小说》本题《虬髯客传》。

59.**《玄怪录》**

十卷，唐牛僧孺撰。牛僧孺(779—847)，字思黯，安定鹑觚人。贞元二十一年进士，元和三年登贤良方正、能直言极谏科。长庆二年拜户部侍郎，翌年以本官同平章事。大和四年为兵部尚书、同平章事。牛李党争中之牛党首领。此书约作于大和中作者居相期间。宋人避赵氏始祖赵玄朗讳，改题《幽怪录》。今有四卷本、十一卷本。现代有程毅中校点本。

60.**《逸史》**

三卷，唐卢肇撰。卢肇，字子发，袁州宜春文标乡人。幼好学，颖拔不群，善词章书法。会昌三年擢状元。本书记唐代神仙道术、前定感通之事。原书久佚，《云笈七签》、《绀珠集》、《类说》、《说郛》各有节本。此外，《太平广记》等书多有引录。

61.**《续玄怪录》**

十卷，唐李复言撰。李复言，陇西人。开成五年曾以《纂异》纳省卷，以"事非经济，动涉虚妄"被黜罢举。本书约作于大和至开成年间。初名《纂异》，纳省卷失败后再事增补，改名《续玄怪录》，以示慕《玄怪录》之意。原书久佚，今存四卷本，乃南宋重编。现代有程毅中校点本。

62.**《酉阳杂俎》**

前集二十卷、续集十卷，唐段成式撰。段成式(803？—863)，字柯古，临淄邹平人。历任秘书省校书郎、著作郎、吉州刺史、处州刺史、江州刺史、太常少卿。博学精敏，文章冠于一时。新、旧《唐书》有传。成式著述颇丰，然多散佚，以本书最传于世。前集约编成于会昌末至大中初，续集约编成于大中七至九年。《四库总目》言本书"自唐以来推为小说翘楚，莫或废也"。有赵琦美校万历刊本、《津逮秘书》本等。现代有方南生点校本。

63.**《甘泽谣》**

一卷，唐袁郊撰。袁郊，字之仪，蔡州朗山人。咸通中为祠部郎中、虢州刺使。本书作于咸通九年戊子岁春。原书久佚，《太平广记》收录八篇。有明人辑《津逮秘书》本。

64.**《宣室志》**

十卷，唐张读撰。张读(834—？)，字圣用，深州陆泽人。张鷟玄孙、张荐孙、牛僧孺外孙。大中六年进士。历任中书舍人、礼部侍郎、吏部侍郎、弘文馆学士。新、旧《唐书》有传。本书约成于咸通中。今传十卷本已非原书，当是南宋时据《广记》重辑。有《稗海》本。现代有中华书局点校本。

65.**《异闻集》**

十卷，唐陈翰编。陈翰，大中初任金部员外郎，乾符元年任户部员外郎，后任屯田员外郎。此书为唐人传奇选集，《郡斋读书志》称本书"以传记所载唐朝奇怪事，类为一书"。原书散佚于宋以后，《绀珠集》、《类说》、《太平广记》皆有征引摘录。现代有台湾王梦鸥《唐人小说研究》二集《异闻集校补考释》。

66.《海山记》、《开河记》、《迷楼记》

此三篇撰者不详，当同出于一时一人之手，约作于唐末。《海山记》二卷，初载于《青琐高议》后集卷五。自序云："余家世好蓄古书器，故炀帝事亦详备，皆他书不载之文。乃编以成记，传诸好事者，使闻其所未闻故也。"《说郛》本一卷，有删节。《开河记》、《迷楼记》皆载于《说郛》，各一卷。

67.《本事诗》

一卷，唐孟棨传。孟棨，字初中。乾符二年进士，光启间官司勋郎中。本书多记唐代文坛逸事，分为七题，以类相系。有《顾氏文房小说》本、《古今逸史》本、《历代诗话续编》本等。台湾王国良《本事诗校补考释》较为精详。

68.《传奇》

三卷，唐裴铏撰。明胡应麟称其"颇事藻绘，而体气俳弱，盖晚唐文类尔"。原书久佚，《绀珠集》、《太平广记》皆有征引。现代有吴曾祺、郑振铎、王梦鸥、周楞伽辑本。

69.《三水小牍》

二卷，唐皇甫枚撰。皇甫枚，字遵美，邠州三水人。咸通末任汝州鲁山县主簿，唐亡后寓居汾晋。本书作于后梁开平四年，多记唐末事。李慈铭评曰："叙述浓至，传义烈事亦简劲有法。虽卷帙甚寡，自称名作也。"有明嘉靖刻本、《抱经堂丛书》本、《宛委别藏》本等。现代有中华书局排印缪荃孙校补本。

70.《开天传信记》

一卷，唐郑棨撰。郑棨生平不详，曾任吏部员外郎。或以为即郑綮。郑綮，字蕴武，晚唐进士，昭宗时任礼部侍郎，同中书门下平章事。《新唐书》有传。本书记开元天宝旧事，以求"传于必信"。有《百川学海》本。

71.《稽神录》

十卷，五代徐铉撰。徐铉(917—992)，字鼎臣，扬州广陵人。初仕杨吴，后事李唐，入宋后直学士院，加给事中。有《骑省集》。《宋史》有传。本书作于南唐，今存六卷附拾遗一卷，盖是后人据《广记》所辑。有《津逮秘书》本等。

72.《太平广记》

五百卷，宋李昉编。李昉(925—996)，字明远，深州饶阳人。历仕后汉、后周，入宋后累官右仆射、中书侍郎平章事，奉敕修撰《太平御览》、《文苑英华》、《太平广记》等书。《宋史》有传。本书乃宋以前文言小说之分类汇编，所附征引书目列引书三百四十三种，实远不止此数。有明嘉靖谈恺刻本。现代有汪绍楹校点本。

73.**《绿珠传》**

一卷，宋乐史撰。乐史(930—1007)，字子正，抚州宜黄人。初仕南唐，入宋任平原主簿，后赐进士及第，历任著作佐郎、著作郎、太常博士、水部员外郎等。好著述，然博而寡要。著有《太平寰宇记》、《仙洞集》等。《宋史》有传。此篇有《说郛》本、《琳琅秘室丛书》本等。

74.**《杨太真外传》**

二卷，宋乐史撰。此篇应作于咸平五年，乃杂采《旧唐书》、《长恨歌传》、《明皇杂录》等书而成，为杨妃故事之集大成者。有《说郛》本、《顾氏文房小说》本等。

75.**《丽情集》**

二十卷，宋张君房编。张君房(965？—1045?)，字尹方，安州安陆人。景德二年进士。大中祥符六年专修《道藏》事。著有《云笈七签》等。《郡斋读书志》称本书“编古今情感事”。原书已佚，存《类说》、《绀珠集》节本。现存遗文多为唐人作品。

76.**《青琐高议》**

前后集十八卷，宋刘斧撰。刘斧，字里事迹不详。本书既有刘斧个人之创作，又有前人作品之选集，对部分作品时有评议。今本分三集二十七卷共一百四十二篇。有明钞本、清钞本、诵芬室刻本。现代有上海古籍出版社点校本。

77.**《云斋广录》**

十卷，宋李献民撰。李献民，字彦文，开封府酸枣县人。徽宗时人。本书成于政和元年，作者意欲编“清新奇异之事”，以广其传。体例接近《青琐高议》。今本为八卷附后集一卷。有滂喜斋藏本。现代有上海中央书店排印本、程毅中点校本。

78.**《绀珠集》**

十三卷，宋朱胜非编。朱胜非(1082—1144)，字藏一，蔡州人。崇宁二年登第。绍兴二年拜尚书右仆射，同中书门下平章事兼知枢密院事。《宋史》有传。本书摘录前人杂著，体例近《意林》。共收书一百三十三种，多为文言小说。有宋刊本、明刊本、《四库全书》本。

79.**《类说》**

六十卷，宋曾慥编。曾慥，字端伯，号至游子，晋江人。绍兴九年除尚书户部员外郎，官终古文殿修撰兼知庐州。本书成于绍兴六年。仿《绀珠集》体例，“集百家之说”(自序)而成，共收书二百五十二种。有天启刊本、《四库全书》本。现代有王汝涛等校注本。

80.**《绿窗新话》**

二卷,宋皇都风月主人撰。本书系杂纂前人著作而成,篇末一般注明出处,所载故事多关乎男女风情。约成书于绍兴十八年后至绍兴三十二年间。有嘉业堂藏本。现代有周楞伽笺注本。

81.**《夷坚志》**

四百二十卷,宋洪迈撰。洪迈(1123—1202),字景卢,号容斋、野处,饶州鄱阳人。绍兴十五年中博学鸿词科,赐同进士出身。嘉泰二年以端明殿学士致仕。与兄洪适、洪遵并称"三洪",《宋史》称"迈文学尤高",又称其"博极载籍,虽稗官虞初,释老旁行,靡不涉猎"。著述今存《容斋随笔》、《万首唐人绝句诗》等。《宋史》有传。本书卷帙浩繁,题材广泛,陆心源称其为"小说之渊海"。原书颇多散佚,民国张元济有《新校辑补夷坚志》。现代有中华书局新校本。

82.**《新编醉翁谈录》**

二十卷,宋罗烨撰。罗烨,号醉翁,庐陵人。本书约编成于宋理宗时,然今本已经后人窜乱。书中多存唐宋传奇,体制颇近话本。有日本藏本。国内有上海古典文学出版社排印本。

83.**《续夷坚志》**

四卷,金元好问撰。元好问(1190—1257),字裕之,号遗山,太原秀容人。七岁能诗,兴定五年登进士第,正大元年试宏词科。金亡不仕,以著述自任。著述颇丰,有《元遗山先生集》、《遗山新乐府》、《唐诗鼓吹》、《中州集》、《中州乐府》等。《金史》有传。本书作于作者晚年,多记金国异闻,杂碎乏光彩。现代有常振国校点本。

84.**《娇红记》**

二卷,元宋远撰。宋远,号梅洞,涂川人。本篇为元明中篇传奇的发轫之作,影响巨大。现存明刻单行本,又收入《国色天香》、《绣谷春容》等书。

85.**《剪灯新话》**

四卷附录一卷,明瞿佑撰。瞿佑(1347—1433),字宗吉,号存斋,山阳人。洪武十年明经。建文中为南京太学助教,兼修国史。永乐六年因诗祸谪戍保安。本书起宋元传奇小说之衰,其后仿作者甚多。有明刊本、朝鲜刊本、日本内阁文库本等。现代有周楞伽校注本。

86.**《剪灯余话》**

四卷,明李昌祺撰。李昌祺(1376—1452)名祯,以字行。庐陵吉安人。

永乐二年进士，选翰林院庶吉士。曾任广西布政使、河南布政使。以此书为时人所短，不得入乡贤祠。《明史》有传。本书仿《剪灯新话》而作，故名。曾棨序谓其"浓丽丰蔚，文采烂熟"。有明刊本、清刊本、日本刊本等。现代有周楞伽校注本。

87. **《效颦集》**

三卷，明赵弼撰。赵弼，字辅之，号雪航，南平人。永乐初以明经授翰林院儒学教谕，宣德初任汉阳教谕。另有《雪航肤见》十卷。本书后序云："余尝效洪景卢、瞿宗吉，编述传记二十六篇，皆闻先辈硕老所谈与己目之所击者。……因题其名曰《效颦集》。"有明宣德间刻本。现代有上海古典文学出版社排印本。

88. **《觅灯因话》**

二卷，明邵景詹撰。邵景詹，字里不详。本书成于万历二十年，为《剪灯新话》之仿作。有清刊本。现代有周楞伽校注本。

89. **《钟情丽集》**

四卷，明玉峰主人撰。玉峰主人，姓名字里不详。本书有成化二十二年序，书成当不晚于此年。本篇继《娇红记》之后，推动了明代中篇传奇之发展。有明刊、清刊之单行本，亦被收入《国色天香》、《绣谷春容》等书。

90. **《花影集》**

四卷，明陶辅撰。陶辅(1441—1523后)，字廷弼，号夕川、安理斋、海萍道人，安徽凤阳人。嘉靖二年仍在世。曾袭应天卫指挥，后辞官，寄情山水。本书受《剪灯新话》、《剪灯余话》和《效颦集》的影响颇深。中土久佚，有日藏高丽刊本。1995年，吉林大学出版社《明清稀见珍本小说名著丛书》收入。

91. **《刘生觅莲记》**

二卷，撰者不详，约成于嘉靖后期。明代中篇传奇。《国色天香》本最为完整。另收入《绣谷春容》、《万锦情林》、《燕居笔记》、《花阵绮言》等。除《花阵绮言》外，皆有删节。

92. **《绣谷春容骚坛摭粹嚼麝谭苑》**

十二卷，明赤心子编。赤心子，姓名字里不详。本书为明代通俗类书，收入宋元明传奇与游戏文字。有明世德堂刊本。

93. **《新锲公余胜览国色天香》**

十卷，明吴敬所编。吴敬所，字里不详。有日本内阁文库本、益善堂本、敬业堂本等。

94.**《说郛》**

一百卷,元陶宗仪编。陶宗仪,字九成,号南村,黄岩人。二十岁时举进士不第,即弃举业。洪武间受聘为教官,后归隐松江。《明史》有传。今本收书七百余种,《四库总目》称:“古书之不传于今者,断简残编,往往而在;佚文琐事,时有征焉。固亦考证之渊海也。”有明钞本。现代有中国书店影印本、上海古籍出版社影印本。

95.**重编《说郛》**

一百二十卷,明陶珽重校。陶珽,字紫阆,号不退,姚安人。万历三十八年进士。本书据陶宗仪《说郛》补充重校而成,收书一千三百余种。有清宛委山堂刊本、陶氏刊本。现代有上海古籍出版社影印本。

96.**《西湖游览志余》**

二十六卷,明田汝成撰。田汝成(1503—1557),字叔禾,原为钱塘人,后移居余杭方山。嘉靖五年进士。罢官归里后遍览浙西名胜。博学工文,著述良多,撰成《西湖游览志》二十四卷。本书为其续书,多记掌故逸闻,对后世小说戏曲影响颇大。有明嘉靖刊本、嘉惠堂本等。现代有上海古籍出版社排印本。

97.**《古今谭概》**

三十六卷,明冯梦龙编。冯梦龙(1574—1646),字犹龙,一字子犹,别号龙子犹,室名墨憨斋,吴县籍长洲人。崇祯中由贡生选授福建寿宁知县。本书分类收录历代奇谲可笑之事。后改题《古今笑》、《古今笑史》。有明叶昆池刻本。现代有文学古籍出版社影印本。

98.**《情史》**

二十四卷,明冯梦龙编。本书分类收录历代男女爱情故事。有明东溪堂刻本。现代有春风文艺出版社排印本。

99.**《聊斋志异》**

清蒲松龄撰。蒲松龄(1640—1715),字留仙、剑臣,号柳泉居士,淄川人。顺治十五年应童子试,以县、府、道三试第一,补博士弟子员。后屡试不中,终身未遇。著有《聊斋文集》、《聊斋诗集》等。《聊斋志异》包含短篇小说五百余篇,实为中国古代文言小说之巅峰。鲁迅称其“独于详尽之外,示以平常,使花妖狐魅,多具人情,和易可亲,忘为异类,而又偶见鹘突,知复非人”。本书版本众多。手稿残存半部,有文学刊行社影印本、北图影印本。钞本有铸雪斋钞本(有上海古籍出版社排印本)、乾隆年间钞本(有齐鲁书社影印本)、雍正年间钞本(有中国书店影印本)等。青柯亭刊本为本书最早刊本，有台湾艺文印书馆影印本。另有张友鹤辑校之会校会注会评本，有中华书局排印本、上海古籍出版社重印本。

100.**《虞初新志》**

二十卷，清张潮撰。张潮（1650—1707以后），字山来，号心斋，新安人，客居扬州。弱冠补诸生，然屡试不第。家居著述，广事交游。著有《心斋诗钞》、《幽梦影》等。本书初刊于康熙三十九年，“其事多近代”，多借幽奇题材以“感愤”。现代有文学古籍刊行社排印本。

101.**《阅微草堂笔记》**

二十四卷，清纪昀撰。纪昀（1724—1805），字晓岚、春帆，号观弈道人、石云，直隶献县人。三十一岁中进士，历任翰林院编修、侍读学士、内阁学士兼礼部侍郎、礼部尚书、太子太保等职，《四库全书》总纂官。学识广博，著述甚丰，有《纪文达公遗集》。《清史列传》、《清史稿》有传。作者有意以此书与《聊斋》对抗。鲁迅称其“叙述复雍容淡雅，天趣盎然”。本书分《滦阳消夏录》、《如是我闻》、《槐西杂志》、《姑妄听之》、《滦阳续录》五部分，曾分别刊行，嘉庆五年由门人合刊。现代有上海古籍出版社排印本。

102.**《新齐谐》**

二十四卷，清袁枚撰。袁枚（1716—1797），字子才，号简斋，晚年号仓山居士、随园老人，世称随园先生。乾隆四年进士，选翰林院庶吉士，曾任溧水等县知县，乾隆十四年归隐随园。有《小仓山房集》、《随园诗话》等。《清史列传》有传。本书原名《子不语》，后见元人同名书，遂改为《新齐谐》。本书广采游心骇耳之事以自娱，笔调多揶揄之意。有随园刻本、美德堂刻本等。现代有沈习康校点本。

103.**《萤窗异草》**

三编十二卷，清长白浩歌子撰。作者身份迄无定论，有尹庆兰、申报馆文人两说。尹庆兰（1735？—1788），字似村，祖籍长白，满洲镶黄旗章佳氏。长期谢病在家，与袁枚交善。本书曾有抄本流传，今存申报馆丛书本、《笔记小说大观》本。现代有冯伟民校点本。

104.**《夜谭随录》**

十二卷，清和邦额撰。和邦额（1736—1795后），字（門内加爾，或作闲，形近而误）斋，别号愉园、霁园、霁园主人、蛾术斋主人等，满洲镶黄旗人。本书成于乾隆四十四年，自序称：“予今年四十有四矣，未尝遇怪，而每喜与二三友朋于酒觞茶榻间，灭烛谭鬼，坐月说狐，稍涉匪夷，辄为记载。日久成帙，聊以自娱。”本书有足本、非足本两大系统。前者有乾隆己亥本衙藏本、

《笔记小说大观》本等。非足本较足本少一篇，且刊落评语和眉批，对原书文字亦有删改，如光绪鸿宝斋石印本等。现代有上海古籍出版社排印本。

105. **《夜雨秋灯录》**

八卷续录八卷，清宣鼎撰。宣鼎（1835—1880?），字子久，号瘦梅、香雪道人，天长人。博览群书，工书善画。本书作于作者四十岁时。正续集各八卷，每集一百五十篇，分别刊于光绪三年、光绪六年，有申报馆原刊本。现代有上海古籍出版社恒鹤点校本。流传较广的《清代笔记丛刊》本、《笔记小说大观》本等均为赝本，系杂取原书篇目和《萤窗异草》、《客窗闲话》等书而成。

106. **《醉茶志怪》**

四卷，清李庆辰撰。李庆辰（? —1897），字筱筠，号醉茶子，天津人。课徒为业，以诸生终老。本书兼仿《聊斋志异》和《阅微草堂笔记》而作。有光绪津门刊本、上海书局石印本（更名《奇奇怪怪》）。现代有齐鲁书社排印本、天津古籍出版社排印本。

通俗小说部分

107. **《庐山远公话》**

一卷，撰者不详，约作于中唐至五代时期。存敦煌写本，今藏伦敦大英博物馆，编号为 S2037。《敦煌变文集》收入王庆菽校录本。

108. **《唐太宗入冥记》**

撰者不详，约作于中唐时期。原本无标题，王国维、鲁迅拟题《唐太宗入冥小说》，收入《敦煌变文集》时改今题。存敦煌写本，首尾皆残，今藏伦敦大英博物馆，编号为 S2630。

109. **《叶净能诗》**

撰者不详，约作于中晚唐。存敦煌写本，卷首残缺，卷尾题《叶净能诗》。今藏伦敦大英博物馆，编号为 S6836。《敦煌变文集》收入王重民校录本。

110. **《秋胡话本》**

撰者不详，约作于唐代。存敦煌写本，首尾残缺，今藏伦敦大英博物馆，编号为 S0133。王国维、鲁迅拟题《秋胡小说》，《敦煌变文集》收入王重民校录本，改题《秋胡话本》。

111. **《韩擒虎话本》**

一卷，撰者不详，约作于北宋太宗之后。原本无标题，收入《敦煌变文集》时由校录者王庆菽依故事内容拟题。存敦煌写本，今藏伦敦大英博物馆，编号为 S2144。

112.**《大唐三藏取经诗话》**

三卷十七则，撰者不详，约成于北宋末期。此书中土久佚，日本高山寺旧藏两种宋刻本，一为南宋临安刻本，题《大唐三藏取经诗话》；一为福建刻本，题《新雕大唐三藏法师取经记》。二本皆曾由罗振玉影印，1955年文学古籍刊行社重印。另有李时人、蔡镜浩校注本。

113.**《五代史平话》**

十卷，撰者不详，现存元刊本。光绪间由吴县曹元忠发现，后经董氏诵芬室影印行世。商务印书馆、古典文学出版社、中华书局先后有排印本。

114.**《宣和遗事》**

撰者不详，应成书于元代。本书记宋江三十六人故事，盖《水浒传》之雏形。今存明刊本、清刊本四种，分二卷本和四卷本。现代有古典文学出版社排印本。

115.**全相平话五种**

《全相平话武王伐纣书》、《全相平话乐毅图齐七国春秋后集》、《全相平话秦并六国》、《全相平话前汉书续集》、《全相平话三国志》，以上每种分上、中、下三卷，元代建安虞氏刊于至治年间。此五书为元代讲史话本，中土久佚，张元济1928年于日本内阁文库借得，后影印出版。现代有钟兆华校注本。

116.**《水浒传》**

明施耐庵撰。施耐庵，元末明初人，名子安，又名肇瑞，字彦端，耐庵为其别号或又字。元至顺间乡贡进士，流寓钱塘。曾入张士诚幕，张败后辞朱元璋征。卒于淮安。《水浒传》版本可分简本和繁本两大系统。简本有明双峰堂刊二十五卷本、明万历藜光堂刊一百十五回本、明雄飞馆合刻《英雄谱》一百一十回本等。繁本有百回本、百二十回本、七十回本。百回本有明嘉靖间刻《京本忠义传》本、郑振铎旧藏嘉靖残本、明万历刊天都外臣序本、明万历三十八年容与堂本。百二十回本有明袁无涯刊本、郁郁堂刊本、宝翰楼刊本。七十回本有明崇祯间贯华堂刊《第五才子书施耐庵水浒传》本。现代有人民文学出版社排印本等。

117.**《三国志演义》**

明罗贯中撰。罗贯中，或云名本，字贯中，号湖海散人，元末明初太原人。作有杂剧《风云会》、《连环谏》、《蜚虎子》。本书主要版本有明嘉靖壬午刊二十四卷二百四十回本、明万历金陵周曰校刊十二卷二百四十回本、明万历间福建书坊刊二十卷本、明建阳吴观明刊李卓吾评本等。清初长洲毛氏父子在李卓吾评本基础上修改点评，成为后世最为通行之本。毛评本最早的版本应为醉耕堂刊《四大奇书第一种》六十卷本。现代有人民文学出版社排印本等。

118.**《平妖传》**

二十回，明罗贯中撰。有钱塘王慎脩刊四卷二十回本。此本后经冯梦龙增补为《三遂平妖传》四十回，有泰昌元年天许斋批点本、崇祯金阊嘉会堂陈氏刊本、明末清初映旭斋批点本等。现代有上海古籍出版社排印本、北京大学出版社排印本。

119.**《残唐五代史演义传》**

六十回，明罗贯中撰，或言伪托。有明刊李卓吾批点本八卷。清代在八卷本之外尚有六卷、二卷、十二卷本，皆为六十回。现代有宝文堂书店排印本。

120.**《六十家小说》**

六十篇，明洪楩编。洪楩，字子美，钱塘人，嘉靖时在世。以荫仕至詹事府主簿。本书分《雨窗集》、《长灯集》、《随航集》、《欹枕集》、《解贤集》、《醒梦集》六种，每集分上、下两卷，每卷收话本五篇，合计六十篇。现存三十余篇。马廉影印日本内阁文库藏残本时，因版心有"清平山堂"字样，改题《清平山堂话本》。现代有谭正璧校注本、石昌渝校点本。

121.**《皇明开运英武传》**

八卷六十则，撰者不详，或谓嘉靖时武定侯郭勋撰。有万历十九年杨明峰刊本。后经剪裁改编为二十卷八十则，有万历四十四年序本（题《云合奇踪》）、清怀德堂刊本、英德堂刊本（题《绣像京本云合奇踪玉茗英烈全传》）等。现代有上海古籍出版社排印本。

122.**《大宋中兴通俗演义》**

八卷七十四则，明熊大木撰。熊大木，号钟谷子，福建建阳人，嘉靖四十年前后在世。此书外，尚编有《全汉志传》、《唐书志传通俗演义》、《南北两宋志传》。此书演岳飞事迹，编成于嘉靖三十一年，以《精忠录》为基础，参照《通鉴纲目》，同时吸收了民间传说。有嘉靖三十一年杨氏清江堂原刊、杨氏清白堂挖改重印本八卷七十四则，万历间周氏万卷楼刊本八卷八十则等。现代有春风文艺出版社《中国古代珍稀本小说续》本。

123.**《西游记》**

二十卷一百回，撰人不详，一般认为是明人吴承恩所撰，近年来多受质疑。吴承恩（1500？—1582?），字汝忠，号射阳山人，祖籍江苏涟水，后徙居淮安山阳。颇有文名，然屡试不第。中年以后才补为岁贡生，曾任县丞、荆府纪善。晚年归居乡里。最早刊本为万历二十年金陵世德堂刊本，后有李卓吾评本、《西游正道书》本、《西游原旨》本等。现代有人民文学出版社排印本等。

124.**《金瓶梅》**

一百回，明兰陵笑笑生撰。历代关于本书作者众说纷纭，有王世贞、李开先、屠隆等数十说，迄无定论。本书写定当在嘉靖二十六年之后，万历二十年之前。情节据《水浒传》武松杀嫂故事敷衍而出。版本分两大系统。一为《新刻金瓶梅词话》十卷一百回，通称"词话本"、"十卷本"；一为《新刻绣像批评金瓶梅》二十卷一百回，通称"崇祯本"、"二十卷本"。康熙三十四年出版张竹坡评点本《第一奇书金瓶梅》，后世最为通行。现代有中华书局会评会校本。

125.**《绣榻野史》**

明吕天成撰。吕天成(1580—1618)，字勤之，号棘津，别号郁蓝生、竹痴居士，浙江余姚人。出身官宦世家，才情隽秀，精于音律。著作存世有《曲品》、杂剧《齐东绝倒》、小说《绣榻野史》及《闲情别传》。明张无忌谓此书与《浪史》等"鸱鸣鸦叫，获罗名教"。清刘廷玑指责此书与《肉蒲团》等"流毒无尽"。有醉眠阁本、种德堂本和本藏本等。现代有台湾大英百科股份有限公司《思无邪汇宝》本。

126.**《北方真武祖师玄天上帝出身志传》**

四卷二十四回，明余象斗撰。本书略称《北游记》。有明熊仰台刊本。现代有上海古籍出版社《四游记》本。

127.**《八仙出处东游记》**

二卷五十六回，明吴元泰撰。撰者生平不详。有明万历间余象斗刊本。现代有上海古籍出版社《四游记》本。

128.**《南海观世音菩萨出身修行传》**

四卷二十五则，明西大午辰走人订著。撰者姓名生平不详。本书篇末有撰者按语云："自古修善以来，自如来以下，未有如我慈圣之显灵显圣者也。是故表而扬之，以为劝善之戒。"有明焕文堂刻本。现代有春风文艺出版社《中国古代珍稀本小说续》本。

129.**《包龙图判百家公案》**

一百回，明安遇时撰。安遇时，生平事迹不详。本书演包拯判案故事，一般是每回演一家公案，回与回之间并无联系。现存最早刊本为万历二十二年舆耕堂本，另有日本蓬左文库本、杨文高刊本、万卷楼写刻本等。现代有浙江古籍出版社排印本。

130. **《皇明诸司廉明奇判公案传》**

四卷一百零五则，明余象斗辑。余象斗，字仰止，号文台、三台山人，福建建安人。万历中期在世，编刊通俗小说不下二十种，如《列国志传》、《三国志传》、《东游记》、《大宋中兴岳王传》等。本书应成于万历二十六年，分上下两卷共十六类。后出续集《皇明诸司公案》六卷五十九则。现存余氏建泉堂刊本、双峰堂刊本、文台堂刊本等。

131. **《列国志传》**

八卷二百二十六则，明余邵鱼撰。余邵鱼，福建建安人，余象斗族叔。本书按《左传》、《战国策》、《吴越春秋》等书“逐类分纪”而成。现存版本分八卷本、十二卷本两个系统。八卷本有万历三十四年三台馆余象斗重刊本、文盛堂刊本、文英堂刊本等。十二卷本有万历四十三年陈眉公评本（二百二十三则）、姑苏龚绍山刊本等。

132. **《三宝太监西洋记》**

二十卷一百回，明罗懋登撰。罗懋登，字登之，号二南里人，万历间人。另著有《香山记》传奇。本书演郑和下西洋故事，曾采用郑和随员所撰之《瀛涯胜览》和《星槎胜览》二书。今存万历二十五年序本、步月楼刊映旭斋藏板本、文德堂刊本。现代有上海古籍出版社排印本。

133. **《封神演义》**

二十卷一百回，明陆西星撰，一云许仲琳撰。陆西星（1520—1601?），字长庚，九次应举不第，而入于道教全真派。许仲琳，号钟山逸叟，生平事迹不详。有天启间舒文渊刊本、康熙三十年清籁阁藏版四雪草堂订证本等。现代有人民文学出版社排印本。

134. **《痴婆子传》**

二卷，明芙蓉主人辑。约成于明嘉靖、万历间。第一人称倒叙方式是本书特色。有乾隆二十九年桃浪月序刊本、日本木活字本等。现代有台湾大英百科股份有限公司《思无邪汇宝》本。

135. **《杨家府演义》**

八卷五十八则，明秦淮墨客撰。秦淮墨客即纪振伦，字春华，南京人。署“秦淮墨客”的作品另有明刊《续英烈传》、明金陵唐氏书坊刊传奇《七胜记》、《三桂记》、《西湖记》。本书叙杨家府五代英雄故事。有万历三十四年天德堂刊本。另有十卷本。现代有上海古籍出版社排印本。

136.《古今小说》

四十卷四十篇，明冯梦龙辑。此书约成于天启初年，盖冯梦龙搜辑、改编、创作之第一部短篇小说集，再刊时改题《喻世明言》。凌濛初说："独龙子犹氏所辑《喻世》等诸言，颇存雅道，时著良规，一破今时陋习，而宋元旧种，亦被蒐括殆尽。"有天许斋本、尊经阁本。现代有人民文学出版社排印本、上海古籍出版社排印本。

137.《警世通言》

四十卷四十篇，明冯梦龙辑。此书约成于天启四年，盖冯梦龙搜辑、改编、创作之第二部短篇小说集。天启四年序刊之金陵兼善堂原刊本已佚，现存仓石文库本、蓬左文库本等。现代有人民文学出版社排印本、上海古籍出版社排印本。

138.《醒世恒言》

四十卷四十篇，明冯梦龙辑。本书约成于天启七年，盖冯梦龙搜辑、改编、创作之第三部短篇小说集。日本内阁文库藏天启七年序刊金阊叶敬池原刊本之后印本，另有衍庆堂刊本等。现代有人民文学出版社排印本、上海古籍出版社排印本。

139.《拍案惊奇》

四十卷四十篇，明凌濛初撰。凌濛初(1580—1644)，字玄房，号初成，别号即空观主人，浙江乌程人。出身官宦家庭，应举入试，四中副榜，郁愤不已。崇祯年间以优贡授上海县丞、徐州通判。著有诗文集、传奇、杂剧多种。本书作于天启七年，小引称："偶戏取古今所闻一二奇局可纪者，演而成说，聊舒胸中磊块。"崇祯元年由尚友堂刊刻。今存尚友堂原刊本、覆刊本等。现代有人民文学出版社排印本、上海古籍出版社排印本。

140.《二刻拍案惊奇》

四十卷四十篇，明凌濛初撰。本书为《拍案惊奇》续篇。《拍案惊奇》问世后，"贾人一试之而效，谋再试之"，于是将"先是所罗而未及付之于墨"者复缀为四十篇。书成于崇祯五年，尚友堂原刊本已佚，今存后修本。卷二十三、卷四十佚失，书商取《拍案惊奇》之卷二十三、《宋公明闹元宵》杂剧分别补之，实存三十八卷。现代有人民文学出版社排印本、上海古籍出版社排印本。

141.《醋葫芦》

四卷二十回，明伏雌教主撰。伏雌教主，生平事迹不详。本书应成于崇祯十二年以前。有明崇祯笔耕山房刻本。现代有《中国古代珍稀本小说》排印本。

142.**《肉蒲团》**

二十回，清李渔撰。李渔(1611—1680)，原名仙侣，字谪凡、笠鸿，号笠翁、湖上笠翁、笠道人、觉道人、觉世稗官、随庵主人、新亭客樵等，浙江兰溪人。屡应乡试不第。顺治七年赴杭州，刻书卖文为生。顺治十七年前后移家金陵，以芥子园为名经营书铺，并建家庭戏班至各地演出。著有小说、传奇、诗文集多种。本书又名《觉后禅》，曾屡遭禁毁。有日本双红堂文库藏抄本、清刊本、日刊本等。现代有台湾大英百科股份有限公司《思无邪汇宝》本。

143.**《欢喜冤家》**

二十四回，明西湖渔隐撰。西湖渔隐，姓名事迹不详。本书约成于崇祯十三年。入清后屡遭禁毁，为避书禁曾改题多名。有赏心亭本、赏心堂正续本等。现代有春风文艺出版社排印本。

144.**《开辟衍绎通俗志传》**

六卷八十回，撰者不详。叙盘古开天至武王伐纣事。有明崇祯刊本。现代有巴蜀书社排印本。

145.**《孙庞斗志演义》**

二十卷二十回，明吴门啸客撰。撰者姓字生平不详。本书又名《前七国志孙庞演义》，曾与《乐田演义》合刻，称《前后七国志》。有明崇祯九年刊本。现代有湖南人民出版社排印本。

146.**《石点头》**

十四卷十四篇，明天然痴叟撰。天然痴叟，席氏，号浪仙，名字不详。本书约成于崇祯初年。有金阊叶敬池原刊本、带月楼刊本、同人堂刊本等。现代有上海古籍出版社排印本。

147.**《型世言》**

十卷四十回，明陆人龙撰，陆云龙评。陆人龙，字君翼，浙江钱塘人。陆云龙弟。著有时事小说《辽海丹忠录》。陆云龙(1587—1644后)，字雨侯，号蜕庵、翠娱阁主人。著有《魏忠贤小说斥奸书》。兄弟二人开有书肆峥霄馆，刊刻颇多。本书全本中土久佚，仅存韩国奎章阁。本书部分篇章曾被《幻影》、《三刻拍案惊奇》、别本《二刻拍案惊奇》诸书剽窃改刊。现代有中华书局排印本。

148.**《西湖二集》**

三十四卷，明周清源撰。周清源，名楫，杭州人。顺治十一年时仍在世。

本书专收以西湖为背景的短篇小说，故事多采自《西湖游览志》、《西湖游览志余》、《皇明从信录》等书。鲁迅谓其“好颂帝德，垂教训，又多愤言”。本书前应有《西湖一集》，已佚。有明崇祯间云林聚锦堂刊本。现代有人民文学出版社排印本。

149. **《西游补》**

十六回，明董说撰。董说（1620—1686），字若雨，号西庵、静啸斋主人等，浙江乌程南浔人。崇祯十二年落第，翌年作本书，时方二十一岁。明亡后改名换姓，顺治十三年出家。存世著述尚有《董若雨诗文集》、《梦石楼》、《七国考》等。本书为《西游记》续书，插叙故事于第五十九至六十一回孙悟空三调芭蕉扇之后，第六十二回涤垢洗心惟扫塔之前。鲁迅称本书“讥弹明季世风之意多”。有崇祯间刊本、空青室藏板本等。现代有上海古籍出版社排印本。

150. **《梼杌闲评》**

五十回，一名《明珠缘》，撰者不详。本书应成于崇祯十七年之前。有康熙雍正间刊本、京都藏板本等。现代有人民文学出版社排印本。

151. **《今古奇观》**

四十卷，明抱瓮老人辑。抱瓮老人，姓名不详，苏州人。本书所收作品均选自“三言”、“二拍”，仅录明人作品，宋元作品一概不取。孙楷第以为本书编选标准为“著果报”、“明劝惩”、“情节新奇”、“故典琐闻，可资谈助”。有吴郡宝翰楼刊本等。现代有人民文学出版社排印本、上海古籍出版社排印本。

152. **《大唐秦王词话》**

八卷六十四回，明澹圃主人撰。撰者姓字生平不详。郑振铎云：“此书始名词话，实即鼓词。”本书散文部分篇幅远超韵文部分，处于说唱文学向白话长篇小说过渡的中间阶段，是隋唐讲史故事演变中的重要一环。有明末刊本。现代有中州古籍出版社排印本。

153. **《后水浒传》**

四十五回，清青莲室主人撰。撰者姓名生平不详。本书为《水浒传》续书，作于康熙前期。有清初写刻本。现代有春风文艺出版社排印本。

154. **《鸳鸯针》**

一卷四回，清华阳散人撰。撰者姓名生平不详。署名华阳散人的作品另有《一枕奇》、《双剑雪》，此三书原为顺治间小说《觉世棒》的一部分，后分别析出单行。本书四回共演一故事，现存抬（拾）珥楼写刻本。现代有春风文艺出版社排印本。

155.**《鼓掌绝尘》**

四集四十回,清古吴金木散人。古吴金木散人,姓吴,生平事迹不详。本书当成于崇祯四年,分风、花、雪、月四集各十回,每集为一独立故事。今存明崇祯龚氏本衙藏板本。现代有江苏古籍出版社排印本、春风文艺出版社排印本。

156.**《金云翘传》**

二十回,清青心才人撰。撰者姓名生平不详。书前有天花藏主人序。本书最早版本为顺治前贯华堂刊本,然原本至今未见。现存贯华堂本之抄本及顺治间翻刻本,通称“繁本”。另有两种经过删改的“简本”传世。本书曾在日本、越南产生过巨大影响。现代有春风文艺出版社排印本。

157.**《醉醒石》**

十五回,清东鲁古狂生撰。撰者姓名不详,当为山东人。本书作于明末清初,鲁迅称其“文笔颇刻露,然以过于简练,故平话习气,时复逼人;至于垂教诫,好评议,则尤甚于《西湖二集》”。有清初刊本、瀛经堂刊本。现代有上海古籍出版社排印本。

158.**《无声戏》**

《无声戏》十二回,《无声戏二集》十二回,清李渔撰。《无声戏》刊于顺治十一年以前,《无声戏二集》刊于顺治十一年至十五年间。此二书经杜濬(睡乡祭酒)重新选编刻为《无声戏合集》十二回。当时另有《无声戏合选》十二回,为不同于《无声戏合集》的别种选本。顺治十七年,《无声戏二集》卷入文字祸,李渔将《无声戏合集》稍加挖改,改名《连城璧全集》,同时收入之前刊落或续写的六篇为《连城璧外编》。《无声戏》有日本尊经阁文库本。《无声戏二集》原本未见。《无声戏合集》有马廉旧藏原刊残本。《无声戏合选》有三近堂刊残本。日本佐伯文库藏《连城璧全集》、《连城璧外编》合辑写刻本。现代有人民文学出版社排印本(题《无声戏》)、上海古籍出版社排印本(题《连城璧》)。

159.**《十二楼》**

十二卷三十八回,清李渔撰。每卷演一故事,皆与一座楼有关。卷为三字标题。每卷含一、二、三、四、六回不等,全书共三十八回。本书成于《无声戏》之后。有顺治十五年原刻本(题《醒世恒言十二楼》)、消闲居写刻本、经元升藏板本、重刊宝宁堂刊本等。现代有人民文学出版社排印本、上海古籍出版社排印本。

160.《**玉娇梨**》

四卷二十回，清天花藏主人撰。作者身份争论颇多，尚无定论。作者在本书之外，尚撰有《平山冷燕》、《两交婚小传》、《锦疑团》、《画图缘》，此外署天花藏主人"著"、"述"、"编次"、"序"者颇多，应有伪托。本书别名《双美奇缘》，有康熙间写刻本、本衙藏板本等。另有与《平山冷燕》合刊本（题《天花藏》）多种。现代有人民文学出版社排印本。

161.《**平山冷燕**》

二十回，清天花藏主人撰。本书成于顺治十五年，作者序云："淹忽老矣，欲入致其身而既不能，欲自短其气而又不忍。计无所之，不得已而借乌有先生以发泄其黄粱事业。"有顺治十五年写刻本、本衙藏板本、静寄山房刊本等。另有与《玉娇梨》合刊本（题《天花藏》）多种。现代有人民文学出版社排印本。

162.《**照世杯**》

残存四卷四回，清酌玄亭主人撰。撰者姓名生平不详。本书约作于顺治十七年，自序称"采闾巷之故事，绘一时之人情"。现存写刻残本，藏日本佐伯文库。现代有上海古籍出版社排印本。

163.《**人中画**》

十六卷，撰者不详。清初话本小说集。有啸花轩刊本，包括《风流配》四卷，《自作孽》二卷，《狭路逢》三卷，《终有报》四卷，《寒彻骨》三卷，共五篇故事。另有植桂楼藏板本、尚志堂刊本等。人民文学出版社《古本平话小说集》收入。

164.《**水浒后传**》

四十回，清陈忱撰。陈忱（1613？—？），字遐心，号雁宕山樵浙江乌程人。曾参加顾炎武等遗民诗人组成的惊隐诗社。本书为《水浒传》续书，初刊于康熙三年，另有绍裕堂刊本、蔡元放评改本等。现代有上海古籍出版社排印本。

165.《**定情人**》

十六回，撰者不详。清初才子佳人小说。有本衙藏板写刻本，首有天花藏主人序。现代有春风文艺出版社排印本。

166.《**好逑传**》

四卷十八回，清名教中人撰。作者身份不详。本书成于康熙初年。乾隆间小说《驻园春小史》中赞此书"别具机杼，摆脱俗款，如秦系偏师，亦能自树赤帜"。有阿英旧藏写刻本、凌云阁刊本、振贤堂藏板本等。现代有中华书局排印本。

167. **《后西游记》**

四十回，清天花才子撰。撰者姓名生平不详。刘廷玑云："《后西游》虽不能比美于前，然嬉笑怒骂皆成文章。"有清初刊本衙藏板本、金阊书业堂刊本、贵文堂刊本等。现代有宝文堂书店排印本、春风文艺出版社排印本。

168. **《豆棚闲话》**

十二则，清艾衲居士撰。作者为杭州人，身份不详，有范希哲、王梦吉等说，尚无定论。本书每则一篇故事，但是每则故事都由豆棚下面的乘凉者讲述，全书形成一个有机结构。有瀚海楼写刻本、书业堂刊本、大成斋刊本等。现代有人民文学出版社排印本。

169. **《说岳全传》**

二十卷八十回，清钱采、金丰撰。二作者生平不详。本书约成于乾隆九年，多采民间传说以演岳王故事，金丰《序》称："从来创说者不宜尽出于虚，而亦不必尽由于实。苟事事皆虚则过于诞妄，而无以服考古之心；事事皆实则失于平庸，而无以动一时之听。"有嘉庆三年本衙藏板本、锦春堂藏板本、大文堂刊本等。现代有上海古籍出版社排印本。

170. **《斩鬼传》**

四卷四十回，清刘璋撰。刘璋（1667—1745?），字干堂，号介符，别号烟霞散人，山西阳曲人。康熙三十五年举人。曾任直隶深泽县令。本书成于康熙二十七年，曾以抄本流传，有正心堂抄本、董显宗抄本、怀雅堂抄本等。另有莞尔堂刊本等。长江文艺出版社《钟馗传》收入。

171. **《隋唐演义》**

二十卷一百回，清褚人获编。褚人获（1635—?），字学稼、稼轩，号石农、没世农夫等，长洲人。另著有《坚瓠集》、《退佳琐录》、《读史随笔》等。本书成于康熙二十三年以前，以《逸史》为框架，以《隋史遗闻》、《隋炀帝艳史》、《隋唐两朝志传》为参考，补充润色而成。有四雪草堂本及多种覆刻本。现代有上海古籍出版社排印本。

172. **《醒世姻缘传》**

一百回，清西周生撰。作者姓名事迹不详，有蒲松龄、丁耀亢、贾凫西等说，皆为臆测。本书成于顺治十八年，本名《恶姻缘》，书前识语云："此书传自武林，取正白下，多善善恶恶之谈。"有清初刊本、同德堂刊本、同治刊本等。现代有上海古籍出版社排印本。

173. **《林兰香》**

八卷六十四回，清随缘下士撰。作者姓名事迹不详。本书约成于道光年间或稍前。有道光十八年本衙藏板本等。现代有春风文艺出版社排印本。

174.**《五色石》**

八卷，清笔炼阁主人撰。撰者姓名生平不详，或谓即徐述夔。署名笔炼阁主人的作品另有《八洞天》、《快士传》。本书为话本小说集，每卷演一故事。有清前期写刻本、日本刊本、紫云阁刊本等。现代有书目文献出版社排印本、春风文艺出版社排印本。

175.**《八洞天》**

八卷，清笔炼阁主人撰。本书为话本小说集，每卷演一故事。书前作者序云："《八洞天》之作也，盖亦补《五色石》之所未备也。"有清前期写刻本、日本抄本等。现代有书目文献出版社排印本。

176.**《东周列国志》**

一百零八回，明冯梦龙编，清蔡元放评定。明崇祯年间，冯梦龙以史传为本，兼采杂史传说，编成《新列国志》一百零八回，有金阊叶敬池刊本。清人蔡元放对其进行润色评点，改题《东周列国志》出版，成为东周列国故事最为流行的本子。现存最早为星聚堂刊本，后有五十四卷本、二十三卷本等。现代有人民文学出版社排印本。

177.**《说唐演义全传》**

六十八回，清鸳湖渔叟编。作者姓名事迹不详，应为嘉兴人。本书以《隋唐演义》为基础，增益民间传说而成。约成于乾隆元年。有观文书屋刊本、崇德书院刊本等。鸳湖渔叟又有《说唐演义后传》五十五回，为本书续书，约成于乾隆三年。有绿慎堂刊本、最乐堂刊本、观文书屋刊本等。现代有上海古籍出版社排印本。

178.**《野叟曝言》**

二十卷一百五十四回，清夏敬渠撰。夏敬渠(1705—1787)，字懋修，号二铭，江苏江阴人。诸生。喜游览，足迹遍及四方。另著有《纲目举正》、《医学发蒙》、《唐诗臆解》、《浣玉轩诗文集》等。鲁迅称本书"以小说为庋学问文章之具"。最早刊本为光绪七年毗陵汇珍楼活字本，又有光绪八年申报馆排印本。现代有人民文学出版社排印本。

179.**《儒林外史》**

五十六回，清吴敬梓撰。吴敬梓(1701—1754)，字敏轩，号粒民、秦淮寓客、文木老人，安徽全椒人。雍正元年诸生。三十岁前因家族遗产纠纷耗尽田产。三十三岁移家南京，卖文为生。后客死扬州。另著有《文木山房文集》、《诗说》等。本书约成于乾隆五十年以前。鲁迅称其"既多据自所闻见，而笔又足以达之，故能烛幽索隐，物无遁形，凡官师，儒者，名士，山人，间亦有市井细民，皆现身纸上，声态并作，使彼世相，如在目前”。最早刻本为嘉庆八年卧闲草堂本。现代有上海古籍出版社汇校汇评本。

180. **《红楼梦》**

一百二十回，清曹雪芹撰。曹雪芹(1723—1763)，名霑，字梦阮，号雪芹、雪亭、芹溪、芹圃，别号耐冷道人、芹溪居士、空空道人、红楼梦主、燕市酒徒等。祖籍辽阳，汉军正白旗人。乾隆时举人(一说贡生)。幼居金陵，雍正六年迁京。晚年隐居西郊香山附近。本书前八十回于曹雪芹生前已基本定稿，八十回以后的文字或已写出大部，然已亡佚。现存后四十回有人认为出于高鹗或程伟元之手，也有人认为高程二人仅为全书的编辑整理者。本书版本分脂本、混合本、程本三个系统。脂本为出于曹雪芹原稿的抄本，多有脂砚斋等人评语，包括：甲戌本、己卯本、庚辰本、戚序本、舒元炜序本、圣彼得堡藏本、梦觉主人序本、郑振铎旧藏本。混合本前八十回出脂本系统，后四十回出程本系统，包括：杨继振旧藏本、蒙古王府旧藏本。程本是由程伟元、高鹗将续四十回与原八十回加以拼贴、整理、修改而成的一百二十回通行本，包括程甲本、程乙本。现代有人民文学出版社排印本等。

181. **《绿野仙踪》**

清李百川撰。李百川(1719?—1771后)，生平事迹不详。本书创作时间为乾隆十八年至乾隆二十七年。传世有百回抄本和八十回刻本。刻本据抄本修改而成，可能为作者定本。抄本有北大图书馆藏本、国家图书馆藏本、中国社科院藏本等。刻本以道光十年刊本为最早。现代有北京大学出版社排印本。

182. **《飞龙全传》**

六十回，清吴璿撰。吴璿，字衡章。约生于雍正年间，科举失意，曾弃学经商。本书成于乾隆三十三年，叙宋太祖赵匡胤发迹变泰故事，自序称以此“自抒其穷愁闲放之思”。今存崇德堂书院藏板本、世德堂藏板本、芥子园藏板本等。现代有人民文学出版社排印本。

183. **《雪月梅传》**

五十回，清陈朗撰。陈朗，字苍明，号晓山、镜湖逸叟。生平事迹不详。有德华堂藏版本、聚锦堂刻本。现代有上海古籍出版社排印本。

184. **《歧路灯》**

一百八回，清李绿园撰。李绿园(1707—1790)，名海观，字孔堂，号绿园，河南汝州宝丰县人。乾隆元年考取恩科举人，后屡试不第。曾任贵州印江知县。本书创作于乾隆十三年至乾隆四十二年。今存清义堂石印本、朴社排印本,另有残抄本多种。现代有中州书画社排印本。

185.**《姑妄言》**

二十四回,清曹去晶撰。作者生平事迹不详。本书为古本色情小说之集大成者。雍正八年成书。写成后并未刊刻,是故中土罕见,仅有1941年上海优生学会排印残本。俄罗斯国家图书馆藏有乾隆以前抄本,大体完整。现代有台湾大英百科股份有限公司《思无邪汇宝》本。

186.**《娱目醒心编》**

十六卷三十九回,清杜纲撰。杜纲,字草亭,江苏昆山人。乾隆时人。另著有《北史演义》、《南史演义》。本书为话本小说集,每卷演一故事,约作于乾隆五十七年。有乾隆五十七年序刊本、�余堂藏板本等。现代有上海古籍出版社排印本。

187.**《后红楼梦》**

三十回,清逍遥子撰。撰者生平不详,嘉庆十四年在世。本书接《红楼梦》第一百二十回写起。现存乾隆、嘉庆间白纸刊本等。现代有北京大学出版社排印本。

188.**《蟫史》**

二十卷,清屠绅撰。屠绅(1744—1801),字闲书、笏言,号磊砢山人、黍余裔孙、竹勿山石道人,江苏江阴人。乾隆二十八年进士。历任云南师宗知县、寻甸知州、广州通判。生平豪放嫉俗,工诗文,尝与洪亮吉、黄仲则等人交往唱和。另著有《六合内外琐言》、《鹗亭诗话》。本书约成于嘉庆初年。鲁迅称其"虽华艳而乏天趣,徒奇崛而无深意"。有磊砢山房原本和申报馆排印本。现代有人民文学出版社排印本。

189.**《蜃楼志》**

二十四回,清庾岭劳人撰。撰者姓名生平不详。本书约成于嘉庆四年至九年之间。有嘉庆九年本衙藏板本、嘉庆十二年刊本、咸丰八年刊本等。现代有上海古籍出版社排印本。

190.**《续红楼梦》**

三十卷,清秦子忱撰。秦子忱,号雪坞,陇西人。曾任兖州都司。本书接《红楼梦》第九十七回写起。现存嘉庆四年抱瓮轩刊本等。现代有北京大学出版社排印本。

191.**《红楼复梦》**

一百回,清小和山樵撰。小和山樵陈姓,字少海、南阳,号小和山樵、红楼复梦人。本书接《红楼梦》第一百二十回写起。现存嘉庆十年金谷园刊本等。现代有北京大学出版社排印本。

192.**《燕山外史》**

八卷,清陈球撰。陈球,字蕴斋,号一篑山樵,秀水人。乾隆、嘉庆间人。诸生。本书为骈体长篇小说,据明冯梦祯《窦生传》敷衍而成。初稿于嘉庆四年,定稿于嘉庆十六年。鲁迅评其"语必四六,随处拘牵,状物叙情,俱失生气,姑勿论六朝俪语,即较之张鷟之作,虽无其俳谐,而亦逊其生动也"。有嘉庆十六年刻本、光绪五年上海广益书局石印本等。现代有春风文艺出版社排印本。

193.**《镜花缘》**

一百回,清李汝珍撰。李汝珍(1763? —1830?),字松石,直隶大兴人。博学多才,曾从凌廷堪受业。另著有《李氏音鉴》、《受子谱》。本书定稿于嘉庆二十三年。鲁迅称本书"论学说艺,数典谈经,连篇累牍而不能自已,则博学多通又害之"。有嘉庆二十三年苏州原刻本、道光元年刻本等。现代有人民文学出版社排印本。

194.**《红楼梦补》**

四十八回,清归锄子撰。归锄子即沈懋德,字寅恭,号归锄子,浙江桐乡人。廪贡生。工诗文,擅词曲。另著有传奇《香雪缘》、《旌烈记》、《后白蛇传》等。本书写黛玉回生,直接《红楼梦》第九十七回。有嘉庆二十四年藤花榭刊本等。现代有北京大学出版社排印本。

195.**《清风闸》**

四卷三十二回,清浦琳撰。李斗《扬州画舫录》云:"浦琳,字天玉。……乃以己所历之境,假名皮五,撰为《清风闸》故事。养气定辞,审音辨物,揣摩一时亡命、小家妇女口吻气息。闻者欢咍嗢噱,进而毛发尽悚,遂成绝技。"有奉孝斋刊本、华轩斋藏板本。现代有春风文艺出版社排印本。

196.**《施公案》**

八卷九十七回,又名《施案奇闻》。不题撰人。本书最早当刻于嘉庆三年。现存厦门文德堂刻本、金阊本衙藏板本、务本堂藏本等。后屡出续集,总回数达五百二十八回。现代有上海古籍出版社排印本、宝文堂书店排印本。

197.**《荡寇志》**

七十回附结子一回,清俞万春撰。俞万春(1794—1849),字仲华,号忽来道人,山阴人。诸生。曾随父仕宦广州。博学多识,另著有《骑射论》、《火器考》、《戚南塘纪效新书释》、《医学辨症》等。本书作于道光六年至道光二十七年，咸丰三年出版。又名《结水浒传》。有咸丰三年本衙藏板本等。现代有人民文学出版社排印本。

198. **《白鱼亭》**

八卷六十回，清黄瀚撰。黄瀚，字辉庭，号小溪、溪山，别号趣园野史，江西金溪人。道光时在世。本书作于道光二十一年，自序称："思有以醒天下人之耳目，悦天下人之性情，非积善感应之事不可，非词俗语俚之笔尤不可。故将生平所见所闻，撰述成书，颜其名曰《白鱼亭》。"有道光二十二年红梅山房刊本。现代有百花洲文艺出版社《中国近代小说大系》本。

199. **《品花宝鉴》**

六十回，清陈森撰。陈森，字少逸，号采玉山人、石函氏，毗陵人。嘉庆、道光年间在世。本书即所谓"狭邪小说"之代表。鲁迅谓其叙事行文"则似欲以缠绵见长，风雅为主，而描摹儿女之书，昔又多有，遂复不能摆脱旧套"。今存最早刊本为道光己酉刊本。现代有上海古籍出版社排印本。

200. **《儿女英雄传》**

四十回缘起一回，清文康撰。文康（1798—1866 后），字铁先，费莫氏，镶红旗籍人。历任理藩院外郎、郎中、凤阳府通判、荣县知县。晚年诸子不肖，家财荡尽，遂著《儿女英雄传》以自遣。马从善序云："先生一身亲历乎盛衰升降之际，故于世运之变迁，人情之反覆三至意焉。先生殆悔其以往之过，而抒其未遂之志欤？"有光绪四年北京聚珍堂活字初刊本、有益堂刻本、聚珍堂刊还读我书室主人评本等。现代有人民文学出版社排印本。

201. **《花月痕》**

十六卷五十二回，清魏秀仁撰。魏秀仁（1818—1873），字伯旽、子安、子敦，号眠鹤主人、眠鹤道人、咄咄道人、不悔道，福建侯官人。道光丙午举人。另著有《石经考》、《陔南山馆诗话》、《陔南山馆诗集》、《陔南山馆文录》、《咄咄录》等。本书定稿约在同治五年。有光绪十四年闽双笏庐原刻本、福州吴玉田刊本等。现代有人民文学出版社排印本。

202. **《三侠五义》**

二十四卷一百二十回，清石玉昆述，入迷道人编定。原为说唱本，后经润色整理为章回小说。有光绪五年北京聚珍堂活字原刊本。光绪十五年，俞樾"别撰第一回，援据史传，订正俗说"，更名为《七侠五义》重新出版。有光绪十六年上海广百宋斋印本。鲁迅称"《三侠五义》为市井细民写心，乃似较有《水浒》余韵，然亦仅其外貌，而非精神"。现代有中华书局排印本。

203.**《青楼梦》**

六十四回，清俞达撰。俞达(？—1884)，一名宗骏，字吟香，别号慕真山人，江苏长洲人。本书有光绪戊子文魁堂刊小本等。现代有上海古籍出版社排印本、北京大学出版社排印本。

204.**《海上花列传》**

清韩邦庆撰。韩邦庆(1856—1894)，字子云，号太仙，别署大一山人，江苏华亭人。贡生，屡试不第。曾任《申报》馆编辑。本书为狭邪小说压卷之作，全用苏州话写成。鲁迅评其"记载如实，绝少夸张，则固能自践其'写照传神，属辞比事，点缀渲染，跃跃如生'(第一回)之约者矣"。最早发表于《海上奇书》(光绪十八年二月创刊)第一期至第十五期。光绪二十年春出版单行本。现代有人民文学出版社排印本。

205.**《跻春台》**

四卷四十篇，清刘盛三撰。刘省三，四川中江县人，科场失利，故"杜门不出，独著劝善惩恶一书，名曰《跻春台》"。本书每篇为一故事，多采旧籍与乡里传闻，以白话行文，间以唱词。有成文堂刊本。现代有百花文艺出版社排印本。

206.**《中东大战演义》**

三十三回，清洪兴全撰。撰者生平不详，或以为朝鲜人。本书作于《马关条约》签订二年后，原题《说倭传》，叙甲午中日战争故事。今存光绪二十三年香港中华印务总局铅印本等。现代有春风文艺出版社《中国近代珍稀本小说》本。

207.**《新中国未来记》**

五回，清梁启超撰。梁启超(1873—1929)，字卓如，号任公，别署饮冰室主人，广东新会人。光绪十五年举人。曾受业于康有为。光绪二十八年创办《新小说》杂志，在创刊号发表《论小说与群治之关系》，倡导"小说界革命"。有《饮冰室合集》。本书旨在"发表政见，商榷国计"，较乏小说意味。最初发表于光绪二十八年十月至次年七月《新小说》第一、二、三、七号，未完。现代有百花洲文艺出版社《中国近代小说大系》本。

208.**《官场现形记》**

六十回，清李伯元撰。李伯元(1867—1906)，名宝嘉，字伯元，别号南亭亭长，笔名有游戏主人、讴歌变俗人等，江苏武进人。光绪二十二年迁居上海。先后创办《游戏报》、《世界繁华报》。光绪二十九年任《绣像小说》半月刊主编。另著有长篇小说《文明小史》、《活地狱》、《中国现在记》、《海天鸿雪记》等，弹词有《庚子国变弹词》、《醒世缘弹词》。本书约从光绪二十九年四月至光绪三十一年六月在《世界繁华报》连载，同时分册陆续刊印成书。现代有人民文学出版社排印本。

209.**《文明小史》**

六十回，清李伯元撰。本书最早于光绪二十九年五月至光绪三十一年七月在《绣像小说》第一期至第五十六期连载。光绪三十二年上海商务印书馆出版单行本。现代有上海古籍出版社排印本。

210.**《二十年目睹之怪现状》**

一百零八回，清吴趼人撰。吴趼人(1866—1910)，原名沃尧，字小允，号茧人，笔名我佛山人等，广东南海县佛山镇人。光绪二十三年起专事办报，先后在《消闲报》、《采风报》、《奇新报》、《寓言报》、《汉口日报》、《楚报》、《月月小说》任职。另著有小说《痛史》、《电术奇谈》《九命奇冤》等。本书原载光绪二十九年八月至光绪三十一年十二月《新小说》第八至第十五号、第十七至第二十四号。后由上海广智书局出版单行本。现代有人民文学出版社排印本。

211.**《痛史》**

二十七回，清吴趼人撰。本书于光绪二十九年八月至光绪三十一年十二月在《新小说》第八至第十三号、第十七号、第十八号、第二十至第二十四号连载，未完。宣统三年上海广智书局出版单行本。现代有百花洲文艺出版社《中国近代小说大系》本。

212.**《发财秘诀》**

十回，清吴趼人撰。本书于光绪三十三年十一月至次年二月在《月月小说》第十一号至第十四号上连载，光绪三十四年上海群学社出版单行本，后有上海中新书局刊本等。现代有百花洲文艺出版社《中国近代小说大系》本。

213.**《负曝闲谈》**

三十回，清蘧园撰。蘧园即欧阳钜源(1883？—1907)，原名欧阳淦，字钜源、巨元、巨源，号茂苑惜秋生，又署惜秋生、惜秋等，客籍苏州。曾长期作为李伯元助手，编辑《游戏报》、《繁华报》、《绣像小说》。本书于光绪二十九年六月至光绪三十年十二月在《绣像小说》第六至第四十一期上连载，未完。1934年上海四社出版部出版单行铅印本。现代有上海古籍出版社排印本。

214.**《老残游记》**

二十回二集残存九回，清刘鹗撰。刘鹗(1857—1909)，原名孟鹏，字云博，后更名鹗，字铁云，亦作蝶云，又字公约，笔名洪都百炼生、抱残、老铁等，江苏丹徒人。曾师从太古学派之李光昕。参与实业救国，先后经商、行医、投效河工、兴造铁路、开采矿产。另著有《铁云藏龟》、《铁云诗存》等。本书初刊于光绪二十九年《绣像小说》第九期至第十八期，然经编者窜改。后重在《日日新闻》连载。现存最早单行本为光绪三十三年上海神州日报馆刊印本。现代有人民文学出版社排印本。

215. **《孽海花》**

三十五回，清金柯岑、曾朴撰。金柯岑（1874—1947），字松岑，号鹤舫，笔名爱自由者、麒麟、天放楼主人等，江苏吴江人。曾朴（1872—1935），初字太初，后改字孟朴，笔名东亚病夫。光绪十七年举人。曾入同文馆学习法文。办学、经商失败后，光绪三十年创办小说林社，光绪三十三年创办《小说林》月刊。后重入政界。1927 年在上海开设真善美书店。另著有小说《鲁男子》，并翻译有大量法国文学作品。本书前六回由金柯岑所作，1904 年移交曾朴修改、续写，至 1930 年完成。小说林社广告云："本书以名妓赛金花为主人，纬以近三十年新旧社会之历史，如旧学时代、中日战争时代、政变时代，一切琐闻轶事，描写尽情。"有真善美书店三十回单行本。1959 年中华书局出版三十五回增订本。现代有上海古籍出版社排印本。

216. **《海上繁华梦》**

三集一百回，清警梦痴仙撰。警梦痴仙即孙家振（1862—1937），字玉声，别署海上漱石生、江南烟雨客、玉玲珑馆主等，上海人。曾任《新闻报》编辑，创办《笑林报》，另著有《退醒庐笔记》等。蒋瑞藻称："《海上花》以蕴蓄胜，《繁华梦》以明快胜，殆异曲而同工也。"有光绪间笑林报馆排印本、乐群书局排印本、商务印书馆排印本等。现代有百花洲文艺出版社《中国近代小说大系》本。

217. **《九命奇冤》**

三十六回，清吴趼人撰。本书本钟铁桥《警富新书》而作，而成就远胜前作。本书光绪三十年十月起连载于《新小说》第十二至二十四号。光绪三十二年上海广智书局出版单行本。现代有百花洲文艺出版社《中国近代小说大系》本。

218. **《兰花梦》**

六十八回，清吟梅山人撰。撰者姓名生平不详。有光绪三十一年上海文元阁书庄石印本、上海锦章书局石印本（改名《兰花梦奇传》）等。现代有齐鲁书社排印本。

219.**《九尾龟》**

十二集一百九十二回，清漱六山房撰。漱六山房即张春帆（？—1935），名炎，江苏常州人。曾任《平报》主笔，另著有《黑狱》、《新果报录》、《宦海》、《反倭袍》等，译有《情海波澜记》。蒋瑞藻称："《九尾龟》小说之出现，又后于《繁华梦》，所记亦皆上海近三十年青楼之事，用笔以秀丽胜，叙事中或间以骈语一二联，颇得轻圆流利之致，盖仿《花月痕》体裁也。"本书创作于光绪二十六年至光绪三十二年。有上海点石斋刊本等。现代有百花洲文艺出版社《中国近代小说大系》本。

本要目简释编制时主要参考以下书籍：

《中国古代小说总目》，石昌渝主编，山西教育出版社，2004年。
《中国通俗小说总目提要》，江苏省社科院编，中国文联出版公司，1990年。
《中国古代小说百科全书》，刘世德主编，中国大百科全书出版社，1998年。
《古小说简目》，程毅中，中华书局，1981年。
《唐五代志怪传奇叙录》，李剑国，南开大学出版社，1993年。
《宋代志怪传奇叙录》，李剑国，南开大学出版社，1997年。
《中国文学家大辞典（先秦汉魏晋南北朝卷）》，曹道衡、沈玉成编撰，中华书局，1996年。
《中国文学家大辞典（唐五代卷）》，周祖谍主编，中华书局，1992年。
《中国文学家大辞典（宋代卷）》，曾枣庄主编，中华书局，2004年。
《中国文学家大辞典（清代卷）》，钱仲联主编，中华书局，1996年。

后　记

顾名思义,“后记”都是在书写完了以后,作者用来交代写作原委的。但这篇“后记”,却几乎是我在开始写作本书时,就萦绕于心的。其实也就是想要说一句话:这本书是我交给导师吴组缃先生的一份作业。

1985 年 5 月,我准备报考吴先生的博士生,给先生寄了几篇论文。先生看过后,很快就给我回了信,说他正主持一个《中国小说史论要》的项目,欢迎我来参加这一工作。而当我 1988 年初留校以后,第一学年教研室没有给我安排教学工作,正是让我协助吴先生完成他的小说史。吴先生十分认真,我按照他的意思拟出了一份目录,并写了一篇万余字的《绪论》,迄未定稿,后面的工作就因社会变故与吴先生的身体原因,没有进行下去。这不仅使我深感遗憾,也总有一种内疚的感觉。如果我当时更积极主动一点,也许吴先生在小说史方面的独到见解可以留下得更为完整些。

这种遗憾与内疚还来自吴先生对我的要求。实际上,在我撰写博士论文的同时,吴先生就多次对我说,你将来应该写一部自己的小说史。我不知道吴先生为什么会对一个刚入门的学生许以如此重任。现在想来,吴先生可能多少已预感自己难以完成那部小说史了。每念及此,都倍感沉重。

从工作到现在,近二十年过去了,我虽然一直在古代小说研究领域探索,却没有敢写小说史,甚至在今天完成了这部书稿,仍然觉得很心虚,就像当年把读书报告交给吴先生时那样。但这是我无论如何都必须完成的一份作业,我也总算完成了。唯一能聊以自慰的是,我还会继续钻研下去。如果有什么错误或不足,我将在今后的研究中不断弥补。

在我的心里,这可能也是一个宿命。读中小学时,正值“文化大革命”,没有受到良好的教育,全凭自己漫无边际地浏览。如今家里堆满了三十多年来淘换来的书,跟随我时间最长的却是鲁迅的《中国小说史略》。我至今还记得购买这本书的情景,那是 1976 年的“五一”节,在南昌城郊的一个杂货店中，这本书寂寞地放在有些破损的玻璃柜台里。我不记得当时是怎么得知这本书，又为什么想买它的，但它终于成了我的宝书，引领着我走过来，走下去。

我在撰写本书的《绪论》第二节《中国古代小说的民族特点》时，有意从二十年前为吴先生整理的《绪论》草稿中吸取了一些内容，虽然吴先生对那篇草稿并不满意，但其中所包含的吴先生的一些意见，还是我感到特别珍贵的。而《余论》的第四节《〈中国小说史略〉的学术理念与表述方式》，又利用了我与我的学生战立忠 1999 年合写的一篇文章；在读博士生李萌昀则费时费力地为我核对了全书的引文，并编制了《中国古代小说要目简释》。我非常珍惜这样的师生之谊。事实上，没有这些年来的教学工作，没有其间教学相长的交流，我大约也写不出这本小说史的。

2006 年 12 月 1 日于奇子轩

感谢吴小如先生和井玉贵博士等师友赐教，使本书重印得以修改一些错讹。因非再版，其他谬误恐仍不在少数，期待方家继续指正。

2009 年 4 月 8 日补记

本书出版，已近十年。此番重印，本来希望有所修订，无奈手头事务杂多，只在学生朱锐泉、刘紫云等的协助下，订正了一些错字。但我想借此机会，特别感谢几位未曾谋面的朋友。一位是扬州大学的刘勇刚教授，他不但帮我指出过本书初印本诸多错字，还撰写了长篇书评（刊于《北京大学学报》2010 年第 5 期），对本书的成绩与不足都有认真的指正，令我受益良多。我为拙著有这样坦诚而有见识的读者而庆幸。另一位是章琦先生，他也为本书写了一篇长篇书评（刊于《内江师范学院学报》2015 年第 9 期）。还有一位是蓝勇辉先生，以专文《小说史的叙述体例、理论命题及研究视角》，评介我的“小说史研究方法”（刊于《天中学刊》2016 年第 1 期）。后两位先生都是在读博士研究生，拙著能获得年轻读者的认可，同样使我感到欣慰。此外，本书 2009 年曾获得教育部高等学校科学研究优秀成果奖（人文社会科学）三等奖，也是对我的一个极大鼓励。怀着对这些鼓励的感激，我将继续努力并乐于与古代小说的同好随时分享心得体会。

2016 年 4 月 8 日再记